Kate Thompson

Ellas Traum

Roman

Aus dem Englischen
von Christine Steffen-Reimann

Knaur

Die englische Originalausgabe erschien 2001 unter dem Titel
»Going Down« bei Bantam Books, London

Besuchen Sie uns im Internet:
www.knaur.de

Deutsche Erstausgabe 2003

Redaktion: Dr. Gisela Menza
Umschlaggestaltung: ZERO Werbeagentur, München
Umschlagabbildung: Conran-Octopus
Satz: Ventura Publisher im Verlag
Druck und Bindung: Clausen & Bosse, Leck
Printed in Germany
ISBN 3-426-61990-3

2 4 5 3 1

Danksagungen

Mein Dank gilt den Folgenden: dem Personal von Oceantec Adventures in Dun Laoghaire, dessen Geduld unerschöpflich war. Ich überlasse es den Tauchgöttern, über die Ähnlichkeit mit lebenden Personen oder toten Dingen zu spekulieren – doch da Götter allwissend sind, sollten sie *wissen*, dass die Narben, die geschorenen Köpfe, die Dreadlocks, das Charisma, der atemberaubende Körper, der Sex-Appeal etc., auf die ich mich beziehe, reine Erfindung sind. Oder? Dan, Declan, Enda, Mick, Tommy, Willy (und Tiernan von Scubadive West) – ihr wart mir alle eine Quelle der Inspiration! Kathy Brickle – danke, dass du beim Nachttauchen meine Hand gehalten hast. Jan Lee von Lady G'Diver, Jamaika, für die Übungstauchgänge. Den Moynihan-Russell-Aufnahmestudios dafür, dass sie mir erlaubt haben, sie zu Forschungszwecken zu nerven, und vor allem an Orla O'Kelly in ebendiesem Studio für die hervorragenden Ausreden, um mittagessen zu gehen. Sandra O'Sullivan für ihr unschätzbares musikalisches Wissen. Dem zauberhaften, hilfsbereiten Personal der Rennbahn von Leopardstown. Hugh Morton, dem Experten in Bagatellen. Michael Opperman, meinem Tippgeber. Laura Philips vom Clarence Hotel. Susannah Godman und Sadie Mayne, weil sie immer so nette Dinge gesagt haben. Lucy Bennett, weil sie das richtige Gesicht gefunden hat – schon wieder! Eileen Cleary, weil sie meine Gesundheit erhalten hat. Marian und Cathy für ihre Unterstützung. Francesca Liversidge und Sarah Lutyens, weil sie so klug sind. Meinem Ehemann Malcolm, weil er die Taucherei gefördert hat, weil er mich dazu ermutigte, den Fortgeschrittenenkurs zu belegen und dafür, dass er einfach so völlig toll ist. Meiner Tochter Clara, weil sie so ein furchtloses Wasserbaby ist und der dieses Buch gewidmet ist.

Für Clara

1

Endorphine! Genau das brauchte sie!

Ella Nesbit saß an der weißen Formika-Theke in dem kleinen Aufenthaltsraum und wartete darauf, dass der Kaffee durchlief. Sie hatte eine Zeitschrift aus dem Stapel gerissen, den sie vorher auf dem Glastisch im Empfangsbereich aufgefächert hatte, und blätterte müßig durch die Seiten. Im Gesundheitsteil gab es einen Artikel über diese Endorphine, die angeblich eine chemische Reaktion im Gehirn auslösten, um einen in einen natürlichen Hochzustand zu versetzen. Offenbar wirkten diese Endorphine, wenn man sich gut fühlte und das Leben genoss – zum Beispiel, wenn man Schokolade aß oder mit dem Workout im Fitness-Studio fertig war. Das mit der Schokolade konnte sie ja verstehen, doch das mit dem Fitness-Studio nicht. »Endorphine werden auch durch tollen Sex erzeugt«, las sie. »Und jedes Mal, wenn man spontan lacht, hat man einen Endorphinausstoß.« Kein Wunder, dass sie sich in letzter Zeit so verdammt Leid tat. Sie hatte nicht nur keinen tollen Sex – sie hatte seit Monaten *gar keinen* Sex. Und sie konnte sich nicht mehr daran erinnern, wann sie das letzte Mal spontan gelacht hatte.

Der Kaffee war fertig. Sie schenkte sich eine Tasse ein, ging zurück in den Empfangsbereich des Aufnahmestudios, in dem sie arbeitete, und warf die Zeitschrift auf den Tisch. Der Kalender musste abgerissen werden. Das hatte sie seit einer Ewigkeit nicht mehr getan. Hier war nun eine ideale Möglichkeit, um mit den Endorphinen zu experimentieren! Mindestens fünf Gary-Larson-Cartoons warteten darauf. Sie betrachtete den ersten. *Nul points* für die Endorphine. Es war dasselbe mit dem zweiten. Und mit dem dritten, dem vierten und dem fünften. Entweder hatte der Meistercartoonist seine Fähigkeiten verloren, oder sie verstand einfach absolut keinen Spaß mehr. Am meisten erschreckte sie, dass sie anfing immer mehr Mitgefühl mit Larsons Losern zu empfinden. Einer ihrer letzten Lieblingscartoons zeigte einen Haufen trauriger Typen, die in einer Hölle herumlungerten, die so höllisch war, dass die Dämonen kalten Kaffee servierten. Es war seltsam. Beim Kalender vom letzten Jahr hatte sie sich bereitwilliger mit seinen lächelnden, lustigeren Cartoonfiguren identifiziert.

Sie warf die Cartoons in den Papierkorb und wollte gerade den Hörer abnehmen, um die Verfügbarkeit eines Off-Kommentators für den späteren Nachmittag zu bestätigen, als es klingelte.

»Nesbit and Noonan, guten Morgen!«, sagte sie mit ihrer besten Empfangsdamenstimme. Tatsächlich war sie keine Empfangsdame, sie war Toningenieurin, doch da Hattie, die eigentliche Empfangsdame, mit einem schottischen Radioproduzenten abgehauen war, war sie abgestellt worden, um diesen Job zu übernehmen. Sie hasste ihn, doch sie hatte keine Wahl gehabt. Ihr Onkel Patrick – der der Nesbit in Nesbit & Noonan war – hatte vor ein paar Monaten einen Trainee als Toningenieur an Bord genommen, und er hielt sie alle sehr knapp. Bis Patrick es sich leisten konnte, Geld für eine neue Empfangsdame auszugeben, tat Ella ihm den Gefallen einzuspringen. Und sie schuldete ihm mehr als einen Gefallen. Ihr Onkel war ihr Mentor, ihr Freund, ihr sicherer Hafen. Den größten Teil ihres Lebens hatte er *in loco parentis* agiert, wenn einer oder beide Eltern von Ella wieder einmal in Globetrotterlaune waren – was meistens der Fall war. Die Wände in dem Gästezimmer, das er mit seinen beiden Söhnen im Teenageralter und seiner Frau Claudia teilte, waren immer noch bedeckt von ihren peinlichen Bros-Postern, und manchmal ertappte sie sich dabei, wie sie mechanisch auf Formularen, die sie ausfüllen musste, die Adresse ihres Onkels hinkritzelte statt ihre eigene. Sie liebte ihn heftig, und Patrick wiederum war vernarrt in sie und behandelte sie wie die Tochter, die er niemals gehabt hatte. Patrick hatte für ihre Geburtstagspartys Zauberer angeheuert, als sie klein war, er hatte Miss Ní Bhriain, ihre Irischlehrerin, angeschnauzt, weil sie Ellas Selbstvertrauen in der Schule unterhöhlt hatte, und er hatte einen Kieferorthopäden organisiert, als Ellas Zähne anfingen schief zu wachsen. Er hatte sie aus Teenagerdiscos abgeholt, ihre Freunde mit kritischem Auge überwacht, hatte sie ganz diskret von dem Gefängnislook weggelenkt, den manche ihrer Freundinnen gepflegt hatten, und hatte ihr bei ihrem ersten den Kopf zerreißenden und den Magen hebenden Ich-werde-nie-wieder-trinken-Kater zur Seite gestanden. Ella argwöhnte, dass er den Vaterkram besser bewältigt hatte, als Declan, ihr eigener Vater, es je hätte tun können. Declan hätte sie auf den Putz hauen und frei herumlaufen lassen – tatsächlich hätte er sich umso mehr zurückgelehnt und bewundernd zugesehen, je mehr Sand sie den Konventionen ins Gesicht geschleudert hätte.

Patricks Stimme ertönte nun am anderen Ende der Leitung.

»Hi, Kleine. Wie ist dein Tag?«

»Viel zu tun. Complete Works hat abgesagt, aber Reflex und PBCF&C haben Aufnahmen gebucht.«

»Können wir beide noch einschieben?«
»Gerade so. Es wird ziemlich eng werden.«
»Ich bringe auf dem Weg extra was zum Naschen mit. Ich wäre schon früher gekommen, aber der Verkehr am Kanal ist …«
»Stoßstange an Stoßstange.«
»So ist es. Ist Julian schon da?« Julian Bollard war der neue Trainee.
»Nein. Er kommt zu spät. Schon wieder.« Sie konnte der Stichelei nicht widerstehen, doch ihr Onkel schien es nicht zu bemerken.
»Setz ihn auf den PBCF&C-Gig, ja? Ich will sehen, wie er unter Druck zurechtkommt. Dieser Mistkerl von einem Kunden wird heute da sein. Das wird Julians Feuerprobe in Sachen Diplomatie werden.«
Ha! Ella hätte beinahe gelacht. Wenn sie im Moment Probleme mit ihrem Humor hatte, dann hatte der verdammte Julian Bollard eindeutig Probleme mit der Diplomatie – zumindest, wenn es um sie ging. Von dem Augenblick an, da sie sich begegnet waren, hatten sie einfach nicht miteinander gekonnt – und wenn Ella versuchte die Gründe zu analysieren, warum nicht, so gefiel ihr nicht sehr, was sie da über sich selbst erfuhr. Denn tief drinnen argwöhnte sie, dass ihr Misstrauen den neuen Trainee betreffend durch nichts Komplizierteres motiviert war als durch berufliche Eifersucht. Julian erwarb sich gerade einen gewissen Ruf als Toningenieurass, und sie hatte genug davon, dass Leute ihre Anrufe im Studio mit den Worten beendeten: »Ach, und können Sie sicherstellen, dass Julian bei der Aufnahme dabei ist?« Ella hatte große Angst, dass sie sich länger hinter dem Empfangstresen befinden könnte, als ihr lieb war.
»Okay. Mach ich. Übrigens, Patrick, beide Studios sind

während der Mittagszeit gebucht. Ich laufe wieder raus und hole Sandwiches.«
»Kannst du nicht welche bestellen?«
»Nein. Dieser Lieferservice ist Mist. Sie kriegen immer alle Bestellungen in den falschen Hals.«
»Verdammt. Mir tut dieser Mädchen-für-alles-Kram Leid, Kleine. Ich weiß, dass du die Schnauze voll hast.«
Ella nahm einen Stift und begann auf ihrem Kalender herumzuschmieren. »Wann darf ich wieder in die Technik zurück, Patrick? Die Leute behandeln mich mit mehr Respekt, wenn ich meine Ingenieursmütze trage. Ich gehöre einfach nicht hinter die Empfangstheke.«
»Ich habe keine Beschwerden gehört. Und du weißt, was für einen Riesengefallen du mir tust, indem du mir ein Gehalt einsparst. Wenn das neue Studio erst einmal läuft und wir die ganze neue Hi-Tech-Ausstattung installiert haben, wirst du ins Spiel kommen, aber bis dahin muss ich die Kosten so gering wie möglich halten. Und denk doch nur daran, was in ein paar Monaten los ist. Drei Studios, vier zweite Ingenieure und eine brandneue Empfangsdame. Ich verspreche es dir.«
Ella seufzte. *In ein paar Monaten …* Wenn sie ihren Onkel nicht so sehr lieben würde, hätte sie ihn angeschrien. Doch er hatte Recht. Obwohl das Studio, das er in der unbenutzten Garage hinter dem Gebäude bauen ließ, ihn ein Vermögen kostete, versprach es ein technologischer Traum zu werden, und sie starb dafür, mit all den neuesten Spielsachen zu spielen.
»Geduld ist eine Tugend«, erinnerte Patrick sie.
»›Und Tugend hat ihren eigenen Preis, aber keinen Verkauf an den Kinokassen‹«, setzte sie automatisch hinterher.
»Wo habe ich das schon mal gehört?«

»Francesca hat es immer gesagt. Es ist ein Zitat von Mae West.«
»Gott, ja! Wie konnte ich das vergessen?« Sie vermochte das Lächeln in Patricks Stimme zu hören. »Wie war noch mal das andere Juwel von Mae West, das sie immer wie ein Mantra sang?«
»Hm. Lass mich nachdenken … O ja – ›Gut zu leben ist die beste Rache‹. Nur dass ich glaube, dass das von Scott Fitzgerald stammt.« Eine von Ellas früheren Kindheitserinnerungen galt Francesca, ihrer Mutter, wie sie sich ihren Freundinnen bei einer Künstlersoiree kurz nach ihrer alles andere als freundschaftlichen Trennung von Ellas Vater anvertraute. Sie hatte einen Joint in ihrer feinen rechten Hand gehalten und eine Champagnerflöte in ihrer feinen linken, und ihr präraffaelitisches Haar war um sie herumgeflossen wie eine Wolke; ihre rauchigen, mit Lidstrich ummalten Augen hatten Feuer gesprüht, als sie immer wieder das Wort »Rache« ausgespien hatte. Die Erinnerung daran war für Ella doppelt scharf, weil »Rat Trap« von den Boomtown Rats damals endlos auf allen Radiosendern spielte. »Ich habe übrigens neulich eine Karte von ihr bekommen. Aus Gstaad.«
»Ich wusste gar nicht, dass Francesca Ski läuft.«
»Tut sie auch nicht. Aber Giorgio. Sie interessiert sich nur für den Après-Ski.«
»Da gibt es irgendwo einen schlechten Witz«, bemerkte Patrick. »Aber es ist noch zu früh am Tag, um meine grauen Zellen dafür anzustrengen.« Ein elektronisches Piepsen ertönte. »Ah. Ich habe einen Anruf, Süße. Ich nehme ihn besser an. Bis nachher.«
»Bis nachher.« Ella legte auf und nahm einen Schluck Kaffee. Er war kalt.
Ein dumpfer Knall auf den Boden im Gang vorm Emp-

fang kündete von der Ankunft der Post. Sie ging hin, hob den Haufen Umschläge auf und setzte sich dann an den Schreibtisch, um sie zu sortieren. Vor allem Rechnungen. Es gab einen langweilig aussehenden dicken Umschlag, der an ihren Onkel gerichtet war. Eine Jiffytasche für Jack, seinen Partner. Ein Branchenmagazin. Eine Postkarte von Hattie aus Schottland mit nur einem Satz auf der Rückseite: »Tut mir Leid, dass ich dich im Stich gelassen habe.« Ha!, dachte Ella. Ein Rundschreiben. Ein Brief für – he! Ein Brief für sie! Sie bekam in der Arbeit kaum Briefe.

»MITTEILUNG: AN DEN BERECHTIGTEN NUTZNIESSER!« schrie ihr die glänzende Schrift auf dem grell orangefarbenen Umschlag entgegen. »Sie halten die Chance, 250 000 Pfund zu gewinnen, in Ihren Händen! Öffnen Sie sofort, um zu erfahren, wie!« Und es gab noch mehr. Durch das Zellophanfenster auf dem Umschlag konnte sie die Worte erkennen: »… erklären wir Miss Ellen Nesbitt aus der Lower Winston Street Nummer 14 in Dublin 2, Republik Irland, zur Gewinnerin von 250 000 Pfund. Bitte antworten Sie schnell, um Ihre Chancen auf den Gesamtpreis wahrzunehmen.«

Sie konnten nicht mal ihren Namen richtig hinkriegen! Sie schürzte verächtlich die Lippen und ließ den Umschlag in den Papierkorb zu den Larson-Cartoons fallen. »Sie halten die Chance, 250 000 Pfund zu gewinnen, in Ihren Händen!« Für was für einen Blödmann hielten die sie eigentlich?

»Morgen.« Jack Noonan trat durch die Tür und schwang seinen Motorradhelm.

»Oh – hi, Jack.«

»Kaffee fertig?«, erkundigte er sich.

»Mmh. Bedien dich.« Sie lächelte ihn an, während er seinen Helm an die Garderobe hängte. Er sah Pierce Brosnan

ähnlich und hatte auch ein ähnliches Glitzern in den Augen. Er war in den letzten zehn Jahren die rechte Hand ihres Onkels und für ihre technische Ausbildung verantwortlich gewesen. Sie hatte stets heimlich für ihn geschwärmt, doch sie wusste, dass dies nicht erwidert wurde. Sie war einfach nicht sein Typ – er stand auf höchst tüchtige, männermordende, postfeministische Damen (man sollte sie sehen, wenn er mit ihnen fertig war – dann mussten sie einem einfach Leid tun), und sie wusste auch, dass Jack nicht im Traum daran denken würde, die Nichte seines Partners anzurühren. Er schenkte sich eine Tasse Kaffee ein und sah über die Schulter auf den Schreibtischkalender. Sie spürte, wie sich ihre Nackenhaare aufrichteten. »Um wie viel Uhr ist die erste Aufnahme?«
»Halb zehn. Es sind zwei Gigs gebucht.«
»Wer ist im Hauptstudio?«
»Reflex.«
»Oh, gut. Den mache ich. Diese Angie ist ein heißer Feger.« Jack lächelte über ihre erhobenen Augenbrauen. »Du musst uns Jungens schon ab und zu eine kleine politische Unkorrektheit erlauben.«
Ella zuckte mit den Schultern. »Ich hätte nicht gedacht, dass sie dein Typ ist.«
»Oh? Was ist denn mein Typ, Ella?«
Auf jeden Fall nicht ich, dachte sie, aber sagte: »Keine Ahnung. Angie ist nur ein bisschen locker, wenn du weißt, was ich meine.« O Gott, klang sie jetzt etwa gereizt? »Versteh mich nicht falsch. Ich meine das nicht boshaft – es ist nur, dass sie … nun …« Sie erkannte gerade noch rechtzeitig, dass sie »lustig« sagen wollte, und hielt sich zurück. »… frivoler ist als die Art von Frauen, die dir normalerweise aus der Hand fressen.«
»Ich werde reifer, Ella. Ich bin in dem aufgeklärten Sta-

dium meines Lebens angelangt, in dem ein Mann plötzlich erkennt, dass er lieber schmutzige Reden führt als vernünftig redet.«
»Oh! Vielleicht gibt es ja dann doch noch Hoffnung für mich!« Ella schenkte ihm ein bezauberndes Lächeln.
»Du kannst schmutzige Reden führen, kleine El? Das glaube ich nicht. Ich kenne dich, seit das gröbste Wort, das du wusstest, ›Hintern‹ war, wenn du dich erinnerst.«
»Ich habe seitdem eine Menge gröbere Wörter gelernt, Jack.«
»Nein! Was für ein Mistkerl war verantwortlich für Ihre Missbildung, Miss Nesbit?«
»Du.«
»*Touché*. Sag es nicht deinem Onkel weiter. Er würde mich an meinen Gedärmen aufhängen.«
Jack tippte ihr mit dem Zeigefinger an die Nase. Küss mich, du großer Scheißkerl!, dachte Ella. Aber natürlich sagte sie es nicht laut. Stattdessen gähnte sie und fing wieder an herumzukritzeln. »Es wird ein langer Tag«, sagte sie. »Eine Menge Kunden kommen heute. Ich hasse es wirklich, dass diese Schufte mich wie ein kleines Mädchen behandeln, nur weil ich hinter der Theke sitze. Ständig habe ich das Gefühl, ich sollte mir die Nägel feilen und Dinge wie ›Mr. Nesbit wird Sie jetzt empfangen‹ in die Gegensprechanlage sagen. Und als sollte ich flauschige Jacken tragen.«
Ella war nicht der Typ für Flauschjacken, doch sie gab sich ein bisschen mehr Mühe mit ihrem Aussehen, wenn sie an der Theke saß. Heute trug sie einen am Hals ausgeschnittenen Pullover in Olivgrün, einen cremefarbenen Stretchrock aus Baumwolle und hohe Absätze, damit sie größer wirkte. Sie war nur einssechzig und hasste es, wenn sie die ganze Zeit zu den Leuten aufsehen musste.

Sie hatte ihr langes Red-Setter-farbiges Haar zurückgebunden und winzige silberne Ohrringe an- und ein diskretes Make-up aufgelegt. Wenigstens war ihr Haar jetzt lang genug, um es zurückzubinden. Sie hatte es einmal mit einem Sinead-O'Connor-Kurzhaarschnitt probiert und dies jahrelang bereut. Eine Feindin in der Schule hatte zu ihr gesagt, sie sehe aus wie ein Tennisball mit Lippen. Da ihr Mund groß und schief war, betonte sie ihn nun immer mit einem Konturenstift, um zu versuchen das Gleichgewicht wiederherzustellen, und da sie fand, dass ihre Augenbrauen das Beste an ihr waren, glättete sie sie stets mit etwas Vaseline.

»Wann darf ich wieder meinen richtigen Job machen, Jack?«, fragte sie. Ihr wurde plötzlich klar, dass das Gekritzel, das sie auf den Tischkalender gemalt hatte, einen Schädel und ein Skelett darstellte.

»Wenn das neue Studio fertig ist.« Jack saß auf dem Rand der Theke und verengte die Augen. »Außerdem gefällt es mir gut, dich mal wie ein kleines Mädchen zu behandeln, und dein Hintern sieht in diesem Rock klasse aus. Sie dürfen vielleicht später rauf in mein Büro zum Diktat kommen, Miss Nesbit.«

Das Telefon klingelte. Ella streckte ihm die Zunge raus und nahm den Hörer ab. »Nesbit and Noonan, guten Morgen!«, sagte sie ins Telefon. »Ja. Ja? Ja! Nein, heute nicht, danke!« Sie legte den Hörer auf. »Ein Vertreter für Fernsehverkauf«, erklärte sie.

»Diesen Anruf hast du prima hingekriegt, Ella. Du solltest vielleicht ein paar Sachen vermasseln, sonst könnte Patrick dich für immer hinter dieser Theke lassen.«

»O Jack – ich will nur meinen richtigen Job wieder. Es ist nicht fair. Patrick nutzt meine dynastische Loyalität aus. Wenn er nicht aufpasst, könnte ich auch mit einem verhei-

rateten Radioproduzenten nach Schottland abhauen. Ich kann jetzt verstehen, warum Hattie es getan hat.« Das Telefon läutete wieder. »Ach, verpiss dich«, sagte sie, während sie abnahm. Dann: »Nesbit and Noonan, guten Morgen.«
Sie konnte Jacks leises Lachen hören, als er die Treppe hinaufschlenderte, die ins Hauptstudio führte, und sie allein ließ.

Patrick und Julian kamen zusammen. Sie hörte sie reden und lachen, als Julian sein Fahrrad an das Geländer draußen anschloss. Als er damit fertig war, machte Julian seine Jacke auf, so dass sein schreckliches Sechserpack voll zu sehen war, und ließ »beiläufig« seinen Bizeps spielen. Julian war groß in Fitness und fuhr das neueste Fahrradmodell, sogar wenn es regnete. Doch die ganze Zeit, die er dem Circletraining, dem Gewichtheben und dem Nautilus widmete, konnte die Tatsache nicht verbergen, dass er im Grunde ein Blödmann war.
»Hallo, Süße«, sagte Patrick, als er zur Tür hereinkam. »Julian hat mir gerade vom neuen Auto seines Vaters erzählt. Er hat in einen Lotus Elan investiert, neben dem mein kleines Coupé langweilig aussehen wird.«
Das war noch ein Grund, ihn zu hassen – Julian Bollard war *reich.* Oder vielmehr, sein Daddy war reich, und sein reicher Daddy hatte Beziehungen. Unglücklicherweise hatte sich eine dieser Beziehungen als Jack Noonan herausgestellt, und so war es gekommen, dass Julian nun hier arbeitete. Ella hatte gehofft, dass Julian sich vielleicht damit langweilen würde, Toningenieur zu sein, so wie er sich in all den schicken Berufen gelangweilt hatte, in denen er sich versucht hatte – Fotografie, Filmproduktion, Journalismus, Schauspielerei (jemand hatte ihr erzählt,

dass er tatsächlich nur eine Nebenrolle gespielt hatte). Aber bis jetzt zeigte er kein Anzeichen von Ermüdung.

»Hi, Ella.« Julian lächelte sie mit seinen dünnen Lippen an und hob dann eine seiner schwarzen Noel-Gallagher-Augenbrauen. »Toller Rock.«

Ella tat so, als hätte sie nichts gehört. Sie schlug den Tischkalender auf und begann zu wählen. »Guten Morgen! Könnte ich bitte Monica sprechen? Hier ist Ella Nesbit. Danke.«

Ein Jingle setzte ein, während sie in die Warteschleife kam. »Was ist die beste Möglichkeit, einen Premix und einen Endmix zu produzieren, Patrick?«, hörte sie Julian fragen.

»Misch deinen Premix zuerst«, sagte Ella herrisch und drückte auf »On« auf ihrem Computer. »Lad ihn wieder ins Audiofile, und spiel dann den Mix.«

»Oh?«, meinte Julian und sah sie auf leicht gönnerhafte Weise an. »Kannst du nicht deinen Premix in den Audiofile mischen und dann gleichzeitig deinen Mix und deinen Premix spielen? Damit würde man die ganze Ladezeit sparen.«

»Du hast Recht, Julian«, sagte Patrick. »Damit würde man es in der Hälfte der Zeit schaffen.«

Scheiße, scheiße, scheiße, dachte Ella. Er überflügelte sie bereits. Sie machte jetzt seit einer Ewigkeit alles so, wie es etabliertes Prinzip gewesen war, während Julian offenbar Zugang zu der ganzen neuen Software hatte. Sie würde hart arbeiten müssen, wenn sie mithalten wollte. Ella hatte es satt, zuzusehen, wie der neue Trainee auf seinem Stuhl über den Studioboden rollte und dabei tüftelte und mischte und mitsummte. Sie saß da und malte ihren Totenschädel und ihr Skelett aus; dabei wartete sie darauf, dass ihr Anruf durchgestellt wurde, und versuchte, nicht

dem Gespräch zu lauschen, das die beiden Männer führten. Julian klang so allwissend, dass ihr schlecht wurde. »Bla, bla, bla«, hörte sie. »Bla, bla, bla.«
Ella arbeitete nun seit fast drei Jahren bei Nesbit & Noonan. Sie war irgendwie ins Aufnahmegeschäft hineingeschlittert. Sie hatte Probleme gehabt, in dem Jahr nach ihrem Abschluss am Musik-College Arbeit zu finden, und Patrick hatte sie als Teilzeitempfangsdame eingestellt. Damals hatte sie fünf Morgen in der Woche hinter der Theke verbracht, hatte fünf Nachmittage in der Woche Geige geübt und ab und zu abends mit verschiedenen Orchestern gespielt. Doch es gab keine freien festen Stellen – abgesehen von einer in einem Barockkammerorchester, bei der sie sich mit Perücke und Kostüm hätte verkleiden müssen, und mit diesem Gedanken konnte sie sich einfach nicht anfreunden. Also packte sie schließlich ihre Geige zurück in ihren Kasten, stellte den Kasten hinten in ihren Schrank und bat ihren Onkel um einen richtigen Job. Nach einem Jahr Lehrzeit war sie so weit.
Sie hatte keinen Ehrgeiz mehr, Berufsmusikerin zu werden, obwohl sie das nicht davon abhielt, Fantasien in Bezug darauf zu haben. Es lag ihr schließlich im Blut. Ihr Großvater väterlicherseits war der Stradivari der irischen Fiedelhersteller gewesen und hatte die begehrtesten Instrumente im Land gemacht, bis zu dem Tag, an dem seine Leber versagte; und ihr Vater Declan war ein Star in der Szene der Folkloremusik und bereiste die Welt mit einer höchst geachteten und erfolgreichen Band. Ihre Mutter Francesca war Geigerin im National Symphony Orchestra gewesen, bevor sie dies aufgegeben hatte und mit einem italienischen Tenor in die Toskana abgehauen war. Francesca hatte nur leises Bedauern gezeigt, als Ella ihr in einem Ferngespräch mitgeteilt hatte, dass sie das Geige-

spielen aufgebe. »Oh, nun ja, ich bin sicher, das ist die richtige Entscheidung für dich, Liebling«, hatte sie beruhigend erwidert. Und dann hatte Ella gehört, wie der Hörer bedeckt wurde und die gedämpfte Stimme ihrer Mutter sagte: »Mach eine andere Flasche auf, *mio caro*. Diese da korkt.«

Sie hatte gewartet, bis ihr Vater von seiner Tournee zurück war, um es ihm zu erzählen. Aus irgendeinem Grund hatte sie es ihm persönlich sagen wollen. Nachdem er die glänzenden Kaufhaustüten aus der Fifth Avenue geöffnet hatte, die er für sie mitgebracht hatte (dies tat er jedes Mal, wenn er fortfuhr, und Ella wusste, es war seine Art, seine Schuld abzutragen, so ein lausiger Vater zu sein), und nachdem sie die Gucci-Uhr und die Sonnenbrille von Ralph Lauren und die Prada-Handtasche bewundert hatte, hatte sie ihm einen großen Jameson eingeschenkt und ihn ruhig über ihre Berufswahl informiert. Declan war sauer geworden. Er hatte geschrien, war rot im Gesicht geworden und hatte praktisch Schaum vorm Mund gehabt. »Schau, was aus Patrick geworden ist!«, hatte er getobt. »*Er* hätte ein Konkurrent werden können, aber er hatte nicht den Mumm dafür! Er hat sich für die sichere Variante entschieden. Ein verdammtes Aufnahmestudio zu leiten, um Himmels willen!« Aus seinem Mund hatte das Wort »Aufnahmestudio« billiger geklungen als »Bordell«. »Dein Onkel könnte jetzt keine Fiedel mehr erkennen, selbst wenn sie ihm ins Gesicht geflogen käme und einen Stück aus seinem Arsch risse!« Patrick hatte auch früher einmal gespielt – und zwar brillant gespielt, wenn man Declan glauben wollte –, doch er hatte es aufgegeben, als sich das Aufnahmebusiness als lukrativer erwies.

Als Declan schließlich bei jenem unvergesslichen Anlass

Dampf abgelassen hatte, hatte er Ella lange schweigend angesehen, und dann, als er ihr steinernes Gesicht und ihr entschlossenes Kinn wahrnahm, hatte er auf dem Absatz kehrtgemacht und war zur Tür hinausgegangen. Sie hatte erst eine Woche später wieder von ihm gehört, als ein Riesenstrauß von Interflora auf ihrer Schwelle aufgetaucht war mit **Tut mir Leid wegen der Schreierei** in großer Blockschrift auf der Karte daneben. Und das war das letzte Mal gewesen, dass ihr Vater jemals wieder Ellas Nicht-Karriere als Geigerin erwähnt hatte. Oder ihren neu gefundenen Beruf als Toningenieurin.

Alles in allem hatte Ella gerne im Studio ihres Onkels gearbeitet, bis sie Vollzeit hinter die Empfangstheke abgeschoben worden war. Das Aufnahmegeschäft war ein geselliges und umtriebiges, und obwohl der Beruf des Toningenieurs eine fast ausschließlich männliche Domäne war, war sie gern einer von den Jungs. Sie hatte Jungen den Mädchen immer vorgezogen. Die meisten Schülerinnen an ihrem Mädcheninternat waren hervorragend geübt in der Kunst der weiblichen Boshaftigkeit gewesen – und sie wusste, dass die edle Orchesterwelt von echten Diven bevölkert war –, also fühlte sie sich wohler hinter einem Audioband. Doch ab und zu dachte sie an all die Jahre, die sie dem Studium der Musik gewidmet hatte, und kam sich dann einfach ein bisschen ausgebrannt vor.

Nun sah sie wieder hinüber zu Julian; er stand da und trank aus einem Becher Kaffee, während er ihren Onkel anschleimte. Er mochte sich ja einen gewissen Ruf als Wunderkind erworben haben, doch Ella wusste, dass er im Herzen ein Dilettant war ohne wahre Wertschätzung – oder Verständnis – für Musik. Dies war kein großer Nachteil, da Nesbit & Noonan sich vor allem auf Werbung spe-

zialisiert hatte und sehr wenig Musik dort aufgenommen wurde. Doch was sie anging, war das Einzige, was für Julian Bollard sprach, sein technisches Know-how. Dies beeindruckte die Kunden wie wahnsinnig, die bei Aufnahmen dabei waren, aber bei ihr machte er damit keinen Eindruck. Ella mochte nicht so flüssig in der Technosprache sein, doch ihre Intuition war ihre Trumpfkarte. Sie konnte ein Skript überfliegen, bis auf die Nanosekunde die Aufnahmezeit schätzen und augenblicklich bestimmen, ob es ein schnelles oder ein gemächliches Lesen erforderte. Sie stellte sofort eine Beziehung mit den Kreativen der Agenturen und mit Off-Kommentatoren her, da sie dieselbe Sprache sprach wie sie und viel lachte. Oder es bis vor kurzem getan hatte.
Die werbemäßige Warteschleifenmusik, die aus dem Hörer kam, verursachte ihr Kopfschmerzen. Ella legte auf, drückte auf Wiederwahl und kritzelte schwarze Haare und eine große Nase auf den Totenschädel, damit er mehr wie ein lebendiger Mensch ausschaute. Er sah schließlich aus wie Julian.

Später an diesem Tag gab es eine unerwartete Pause zwischen den Aufnahmen. Ella wickelte ihr Salatsandwich aus und setzte sich auf die große Ledercouch im Empfangsbereich, um es zu essen. Sie blätterte den *Evening Herald* durch, als die heiße Angie, die Drehbuchautorin von Reflex, herunterkam.
»Fertig?«, fragte Ella und sah von ihrer Zeitung auf.
»Nein. Ich will nur kurz verschnaufen. Es gibt irgendein Problem mit dem DAT. Es wird eine Weile dauern, bis sie es wieder in Ordnung haben.« Angie warf sich neben Ella auf die Couch, gähnte und streckte sich. »Irgendwas in der Zeitung?«

»Ein Artikel darüber, wie man ein Mädchen wird, das in ist.«
»Wow. Traurig. Noch was Weltbewegendes?«
»Ein Preisausschreiben, bei dem man einen Urlaub für zwei auf Jamaika gewinnen kann.«
»Jamaika? Wow! Lass uns mal gucken.«
Angie beugte sich vor, steckte eine Strähne ihres glänzenden silberblonden Haares hinters Ohr, und Ella rutschte mit der Zeitung zur Seite, damit sie besser sehen konnte. Das Preisausschreiben wurde von einem Nahrungsmittelunternehmen veranstaltet, das einen neuen Fruchtsaft namens Pirate's Punch bewarb. Dieser »Punsch« war eine Mischung aus tropischen Säften wie Mango, Ananas und Guave, und die Werbekampagne stellte einen Haufen Papageien dar, die als Piraten verkleidet waren, denen Dolche vom Gürtel herabhingen und die Stirnbänder um den Kopf und Klappen auf den Augen trugen. Sie schwenkten Musikinstrumente. Einer hatte Maracas, einer eine Quetschkommode und ein anderer eine Trompete. Der mit dem offenen Schnabel war, wie es schien, der Sänger.
»O Gott«, meinte Angie und sah entsetzt drein. »Ich frage mich, welche Agentur für diesen Mist verantwortlich ist. Warum um alles in der Welt spielen sie alle Instrumente?«
»Das tun sie im Fernsehspot. Die Papageien spielen den Werbesong.«
»Wie geht die Melodie?«
»Ich weiß nicht. Ich schalte immer weg, wenn es gesendet wird.«
»Das überrascht mich nicht. Was für eine *melange!* Mir tut der arme Kerl Leid, der diesen Etat bekommen hat.« Sie überflog die Seite. »Lass uns sehen – was muss man ma-

chen, um den Urlaub zu gewinnen? ›Beantworten Sie einfach die folgenden Fragen, bla, bla, bla‹«, las sie. »›Und dann denken Sie sich einen Namen für unsere Band aus Piratenpapageien aus! Er kann so närrisch sein, wie es Ihnen gefällt – tatsächlich heißt es, je närrischer, desto besser! Und wenn Sie unser glücklicher Gewinner sind, könnten Sie zu Ihrem wärmsten Winterwunderland aller Zeiten aufbrechen. Im luxuriösen Salamander Cove Hotel, Port Antonio, Jamaika!‹«

»So närrisch, wie es Ihnen gefällt?«, wiederholte Ella. »Wie wär's mit Schopenhauer und Die dröhnenden Intelligenzbestien?«

Angie lachte. »Ausgezeichnet. Oder Jean-Paul Sartre und Die Existenzialisten?«

»Die außergewöhnlich traurigen Scheißkerle?«

»Ja! Oder noch verrückter – Die geflügelten Blödmänner!«

»Die gefiederten Fürze?« Ella lachte nun auch.

»Ja, ja! Das ist es!« Angie streckte die Hand nach einem Stift aus und schrieb die Worte »Die gefiederten Fürze« in den Raum, der für Vorschläge freigelassen worden war. Dann sagte sie: »Wessen Namen sollen wir hinschreiben?«

Ella zögerte nicht. Sie nahm Angie den Stift ab und schrieb in Großbuchstaben: Julian Bollard, c/o Nesbit & Noonan, 14 Lower Winston Street, Dublin 2.

Sie fuhr gerade den Computer herunter, als Jack zum Empfang kam; er gähnte und sah auf seine Uhr. »Himmel noch mal, es ist schon halb sieben. Das war vielleicht ein Tag. Patrick schon nach Hause?«

»Ja.«

»Und du machst den Laden jetzt dicht?«

»Nein. Julian will bleiben und mit Klangeffekten rumspielen. Ich lasse ihn abschließen.«

»Hingabe, Begeisterung, Lcrneifer – dieser Junge wird es weit bringen.«

Ella warf ihm einen tödlichen Blick zu.

»Komm, Süße, nicht so ernst. Du wirst vor Ende des Jahres wieder am Mischpult sitzen.«

»Aber es ist jetzt erst Oktober!«

»Nun ja, lass uns doch mal positiv denken. Wie wär das? Der nächste Monat ist einer der kürzeren. Nur dreißig Tage.« Jack zog sich seine Jacke über und griff nach seinem Helm. »Ach komm. Lass mich dir einen Drink spendieren. Ein Pint Guiness wird deine blassen Wangen wieder zum Erröten bringen.«

»In Ordnung. Ich hätte gerne ein Pint. Aber nicht bei Daly's – es wird voll sein mit Medienleuten, und bei mir kündigen sich Kopfschmerzen an. Können wir nicht ausnahmsweise irgendwohin gehen, wo es ruhiger ist?« Sie stand auf und holte ihren Mantel von der Garderobe.

Jack machte ein entschuldigendes Gesicht. »Tut mir Leid, es muss Daly's sein.«

»Warum?«

»Angie wird dort sein. Ich habe mich in gewisser Weise mit ihr dort verabredet. Nichts Genaues, aber es wäre schlechter Stil, nicht aufzutauchen.«

Sie drehte sich zu ihm um und versuchte, ihre Enttäuschung nicht zu zeigen. »Also wirklich, O'Reilly. Könnte dies der Anfang von etwas Wunderbarem sein?«

Er zuckte mit den Schultern, während er ihr die Tür aufhielt. Auf der anderen Seite ging plärrend eine Autoalarmanlage los. »Ich weiß es nicht. Während der Aufnahme vorhin hat sie etwas fallen lassen.«

»Oh?«

»Natürlich mag nichts Bedeutungsvolles dahinter stecken, aber sie hat gesagt, dass sie sich gerade von ihrem Lover getrennt hat.« Er hob die Augenbrauen, als sie auf die Straße traten und nach links in Richtung Pub abbogen. Ella stopfte die Hände in ihre Manteltaschen und wägte die Situation ab. Aus irgendeinem Grund erlaubte ihr die Vorstellung von Jack und Angie, wie sie sich zusammentaten, nicht denselben stechenden Schmerz der Eifersucht, den manche seiner früheren Beziehungen ihr bereitet hatten. Die meisten vorherigen Frauen ihres Bosses waren welterfahren und raffiniert gewesen – richtige Bond-Mädchen –, und sie hatten sich bemüht, sich Ella vom Leibe zu halten. Sie nahm an, sie waren eifersüchtig auf ihre lockere Beziehung mit Jack, und oft hatte sie Fantasien, in denen sie den Boden mit ihnen wischte. *Tut mir Leid, Tamara/Saskia/Magda. Jack und ich werden dich nicht zur Hochzeit einladen. Wir haben beschlossen, nur eine kleine Sache an einem Strand zu machen, wo es exotisch ist …* Doch sie hatte sich immer gut mit Angie verstanden. Es wäre zumindest eine nette Veränderung, von einer Freundin von Jack nicht herablassend behandelt zu werden. »Also, du nimmst an, sie ist frei? Tatsächlich denke ich, sie mag dich auch irgendwie, Jack. Sie sprüht sich immer kurz mit Gaultier ein, bevor sie zu einer Aufnahme mit dir geht.«
»Wirklich?«
»Mm.« Zur Hölle. Vielleicht hätte sie den Mund halten sollen. »Ich kann nicht sagen, dass ich ihr Vorwürfe mache. Du bist nämlich ein sehr attraktiver Typ.« Ein Tropfen landete auf ihrer Wange, den sie wegwischte. »Oh, es fängt an zu regnen.«
»Du bist süß, dass du das sagst.«
Jack legte den Arm um Ellas Schultern, und sie versuchte sich nicht anzuspannen.

»Was? Weil ich gesagt habe, dass es anfängt zu regnen?«
»Nein. Weil du mich daran erinnerst, dass ich nicht unattraktiv bin. Ich werde bald vierzig, und ich kann jeden weiblichen Trost gebrauchen, den ich kriegen kann. Und etwas sagt mir, dass Angie kein Spaziergang sein wird. Ich werde daran arbeiten müssen.« Plötzlich blieb er stehen und schaute sie fragend an. »Verdammt, Ella. Sieh dich an, und dann beantworte mir diese Frage: Warum gibt es im Augenblick in deinem Leben keinen Lover? Es hat doch seit einer Ewigkeit keinen mehr gegeben, oder?«
»Nein.«
»Du hattest aber doch Scharen von Freunden, die hinter dir hergeheult haben – wie Beagles.«
Sie warf ihm einen zynischen Blick zu. »Scharen ist ein bisschen übertrieben, Jack. Ich hatte eine Reihe von verqueren Beziehungen, sonst nichts. Es waren alles Scheißer.«
»Alle?«
»Jeder Einzelne. Ich hatte Egoisten, Maulhelden, Geizhälse, Sadisten, Manisch-Depressive. Ich bin sogar mal mit einem ausgegangen, der *Father Ted* nicht lustig fand. Das hat mich Männern gegenüber wählerisch gemacht. Ich warte darauf, dass der Richtige kommt.«
»Definiere mir doch mal den Richtigen. Ich nehme an, er muss groß, dunkel und attraktiv sein?«
Wie du, dachte Ella. »Am liebsten. Aber es gibt eine noch wichtigere Anforderung.«
»Lass mich raten. Er muss Humor haben.«
»He, woher weißt du das?«
»Das sagen alle Frauen. Es heißt, die beste Möglichkeit, eine Frau ins Bett zu kriegen, ist, sie zum Lachen zu kriegen. Kann nicht behaupten, dass das bei mir jemals funk-

tioniert hat. Sie sind über meine Witze immer eine Meile weit gelaufen.«
Jack lachte reumütig und sah sie rätselhaft an. »Erinner dich dran, wie es in dem Lied heißt.« Ein Regenschauer ging gerade nieder, als das Männchen auf der Fußgängerampel gegenüber grün wurde. Ella wollte sich durch den Verkehr zwängen, doch Jack packte sie an der Schulter.
»He! Nicht so schnell, Süße.«
»Tut mir Leid.« Sie hüpfte zurück auf den Bürgersteig.
»Wie heißt es in dem Lied?«
»*A good man is hard to find.* – Ein guter Mann ist schwer zu finden.«
Nein, ist er nicht!, dachte sie. Manchmal ist er genau unter der eigenen Nase, und er merkt es noch nicht mal! Aber sie sagte es nicht laut. Stattdessen stellte sie fest: »Und umgekehrt.«
Jack lachte und stupste sie leicht auf den Kopf. »Was weißt du denn darüber?«
»Jack, ich bin nicht mehr Patricks kleine Nichte, weißt du. Du hast es vielleicht noch nicht bemerkt, aber ich bin vor einiger Zeit groß geworden.«
»O doch, das habe ich«, erwiderte er. »Es wäre ziemlich schwer gewesen, das nicht zu bemerken.«
Ella schenkte ihm einen koketten Blick unter gesenkten Lidern und war überrascht, dass sie nicht den üblichen neckenden Jack-Blick zurückbekam. Stattdessen lag etwas so Neues und Verstörendes in der Art, wie er sie ansah, dass sie sich sofort schalt, weil sie automatisch in ihr übliches Spiel der guten Kameraden, die sogar Flirten spielen können, hineinglitt.
O Gott! Versuch es anders, Ella! Schnell, schnell, wechsle das Thema! Innerhalb von Nanosekunden war der kokette Blick Geschichte, und sie suchte panisch nach einer

angemesseneren, erwachseneren Reaktion auf die plötzliche sexuelle Spannung, die zwischen ihnen aufgekommen war. Die arme Ella konnte es nicht wissen, es war ihr einfach gelungen, unglaublich verletzlich auszusehen. Plötzlich und peinlich berührt nahm Jack seinen Arm von ihren Schultern, hustete ein wenig, wenn auch nicht sehr überzeugend, und konzentrierte seinen Blick auf den Horizont irgendwo zu seiner Rechten.

Während gegenseitige Verwirrung herrschte, entstand ein langes Schweigen.

»Egal – wie wirst du ihn erkennen, wenn er auftaucht?«, fragte Jack, als er sich schließlich zu ihr umwandte. »Deinen Richtigen.« Er hatte den Gesichtsausdruck wieder angenommen, den er normalerweise zeigte, wenn er mit ihr sprach – jenen belustigten, leicht nachsichtigen Ausdruck, den man leicht als »onkelhaft« erkennen konnte. Es war keine Spur mehr zu sehen von dem Fremden, der ihr nur eine Minute zuvor tief in die Augen geblickt hatte.

Ella unterdrückte ihre Enttäuschung. Mehr als alles andere wollte sie diesen Fremden wiedertreffen. »Nun ja«, sagte sie und versicherte sich, dass ihre Stimme locker klang und ihr Lächeln kess war. »Er wird sich natürlich in zeitloser *Coup-de-Foudre*-Art ankündigen …«

»*Coup de was?*«

»*Coup de foudre*, du Dummchen, heißt auf Französisch Liebe auf den ersten Blick. Du weißt schon – wie ein Blitz aus heiterem Himmel.«

Jack sah sie skeptisch an. »Das Leben ist nicht so einfach, kleine El.«

»Nicht? Ach schau nur, das grüne Männchen.« Ella eilte locker über die Straße aufs Daly's zu, doch ihr Herz wog eine Tonne. Das Bild der schönen Angie war ihr in den

Sinn gekommen, und sie musste einfach daran denken, wie sie im Pub saß und auf Jack wartete. Als er die Tür zum Pub öffnete, wogte eine Welle aus Hitze, Lärm, Alkoholdämpfen und Zigarettenrauch heraus.

»O Gott, Jack«, meinte Ella plötzlich. »Tut mir Leid, ich werde es doch nicht schaffen. Ich glaube, ich gehe gleich nach Hause. Es ist ein Abend, um daheim zu bleiben und *ER* zu gucken.«

»Bist du sicher? Es sieht dir gar nicht ähnlich, so ungesellig zu sein. Komm doch für einen Drink rein.«

»Nein, nein, nein. Du weißt, dass es so was nicht gibt.«

Drüben beim Tresen hatte Angie Jacks Aufmerksamkeit gewonnen und winkte ihm zu.

Ella drückte schnell Jacks Hand. »Bis morgen.« Bevor er sie noch weiter bedrängen konnte, glitt sie wieder zur Tür hinaus.

Ein Bus stand an der Haltestelle, der letzte Passagier in der Schlange stieg gerade ein. Sie rannte hin und winkte, doch der Fahrer achtete nicht auf sie und fuhr vom Randstein weg. Scheiße. Es würde eine Ewigkeit kein anderer mehr kommen, und wenn sie etwas zu essen organisieren und ihre Wäsche machen wollte, würde sie losmüssen. Es war ein Abend, um zu Hause zu bleiben und irgendetwas im Fernsehen anzuschauen. Sie eilte in scharfem Tempo die Straße hinauf, gerade als die ersten Tropfen eines wirklich heftigen Regens zu fallen begannen.

Der nächste Tag war ein Freitag. Ella war wie üblich als Erste in der Arbeit. Sehnsüchtig dachte sie an die Tage, bevor sie an die Empfangstheke gebunden war und noch eine zusätzliche Stunde im Bett hatte.

Julian hatte offenbar am Vorabend bis spät in die Nacht gearbeitet. Eine leere Dose Diet Lilt lag auf dem Couchtisch sowie die Überreste einer Pizza in ihrem Karton. Er hätte den Anstand haben sollen, sie in einen Eimer zu werfen, dachte sie sauer, während sie den Abfall wegräumte. Der *Evening Herald* von gestern lag in dem Durcheinander, immer noch aufgefaltet auf der Seite mit dem Preisausschreiben für Pirate's Punch, und sie bekam plötzlich einen Schreck. Was, wenn Julian seinen Namen auf dem Preisausschreiben entdeckt hatte? Sie nahm die Zeitung und sah sie ausdruckslos an. Wo der Teilnahmeabschnitt gewesen war, war ein Rechteck aus Nichts zu sehen. Er war herausgerissen worden.

Die Tür ging auf, und Ella ließ die Zeitung fallen, als ob sie sich daran verbrannt hätte. Gott sei Dank war es nicht Julian. »Oh, hi, Jack!«, sagte sie und klang vor Erleichterung überschwänglich.

»Warum siehst du aus wie eine kleine Verbrecherin?«, fragte er und blickte sie neugierig an.

Ella senkte die Stimme, auch wenn niemand da war, der mithören könnte. »Ich weiß, das klingt irre, Jack, aber ich habe gestern etwas Kindisches gemacht, und ich habe Angst, dass Julian es herausgefunden hat.«

»Du sprichst im Zusammenhang mit Julian über etwas Kindisches? Eine Art groben Scherz, nehme ich an?«

Sie nickte. »Ja. Und du weißt doch, dass er keinen Humor hat. Er wird das Lustige daran nicht erkennen.«

»Okay, was hast du getan, um den schon zerbrechlichen Zustand eurer beruflichen Beziehung noch weiter zu gefährden?«

Sie weihte ihn ein, und als sie fertig war, lächelte Jack. »Du musst dir keine Sorgen machen, dass Julian es gesehen haben könnte, Liebes. Das war gar nicht möglich. Angie hat es weggeschickt.«

»Was?«

»Sie dachte, es sei ein hervorragender Streich. Ihr gefiel der Gedanke an all die unglückseligen Preisausschreibenrichter, die herumsitzen und banale Vorschläge für Namen für diese armseligen Papageien lesen müssen. Sie sagte, der Gedanke daran, dass jemand einen Umschlag öffnet und ›Die Gefiederten Fürze‹ liest statt den üblichen vorhersehbaren Kram wie ›Die Piratenpapageien‹ oder ›Die munteren Matrosen‹, wecke in ihr den Wunsch, sich vor Lachen zu biegen, also konnte sie nicht widerstehen, es abzuschicken. Sie wird heute noch etwas Schärferes auf das Teilnahmeformular schreiben.«

»Oh, zur Hölle, Jack, ich habe nicht nur Julians Namen auf dem Formular angegeben, sondern auch die Adresse von Nesbit and Noonan! Was, wenn es an den verantwortlichen Redakteur gelangt? Es könnte einer unserer Kunden sein!«

»Na und?«

»Sie werden denken, dass wir sie verarschen.«

»Das haben sie dann auch verdient, wenn sie sich so eine abstoßende Kampagne ausdenken.« Jack warf ihr einen belustigten Blick zu. »Zum Teufel, sieh es doch so: Vielleicht wird Julian gewinnen. Schließlich wollten sie freche Vorschläge, und »gefiederte Furze« ist so frech, wie man es sich nur wünschen kann. Und wenn er gewinnt, wird er dir nur äußerst dankbar sein für einen kostenlosen Urlaub auf Jamaika. Oh, hallo, Julian.«

»Hallo, Julian!« Ella warf ihm ein schuldbewusstes Lächeln zu, als er zur Tür hereinkam. Er sah abgefahrener denn je aus in seinem wasserabstoßenden Anzug mit Fahrradklammern um die Knöchel. Sie ging zum Mülleimer und warf seine Pizzaschachtel hinein.

»Hier ist die Post«, sagte er und ließ einen Stapel Umschläge auf die Theke fallen, während er zum Kalender griff. »Wie viele Aufnahmen haben wir heute?«

»Wir sind wieder voll beschäftigt«, antwortete Ella. »Mir macht es nichts aus, dich zu ersetzen, wenn du mittags essen gehen willst«, fügte sie hoffnungsvoll hinzu.
»Das geht nicht, Ella«, warf Jack ein. »Ich beantworte das Telefon jederzeit, wenn ich frei bin, so dass du dir ein Sandwich holen kannst, aber ich kann Julian heute nicht entbehren. Er hat sein eigenes Projekt am Audiofile. Es würde zu lange dauern, bis du es in der gebuchten Zeit für deine Bedürfnisse geändert hast.«
Ella meinte in Julians Gesicht Selbstgefälligkeit entdecken können, und sie hasste ihn mehr denn je. Mist! Wenn sie endlich von dieser Theke wegkäme, würde sie ihn das ein oder andere über Toningenieursarbeit lehren! Sie wandte ihre Aufmerksamkeit der Post zu, die er vor ihr abgeladen hatte. Ein grauer Umschlag mit dicken gelbschwarzen Lettern vorne fiel ihr ins Auge. »Sechs Lotterienummern, die exklusiv für Mrs. Alan Nesbit bestimmt sind«, las sie. Schweren Herzens riss sie den Umschlag auf und nahm ein glänzendes DIN-A4-Dokument heraus.
»Als in Frage kommende irische Finalistin könnten Sie eine Nummer in der Hand halten, die bereits über EINE MILLION DOLLAR wert ist! Und außerdem könnte ein schönes Gewürzset Ihnen umsonst gehören mit unseren besten Wünschen, wenn Sie unser den Mund wässrig machendes Kochbuch bestellen …«
Wie um Himmels willen war sie auf eine Mailingliste für Preisausschreiben geraten? Sie sah auf das Bild von dem Gewürzset. Wer mit einigermaßen Verstand könnte das als schön bezeichnen? Das unwiderstehliche Angebot landete im Mülleimer zusammen mit dem Umschlag, der gestern mit der Nachmittagspost für sie gekommen war und sie aufforderte, *sofort zu handeln*, denn es sei ihre *letzte Chance, eine Million, ja, eine Million hübscher Dollars* zu gewinnen …

Im Laufe der nächsten Tage strömte lauter Schund in den Briefkasten von Nesbit & Noonan. Alle Bittsteller boten potenziellen Mitwirkenden schwindelerregende Anreize. Neben den Preisausschreiben und den Wettbewerben mit Millionen von Pfund als Preisgewinn gab es noch andere Verführungsmöglichkeiten. Ella bekam einen kostenlosen Fotorahmen mit einem Wecker angeboten, einen Brotmacher für zu Hause, eine Solararmbanduhr, eine Wanduhr, die die Stunden mit Vogelgesang anzeigte, einen schönen Rosenbusch EXTRA FÜR SIE und so weiter.

Eines Morgens erhielt sie einen Brief, der – erstaunlicherweise – korrekt an sie adressiert war, in der perfekten Kursivschrift ihrer Großmutter. Sie schlitzte den Umschlag auf und nahm eine Karte heraus, auf der vorne ein flauschiges blauäugiges Kätzchen abgebildet war, das aus einem Satinpantoffel herauslugte. Es hatte einen winzigen Hut auf und trug eine rosafarbene Schleife. Achtung, dachte Ella. Das war ganz eindeutig *nicht* Leonies Stil. Leonie schickte normalerweise die schönsten Karten – Reproduktionen von Matisse, Picasso oder Miro. Diese Karte sah mehr wie eine Jeff-Koons-Verirrung aus.

»Liebste Ella«, las sie. »Eine Karte, um dir für meine Geburtstagsblumen zu danken. Kitschig, nicht wahr? Welcher arme Tropf hat sich ausgedacht, ein Kätzchen in einen Schuh zu stecken?! Ich hatte schon vor, an den Tierschutzverein zu schreiben, als mir einfiel, dass ich Ronan immer in meinen Pantoffel steckte, als er noch klein war, doch wenigstens ließ ich ihn nie eine Schleife oder einen Hut tragen. Übrigens, hast du schon was gewonnen?

In Liebe von deiner – *!#Leonie

XXX

Leonie hasste das Wort »Großmutter« und vermied es, es zu benutzen, wenn sie konnte. Daher das – *!#.

Ella überflog noch einmal den Text. »… hast du schon was gewonnen …« Nun ergaben die Preisausschreiben und die Ziehungen um schicke Autos, Riesengeldsummen und Traumurlaube einen Sinn. Ihre Großmutter musste sie auf irgendeine Adressenkartei gesetzt haben lassen. O Gott! Leonie hatte den Verstand verloren. Aber schließlich, sagte sich Ella, hatte sich Leonie immer verrückt aufgeführt. Sie hatte Ellas Großvater väterlicherseits – einen glühenden irischen Republikaner – geheiratet, um ihrem Vater zu trotzen, der Colonel in der britischen Armee gewesen war. Die Ehe hatte lange genug gedauert, um in rascher Folge Patrick und Declan hervorzubringen, und dann hatte sich Leonie aus dem Staub gemacht und ihren Ehemann zugunsten einer Karriere auf der Bühne verlassen. Sie war eine große Schönheit und die Begleiterin nicht weniger Berühmtheiten gewesen, bis sie beschloss, die Männer aufzugeben und sich stattdessen der Umwelt anzunehmen. Sie hatte vor zwei Jahren ihren letzten Lover zum Teufel gejagt und behauptete, seitdem keusch zu leben.

Ella steckte das blauäugige Kätzchen an die Pinnwand hinter der Theke, nahm den Hörer ab und tippte die Nummer ihrer Großmutter ein. Der Anrufbeantworter begrüßte sie. »Dies ist eine Tonbandaufnahme,« hörte Ella. »Wählen Sie unter keinen Umständen Jim Moran bei den nächsten Nachwahlen. Er ist ein totaler Scheißkerl. Er hat die Lärmverschmutzung in den Liberties zu verantworten, er hat die Planungserlaubnis für das hässliche Bürohochhaus auf dem Gewissen, und er hat außerdem meine Briefe wegen Recycling völlig ignoriert. Stimmen Sie nicht für den Lächler Jim Moran.« Dann: »Piep.«

»Leonie?«, fragte Ella. »Wenn du da bist, nimmst du bitte den Hörer ab? Nimm den Hörer ab, Leonie.«

Es dauerte einen Moment, und dann hörte sie die Stimme ihrer Großmutter. »Oh, hallo, Liebes. Ich bin froh, dass es nur du bist. Ich dachte, es sei vielleicht diese schreckliche Mrs. Hardiman von unten in der Straße, die mich an ihren Kaffeemorgen erinnern will. Wie geht's?«
Ella kam sofort auf den Punkt. »Leonie, hast du mich auf irgendeine Mailingliste setzen lassen?«
»O ja! Habe ich dir das nicht erzählt? Tolle Preise, nicht wahr?«
»Leonie, du wirst nicht glauben, was man mir für Kram angeboten hat. Du hast gedacht, das Kätzchen in einem Schuh sei Kitsch? Wie wär das als Kitsch? Persönliches Briefpapier mit dem eigenen Foto drauf? Ein ausgestopftes Lamm, das ›Jesus liebt mich‹ spielt? Eine Gartenlampe in Form eines Gnoms?«
»Ach, achte nicht auf all den Plunder, Ella. Kümmer dich nur um die großen Dinge. Du weißt schon – Autos, Urlaub, Bargeld, das ...«
»Leonie, ich werde *nichts* gewinnen. Wenn du glaubst, Jim Moran sei ein Scheißkerl, dann sind diese Leute, die dich dazu bringen, viele Pfund für ihre komischen Produkte rauszurücken, zwanzigmal mehr Scheißkerle. Es ist ein Gaunerspiel.«
»Okay, Liebes«, meinte Leonie gleichmütig. »Schmeiß einfach alles in den Müll, wenn du nicht interessiert bist.«
»Leonie, du bist doch diejenige, die sich mit Recycling beschäftigt.«
»Du hast Recht.« Eine Pause, in der ihre Großmutter das verdaute. »Ich werde fordern, dass dein Name wieder von jeder Mailingliste gestrichen wird.« Leonie klang nun lebhaft. »Tatsächlich, dies könnte mein neues Lieblingsprojekt werden. Setzen Sie sinnloser Schundpost ein Ende. Vielleicht sollte ich Jim Moran noch eine Chance ge-

ben. Ja. Das werde ich. Ich werde ihm schreiben und sehen, ob er der Herausforderung gerecht wird.«
»Was hat dich dazu gebracht, mich auf eine Mailingliste zu setzen?«
»Weil du das letzte Mal, als ich mit dir gesprochen habe, so neben dir zu stehen schienst. Ich dachte, der Gedanke, etwas zu gewinnen, könnte dich aufmuntern.«
Ella lächelte ihre Großmutter am anderen Ende an. »Du bist süß«, sagte sie. »Warum hast du meine Arbeitsadresse angegeben?«
»Weil du mir erzählt hast, dass Post von dir verloren gegangen ist. Ich nehme an, es ist dein Nachbar. Er fängt sie irgendwie ab. Sein Schnurrbart ist zu dünn, und seine Augen stehen zu nahe beieinander.«
»Er kandidiert für die Nachwahlen.«
»Na, das erklärt alles«, gab Leonie zurück.

»Nesbit and Noonan, guten Morgen!«, sagte Ella später an diesem Morgen in den Hörer und bemühte sich sehr, an die Ausrufezeichen zu denken, die eine Empfangsdame benutzen musste.
»Hallo«, ertönte eine unvertraute Stimme am anderen Ende der Leitung. »Könnte ich bitte mit Miss Ellen Nisbit sprechen?« Er sprach den Namen mit einer Präzision aus, die sie beleidigend fand.
»Hier ist Ella Nesbit«, antwortete sie ausdruckslos.
»Oh – hallo, Miss Nisbit.« Die Stimme war ärgerlich fröhlich. »Ich habe Neuigkeiten für Sie, die Sie sicher äußerst aufregend finden werden.«
O Gott, dachte Ella. Leonie hatte ihre Nummer offenbar einem Telefonvertreter gegeben. »Es tut mir Leid, ich bin nicht interessiert«, sagte sie und hoffte, dass der Blödmann nicht hartnäckig war.

»Oho, ich glaube, das werden Sie doch sein«, gab der Anrufer zurück. »Wenn ich Ihnen die Neuigkeit mitteile, die ich für Sie habe, werden Sie wohl noch interessierter sein.«
Zur Hölle. Er würde hartnäckig sein. Und die Tatsache, dass er wirklich »Oho« gesagt hatte, machte es noch dringender, ihn loszuwerden. Sie wollte gerade ein entschlossenes, aber höfliches »Nicht heute, danke« hervorbringen, als ein Wort sie davon abhielt.
»Jamaika!«, sagte die Stimme. »Wie klingt das für Sie? Zwei Wochen mit einer glücklichen Freundin oder einem Freund, haha – im Salamander Cove Hotel?«
Salamander Cove? Das war doch der Name des Hotels in dem Preisausschreiben des *Evening Herald.* »Verzeihen Sie«, sagte sie, »wer sind Sie? Soll das eine Art Scherz sein?«
»Hahaha! Sie meinen, Sie träumen, nicht wahr, Ellen? Nun, ein Traum ist wahr geworden – oder vielleicht sollte ich sagen, ein Traumurlaub ist wahr geworden!!!« Sie wusste, dass er ans Ende des Satzes mindestens drei Ausrufezeichen gesetzt hatte. »Ich heiße Manus McNulty von Toptree Foods Ltd. Sie haben kürzlich mitgemacht, um einen Urlaub auf Jamaika zu gewinnen – mit Ihrem wundervollen Namensvorschlag für unsere Markenpapageien.«
O Gott, wie konnten die Die gefiederten Fürze gewonnen haben? Konnte es sein, dass sie wirklich, wirklich irre Vorschläge wollten, wie sie es in der Anzeige behauptet hatten? Nicht möglich. »Die gefiederten Fürze« waren nicht mal irre, das war nur kindisch. Wie auch immer, wenn dieser Vorschlag gewonnen hätte, dann würden sie Julian anrufen und nicht sie. »Sie … äh … meinen doch nicht Die gefiederten Fürze, oder?«, fragte sie vorsichtig.

»Bitte?«
»Die gefiederten Fürze? War das der Name, der gewonnen hat?«
Die Stimme am anderen Ende der Leitung klang verwirrt. »Tut mir Leid. Ich weiß nicht, worüber Sie sprechen. Sie sind sich doch sicher, dass Sie Ellen Nisbit sind, oder? Von Nisbit and Noonane, 14 Lower Winston Street, Dublin 2?«
Sie war sich im Moment gar nichts mehr sicher. Aber: »Ja, ja, das bin ich.«
»Nun, auf Ihrem Formular ist kein … äh … Gefiederte Fürze zu finden. Der Name, den Sie niedergeschrieben haben, lautet ›The Polly Rogers‹. Das war der Name, für den sich unsere Jury für unsere Piratenpapageien entschieden hat.«
O Gott, dachte sie. Plötzlich ergab alles einen Sinn. »Natürlich«, sagte sie. »Wie dumm von mir. Es waren ›The Polly Rogers‹, nicht ›Die gefiederten Fürze‹. Ich habe an etwas … äh … anderes gedacht.«
»Nun«, fragte Manus McNulty, »wann möchten Sie denn Ihren Urlaub antreten?«

Sobald sie den Hörer aufgelegt hatte, nahm sie ihn wieder ab und tippte die Nummer ihrer Großmutter ein.
»Oh, hallo, Liebes«, sagte Leonie. »Wie nett, so schnell wieder von dir zu hören. Lass mich nur rasch das Stethoskop an die richtige Stelle setzen.«
Ella fragte nicht nach.
»S-K-O-P«, sprach Leonie sorgfältig aus. »Das war's. Das Kreuzworträtsel der *Irish Times* wird auch nicht leichter. Nun denn. Was kann ich für dich tun?«
»Leonie«, fragte Ella, »sagt dir denn ›The Polly Rogers‹ etwas?«

»The Polly Rogers? Nein, Liebes – das glaube ich nicht. Oh, warte eine Minute. War Polly MacPherson nicht mit jemandem namens Roger verheiratet?«

»Nein, nein, Leonie«, erwiderte Ella geduldig. »Ich rede von einem Preisausschreiben. Hast du vor kurzem meinen Namen auf einem Formular für ein Preisausschreiben angegeben?«

»Oh, ja.« Leonies Ton klang sorglos. »Ich mache das nun seit Wochen, genauso wie bei diesen Losziehungen. Ich hoffte, du würdest eine Reihe von Hugh-Grant-Videos gewinnen und mich einmal abends einladen, um sie anzuschauen. Ich verpasse *Vier Hochzeiten* jedes Mal, wenn sie es im Fernsehen zeigen. Ich habe übrigens einen tollen Brief entworfen, in dem ich all diesen Trödelverkäufern sage, sie sollen deinen Namen sofort von ihren Listen streichen. Ich hab ihnen geschrieben, Jim Moran würde wie eine Tonne Ziegel auf sie niederkommen, wenn sie es nicht täten. Das sollte sie doch dazu bringen aufzuhorchen, oder?«

»Hast du diese diffamierende Nachricht über ihn von deinem Anrufbeantworter genommen?«

»Ja, ja. Der Lächler Jim hat eine Schonfrist bekommen. Hör damit auf, Ronan. Ronan frisst die Geranie. Hör auf, du böser Kater!« Es folgte eine Pause voller gemurmelter Schimpfwörter, bevor ihre Großmutter wieder sprach. »Tut mir Leid«, sagte sie dann atemlos. »Ich glaube, er ist süchtig nach dieser Geranie. Nun – erzähl mir. Hast du diese Videos gewonnen?«

»Nein, Leonie. Ich habe keine Videos gewonnen. Ich habe einen Urlaub gewonnen.«

»Oh, toll! Wo?«

»Auf Jamaika.«

»Jamaika! Wie exotisch! Nun – welches Preisausschreiben

war das? Man muss mich an solche Dinge erinnern, wenn man in meinem Alter ist.«

»Das, bei dem man einen Namen für die Band aus Papageien erfinden musste, die als Piraten verkleidet sind.«

»O Gott, ja. Jetzt erinnere ich mich. Furchtbare Wesen sind diese Papageien, nicht wahr? Ich zappe sie im Fernsehen jedes Mal weg, wenn sie dran sind. Was habe ich ihnen für einen Namen gegeben?«

»Du hast sie die Polly Rogers genannt.«

»Die Polly Rogers! Ein angemessen *scheußlicher* Name, findest du nicht? Tatsächlich war ich in Versuchung, sie die DTs oder so ähnlich zu nennen, aber ich habe mich zurückgehalten. Meine schöne Ella braucht Urlaub, habe ich mir gedacht. Und sie wird ihn nicht bekommen, wenn ich der Versuchung nachgebe, etwas Superschlaues hinzuschreiben. Also habe ich mir stattdessen ›The Polly Rogers‹ einfallen lassen. Das ist die Art von Namen, nach denen sie suchen, oder? Oh, hör nur mal – Ronan schnurrt.«

Ein Geräusch wie von einer Nähmaschine drang aus der Leitung, als ihre Großmutter den Hörer neben die Katze hielt. Nach einer Minute, in der sie Ronans Schnurren gelauscht hatte, kam Leonie wieder ans Telefon. »Die guten alten Polly Rogers haben also gewonnen, ja? Ist doch gut. Ich frage mich, ob ›Grant my wish‹, – ›Erfülle meinen Wunsch‹ – es irgendwie geschafft hat.«

»Grant my wish?«, echote Ella verblüfft.

»Ja. Das habe ich bei dem Ausschreiben für die Hugh-Grant-Videos ausgefüllt.«

»Wenn das nicht gewonnen hat, sollte es das aber.«

»Auf jeden Fall besser als die Polly Rogers. Ich kann nicht glauben, dass sie das genommen haben!« Leonie lachte hämisch auf und schloss dann: »Nun, Ella, meine Liebe, du wirst also bald ab nach Jamaika jetten! Du Glückskind.

Ich wollte schon immer in die Karibik. Wie traurig, dass ich es nie tun werde. Das ist das Schlimmste am Altwerden. Man fängt an Punkte von der Liste zu streichen mit ›Dingen, die ich schon immer machen wollte‹ und ›Orte, an die ich immer fahren wollte‹. Letzte Woche habe ich es dann endlich geschafft, ›Am Korallenriff schnorcheln‹ zu streichen.«
»Ich glaube, du solltest es wieder draufschreiben«, schlug ihre Enkelin mit einem Lächeln vor.
»Wirklich, Liebes? Warum denn das?«
»Du kommst mit mir«, erwiderte Ella.

2

Freitagabend war im Daly's immer der geschäftigste Tag der Woche. Als sie mit Jack gegen sechs Uhr durch die Tür trat, war das Lokal voll von Medienleuten, doch an diesem Abend machte das Ella nichts aus. Ihr war wieder nach Geselligkeit, und sie war so von Dankbarkeit für Toptree Foods erfüllt, dass sie fast einen Pirate's Punch bestellt hätte, als Jack sie fragte, was sie trinken wolle. Es hatte sich herumgesprochen, dass Ella eine Reise für zwei nach Jamaika gewonnen hatte, und als sie sich ihren Weg zu dem Ecktisch bahnte, den ihr Onkel sich freitags abends immer zu reservieren bemühte, spekulierten die Stammgäste lautstark darüber, welchen glücklichen Mann sie wohl mitnehmen würde. Ein äußerst gut aussehender (verheirateter) Schauspieler erbot sich großzügig freiwillig, sie zu begleiten, falls ihr niemand einfiele. »Wen nimmst du denn nun mit, Ella?«, fragte er, als sie ihn abwies. Sie hob die Augenbrauen und lächelte ihn geheimnisvoll an. »Komm schon, wer ist es?«, drängte der Schauspieler. »Einer von deinen groovy Musikerfreunden?«

»Nein«, antwortete sie, »ich nehme meine Großmutter mit.«

»Ella!«, stöhnte der Schauspieler. »Du nimmst deine Großmutter mit in ein romantisches tropisches Paradies! Was für eine Verschwendung!«

»Ich rufe dich an, falls sie kalte Füße bekommt«, beruhigte Ella ihn. »Aber das ist kaum wahrscheinlich. Leonie ist ganz heiß drauf.«

Ihr Onkel saß in seiner üblichen Ecke und hatte schon ein Pint vor sich stehen.
»Hi, Patrick!«, begrüßte sie ihn, ließ sich neben ihm fallen und küsste ihn auf die Wange. Sie hatte nach der Arbeit eine Broschüre im Reisebüro geholt, die sie nun aus ihrem Rucksack zog und durchblätterte. »Schau nur!« Ihre Stimme klang singend vor Entzücken. »Dahin fahre ich! Palmen! Weißer Sand! Cocktails am Strand!« Sie breitete die Broschüre auf dem Tisch vor ihm aus.
Patrick schüttelte ungläubig den Kopf. »Ich kann nicht glauben, dass du Leonie mitnimmst, Ella.«
»Warum nicht?«
Er zeigte auf ein Foto mit blauem Himmel und blauem Meer, auf dem zwei lächelnde junge Frauen in einem String-Bikini zu sehen waren. »Kannst du dir vorstellen, dass meine Mutter an diesem Strand sitzt? Du hast nicht viel drüber nachgedacht, oder?«
»Ich konnte sie nicht *nicht* mitnehmen, Patrick«, erwiderte sie vernünftig. »Sie hat schließlich das Preisausschreiben gewonnen. Und sie ist nicht prüde, wenn du dir darüber Sorgen machst. Sie hat mir erzählt, dass sie in meinem Alter nackt im Mittelmeer gebadet hat.«
»Darüber mache ich mir keine Sorgen«, gab Patrick zurück. »Sie wird nur einfach mit jedem Tag wunderlicher. Ich bin mir nicht sicher, dass du allein mit ihr umgehen kannst – vor allem auf der anderen Seite des Atlantiks. Was hat sie gesagt, als du sie eingeladen hast?«
»Sie hat mir gesagt, ich solle endlich realistisch werden.«
»Realistisch werden? Sie hat tatsächlich diese Worte benutzt?«
»Ja. Ich solle realistisch werden und eine Freundin in meinem Alter mitnehmen. Sie war absolut hartnäckig, was das betrifft, bis ich ihr gesagt habe, dass ich gar nicht fah-

ren könnte, wenn sie nicht mitkäme. Als sie dann wusste, dass kein Weg daran vorbeiführt, wurde sie ganz aufgeregt. Sie hat mich später noch mal angerufen, um mir zu erzählen, sie habe mit einem Tauchausrüster in Portdelvin Kontakt aufgenommen.«

»Jesus!«, rief ihr Onkel aus. »Leonie kann nicht tauchen. In ihrem Alter hätte sie Probleme, Schnorcheln zu lernen.«

»Keine Sorge, Patrick, sie hat sich für mich erkundigt. Offenbar kann man hier anfangen zu lernen und die Ausbildung irgendwo auf der Welt vollenden.«

»Das klingt nach einer verdammt guten Idee.« Jack war aufgetaucht. Er stellte zwei Pints auf den Tisch und setzte sich links von Ella hin – nahe, aber nicht nahe genug für körperlichen Kontakt. Die Bank war schmal, Ella widerstand der Versuchung, nach links zu rutschen, und beglückwünschte sich zu ihrer Zurückhaltung. Was sie doch für eine traurige Zicke war, diesen Mann anzuschwärmen! »Als ich damals in Australien war, habe ich mich verflucht, dass ich nicht vorher einen Tauchkurs absolviert hatte«, fuhr er fort. »Leonie hat Recht. Du solltest dich wegen Unterricht erkundigen.«

»Meinst du wirklich?« Bis zu diesem Nachmittag war ihr niemals der Gedanke in den Kopf gekommen, tauchen anzufangen, doch nun erkannte sie, dass es Sinn machte. In der Karibik zu tauchen wäre wie im Paradies zu tauchen.

»Das meine ich absolut. Ich werde nie den Nachmittag vergessen, an dem ich ein Tauchboot sah, das vom Great Barrier Reef zurückkam; es war voller Leute, die sich Geschichten darüber erzählten, was sie unter Wasser gesehen hatten. Sie waren ganz high davon – euphorisch. Ich bedaure mit am meisten, dass ich die halbe Welt gesehen, doch eine ganze neue Welt nicht erforscht habe.«

»Eine neue Welt?«
»Die Welt unter den Wellen.«
Die Welt unter den Wellen ... Das klang so romantisch! Sie hatte einmal einen Taucher in einer *National Geographic*-Sendung gesehen, der in den Tropen Fische fütterte. Sie stellte sich vor, wie sie durch karibische Gewässer schwamm, Muscheln aufsammelte und von Herden – nein, Schulen – bunter Fische umgeben wäre; sie sähe schlank und rank und stromlinienförmig in ihrem Tauchanzug aus, und ihr Haar würde um sie herum schweben wie das der kleinen Meerjungfrau. Zur Hölle. Sie musste es tun.
»Okay«, sagte sie. »Ich werde gleich am Montag einen Kurs buchen.«
»Wann fliegst du los?«, fragte Patrick. »Nach Jamaika.«
»Wann es mir passt«, erwiderte sie unbeschwert. »Oder vielmehr – wann es dir passt. Anfang Dezember wäre gut. Dann wird alles ein bisschen lockerer.« Hurra!, dachte sie. Er und Jack würden nun ernsthaft darüber nachdenken müssen, sich eine Empfangsdame zu suchen.
Ihr Onkel sah gedankenvoll drein. »Wir werden jetzt ernsthaft darüber nachdenken müssen, uns eine Empfangsdame zu suchen«, sagte er dann.

Am nächsten Montag kam ein dritter Umschlag an ihre Adresse, zusammen mit einem Umschlag, der sie ermahnte: »BEEILEN SIE SICH! Wir verschenken ein Philips-Mini-Hifi-System an die ersten 50 Einsender«, und einem weiteren, der offensichtlich ihr Herz vor Aufregung zum Rasen bringen sollte mit seiner DRINGEND-Aufforderung, bei einem Preisausschreiben mitzumachen, bei dem sie 100 000 Pfund gewinnen könne. Der dritte Umschlag enthielt eine Broschüre mit dem Schachtelwort »ActivMarine« vorne drauf, das über einem Bild von einem Taucher in großen Lettern stand, der sich vor einem Unterwasserhintergrund aus Aquamarinblau abzeichnete. Ein blau-gelb gesprenkelter Fisch schwebte im Vordergrund, und ein ganzer Schwall aus kleinen gestreiften war über einem Riff darunter zu sehen. Ein Strom aus Silberblasen kam aus dem Mund des Tauchers, der sich an einen Gummischlauch klammerte. Leonie hatte dem Tauchausrüster wohl ihre Adresse gegeben.

Ella schlug die Broschüre auf und überflog den Inhalt. Drinnen gab es eine Liste der Tauchkurse, die verfügbar waren. Es gab Anfängerkurse in offenem Wasser und Kurse im offenen Wasser für Fortgeschrittene. Es gab Wracktauchkurse und Nachttauchkurse, Rettungstauchkurse und Blauer-Hai-Tauchkurse. Es gab Tauchwochenenden im Westen Irlands und Tauchferien an exotischeren Orten – Barbados, dem Roten Meer, Thailand. Man sah Fotos von Menschen, die glücklich und vom Winde verweht auf Tauchbooten saßen, und Bilder von Menschen, die mühelos durch tiefblaues Wasser glitten. Es sah ungeheuer verführerisch aus.

Ein Kalender mit Farbcodes zeigte ihr, wann der nächste Anfängerkurs begann. Diesen Mittwoch um sieben Uhr abends. Jede Woche sechs Wochen lang! Es erschien ihr eine lächerlich lange Zeit, um zu lernen, wie man unter Wasser dahinschwebte und Luft durch einen Schlauch einatmete. Sie hatte eine Freundin, die einmal in Australien getaucht war und die gar keine Ausbildung gehabt hatte. Der Typ, der sie mit nach unten genommen hatte, hatte all das nötige Herumfuchteln mit Schläuchen und Messungen und so übernommen, und sie war einfach hinter ihm hergeschwommen und hatte sich an seiner Hand festgehalten. Trotzdem, es wäre schön, unabhängig zu sein anstatt nur ein Wasserbaby, etwas Tauchausbildung zu haben. Ihre Freundin hatte einmal versucht, eine Muschel aufzuheben, und ihr Führer hatte sie praktisch fast erwürgt bei seiner Bemühung, sie davon abzuhalten. Zugegebenermaßen hatte sie später herausgefunden, dass diese Art Kegelmuschel einen hochgiftigen Stachel besaß. Wenn sie sich ausbilden ließ, würde sie all den Quatsch lernen. Sie würde vielleicht sogar Geld in eine Unterwasserkamera investieren. Es wäre sehr viel interessanter, wunderbare Fotos von Korallenriffen, exotischen Fischen und Tauchern mit nach Hause zu bringen als das übliche »Ich am Strand. Ich beim Cocktailtrinken. Ich beim Springen in den Pool«, die man sonst im Urlaub schoss.

»Morgen«, sagte Jack, der gerade zur Tür hereinkam. Heute trug er seine Motorradkleidung aus Leder und sah mehr denn je wie Pierce Brosnan aus. »Was hast du da?«, fragte er und blickte zu der Broschüre, während er den Reißverschluss seiner Jacke aufmachte und sie auszog. Wow, dachte Ella. »Noch mehr Millionenangebote?«

»Nein«, antwortete Ella. »Es ist eine Broschüre übers Tauchen.«

»Lass mich mal gucken«, bat er, setzte sich auf die Empfangstheke und beugte sich zu ihr, wie er das jeden Morgen tat, wenn er zur Arbeit kam. Er pfiff durch die Zähne, als er die glänzenden Seiten durchblätterte. »O ja, Ella! Du musst es machen. Wow. Ich kann mir genau vorstellen, wie du mit einem Dolch an der Hüfte aus dem Wasser auftauchst wie Ursula Andress in *Dr. No.*«

»Ich bin nicht Ursula Andress«, entgegnete Ella.

»Na ja, ich gebe zu, dass du nicht ganz so gut bestückt bist. Trotzdem, es ist ein echt glamouröser Sport. Schlägt Golf auf jeden Fall, was den Sex-Appeal angeht. Los, ruf sie gleich an und melde dich an.«

»Es ist ein sechswöchiger Kurs, Jack.«
»Das wird es wert sein. Los, Miss Unerschrocken. Hast du nicht mal Fallschirmspringen gemacht? Das hier muss doch weniger Angst machen.«
»Okay.« Ella nahm ihm die Broschüre weg und warf ihm einen herausfordernden Blick zu. »Ich werde dir eine Kette aus Haizähnen mitbringen«, sagte sie, während sie die Nummer eintippte. »Eine, die aus den Zähnen bestehen wird, die ich mit meinen eigenen bleichen Händen dem tödlichen Rachen entrissen habe.«
»Noch lange hin, Ella. Neben dir wird Lara Croft aussehen wie Goldlöckchen.«
Das Telefon klingelte eine Ewigkeit. Dann hörte sie endlich: »ActivMarine, guten Morgen.« Wer immer abgenommen hatte, hatte die erforderlichen Ausrufezeichen vergessen. Es war eine Männerstimme.
»Oh, guten Morgen!«, sagte Ella mit ihrer muntersten Empfangsdamenstimme. »Ich rufe an, weil ich mich nach Tauchkursen erkundigen möchte. Können Sie mir bitte etwas über den Anfängerkurs sagen?«
»Sicher. Einer fängt diesen Mittwoch um sieben Uhr an.« Der Akzent deutete auf Galway hin. Ganz attraktiv, dachte sie. Sie beschloss, dass er es wert sei, ihm ihre volle warme Empfangsdamenbehandlung zukommen zu lassen, und sie erwiderte mit einem Lächeln: »Ja, das habe ich in Ihrer Broschüre gelesen. Es ist ein einstündiger Kurs, oder?«
»Nein. Wir machen zwei Stunden theoretische Arbeit zwischen sieben und neun und dann zwei Stunden Praxis im Pool. Sie werden um elf Uhr aus dem Pool kommen.«
»Elf Uhr!« Ella war entsetzt. »Aber das sind ja vier Stunden!« Sie rechnete schnell. »Vier Stunden in der Woche

sechs Wochen lang – das sind ja im Ganzen vierundzwanzig Stunden!« Sie sah zu Jack auf und öffnete den Mund zu einem stillen Schrei.

»Mit Ihren Rechenkünsten ist alles in Ordnung. Können Sie die Zeit nicht erübrigen?«

»Na ja – ja, das kann ich. Mir war nur nicht klar, dass das so viel Arbeit mit sich bringt.«

»Sie machen eine Ausbildung zu einer beglaubigten Taucherin in offenen Gewässern. Das ist nicht so, als würde man einen Kurs in Blumenarrangieren machen.«

Ellas Augen verengten sich bei seinem Ton. Wofür hielt er sie? Für eine gelangweilte Dilettantin, die müßig die Seiten des *Führers durch die Abendkurse* durchgeblättert hatte?

»Habe ich richtig verstanden, dass ich den Kurs im Ausland beenden kann?«, fragte sie und nahm einen eher distanzierten Ton an. Es hatte offenbar keinen Sinn, freundliche Ausrufezeichen oder ein warmes Lächeln an diesen Typen zu verschwenden.

»Das stimmt. Sie können Ihre beglaubigten Tauchgänge in jedem angeschlossenen Tauchclub auf der Welt absolvieren.«

»Oh? Heißt das, dass ich vier Wochen Ausbildung hier und zwei auf Jamaika machen kann?«

»Sie fliegen nach Jamaika, Sie Glückliche?«

»Ja.«

»Na ja, leider funktioniert es nicht so. Sie machen Ihre vierundzwanzig Stunden hier, und anschließend haben Sie eine schriftliche Prüfung. Dann müssen Sie beweisen, dass Sie die Fähigkeiten beherrschen, die man Ihnen beigebracht hat.«

»In einem Pool?«

»Nein, in offenem Gewässer, bei vier verschiedenen Tauchgängen. Sie können sich entscheiden, sie hier zu machen – in dem Fall haben Sie Ihren Tauchschein schon, wenn Sie nach Jamaika kommen –, oder wir empfehlen Sie weiter, und Sie können Ihre Eignungstauchgänge absolvieren, sobald Sie dort sind.«

O Gott, das klang alles schrecklich kompliziert. Langsam wünschte sie, sie wäre nie auf die Idee gekommen, tauchen zu lernen. »Wo machen Sie die Tauchgänge in offenen Gewässern?«, fragte sie und argwöhnte, dass ihr die Antwort nicht sehr gefallen würde.

»Sheep's Head Bay in der Nähe von Portdelvin.«

»Aber es ist fast Winter!«

Wieder lag das irritierende Lächeln in seiner Stimme. »Sie wären erstaunt, wie heiß es Ihnen werden kann, wenn Sie in einen Taucheranzug steigen, sogar in der Irischen See und sogar im November.«

»Wir haben Oktober.«

»Wenn Sie es schaffen, die sechs Wochen Ausbildung zu überstehen, wird es November sein, wenn Sie die Tauchgänge absolvieren.«

Wenn Sie es schaffen, die sechs Wochen Ausbildung zu überstehen! Er hatte sie offenbar völlig falsch eingeschätzt. Ella Nesbit war kein Waschlappen. Sie gehörte zu den Jungs, konnte es mit den Besten von ihnen aufnehmen. Und sie trank Unmengen Pints. »Okay«, sagte sie von oben herab. »Schreiben Sie mich für den Kurs ein, der diesen Mittwoch anfängt.«

»Sicher. Wie heißen Sie?«

»Ella Nesbit.«

»In Ordnung, Ella Nesbit.« Wow. Er hatte tatsächlich ihren Namen richtig hingekriegt. »Sie sind eingeschrieben. Vielleicht möchten Sie vorher zu uns rauskommen, um Ihr Handbuch abzuholen.«

»Mein Handbuch?« Ella zog wieder eine Grimasse, die an

Jack gerichtet war. Er wackelte schamlos mit den Ohren und amüsierte sich offensichtlich königlich.

»Ihr Tauchhandbuch. Es verfolgt den Kurs Schritt für Schritt, und es gibt Ihnen einen Vorgeschmack davon, was Sie erwartet. Es ist gut, das erste Kapitel zu lesen, bevor Sie in den Unterricht kommen.«

Das erste Kapitel! Mensch! Sie würde doch nicht den ganzen Weg nach Portdelvin rausfahren, nur um ein blödes Handbuch abzuholen. Er dachte wahrscheinlich, sie habe den IQ eines Idioten und wäre nicht in der Lage, ein Wort von der Lehrstunde zu begreifen, wenn sie nicht das Ganze vorher sorgfältig durchgelesen hätte. Sie war noch nie groß fürs Büffeln gewesen – sie hatte bisher jede Prüfung mühelos geschafft, die sie jemals gemacht hatte. Sie konnte alles, was sie wissen musste, auch im Klassenzimmer aufschnappen.

»Hm. Nein. Ich glaube, das lasse ich«, sagte sie.

»Wie Sie wollen.« Das war offensichtlich nicht der »sehr hilfsbereite und charmante Mensch«, mit dem Leonie gesprochen hatte, als sie ihre Erkundigungen eingezogen hatte. »Dann sehen wir Sie am Mittwoch, Ella Nesbit. Der Unterricht beginnt pünktlich um sieben Uhr.«

»Ich werde um fünf vor dort sein«, versprach sie, und gerade als sie auflegen wollte, fiel ihr noch ein: »Ach übrigens, was kostet es denn?«

»Dreihundertfünfundneunzig Pfund.«

»Oh!« Sie war so fassungslos über den Betrag, dass sie merkte, wie sie versuchte ihre Verwirrung zu verbergen. »Ein Schnäppchen!«, scherzte sie. »Danke für Ihre Hilfe!«

Ella legte mit schwerer Hand und – wie sie bestürzt bemerkte – auch mit schwerem Herzen den Hörer auf. Worauf um Gottes willen ließ sie sich da ein? Auf eine Gelegenheit, sich einem entspannenden Sport zur Erholung hinzugeben, oder die Aussicht, dreihundertfünfundneunzig Pfund für ein militärisches Lager hinzublättern? Der Typ, mit dem sie gesprochen hatte, war offenbar eine Art despotischer Pol Pot. Und es klang so, als würde er nicht gerade über viel Humor verfügen, was der Sache auch nicht dienlich war. Das Wort »Spaß« war in deren Hochglanzbroschüre ziemlich oft vorgekommen. Sie fragte sich, ob sie die verantwortlichen Werbeleute darauf aufmerksam machen sollte.

»Und, hast du Zweifel bekommen?« Jack hob eine Augenbraue, als er ihren nachdenklichen Gesichtsausdruck sah.

»Nein«, antwortete Ella. »Es kostet nur einen Haufen Geld.«

»Was kostet einen Haufen Geld?« Patrick war mit einem Windstoß und einem Schütteln seines nassen Regenschirms zur Tür hereingekommen.

»Ella hat sich gerade für ihren Tauchkurs angemeldet.«

»Oh? Wann fängst du an?«

»Mittwoch. Ich setze mich besser mit Toptree Foods in Verbindung und finde heute die Buchungsdaten für den Urlaub heraus. Ich habe wahrscheinlich gerade noch genug Zeit, um mein Training hinter mich zu bringen, bevor ich fliege.«

»Denkst du immer noch daran, im Dezember zu verschwinden?«

»Ja.« Ella zog den Tischkalender zu sich und malte ein großes lächelndes Gesicht auf die Seite mit dem ersten Montag im Dezember. »Das ist mein Lieblingsdatum. Ist das in Ordnung für dich, Patrick?«

»Das ist in Ordnung. Der Weihnachtsansturm wird dann gerade vorbei sein.«

»Du wirst eine Menge Agenturpartys versäumen, Ella«, warnte Jack sie.

Sie zuckte mit den Schultern. »Die Kater danach werde ich nicht vermissen.«
Patrick nahm die Tauchbroschüre. »Sie erwähnen hier drin sehr oft das Wort Spaß«, bemerkte er und blätterte.
»Nun, wenn sie alle so sind wie der Kerl am Telefon, wird es nicht gerade zum Totlachen sein. Vierundzwanzig Stunden Training, Patrick! Zwei Stunden in der Woche Schreibtischarbeit, gefolgt von zwei Stunden in einem Pool! Und eine Prüfung, und man muss vier Tauchgänge in der Irischen See absolvieren.« Sie schauderte und überlegte es sich dann. »Nein. Ich werde mich für die andere Möglichkeit entscheiden. Ich werde nicht in der verdammten Sheep's Head Bay tauchen. Ich werde diese Tauchgänge eindeutig auf Jamaika machen.«
»Ach komm, Scubagirl, lass uns doch mal lachen, ja?«, sagte Jack. »Ich werde in meiner Schaffelljacke mit einem Flachmann und einem Picknick am Strand sitzen und dich anfeuern.«
»Flachmann klingt sehr gut«, meinte Ella. »Vielleicht solltest du mich rausfahren und mich dann danach zu ausgiebigen heißen Whiskys in die Hafenbar abschleppen.«
»Apropos Transport – wie wirst du den langen Weg raus nach Portdelvin jeden Mittwoch bewerkstelligen?«, fragte Patrick.
»Ich nehme den DART.«
»Was? Und danach damit nach zwei Stunden, in denen du dir den Hintern in einem Pool abgefroren hast, heimfahren? Komm, Ella, sei doch mal realistisch. Ich leihe dir das Auto.«
Patrick lieh ihr ab und zu sein Auto, wenn sie es nötiger brauchte als er. Es war sehr praktisch – sie hatte Freunde draußen in Wicklow, die sie wahrscheinlich nie hätte sehen können, wenn er nicht gewesen wäre. Und sie fuhr

sein Auto mit Freuden. Es war ein echt schicker kleiner Zweisitzer, ein Mercedes Cabrio.

»Jeden Mittwoch, Patrick? Ich kann nicht erwarten, dass du das tust.«

»Das ist kein Problem, Ella. Du kannst mich unterwegs absetzen und das Auto abstellen, wenn du wieder da bist. Und es ist eine Möglichkeit, dir dafür zu danken, dass du so lieb bist und Leonie mit nach Jamaika nimmst. Sie hatte seit Jahren keinen Urlaub im Ausland mehr, und ich hatte schon Schuldgefühle deshalb. Ich habe sogar mit dem Gedanken gespielt, sie im nächsten Sommer zu uns nach Frankreich einzuladen.« Patrick und seine Frau Claudia besaßen eine kleine Villa im Midi.

»Aber das wäre eine Katastrophe! Claudia würde ausrasten!« Leonie und ihre Schwiegertochter kamen nicht miteinander aus. Tatsächlich konnten sie es nicht mal ertragen, zusammen im selben Raum zu sein.

»Ich weiß, deshalb schulde ich dir ja was, Ella.«

»Nun, danke, Patrick. Ich fühle mich jetzt schrecklich, weil ich so viel darüber gestöhnt habe, hier nur Empfangsdame zu sein. Ich verspreche dir, du wirst von heute an bis Dezember von mir keinen Pieps mehr darüber hören. Es wird ein himmlischer Frieden hier herrschen.«

»Und die Engel werden jubilieren.« Julian kam herein, und Ellas Lächeln verblasste. Sie warf einen verstohlenen Blick auf ihre Uhr. Es war Punkt halb zehn. Er war pünktlich. »Draußen ist aber nichts von Engeln zu sehen, nur Wolken, das kann ich euch sagen. Irgendein Amateurwetterfrosch hat heute Morgen im Radio gesagt, dass wir den schlimmsten Winter seit zehn Jahren bekommen.« Er trug seinen gegen Wasser geschützten Anzug, und an der Spitze seiner knochigen Nase hing ein Tropfen.

»Nun, wenn das so ist, Ella, dann bist du ein Glückspilz.« Jack erhob sich und vollführte jenes wunderbare faule Strecken, das er so gut konnte. Die Tatsache, dass er so völlig unbefangen darüber war, wie gut er es konnte, ließ es sogar noch wunderbarer erscheinen.
»Was ist so viel Glück am schlimmsten Winter seit zehn Jahren?«, wollte Julian wissen, der sich seiner Fahrradklammern entledigte.
»Ella wird nicht hier sein«, erklärte Jack. »Nun ja, zumindest zwei Wochen davon nicht. Sie fliegt zum Tauchen in die Karibik.«
Das war das Erste, was Julian gehört hatte. »Oh? Wann?«
»Anfang Dezember, wenn alles klappt.« Ella versuchte, nicht selbstgefällig dreinzublicken. »Ich habe eine Reise gewonnen, Julian.«
»Oh, toll.« Julian schenkte ihr mit dünnen Lippen das, was er für ein Lächeln hielt. »Ich wusste gar nicht, dass du dich fürs Tauchen interessierst.«
»Tue ich auch nicht. Na ja, jedenfalls bis jetzt nicht. Ich mache einen sechswöchigen Kurs, bevor ich fliege.«
»Wo?«
»Bei ActivMarine in Portdelvin.«
»Ach ja.« Julian nickte auf unangenehm wissende Weise. »Da habe ich auch trainiert.«
»Ja?« Sie konnte es nicht verhindern, dass ihr Unterkiefer ein wenig herunterfiel.
»Ja. Ich habe meine Fortgeschrittenenausbildung in offenen Gewässern letztes Jahr bei ActivMarine gemacht.«
O Scheiße. Julian war nicht nur ein beglaubigter Taucher in offenen Gewässern, er war auch noch fortgeschritten. Sie dachte, ihr würde schlecht. Warum war das Leben so ungerecht? Jetzt würde sie stundenlang mit anhören müs-

sen, wie er sich übers Tauchen ausließ, und zusehen müssen, wie er im Studio angab.

»Das sind ganz tolle Typen da draußen.« Julian machte etwas mit seinem Kinn, von dem Ella annahm, dass er es für männlich hielt. »Verstehen was von ihrem Kram. Du wirst in guten Händen sein, Ella.« Er steckte seine Fahrradklammern in die Taschen seines wasserabstoßenden Anzugs und hängte ihn an die Garderobe. Er sah aus wie eine tropfnasse Fledermaus. »Tauchen ist hart, doch es macht Spaß. Ich habe ein paar tolle Erlebnisse in tropischen Gewässern gehabt, aber man kann auch super vor der Westküste von Irland tauchen. Ja, vielleicht fahre ich sogar während der Weihnachtsferien für ein Tauchwochenende nach Westen«, fügte er hinzu und nickte auf ärgerlich nachdenkliche Weise.

»Weihnachten? Im schlimmsten Winter seit zehn Jahren?«, fragte Jack. »Wird dir das Wasser nicht die Eier abfrieren?«

»Nicht, wenn man einen Trockenanzug trägt«, erklärte Julian. »Meiner ist maßgeschneidert und auf dem neuesten Stand der Technik und aus komprimiertem Neopren. Hält mich warm und knochentrocken.«

»Ich hätte auch nicht gedacht, dass man im Dezember besonders gut sieht«, bemerkte Patrick.

»Nun, das hängt von den Bedingungen ab. Manchmal kann es trüb sein. Aber selbst bei schlechten Sichtverhältnissen kann man Leben unter Wasser begegnen. Zum Beispiel Lippfische.« Lippfische? Davon hatte Ella im Leben noch nie gehört. Wollte Julian sie etwa auf den Arm nehmen? »Und Pollacks. Und ich habe einmal unten in Killary einen Hai gesehen. Ja, man kann erstaunliche Dinge vor der Westküste entdecken. Röhrenwürmer sind unglaublich verblüffend.«

Danke, dass du mir das mitgeteilt hast, Julian, dachte Ella. Tauchen machte also Spaß, ja? Eiskaltes Wasser, miese Sicht, Quatschköpfe wie Julian, die im Trüben herumeierten, Lippfische, Pollacks und um Himmels willen *Röhrenwürmer* – igitt – und … und … Haie und verdammte Pol-Pot-Typen wie der, mit dem sie vorhin telefoniert hatte …

»Du wirst Spaß haben, Ella«, sagte Julian. Wieder dieses Wort mit S! »Das heißt, wenn du das Training überstehst.«

Das würde sie verdammt noch mal.

3

Am nächsten Mittwochabend glitt Ella auf den Fahrersitz des kirschroten Mercedes ihres Onkels und fühlte sich ziemlich froh. Hier saß sie nun in einem geilen Auto und war auf dem Weg, um alles über eines der sexysten Hobbys auf der Welt zu erfahren. Freizeittauchen! Sie rutschte mit dem Sitz nach vorne, richtete den Rückspiegel und wechselte den Sender im Autoradio. Time Saver Traffic sagte ihr, dass es einen Unfall auf der Küstenstraße gegeben habe und sich der Verkehr bis nach Booterstown staute. Oh, oh, vielleicht hätte sie doch den DART nehmen sollen.
Sie kam nur langsam voran. Sie hatte sich eine Stunde gestattet, um nach Portdelvin zu kommen, doch nun erkannte sie, dass es nicht reichen würde. Na ja, es wäre doch wohl egal, wenn sie ein paar Minuten zu spät käme, oder? Pol Pot hatte gesagt, pünktlich um sieben, aber nichts in Irland fing jemals pünktlich an. Die Iren waren ein gelassenes Volk. Das machte schließlich ihren Charme aus. Besucher von anderswo behaupteten doch immer, wie erfrischend locker das keltische Wesen sei.
Vierzig Minuten später, als sie sich umsah und die anderen Autofahrer wahrnahm, die in der Pendlerhölle festsaßen, erblickte sie hoch leistungsbereite, gestresste keltische Tigertypen, die hinter den Lenkrädern ihrer BMWs und Mercedes vor Wut schäumten. Irgendwo auf dem Weg hatte die verschlafene Dorfmentalität des Durchschnittsiren entweder eine Spritze in den Arm oder einen

Tritt in den Arsch bekommen. Selbst sie begann ein wenig vor leichtem Verkehrsärger zu jammern, trotz des müßigen Jazz, den sie in den CD-Player gelegt hatte, um mildere Vibrationen heraufzubeschwören. Als sie Portdelvin erreichte, war es genau sieben Uhr. Scheiße. Sie hoffte, dass Pol Pot sie nicht daran erinnern würde, dass sie verkündet hatte, fünf Minuten vorher da zu sein. Sie fuhr die Küstenstraße entlang und suchte nach ActivMarine. Als sie zu dem kleinen Hafen kam, wusste sie, dass sie zu weit gefahren war. Sie wendete, fuhr den Weg zurück, den sie gekommen war, und suchte weiter. Schließlich hielt sie einen Fußgänger an, der seinen Hund Gassi führte. »Entschuldigen Sie«, sagte sie, »wissen Sie zufällig, wo ActivMarine ist?«

»Das Tauchzentrum?«, fragte der Mann. »Ja. Es ist gleich da.« Er zeigte auf eine Ladenfront zwei Türen weiter. Sie war nicht erstaunt darüber, dass sie es verpasst hatte. Der Laden sah geschlossen aus.

»Danke«, sagte sie. »Noch einen schönen Spaziergang.«

Als Nächstes brauchte sie einen Parkplatz. Wieder fuhr sie die Küstenstraße auf und ab und geriet allmählich ein wenig in Panik. Es war jetzt zehn nach sieben. Endlich sah sie jemanden herausfahren und stürzte sich auf den freien Platz und dankte Gott für die Servolenkung. Sie griff nach ihrer Tasche, betätigte das Sicherheitsschloss und rannte die Straße entlang; dabei verfluchte sie ihre hohen Absätze. Ihre Rezeptionsklamotten bestanden an diesem Tag aus einem Stretchbaumwollrock, von dem Jack gesagt hätte, dass ihr Hintern toll darin aussehe, und einem einfachen schwarzen Top. Als sie zu dem Tauchzentrum kam, läutete sie. Nach ein, zwei Minuten, während deren sie durch das Fenster in das schummrige Innere spähte, in dem sich Ständer mit Taucheranzügen befanden und in dichten Reihen Pressluftflaschen standen, klingelte sie wieder und sah endlich, wie sich eine Tür im hinteren Teil des Ladens öffnete. Ein kahlköpfiger Mann in den Zwanzigern erschien und sah sie fragend an, und indem sie auf die Tür und ihre Uhr zeigte und entschuldigend ihre Hände ausbreitete, gelang es ihr, ihm zu vermitteln, dass sie zum Unterricht kam. Ein Schlüsselbund wurde hervorgezaubert und die Tür aufgeschlossen. »Tut mir Leid, dass ich zu spät komme«, sagte sie, während sie hineinschlüpfte. »Der Verkehr war die Hölle. Ich bin Ella Nesbit – ich fange heute Abend in Ihrem Kurs für offene Gewässer an.«

»Kein Problem. Sie haben nicht viel versäumt, sie füllen gerade die Formulare aus. Sie können Ihres ja später machen.« Er lächelte sie an und streckte die Hand aus. Sie bemerkte, dass sich eine lange Narbe in Zickzackform über sein Handgelenk zog. »Ich heiße PJ Farrell.« War das Pol Pot? Sie glaubte, nein. Pol Pot hätte sie angeschnauzt, weil sie zu spät kam, und dieser Typ hier hatte schöne Augen mit Lachfältchen darum und eine lockere Art.

»Sind Sie Tauchlehrer?«, fragte Ella, während sie ihm die Hand schüttelte. Sie hoffte es.

»Ja. Ich mache nicht den theoretischen Kram mit Ihnen, aber ich helfe später im Pool. Kommen Sie.«

Sie folgte ihm durch die Tür in den hinteren Teil des Ladens einen Flur entlang, an dessen Wänden gerahmte Fotos von Unterwasserszenen mit Tauchern, Riffen und exotischen Fischen hingen, und in einen grell erleuchteten Raum, in dem ungefähr ein Dutzend Leute an aufgereihten Pulten saßen. Sie waren alle männlich bis auf eine sportlich aussehende Frau in einem olivgrünen Trainingsanzug.

Ein hochgewachsener Typ stand vor der Klasse und

schrieb etwas auf eine Tafel. Lange blonde Dreadlocks kringelten sich über seine Schulterblätter den Rücken entlang. Er drehte sich um, als Ella zur Tür hereinkam, und suchte dann auf einem Klemmbrett. »Ella Nesbit«, sagte er und zog eine Augenbraue hoch. Er machte sich nicht die Mühe, es wie eine Frage klingen zu lassen, und sie erinnerte sich daran, wie er sich auch nicht die Mühe mit Ausrufezeichen gemacht hatte, als sie mit ihm telefoniert hatte. Er sah auf ärgerlich bedeutungsvolle Weise auf die Uhr. Das musste Pol Pot sein. Irgendwie hatte sie ihn sich ganz anders vorgestellt. Mehr wie den Feldwebeltyp. Das Letzte, was sie vorausgesehen hätte, wären Dreadlocks gewesen. Er hatte sogar eine recht gute Knochenstruktur – abgesehen von einer gebrochenen Nase.

»Jetzt sind alle da«, verkündete PJ Farrell.

Pol Pot nickte und winkte sie zu einem Platz. Die Einzigen, die noch frei waren, waren die ganz vorne in der Klasse, und sie kam sich ein bisschen blöd vor, als sie mit ihren hohen Hacken nach vorne stöckelte, ihren Mantel ablegte und sich setzte. Sie hatte sofort bemerkt, dass alle anderen im Raum Jeans, Pullover und feste Schuhe trugen, und sie konnte spüren, wie ihre Blicke ihre girlyhafte Aufmachung aufnahmen.

»Hier ist ein Formular zum Ausfüllen«, sagte er und reichte es ihr.

Sie bemerkte eine diagonale Narbe, die vom Rand seines Kiefers bis zu seinem Wangenknochen verlief. Sie endete kurz unter der äußeren Ecke seines linken Auges. Ella beschloss, dass sie eine Bestandsaufnahme von Narben machen würde. Wenn Narben einen Teil der Anatomie jedes Tauchlehrers darstellten, würde sie sich ernsthaft noch mal überlegen, ob sie Freizeittauchen als Hobby anfangen sollte. »Damit wollen wir feststellen, dass Sie in guter kör-

perlicher Verfassung sind«, bemerkte er, als sie den Fragebogen aufschlug.
»Das bin ich«, gab sie zurück.
»Oh?« Dieser Blick belustigter Neugier forderte zu einer Erklärung auf, und sie spürte, wie sie rot wurde. Unmögliches Aas! Er machte sich lustig über sie!
»Ich habe erst vor kurzem in meinem Fitness-Studio eine Einschätzung vornehmen lassen«, erklärte sie entschieden, während sie einen Stift aus ihrer Tasche zog.
»Trotzdem müssen Sie das ausfüllen. Und keine Mogelei.«
Keine Mogelei! Wo war sie hier – in einem Abendkurs oder im Kindergarten? Sie überflog die Fragen auf dem Formular und hakte im Geiste alle ab. Nein, sie litt nicht an Fettsucht; nein, sie litt nicht an einer verkleinerten Lunge; nein, sie hatte keine Geschichte von Alkohol- oder Drogenmissbrauch hinter sich, bla, bla, bla. Die Liste war endlos.
Nur bei einer der Bedingungen musste sie zweimal überlegen. Klaustrophobie. Sie hatte als Kind darunter gelitten, hatte aber seit einer Ewigkeit keinen Anfall mehr gehabt – was etwas heißen sollte, denn eine der Aufnahmekabinen, in denen sie arbeiten musste, war ziemlich eng.
Pol Pot lehnte sich auf seinem Stuhl zurück, streckte seine langen, in Combathosen steckenden Beine aus und wandte sich an die Klasse. »Okay. Hand hoch, wer nicht das erste Kapitel in dem Handbuch gelesen hat, das Sie erhalten haben?«
Ella sah sich um. Nicht einer im Raum hatte die Hand gehoben.
Pol Pot fuhr fort: »Alle haben ihre Hausaufgaben gemacht? Gut. Es ist wichtig, dass Sie sich mit dem betref-

fenden Kapitel vertraut machen, bevor Sie in den Kurs kommen, denn… «
»Verzeihung?«, meldete sich Ella. »Ich habe kein Handbuch.«
Er sah sie abschätzend an, und sie merkte, wie sie schon wieder rot wurde. »Also, Ella«, sagte er, dann sind Sie im Nachteil. Bitte kommen Sie nächste Woche vorbereitet, weil ich keine Zeit damit verschwenden will, Förderunterricht zu geben.« Förderunterricht! Bitte? »Das ist den anderen gegenüber nicht fair.«
Oh, die gute alte Schuldgefühletaktik versagte bei ihr niemals. »Natürlich«, erwiderte sie schnell. »Ich werde nächste Woche zwei Hausaufgaben machen. Ich will nicht riskieren, festgenommen zu werden.« Es war ein armseliger Witz und wahrscheinlich schlecht getimt, doch Pol Pot registrierte ihn mit etwas, was man am besten als flüchtiges Lächeln bezeichnen konnte.
»Wir nehmen hier keinen fest. Wir sind mehr für traditionelle maritime Formen der Bestrafung.«
Ella wollte nicht fragen, doch jemand anders im Raum tat es. »He, werden Peitschen und Handfesseln als Formen der Bestrafung angesehen?«, ertönte eine Männerstimme.
»Nur wenn Sie ein zutiefst fantasieloses Wesen sind«, gab Pol Pot zurück und hob amüsiert eine Augenbraue. »Ich hätte wissen müssen, dass du darauf anspringst, Richie.«
Ella drehte sich um. Pol Pot hatte die Bemerkung an einen gut aussehenden Typen gerichtet, den sie für Anfang zwanzig hielt. Er hatte Augen in der Farbe von hellblauem Leinen, einen offenen, äußerst einnehmenden Gesichtsausdruck, saß hinten auf seinem Stuhl und hatte einen Fuß vor sich auf den anderen gelegt. Timberlands, bemerkte Ella. Sie bemerkte auch die ziemlich sexy Art, in der ihm sein braunes Haar in die Stirn fiel, und die ziem-

lich scheußlich grüne Jacke, die er trug. Er lächelte sie an, und sie erwiderte sein Lächeln, bevor sie ihre Aufmerksamkeit wieder Pol Pot zuwandte.

»Hier ist Ihr Teampaket.« Er gab ihr eine blaue Nylonmappe. »Schönes Lesen, Ella.«

Ella öffnete die Mappe. Darin lagen ein Logbuch, einige Filofax-Seiten und eine Plastikkarte, auf der vorne TAUCHTABELLE gedruckt stand. Sie war so voller Zahlen, dass sie aussah, als ob eine Spinne darüber Stepp getanzt hätte. Sie nahm ihr Handbuch heraus. Auf dem Umschlag waren die üblichen verführerischen Bilder von regenbogenfarbenen Fischen, blauem Hintergrund und anmutigen Tauchern zu sehen. Während sie die Einführung durchblätterte, sah sie, dass »Spaß« ziemlich oft vorkam, zusammen mit ähnlichen Substantiven wie »Aufregung«, »Abenteuer« und »neue Freunde«.

Doch die Seiten danach erzählten eine andere Geschichte. Sie waren voll mit Text, Diagrammen und Fotos von Tauchern, die komplizierte Dinge mit ihrer Ausrüstung anstellten. Während sie das Buch durchblätterte, sank ihr Herz. Es gab Abschnitte zu vergifteter Luft, Stickstoffnarkose und Dekompressionskrankheit. Es gab Ratschläge zur Bewältigung von Problemen wie »Nicht mehr genug Luft haben«, »Beinahe Ertrinken« und »Sich verhaken«. Wo ist denn da der Spaß und die Aufregung?, fragte sie sich. Obwohl Stickstoffnarkose cool klang. Offenbar führte es zu einem Gefühl der Euphorie.

»Okay«, sagte Pol Pot, »also los.« Er griff hinter sich, drehte an einem Dimmer und zeigte dann mit einer Fernbedienung auf einen Bildschirm. »Wir fangen mit einem Video an. Es ist ziemlich verführerischer Kram – einiges davon sind Riffe in den Tropen. In irischen Gewässern zu tauchen ist herausfordernder.«

»Modul eins«, las Ella auf dem Schirm. »Die Prinzipien des Auftriebs ...«

Das Video enthielt eine Menge Filmmeter über Leute auf Stränden, die an Tauchausrüstungen herumfummelten. Sie lächelten alle oft, um zu zeigen, wie viel Spaß sie hatten, während sie sich gegenseitig riesige Pressluftflaschen anschnallten, die Daumen hoben und seitwärts auf Schwimmflossen dahinwatschelten. Nur dass man sie nicht Schwimmflossen nannte, wie ihr die besänftigende mittelatlantische Stimme erzählte. Man nannte sie nur Flossen. Ella war bemüht, sich zu konzentrieren, doch am Ende des Videos war sie sich immer noch nicht sicher, was ein BCD war und wofür SPG die Abkürzung war oder was verdammt noch mal für ein Unterschied zwischen einem J-Ventil und einem K-Ventil bestand.

Als schließlich der Abspann lief, schaltete Pol Pot den Bildschirm aus und behandelte noch mal alles, was sie gerade gesehen hatten. Als die zwei Stunden um waren, drehte sich alles in Ellas Kopf. Das Einzige, was für sie bei Modul eins einen Sinn ergeben hatte, war, dass man als Unterstützung und Hilfe immer einen Tauchpartner dabeihaben sollte. Sie hoffte, dass es nicht obligatorisch war, sich auch noch gegenseitig den Daumen zu heben.

»Haben alle eine Transportmöglichkeit?«, fragte Pol Pot am Ende des Kurses. »Der Pool liegt ein paar Meilen entfernt. Hand hoch, wer eine Mitfahrgelegenheit braucht.«

Ein paar Hände hoben sich.

»Und Hand hoch, wer jemanden mitnehmen kann?«

Ella streckte die linke Hand hoch. Ihre rechte war damit beschäftigt, ihren Fitness-Stand auf dem Formular auszufüllen.

»Okay – Gerry, Sie fahren mit Stephen. Habe ich die Namen richtig verstanden? Und Richie, du fährst mit Ella.«
Ella drehte sich um und sah sich dem Typen mit dem tollen Lächeln und der ekelhaften grünen Jacke gegenüber.
»Hi«, grüßte sie. »Sie sind Richie?«
»Genau.«
»Ich bin Ella Nesbit.«
»Ellen oder Ella wie in Ella Fitzgerald?«
»Das zweite stimmt.« Sie wandte ihre Aufmerksamkeit wieder dem Formular zu. Sie war bis zu der Frage über Klaustrophobie gekommen. Sollte sie mit Ja oder Nein antworten? Verdammt, dachte sie und kritzelte »nein« hin. Es war höchst unwahrscheinlich, dass ihr Kindheitsproblem nun, da sie Mitte zwanzig war, wieder auftauchen sollte. Schnell schrieb sie auch »nein« hinter alle übrigen Fragen, stand dann auf, steckte ihr Handbuch in seine blaue Mappe und schloss sie. Alle anderen taten dasselbe, auf jene pseudovertiefte Weise, auf die Menschen handeln, wenn sie etwas zu tun brauchen, um ihre Verlegenheit darüber, niemanden zu kennen, zu verbergen. Vorne blätterte Pol Pot die Formulare durch, die vorher ausgefüllt worden waren. »Entschuldigung, P…«, sagte Ella. »ich meine, Entschuldigung. Bitte, hier ist meins.« Sie reichte es ihm, und er überflog ihr ausgefülltes Formular.
»Nun, Ella«, meinte er, »Sie hatten Recht. Sie *sind* in guter körperlicher Verfassung.« Ella wollte weggehen, doch er streckte die Hand aus, um sie daran zu hindern. Seine Hand war neben der weißen Haut ihres Handgelenks so braun wie der Ballen einer Tierpfote. »Warten Sie«, sagte er. »Sie haben etwas vergessen. Ich brauche Ihre Unterschrift hier.«
Während Ella in ihrer Tasche nach einem Stift wühlte,

gähnte Pol Pot und streckte sich. Der Stoff seines T-Shirts rutschte hoch, und Ella schaute sofort weg von dem Stück gebräunter Haut, das sich ihren Augen darbot. Hör auf, dich zu strecken, dachte sie sauer. Jack Noonan ist der einzige Mann auf der Welt, der sich so strecken darf. Schnell unterzeichnete sie das Formular und wollte wieder gehen.

»Mir gefällt die schwungvolle Art, in der Sie Ihre Is schreiben.«

»Was?«

»Ihre Is«, wiederholte er und zeigte auf das Formular. »Sie haben eine tolle Unterschrift.«

»Oh, danke.« Sie versuchte ein Lächeln, doch er sah sie schon nicht mehr an. Er gähnte wieder. Ella wandte sich ab, bevor er sich erneut strecken konnte.

Die Kursteilnehmer hatten angefangen zur Tür hinaus- und durch den Laden zu gehen. Ella folgte ihnen an einer Gruppe vorbei, die die geheimnisvolle Tauchersprache sprach. Erfahrene Taucher offenbar, wenn man nach den Narben ging.

Draußen waren PJ und einige Helfer gerade damit fertig, Ausrüstung in einen weißen Lieferwagen mit dem blauen ActivMarine-Wappen darauf zu laden. »Ich würde es zu schätzen wissen, wenn Sie alle mit ausladen würden, sobald wir am Pool sind«, sagte PJ. »Kennen alle den Weg?«

»Ich nicht«, antwortete Ella.

»Ich schon«, gab Richie zurück. »Ich leite dich. Wo ist dein Auto?« Offenbar ging man jetzt allgemein zum Du unter Tauchern über.

»Dort entlang.« Ella zeigte, wo sie geparkt hatte, und sie und Richie machten sich auf den Weg. Der Rest des Kurses kletterte in verschiedene Wagen und ließ die Motoren

an, und Ella holte ihre Schlüssel aus der Tasche und öffnete die Schlösser an Patricks Mercedes.
»Wow. Klasse Auto«, bemerkte Richie.
»Es gehört mir nicht. Es gehört meinem Onkel«, erklärte sie scharf. Sie wollte nicht, dass dieser Typ dachte, sie sei so eine supercoole reiche Zicke mit einem Mercedes als Stadtauto. Während sie auf den Fahrersitz glitt, fuhr der Lieferwagen mit Pol Pot am Steuer vorbei. PJ saß auf dem Beifahrersitz. »Wie heißt der Blödmann, der uns unterrichtet hat?«, fragte sie, während sie den Wagen anließ und vom Bordstein wegfuhr.
»Das ist Ferdia MacDiarmada«, informierte Richie sie.
»Ein bisschen ein Ekelpaket, nicht wahr? Straft irgendwie den ganzen Kram in dem Buch Lügen, von wegen dass Tauchen Spaß macht.«
»Er ist nur im Moment etwas deprimiert. Sein Hund ist letzte Woche gestorben.«
Ella sah überrascht drein. »Und er hatte das Gefühl, er musste diese Nachricht dem ganzen Kurs mitteilen?«
»O Gott, nein.«
»Woher weißt du denn dann, dass sein Hund gestorben ist?«
»Er ist mein Cousin.«
»Oh.« Sie biss sich auf die Lippe. »Tut mir Leid, weil ich über ihn geschimpft habe.«
»Kein Problem«, gab Richie zurück. Er wandte sich mit einem Lächeln zu ihr. »Ich werde ihm nicht erzählen, was du gesagt hast, wenn du mir versprichst, dass du mich jede Woche nach dem Unterricht zum Pool mitnimmst.«
»Okay.« Sie erwiderte sein Lächeln, während sie in den vierten Gang schaltete. »Versprochen.« Sie machte den CD-Player an. Der Jazz, den sie auf dem Hinweg gehört hatte, ertönte aus den Lautsprechern, und schnell schal-

tete sie auf 98 FM um. Langsamer Jazz war viel zu sexy, um ihn für einen reinen Bekannten zu spielen. »Was hältst du von dem Kurs heute Abend?«, fragte Ella. »Konntest du den ganzen Kram begreifen?«

»Ziemlich gut«, gab Richie zu. »Ich habe Ferdias Rat befolgt und meine Hausaufgaben gemacht.«

»Ich kam mir ein bisschen wie eine Dilettantin vor«, gestand Ella. »Er hält mich offenbar sowieso für eine.«

»Ferdia? Warum? Nur weil du das erste Kapitel nicht gelesen hast?« Richie schüttelte den Kopf. »Nö. Er bellt, doch er beißt nicht. Aber sei gewarnt. Er erträgt Dummköpfe nicht gut.«

»Ich werde also die ganze Woche büffeln.« Sie runzelte die Stirn. »Zur Hölle, ich werde es müssen. All die Fachausdrücke haben mich total verwirrt. Warum können sie einen Lungenautomat nicht einfach das ›Atemding‹ nennen oder einen BCD ›diese Schwimmjacke zum Aufblasen‹? Und was ist eigentlich ein SPG? Ich finde all diese Abkürzungen höchst verwirrend.«

»Es kommt noch schlimmer«, entgegnete Richie. »Ich habe Ferdia solchen Scheiß sagen hören wie ›Okay, dann mussten wir den DV und den BCD verlieren und den ABS so schnell wie möglich auf den RIB für CPR bekommen.‹«

»Jesus!« Ella lachte. »Gut, dass PJ nichts mit diesem Szenario zu tun hatte.«

»Er hatte. Und um die Verwirrung noch größer zu machen, hieß ein anderer Taucher auch noch TP.«

»Nun ja, sieht so aus, als ob ich außerdem noch eine Fremdsprache lernen werde.«

»Das wird es wert sein.«

»Das erzählen mir alle andauernd. Ich habe nur gedacht, es sei unkomplizierter.«

»Kannst du mit technischem Kram nicht umgehen?«
»Im Gegenteil«, sagte sie ein wenig herablassend. »Ich bin von Beruf Toningenieurin. Aber das ist eine ganz andere Art von Technologie.«
»Toningenieurin? Wow. Arbeitest du mit irgendwelchen berühmten Bands?«
»Nein«, gab sie zu. »Tut mir Leid, dass ich dich enttäuschen muss. Das Studio, in dem ich arbeite, hat sich vor allem auf Werbung spezialisiert. Wir machen aber auch etwas für Film und Fernsehen.«
»Also arbeitest du manchmal mit berühmten Schauspielern?«
Sie lächelte und zuckte mit den Schultern. »Manchmal. Was machst du denn, Richie?«
»Ich studiere. Mit etwas Glück werde ich in ein paar Jahren meinen Abschluss in Meeresarchäologie machen.«
»Cool!«
»Nicht so cool wie dein Job. Was hat dich dazu gebracht, Toningenieurin zu werden?«
»Ich besaß die wichtigste Qualifikation für den Job.«
»Ach ja? Welche?«
»Ein gutes Ohr«, antwortete Ella.
Richie sah sie fragend an. »Es ist komisch«, sagte er dann. »Wenn ich mir dich so ansehe, wäre das Letzte, was mir zu dir einfiele, dass du irgendeine Art von Ingenieurin sein könntest.«
»Ach? Was könntest du dir denn dann für mich vorstellen?« Wenn er Empfangsdame sagte, würde sie das Auto anhalten und ihn rausschmeißen.
»Ich weiß nicht. Etwas mit mehr Klasse, denke ich.«
»Klasse! Ich! Hör auf! Ich stolpere durchs Leben und trete ständig in Fettnäpfchen.«
»Das kann ich nachvollziehen. Ich habe den Riesenfeh-

ler gemacht, mir heute diese Jacke zu kaufen. Ich hasse sie.«
»Warum hast du sie dann gekauft?«
»Es schien mir vorher eine gute Idee zu sein – die Farbe sah im Laden nicht so ätzend aus. Und sie war im Schlussverkauf dreimal heruntergesetzt worden.«
»Das überrascht mich nicht. Sie ist wirklich scheußlich.«
Sie lächelten einander an, und ihr fiel etwas ein. »He, willst du im Pool mein Tauchpartner sein, Richie?«
»Mit Vergnügen, Ella«, antwortete er galant.
Über dem Torweg, in den sie schließlich fuhren, hing ein Schild, auf dem in welligen meerblauen Lettern *Rosemount Leisure Centre* stand. Ella fuhr neben den Lieferwagen von ActivMarine und schaltete das Licht aus. Leute entluden bereits Ausrüstung hinten aus dem Wagen.
»Zeit zum Anpacken«, sagte Ella zu Richie, als sie sich in der Schlange anstellten. Sie zerrte eine Pressluftflasche heraus und stolperte auf ihren hohen Absätzen zur Seite. »Himmel noch mal – die wiegt ja eine Tonne!«
»Immer mit der Ruhe«, warnte Ferdia, der die Ausrüstung herabreichte. »Du willst dir doch nicht den Rücken zerren. Nimm stattdessen das hier.« Er gab ihr eine Kiste voller Masken.
»Nein, nein, das geht schon«, beteuerte Ella, die getroffen war von der Unterstellung, sie sei ein Weichei. Hinter den anderen Tauchern kämpfte sie sich durch die Tür des Freizeitzentrums und bemerkte, dass die einzige andere Frau im Kurs ihre Flasche mit verhältnismäßiger Leichtigkeit trug.
Sie zogen sich um, versammelten sich dann am Pool und wurden in Vierergruppen eingeteilt. Ella war mit Richie und Jan – der sportlich aussehenden jungen Frau – und einem Mann mittleren Alters namens Dan in einer Gruppe.

PJ mit den Fältchen um die Augen war ihr Lehrer. Es dauerte eine Ewigkeit, bis sie die Ausrüstung zusammenhatten, und Ella kam sich furchtbar lächerlich vor, als sie schließlich angezogen war. Die langen Flossen, die an ihren Füßen hingen, bedeuteten, dass sie nur rückwärts oder seitwärts schlurfen konnte, und ins Wasser zu kommen war eine Übung, die so demütigend war, dass sie wohl von jemandem erfunden worden war, der einen Hass auf Freizeittaucher schob. Ihre Pressluftflasche blieb an der Seite des Pools stecken, und sie hing eine Weile dort und konnte weder hoch noch runter. Wenigstens befreite sie der lächelnde PJ aus ihrer Notlage und nicht der mürrische Ferdia. Sie hatte gesehen, wie er vorhin einem unglücklichen Assistenten Instruktionen zugebellt hatte.
Das Wasser war kälter als lau. Ihre Vierergruppe tummelte sich eine Zeit lang am flachen Ende und sah zu, wie PJ die Fähigkeiten demonstrierte, die sie lernen sollten. Am anderen Ende des Pools waren die übrigen Mitglieder des Kurses schon unter Wasser verschwunden. Sie lernten schnell. Sie war offensichtlich in der Trottelgruppe.
»Du bist vielleicht ein Tauchpartner«, bemerkte sie, als Richie in Richtung tiefes Ende abhüpfte.
»Ich kann es nicht ändern«, sagte er und lachte ihr über die Schulter zu. »Ich habe keine Kontrolle darüber, wo ich hingehe. Ich fühle mich wie ein aufblasbares Strandspielzeug.«
Ihr wurde klar, was er meinte, sobald sie den Knopf zum Aufblasen an ihrem BCD drückte und merkte, wie sie mit Dan zusammenstieß; sie kam sich sehr blöd vor. »Tut mir Leid«, entschuldigte sie sich, während sie an seiner Brust abprallte.
»Schon in Ordnung«, sagte er zu ihrem Hinterkopf, als sie in die andere Richtung davonschwamm. Die Einzige, die

kein Problem damit zu haben schien, ihre Bewegungen zu koordinieren, war Jan.
»Okay«, sagte PJ, als sie es alle irgendwie geschafft hatten zusammenzukommen, »Lungenautomaten in den Mund, atmet ein paarmal durch, dann lasst die Luft aus euren BCDs, und ihr werdet zum ersten Mal sehen, wie es ist, unter Wasser zu atmen.«
Sie taten wie geheißen, und als Ella spürte, wie das Wasser über ihr Gesicht und ihren Kopf kroch, fühlte sie einen Schauder der Erregung. Endlich Endorphine! Sie merkte, wie sie lächelte, als sie einmal einatmete – ein langer, tiefer Atemzug – und dann noch mal und noch mal. Sie hatte Kiemen!
Sie mochte Kiemen haben, doch die thermoplastischen Flossen, die sie an die Füße geschnallt hatte, waren ihr in ihrer neuen Gestalt als Seejungfrau keine große Hilfe. Als sie endlich so weit waren, das tiefe Ende des Pools zu erforschen, fühlte sie sich, als ob sie in Zeitlupe in freiem Fall stürzen würde. Ihre unkoordinierten Bewegungen auf der Oberfläche waren richtig ballettmäßig im Vergleich zu ihren Bewegungen unter Wasser.
Doch zumindest war sie nicht die Einzige, die das Ganze unmöglich zu bewältigen fand. Um sie herum trieben überall Taucher auf surreale Weise umher. Es war hinter den Masken schwer zu erkennen, wer wer war, doch war es leicht, die Lehrer von den Schülern zu unterscheiden. Die Lehrer, die alle Neoprenanzüge trugen, schwammen mühelos umher wie elegante Wasserschäfer, die sich um ihre Herde kümmerten. Einmal bemerkte sie Ferdia, der vorbeiglitt, denn seine blonden Dreadlocks verrieten ihn sofort. Die Art, wie sie um seinen Kopf tanzten, erinnerte sie an einen Film, den sie als Kind gesehen hatte und in dessen Mittelpunkt ein Palominopony stand. In den Zeit-

lupeaufnahmen des galoppierenden Pferdes hatte sein Schweif genauso ausgesehen wie Ferdias Pferdeschwanz jetzt, der sich in fedrigen Ranken hinter ihm verströmte. Er sah sie kurz an, als er vorbeischwamm. Gedemütigt wegen ihrer eigenen Ungeschicklichkeit, blickte sie weg, nur um Dans Kopf zwischen ihren ausgebreiteten Beinen hervorlugen zu sehen. Der Ausdruck in seinem Gesicht unter der Maske war so zutiefst entschuldigend, dass Ella den Drang verspürte zu lachen. Doch als sie es tat, tropfte Wasser in ihren Mund durch die Lücke, die sie zwischen ihren Lippen und dem Lungenautomaten geöffnet hatte. Sie fing an zu husten.

Bist du in Ordnung?, gab ihr PJ zu verstehen, der seine Augenbrauen zu Fragezeichen hob und mit Daumen und Zeigefinger einen Kreis bildete.

Ich bin in Ordnung, gab sie ihm zurück zu verstehen, bevor sie erkannte, dass das nicht stimmte. Sie rappelte sich hoch zur Oberfläche und nahm den Lungenautomaten aus dem Mund, so dass sie frei husten konnte. PJ kam zu ihr.

»Geht es dir gut?«

»Ja. Jetzt geht es mir gut«, beharrte sie, nachdem sie sich erholt hatte. »Ich habe gerade erkannt, dass es wahrscheinlich keine sehr gute Idee ist, unter Wasser zu lachen.«

»O doch, das ist es«, erwiderte PJ. »Ich kann dir sogar garantieren, dass du es oft tun wirst.« Er lächelte über den skeptischen Blick, den sie ihm zuwarf. »Ich meine es wirklich so«, fuhr er fort. »Bereit, runterzugehen?«

»Ja«, antwortete Ella und atmete tief durch. »Ich bin bereit. Aber ich glaube das mit dem Lachen immer noch nicht.«

Als sie abstiegen, entdeckte sie Ferdia und einen der anderen Tauchlehrer, die sich drüben am tiefen Ende in Zeichensprache einen Witz erzählten. Sie lachten sich den Arsch ab.

»Wie ist es dir ergangen?«, erkundigte sich Julian am nächsten Morgen, nachdem er seine Radlerausrüstung ausgezogen hatte.
»Gut«, gab Ella munter zurück. Sie würde ihm nicht erzählen, dass sie wie eine betrunkene Meerjungfrau herumgetorkelt war und beinahe erstickt wäre.
Die Zeit nach der Trainingseinheit war ein bisschen hart gewesen. Ihre Trottelgruppe war die letzte, die aus dem Pool stieg, und sie hatten ihre Ausrüstung ablegen müssen, bevor sie sich anziehen konnten. Die Umkleideräume waren sehr unterirdisch, und sie wünschte, sie hätte ihre Latschen mitgebracht. Sie war sich sicher, dass sie sich schließlich einen Fußpilz holen würde.
»Bei wem habt ihr Theorie gehabt?«
»Bei Ferdia.«
»Guter Typ, dieser Ferdia. Wir kennen uns schon lange, ich bin mit ihm zur Schule gegangen. Mit wem hast du im Pool zusammengearbeitet?«
»Mit PJ.«
»He, PJ!«
Ach, halt den Mund, Julian, dachte sie.
»Es macht Spaß, nicht wahr?«, fragte er, während er auf der Theke saß, wie es Jack immer tat. Es kam ihr von ihm ein wenig zu vertraut vor.
»Ja«, antwortete Ella und wünschte, sie wäre eine bessere Schauspielerin.
»Aber nicht sehr glamourös. Vor allem, wenn man einen schlimmen Fall von Tauchergesicht hat.«
»Was ist ein Tauchergesicht?«

»Nun, je tiefer du tauchst, desto mehr Druck kriegst du auf deine Nebenhöhlen. Wenn du dann wieder an die Oberfläche kommst und deine Maske abnimmst, merkst du, dass dein Gesicht von Rotz bedeckt ist.«

O Gott! Sie hatte am Vorabend im Umkleideraum in den Spiegel geschaut, und auch wenn sie kein Anzeichen von Rotz entdecken konnte, hatte die Maske eine grellrote Vertiefung auf ihrer Stirn und an ihren Wangenknochen hinterlassen. Ihr Gesicht hatte ausgesehen wie die Schnauze eines schlecht gezeichneten Cartoon-Tieres.

»Danke, dass du mir das mitgeteilt hast, Julian«, beschied sie ihm kurz angebunden und ging ihre Post durch.

Er spottete. »Es ist doch nur fair, dich wissen zu lassen, was dich erwartet. Bist du danach noch mit den Jungs einen trinken gegangen?«

»Nein. Ich war müde.« PJ hatte erwähnt, dass die Tauchlehrer normalerweise nach dem Training ins Freizeitzentrum gingen und dass ihre neuen Schützlinge sich ihnen gerne anschließen dürften, doch Ella war zu verlegen wegen ihres Cartoon-Gesichts, um auf die Aufforderung einzugehen.

»Das solltest du aber. Du kannst von den Jungs eine Menge lernen, nur indem du ihnen zuhörst. Grüß sie von mir, wenn du das nächste Mal draußen bist, ja?«

»Sicher.« Den Teufel würde sie tun. Das Letzte, was sie wollte, war, mit einem Doofmann wie Julian Bollard in Verbindung gebracht zu werden. *Hi, PJ! Julian Bollard lässt dich grüßen!* O nein.

Er stand auf und streckte sich, und Ella hatte den Eindruck, dass er versuchte wie Jack auszusehen, wenn er sich morgens auf seine genüssliche Weise räkelte. »Gut«, sagte er und sah auf seine Uhr. »Zeit für das Audiofile.« Er nahm sich die letzte Ausgabe der *Pro Sound News*, die mit

den üblichen Verdächtigen auf dem niedrigen Tisch lag, und ging die Treppe hoch. »Bis nachher, Kleine«, sagte er, als er außer Sichtweite verschwand.
Kleine! Wie konnte er es wagen! Ella kippte ihren Kaffee hinunter und knallte den Becher auf den Tisch. Sie nahm den Hörer ab und drückte den Knopf für das obere Studio. »Julian?«, sagte sie in ihrem eisigsten Ton. »Ich möchte dich nur wissen lassen, dass mein Onkel der einzige Mensch auf der Welt ist, der damit davonkommt, mich Kleine zu nennen.« Sie legte den Hörer auf, bevor er antworten konnte. Dann griff sie hinab und zog das Tauchhandbuch aus ihrer Handtasche. Vor der nächsten Session gab es eine halbe Stunde Pause. Sie blätterte es durch, bis sie die betreffende Seite fand, und dann atmete sie tief ein. »Modul zwei«, las sie.

Im Lauf der folgenden Wochen arbeitete Ella hart. Indem sie jedes Modul schon vor dem richtigen Unterricht las, bekam sie die theoretische Seite besser in den Griff, und sie sah mit Freuden, dass sie nie schlechter als neunzig Prozent bei den schriftlichen Tests abschnitt, die sie machen mussten.
Die Arbeit am Pool war dagegen eine andere Sache. Sie fand sie mühselig, und jeden Donnerstagmorgen wachte sie mit schmerzenden und zerschlagenen Gliedern auf. Es war in Ordnung für Typen wie PJ und Ferdia und die ganzen Dive Master. Sie waren groß und bullig oder hart und drahtig, und sie marschierten am Pool entlang und schwangen schwere Pressluftflaschen, als ob sie leicht wären wie Einkaufstüten aus der Wäscheabteilung von Marks and Spencer.
Wenn sie aus dem Wasser kam, war Ella so anmutig wie ein gestrandetes Walross. Sie konnte sich einfach nicht da-

ran gewöhnen, sich so ungeschickt zu fühlen. Unter Wasser verbesserten sich die Zustände ein wenig, da sie mehr darüber lernte, ihren Auftrieb zu kontrollieren, doch an Land kam sie sich lächerlich vor. Sie watschelte mit Richie am Pool entlang, beladen mit Flasche und Bleigürtel, und murmelte Flüche vor sich hin.

»Ich hasse dieses Hobby«, hörte sie sich eines Abends sagen.

»Warum gibst du dann nicht auf?«, fragte Richie.

»Weil ich nicht so leicht aufgebe«, antwortete sie.

»Zeit für deinen Riesensprung, Ella«, rief PJ, und sie versuchte, nicht auf Richies Kichern zu achten.

Sie hasste es, ihren Riesensprung zu machen. Es war wohl die am wenigsten elegante Bewegung, die sie jemals in ihrem Leben ausgeführt hatte. Er bestand darin, seitwärts bis ganz an den Rand des Pools zu schlurfen und dann in jenem Stechschritt, wie ihn die Gestapo geliebt hatte, in die Luft zu treten; dabei musste man die Maske ans Gesicht pressen. Richie hatte sich vor Lachen gekugelt, als er ihr das erste Mal dabei zugesehen hatte.

Doch mit jeder Woche wurde sie besser, und jede Woche lernte sie etwas Neues. Sie lernte, wie man seine Maske unter Wasser flutete und säuberte, sie lernte, wie man mit dem Tauchpartner atmete, und sie lernte, wie man mittels Zeichensprache kommunizierte. Sie lernte auch, wie man unter Wasser lachte, ohne zu riskieren zu ertrinken, und sie und Richie verbrachten viel Zeit damit, sich auf ziemlich kindische Weise in erfundener Zeichensprache zu unterhalten, während PJ damit beschäftigt war, Jans und Dans Können zu testen.

Sie waren immer noch die Trottelgruppe, wie sie leider zugeben musste. Wenn sie die anderen Gruppen ansah, konnte sie erkennen, dass sie alle in den Fähigkeiten, die sie beherrschten, Meilen voraus lagen, und jede Woche kamen sie, Richie, Jan und Dan als Letzte aus dem Pool. Es war eigentlich Dans Schuld, nahm sie an, dass sie hinterherhinkten. Er machte nie seine Hausaufgaben, und sie hatte gesehen, wie er im wöchentlichen Test schummelte und sein Handbuch durchblätterte, wenn er glaubte, dass keiner hinsah.

Am fünften Mittwoch des Kurses nahm Richie sie mit zu einem Drink mit »den Jungs«, wie Julian sie genannt hatte. Ella hatte zu Beginn der Übung den Riemen ihrer Maske gelockert, und sie erkannte erleichtert, dass auf ihrem Gesicht keine Cartoonfigurschnauze zu sehen war, als sie in den Spiegel schaute, genauso wenig wie Rotz.

Richie wartete auf sie, als sie aus dem Umkleideraum kam und ihre Absätze auf dem gefliesten Boden widerhallten. Es war draußen bitterkalt, und sie gingen schnell über den Parkplatz hinüber zum Club.

»Was willst du?«, fragte Ella.

»Ich zahle es«, sagte Richie. »Als Dank, weil du mich immer mitnimmst.«

»Davon will ich nichts hören«, gab Ella zurück. »Du bist ein armer Student. Ich habe ein Einkommen.«

»Ein gutes?«, wollte Richie wissen.

»Das wünschte ich.«

»Aber eines, das dir erlaubt, nach Jamaika abzuhauen?«

»Ich habe den Urlaub *gewonnen*, erinnerst du dich, Richie?« Sie hatte ihn vor ein paar Wochen über diesen Urlaub aufgeklärt, als sie ihn zum Freizeitzentrum mitgenommen hatte. »Oder vielmehr, meine Großmutter hat ihn gewonnen. Jetzt geh und such uns einen Platz.«

Sie bestellte zwei Pints. Auf der anderen Seite des Tisches bestellte auch Ferdia gerade Drinks. Ella mied seinen Blick. Sie bezahlte ihr Bier und brachte es an den Tisch, an

dem Richie saß. Sie war froh zu sehen, dass PJ auch da war.
»Ich höre, du fliegst nach Jamaika«, sagte PJ, als sie sich zwischen ihm und Richie niederließ. »Wann fliegst du?«
»Anfang Dezember«, antwortete Ella. »Ich werde meine ganzen Übungstauchgänge machen, wenn ich dort bin.«
PJ sah sie abschätzend an. »Du solltest vielleicht wenigstens einen Tauchgang machen, während du noch hier bist, Ella. Dann lastet nicht so ein Druck auf dir, wenn du im Urlaub bist, und du kannst mehr Tauchgänge auf Jamaika aus reinem Vergnügen absolvieren.«
»Aber das heißt, dass ich in der Sheep's Head Bay tauchen muss! Es wird eiskalt sein!«
»Du wirst einen Neoprenanzug tragen«, erklärte er. »Und es ist gut, einmal hier draußen zu tauchen, bevor du es in tropischen Gewässern tust. Wenn du einen Tauchgang in der Irischen See im November schaffst, kannst du überall auf der Welt tauchen.«
Ella lachte.
»Das meine ich wirklich so«, sagte PJ.
»Ich glaube dir. Ich lache bei dem Gedanken daran, auf Tauchurlaub überall auf der Welt herumzujetten wie jemand aus Condé Nasts *Traveller*.«
»Du musst es nicht machen wie bei Condé Nast. Viele Menschen bringen es bis zum Lehrer oder Dive Master und arbeiten an den Tauchplätzen.«
»Das wäre eine tolle Art, die Welt zu sehen«, meinte Richie. »Besser, als auf seinem Hintern zu sitzen und sich von Dienern geeiste Pimm's bringen zu lassen wie diese *Traveller*-Leser.«
»Mir wird jedes Mal schlecht, wenn ich diese Zeitschrift

aufschlage«, stellte Ella mit einem tiefen Seufzer fest. »Wer kann sich denn solche Urlaube leisten?«

»Du würdest dich wundern. Der keltische Tiger und seine Frau hauen ständig dahin ab.« PJ winkte Ferdia, der mit zwei Pints in der Hand mitten im Raum stand und sich umblickte. »Hier rüber, Ferdia!« Dieser registrierte ihn und kam auf ihren Tisch zu. »Nicht alle Tauchurlaube sind unerschwinglich, Ella«, fuhr er fort. »Wir organisieren mehrmals im Jahr Pauschalpakete. Und wir haben jeden Monat tolle Tauchwochenenden in Lissamore im Westen von Irland.«

»Ist das Tauchen dort wirklich so gut?«

»Ja. Gehört zu dem Besten in der Welt.«

»Warum das?«

»Da ist die spektakuläre Umgebung – man kann gar nicht glauben, was für Wände und Kliffs es dort draußen gibt –, und da ist keine Luftverschmutzung.«

»Noch nicht«, sagte Ferdia, während er ein Pint vor PJ stellte und sich neben ihn setzte.

»Ich würde gerne auf so ein Tauchwochenende fahren«, träumte Richie.

»Dann solltest du daran denken, einen Fortgeschrittenenkurs zu besuchen«, riet ihm PJ, »und die Trockenanzugmöglichkeit ausprobieren. An Trockenanzüge muss man sich erst gewöhnen, doch sie sind so gut wie obligatorisch fürs Tauchen in Irland.«

»Warum?«, fragte Ella.

»Weil sie das tun, wie sie heißen. Sie halten dich knochentrocken, und dir wird nicht so kalt. Man kann in einem Trockenanzug länger unten bleiben.«

»Ich werde irgendwann einen Kurs in Wracktauchen machen«, sagte Richie. »Ich werde nach einem Wrack tauchen.«

Ferdia lehnte sich gegenüber von Richie auf seinem Stuhl zurück, trank sein Pint und sah nachdenklich drein. Bei den Worten seines Cousins blickte er auf. »Du wirst gar nichts machen, wenn du weiter so herummurkst wie bisher, Rich«, bemerkte er. »Ich habe gesehen, dass deine Gruppe hinterherhinkt. Es wird deine eigene Schuld sein, wenn du nicht bestehst.«
»Nein, es wird die Schuld von Trottel Dan sein«, widersprach Richie.
»Trottel Dan? Wer um Himmels willen ist Trottel Dan?«, wollte PJ wissen.
Ella versuchte, nicht zu lachen.
»So nennt Ella den Blödmann mittleren Alters, der uns aufhält.«
Ella stieß Richie in die Rippen. »Das ist nicht fair«, zischte sie ihm zu. »Ich habe *mich selbst* einen Trottel genannt. Dir ist ›Trottel Dan‹ eingefallen.«
»Siehst du, was ich meine?«, fragte Ferdia, der sich weiter auf seinem Stuhl zurücklehnte und auf die beiden blickte, die versuchten, nicht zu kichern. »Ihr seid zwei Murkser. Ich habe euch heute Abend gesehen, wie ihr herumgealbert und euch gegenseitig blöde Zeichen gegeben habt, anstatt euch darauf zu konzentrieren, was PJ euch gezeigt hat.«
»Das haben wir nur getan, wenn er mit Jan und T-Dan gearbeitet hat«, verteidigte sich Richie. Er und Ella kicherten wieder los und hielten ihre Köpfe abgewandt.
»Es ist gut, euren Tauchlehrer die ganze Zeit zu beobachten, selbst wenn er sich auf andere Mitglieder der Gruppe konzentriert«, meinte PJ gleichmütig. »So lernt man am besten.«
»Das stimmt«, fiel Ferdia ein. »Zeigt eurem Lehrer ein bisschen mehr Respekt. Was er euch lehrt, könnte euch ei-

nes Tages das Leben retten.« Er nahm einen Schluck von seinem Pint, und die beiden waren sofort ernüchtert.
»Okay«, gab Richie klein bei. Er wandte sich an PJ: »Tut mir Leid, PJ. Ich verspreche, nicht mehr im Pool herumzumurksen. Vielleicht sollten Ella und ich Gruppen tauschen.«
Sie sah, wie PJ und Ferdia Blicke wechselten, und sie wusste, dass sie dasselbe dachten. O nein! Der kindliche Humor ihres Tauchpartners war das Einzige an den Mittwochabenden, was sie geistig gesund hielt.
»Das ist wahrscheinlich keine schlechte Idee«, meinte PJ. »Ihr werdet schneller aufholen, wenn ihr euch nicht mehr gegenseitig ablenkt.«
Ferdia sagte nichts. Er hob nur eine Augenbraue und warf Richie einen skeptischen Blick zu. »Nun? Wirst du ein bisschen klüger werden?«
»Ja, ja.« Noch ein skeptischer Blick von seinem Cousin. »Ich bin entschlossen, mich zu qualifizieren, wirklich, Ferdia!«, versicherte Richie. »Ich werde eines Tages nach der *Lusitania* tauchen. Vielleicht werde ich sogar einmal den Status eines Tauchgottes erlangen wie du.«
»Dann wirst du dir den Arsch aufreißen müssen, Rich.«
»Das werde ich verdammt noch mal tun«, sagte Richie betont. »Ich werde so viele Kurse machen, wie ich mir leisten kann. Ich werde schließlich süchtig danach werden, nehme ich an. Genauso wie du.«
Ferdia lächelte. Das war so ein seltener Anblick, dass Ella ein wenig überrascht war. »Das stimmt«, sagte er. »Als ich das erste Mal nach unten gegangen bin, wollte ich gar nicht wieder nach oben.« Plötzlich sah er Ella an. »Du hast Glück, dass du zum Tauchen nach Jamaika abdüsen darfst. Ich habe einmal drei Monate dort verbracht und bei den Riffs getaucht.«

Ella war erstaunt. »Drei Monate Urlaub?«
Er warf ihr einen mitleidigen Blick zu. »Nein«, antwortete er dann, »ich habe für eine Tauchschule gearbeitet.«
Natürlich. Wie dumm von ihr.
»Wo fährst du denn genau hin?«, wollte PJ wissen.
»Salamander Cove an der Nordostküste. In der Nähe von Port Antonio.«
»Das kenne ich«, stellte Ferdia fest. »Das ist ein toller Laden.«
»Hast du da gearbeitet?«
»Ich habe ab und zu ausgeholfen. Desirée hatte die umgekehrte Abmachung mit der Ferienanlage, in der ich gearbeitet habe. Sie hat sich an uns gewendet, wenn sie in Nöten war.«
»Desirée?«
»Sie leitet die Tauchschule. Das ist vielleicht eine! Wenn du viel Glück hast, nimmt sie dich selbst mit runter.«
Ella sagte nichts. Sie würde es eigentlich vorziehen, mit einem tollen Tauchgotttypen wie PJ runterzugehen. Sie warf ihm unter den Wimpern einen verstohlenen Blick zu und entdeckte erfreut, dass er ihn erwiderte.
»Ella denkt darüber nach, ihren ersten Eignungstauchgang in Sheep's Head zu machen«, erzählte PJ und lächelte sie an. »Auf diese Weise kriegt sie einen Vorgeschmack darauf, wie es ist, unter weniger als perfekten Bedingungen zu tauchen.«
Ferdia legte den Kopf schräg. »Sie denkt darüber nach? Leute, die darüber nachdenken, tun es nie.«
Das gab den Ausschlag. »Ich werde es tun«, behauptete sie.
PJ schenkte ihr noch ein Lächeln – diesmal ein anerkennendes –, und sie empfand den gleichen Schauer der Selbstgefälligkeit, den sie hatte, wenn ihr Lehrer in der

Schule ihr sagte, dass sie Klassenbeste sei. Das war nicht so oft vorgekommen. Ein Mädchen namens Shetty Deepak war meistens vorne gewesen. Sie hatte ihren Namen nie vergessen.

Ein wenig später sagte sie Richie und den anderen gute Nacht und ging zum Auto. Der Parkplatz des Freizeitzentrums war ein bisschen unheimlich. Dort stand jetzt nichts außer dem Wagen vom Tauchclub, und der Platz war nicht besonders gut beleuchtet. Als sie den Schlüssel aus der Tasche nahm und die Schlösser entriegeln wollte, erstarrte sie plötzlich. Etwas hatte gejammert. Einen Augenblick lauschte sie reglos. Ein leises, wimmerndes Geräusch kam unter dem Lieferwagen hervor, der in einer dunklen Ecke unter einem Baum stand. Ella bewegte sich vorsichtig darauf zu und bückte sich dann, um unter den Wagen zu spähen. Ein schwarzweißer Collie sah sie mit ängstlichem Augenausdruck in seinem intelligenten Gesicht an.

»Hallo, Junge«, sagte Ella sanft und streckte vorsichtig eine Hand aus, bereit, sie sofort zurückzuziehen, sollte der Hund knurren. Er leckte sich die Schnauze, beugte sich dann zu ihr und schnüffelte vorsichtig. Sein Atem war warm auf ihren kalten Fingern. »Komm her, Junge«, lockte Ella, »komm. Ich tu dir nichts.« Langsam näherte sich der Hund, hielt den Bauch ganz dicht am Boden und bewegte sich auf jene Art, wie sie Hunde aufweisen, die regelmäßig geschlagen werden. Er war entsetzlich dünn. Ella blieb in der Hocke. »Hallo, Kleiner«, sagte sie, während ihre Hand sich auf das Ohr des Hundes legte, »was machst du denn hier? Warum bist du nicht zu Hause? Es ist eine schreckliche Nacht, um draußen auf einem Parkplatz festzusitzen.« Sie rieb über das Fell des Hundeohres,

und dabei sah sie, wie sein Schwanz versuchsweise zu wedeln begann. »Siehst du!«, sagte sie. »Braver Junge!«
»Es ist eine Hündin.« Eine Stimme ertönte kurz hinter ihr und über ihr. Sie drehte sich erschrocken um. Ferdia zeichnete sich vor dem marineblauen Himmel ab und sah auf sie herab. Von ihrem Standpunkt in der Hocke wirkte er noch größer als sonst.
»Gott, hast du mich erschreckt!«, sagte sie und verlor fast das Gleichgewicht auf ihren Hacken. Die Hand, die das Hundeohr gestreichelt hatte, war erschrocken an ihre Kehle geflogen.
»Tut mir Leid«, erwiderte er und klang dabei gar nicht so. Er ging nun selbst neben ihr in die Hocke und sah den Collie an. »Hallo, du Schöne«, murmelte er. Die Hündin reagierte, indem sie ihren Schwanz heftiger bewegte und eine Pfote hob. Ferdia nahm sie und atmete dann scharf ein. »Au. Wer hat dir denn das angetan, Süße?«, fragte er. Jetzt erst bemerkte Ella die klaffende Wunde, die von der rechten Vorderpfote des Hundes bis ganz nach oben an seinem dünnen Bein verlief. Ferdia fuhr mit der Hand über die Flanke des Tieres und schätzte seinen körperlichen Zustand ab. Die Augen der Hündin nahmen einen verträumten Ausdruck an. Es war, als ob sie noch niemals gestreichelt worden wäre. »Du hast gehungert, nicht war, Süße?« Er untersuchte sie genauer und sog nochmals scharf den Atem ein. »Jesus, zur Hölle. Oh, Süße, du musst zu einem Tierarzt. Und das dringend.«
»O Gott, wirklich? Du wirst doch nie einen Tierarzt dazu kriegen, um diese Zeit hier herauszukommen.« Ella hatte die Arme um sich selbst geschlungen und hüpfte von einem Fuß auf den anderen, um warm zu bleiben.
»Ich schon«, erwiderte Ferdia. »Ich habe einen Kumpel, der Tierarzt ist und mir noch einen Gefallen schuldet.«

»Oh?«
»Ja. Er musste letzten Monat meinen Hund einschläfern.«
Ach, zur Hölle. »Das tut mir Leid«, sagte sie, während sie sich erhob.
»Muss es nicht. Sie hatte einen großen Tumor. Es war ein Gnadenakt.« Er stand auf, schloss die Hintertür des Lieferwagens auf und zog eine abgenutzte Wolldecke heraus. »Hier, Süße«, sagte er zu der Hündin. »Du kommst mit mir.« Er kniete sich hin und wickelte die Hündin in die Decke ein, dann hob er sie ganz vorsichtig hoch und legte sie hinten in den Wagen. Ella war so daran gewöhnt, Ferdia zu sehen, wie er Befehle bellte und wie ein Conquistador, der seine Truppen sammelt, am Pool entlangschritt, dass es sie irgendwie überraschte zu entdecken, dass er sich plötzlich benahm wie Franz von Assisi. Der Hund sah mit verschwimmenden braunen Augen zu ihm auf. Der Ausdruck in seinem Gesicht grenzte an Anbetung. Er erinnerte Ella an den Gesichtsausdruck eines Hundes auf einem Gemälde, das sie einmal gesehen hatte: *Die Anbetung der Heiligen drei Könige.*
Ferdia trat zurück und sah Ella an. »Das ist dein Auto, oder?«, fragte er und nickte in Richtung von Patricks glänzendem kleinem Mercedes.
»Ja«, antwortete sie. Sie bemühte sich nicht zu erklären, dass es nicht ihr Auto war. Sie glaubte nicht, dass es ihn interessierte.
»Ich würde ihn nächste Woche draußen auf der Straße parken. Auf diesem Parkplatz gibt es viel Vandalismus, nachdem der Pool schließt. Sie machen sich immer an die schicken Autos ran.«
»Danke für den Rat. Gute Nacht und viel Glück mit dem Tierarzt.« Sie tanzte über den Parkplatz, entsicherte die Schlösser und glitt auf den Fahrersitz; dabei streifte sie

ihre Schuhe ab, wie sie es immer tat. Gegenüber von ihr kletterte Ferdia in den Lieferwagen. »Bis nächste Woche«, rief sie, bevor sie die Tür schloss.
»Ja«, sagte er geistesabwesend. »Gute Nacht, Ella.«
Wow. Er hatte sich tatsächlich ihren Namen gemerkt.

4

Am nächsten Mittwoch war ihre letzte Stunde im Pool. Ella hatte Kopfschmerzen bekommen, als sie vorhin versucht hatte auf dem Tauchplaner die Taucheraufteilung herauszukriegen, und sie war sauer, weil man sie und Richie getrennt hatte. »Es ist zu deinem eigenen Besten«, hatte man ihr gesagt, wodurch sie sich mehr denn je wie ein ungezogenes Schulmädchen fühlte. Richie blieb in PJs Gruppe, und Ella wurde in Ferdias verbannt. Die Gruppe stieg ins tiefere Ende des Pools hinab, und Ferdia begann zu demonstrieren, wie man unter Wasser seine Tauchausrüstung ablegte. Ella konnte sich nicht vorstellen, dass sie dies im richtigen Leben jemals tun wollte, doch man hatte ihr gesagt, das könnte nötig werden, wenn ihre Ausrüstung sich einmal mit Algen verheddern sollte. Ferdia durchlief das Manöver mühelos, Schritt für Schritt, und nach der Vorführung wandte er sich an Ella. *Du,* bedeutete er ihr mit einem befehlenden Zeigefinger, dass sie seinem Beispiel folgen sollte. Sie löste ihren Taillengürtel relativ locker und ließ den Haken an ihren Schultergurten aufschnappen. Dann zog sie erst ihren linken und anschließend den rechten Arm aus dem Lifejacket. Als sie dieses von ihrer rechten Schulter gleiten ließ, kam zu ihrer Verlegenheit der Träger ihres Badeanzugs mit, und als sie hinuntersah, entdeckte sie, dass ihre rechte Brust völlig entblößt war. Sie konnte nichts tun, sie brauchte beide Hände, um ihre Ausrüstung zu halten. Nun, die Kerle in ihrer neuen Gruppe haben verdammtes

Glück, dachte sie resigniert, dass sie einen Blick auf ihre Titten erhaschen können, um die Moral hochzuhalten.
Sie vermochte die Hand nicht zu sehen, die ihren Oberarm berührte, da ihre Seitensicht durch die Maske eingeschränkt wurde, doch sie spürte, wie jemand den Träger wieder hochzog, bis er sich sicher auf ihrer Schulter befand. Sie drehte sich um und schaute direkt in Ferdias wachsame Augen. Sie war froh, dass er genügend Schneid besessen hatte, um ihr zu Hilfe zu kommen. Ein anderer Mann hätte vielleicht nicht den Nerv gehabt, sie anzufassen, und hätte einfach so getan, als wäre nichts passiert.
Nun musste sie die verdammte Ausrüstung erneut überziehen. Doch der Vorfall mit ihrem Badeanzug hatte ihre Konzentration beeinträchtigt. Sie versuchte sich in ihr Lifejacket zu zwängen, aber ohne Erfolg. Wieder kam ihr Ferdia zu Hilfe. Er hielt ihr die Ausrüstung hin, und schließlich gelang es ihr, sich in das Jacket zu zwängen und den Gürtel um ihre Taille zu befestigen. Die Schulterträger mussten als Nächstes angebracht werden. Mit ihnen hatte sie immer Mühe gehabt, sogar über Wasser. Man musste sie jäh nach unten ziehen, um sie ganz fest zuzuziehen. Sie zog und zog, doch die verdammten Dinger wollten sich einfach nicht rühren. Ihr Auftrieb war nun in Gefahr genau wie alles andere. Sie fügte schnell einen Stoß Luft in ihr Lifejacket hinzu, und plötzlich stieg sie schnell nach oben.
Ferdia war wieder neben ihr. Er drehte sich zu ihr, so dass sie ihn ansah, und zog sie dann hinunter, bis sie auf einer Höhe mit ihm war. Ella kam sich absurd klein und absurd unfähig vor, als sie durch das Wasser wieder nach unten gezerrt wurde, doch am schlimmsten war es, dass sie sich absurd passiv vorkam, wie eine Flickenpuppe. Als Ferdia

die Luft aus ihrem Lifejacket ließ, merkte sie, dass sich der obere Teil seines Beins zwischen ihre eigenen peinlich ausgebreiteten Glieder gezwängt hatte. Fast erstickte sie vor Überraschung. Sie schob ihre Hüften vor, um etwas Distanz zwischen sie beide zu bekommen, doch dadurch glitt sie nur weiter an seinem Bein entlang.

Oh! Sie war völlig unvorbereitet auf das Gefühl des neoprenbekleideten Schenkels, als ihr Unterleib daran entlangglitt. Es war ziemlich erregend. Sie fühlte sich geladen von einem Strom, der so schockierend intensiv war, dass sie dem plötzlich überwältigenden Impuls widerstehen musste, sich näher an ihn zu ziehen. Sie mühte sich ein wenig, um ihrer beider Glieder zu entzerren, und gab dann auf. Sie war nun wieder eine Flickenpuppe, als er die Ringe an ihren Schulterträgern packte und fest daran zog. Erneut wurde ihr Unterleib in seinen Schenkel gerammt, doch er achtete nicht darauf, sondern befestigte konzentriert ihr Lifejacket. Sobald es saß, wanderten Ferdias Hände hinunter zu ihrer Taille. Er schob einen Finger zwischen ihren Gürtel und ihren Bauch, um sicherzugehen, dass der Verschluss an ihrem Gürtel so fest war wie die Schulterträger.

Ella spürte, wie sie schnell atmete, und sie bemühte sich, ihren Atem zu kontrollieren. Doch die Blasen, die nach oben stiegen, verrieten sie. Ferdia sah sie neugierig an und bedeutete ihr, locker zu blieben. *Atme langsam*, gestikulierte er mit beredten Händen, und während sie sich nach Kräften bemühte, sich auf ihre Atmung zu konzentrieren, wollte sie lauthals auflachen über die pure Lächerlichkeit der Situation. Wie absolut bizarr! Hier war sie nun, trieb unter Wasser herum, halb nackt, und wurde von jemandem befummelt, den sie kaum kannte.

In diesem Sport möchte man wirklich keine Komplexe

wegen körperlicher Kontakte haben, dachte sie, als er schließlich fertig damit war, ihre Träger zu seiner Zufriedenheit zu untersuchen. Dann nahm er wieder Augenkontakt mit ihr auf und fragte, ob sie in Ordnung sei. *Ja*, bedeutete sie ihm. Doch als er seine Aufmerksamkeit dem nächsten Schüler zuwandte, wurde ihr bewusst, dass sie tatsächlich äußerst verwirrt war.

Der nächste Neuling blickte Ella lüstern an, und sie fragte sich, wie viel er an ihrem Gesicht unter der Maske ablesen konnte. Dann hörte sie ein gedämpftes schabendes Geräusch und erkannte, das Ferdia sein langes Tauchmesser aus der Scheide an seinem Schenkel gezogen hatte und gegen seine Pressluftflasche schlug, um die Aufmerksamkeit auf sich zu ziehen. *Du*, bedeutete er seinem Schüler und stieß mit dem Finger auf ihn. Der schuldbewusst dreinschauende Neuling wandte sofort den Blick ab und begann seine Ausrüstung abzunehmen. Sie war froh, als sie sah, dass er fast so unfähig war wie sie und dass sie nicht die Einzige in der Gruppe war, die heute Abend die Hilfe des Tauchlehrers benötigte.

Später schlenderte sie mit Richie zu dem Club des Freizeitzentrums. »Wie ist es dir ergangen?«, fragte sie, packte ein Büschel feuchtes Haar und schüttelte es trocken. Sie war froh, dass sie keine Übungen im Pool mehr machen musste. Das Chlor tat ihrem Haar nicht gerade gut, und sie nahm an, dass die blonden Strähnen in Ferdias Haar mehr von chemisch behandeltem Wasser herrührten als davon, dass er sich stundenlang an Stränden herumtrieb.

»Okay«, sagte er, »ich hatte ein paar Probleme, an der Oberfläche wieder in meine Ausrüstung zu kommen.«

Das konnte Ella nachvollziehen. Sie hatte mehr Minuten, als ihr lieb gewesen waren, damit verbracht, mit der Pressluftflasche zwischen den Beinen herumzuhüpfen, während Ferdia sie festgehalten hatte. »He, dieses Manöver könnte dir eines Tages das Leben retten«, betonte sie feierlich und machte Ferdias Galway-Akzent nach. Dann zog sie eine entschuldigende Grimasse. »Ups. Tut mir Leid, dass ich deinen verehrten Cousin verarscht habe.«

Richie lächelte. »Er ist tatsächlich zurzeit in viel besserer Form. Er hat einen Hund gefunden, der den ersetzen wird, der gestorben ist.«

»Oh?« Ella fragte sich, ob es der Hund war, der ihr letzte Woche begegnet war.

Er war es. Minuten später schwang die Tür auf, und PJ und Ferdia traten ein. Der schwarzweiße Collie befand sich an Ferdias Fersen. Die beiden wanderten zur Bar, und der Hund saß geduldig da, während der Barkeeper ihre Pints zapfte. Das Tier sah Millionen Mal besser aus als der Hänfling, der er vor einer Woche gewesen war. Die Hündin hatte zugenommen – obwohl sie immer noch sehr dünn war –, und ihr Fell war merklich glänzender. Ihr rechtes Vorderbein und ihr Schwanz waren bandagiert, und sie trug ein rotes Lederhalsband. Sie blickte mit einem völlig liebeskranken Ausdruck zu ihrem neuen Herrn auf.

PJ und Ferdia nahmen ihr Bier und gingen zu einem Tisch an der Tür. Ella war ein bisschen beleidigt, weil sie nicht an ihren Tisch gekommen waren. Sie liebte es, wie PJ sie unter seinen Augenbrauen anlächelte.

»Noch eins?«, fragte Richie, während er sein Pint austrank.

»Nein«, antwortete sie und trank ebenfalls aus. »Ich muss fahren, das weißt du doch, oder? Ich muss los.« Sie schlüpfte in ihren Mantel und warf sich die Tasche über die Schulter.

»Viel Spaß dabei, Modul fünf in der Woche zu büffeln«, wünschte ihr Richie, während er zur Bar ging.
»Ich werde verdammt noch mal büffeln müssen. Wenn irgendetwas bei der Prüfung nächste Woche schief geht, dann sind es diese höllischen Tauchtabellen. Bis bald, Richie.«
Sie bahnte sich ihren Weg durch den Raum und versuchte sich zu erinnern, was sie heute Abend über Oberflächenintervalle und unterste Zeit gelernt hatte.
»Abschlussprüfung nächste Woche, Ella«, bemerkte PJ mit einem Lächeln, als sie an seinem Tisch vorbeikam.
»Danke, dass du mich dran erinnert hast.« Sie blieb stehen und erwiderte sein Lächeln.
»Du wirst keine Probleme haben.« Sie war leicht überrascht, dass diese ermutigenden Worte von Ferdia kamen und dass er ihr tatsächlich auch ein Lächeln schenkte. »In Theorie bist du gut.«
»Oh! Danke.« Und dann: »Hm, ich sehe, dass du den Hund adoptiert hast, den wir gefunden haben.« Sie sagte das hauptsächlich, um ihre Überraschung darüber zu verbergen, dass Ferdia so nett zu ihr war. »Wie hast du sie genannt?«
»Perdita.«
»Perfekt. Das ist Lateinisch für ›die Verlorene‹.«
Er warf ihr einen amüsierten Blick zu. »Schlaues Mädchen.«
»Hi, Perdita«, grüßte sie, bückte sich und streichelte die Ohren der Hündin. Deren Schwanz klopfte anerkennend auf den Boden. »Hallo, Schöne! Du siehst viel besser aus als das letzte Mal, als wir uns begegnet sind.«
»Nur deshalb, weil ihr Herrchen sie mit erstklassigem Filetsteak voll stopft«, bemerkte PJ. »Sie wird schrecklich verwöhnt sein, wenn du nicht aufpasst, Ferdia.«

»Keine Chance. Ich will sie nur ein bisschen aufpäppeln. Keine Gourmetmahlzeiten mehr für dich, sobald die Waage zwanzig Kilo oder so anzeigt, du Süße.«

Ella sah zu ihm auf, und er lächelte wieder, und plötzlich musste sie daran denken, wie ihre Brust vorhin so entblößt gewesen war. Sie merkte, dass sie errötete, und sie wurde noch röter, als sie sich an den Impuls erinnerte, den sie gehabt hatte, nämlich sich an ihn zu pressen, als er die Schulterträger an ihrem Lifejacket hinaufgezogen hatte.

Um ihre Verlegenheit zu verbergen, tauchte sie in ihre Tasche und holte ihr Filofax heraus. Es war aus ziemlich schickem Schweinsleder, und ihr Vater hatte es ihr nach seiner letzten Amerikatournee mitgebracht. Sie spürte Ferdias Blick auf sich, als sie es durchblätterte. »Ist das übernächste Wochenende immer noch für die Tauchgänge in Freigewässern vorgesehen?«, fragte sie PJ. Sie hatte sich an diesem Wochenende für zwei Tauchgänge eingetragen. Einer war nicht obligatorisch – es war nur einer ohne Tauchgerät –, doch man hatte ihr geraten, ihn trotzdem zu machen, denn dadurch würde sie mit dem Vorgang des Anziehens vertraut werden.

»Ja. Es scheint allen zu passen.«

»Um wie viel Uhr?«, fragte sie und hielt den Stift über die Seite. An diesem Samstagabend würde es eine große Party geben. Patrick veranstaltete eine Fete zu Jacks vierzigstem Geburtstag.

»Neun Uhr am Samstagmorgen. Das Gleiche noch mal am Sonntag. Dann ist die Flut auf optimaler Höhe. Man muss jedoch nachts rausgehen, um Zeit für die Einweisung und das Anziehen zu haben.«

Acht Uhr an einem eiskalten Novembermorgen! Und es musste natürlich der Morgen nach der Party sein! Verdammt. Warum tat sie sich das nur an? Und dann dachte sie in Panik: O Gott, o Gott, würde Patrick ein Engel sein und ihr das Auto für dieses Wochenende überlassen? Der Gedanke daran, sich mit einem Kater früh am Morgen durch die Stationen des DART zu schleppen, erfüllte sie mit Schrecken.

»Okay«, sagte sie und versuchte eifrig zu klingen, während sie in ihren Kalender kritzelte. Dann klappte sie ihn zu und verschloss ihn. »Nun denn, bis nächsten Mittwoch.«

»Ja«, gab PJ zurück. »Übrigens, Ella, wenn du nach deiner Prüfung eine Übung im Pool machen willst, wird ein Lehrer für dich zur Verfügung stehen. Manche Schüler möchten ihre Fähigkeiten ein letztes Mal verfeinern, bevor sie ihre Tauchgänge in Freigewässern vollführen.«

»Oh.« Sie hatte gehofft, sie würde nicht mehr im Pool arbeiten müssen, doch sie sah den Sinn des Ganzen ein. »Nun, ich denke darüber nach.« Ferdia fing ihren Blick auf und lächelte, und sie erinnerte sich, was er letzte Woche gesagt hatte. »Leute, die darüber nachdenken, tun es nie.« Und so räumte sie ein: »Es ist wahrscheinlich eine gute Idee. Ich könnte noch einen Versuch brauchen, meine Maske unter Wasser abzunehmen. Ich fand das ein bisschen unheimlich.«

»Vielleicht möchtest du auch noch üben, dein Lifejacket unter Wasser auszuziehen«, fügte Ferdia hinzu. »Das ist nicht so glatt gegangen, wie es sollte.«

Ella dachte wieder an ihre entblößte Brust und an seinen Schenkel zwischen ihren, und sie mied seinen Blick. Sie wurde durch Richie gerettet, der mit einem frischen Pint kam. »Immer noch da?«, fragte er überflüssigerweise.

»Nein, nein, ich bin schon weg. *A bientôt.*« *A bientôt?* Wo war das denn hergekommen? Scheiße. Sie hatte das Gefühl, dass dieser kleine Ausfall ins Französische den »Jungs« als gewaltig angeberisch vorkommen würde. Ehe sie wieder rot werden konnte, wandte sie sich zur Tür um und war sich dabei schmerzhaft der drei männlichen Augenpaare bewusst, die ihren sich zurückziehenden Hintern begutachteten.

Ella lernte hart in dieser Woche und bestand ihre Prüfung ohne Probleme. Sie versagte nur bei drei von den fünfzig Fragen, und das bloß, weil sie sie nicht richtig durchgelesen hatte. Sie hatte sogar herausgefunden, wie man die Tauchtabellen benutzte.
Während die Klasse aus dem Raum schlenderte, fragte sie Richie, ob er zum Üben zum Pool gehe. »Nö«, antwortete er, »keine Lust. Ich gehe in den Club, um zu feiern, dass ich dieses blöde Handbuch nicht mehr lesen muss.«
Sie fragte die sportliche Jan und Trottel Dan, ob sie gehen würden. Jan konnte nicht, und Dan wollte nicht. Wenn er nur etwas Verstand besitzt, sollte er, dachte Ella. Er braucht alle Übung, die er kriegen kann. Sie hatte ihn erwischt, wie er in der Prüfung geschummelt hatte: Wie verrückt hatte er Modul fünf durchgeblättert.
Soweit sie feststellen konnte, war der Einzige, der zum Pool ging, der Typ, der ihr letzte Woche unter Wasser lüsterne Blicke zugeworfen hatte. Ihr gefiel der Gedanke gar nicht, mit ihm zusammen zu atmen, also beschloss sie, doch mit Richie in den Club zu gehen.
Ferdia war schon da und bestellte ein Pint an der Bar, doch von PJ war nichts zu sehen.
»Er ist ans Rote Meer geflogen«, erklärte Ferdia, als er gefragt wurde. »Für zwei Wochen im Himmel der Taucher.«
Sie nahmen ihre Pints mit hinüber zu dem Tisch neben der Tür, wo Richie Perdita an einen Stuhl band.
»Nun, Ferdia«, meinte Richie, als er damit fertig war, den

Hund mit Komplimenten zu überschütten, »wie lautet dein Urteil? Sind Ella und ich der Stoff, aus dem Dive Master sind?«
»Könnte sein«, lautete Ferdias ausgewogene Antwort. »Ihr wart heute Abend in Ordnung, hättet aber die Gelegenheit ergreifen sollen, noch etwas zusätzlich im Pool zu arbeiten.«
Ella wusste, dass dies eher an sie gerichtet war als an Richie. »Ich bin nicht aus dem Stoff, aus dem Dive Master sind«, gab sie zu.
»Du wärst überrascht.« Ferdia sah sie abschätzend an. »Vielleicht wirst du ja süchtig danach. Vielleicht beschließt du sogar, nach deiner Prüfung einen Fortgeschrittenenkurs zu besuchen.«
»Was muss man da machen?«
»Es gibt mehrere Möglichkeiten. Navigation, Nacht- und Tiefseetauchen sind am härtesten. Wir fahren zu einem überfluteten Steinbruch in der Nähe von Blackwater. Der Ort ist bekannt als Blackpits.«
Der Gedanke, sich in einem überfluteten Steinbruch zurechtzufinden, war für Ella ungefähr so reizvoll wie der, mit verbundenen Augen in ein Bad mit kalter Kotze zu tauchen. »Nichts für mich«, sagte sie scherzend. »Ich bleibe bei der Karibik.«
»Das habe ich mir gedacht«, sagte Ferdia.
Es lag etwas leicht Überhebliches in seinem Ton. Herr im Himmel, würde er jemals locker werden? Sie hatte es doch nicht ernst gemeint. Sie wünschte, PJ mit seinem ansteckenden Lächeln und seinen Lachfaltenaugen wäre nicht ab ans Rote Meer gedüst. Plötzlich kam ihr ein unangenehmer Gedanke. »Wer überwacht an diesem Wochenende die Tauchgänge?«, fragte sie. Sie hoffte, dass sie es nicht mit Ferdia zu tun haben würde.

»Wer immer den kleinsten Kater hat. Tauchen und Kater passen nicht zusammen. Sich unter Wasser zu übergeben ist möglich, doch ich würde es niemandem empfehlen.« Er sah Ella an, und sie dachte, es liege etwas Herausforderndes in seinem Blick, als ob er abschätzen wollte, wie heikel sie wohl wäre.
Richie sah seinen Cousin skeptisch an. »Komm, Ferdia, ich habe doch erlebt, wie du morgens getaucht bist, nachdem du völlig zu warst.«
»Das ist mein Privileg. Ich bin ein Lehrer, ja? Du bist nur ein Schüler.«
»He, ich habe heute Abend einen guten Witz gehört.« Richie warf Ferdia einen gerissenen Blick zu. »Was ist der Unterschied zwischen Gott und einem Dive Master?«
»Sag es mir. Was *ist* der Unterschied?«
»Gott denkt nicht, dass er ein Dive Master ist«, gab Richie zurück.
»Sehr witzig.« Ferdia nahm einen Schluck von seinem Guinness. Doch seine Augen über dem Glasrand lächelten.
Ella gefiel der ganze Kram nicht, den sie gerade über Tauchen und Kater gehört hatte. Sie würde es auf Jacks Geburtstagsparty Samstagabend locker angehen müssen. Sie sollte sowieso alles etwas lockerer angehen. Sie hatte nach der Arbeit zu viele Abende im Pub verbracht, hatte sich von Pierce Brosnans Doppelgänger überreden lassen. Sie sah auf ihre Uhr. »Zeit, dass ich gehe«, verkündete sie.
Richie sah sie flehend an. »Geh noch nicht«, sagte er. »Trink noch was, um deine Prüfung zu feiern.«
Sie warf noch einen Blick auf ihre Uhr und gab dann nach. »In Ordnung. Aber ich bleibe besser bei Ballygowan.«
Richie erhob sich und machte sich auf zur Bar. Ella und

Ferdia blieben allein zurück. Sie zermarterte sich ihr Hirn, um etwas zu sagen, und ließ es dann sein. Sie wusste, dass er dachte, sie hätten ungefähr so viel gemeinsam wie Barbie und Action Man. Sie würde ihren Atem nicht verschwenden.

»Fährst du mit einem Freund nach Jamaika, Ella?«, fragte er höflich nach kurzem Schweigen.

»Nein, ich fahre mit … einer Freundin«, antwortete sie. Sie wollte ihm nicht erzählen, dass sie mit ihrer Großmutter fuhr, die einen Urlaub bei Toptree Foods gewonnen hatte. Das klang so blöd.

»Es wird toll werden. Es ist ein schönes Land.« Er sah sie wieder so abschätzend an, mit jenem leicht überheblichen Blick, den er so gut konnte. »Aber vielleicht wirst du dich dafür entscheiden, es nicht zu erkunden. Wenn du in einem Hotel wohnst, das so luxuriös ist wie Salamander Cove, ist die Versuchung zu groß, dort zu bleiben, herumzuhängen, zu viel zu essen und zu trinken.«

»Und zu tauchen«, setzte Ella hinzu, getroffen von der Annahme, dass sie keine Abenteuerlust besäße. Sie versuchte sich abenteuerlichere Dinge auszudenken. »Vielleicht miete ich mir auch ein Auto und erforsche die Insel. Ich möchte Montego Bay besuchen und will auf jeden Fall in die Blue Mountains. Und Rafting gehen.« Mit ihrer Großmutter?

»Ich würde es mir zweimal überlegen, ein Auto zu mieten, wenn ich du wäre. Du würdest höchstwahrscheinlich nicht so etwas Schickes kriegen wie den kleinen Mercedes, mit dem du immer rumkurvst, und es wäre tatsächlich eine bessere Idee, sich für etwas viel Schwereres zu entscheiden. Die Straßen sind schlimmer als hier, und die Jamaikaner sind noch schlechtere Autofahrer als die Iren. Das Beste, was du tun könntest, wäre, für einen Tag ein

Taxi zu mieten. Manchmal wird der Fahrer dann auch als Aufpasser fungieren.«

»Aufpasser?«

»Ja. Zwei weiße Frauen allein können gefährdet sein. Ihr habt sicher Kameras, Geldgürtel, Kreditkarten. Die meisten Jamaikaner sind verzweifelt arm. Die Versuchung kann manchmal zu groß sein. Ich bin einmal überfallen worden.«

Sie merkte, wie sie auf die Narbe an seinem Wangenknochen sah.

»Nein«, meinte er, »daher habe ich nicht die Narbe. Die kommt von einem Unfall, den ich an einem Riff hatte. Die Narben, die ich bei dem Überfall bekommen habe, sind weiter unten. Sie haben mich hier aufgeschlitzt.« Er zeigte kurz auf einen Bereich unten an seiner Hüfte, doch sie gestattete sich keinen Blick dorthin.

»Waren das mehr als einer?«

»Sie waren zu dritt.«

»O Gott! Du hast Glück, dass du noch lebst.«

Er sah hinab in sein Pint und dann wieder zu ihr. Es lag etwas Düsteres in seinem Augenausdruck. »*Die* haben Glück, dass sie noch leben«, gab er zurück. »Ich wollte sie nicht verletzen, Ella. Sie waren verzweifelt, arm und Punks. Etwas ist in mich gefahren.«

»Du hast sie verjagt? Ganz allein?« Bruce Willis, sei auf der Hut.

»Ja. Ich war so voller Wut, dass ich sie tierisch erschreckt habe. Ich hatte einen schlechten Tag und war ziemlich betrunken. Ich hatte gerade herausgefunden, dass meine Freundin mich betrogen hatte, und zu allem Überfluss war es auch noch mein Geburtstag. Sie haben einfach zufällig den falschen Mann am falschen Tag erwischt.«

Wow. Wie atemberaubend macho. Sie schaute auf ihre

Nägel. Sie würde ihm nicht das Vergnügen gönnen, beeindruckt auszusehen. Doch sie wusste, dass sie etwas sagen musste.
»Bist du ins Krankenhaus gekommen?«, fragte sie.
»Nur in die Notaufnahme. Das war das Schlimmste an dem ganzen Vorfall.«
»O ja? Sind jamaikanische Krankenhäuser so schlimm?«
»Nein. Ich hasse nur Spritzen«, erwiderte Ferdia MacDiarmada. »Nadeln machen mir tierische Angst.«

Am nächsten Morgen, Donnerstag, meldete sich Julian krank. Seine Polypen quälten ihn. Sie quälten ihn auch noch am Freitag.
Die Studios waren voll ausgebucht, und es herrschte Chaos. Ella verbrachte die letzten zwei Tage der Woche damit, zwischen Empfang und Tonkonsole hin- und herzurennen, und versuchte gleichzeitig beiden Aufgaben gerecht zu werden. Es war unvermeidlich, dass eine der beiden schlechter davonkam, und sie war entzückt, als Claudia am Freitagnachmittag an den Empfang abgestellt wurde. Trotz des zusätzlichen Paars Hände arbeiteten sie am Freitag durch bis neun Uhr abends, bevor sie schließlich in den Pub kamen. An diesem Abend fiel Ella völlig kaputt und mehr als ein bisschen sauer ins Bett.
Sie erwachte am Samstagmorgen mit einem Lächeln auf den Lippen, da sie gerade aus einem wunderbar erotischen Traum von Jack auftauchte. Sie hatten sich unglaublich windschnittigem Sex unter Wasser hingegeben, und Jack hatte sie in eine Art schwarzen Satinkram gehüllt, kurz bevor sie erwachte. Ella streckte sich und rollte sich auf den Bauch, und ihr Lächeln wurde noch breiter, als sie sich in ihrem Kopf weitere Details ihres Traums mit Weichzeichner vorspielte, wobei sie ab und zu innehielt,

um auf Stopp zu gehen. Dann ließ sie ihre Gedanken zu dem Abend wandern, an dem sie zusammen durch den Regen ins Daly's gelaufen waren, und zu der Art, wie er sie mit einem Blick angesehen hatte, der vor sexueller Anziehung nahezu glühte. So hatte er sie seitdem nicht mehr angesehen – nicht einmal. Vielleicht war es Zeit, ihn dazu zu bringen, sie noch mal so anzuschauen? Zur Hölle. Es war einen Versuch wert. Im Augenblick gab es keine Frau in seinem Leben, und da Reflex seit Wochen keine Session mehr gebucht hatte, hatte es auch keine Ablenkung in Form der heißen Angie gegeben.

Sie streckte schließlich die Hand nach dem Wecker aus. Er zeigte halb zehn an. Der Traum wich abrupt in den Hintergrund, und das wirkliche Leben spülte in ihr Hirn zurück. Scheiße. In genau diesem Augenblick sollte sie in der Irischen See tauchen. Ella ließ den Kopf zurück auf ihr Kissen fallen und drehte ihn zum Fenster. Draußen regnete es. Das machte es noch schlimmer. Auf keinen Fall würde Ferdia glauben, dass sie nicht einfach an einem Regentag kalte Füße bekommen hatte. Verschlafen war so eine armselige Ausrede.

Sie fluchte, schlug die Decke zurück und taumelte in die Küche, um den Kessel aufzusetzen. Ihr Tauchhandbuch lag auf dem Tisch aufgeschlagen auf der Seite, auf der die Erfordernisse fürs Tauchen ohne Tauchgerät aufgezählt waren. »Ein Tauchgang ohne Gerät ist nicht erforderlich, um ein zertifizierter Taucher zu werden«, las sie wieder. Sie kaute auf ihrer Lippe herum und dachte nach. Es würde schon klappen. Das hieß nur, dass sie morgen einen leichten Nachteil hätte, wenn es um das Anzuganziehen ging, das war alles. Und den Anzug anzuziehen konnte doch nicht so anspruchsvoll sein, oder? Sie sah in das Handbuch. Okay. Sie hatte es also heute verpatzt,

doch sie sollte verdammt sein, wenn sie es morgen wieder verpatzte. Sie musste nur sicherstellen, dass sie heute Abend auf Jacks Party nüchtern blieb.
Der Gedanke an Jack erinnerte sie wieder an ihren Traum. Bevor der schwarze Satinkram aufgetaucht war, hatte sie im Traum etwas wirklich Verrücktes angehabt. Nein, hatte sie nicht. Sie hatte gar nichts angehabt. Doch es war etwas auf ihrem Körper gewesen. Was? Mit blendender Klarheit fiel es ihr wieder ein. Sie hatte zart geschwungene Tattoos in Form der Arabesken auf beiden Seiten ihrer Wirbelsäule gehabt, die in eine Violine eingekerbt sind. Oh! Wie schön! Wie Man Rays *Violin d'Ingres* … Jack hatte in ihrem Traum auf ihr wie auf einer Violine gespielt! Sie spulte noch mehr Film ab. Seine eleganten Finger hatten ganz sicher gewusst, wie sie ein Crescendo bis zum Höhepunkt aufbauen mussten – er hatte unbeirrbar die richtigen Noten getroffen. Nur dass seine Finger nicht so elegant gewesen waren, oder? Sie waren irgendwie verhornt gewesen …
Während sie versuchte sich zu erinnern, was für eine Melodie er gespielt hatte, dachte sie daran, wie sie bis zu jenem entscheidenden Datum vor drei Jahren jeden Tag gespielt hatte, als sie das Instrument hinten in ihren Schrank verbannt und ihre Träume aufgegeben hatte, Berufsmusikerin zu werden. Ella wurde plötzlich von einer intensiven nostalgischen Sehnsucht überwältigt. Das passierte ihr von Zeit zu Zeit, und wenn, dann nahm sie ihre Geige aus ihrem Kasten und stimmte sie. Das konnte man kein ernsthaftes Üben nennen – mehr Herumspielen. Manchmal wurde sie sauer darüber, wie viele Fehler sie machte, und dann legte sie das Instrument nach nur zehn Minuten wieder zurück in den Schrank.
Sie holte ein Notenblatt von ihrem Regal, ging nachdenk-

lich wieder in ihr Schlafzimmer und nahm den Geigenkasten heraus. Sie fuhr mit dem Seidenlappen, den sie in dem Kasten aufbewahrte, über das glatte Holz der Geige und stimmte sie dann; sie spannte den Bogen, rieb das Rosshaar mit etwas Kolophonium ein und hielt das Instrument unters Kinn.

Bruch lag auf dem Stapel Noten. Es war seltsam zu hören, wie die Noten das Zimmer erfüllten. Sie biss sich auf die Lippe und runzelte vor Konzentration die Stirn. Sie war eingerostet, doch nicht so eingerostet, dass sie nicht trotzdem okay klang. Zuerst spielte sie vorsichtig, dann mit wachsendem Selbstvertrauen, wiegte sich zu der Musik, die aus dem Instrument strömte, konnte dem körperlichen Drang, sich zu bewegen, nicht widerstehen. Als Nächstes Beethoven. Der langsame Satz aus der Siebten. Wie irre, dachte sie, als sie den Bogen über die Saiten zog und nicht auf die paar falschen Noten achtete, die herauspurzelten – sie hatte vergessen, wie sexy das war! Das war Musik, durch die man sich verführen lassen konnte! Sie ließ den Bogen ein wenig ins Allegretto fallen. Es kam ihr dumm vor, ganz allein etwas Symphonisches zu spielen.

Das dritte Heft mit Noten war irisch, die Musik, die ihr Vater sie gelehrt hatte. Sie schwang sich auf in eine kleine Improvisation von anmutigen Noten als Vorspiel zum Hauptstück. Dann, gerade als sie sich in »Pull the Knife and Stick it Again« werfen wollte, klingelte das Telefon.

Erschreckt kam sie zu sich. Das elektronische Geklingel stellte eine brutale, unharmonische Note nach dieser erregend reichen Musik dar, die noch vor kurzem diesen Raum erfüllt hatte.

Vorsichtig legte sie ihre Geige aufs Bett und nahm den Hörer ab.

»Ella?«, hörte sie. »Hi, hier ist Angie von Reflex. Tut mir Leid, dass ich dich zu Hause störe, aber ich bin ein bisschen in der Bredouille. Die Sache ist die, ich habe gestern Abend Jack in Fitzer's Restaurant getroffen, und er hat mich zu der Party eingeladen, die Patrick heute Abend für ihn gibt. Das Dumme ist, dass ich vergessen habe zu fragen, ob es formell oder locker ist. Was meinst du soll ich anziehen?«

Tom Jones' Version von »Sex Bomb« dröhnte aus den Lautsprechern. Ella suchte die Menge ab, um zu sehen, ob Angie da war, und nippte an dem ersten der zwei Gläser Champagner, die sie sich an diesem Abend gestatten würde. Ferdias Rat, was das Tauchen mit einem Kater anging, hatte Wirkung gezeitigt. Während sie »Sex Bomb« mitsummte, konnte sie es nicht verhindern, dass ihr Blick zu Jack wanderte. Er sah so aus wie Pierce Brosnan in einer Szene aus *Thomas Crown ist nicht zu fassen*.

Plötzlich lag Patricks Hand auf ihrer Schulter. »Hast du etwas dagegen, wenn ich dir einen onkelhaften Rat gebe, Süße?«

»Absolut nicht.« Sie drehte sich zu ihm um. »Schieß los.«

»Hör auf, deine Zeit damit zu verschwenden, nach Jack zu schmachten.«

Ella hatte gerade einen Schluck Champagner getrunken. Sie spuckte ihn fast aus. »Was? Wovon redest du?«

»Komm, Ella, du weißt genau, wovon ich rede.«

Sie wusste, es hatte keinen Sinn, etwas anderes zu behaupten. Sie war schon immer eine miserable Schauspielerin gewesen. »Wie … wie um Himmels willen hast du das erraten, Patrick?«

»Ich kenne dich, seit du ein Baby warst. Ich kann in dir lesen wie in einem Buch.«

»Oh! Oh, zur Hölle, Patrick! Das ist so *peinlich*!« Sie wusste, dass ihr Gesicht puterrot geworden war.
Patrick drehte sein Glas in der Hand herum. »Schau, das ist auch für mich nicht leicht, Süße. Aber ich kann es einfach nicht zulassen, dass du weiter den falschen Weg entlangtrabst. Lass es, Ella.«
Sie biss sich auf die Lippe und schaute weg von ihm, hinunter auf den Teppich. Als sie wieder aufsah, befand sich Jack genau in ihrem Blickfeld. O nein! Er schenkte ihr sein wunderbares Lächeln. Sofort lenkte sie ihre Aufmerksamkeit auf ihren Onkel, ohne Jacks Lächeln zu erwidern.
»Ich weiß, warum du *glaubst,* dass du Jack Noonan willst«, beharrte Patrick, »aber er ist nicht der Richtige für dich. Denk darüber nach. Jack gehört praktisch zur Familie. Es ist Zeit, dass du aufhörst, nach dem Vater zu suchen, den du nie gehabt hast. Ach zum Teufel.« Patrick drehte jetzt nicht mehr sein Glas hin und her, sondern griff stattdessen nach seinen Zigaretten. Es entstand eine Pause, in der er sich eine ansteckte und tief inhalierte. Dann fuhr er fort: »Es tut mir Leid, dass ich so direkt bin, Süße. Wirklich. Ich bin nie gut gewesen, wenn es um ehrliches Reden ging.«
Er klang so erbärmlich, dass Ella eifrig einsprang. »Nein, nein, es ist okay, Patrick. Ehrlich. Du hast Recht, du hast absolut Recht, mir zu sagen, was du denkst. Ich bin nur … ich fühle mich im Moment nur etwas beschämt.« Sie nahm einen kräftigen Schluck Champagner und dann noch einen.
Etwas musste sie noch wissen. »Ich habe doch … ich habe mich doch nicht zu lächerlich gemacht, oder? Haben die Leute hinter meinem Rücken über mich gespottet?«
Nun war es an Patrick, beruhigend einzulenken. »Nein, nein. Niemand sonst könnte eine Ahnung haben. Nicht

mal Jack. Aber wenn du jemals … nun, du weißt schon …«
»Du meinst, wenn ich ihm jemals Avancen gemacht hätte?«
»Ja. Ich sage ja nicht, dass du das würdest, aber wenn du es getan hättest … nun, das würde ihn in arge Verlegenheit bringen. Du weißt schon … weil er dein Boss ist und so. Denn ich vermute, er würde es schon schwer genug finden zu widerstehen … ich meine, du bist eine sehr … nun ja … attraktive junge Frau, und …«
Patrick fühlte sich nun deutlich so unbehaglich in seiner Haut, dass Ella ihn nicht mehr weiterzappeln lassen wollte. »Es ist in Ordnung, Patrick. Ich weiß, was du mir zu sagen versuchst. Bitte mach dir keine Sorgen. Ich verspreche dir, ich werde nichts Dummes tun, um dich oder …«
»Patrick! Ella! Hi!« Das war Angie von Reflex, die fuchsroter denn je aussah.
»Angie!« Es folgte ein kleiner aufgeregter Austausch von Küssen.
»Bist du gerade gekommen?«, fragte Patrick.
»Ungefähr vor zehn Minuten. Und ich muss sagen, ich bin *beeindruckt*. Perrier Jouet ist mein Lieblingschampagner.« Sie trank den Rest in ihrer Sektflöte leer.
»Dann lass mich dir noch einen holen. Ella? Noch ein Glas Champagner?«
Ella überlegte. »Weißt du, was ich möchte, Patrick? Ich möchte einen Schuss Tequila.«
Patrick warf ihr einen Blick zu, der halb warnend, halb entschuldigend war, während er in Richtung Küche verschwand.
»Tolles Kleid, Ella«, bemerkte Angie.
Ella hatte ihr sexystes kurzes Kleid auf die Party angezogen. Auf keinen Fall würde sie kampflos aufgeben. Doch

da Angie in Goldlamé sensationell aussah, gab es dafür einfach keine Konkurrenz. »Danke. Aber schau doch nur dich an. Ist das zufällig von Galliano?«

»Mm. Ich habe beschlossen, heute Abend das Boot hinauszustoßen.« Angie lächelte sie vertraulich an. »Soll ich dir ein Geheimnis verraten? Ich bin verrückt nach deinem Boss.« Sie griff nach der Schale Cashewnüsse und warf sich beiläufig eine in den Mund.

Ich auch, hätte Ella am liebsten erwidert. Doch sie tat es nicht. Stattdessen hörte sie sich sagen: »Und er ist verrückt nach dir.« Sie wollte sich wegen dieser Bemerkung nicht ohrfeigen. Es hatte keinen Sinn.

Angies Champagner kam, ebenso wie Ellas Tequila. Sie kippte das Zeug in einem Zug hinunter und sah dann traurig mit an, wie Angie sich ihren Weg durch die Party bahnte bis zu der Stelle, an der Jack stand, der Angie beobachtete. Ihrer beider Körpersprache sagte alles. Sie würden heute Abend zusammen im Bett landen.

Patrick sah Ellas Gesichtsausdruck. »Tut mir Leid, Kleine«, sagte er.

»Kein Problem, Patrick.« Ella vollführte einen kleinen stoischen Salut für ihren Onkel und machte sich dann auf in die Küche, um die Flasche zu finden.

Das Letzte, an das sie sich an diesem Abend erinnerte, war, dass sie einen Weckruf für sieben Uhr bestellte, bevor sie auf den Futon in Patricks Gästezimmer fiel. Sie hatte es geschafft, ihre Schuhe abzuwerfen und ihre Strümpfe auszuziehen, doch sie trug immer noch ihre beste Unterwäsche von Agent Provocateur und ihr sexy kleines Kleid. Sie schlief traumlos.

Das Telefon neben dem Bett weckte sie, und sie warf den Hörer auf den Boden. Sie lag eine Ewigkeit da, die Augen zugekniffen, und sah mit Schrecken den Schmerz voraus, der einsetzen würde, wenn sie sie aufmachte. Würde es jene blendende Art von scharfem Schmerz sein oder der dumpfe, hämmernde? Sie konnte sich nicht entscheiden, welcher der schlimmste war.

Es war der dumpfe, hämmernde. Sie hangelte sich unter der Bettdecke hervor und setzte sich für ein, zwei Minuten auf den Rand des Futons, den Kopf in den Händen vergraben. Dann stand sie auf und ging auf Zehenspitzen, bemüht, Claudia, Patrick und ihre beiden schlafenden Cousins nicht zu wecken. Ein Päckchen Solpadeine lag auf dem Waschbecken mit einem Post-it mit Patricks Schrift darauf. »Nimm dies, bevor du das Auto nimmst«, las sie. »Wenn du es zuschanden fährst, kriegst du großen Ärger. Viel Glück beim Tauchen. Alles Liebe, P.« Sie bespritzte sich das Gesicht mit Wasser und putzte sich die Zähne mit der Zahnbürste, die Claudia ihr am Vorabend gegeben hatte. Und ihre Zunge. Gott, war sie durstig!

In der Küche trank sie zwei Glas Wasser, machte sich einen starken Kaffee und sah sich düster in dem Nach-Party-Chaos um. Claudia und Patrick und die Jungen würden wissen, was sie heute zu tun hatten. Aber wenn sie wählen sollte zwischen dem Aufräumen von Partymüll und einem Tauchgang vor Sheep's Head, wusste sie, was sie lieber täte.

Sie hatte sich sehr wenig Zeit gelassen, um hinaus nach Portdelvin zu fahren, wie ihr klar wurde. Nur dreißig Minuten. Doch zu so früher Stunde an einem Sonntagmorgen würden die Straßen frei sein. Leider war keine Zeit, nach Hause zu fahren und sich umzuziehen. Sie zog ihre Strümpfe an und steckte die Füße in ihre hohen Sandalen. Sie würde schrecklich lächerlich aussehen, wenn sie so aufgetakelt im Tauchzentrum auftauchte, doch es war ihr egal. Sie hatte einen Kater und ein gebrochenes Herz, und sie würde in die Irische See springen müssen. Während sie sich den falschen Leopardenfellmantel überzog, musste sie daran denken, dass das Leben wirklich nicht viel schlimmer werden konnte.

Draußen blendete sie der Sonnenschein – jenes kalte, harsche Ende-November-Sonnenlicht. Sie schirmte ihre Augen mit der Hand ab, während sie in ihrer Tasche nach der Ralph-Lauren-Sonnenbrille wühlte, die ein Geschenk von ihrem Vater gewesen war, und dann setzte sie sich hinter das Steuer von Patricks Mercedes, warf ihre Schuhe ab, atmete tief durch und startete den Motor.

Die Fahrt hinaus dauerte fünfundzwanzig Minuten, und sie kam um genau acht Uhr im Tauchzentrum an. Der Lieferwagen fuhr gerade draußen an den Straßenrand. Die Fahrertür ging auf, und Ferdia stieg aus, gefolgt von Perdita. Ella schwang die Beine aus dem Mercedes und stand in Strümpfen auf dem Bürgersteig und schwankte ein wenig in der gleißenden Sonne. Sie war froh über ihre dunkle Brille. Das hieß, dass Ferdia ihre blutunterlaufenen Augen nicht sehen konnte.

»Hi«, gelang es ihr herauszubringen, während sie ihre Schuhe anzog und versuchte munter zu klingen. Das »Hi« kam krächzend heraus. Sie glaubte sich zu erinnern, dass sie gestern Abend nur eine Zigarette geraucht hatte.

Ferdia registrierte den Fellmantel, der um ihre Schultern lag, ihr enges, seidenbesticktes Kleid mit dem Saum aus Maribufedern und ihr Agent-Provocateur-Dekolleté. Er ließ seine Augen ihre glänzend bestrumpften Beine bis zu ihren Füßen in ihren babyblauen Sandalen wandern und wieder hinauf zu ihren schwarzen, goldgerahmten Brillengläsern. Dann warf er den Kopf zurück und lachte.

»Jesus! Was für ein Mädchen!«, rief er aus.
Sie konnte erkennen, dass das nicht als Kompliment gemeint war. Es lag zu viel abwertende Betonung auf dem Wort »Mädchen«.
Sie brauchte nicht noch mehr Kummer in ihrem Leben.
»Ach, hau ab, Ferdia«, sagte sie. Dann drehte sie sich auf ihren hohen Absätzen um und stürmte ins Tauchzentrum. Nur dass ihr enges Kleid verhinderte, dass sie »stürmen« konnte. Tatsächlich tippelte sie in den Laden, gefolgt von ihrem ungläubig lächelnden Lehrer und seinem ergebenen Hund.
Die Schüler waren alle zum Briefing im Raum versammelt. Ein Chor aus anerkennenden Pfiffen und Rufen begrüßte sie. Ella ging nach vorne und vollführte einen perfekten Knicks, bevor sie sich in die erste Reihe setzte, in der sich Richie mit offenem Mund lümmelte. »Was zum Teufel hast du da an?«, fragte er.
»Ich war gestern Abend auf einer Party«, antwortete sie. »Ich hatte keine Zeit, nach Hause zu fahren und mich umzuziehen.«
»Nun, ich kann nur sagen, dass er ein verdammter Glückskerl ist, wer immer es auch war.«
Sie fühlte die Seitenblicke mehr, als dass sie sie sah, die Ferdia ihr zuwarf, als er nach vorne ging, um mit dem Briefing anzufangen. Ihr Rock war hochgerutscht und ließ den Spitzensaum an ihrem Strumpfhalter sehen. Ella schlug demonstrativ die Beine über, nahm ihre Sonnenbrille ab und schenkte ihm ein bezauberndes Lächeln. Sie würde ihm was zeigen von wegen *Mädchen*, würde ihm verdammt noch mal zeigen, dass er Unrecht hatte. Sie, Ella Nesbit, gehörte zu den Jungs. Das war sie immer gewesen und würde es immer sein. Trotz des Katers würde sie diesen Tauchgang heute schaffen.

Nach dem Briefing schnappten sich Sportsfrau Jan und Ella ihre Neoprenanzüge, Handschuhe und Stiefel und zogen sich im Damenumkleideraum um. Da sie keinen Badeanzug dabeihatte, musste Ella ihren Neoprenanzug über ihre sexy Unterwäsche ziehen. Sportsfrau Jan tat so, als ob sie nicht hinschauen würde, doch Ella konnte erkennen, dass sie leicht verwirrt war. Jan war im Vorteil, da sie am Vortag schon ohne Ausrüstung getaucht war. Sie machte so erfahrene Dinge wie die Hand- und Fußgelenke ihres Anzugs mit Silikon einzusprühen, bevor sie ihn anzog, und als sie fertig war, half sie Ella. Es dauerte ewig, bis sie die Ausrüstung übergezogen hatte. Das Neopren fühlte sich klamm an ihrer nackten Haut an, und als sie ihre nackten Füße in die Gummistiefel steckte, meinte sie, ihr würde schlecht. Es erinnerte sie an das eine Mal, als sie aus dem Auto gestiegen und in Hundekacke getreten war.

»Bist du sicher, dass alles in Ordnung ist?«, fragte Jan und sah sie neugierig an.

»Ja«, krächzte Ella und klang mörderisch begeistert.

Sie holten ihre Flossen und Masken aus dem Verleih und watschelten dann die Flure entlang. Die Taucher standen alle versammelt im Laden und schauten in ihren dicken Neoprenanzügen wie Michelin-Männchen aus. Nur die Dive Master sahen gut aus in ihren gestylten schwarzen Profineoprenanzügen. Die armen Schüler mussten sich mit proletarischeren Modellen zufrieden geben.

»Wie kommen wir an die Küste?«, wollte Ella wissen. »Es ist zu weit zum Laufen.« Sie hatte angenommen, es gäbe eine Art Bus, der sie dorthin bringen würde, wo sie ihre Tauchgänge absolvieren würden.

»Ihr könnt eure Autos nehmen«, sagte Ferdia.

»Ich soll mit dem hier fahren?«, fragte Ella erstaunt.

»Du hast es kapiert, Ella. Außer du willst deinen Leopardenmantel über deinen Anzug ziehen, um ihn zu verbergen. Du könntest auch noch deine Sonnenbrille tragen für den Fall, dass jemand dich erkennen sollte.«
Richie kicherte.
»Sehr witzig, Ferdia«, gab Ella zurück.

Die Fahrt dauerte fünf Minuten, und am Ende kugelten sich Ella und Richie vor Lachen. Sie hatten das Verdeck zurückgeschlagen, und Passanten blieben stehen und starrten unverkennbar verblüfft, als sie zwei Leute in Neoprenanzügen erblickten, die in einem Mercedes daherkamen. Ella hatte ihre Filmstarsonnenbrille zum Spaß aufgesetzt und winkte mit ihrer neoprenbehandschuhten Hand wie Ihre Majestät Königin Elizabeth von England. Sie war an jenem Punkt ihres Katers angelangt, an dem sich derjenige, der darunter leidet, völlig verrückt und kindisch benimmt, und als sie und Richie aus dem Auto stiegen, lachten sie so sehr, dass sie sich aneinander klammern mussten.
»Okay«, sagte Ferdia, als er sie erblickte. »Ihr werdet auf jeden Fall nicht zusammen tauchen. Du und Dan, ihr könnt Partner sein, Ella. Richie, du tust dich mit Jan zusammen.«
Richie und Ella warfen sich verstohlen schuldbewusste Blicke zu und kicherten fast, doch als Ferdia sagte: »Willst du wirklich nach der *Lusitania* tauchen, Richie? Willst du wirklich an diesem Riff tauchen, Ella?«, wurden sie ein wenig ruhiger.
Ferdia stellte sich als Tauchführer für sie und Dan zur Verfügung, und Ella wünschte mehr denn je, dass der immer lächelnde PJ nicht weit weg im Taucherhimmel am Roten Meer weilen würde. Als das Wasser in Ellas Anzug

tröpfelte und sich ihr Rückgrat herunterschlängelte, quietschte sie auf – doch Ferdia hatte Recht gehabt, als er ihr gesagt hatte, es sei leicht, in der Irischen See warm zu werden, selbst im November, da das Meerwasser bald Körpertemperatur erreichte. Tatsächlich schwitzte Ella vor Anstrengung, als sie ihre Flaschen und Bleigürtel am Ufer angelegt hatte.

Sie vollführte den Eintritt ins Wasser, indem sie rückwärts über groben Boden, übersät mit trügerischen Steinen, ging. Sie und Dan klammerten sich Hilfe suchend aneinander, und Ella war über alle Maßen erleichtert, als das Wasser endlich tief genug war, um zu schwimmen. Ihr Kater machte sich jetzt wirklich bemerkbar.

Als sie weit genug nach draußen gepaddelt waren, warf Ferdia eine Leine mit Gewichten daran aus, und sie vollführten das Zeichenspracheritual, das vor dem Tauchgang üblich war. Ella machte die fließende Zeichensprache ihres Tauchlehrers mit ungeschickten Fingern nach und war sich nicht wirklich klar, was sie da tat. Dann griff sie nach dem Knopf fürs Luftablassen an ihrem Lifejacket, drückte fest darauf, atmete das letzte Mal an der Oberfläche tief durch – und tauchte ab. Sie atmete ein paarmal flach und nervös ein, und dann tat sie etwas Dummes. Sie sah nach unten, konnte den Boden nicht erkennen und schaute Ferdia an. Obwohl er nicht mehr als einen Meter weit weg sein konnte, war das Wasser so trübe, dass seine Züge unter der Maske kaum auszumachen waren. Neben ihr stieg Dan mit rücksichtsloser Entschlossenheit hinab. Sie blickte auf. Sie konnte die Oberfläche nicht erkennen. Das war ihre Vorstellung von der Hölle.

In Panik biss sie heftig auf das Gummi ihres Atemgeräts. Wasser begann in ihren Mund zu tröpfeln, das nach Salz

schmeckte. Sie war an Chlor gewöhnt. Dies brachte sie noch mehr aus der Fassung. Wie wild winkte sie, um Ferdias Aufmerksamkeit zu erregen, und dann vergaß sie alles, was man ihr beigebracht hatte, und strampelte wie verrückt an die Oberfläche. Ferdia war sofort neben ihr, und dann tauchte Dans Kopf auf. Er sah ein wenig neugierig aus unter seiner Maske.
Ferdia nahm den Lungenautomat aus dem Mund. »Beruhige dich«, sagte er. »Beruhige dich.« Er wartete und beobachtete sie besorgt, bis ihre schnelle, flache Atmung allmählich gleichmäßiger wurde. »Okay. Wo liegt das Problem?«
»Ich konnte nichts sehen«, antwortete Ella. »Du hast gesagt, es sei seicht, doch ich konnte den Boden nicht sehen, und ich konnte nicht zur Oberfläche sehen, und ich wurde einfach völlig desorientiert.«
»Eine Art Klaustrophobie?«
»Ich vermute.« Sie hatte auch einen Anfall von Übelkeit gehabt, doch das wollte sie ihm nicht erzählen. Sie wusste, dass die Übelkeit von ihrem Kater herrührte, und obwohl er offenbar erraten hatte, dass sie verkatert war, wollte sie es nicht zugeben.
»Willst du noch mal runter oder den Tauchgang abbrechen?«
Sie war jetzt ruhiger und dachte mühsam nach. Sie konnte den Tauchgang nicht abbrechen. Sie konnte jetzt nicht feige sein. Sie erinnerte sich an den Ausdruck in Ferdias Gesicht, als er sie ein *Mädchen* genannt hatte, und sie atmete tief durch.
»Lass uns noch mal gehen«, sagte sie.
»In Ordnung. Und wenn du wieder nach oben willst, Ella, denk daran, was du gelernt hast. Steig Langsam Von Jedem Tauchgang Hoch.« Sie nahm die Großbuchstaben

wahr und nickte. Ferdia steckte sein Mundstück ein, und sie wiederholten den Vorgang.
Erneut geriet Ella in Panik. Steig Langsam Von Jedem Tauchgang Hoch, dachte sie sinnlos, während sie sich wie wild ihren Weg nach oben strampelte und Ferdia und Dan ihr in gemächlicherem Tempo folgten.
Sie wollte weinen. Dan neben ihr sah ein wenig verwirrt wegen all der Aufregung aus. »Komm doch, Ella«, sagte er ermutigend. »Es ist toll dort unten. Erinnerst du dich, was im Handbuch steht? Wenn wir damit fertig sind, unsere Fähigkeiten zu beweisen, können wir unter Wasser ›zum Spaß und um Erfahrungen zu sammeln‹ herumschwimmen. Das willst du dir doch nicht entgehen lassen, oder?«
»Nein«, sagte sie leise. Der Gedanke, unter Wasser aus Spaß und um der Erfahrung willen herumzuschwimmen, war ihr im Moment tatsächlich mehr als fremd, doch sie war entschlossen, es zu tun. »Ich probiere es noch einmal.«
»Bist du sicher?«, fragte Ferdia vorsichtig. »Setz dich nicht unter Druck, Ella. Nicht, wenn du kein gutes Gefühl dabei hast.«
»Ich bin mir sicher. Wenn ich es diesmal nicht hinkriege, werde ich abbrechen«, versprach sie.
»Ich habe dich beobachtet«, sagte er. »Du spannst deine Kiefermuskeln an. Entspann die Lippen. Halt sie fest um deinen Lungenautomaten geschlossen, aber beiß nicht drauf, ja? Das Wichtigste ist, dass du entspannt bleibst.«
Auch beim dritten Mal hatte sie kein Glück. Ella war so desorientiert, als sie diesmal an die Oberfläche schoss, dass sie sich nicht sicher war, ob sie nach oben oder nach unten unterwegs war.

»Es tut mir Leid«, sagte sie, als sie wieder zu Atem kam. »Ich kann es nicht. Ich werde den Tauchgang abbrechen müssen. Es tut mir wirklich Leid, Ferdia, Dan.«

»Ist schon in Ordnung«, erwiderte Dan milde.

»Hast du was dagegen, wenn du hier auf mich wartest, während ich Ella zurück an die Küste bringe?«, fragte Ferdia.

»Überhaupt nicht«, antwortete Dan. Er lächelte sie breit an. »Pass auf dich auf, Ella. Schönen Urlaub.«

Ella dachte, sie hasste sich in diesem Augenblick mehr als jemals sonst in ihrem Leben. Wie hatte sie es wagen können, sich über ihn lustig zu machen und ihn Trottel Dan zu nennen, da sie es doch war, die der Trottel war und der Feigling und der Weichling und alles in einem? Unter der Maske konnte sie spüren, wie Tränen der Demütigung aufstiegen. »Danke, Dan«, sagte sie. »Viel Glück.«

Sie und Ferdia paddelten zurück zur Küste und ließen Dan allein, der unbeirrbar neben der Leine herumtauchte. Eine Weile schwammen sie schweigend dahin. Dann sprach Ferdia. »Kater?«

»Ja«, gab sie zu. »Du kannst jetzt sagen: ›Ich hab's dir ja gesagt‹, wenn du willst.«

»Ich sage nie ›Ich hab's ja gesagt‹. Es ist sinnlos, das zu tun.«

Ella biss sich auf die Lippe. »O Gott, ich bin so doof!«

»He, hör auf, dir Schuldgefühle einzureden. Sobald du in Jamaika bist, wird sich alles legen. Die Sicht dort ist phänomenal. Du wirst kein Problem mit der Orientierung haben.«

Sie hatten das seichte Wasser erreicht, und Ferdia half ihr aus dem Lungenautomaten heraus. Als sie von der Last der Pressluftflasche befreit war, seufzte sie hörbar auf.

Er sah auf sie herab und lächelte. »Du bist wirklich winzig, weißt du das? Kein Wunder, dass es schwer für dich ist.«
»Wie meinst du das?«
»Ich weiß, es ist politisch schrecklich unkorrekt, es zu sagen, aber es gibt einen offensichtlichen Designfehler bei Frauen. Ihr kompensiert das, indem ihr schlauer seid und länger lebt und geschickter seid als Männer, aber ihr habt einfach nicht dieselbe körperliche Kraft. Wenn du das nächste Mal tauchst, Ella, feier die Tatsache, dass du anders bist, und sei schlau. Nutze den Vorteil der größeren Kraft, die irgendein Typ hat, und bitte ihn um Hilfe, wenn du deine Ausrüstung nicht bewältigst. Ich weiß, wir ermutigen euch, selbst mit eurer Ausrüstung umzugehen, aber in Jamaika kannst du dem Bootsmann ein Trinkgeld geben, damit er es für dich tut. Du hast mir immer so Leid getan, wenn ich gesehen habe, wie du runter an den Pool gestolpert bist, entschlossen, unbedingt zu den Jungs zu gehören.«
Ella sah ihn erstaunt an. Das war das Letzte, was sie von jemandem wie Ferdia erwartet hätte.
»Aber ich hasse es, als ein Mädchen wahrgenommen zu werden!«, platzte sie heraus.
Ferdia lachte. »Ich bin überrascht, dass du das sagen kannst, nachdem du heute Morgen hier so aufgekreuzt bist. Da hast du ganz schön schick wie ein echtes Girlie gewirkt. Selbst wenn ich dir dafür ein Kompliment machen musste.«
»Das sollte ein Kompliment sein?«
»Als ich dich ein Mädchen genannt habe? Absolut.«
»Oh«, meinte Ella und kam sich jetzt wirklich dumm vor. »Ich dachte, du hast dich lustig über mich gemacht.«
Er schüttelte den Kopf und lächelte immer noch auf sie

herab. Dann sagte er, während er über seine Schulter zurückblickte: »Ich gehe besser zurück zu Dan.«
»O Gott«, meinte sie, »was wird wohl der arme Dan in sein Logbuch über seinen allerersten Tauchgang schreiben? ›Im Stich gelassen vom Partner?‹« Wieder seufzte sie. »Ich glaube nicht, dass ich bis zur Besprechung dableibe, Ferdia, wenn du nichts dagegen hast. Es ist mir zu peinlich, die Einzige zu sein, die den Tauchgang nicht gemacht hat, und Richie wird sich kringelig lachen.« Ihr gefiel auch der Gedanke nicht sehr, in ihrem Partykleid ohne Unterwäsche im Klassenzimmer zu sitzen – der letzten Besprechung ausgeliefert. Sie würde die winzigen durchnässten Dinger loswerden müssen, oder sie würde erfrieren. »Grüß Richie von mir, ja?«
»Das mache ich.«
Sie hielt inne und sah einen Augenblick nachdenklich drein. »Es ist komisch, ich werde ihn wahrscheinlich nie wiedersehen. Und dich übrigens auch nicht. Tschüss, Ferdia. Danke für alles.« Sie meinte es wirklich so.
»Sag nicht tschüss, sag *sayonara.* Nächstes Jahr um diese Zeit machst du vielleicht deinen Kurs in Unterwasserjagd.«
»Ha!«
»Grüß auch bitte Desirée von mir. Und viel Spaß auf Jamaika.«
»Desirée?«
»Erinnerst du dich nicht, dass ich dir von ihr erzählt habe? Sie leitet das Tauchzentrum in Salamander Cove.« Er gestattete sich ein kleines sehnsüchtiges Lächeln. »Meine Lieblingstauchgöttin auf der ganzen Welt.«
»Das mache ich.« Sie lächelte ihn an, drehte sich dann um und ging zum Auto, wobei sie spürte, wie das Wasser in ihrem Neoprenanzug unangenehm herumspül-

te. Sie würde Zeitungen auf Patricks Lederpolster legen müssen, um Wasserspuren zu verhindern. Sie konnte hören, wie Ferdia etwas vor sich hin pfiff, als er zurück zum Meer ging. Einen Augenblick vermochte sie es nicht unterzubringen, obwohl es unglaublich vertraut klang. Dann hörte das Pfeifen abrupt auf.

»Ella?«, rief er hinter ihr her. »Darf ich noch etwas politisch Unkorrektes sagen?«

Sie sah zurück. Er war schon bis zur Taille im Wasser. »Sicher«, antwortete sie. »Ich habe mich nie so an politische Korrektheit gehalten.«

»Ich habe diese Strümpfe geliebt«, sagte er. Dann drehte er sich lachend um und machte sich auf zu der Leine, die in der Irischen See tanzte, wo Trottel Dan immer noch geduldig auf ihn wartete.

Sie sah ihm zu und erkannte dann, was er da gepfiffen hatte. Es war aus der Siebten von Beethoven gewesen. Der langsame Satz.

5

Ella verbrachte die nächste Woche damit, die Kleider zu organisieren, die sie mit in den Urlaub nehmen wollte. Es war seltsam, nach kleinen Bikinis, Sonnenhüten, Sandalen und Sarongs Ausschau zu halten, wenn der Himmel vor ihrem Fenster bleiern war. Es war seltsam, zu Boots zu gehen und ihren Drahtkorb mit Sonnencreme, Calaminarislösung und Après-Lotion zu füllen, wenn alle anderen in ihren Hustenmittel und Vitamin C legten. Und es war noch seltsamer, mit nichts Wärmerem als einer Jacke bekleidet aus dem Taxi am Dubliner Flughafen auszusteigen, wenn die gefühlte Temperatur so scharf wie eintausend Nadeln wirkte.

In Heathrow standen sie und Leonie in einer Schlange mit anderen sommerlich gekleideten Leuten am Schalter der Air Jamaica. Es tummelten sich eine Menge von gestressten, verwirrt aussehenden Reisenden, doch Ella gehörte nicht dazu. Sie liebte den Trubel am Flughafen. Sie war damit vertraut, seit sie klein gewesen war – eine junge Fliegerin in der Obhut von gutmütigen Stewardessen, war sie geflogen, um ihren Vater zu besuchen, wo immer er gerade auf Tournee war, oder aber auf dem Weg in die Sonne, um ihre Ferien mit ihrer Mutter zu verbringen. Jetzt spielten sie und Leonie ihr Lieblingsflughafenspiel – sich umzusehen und die Leute, die mit ihnen reisten, zu erraten. Ella liebte das, vollkommen Fremde zu beobachten und Geschichten über sie zu erfinden. Das Paar, das seine Hände nicht voneinander lassen konnte, war sicher auf Hochzeitsreise, das lächelnde schwarze Paar Emigranten, die nach Jahren seelenlosen Lebens in London nach Hause flogen, der Mann mit der Rolex und der Designersonnenbrille Drogendealer. Leonie beschloss, dass der in Leder gekleidete Jugendliche, der in der ersten Klasse eincheckte, Mitglied einer Boy Group sei.

»Ich bin echt sauer, dass sie nichts mehr in der ersten Klasse hatten.« Eine verdrossene Frau hatte sich in der Schlange hinter ihnen angestellt. Ella widerstand dem Drang, sich umzudrehen und nachzuschauen.

»Du hattest Glück, dass du so kurzfristig überhaupt noch was bekommen hast.« Eine Männerstimme. »Nun denn. Hast du deine Beruhigungstabletten genommen?«

»Ja. Ich habe heute schon zwei genommen.«

»Vielleicht bist du jetzt immun dagegen. Sie scheinen zurzeit nicht viel zu helfen, oder?«

»Nichts könnte mir helfen bei dem Stress, den du mir in letzter Zeit aufgebürdet hast. Ich hoffe ehrlich, dass dieser Urlaub funktioniert. Wahrscheinlich habe ich erst angefangen mich zu entspannen, wenn ich wieder nach Hause muss.«

»Es ist ideal für dich, Liebling. Ein Urlaub, wo du nur relaxen und am Strand liegen und lesen kannst.«

»Ich werde nicht viel zum Vergnügen lesen. Ich muss doch all die Scripts durchgehen, erinnerst du dich?«

Ein Seufzer. »Ich wünschte, du hättest meinen Rat angenommen und sie zu Hause gelassen. Du brauchst die vollkommene Zerstreuung. Versuch nur die zu lesen, die sofort angeschaut werden müssen. Versteck die anderen, bis du zurückkommst. Du wirst noch völlig zusammenbrechen, wenn du nicht lockerer wirst.«

»Ich muss das lesen, das Juliet Rathbone-Lyon geschickt

hat. Sie will so schnell wie möglich eine Antwort, oder der Deal ist abgeblasen.«

Ella war fasziniert. Sie lauschte so angestrengt, dass die Muskeln in ihren Ohren sich tatsächlich angespannt hatten.

Leonie neben ihr ergriff ihr Handgepäck. »O verdammt«, sagte sie, »ich hab vergessen, mein St John's Wort einzupacken. Wusstest du, Ella, dass es eine hervorragende Vorbeugung gegen – wie heißt die Krankheit noch mal? Egal, ich nehme es gewissenhaft ein seit … was um Himmels willen ist mit dir los?«

Ella verzog ihr Gesicht zu irren Grimassen, damit Leonie den Mund hielt. Sie hob die Brauen und rollte mit den Augen, um ihr zu bedeuten, sie solle mit ihr das Paar hinter ihnen belauschen. Sie war offenbar recht gut in Zeichensprache geworden, seit sie mit dem Tauchen angefangen hatte, denn ihre Großmutter kapierte schnell, was Ella ihr mitzuteilen versuchte.

»Es tut mir so Leid, dass ich nicht mit dir kommen kann«, sagte die Männerstimme. Ella war überzeugt, dass ein unehrlicher Hauch darin mitschwang.

»Ja. Wie schade, dass du dich zu dieser verdammten Pantomime entschlossen hast. Es ist ja nicht so, dass wir das Geld brauchen würden.«

»Ich wollte immer Pantomime machen. Das weißt du doch, Soph.«

Ella hielt es nicht länger aus. Sie wandte sich nach links und tat so, als ob sie die Fluganzeigetafel studieren würde; dabei ließ sie ihren Blick so unauffällig wie möglich kreisen. Eine sehr schöne blonde Frau stand neben einem Wagen, in dem sich teuer aussehendes Gepäck hoch stapelte. Sie trug ein hellrosafarbenes Leinenkostüm und eine Sonnenbrille, die so dunkel war, dass sie jemand Berühmtes sein musste. Tatsächlich war sich Ella ziemlich sicher, dass sie sie schon mal irgendwo gesehen hatte. Ihr flüchtiger Blick nahm die männliche Hälfte des Duos auf. Groß, dunkel und unglaublich gut aussehend. Ein perfekter Pantomimenprinz. Ella riss sich von seinem Anblick los und wandte ihre Aufmerksamkeit wieder der Frau in rosa Leinen zu, die ihre Sonnenbrille abgenommen und den Kopf auf kuschelnde, besitzergreifende Weise an seine Schulter gelegt hatte, als sie gesehen hatte, wie Ella den Mann beäugt hatte.

»O Ben! O Gott, ich werde dich so vermissen! Ist dir klar, dass wir noch nie länger als eine Woche getrennt waren, seit wir uns kennen gelernt haben?« Der gereizte Ton war durch einen Ausdruck herzzerreißender Sorge ersetzt worden. Bildete sie es sich nur ein, oder gab die Frau wegen Ella eine Vorstellung? »Und nun werden wir ganze *vierzehn Tage* getrennt sein – und ein ganzer Ozean liegt zwischen uns! Gott sei Dank für die Handys. Du wirst doch daran denken, deins die ganze Zeit bei dir zu tragen, Liebling, oder?«

»Ich kann mein Handy kaum mit auf die Bühne nehmen, Sophie«, erwiderte er vernünftig.

»Sei nicht so oberflächlich, Liebling. Du weißt, was ich meine. Ich muss einfach wissen, dass ich immer Kontakt mit dir aufnehmen kann, wenn der Schmerz über die Trennung zu unerträglich wird.« Ella sah voraus, dass es in Tränen enden würde. Sie hatte Recht. Aus dem Augenwinkel konnte sie sehen, wie die Frau namens Sophie anfing in ihrer Handtasche zu wühlen. »Oh! Warum muss das Leben so stressig sein? Ich kann nicht mal mein Taschentuch finden!«

»Hier, Liebling«, sagte Ben. »Ich habe eines hier.«

»Oh! O nein! Ich glaube nicht, dass ich es ertragen kann!«

»Na, na, was ist denn, Soph?«
»Es riecht nach dir! Das Taschentuch! O *Gott*. Warum gehe ich nur ganz allein auf diese grässliche Odyssee?« Sie putzte sich die Nase. »Ich nehme an, diese Ferienanlage wird voll ekelhafter Deutscher sein.«
»Nun, zumindest wirst du mit niemandem reden müssen. Wenn sie dich um ein Autogramm bitten, brauchst du nur süß zu lächeln und unterschreiben und auf Deutsch sagen: ›Ich spreche kein Deutsch.‹«
»Ein Satz, der sehr nützlich sein kann. Schreib ihn mir auf, Liebster, ja?«
Es gab eine Pause, und dann sprach diese Sophie wieder. »Rat mal, was ich tun werde, Benny?«
»Was, Süße?«
»Ich werde dieses Taschentuch mitnehmen und es jede Nacht auf mein Kissen legen und darauf schlafen.«
»O Liebling, das ist so typisch für dich. Wie typisch süß Sophie-mäßig das ist.«
»Wirst du dasselbe tun?«
Er klang unsicher. »Mit einem deiner Taschentücher einschlafen?«
»Nein, nein, Liebling. Vielleicht etwas Intimeres?« Man hörte Flüstern, gefolgt von mädchenhaftem Gekicher.
Ella und Leonie wechselten spöttische Blicke. Das war Klasse! Ella hoffte, dass diese Sophie im Flugzeug neben ihr sitzen würde. Sie wäre eine bessere Unterhaltung als der Bordfilm.

Tatsächlich *war* sie die Bordunterhaltung. Sie war Sophie Burke, als beste Nebendarstellerin für den Oscar nominiert und Gewinnerin des britischen Schauspielerpreises. Sie war außerdem der Star des Bordfilms, eines weinerlichen romantischen Dramas, an dem Ella absolut nicht in-

teressiert gewesen war, als es vor ein, zwei Monaten in den Kinos angelaufen war.
Zu ihrem Entzücken saß Sophie gleich auf der anderen Seite des Ganges und ein bisschen vor ihr, so dass Ella und Leonie sie beobachten konnten, während sie unauffällig blieben. Als der Vorspann des Films sich in schwungvollen purpurfarbenen Lettern auf der Leinwand entfaltete, gab Sophie ein kleines theatralisches Keuchen von sich und griff sofort nach ihrer Handtasche. Sie hatte ihre dunkle Sonnenbrille hervorgezogen und sie aufgesetzt, und dann hatte sie den Kopf nach vorne gesenkt, so dass ihr Profil von einem Vorhang aus silberblondem Haar verdeckt wurde. Die Verkleidung zog sofort die Aufmerksamkeit auf sich, und ein leises interessiertes Murmeln entstand unter den Passagieren, die sie nicht schon erkannt hatten. Am Ende des Films ertönte eine respektvolle Runde Applaus, und Sophie stand auf, nahm ihre Sonnenbrille ab, so dass ihre Fans auf ihr schönes, aber gefühlvolles Gesicht blicken konnten, und verbeugte sich leise. »Danke. Vielen Dank«, flüsterte sie, bevor sie wieder Platz nahm und ihre Sonnenbrille aufsetzte.

Als sie dem Flugzeug entstiegen, wurden sie von einer Luft eingehüllt, die so warm und weich war wie ein Pashminaschal. Ihr Gesicht und das von Leonie, Sophie Burke, den Flitterwöchnern und dem Drogendealer waren die einzigen weißen Gesichter, die durch die Zollsperre gingen. Sophie Burke mit ihrem glatten platinblonden Haar und ihrer Porzellanhaut sah besonders unpassend aus und zog eine Menge Blicke auf sich, vor allem von Männern, die ganz offen anerkennend waren.
Die Jamaikaner waren verblüffend. Die Frauen gingen

nicht, sie wiegten sich. Sie tänzelten. Die Männer besaßen lockere Glieder und waren anmutig wie Gazellen. Es war offensichtlich, dass sie von Prinzen und Kriegern abstammten mit ihrer stolzen Haltung und ihrem außergewöhnlichen Knochenbau. So müssen Engel aussehen, dachte Ella und blickte um sich auf die schönste Rasse der Welt.

Draußen auf dem Teer wimmelten Jamaikaner um Ella und Leonie herum, als sie hilflos dastanden und nach dem Bus Ausschau hielten, der sie nach Salamander Cove bringen sollte. Sie sahen, wie die Flitterwöchner in einen Minibus stiegen, in dessen Windschutzscheibe auf einer Pappe HUMMINGBIRD HOTEL stand. Der Drogendealer wurde von einer Stretchlimousine mitgenommen. Auf der anderen Seite des Flughafenvorplatzes stand Sophie Burke neben ihrem Berg von Gepäck und sah ganz verloren aus. Leonie und Ella wechselten Blicke.

»Meinst du, sie will nach Salamander Cove?«, fragte Leonie.

»Könnte sein«, antwortete Ella und sah hinüber zu dem Rollfeld, auf dem der Filmstar vor Startum schimmerte. »Sollen wir sie fragen?«

»Mach das«, forderte Leonie sie auf. »Du hast Glück, wenn sie dorthin will. Es wird schön für dich sein, jemanden deines Alters um dich zu haben, mit dem du spielen kannst.« Sie reagierte auf Ellas Seitenblick mit einem unschuldigen Lächeln.

Ella näherte sich Sophie mit einem vorsichtigen »Entschuldigen Sie?«

Die Schauspielerin seufzte auf und holte einen Mont Blanc aus ihrer Handtasche.

»Sie wollen nicht zufällig nach Salamander Cove?«, fragte Ella.

Der Blick resignierter Herablassung in Sophie Burkes grünen Augen verwandelte sich in Erleichterung. »O ja! Sie auch?«

»Ja, ich auch. Oder vielmehr wir. Ich reise mit meiner Großmutter.« Ella zeigte auf Leonie, die ein kleines jamaikanisches Kind anlächelte.

»Oh, ich bin so froh, dass noch jemand in derselben Zwangslage ist. Was sollen wir tun? Man hat mir gesagt, ein Bus warte am Flughafen auf uns.«

»Das haben sie uns auch gesagt. Ich nehme an, die Jamaikaner sind in solchen Dingen so lässig wie die Iren.«

Ein Funke Interesse blitzte in Sophies Augen auf. »Sie sind Irin?«, fragte sie. »Natürlich, das hätte ich am Akzent erkennen sollen. Ich bin auch Irin, obwohl ich in den letzten Jahren in London gelebt habe.« Ella hatte irgendwo gelesen, dass Sophie Burke eine echte Dublinerin war, doch gar nichts an ihrem Akzent deutete darauf hin. Er klang geschliffen und nach Mitte des Atlantiks. »Ich bin hocherfreut.« Sophie streckte eine perfekt manikürte Hand aus. »Ich heiße Sophie Burke.«

»Ja, ich weiß. Herzlichen Glückwunsch zu Ihrer Leistung im Flugzeug heute Abend.« Sophie konnte nicht wissen, dass Ella nicht ihre Leistung auf der Leinwand meinte.

»Oh, danke!« Die Schauspielerin zuckte bescheiden mit den Schultern. »Und Sie sind …?«

»Ella Nesbit.« Eine Pause folgte, die Art von Pause, die entsteht, wenn Menschen zusammengewürfelt werden und nicht wissen, was sie als Nächstes tun sollen. »Nun«, meinte Ella, »ich frage mich, was wir am besten tun. Vielleicht sollte ich …«

»Yo! Weiße Ladys!« Ella drehte sich um und entdeckte einen schlaksigen Schwarzen, der auf sie zustürmte. Er trug lockere pyjamaähnliche Hosen, ein sackartiges Hawaiihemd und eine gehäkelte Schottenmütze. Er blitzte sie breit lächelnd an und zeigte dabei große Lücken in seinem Mund, wo einst Zähne gewesen waren. »Sie wollen nach Salamander Cove Villas?«

Ella nickte. »Das stimmt.« Sie sah Sophie an, Sophie starrte den Schwarzen an, und Ungläubigkeit stand ihr ins Gesicht geschrieben.

»Ich euer Chauffeur. Ihr hier warten. Mein Bus beschlagnahmt. Ich komme zurück, hole euch ab, wenn sie geben mir Bus zurück.«

»Oh, okay. Wie lang wird das wohl dauern?«, erkundigte sich Ella höflich.

»Ich komme zurück bald.« Er lächelte sie nochmals breit an, drehte sich dann um und ging weg.

»Entschuldigung«, sagte Sophie gebieterisch zu seinem davongehenden Rücken. Er blieb stehen, sah über seine Schulter und kam langsam zu ihnen zurück. »Wie lang ist die Fahrt nach Salamander Cove?«

»Oh, ungefähr zwei Stunden.«

»Zwei Stunden!« Sophie war eindeutig entsetzt.

»Aber auf der Karte sind es nur etwa sechzig Meilen«, bemerkte Ella.

Der Schwarze nickte weise. »Wir fahren langsam. Wir fahren in Jamaika-Zeit.« Dann warf er den Kopf zurück und lachte. »Sie nun sind in Jamaika, Ladys. Sie nehmen Dinge leicht. Hier keine Weiße-Mann-Zeit. Keine Probleme in Jamaika.« Dann schlurfte er davon und wurde vom Schlund der wogenden Masse verschluckt.

»O mein Gott!«, rief die Schauspielerin aus. »Das ist unser Chauffeur?« Sophie Burke setzte sich so vorsichtig auf ihren Gepäckstapel, als ob er aus Sèvres-Porzellan wäre, und fing an zu weinen.

Die Fahrt dauerte tatsächlich drei Stunden. Vier, nachdem der Bus des Fahrers endlich rausgerückt worden war.
Als Sophie einen Blick auf das Transportmittel geworfen hatte, in dem sie reisen sollte, fing sie an zu jammern. Kein luxuriöser Bus mit Klimaanlage erschien auf dem Platz vor dem Flughafen. Dies hier war ein Gefährt, das man als »grundlegend« bezeichnen konnte. Auch die Federung war nicht gerade die beste. Wundert mich nicht, dachte Ella, angesichts des Straßenzustands. Die Straßen waren schlimmer als der schlimmste irische Stolperpfad, auf dem sie jemals gefahren war. Manchmal musste ihr Chauffeur verlangsamen und im Kriechgang fahren, um die Schlaglöcher zu umgehen. Dann wieder bretterte er um Haarnadelkurven in einer Geschwindigkeit herum, die so atemberaubend war, dass Sophie zu hyperventilieren begann. Sehr oft hupte er andere Fahrer an, manchmal kämpferisch, manchmal als eine Begrüßung, und dann rief er »Yo, man!« und »Yo, Bruder!« aus seinem offenen Fenster anderen Taxifahrern zu. Einmal blieb er stehen und führte in einem fast unverständlichen Dialekt ein Gespräch mit einem anderen Mann. »Er mein Freund«, sagte er zu seinen Passagieren über die Schulter. »Er auch Taxifahrer.«
Der Freund schielte durch das offene Fenster und grinste, als er die Frauen erblickte. »Schöne Frauen«, meinte er, griff sich in den Schritt und machte sehr bezeichnende Gesten.
Sophie wandte sofort den Blick ab. »Die sind doch alle offensichtlich total bekifft«, zischte sie Ella zu.
Sie fuhren durch Vororte, die vor frühem Weihnachtsschmuck glitzerten. Die bunten Lichtergirlanden, die die kleinen Häuser schmückten, sahen aus wie paillettenhafte Spinnennetze. Dröhnender Reggae ertönte aus

riesigen Lautsprechern, die in regelmäßigen Abständen entlang den Straßen standen, und Leonie, die hellwach war, nickte mit dem Kopf im Takt zur Musik, als sie von einer Straßenparty zur nächsten fuhren. Sie lächelte aus dem Fenster den Ortsansässigen zu, was immer wieder Rufe wie »Yo! Weiße!« zur Folge hatte. Sie fand das so lustig, dass sie enttäuscht war, wenn sie nicht riefen.

»Lieber Gott«, stöhnte Sophie und umklammerte ihren Kopf. »Schlafen die denn nie?«

Als sie Salamander Cove Villas erreicht hatten, lag der Filmstar zusammengesunken an sein Ledergepäck gelehnt da, und das Leinenkostüm, das einmal frisch gestärkt gewesen war, schaute fast so matt vor Erschöpfung aus wie sie. Ihr Teint hatte seine zarte Blässe verloren, und ihr Gesicht sah nun aus, als ob jemand es zum Spaß mit grauem Kalkstaub gepudert hätte.

Sie waren unter der *Porte-Cochère* durch und vor zwei himmelblaue Türen mit Türmchen gefahren. Bougainvilleen hingen über dem blassrosa Stuck, mit dem die Vorderseite des Gebäudes geschmückt war. Der luftige Empfangsbereich war mit Terrakottafliesen ausgelegt, und Bogenfenster gingen auf eine Plaza hinaus.

Ella begab sich zum Empfang, wo ein großer, rundlicher Jamaikaner sie lächelnd zum Einchecken aufforderte. Ein lächelnder Page nahm ihr Gepäck, und ein lächelnder Hausmeister erzählte ihnen, dass sie, obwohl Restaurant und Bar nun geschlossen seien, Erfrischungen in ihrer Villa finden würden. Sie *lächelten* alle! Und obwohl sie kaputt war, musste Ella einfach zurücklächeln.

Sophie taumelte ihnen hinterher und verkündete, dass sie auf keinen Fall um diese Zeit einchecken würde. »Bringen Sie mich nur einfach direkt zu meiner Villa«, verlangte sie und sprach es »Vihla« aus. »Ich checke morgen ein. Ich bin so erschöpft nach dieser Höllenfahrt, dass ich es nicht mal schaffen könnte, meinen eigenen Namen zu schreiben.« Das ist erstaunlich, dachte Ella. Im Flugzeug vorhin hat sie Autogramme gegeben wie ein Automat.

Ella und Leonie folgten dem Pagen eine breite, sich windende Treppe aus Steinstufen hinunter und über einen hell erleuchteten Platz. Eine blecherne Glocke in einem winzigen Glockenturm schlug Mitternacht, als sie ins Paradies eintraten.

Über ihnen hing der Orion in einem kleineren Winkel als sonst an einem mitternachtsblauen Samthimmel. Ella vermochte sich nicht zu erinnern, wann sie ihn das letzte Mal gesehen hatte. Man konnte von Glück sagen, wenn man auch nur einen Stern am Nachthimmel von Dublin fand. Der Page führte sie einen Weg entlang, der flankiert war von Villen mit Balkonen, Villen mit Veranden und Villen mit Dachgärten. Baumfrösche und Grillen sangen ihre Serenaden für sie, während sie noch mehr Stufen neben einem Miniaturwasserfall hinabstiegen. Jetzt konnte sie das Meer hören. Sie kamen um eine Kurve und befanden sich nun auf einem grasbewachsenen freien Platz. Hinter einer niedrigen Mauer, die einen türkisblauen Swimmingpool umschloss, tanzten Wellen und lockten sie.

Ihre Villa war nur einen Steinwurf vom Pool und vielleicht zwei Steinwürfe von einem kleinen, aber vollkommen geformten weißen Sandstrand entfernt. Es gab zwei Schlafzimmer, ein Bad und eine gut ausgestattete kleine Küche, die von einem Wohnzimmer in der Mitte abging. Die Möbel waren ziemlich verschwenderisch, und Ella konnte es nicht erwarten, in das Riesenbett mit seinem durchsichtigen Moskitonetz zu fallen. Sie hatte die Fantasie gehabt, unter einem Moskitonetz zu schlafen, seit sie

mit zehn Jahren einen wahnsinnig romantischen Film gesehen hatte, der in den Tropen spielte.
Der Page teilte ihnen mit, dass das Frühstück ab halb acht serviert werde. Sie gaben ihm Trinkgeld in jamaikanischen Dollars, und er lächelte und wünschte ihnen einen schönen Aufenthalt in diesem schönen Land. Jahmay-kah. Er sprach die Silben langsam aus, als ob er das Gefühl auf der Zunge genoss. Dann drehte er sich um und schlenderte den Weg zurück.
Ella und Leonie sahen sich an, lächelten ungläubig und fielen sich dann um den Hals. »Oh, Leonie!«, sagte Ella. »Du schlaues Wesen!«
»Nicht wahr?«, erwiderte Leonie mit einem katzenhaften Lächeln. »Nun denn, wo ist die Minibar? Ich sterbe für etwas zu trinken.«
Ella fand die Minibar in einem geschnitzten Holzschrank. »Es gibt Champagner!«, rief sie aus. »Zwei Piccolos. Sollen wir sie köpfen?«
»Unbedingt«, erwiderte Leonie.
Ella ließ die Korken knallen und schenkte die Gläser ein.
»Ich möchte einen Toast ausbringen«, schlug Leonie vor und hob feierlich ihr Glas.
»Auf wen?«
»Auf die Polly Rogers natürlich, Liebes«, sagte ihre Großmutter lachend.

Das Erste, was Ella tat, als sie am nächsten Morgen erwachte, war ein Gang zum Pool. Es war früh, und niemand außer einem Strandaufseher, der den Sand harkte, und einem Gärtner, der zwischen Reihen bunter Blumenbeete herumging, war zu sehen. Sie tauchte und spritzte, vollführte Saltos und legte sich dann auf den Rücken und sah zu, wie Bussarde lässig am immergrünen Himmel Jamaikas kreisten. Als sie zwanzig Minuten später aus dem Pool kletterte, stieg ein Rettungsschwimmer auf seinen luftigen Posten, ein Bataillon aus Kammermädchen in rosa Kleidern und weißen Schürzen strömte in die Villen, und eine Armee aus Deutschen begab sich mit Bergen von Handtüchern zum Strand.

Leonie saß auf der Verandastufe und malte sich die Zehennägel an, als Ella zur Villa zurückkam.

»Wir beeilen uns besser«, sagte sie zu ihrer Großmutter, während sie sich die Haare abtrocknete. »Die Deutschen machen das mit den Handtüchern wirklich.«

»Warte noch, bis ich mit der oberen Schicht fertig bin«, gab Leonie zurück und streckte die Zungenspitze heraus, während sie sich darauf konzentrierte, ihren großen Zeh kirschrot anzumalen. »Rat mal, was ich zuerst gesehen habe, als ich heute Morgen die Vorhänge aufgezogen habe?«

»Was?«

»Einen Kolibri. Er hing auf Augenhöhe genau vor meinem Fenster und nippte Nektar aus einer Hibiskusblüte.«

»Wow! Wir sind wirklich im Garten Eden, oder?« Ella beugte sich über die Veranda und atmete den Duft einer rosafarbenen Hibiskusblüte ein. Sie wuchs neben einer ingwerfarbenen Lilie, die wiederum neben einer Paradiesvogelblume wuchs, die neben etwas noch Exotischerem mit hängenden roten Blüten wuchs.

»So! Fertig!«, rief Leonie aus und schraubte ihren Nagellack zu. »Lass uns unsere Klamotten spazieren führen. Gehst du im Badeanzug zum Frühstück?«

»Ich ziehe einen Sarong drüber.«

Barfuß gingen sie zum Restaurant am Strand. Es hatte ein Dach aus Palmblättern. Eine Kokospalme wuchs durch eine Decke, an der Weinlaub hing, und glänzende schwar-

ze Vögel hüpften durch die offenen Fenster herein und hinaus und lauerten auf Reste.
An der Frühstückstheke stand ein Teller voller Früchte. Bis jetzt hatte Ella nur einmal eine Mango gegessen, und die schmeckte nach einem leicht unangenehmen Öl, und Wassermelonen waren stets nur wässrig gewesen. Diese Frucht war *aromatisch.* Neben Mangos und Wassermelonen gab es Guaven, Papayas und Ananas. Es gab frisch gebackene Croissants, gebackene Bananen, ein nach Spinat aussehendes Gericht namens Callaloo, und es gab Kedgeree. Ein lächelnder Koch bereitete ein Omelette für Leonie zu, und ein lächelnder Kellner goss Blue-Mountain-Kaffee für Ella ein.
Sie hatten beschlossen, an ihrem ersten Tag nichts zu tun. »Lass uns nur entspannen«, sagte Leonie. Sie hatte viel Geld für einen teuren Badeanzug ausgegeben und sah sensationell in ihrem geblümten Sarong mit wagenradartigem Sonnenhut und Sonnenbrille aus. Als sie ein wenig später zum Strand hinunterspazierten, fielen sie auf, doch Ella argwöhnte, dass die anerkennenden Blicke sich mehr auf ihre glanzvolle Großmutter als auf sie konzentrierten.
»Wann wirst du dich nach dem Tauchzentrum erkundigen?«, fragte Leonie, als sie Handtücher von zwei Sonnenliegen nahm und es sich bequem machte.
»Ich weiß nicht. Ich bin mir nicht sicher, ob ich nach dem scheußlichen Fiasko in der Sheep's Head Bay noch mal tauchen will.«
»Oh, aber du musst, Ella! Du darfst die Gelegenheit nicht versäumen, in der Karibik zu tauchen! Das ist eine Möglichkeit, die nur einmal im Leben kommt!«
»Ja, ich weiß«, gab Ella reumütig zu. »Aber ich glaube, ich habe den Mut verloren.«

»Nun, sag das doch nur dem Lehrer. Sie müssen wahrscheinlich jeden Tag nervöse Taucher beruhigen. Du wirst nicht die Erste sein, Liebes, darauf kannst du dich verlassen.«

»Ich nehme an, du hast Recht.«

Ella sah hinüber zum Tauchzentrum. Es befand sich in einer Holzhütte weiter unten am Strand. Sie fasste plötzlich einen Entschluss. »Ich werde jetzt einen Tauchgang buchen«, sagte sie und erhob sich von ihrer Liege. »Wenn ich es länger aufschiebe, werde ich es nie tun.«

Sie ging über den heißen Sand, und kurz darauf stand sie neben dem Empfang der Tauchschule; mit nervösen Fingern trommelte sie darauf herum, während sie darauf wartete, dass jemand kam. Sticker klebten überall an der Wand. »Glück heißt, bis über den Kopf drin zu sein«, las sie auf einem, »Erinnerst du dich an die Zeit, als Sex sicher und Tauchen gefährlich war?«, stand auf einem anderen. Und schließlich: »Tauch tief, tauch stark. Fürchte nichts.«

Sie betrachtete den letzten Sticker und war sich unsicher, welche Reaktion er in ihr hervorrief, als eine Stimme hinter ihr ertönte. »Tauch tief, tauch stark. Fürchte nichts«, hörte sie. »Die erste Tauchregel.«

»Ich dachte, die heißt ›Halte niemals den Atem an‹?« Ella drehte sich um, um die Person zu sehen, die gesprochen hatte, und ihr stockte der Atem. Sie dankte Gott, dass sie eine Sonnenbrille trug, denn sie verbarg ihren Augenausdruck, den sie einfach nicht verstecken konnte. Es war nackte Verblüffung.

Er war der schönste Mann, den sie in ihrem Leben je gesehen hatte. Er war größer als ein Meter neunzig. Er war ebenholzfarben. Seine Dreadlocks verliehen ihm das Aussehen eines Pharaos, und seine Augen luden einen ein, darin zu versinken. Er lächelte und zeigte dabei Zähne,

die so weiß wie Perlen waren und in dem küssenswertesten Mund steckten, den sie jemals zu Gesicht bekommen hatte, und er hielt sich aufrecht wie ein sorgloser Prinz.
»Du verstehst was vom Tauchen«, bemerkte er. »Willst du einen Tauchgang buchen?«
»Ja, bitte«, sagte Ella. »Bist du Lehrer?«
»Nein«, antwortete er.
Ella hoffte, dass die Enttäuschung nicht zu deutlich auf ihrem Gesicht abzulesen war.
»Ich tauche nicht.« Enttäuschung Nummer zwei.
»Du musst mit meiner Frau sprechen.« Au! Enttäuschung Nummer drei.
Der irdische Gott ging zur Tür der Tauchschule. »Desirée!«, rief er. »Hier ist eine Lady, die tauchen will.«
Die Frau, die aus dem Laden kam, hätte jedes Alter haben können, von Ende zwanzig bis Anfang vierzig. Sie war nicht viel größer als Ella, doch sie hatte einen klaren, schlanken, fast drahtigen Körper. Ihr Gesicht hatte die hohen Wangenknochen, den vollen Mund und die Schlitzaugen eines Buddha, und sie strahlte Chuzpe aus. Sie ging auf den Rasta zu, der ihr entspannt einen Arm um die Schultern legte, und beide schenkten Ella die Art Lächeln, das man unmöglich unerwidert lassen konnte.
»Bist du zertifiziert, meine Liebe?« Die Frau hatte eine liebliche, tiefe Stimme.
»Noch nicht. Ich bin aus Dublin in Irland überwiesen worden.«
»Irland!« In den Augen der Frau blitzte Interesse auf. »Bei mir hier hat mal ein Lehrer aus Dublin, Irland, gearbeitet.«
»Ich glaube, ich weiß, über wen du redest«, meinte Ella. »Du bist Desirée, nicht wahr?«
»So heiße ich.«

»Dann sprichst du von Ferdia MacDiarmada? Ich habe bei ihm trainiert.«
Desirées Lächeln wurde noch breiter. »He! Es gibt keinen Lehrer, zu dem ich mehr Vertrauen hatte als zu Ferdia. Wie geht es meinem Hauptmann?«
»Ihm geht es gut.«
Desirée nickte. »Ja. Und er ist gut. Wenn du wieder nach Irland fährst, sag ihm das. Wenn er nach Jamaika zurückwill, kann er zu Desirée kommen. Desirée findet jederzeit Arbeit für ihn.« Sie schlenderte hinüber zum Empfang und griff nach einem Kalender. »Nun, Süße, wie viele Ausbildungstauchgänge brauchst du noch?«
»Alle.«
»Und wann willst du sie machen?«
»Hm.« O Gott. Wollte sie sie wirklich machen? »Wann immer du willst«, gab sie zurück.
Desirée überflog die Seiten des Kalenders und summte dazu leise eine Melodie, während Ella auf ihrer Lippe herumkaute. Plötzlich wurde ihr bewusst, dass sie beobachtet wurde, sah sich um und begegnete dem Blick des schönen Rastafaris. Er lehnte am Türstock, seine Hände lagen auf seinen Hüften wie bei einem Gangster. »Was ist dein Problem?«, fragte er.
Ella war verblüfft. »Mein Problem?«
»Ja, Mann. Du hast ein Problem. Ich sehe es in deinem Gesicht.«
Desirée blickte zu ihm auf und drehte sich dann zu Ella um. »Was ist los, Liebes?«
»Ich habe Angst«, gestand Ella. »Ich habe meinen ersten Tauchgang in der Irischen See vor Schiss abgebrochen.«
»Oh? Und warum?«
»Ich habe ein bisschen Klaustrophobie bekommen. Ich hatte eine Art Panikattacke.«

»Wie war die Sicht?«
»Zwei Meter.«
Desirée warf den Kopf zurück und lachte. »Zwei Meter! Schau, Mädchen, hier kannst du zwanzig, dreißig, vierzig Meter weit sehen – kein Problem. Du wirst kein Problem mit Klaustrophobie bekommen.«
»Bist du sicher? Werden wir sehr tief gehen?« O Gott, wie sehr hasste sie sich dafür, so ein Feigling zu sein.
Desirée sah sie abschätzend an. »Wie heißt du, Liebes?«
»Ella Nesbit.«
»Okay, Ella Nesbit. Ich schlage dir Folgendes vor. Ich werde dir zur Hand gehen. Ich werde den Job zu Ende machen, den mein Freund Ferdia angefangen hat, und so werde ich es tun. Ich nehme dich mit zur Blue Lagoon, ja? Dort ist das Wasser ganz ruhig, ganz still, nicht wild wie die See dort draußen heute. Wir fahren mit einem Tauchboot hin, ja?« Ihr lässiger jamaikanischer Akzent klang wunderbar beruhigend. »Wir bleiben so lange, wie du brauchst, damit du dich wohl fühlst. Wir halten die ganze Zeit Augenkontakt. Ich werde den Blick nicht von dir wenden, bis ich das Gefühl habe, dass du ein glückliches Mädchen bist, ja? Dann nehme ich dich bei der Hand, und wir erkunden ein bisschen. Schwimmen rum.«
Ella überlegte. Es war etwas an dieser Frau, das absolutes Vertrauen einflößte. Sie erinnerte sich daran, wie Ferdia zu ihr gesagt hatte, dass sie verdammtes Glück hätte, wenn sie mit Desirée trainieren dürfte. Sie nickte. »Okay, das klingt gut.«
»Das höre ich gerne. Ich glaube, dieses Mädchen hat Mumm. Aber wenn du irgendwann nervös wirst, auch nur ein bisschen, dann gib mir ein Zeichen, und wir gehen rauf. Was hast du morgen vor?«
»Ich bin frei wie ein Vogel.«

»Okay. Sei gegen halb elf hier, Ella Nesbit, und ich nehme dich mit runter. Und wenn du wieder nach Irland fährst, erzähl meinem Freund Ferdia, dass du von mir an der Hand trainiert worden bist.«
Ella lächelte sie an. »Das werde ich tun. Vielen Dank, Desirée. Bis morgen früh.« Als sie sich umdrehte, begegnete sie wieder dem Blick des schönen Rastas. »Auf Wiedersehen … ?«, sagte sie.
»Raphael«, stellte er sich vor und schenkte ihr ein seliges Lächeln. Ella erinnerte sich daran, wie sie das jamaikanische Volk mit Engeln verglichen hatte, als sie in Kingston angekommen war. Dieser Mann sah nicht nur aus wie ein Engel, er hieß sogar wie einer.
»Auf Wiedersehen, Raphael.« Sie ging über den Strand zurück zu Leonie, und in ihrem Herzen erklang ein Lied. Es war das Lied, das Desirée gesummt hatte, und plötzlich wusste Ella, was es für eines war. Es war: »Don't worry. Be happy.«
Als sie dem Strandabschnitt näher kam, an dem sie Leonie verlassen hatte, bemerkte sie, dass ihre Sonnenliege verstellt worden war. Ein Mann saß neben ihrer Großmutter, und sie lachten miteinander, als ob sie sich seit Jahren kennen würden. Ella sah Leonie fragend an.
»Hallo, Liebling. Lass mich dich vorstellen«, sagte sie. »Das ist Dieter Bleibtreu. Er und sein Schwiegersohn haben die Sonnenliegen in Beschlag genommen. Er hat sich dafür entschuldigt, und jetzt sind wir Freunde. Dieter, das ist meine Enkelin Ella Nesbit.«
Dieter Bleibtreu erhob sich und verbeugte sich leicht. »*Enchanté*. Es ist mir ein Vergnügen, an meinem ersten Tag hier zwei so bezaubernde Ladys kennen zu lernen.«
Man hätte nicht geglaubt, dass es sein erster Tag war. Er war tief honigfarben gebräunt, was seine Augen blauer

und sein weißes Haar weißer erscheinen ließ. Er besaß eine weltgewandte Art und war nicht in schlechter Form für einen Mann, den Ella für in den Sechzigern hielt – und er war reich. Ella konnte es an seiner goldenen Rolex erkennen. Typisch ihre Großmutter, an ihrem ersten Urlaubstag so einen Mann zu finden!

»Lassen Sie mich Ihnen etwas zu trinken bringen«, erbot er sich. »Es ist noch etwas früh für Champagner, aber vielleicht möchten Sie ja einen Früchtepunsch?«

»Es ist nie zu früh für Champagner«, widersprach Leonie. »Es ist das einzige alkoholische Getränk, das man zu jeder Tageszeit trinken darf. Danke, ich möchte ein Glas.«

Dieter Bleibtreu lächelte. »Ella? Champagner?«

»Nein danke, Dieter. Ich bleibe beim Punsch.« Sie würde nicht damit anfangen, so früh am Morgen Alkohol in sich reinzukippen. Sie wollte nicht morgen in der Blue Lagoon mit Desirée einen Kater haben.

Dieter ging weg in Richtung Bar, und Ella setzte sich neben Leonie.

»Ehrlich, du bist unverbesserlich! Ich lasse dich zehn Minuten allein, und wenn ich zurückkomme, hast du einen völligen Fremden aufgegabelt. Was soll ich nur mit dir machen?«

Leonie sah selbstgefällig drein. »Er ist ziemlich toll, nicht wahr? Er ist geschieden, und er ist hier im Urlaub mit seiner Tochter und ihrer Familie. Sie haben die schickste Villa auf dem Gelände mit einem eigenen privaten Swimmingpool. Er hat mich für später zum Cocktail eingeladen.« Sie sah hinüber zu Dieter, der an der Bar lehnte, und schenkte ihm ihr wundervolles Lächeln. Dann wandte sie sich wieder an Ella. »Wie bist du vorangekommen? Leitet die Frau, mit der du gesprochen hast, das Tauchzentrum?«

»Ja. Sie heißt Desirée, und sie ist der Mann. Oder besser, die Frau.«
»Wer war denn der Mann? Er war verdammt sexy. Ist er ein Taucher?«
»Nein. Er ist streng tabu. Er und Desirée sind ein Paar.«
»Wann gehst du nun tauchen?«
»Morgen. Desirée nimmt mich mit runter.«
»Braves Mädchen!«, sagte Leonie lobend. »So ist es recht. Gib nie so einfach auf. O schau, da ist wieder dieser Filmstar.«
Sophie Burke kam über den grasbewachsenen Platz. Sie trug einen Tanga, ein dünnes Sonnentop, hochhackige Goldsandalen und einen Sonnenhut mit der breitesten Krempe, die Ella je gesehen hatte. Gold war an ihrem Knöchel, ihrem Handgelenk, ihrer Kehle und ihren Ohrläppchen, und in ihrem Bauchnabel blitzte ein Diamant. Die Männer gafften, und die Frauen sahen weg. Sophie schlüpfte aus ihren Schuhen, schüttelte den Hut mit einer schwungvollen Bewegung der linken Hand und ihre Sonnenbrille mit einer schwungvollen Bewegung ihrer rechten Hand ab und warf ihr glänzendes platinfarbenes Haar zurück. Dann zog sie ihr Sonnentop aus und sprang in den Pool.
»Himmel«, meinte Leonie, »sie hat erstaunliche Titten. Glaubst du, die sind echt?«
Sophie schwamm eine Länge und tauchte dann wie Aphrodite am anderen Ende auf, hob beide Hände, um ihr nasses Haar aus der Stirn zu streichen, und sah sich mit einem bambihaften Blick nach einer Liege um.
Ein blonder junger Typ war dem Starlet sofort gefällig, sprang auf und gab ihr zu verstehen, dass sie seine Liege benutzen könne, bevor er sich in den Pool stürzte, um sich abzukühlen. Sophie ließ sich auf der Liege nieder, holte

eine Tube Sonnencreme aus einer Strandtasche hervor und schraubte den Deckel auf. Diesmal sahen alle am Strand weg.
Dieter kam mit den Drinks auf einem Tablett zurück.
»Danke, Dieter«, sagte Leonie und hob ihr Glas Champagner. »Auf glückliche Ferien.«

Etwas später wurde es Ella zu langweilig, zuzuhören, wie ihre Großmutter und Dieter miteinander flirteten, und sie beschloss, in die Villa zu gehen, um etwas zu lesen zu holen. Als sie am Pool vorbeikam, hörte sie ihren Namen.
»Ella! Hi!« Sophie Burke winkte ihr zu.
Widerstrebend steuerte Ella um den Pool zu der Stelle, wo sich Sophie sonnte. »Hi«, sagte sie. »Wie geht es Ihrem Jetlag?«
»Ziemlich schrecklich. Ich habe mir vorhin im Schönheitsbereich eine Massage geben lassen, um mich aufzumuntern. Was halten Sie von der Anlage?«
»Es ist himmlisch, nicht wahr?«
»So einigermaßen. Ich habe schon bessere gesehen. Und es sind so viele Deutsche hier. Die Masseurin hat mir erzählt, dass neunzig Prozent der Bewohner zu jeder Zeit Deutsche sind. Soll ich Ihnen einen Rat geben? Sagen Sie nur: ›Ich spreche kein Deutsch.‹ Das wird sie davon abhalten, Sie zu belästigen.«
Ella konnte sich nicht vorstellen, von irgendeinem der Leute belästigt zu werden, die sie bis jetzt gesehen hatte. Und Dieter hatte sich als herrlich charmant herausgestellt, mit einer feinen Ironie. Wenn ihre Großmutter nur aufhören würde, Monologe zu halten. Ella hatte kaum ein Wort dazwischenbekommen.
»Welch ein Glück, dass wir uns am Flughafen begegnet sind, nicht wahr? Sonst wären wir vielleicht nie auf einen

einzigen anderen englisch sprechenden Menschen gestoßen. Oh, schauen Sie, die Liege ist frei. Greifen Sie sich sie, schnell, bevor es jemand anders tun kann.«
Sophie warf ein Handtuch über die Liege nebenan, und Ella fand sich neben ihr sitzend wieder.
»Hier«, sagte Sophie, »möchten Sie einen Blick in meine *Harper's* werfen? Vielleicht könnten Sie mir aber zuerst den Rücken einschmieren. Ich muss mich ganz schützen, weil meine Haut so hell ist. Und braun zu sein ist doch zutiefst unmodern, finden Sie nicht? Ich meine, schauen Sie sich doch nur die ganzen Deutschen an. Ihre Haut ist wie Leder. Und haben Sie gewusst, dass der höchste Anteil an Hautkrebs …«
Oh, oh, dachte Ella.

6

Am nächsten Morgen saß Ella an Bord eines Bootes, das zur Blue Lagoon tuckerte; endlich sah sie schlank und sexy aus in Lycra. Im Tauchurlaubshimmel war kein schreckliches träges Neopren nötig. Sie saß im Bug, ihr Haar wehte hinter ihr wie ein Schal, und ihre Haut glühte von der Sonne und dem Seewind. Leider war niemand da, für den sie schlank und sexy aussehen konnte. Nur sie und Desirée und der Bootsmann waren an Bord.

Sie hatte entdeckt, dass Salamander Cove Villas nicht gerade von Leuten ihres Alters aus den Nähten platzte. Es schien eine wohlhabende, gehobene Klientel anzuziehen, und die meisten Bewohner trieften vor Gold und neigten eher dem mittleren Alter zu. Dies war eindeutig *keine* Anlage für Singles. Was für eine Ironie, dass ihre über sechzigjährige Großmutter es geschafft hatte, einen heißen Flirt mit einem tollen Deutschen anzufangen, während ihre junge und nicht gerade schreiend unattraktive Enkelin sich keinen geschnappt hatte! Pah, ihr war es eigentlich egal. Seit Jack und Angie ein Paar waren, hatte sie das Interesse an Männern verloren.

Sie löste eine Haarsträhne aus dem Reißverschluss ihres Anzugs und wandte ihre Gedanken näher liegenden Dingen zu. Ihr Tauchgang. Desirée hatte ihr gesagt, dass sie ihre Tauchfähigkeiten heute nicht testen werde. Sie wollte nur, dass sie sich mit der Unterwasserumgebung vertraut machte. Sie hatte Beruhigung ausgestrahlt, doch Ella war immer noch unruhig. Würde sie wieder feige sein? Waren all die Stunden eine völlige Zeit- und Geldverschwendung gewesen? Wären diese vierundzwanzig Stunden, in denen sie sich mit Tauchtabellen, J-Ventilen und tonnenschweren Pressluftflaschen herumgequält hatte, besser für etwas anderes verwendet worden? Indem sie die *Pro Sound News* studierte, um mit Julian mitzuhalten? Indem sie Geige übte?

Das Tauchboot umrundete eine Landzunge, und da war plötzlich die Blue Lagoon, umgeben von hohen, mit grünen Wäldern bewachsenen Böschungen. Es war genauso schön wie auf den Fotos in ihrem Führer, doch die Fotos waren der Farbe des Wassers nicht gerecht geworden. Es war von einem Blaugrün, das so glatt und intensiv war, dass Ella, als sie ihre Finger ins Wasser tauchte, halb erwartete, dass sie vor dicker Farbe nur so troffen.

Das Boot kam tuckernd zum Halten, und Desirée beugte sich vor. »Okay, Ella. Wie fühlst du dich?«

Ellas Herz fing einen kleinen Tanz an. »Gut«, log sie.

»Wir rollen uns rückwärts ins Wasser. Lass mich zuerst – und denk daran, mir ein Zeichen zu geben, sobald du an der Oberfläche bist.«

Ella legte Maske und Flossen an, blies ihr Lifejacket auf und steckte den Lungenautomaten in den Mund; dabei fühlte sie sich wie ein verurteilter Sträfling.

Desirée vollführte eine elegante Rolle rückwärts und tauchte auf. »Los, Ella!«, drängte sie.

Sie lehnte sich nach hinten, und das Gewicht ihrer Flasche zog sie hinunter. Das warme Wasser schäumte um sie herum auf in einer Explosion aus Blasen und gebrochenem silbrigem Licht, und dann war sie an der Oberfläche, schwebte ruhig inmitten der kleinen Wellen und gab Desirée das Zeichen, dass sie in Ordnung war.

»He!« Desirée grinste sie breit an, und Ella lächelte zurück. »Nicht viel falsch an deiner Rolle rückwärts, Mädchen! Bereit, runterzugehen?«
»Ich glaube, ja. Das war cool!«
»Okay. Lass es uns locker angehen, Ella. Denk daran, langsam zu atmen.«
Ella drückte auf ihr Deflatorventil. Ganz langsam fühlte sie, wie sich die Blue Lagoon über ihrem Kopf schloss. Sie sah hinunter. Der Boden war nur ein paar Meter weit weg. Er war sandig und mit Kieseln bedeckt. Sie blickte auf. Sie konnte Sonnenlicht auf der Oberfläche tanzen sehen. Eine Schule aus winzigen, schmuckfarbenen Fischen schwamm vorbei, und sie lachte. Sie sah Desirée an und machte mit Daumen und Zeigefinger das Okay-Zeichen. Dann signalisierte sie ihr, dass sie wieder nach oben wollte.
»Was ist das Problem?«, fragte Desirée, als sie oben waren. »Fühlst du dich nicht wohl, Liebes?«
»Ach, zur Hölle – doch! Ich wollte nur sagen – kann ich heute meine Fähigkeiten testen?«
Desirée lachte. »He! Sie ist schon süchtig!«
»O Desirée, es ist wunderbar da unten! Ich habe Fische gesehen!«
»Wunderbar? Pah! Im Blue Hole gibt es nicht viel zu sehen. Du hast noch nichts gesehen, Jacqueline Cousteau. Warte nur, bis du an einem Riff tauchst.«
Ella lachte erneut. Sie hatte sich ihren Lungenautomaten wieder in den Mund gesteckt und vollführte schnell die vor dem Tauchgang nötige Zeichenprozedur.
»He! Nicht so schnell, meine Liebe!« Desirée lachte auch. »Du musst auf deine alte Lady warten!«

Die nächsten drei Tage verbrachte sie damit, ihre Übungstauchgänge im offenen Meer auszuführen. Nach jedem der Tests tauchten sie und Desirée zusammen bei den Riffs. Sie glitten über Höhlen und Schluchten, die so schwindelerregend waren, dass Ella den Atem anhielt und sich die erste Regel des Tauchens ins Gedächtnis rufen musste. Halt *niemals* den Atem an. Langsam wand sie sich nach unten, fühlte sich schwerelos und wunderbar und – nun ja – *wässrig*.

Das Riff war eine Offenbarung. Nie hatte sie so eine außergewöhnliche Schönheit gesehen. Sie erblickte Schulen von gefleckten, gestreiften und neonfarbenen Fischen. Sie kaufte ein Buch über die Fische der Karibik, so dass sie diese identifizieren konnte. Sie sah scheue Hamlets, indigofarbene Hamlets und Butterhamlets. Sie sah Feenbrassen, Flammenfische, Kardinalsfische und Trompetenfische. Sie sah Meeresengel und Cherubimfische und neonblaue Papageienfische, die sich küssten. Sie sah einen, der passenderweise Felsenschönheit hieß und herausfordernd in seinem Boudoir thronte wie eine Amsterdamer Hure und das schönste Make-up trug – gelbe Grundierung, blauen Lippenstift, um den Schmollmund zu betonen, und blauen Lidschatten, um die *beaux yeux* herauszustreichen.

Das Riff selbst war wie eine Unterwassertapete. Es war, als ob jemand den herrlichsten Kaschmirschal, den er finden konnte, über den Meeresboden drapiert und ihn mit weichen Korallenkissen durchsetzt hätte. Sie konnte sich vorstellen, wie Seeprinzessinnen darauf ruhten. Manche waren mit Goldfaden bestickt, andere waren mit Pailletten übersät, wieder andere glitzerten von Perlmutt und andere mit Schildpatt. Die Stoffe waren Chenille, Samt und Angora; die Hüllen waren purpur-, bernstein-, ocker- und safranfarben, rosa und moosgrün. Lainey Keogh wäre im siebten Himmel gewesen.

Der Architekt, der angestellt worden war, um das Meeresreich zu entwerfen, war ein Visionär gewesen. Da waren Schlösser mit Türmchen und Zinnen, herrliche Paläste, wundervolle Gärten, Labyrinthe und Statuen. Die Schönheit ihrer Umgebung gab Ella das Gefühl, ein Fremdling zu sein, der in den Lebensraum einer höheren Lebensform eindrang, doch sie dankte ihrem Glücksstern dafür, dass sie ein privilegierter Fremdling war und so ihre Augen sich an all diesem Unterwasserüberfluss satt sehen lassen konnte.
Und dieser bewegte sich! Kleine Büsche, die geschmückt waren wie Weihnachtsbäume, schwankten im Rhythmus von Ebbe und Flut, und komplizierte Spitzenfächer schlängelten sich neben Seidenwedeln und Pfauenfedern und Strähnen aus Meerjungfrauenhaar. Die Seeprinzessinnen hatten einfach ihr Reich beim ersten Anzeichen von menschlichem Eindringen verlassen, und sie hatten es in Eile verlassen, hatten Schmuckkassetten umgeworfen und Juwelen auf den herrlichen Teppich ausgeschüttet. Sie hatten eine Party gefeiert. Es gab Korallenbecher und raffiniert gestaltete Pokale, die herumlagen. Sie hatte solche Pokale einmal in einem teuren Kunstgewerbeladen in Temple Bar gesehen. Temple Bar! Wie weit weg dieser Ort ihr nun erschien, und wie gewöhnlich.
»Lass uns nach Seesternen suchen«, schrieb Desirée eines Tages auf ihre Unterwassertafel. Sie suchten unter Felsen am Meeresgrund nach den Tieren, und Ella dachte, wie verrückt es sei, dass sie unter Wasser schwer aussehende Felsen locker anheben konnte, während sie es an der Oberfläche kaum schaffte, mit ihrer eigenen Pressluftflasche zurechtzukommen. Desirée entdeckte den ersten Seestern und reichte ihn Ella, die lachend und entzückt zusah, wie das zarte Tier über ihre Handfläche glitt. End-

lich hatte sie ihre Kiemen gefunden und kehrte nun so widerstrebend in die richtige Welt zurück, dass sie jedes Mal, wenn Desirée das Zeichen gab hinaufzuschwimmen, wegschwimmen und sich im Riff verstecken wollte. Nur einmal hatte sie ein Problem. Als Teil ihrer Ausbildung sollte sie unter Wasser ihre Maske abnehmen und wieder aufsetzen. Ohne Maske konnte sie unmöglich etwas klar erkennen, und sie fühlte sich wieder desorientiert. Ihre Atmung näherte sich dem Hyperventilieren, als sie in Panik darum kämpfte, mit Desirée im Schlepptau an die Oberfläche zu gelangen. Es war eine genaue Wiederholung des Tauchgangs, den sie in der Sheep's Head Bay ausgeführt hatte. Desirée beruhigte sie, dann stiegen sie hinab und versuchten es noch einmal. Erneut geriet Ella in Panik und schoss an die Oberfläche. »Ich versuche es noch mal«, sagte sie. »Aber wenn ich es nicht hinkriege, breche ich den Tauchgang ab.« Sie wäre todunglücklich, wenn sie abbrechen müsste. Sie wusste, wenn sie das täte, würde sie nie zertifiziert werden, und sie würde auch nie wieder tauchen können. Sie wäre wie eine Süchtige, der man eine Droge verweigerte.
»Tu es, Süße«, forderte Desirée sie auf, »und ich werde Otis bitten, einen Cocktail speziell für dich zu erfinden.«
»Was? Wer ist Otis?«
»Otis ist der oberste Barkeeper in Salamander Cove Villas. Er denkt sich spezielle Cocktails für spezielle Leute aus. Deshalb werden du und ich an einem Abend, bevor du abreist, feiern, Ella. Mit einem Cocktail, der nach dir benannt ist. In Ordnung?«
»Das ist ein schöner Gedanke, Desirée«, antwortete Ella und zuckte selbstverachtend mit den Schultern, als sie ihre Maske wieder aufsetzte. »Aber mich kannst du kaum als speziell bezeichnen.«

»Jeder, der seine Angst überwindet, ist etwas Besonderes, Ella. Du hast es in der Blue Lagoon getan. Du kannst es wieder tun. Jetzt. Sag mir, wenn du bereit bist runterzugehen.«
Ella steckte den Lungenautomaten in den Mund, atmete ein paarmal tief durch und zwang sich, sich zu entspannen. Sie sah Desirée an, nahm die Beruhigung in ihren Augen wahr und gab dann das Okay-Zeichen. Als sie diesmal auf den Boden traf, war die Maske runter und wieder drauf, bevor sie sich erlauben konnte, darüber nachzudenken, was sie tat. Tauche tief, tauche stark, dachte sie. Fürchte nichts. Desirée klatschte in die Hände und kritzelte dann etwas auf ihre Tafel. »Ich sehe, dass du eine Kämpferin bist!«, las Ella und lachte. Sie lachte vor Erleichterung und Stolz und aus reiner Euphorie. Sie erinnerte sich an das, was PJ vor all den Wochen bei ihrer ersten Trainingseinheit gesagt hatte. Er hatte ihr gesagt, dass sie unter Wasser viel lachen würde. Er hatte Recht gehabt.
Später, als sie wieder auf trockenem Boden waren, unterschrieb Desirée in ihrem Logbuch und stempelte es ab. »Glückwunsch«, sagte sie, als sie es Ella reichte und ihr einen dicken Kuss auf die Wange drückte. »Du bist nun eine zertifizierte Open-Water-Taucherin, Ella Nesbit. Und du hast dir einen Cocktail verdient.«
»Wow«, gab Ella zurück. »Es ist kaum zu glauben. Ich habe ehrlich gedacht, ich würde es nie schaffen.«
»Du bist hartnäckig. So hast du es geschafft.«
»Ja«, antwortete Ella mit einem kläglichen Lachen. »So habe ich meinen letzten Freund verloren. Er hat mir gesagt, ich sei eine nervige Zicke.«
Desirée lächelte. »›Du gibst nicht so leicht auf‹, klingt doch viel netter.«

Später an diesem Nachmittag nahm sie ihr Logbuch mit an den Pool, damit sie ihren Tauchgang eintragen konnte. PJ hatte ihr gesagt, wie wichtig es war, Buch zu führen, doch sie wurde faul, und ihre Beschreibungen wurden immer weniger detailliert. Sie war gerade damit fertig, »Meeresleben: die üblichen fantastischen Verdächtigen« hineinzukritzeln, als ein Schatten auf die Seite fiel. Sie sah auf und erblickte Sophie Burke. »Hi«, sagte die Schauspielerin und begann mit ihrem täglichen Striptease.

»Oh, hi.«

Sophie legte ihren Sarong ab, als ob es der siebte Schleier in einem Tanz wäre, und streckte sich dann auf der Liege neben Ella aus. Man konnte fast das kollektive männliche Stöhnen hören. »Warst du wieder tauchen?«, fragte sie und holte dabei etwas, was wie ein Drehbuch aussah, aus ihrer Strandtasche. Sie war ganz einfach zum Du übergegangen.

»Mm.«

»Das ganze Salzwasser wird deiner Haut nicht gut tun, Ella. Schau nur, wie rau deine Hände sind im Vergleich zu meinen.«

Ella sah hinab auf ihre Hände. Sophie hatte Recht. Sie waren trocken und gereizt, und sie hatte sich einige Nägel abgebrochen, als sie ihre Ausrüstung zusammengesammelt hatte. »Darüber mache ich mir Sorgen, wenn ich nach Hause komme«, entschied sie. »Und außerdem tauche ich ab jetzt wahrscheinlich nur jeden zweiten Tag. Nun, da meine Ausbildung fertig ist, kann ich mir Zeit lassen, die Insel zu erkunden.«

»Komm doch später bei meiner Villa vorbei. Ich gebe dir eine Handcreme.«

»Danke.« Ella griff nach ihrem Reiseführer. »Hättest du Lust, ein Taxi zu mieten und morgen irgendwohin zu fahren, Sophie? Ich will nicht so gerne während des ganzen Aufenthalts hier in der Anlage festsitzen, und Leonie würde den anstrengenderen Kram nicht mehr schaffen.«

Sophie sah misstrauisch auf. »Was stellst du dir vor?«

»Nun, man könnte eine Menge unternehmen.« Ella blätterte die Seiten durch. »Wir könnten Bergsteigen oder Rafting machen oder Kanu fahren. Oder in den Blue Mountains Fahrrad fahren – und ich glaube, ich habe irgendwo Paragliding erwähnt gesehen …« Sie verstummte, als sie den verständnislosen Ausdruck in Sophies Gesicht wahrnahm.

»Paragliding? Oje. Ich glaube nicht.«

»Nun, vielleicht könnten wir uns dann zu etwas Kulturellerem entschließen? Es gibt eine Spaziertour nach Port Antonio. Wir könnten danach den Kunstgewerbemarkt besichtigen.«

»Ella?« Sophie nahm die Sonnenbrille von ihrer Nase und sah Ella mit mitleidigem Blick an. »Ich bin nicht wegen eines *Abenteuer*urlaubs hergekommen. Ich bin gekommen, um dem Stress und den Anstrengungen meiner Karriere zu entfliehen. Da ich als Schauspielerin sehr gefragt bin, ist mein Leben voller Verantwortung und Entscheidungen. Welches Drehbuch?« Sie hielt einen spiralgebundenen Packen hoch und begann sich damit Luft zuzufächeln. »Welcher Agent? Welche Wohltätigkeitsveranstaltung? Sogar hier kann ich nicht entrinnen. Ich unterschreibe jeden Tag dutzende von Autogrammen. Ich habe nichts dagegen, da ich eine Pflicht meinem Publikum gegenüber habe. Aber manchmal kommt es mir vor, als ob es keinen Ort auf diesem Planeten gäbe, auf dem ich in seliger Anonymität baden kann. Dies hier«, sie zeigte mit ausladender Geste auf den Pool, den Strand, die kalei-

doskopischen Gärten, »ist einigermaßen. Aber trotzdem fühle ich, wie mich Augen hinter all den dunklen Gläsern anstarren.«
Ella sah verblüfft drein. Was hatte sie getan, um so eine Rede herauszufordern? Sophie klang, als ob sie Zeilen aus dem Drehbuch wiederholen würde, das sie da schwang.
»Ich hab doch nur vorgeschlagen, dass wir ein Taxi mieten und …«
»Ella«, Sophie legte einen perfekt manikürten Zeigefinger auf ihre glänzenden Lippen, »ich bin hier, um *auszuspannen.* Ich bin hier, um am Pool zu relaxen, um Massagen und Kosmetikbehandlungen zu bekommen, mich vielleicht ein wenig fit zu halten oder ein bisschen Tennis zu spielen. Mein Arzt hat mir befohlen, es locker anzugehen. Ich kann nicht auf einem Rad durch die Berge sausen oder mir meinen Weg durch den Regenwald schlagen. Ich habe nicht die Absicht, mich in die Ghettos von Port Antonio zu wagen oder das Risiko einzugehen, überfallen oder vergewaltigt zu werden. *Capisci?*«
Die Schauspielerin schenkte Ella ein überlegenes Lächeln, und Ella zuckte mit den Schultern. »Okay. Ich denke nur, es ist eine furchtbare Verschwendung, die lange Reise in ein anderes Land auf sich zu nehmen und nichts vom Lokalkolorit mitzukriegen, das ist alles.« Es war dumm von ihr gewesen zu versuchen, Sophie für einen Ausflug zu interessieren. Sie hätte wissen müssen, dass das Interesse des Starlets an diesem tropischen Inselparadies nicht über die Grenzen ihrer exklusiven Anlage hinausgehen würde. Sie sah auf das Bild eines lächelnden Rastas in ihrem Reiseführer. Verdammt, sie konnte nicht die ganze Zeit auf Jamaika verbringen und nur von europäischen Gesichtern umgeben sein! Vielleicht konnte sie Leonie dazu verlocken, ein paar Sehenswürdigkeiten mit ihr zu besichti-

gen? Aber sie wusste schon jetzt, dass Paragliding und Radfahren nicht in Frage kamen.

Sophie hatte ihr Drehbuch mit einem abschätzigen »Pah!« beiseite gelegt und angefangen stattdessen die Zeitschrift *Ok!* durchzublättern. Ella bereute nun allmählich den wohltätigen Impuls, der sie dazu gebracht hatte, die Schauspielerin am Flughafen zu bemitleiden. Sie wünschte, sie hätte den Verstand besessen, so zu tun, als wäre sie Deutsche.

»Oh, schau!«, sagte Sophie mit erfreutem Lächeln. »Ist Jodie Kidd nicht fett geworden? Sie hat mindestens drei Kilo zugenommen, seit ich sie zuletzt gesehen habe. Ich glaube, dass war bei den BAFTAs.« Sie blätterte noch eine Seite um. »He, ich halte nicht viel von der Frühjahrsmode, und du?« Dabei zeigte sie Ella ein Hochglanzfoto und setzte ihren Kommentar fort, ohne auf eine Antwort zu warten. »Diese Dirndlform ist wenig schmeichelhaft, oder? Selbst ich könnte mir das nicht leisten. Oh, schau, noch jemand, den ich kenne!« Sie sah Ella an und wartete eindeutig darauf, dass diese sie fragte: Wer?

»Wer?«, gehorchte Ella dumpf.

»Rory McDonagh. Ich kannte ihn schon, bevor er in Hollywood ein großer Name wurde.«

»Oh?« Ella wurde ein bisschen munterer. Rory McDonagh war ein Schauspieler, den sie immer gemocht hatte. Er hatte etwas Verwegenes an sich. »Wie ist er so?«

»Nun, er hat ein ziemlich zurückhaltendes Wesen, also gibt es nicht viel zu erzählen.«

»Er hat doch diese Schauspielerin geheiratet, die in dieser Seifenoper spielte, die dann abgesetzt wurde, oder? Wie hieß die Seifenoper noch mal?«

»*Ardmore Grove.* Ich habe nämlich auch darin mitgespielt.« Sophie klang gekränkt, dass Ella sich nicht daran erinnert hatte. »Und ja, Rory hat diese Schauspielerin geheiratet. Sie heißt Deirdre O'Dare.« Eine Minute sah sie nachdenklich drein, und dann sagte sie: »Arme Deirdre. Sie hatte keinen Erfolg als Schauspielerin, nachdem sie die ›Seifenoper‹ verließ, wie du es nennst. Ich nenne so was lieber ein ›städtisches Drama‹.« Sie schenkte Ella ein süßes Lächeln und fuhr dann fort: »Anders als ich. Mit meiner Karriere ging es bergauf, als ich wegging. Und jetzt bekommt Deirdre Babys! Haha! Was für ein Witz! Sie hat mal gesagt, dass sie nie sesshaft werden würde.«

»Ich hätte nichts dagegen, sesshaft zu werden und Babys mit jemandem wie Rory McDonagh zu kriegen.«

»Er ist gar nicht so gut im Bett«, erwiderte Sophie, und dann weiteten sich ihre Augen, und ihre Hände fuhren an ihren Mund. »Oh! Wie indiskret von mir! Vergiss, dass ich das je gesagt habe, Ella, ja?« Sie sah Ella flehend an.

»Sicher«, beruhigte Ella sie. Sie war nicht an Sophie Burkes Sexleben interessiert.

Doch Sophie war es offensichtlich, denn sie fuhr damit fort, Ella einzuweihen, und hielt ihre Augen dabei schicklich gesenkt. »Natürlich war das, bevor ich Ben getroffen habe. Als ich Ben begegnet bin, hat er einfach mein Herz im Sturm erobert, und ich musste Rory verlassen. Es war furchtbar. Er hat mich angebettelt, ich solle bleiben, aber Ben und ich hatten einfach diese unglaubliche sofortige Beziehung – weißt du, was ich meine? Es war ganz einfach Liebe auf den ersten Blick.«

»Mm.«

»Dann ging der arme Rory weg und heiratete Deirdre als Reaktion«, schloss Sophie selig. Plötzlich schrie sie leise auf. »O mein Gott!«, sagte sie und schlug sich die Hände vor den Mund.

»Was ist denn?«, fragte Ella.

»Das ist Eva Lavery!«
»Der Filmstar? In *Ok?*«
»Nein. Im wirklichen Leben – da drüben! Schau doch!« Sophie hatte sich aufrecht hingesetzt und zeigte auf Eva Lavery und einen dunkelhaarigen Mann, die den Weg neben dem Rasen entlangschlenderten. »O mein Gott! Eva! Eva!« Sophie packte ihren Sarong, stand auf und stakste auf ihren hohen Hacken über den Platz; dabei presste sie ihren riesigen Sonnenhut auf den Kopf und überschlug sich fast in dem verzweifelten Bemühen, Eva Lavery und ihren Begleiter einzuholen. Die Köpfe aller Männer neben dem Pool drehten sich, um zu verfolgen, wie sie ihnen hinterherlief; ihre Augen klebten an ihren hüpfenden Brüsten, während sie ohne viel Erfolg versuchte den Sarong um sich zu schlingen.
Das Paar blieb stehen und wandte sich Sophie zu, und Ella konnte erkennen, wie sie Blicke wechselten, als die Schauspielerin auf sie zustürzte. Stoisch standen sie da, während diese sie mit Luftküssen überschüttete und sie dann mit einer nicht enden wollenden Flut von Worten ergötzte und dabei die ganze Zeit theatralisch gestikulierte. Ella widerstand dem Drang zu applaudieren. Sie kam sich vor, als ob sie einer Ein-Frau-Show zusähe.
Sie beobachtete Eva, während Sophie weiterplapperte. Eva Lavery war mit Ende vierzig schöner als die meisten Frauen in der Blüte ihrer Jahre. Ella hatte die Schauspielerin in vielen Filmen gesehen, doch sie schaute anders aus als auf der Leinwand. Auf der Leinwand war sie ein Chamäleon, berühmt dafür, dass sie ihr Aussehen für jeden Film, den sie drehte, verändern konnte. Heute war auf ihrer goldenen Haut kein Make-up, ihr blondes Haar war nachlässig aufgetürmt, und ihre Füße waren bloß. Sie trug winzige Silberohrringe und ein ganz einfach ge-

schnittenes langes Baumwollkleid, das mit Blumen übersät war. Das Einzige, was im Entferntesten an einen Star erinnerte, war ihre Sonnenbrille.
Nach ungefähr zwei Minuten Plaudern gestattete Sophie ihren Opfern den Rückzug, und danach stakste sie wieder über den Rasen und brach auf ihrer Sonnenliege zusammen. »Ist das nicht ein wahnsinniger Zufall?«, keuchte sie. »Das waren Eva Lavery, der Filmstar, und David Lawless, ihr Mann, der berühmte Regisseur. Ist er nicht toll? Ich kenne beide schon ewig – seit ich Profi geworden bin. Das erste Stück, das ich jemals gespielt habe, war für David Lawless, es war *Ein Sommernachtstraum* im Criterion-Theater. Vielleicht hast du es ja gesehen? Rory McDonagh hat auch mitgespielt.«
Ella murmelte etwas Höfliches, doch Sophie hörte nicht zu.
»Meine Güte! Wie wunderbar, sie getroffen zu haben!« Sophies Ausrufezeichen waren noch ärgerlicher als sonst. »Sie wohnen um die Ecke, in einer Villa bei der Blue Lagoon. David ist hier, um mit einem berühmten Produzenten über ein Projekt zu sprechen, an dem er arbeitet. Ich darf nicht sagen, wer das ist, es ist topsecret!« Sophie schaltete ein strahlendes Lächeln in Richtung Ella ein, als ob sie ihr das wundervollste Geschenk auf dem ganzen Planeten darböte. »Möchtest du Eva gerne kennen lernen?«, fragte sie großmütig. »Ich gehe zu ihr an die Bar, um was zu trinken.«
Tatsächlich wollte Ella das gerne. Sie bewunderte Eva Laverys Arbeit. »Das wäre schön«, sagte sie.
Sie schlenderten hinunter zur Bar am Strand. Zumindest Ella schlenderte. Sophie stürzte sich direkt auf Eva, die auf einem Hocker saß und am Planter's Punch nippte. Ihr Mann saß an einem Tisch mit Sonnenschirm auf der Ter-

rasse und war in ein Gespräch mit einem Typen vertieft, der vor Gold triefte.

»Ella Nesbit – das ist Eva Lavery. Eva, Ella«, stellte Sophie vor, als sie zu ihnen kam.

»Hallo, Ella«, sagte Eva in honigsüßem Ton. »Freut mich, Sie kennen zu lernen.« Bei ihr klang die Klischeebegrüßung tatsächlich echt.

»Ebenfalls«, gab Ella zurück. »Ich bin ein Fan von Ihnen. Ich habe Ihren letzten Film geliebt, ich habe ihn zweimal gesehen.«

»Nun ja, danke.«

»Meine Freundinnen werden wahnsinnig eifersüchtig sein, wenn ich wieder in Dublin bin und ihnen erzähle, dass ich in einem Hotel war, in dem Berühmtheiten verkehren!«

»He, Sie sind aus Dublin? Dachte ich mir doch, dass ich den Akzent erkenne.«

Ella lächelte. »Er ist verräterisch, nicht wahr?«

»Meiner nicht«, sagte Sophie in glattem Mittelatlantikakzent.

Ella bemerkte, wie Evas Mundwinkel zuckten, und beschloss, diese Frau zu mögen.

»Lasst uns mal sehen«, schloss Eva in rätselhaftem Ton. »Ihr Akzent kommt von irgendwo südlich des Liffey, aber nicht so weit im Süden wie Dun Laoghaire.«

»Stimmt alles. Ich komme aus Portobello.«

»He, ich habe dort gewohnt! In der Pleasants Street.«

»Dann habe ich genau um die Ecke gewohnt. In der Grantham Street.«

»Warten Sie mal. Grantham Street? Gab es da nicht noch einen Nesbit? Ich glaube, ich erinnere mich an einen Declan Nesbit von Celtic Note, der ein Haus in der Grantham Street hatte.«

Ella lachte. »Das hat er immer noch, aber er ist kaum dort. Es ist mein Vater.«
»Kein Scheiß!« Eva warf den Kopf zurück und kreischte. Sie hatte einen der am meisten von Herzen kommenden Lacher, die Ella jemals gehört hatte. »Lieber Gott, die Welt ist klein!«
»Wie meinst du das?«, fragte Sophie.
Evas Gesichtsausdruck veränderte sich plötzlich. Sie hatte nun den Blick eines schuldbewussten Kätzchens. »Oh, es ist nur, ich … äh … habe ihn vor langer Zeit gekannt, irgendwann in den achtziger …« In ihrer Stimme lag nun eine bewusste Unbestimmtheit.
Ella lächelte. »Sie haben meinen Dad gekannt?«
»Mmh. Ja.«
Ellas Lächeln wurde breiter. Der Art, wie Eva sich wand, konnte sie entnehmen, dass sie eine Affäre gehabt hatten. Ihr Vater hatte in den achtziger und frühen neunziger Jahren eine ganze Reihe von Affären mit schönen Frauen auf der ganzen Welt gehabt, bevor er mit seiner gegenwärtigen Frau, einer Inuit aus Alaska, sesshaft geworden war.
»Haben Sie … äh … ihn gut gekannt?«
»Mmm. Tja, leider.« Eva erwiderte ihr Lächeln und erkannte damit an, dass weitere Ausflüchte sinnlos waren. »Er war verdammt unwiderstehlich, Ihr Dad. Ich nehme an, das ist er noch immer.«
»Stimmt«, gab Ella unumwunden zu. »Aber er ist jetzt häuslich geworden. Er wird mir Anfang des nächsten Jahres einen kleinen Bruder oder eine kleine Schwester präsentieren.«
»Wow. Und wir gehörten zu der Generation, die dachte, sie würde nie sesshaft werden.« Eva beugte sich vor und schüttelte Ella die Hand. »Nun, Nachbarin«, sagte sie, »was möchtest du trinken?«

»Ich nehme das, was du hast, danke.«
»Sophie?«
»Für mich nur Mineralwasser, danke.« Sophie klang tugendhaft. »Wie lange bleibst du übrigens?«, fragte sie, während Eva dem Barkeeper winkte.
»Wir fliegen morgen Abend spät.«
»O nein! Wie schade!« Ein untröstlicher Ausdruck legte sich über Sophies schönes Gesicht. »Wir hätten zusammen was unternehmen können, Eva. Ein paar Strände besuchen. Jamaika *entdecken* können.«
Ella fiel die Kinnlade herunter.
»Ich habe viele Spritztouren unternommen, seit ich hier bin«, entgegnete Eva. »Ich habe einen wunderbaren Guide entdeckt. Er weiß alles, was man über die Insel wissen muss.«
»Wenn du morgen fliegst, warum isst du dann nicht heute Abend mit uns?«, schlug Sophie vor. »Das Restaurant Pavilion ist wunderbar.«
Ellas Kinnlade war nun ganz unten. Seit sie angekommen waren, hatte Sophie nur darüber gestöhnt, wie mittelmäßig die Küche in Salamander Cove sei.
»Nein, danke, Sophie«, lehnte Eva ab. »Wir gehen heute Abend zum Essen aus. Wir sind um acht Uhr mit jemandem im Restaurant an der Blue Lagoon verabredet.«
»Oh.« Sophie konnte ihre Enttäuschung nicht verbergen. Sie ließ eine kleine Pause im Gespräch entstehen und wartete darauf, dass Eva vorschlug, sie könnte doch mit ihr und David zum Essen an der Blue Lagoon kommen, doch es erfolgte keine Einladung.
»Wie wär's, wenn wir uns morgen treffen?«, schlug Eva vor. »David hat einen Termin mit einem Geldgeber. Er wird stundenlang in Gesprächen stecken, und ich werde vor Langeweile sterben, wenn ich den ganzen Tag in der

Villa herumhängen muss. Ich möchte so gerne nach Navy Island.«
Innerlich jubelte Ella. Endlich hatte sie die Möglichkeit, dem Luxushotel zu entfliehen. »Ja! Ich bin dabei!«, sagte sie.
»Navy Island?«, fragte Sophie. »Wo liegt das?«
»Kurz vor der Küste bei Port Antonio. Man nimmt die Fähre. Da sind Strände und offenbar schöne Möglichkeiten zum Spazierengehen. Auch ein schönes Riff zum Schnorcheln. Und man kann Errol Flynns Haus besichtigen.«
»Ich habe keinen Schnorchel«, wandte Sophie ein. »Aber ich möchte mir gern das Haus anschauen.«
»Okay. Also abgemacht.« Drüben auf der Terrasse konnte Ella sehen, wie David Lawless aufstand und seinem Kollegen die Hand schüttelte. Eva winkte ihm zu und glitt dann von ihrem Barhocker. »Sagen wir, ich hole euch hier gegen zehn Uhr morgen früh ab?«
»Zehn ist gut. Danke, Eva«, sagte Ella.
Die Schauspielerin wollte schon über den Sand zu ihrem Mann gehen, blieb dann aber stehen. »Oh, übrigens«, rief sie ihnen zu, »denkt daran, feste Schuhe anzuziehen.«
»Feste Schuhe?«, meinte Sophie Burke fragend.

7

Am nächsten Morgen warteten Ella und Sophie am Empfang auf Eva. Sophie schien mehr Kleider als Barbie zu haben. Heute trug sie eine Art wallender, weiß bestickter Jemima-Khan-Tunika und die festesten Schuhe, die sie hatte – ein Paar kaum sichtbarer flacher Jimmy-Choo-Sandalen mit überkreuzten Lederbändern. Ella hatte einen Rucksack mit dem üblichen Zubehör für einen Tagesauflug gefüllt und trug Baumwollshorts und ein T-Shirt über ihrem Bikini.

»Willst du auf der Insel schwimmen?«, fragte Sophie.

»Sicher. Es gibt drei gute Strände, wie der Lonely-Planet-Führer schreibt.«

»Ich hasse es, im Meer zu schwimmen«, erwiderte Sophie. »Ich schwimme immer nur in Pools.«

Ella hatte im Lonely Planet über Navy Island nachgelesen. »Hier steht, dass einer davon ein Nacktbadestrand ist.«

»Wirklich?«, sagte Sophie, und ihr Gesicht hellte sich auf. »Vielleicht sollten wir dorthin gehen. Es wäre schön, nahtlos braun nach Hause zu kommen.«

»Hast du nicht gesagt, du willst nicht braun werden?«, fragte Ella nach.

Sophies Blick blieb vage. »Oh, gegen ein bisschen Farbe hätte ich nichts einzuwenden. Dann wissen die Leute, dass man in einem exotischen Land war.«

Ella argwöhnte, dass Sophie eher darauf aus war, mit ihrer erstaunlichen körperlichen Symmetrie anzugeben, die allen männlichen Anwohnern von Salamander Cove jedes Mal Mund und Augen offen stehen ließ, wenn sie ihren Sarong aufknotete.

»Miz Nesbit? Miz Burke?«, ertönte eine Stimme hinter ihr.

Ella drehte sich um und gab vor Überraschung ein leises »Oh!« von sich. Dort am Empfang stand Raphael, Desirées Partner. Seit ihrem ersten Tag in der Anlage hatte sie ihn nicht mehr gesehen.

»Raphael! Hi!«, grüßte sie.

Er schenkte ihr sein wundervolles Lächeln. »Schön, dich wiederzusehen, Ella.«

»He, auch schön, dich wiederzusehen!«

»Ich fahre dich heute. Ich bin Miz Laverys Führer.« Er lehnte sich an den Empfang, schob seine schweren Dreadlocks zurück, und zum ersten Mal bemerkte Ella die sichelförmige Narbe, die silbrig auf seinem Wangenknochen eingekerbt war. Sie minderte nicht im Geringsten seine Schönheit.

»Desirée hat mir erzählt, du bist jetzt zertifiziert?«

»Ja. Ich bin völlig bekehrt.«

»Ich wusste, das ich dich richtig eingeschätzt hab. Meine alte Lady ist die beste Lehrerin in ihrem Fach.« Raphael wandte seine Aufmerksamkeit Sophie zu. »Sind Sie Miz Burke?«

»Genau. Steht das Auto draußen vor der Tür?«

Er schätzte Sophie aus schmalen Augen ab und nickte dann langsam. »Ja, Ma'am.«

Es lag nichts auch nur im Entferntesten Serviles in diesem »Ma'am«. »Folgen Sie mir.«

Ein glänzender Lexus wartete unter der *Porte-Cochère*. Eva saß auf dem ledergepolsterten Vordersitz und sah aus wie eine Katze, die die Sahne geklaut hatte. »Ist er nicht *toll?*«, formte sie mit ihren Lippen in Ellas Richtung, während sie auf den Rücksitz glitt, und Ella lächelte anerkennend.

»Schönes Auto«, bemerkte Sophie. »Eine Abwechslung nach dem verdammten furchtbaren Bus, der uns hergebracht hat.«

Heute trug Eva sackartige Baumwollhosen, Flip-Flops, ein T-Shirt und eine Sonnenbrille. Diamanten strömten wie Wasserfälle von ihren Ohrläppchen herab. Sophies stechende Augen schätzten sie sofort ein.

»Eva«, sagte sie, »ich bin mir nicht sicher, dass es eine gute Idee ist, echte Diamanten nach Port Antonio zu tragen.«

»Meine Güte, Sophie, du hast absolut Recht. Wie unbedacht von mir, meinen Reichtum vor der Armut zur Schau zur stellen.« Sie hakte die Diamanten los und verstaute sie im Handschuhfach.

»Ich habe mehr daran gedacht, dass du so eine Zielscheibe für Überfälle wärst«, wandte Sophie ein und schnallte ihren Sicherheitsgurt fest, während das Auto die Auffahrt hinunterfuhr. »Aber … äh … glaubst du, dass das Handschuhfach ein sicherer Platz für sie ist?«

»Hast schon wieder Recht.« Eva nahm den Schmuck und reichte ihn Raphael. »Passen Sie für mich darauf auf?«, fragte sie. Der Ausdruck auf Sophies Gesicht, als sie sah, wie Eva ihrem Fahrer ein kleines Vermögen in Diamanten aushändigte, war so entsetzt, dass er komisch wirkte.

»Kein Problem«, antwortete Raphael und steckte die Ohrringe in seine Tasche.

Ella ergriff die Gelegenheit, ihn beim Fahren genauer zu betrachten. Seine Augen gingen in den Winkeln schräg in die Höhe, seine Wangenknochen waren rasiermesserscharf, und wenn er lachte – was er oft tat –, zeigte er eine Zungenspitze wie roten Satin. Eva flirtete schamlos mit ihm, und Sophies entsetzter Blick verstärkte sich.

Als Eva sich zu ihnen umdrehte und sagte: »Ein wundervolles Land, nicht wahr?«, bekam Ella Schuldgefühle. Sie war so verzaubert gewesen von Raphaels Anblick, dass sie die Umgebung fast gar nicht wahrgenommen hatte.

Jamaika war strahlend schön. Sie konnte kaum glauben, dass es auf der Farbskala nur fünf Grünschattierungen geben sollte – diese Insel war grüner als Irland am St. Patrick's Day. Sie fuhren durch eine Landschaft voller Bäume, die vor Moos troffen und von Weinranken umschlungen waren. Sie kamen an Kokosnusswäldchen und an geordneten Plantagen mit breitblättrigen Bananenbäumen vorbei. Sie ließen palastartige Häuser im Kolonialstil, die aussahen wie riesige Hochzeitstorten, und kleine Häuser im Villenstil hinter sich, die so sauber und adrett wirkten, als ob sie sich als Zeugnisse pingeliger Hausarbeit herausgeputzt hätten. Dann wieder passierten sie Werkstätten, die aussahen wie Relikte aus den Fünfzigern, mit Tankwarten, die sich auf den Höfen zu dröhnender Reggaemusik wanden, und Ständen, die alles von Schweinefleischstreifen über Kleider bis zu Rattankörben verkauften.

Manche der Ansiedlungen, durch die sie fuhren, waren heruntergekommener als andere. Es gab Hütten, die so miserabel aussahen, dass man sich nur schwer vorstellen konnte, wie Leute darin leben sollten. Es waren zufällig zusammengewürfelte Häuser mit Dächern aus Wellblech, Ziegen meckerten und Hühner kratzten im staubigen Gebüsch neben der Straße herum. Die meisten der Hütten waren in grellen Farben angemalt – kachelblau oder hibiskusblütenrosa –, und sie waren mit schmuckähnlichen Mustern dekoriert, doch viel von der Farbe war verblasst und blätterte ab, und Ella entdeckte

entsetzt, wie sie darüber nachdachte, wie pittoresk Armut sein konnte.
Port Antonio barst vor Menschen, Fahrrädern und heruntergekommenen Autos, und als sie auf dem Parkplatz der Fähre aus dem Wagen stiegen, war Sophie sofort die Zielscheibe für anerkennende Bemerkungen und ausdrucksstarke Gesten. Glücklicherweise wartete schon eine Fähre, denn die Bemerkungen wurden immer gewagter mit vielen Anspielungen an »Ärsche« und »Möpse«, und Sophie presste die Lippen immer mehr zusammen.
»Sie beleidigen dich nicht, Sophie«, sagte Eva sanft, als sie an Bord der Fähre gingen. »Sie machen dir Komplimente. Sie finden, du hast einen tollen Hintern.«
»Verzeihung, Eva, aber für mich ist ein ›leckeres Törtchen‹ genannt zu werden kein Kompliment«, gab Sophie zornig zurück.
Die Fahrt mit der Fähre war kurz. Ella holte ihre Kamera heraus und schoss ein paar Bilder. Dann machte sie einen Schnappschuss von Eva und Sophie und dem Fährenkapitän und schließlich von Raphael. »Hast du was dagegen?«, fragte sie, und er schüttelte langsam den Kopf und schenkte ihr wieder jenes Lächeln, das ihr Herz einen Schlag aussetzen ließ. Sie merkte doch tatsächlich, wie sie rot wurde, als sie sein Lächeln erwiderte. Da war etwas in seinen Augen – etwas *Unergründliches.*
Auf der Insel verließ er sie auf dem Landesteg und ging in das Hotel am Hafen, um sich nach Erfrischungen zu erkundigen. Niemand sonst war in der Nähe.
Ella setzte sich ins Gras und sah ihm nach. Er hatte den vertrauten jamaikanischen Gang, den sie so attraktiv fand, doch zum ersten Mal bemerkte sie, dass er kaum wahrnehmbar hinkte. »Was ist er nur für ein schöner Mann!«, sagte sie.

»Mm. Ist er nicht irre?« Eva holte ein Bündel Bananen aus ihrer Tasche und reichte sie herum. Sophie schüttelte den Kopf. Sie hatte sich von ihrer Jemima-Khan-Tunika befreit und breitete ein Handtuch aus, damit sie ein Sonnenbad nehmen konnte. Ella bemerkte, dass sie ihr Oberteil anbehielt. Offenbar hatte sie genug Komplimente für einen Tag bekommen. »Es liegt in meinen Genen, mich unsterblich in attraktive Männer zu verknallen«, stellte Eva fest. »David schimpft mich dauernd aus, weil ich ständig mit den Mechanikern am Set flirte. Flirten nur bis zu einem Punkt, möchte ich schnell hinzufügen. Ich habe genug Mann, den ich brauche, zu Hause.«
»Ich kann nicht sagen, dass ich furchtbar auf Dreadlocks stehe«, warf Sophie ein. »Ich stelle mir immer vor, dass in ihnen allerlei unangenehme Viecher leben müssen. Und er ist sowieso vergeben. Ich habe ihn gestern mit einer ziemlich seltsam aussehenden Frau sprechen sehen.«
»Das ist Desirée, seine Missus«, erklärte Eva. »Sie ist ein echter Dynamo. Wir hatten neulich beide zum Abendessen da.«
»Wirklich?«, fragte Ella nach. »Ich kenne sie. Sie ist meine Tauchlehrerin.«
»He, du tauchst?«
»Ja«, antwortete Ella und war maßlos stolz darauf, dass sie diese Frage endlich bejahen konnte.
»Oh, wow!«, hauchte Eva. »Du Glückspilz! Ich wollte immer schon tauchen, aber ich habe es niemals gemacht.«
»Au, ist die Sonne heiß.« Ella zog ihre Shorts und ihr T-Shirt aus und nahm eine Wasserflasche aus ihrer Tasche. Sie trank einen großen Schluck und reichte die Flasche dann an Eva weiter.
Eva blickte sie durch ihre dunklen Gläser an. »Ooh, schau nur all die schönen Sommersprossen!«

»Die Sonne bringt sie alle hervor. Ich hasse sie«, meinte Ella. »In der Schule hat man mich Sommersprosse genannt.«

»Es ist komisch, dass manche Leute sie hassen, nicht wahr? Es ist ein bisschen so wie bei Leuten mit krausem Haar, die Leute mit glattem Haar beneiden, und umgekehrt. Ich habe mir immer Sommersprossen auf die Nase und die Wangen gemalt, als ich ein Teenager war.« Sie schraubte den Deckel wieder auf die Flasche und gab sie Ella zurück. »Seit wann tauchst du schon?«

»Ich bin erst seit kurzem zertifiziert. Du solltest es auch versuchen, Eva. Es ist wahnsinnig.«

»Hab ich ja, aber ich bin nicht durch die medizinische Untersuchung gekommen. Wie Raphael darf ich auf ärztliche Anordnung nicht tauchen.«

»Oh?« Sophies Augen glitzerten, als ob sie gerade einen Goldklumpen gefunden hätte. »Warum?«

»Geht dich nichts an«, gab Eva freundlich zurück.

»Raphael ist nicht durch die medizinische Untersuchung gekommen?« Ella war überrascht. Er schien so ein Musterbeispiel für robuste körperliche Gesundheit zu sein.

»Nein. Aber er ist vom Tauchen ausgeschlossen worden, seit er die Caissonkrankheit hatte. Es ist eine ziemlich tragische Geschichte.«

»Caissonkrankheit? Verdammt. Das muss ein wirklich schlimmer Fall gewesen sein, wenn er nicht mehr tauchen kann?«

»Das war es auch. Desirée hat gesagt, das er monatelang behandelt wurde, bevor die Ärzte schließlich endgültig seine Karriere für beendet erklärten.«

»Er war Profi?«

»Ja. Höchste Klasse.«

»Ein echter Master?« Das erklärte die Narbe. »Wow. Und er taucht jetzt gar nicht mehr?«
»Überhaupt nicht mehr. Er wird nie wieder tauchen.« Eva wickelte ihre Bananenschale vorsichtig in eine Papiertüte und steckte sie dann in ihre Strandtasche. »Desirée hat mir erzählt, dass er total am Boden zerstört war, als er die Nachricht erfahren hat.«
»O Gott, wie furchtbar!«, sagte Ella. »Wie ist denn der Unfall passiert?«
»Ich weiß nicht genau, irgendetwas beim Tiefseetauchen, glaube ich. Es war aber nicht sein Fehler. Das Unternehmen, das verantwortlich war, hat eine Menge Entschädigung rausgerückt.«
»Trotzdem, es ist schrecklich traurig, dass er nie wieder tauchen wird.«
»Ja, das ist es. Danach hat er dem Tauchen offenbar gänzlich den Rücken gekehrt. Er hat sogar die Leitung des Tauchzentrums, für das er ursprünglich verantwortlich war, Desirée überlassen.«
»Aber das musste er doch nicht tun! Hätte er nicht weiter als Tauchlehrer im Klassenzimmer arbeiten können? Beim Tauchen gibt es eine Menge Theorie zu lernen.«
»Denk darüber nach, Ella. Wenn du solche Leidenschaft für etwas empfändest, wie Raphael es fürs Tauchen getan hat, wie würdest du dich fühlen, wenn du nur dabeisitzen und zuschauen könntest?«
»Oh, ich stimme absolut zu!«, sagte Sophie ernst. »Wenn ich mit der Schauspielerei aufhören müsste, würde ich niemals wieder den Fuß in ein Theater setzen!«
Ella sah nachdenklich drein. »Und wie ist er darauf gekommen, Fremdenführer zu werden?«, fragte sie dann.
»Er hatte sich seinen Lebensunterhalt verdient, indem er alles lernte, was es über seine Umgebung unter Wasser zu

lernen gab. Als seine Laufbahn als Taucher hinüber war, beschloss er also seinen Lebensunterhalt zu verdienen, indem er alles lernte, was es über seine Umgebung auf der Erde zu lernen gab. Er kennt Jamaika in- und auswendig.«
»Als Fremdenführer kann er nicht so besonders gut verdienen«, meinte Sophie naserümpfend.
»Du hast das Auto gesehen.«
»Den Lexus?«
»Ja.«
»Es ist seiner?« Sophie sah skeptisch aus.
»Ja. Er wollte in der Arbeit von niemand anderem abhängig sein, und so hat er, als seine Entschädigung durch war, eine Menge in das Auto investiert.«
»Es ist komisch«, bemerkte Ella. »Er ist offenbar gefühlsmäßig durch den Fleischwolf gedreht worden, aber wenn man ihn so ansieht, hält man das nicht für möglich. Es ist etwas unglaublich … *Heiteres* um ihn herum.«
»Der Geist des Jah leuchtet aus seinen Augen. Schließlich ist er Rastafari.«
»Schade wegen der Dreadlocks. Aber ja«, gab Sophie zu, »er hat schöne Augen. Irgendwie seelenvoll.«
»Ich hätte auch seelenvolle Augen, wenn ich im lässigsten Marihuana produzierenden Land der Welt leben würde.« Eva nahm eine Tube Sonnencreme aus ihrer Tasche und wand sich aus Hosen und T-Shirt. Darunter trug sie einen einfachen schwarzen Bikini. »Sei so lieb und creme mir den Rücken ein, Ella, ja?«
»Sicher.« Eva ist für eine Frau ihres Alters noch ziemlich gut in Form, dachte Ella, während sie die Creme ihr Rückgrat hinunter verteilte.
Sophie blickte sie von der Seite an. »Hast du es geschafft, Workout zu machen, seit du hier bist, Eva?«

Eva sah verständnislos drein. »Workout? Du meinst, eine Art Gymnastik-Workout?«
»Mmh.«
»Guter Gott, nein. So sieht für mich die Hölle aus.«
»Wie schaffst du es dann, so in Form zu bleiben?«
»Natürlich durch viel wilden Sex, meine Liebe. Willst du, dass ich dich eincreme, Ella?«
»Bitte.«
Eva nahm ihr die Tube ab und fing mit Ellas Rücken an. »Was bedeutet das Tattoo?«, fragte sie. Ella hatte sich in ihrem ersten Jahr auf dem College auf dem Schulterblatt einen Musiktakt tätowieren lassen und es seitdem immer bereut.
»Hm … es ist der erste Takt von Beethovens Siebter«, gab sie zu. »Der langsame Satz.«
»Eines meiner Lieblingsstücke.« Eva klatschte den Rest der Creme auf Ellas Rücken. »Brauchst du auch welche, Sophie?«
»Nein, danke. Ich habe mich mit Faktor 30 zugepflastert, bevor ich die Villa verlassen habe.«
Eva legte sich auf den Landesteg und sah zum Himmel auf. Eine Spur aus Rauch zog darüber hin. » Zur Hölle, ich wünschte, ich könnte für immer hier bleiben und müsste nicht heute Abend ins wirkliche Leben zurückfliegen«, sagte sie.
»Was hat das wirkliche Leben für dich in petto?«, fragte Ella.
»Leider eine Filmpremiere.«
»Oh? Welche?«, wollte Sophie wissen.
Ella stieß ihre Espadrilles weg, setzte sich auf den Rand des Stegs und aß eine Banane, die Eva ihr gegeben hatte; dabei wirbelte sie kleine Wasserspritzer mit den Füßen auf. Und was hatte das wirkliche Leben für *sie* in petto,

wenn es Zeit war, es wieder zu betreten? Nichts so Aufregendes wie eine Filmpremiere, das war schon mal sicher. Doch zumindest wäre sie bei Nesbit & Noonan weg von der Empfangstheke.

Neben ihr erging sich Sophie in Branchengerede über Film, was ab und zu durch ein »Mmh« oder ein halbherziges »Wirklich?« von Eva unterbrochen wurde. Manchmal aber senkte sich auch eine schläfrige Stille über sie.

»*Mesdames.*« Ella blinzelte, schaute hoch und sah Raphael auf dem Weg, der vom Steg zum Hotel führte. Er stand mit dem Rücken zur Sonne, was seinen Dreadlocks das Aussehen eines brennenden Heiligenscheins verlieh. »Ich habe organisiert, dass Ihnen in einer Stunde Bier an den Strand gebracht wird.« Der Engel Raphael.

»*Bier?*«, sagte Sophie, als ob sie das Wort noch nie gehört hätte. »Gibt es keinen Weißwein? Ein gekühlter Chablis wäre mir wirklich lieber.«

»Ach komm, Sophie«, besänftigte sie Eva. »Dies ist nicht der Ort, wo man am Strand gekühlten Chablis trinkt. Lass uns das Bier probieren.«

»Oh, okay«, gestand Sophie einen Hauch ungnädig zu. Sie sah sich um. »Wo auf der Insel liegt denn nun übrigens das Haus von Errol Flynn?«, fragte sie.

»Das da ist Errol Flynns Haus«, antwortete Raphael und nickte in Richtung des Holzhauses. »Sie werden später dort essen.«

»Entschuldigung?« Sophie sah ihn verwundert an. »Haben Sie gesagt, das da ist Errol Flynns *Herrenhaus*?«

»Sicher. Eines davon. Dem Mann gehörte eine Menge Grundbesitz auf Jamaika.«

»Na ja«, meinte Sophie verächtlich. »Das nennen Sie ein Herrenhaus? Man sollte doch denken, er hätte sich etwas gebaut, was ein bisschen luxuriöser war als diese Bruchbude.«

Raphael lächelte sie nur an. Dann wandte er seine Aufmerksamkeit Eva zu. »Okay. Ich erkläre Ihnen den besten Weg.« Er zeigte auf einen Weg, der entlang der baumbestandenen Küste führte. »Sie gehen dorthin. Dieser Weg führt Sie genau um die Insel.«

»Kommst du nicht mit?« Ella erinnerte sich daran, dass man ihr erzählt hatte, weiße Frauen allein seien gefährdet.

Er sah sie aus glühenden mandelförmigen Augen an. »Du bist sicher hier, Ella. Es ist keiner auf der Insel, den ich nicht kenne. Und ihr seid heute die ersten Besucher. Man wird sich gut um euch kümmern. Am Strand wartet jemand mit Bier und Kokosnüssen auf euch.«

»Aber *Sie* sind unser Führer!«, protestierte Sophie.

»Lady, ich habe hier einen Freund, der im Hotel arbeitet. Ich habe ihn lange nicht gesehen. Ich werde hier bleiben, mit meinem Freund reden, und dann werde ich Sie zurück zum Hotel bringen, wenn Sie bereit sind.«

»Das ist cool«, meinte Eva als Reaktion auf Sophies störrischen Blick. »Raphael und ich haben vorher darüber gesprochen. Wir sind vollkommen sicher, und es hat keinen Sinn, dass er seine Zeit damit verschwendet, auf der Insel hinter uns her zu tapsen, wenn er Besseres zu tun hat.«

»Es ist eine kleine Insel«, erklärte Raphael. »Sie kommen schließlich zu einem Strand auf der Westseite, hier in der Nähe. Oder vielleicht wollen Sie zu einem FKK-Strand?«

»Großer Gott, nein«, erwiderte Eva und zog ihre Hose an. »Sind Sie von Sinnen – in meinem Alter? Ich bin nicht so dafür, mich splitterfasernackt vor einem Haufen blutjunger Dinger zu produzieren.«

Raphael sah an ihr hinab und wieder hinauf und lachte. »Sie schauen aus, als wären Sie ziemlich gut in Form, Eva«, stellte er fest.

»Danke, mein Lieber.« Eva schenkte ihm ihr boshaftestes Lächeln und warf sich ihre Strandtasche über die Schulter. »Wir sehen Sie dann später wieder hier. Sie essen doch etwas mit uns zusammen?«

»Sicher.«

Sophie sah immer noch zweifelnd aus. »Ich bin ganz und gar nicht überzeugt, dass es uns allein gut gehen wird«, sagte sie.

»Vertrauen Sie mir«, meinte Raphael, drehte sich um und schlenderte zurück zum Hotel.

Ella stieg in ihre Shorts, Sophie hüllte sich in Jemima Khan, und dann begaben sie sich auf den Weg, den Raphael ihnen gezeigt hatte, mit Sophie am Schluss. Sie sah aus wie aus einem Modefoto mit ihrem wallenden weißen Gewand, das sich ständig im Laub verfing, und bald meckerte sie lautstark. »Habt ihr bemerkt, dass dieser Weg immer schlammiger wird?«, fragte sie. »Der Saum meines Gewands ist voller Dreck, und meine Jimmy Choos werden bald ruiniert sein.«

»Jimmy Choos? Ich habe dir doch gesagt, du sollst feste Schuhe anziehen«, erinnerte Eva sie.

»Die *sind* fest. Es sind die einzigen ohne Absätze, die ich habe.«

»Zieh sie aus«, schlug Ella vor.

»Damit dieser Matsch sich durch meine Zehen quetscht? Nein, danke«, meinte Sophie.

»Das klingt eigentlich gut«, gab Eva zurück. »Ich liebe das Gefühl, wenn Matsch sich durch meine Zehen quetscht.« Sie stieß ihre Flip-Flops weg und hängte sie an ihre Finger. »Ohh, wow!«, rief sie. »Das ist himmlisch.«

Ella zog ihre Espadrilles aus und bewegte die Zehen. »He, tatsächlich! Oh, los, Sophie, versuch es doch auch.«
»Seid ihr verrückt geworden?«, fragte Sophie. »Dieser Schlamm ist wahrscheinlich voll von giftigen Insekten.«
Der Weg wurde immer schmaler, je höher sie kamen, und Sophie hatte in einer Sache Recht gehabt, er wurde auch matschiger. Sie wateten nun bis zu den Waden darin, und manchmal war es, als ob sie durch einen Sumpf gehen würden. Ella und Eva mussten dauernd auf Sophie warten, die sich ihren Weg auf jeder trockenen kleinen Stelle bahnte, die sie finden konnte, was immer seltener der Fall war. Einmal fiel Eva auf den Hintern. Ella kam ihr zu Hilfe und empfand blitzartig Panik, als sich die Schauspielerin krümmte, doch ihr Gelächter beruhigte sie und sagte ihr, dass sich Eva vor Lachen krümmte und nicht vor Schmerz.
»O Gott, schau dir nur meinen Hintern an!«
»O Eva, das ist fruchtbar«, meinte Sophie. »Welche Marke sind deine Hosen?«
»Keine Ahnung. Ich glaube, ich habe sie bei Hennes gekauft«, antwortete Eva gleichgültig.
Sie hatten den Gipfel des Hügels erreicht, und rhythmische Geräusche vom Meer drangen zu ihnen herauf. Von nun an ging es steil bergab.
»Ups«, machte Eva. »Es wird schwer sein, das zu schaffen, ohne noch mal auf den Arsch zu fliegen.«
Sie bahnten sich ihren Weg den Abhang hinunter, und Sophie jammerte ab und zu; dabei waren sehr oft die Worte »Jimmy Choos« zu verstehen. Plötzlich rutschte sie nach unten. Sofort glich sie nach vorne aus, und ohne eine Vorwarnung verwandelte sich ihr Satz nach vorne in ein Rennen, und Sophie stürmte davon wie eine Fledermaus, die direkt aus der Hölle kam. In vollem Tempo raste sie den

Hügel hinab, und dabei spritzten Matschtropfen über ihr weißes Gewand, da sie offenbar nicht anhalten oder langsamer werden konnte. Ella und Eva standen da und sahen mit offenen Mündern erstaunt zu, wie Sophie nach unten stürzte; ihre Füße trugen sie so schnell davon, dass sie in der Bewegung verschwammen. Sie ruderte mit den Armen, und ihr Kleid bauschte sich hinter ihr wie ein Fallschirm.

»Der Flug des Schneereihers«, bemerkte Ella, und dann ganz plötzlich lachten die beiden Frauen und mussten sich aneinander festhalten, um nicht aus dem Gleichgewicht zu geraten. Sie konnten nicht verhindern, dass sie laut aufheulten, als Sophie schließlich ausglitt und auf ihrem Allerwertesten wie auf einem Schlitten auf die Lichtung unten zu rutschte. Allmählich wurde sie langsamer, bis sie schließlich zum Stillstand kam.

Ella und Eva waren plötzlich ernüchtert. Sophies Abstieg war von erschreckten Oh-Rufen unterbrochen gewesen, doch nichts hatte sie auf den Entsetzensschrei vorbereitet, der nun den Hügel heraufhallte.

Die beiden stiegen schnell ab, und bei jedem Schritt gluckste es. Als sie aus dem Wald auftauchten, sahen sie sie auf dem Boden sitzen, erstarrt in einer Haltung tiefsten Schreckens. »Was ist los, Sophie?«, fragte Eva.

Sophie hob zitternd die Hand und zeigte auf etwas hinter ihnen. Ella drehte sich um und erblickte einen großen Rasta, der dort stand. Er hatte eine Machete in einer Hand und einen dicken Stock in der anderen. »O mein Gott!«, krächzte Sophie und griff sich an die Kehle. »O mein Gott!«

Der Rasta sah verblüfft aus. »Alles gut?«, fragte er sanft. Dann grinste er und zeigte auf seine Machete. »He, Sie Ladys wollen Kokosnüsse? Ich mache Ihnen durstige weiße

Ladys Kokosnüsse fertig.« Er schüttelte mit dem Stock die hohen Äste einer Palme in der Nähe, und ein Regen aus Kokosnüssen fiel herab. Dann hackte er eine mit der Machete auf und reichte sie Eva.

»Cool! Danke!«, sagte Eva, hob die Kokosnuss an ihre Lippen und trank ausgiebig und durstig.

»Gut zum Trinken nach langem Laufen.« Der Rasta tat das Gleiche für Ella und Sophie.

»Nein, danke«, meinte Sophie und sah aus, als hätte man ihr gerade einen vergifteten Kelch gereicht. Ihre Augen wanderten wachsam zu der Machete in seiner Hand.

»He, Lady! Sie mir nicht trauen?«, fragte der Rasta. Er lachte. »Warum Sie weiße Lady nicht trauen Rastafarian? Wir müssen uns gegenseitig trauen, Mann. Vertrauen und Respekt gehen Hand in Hand.«

Er wandte sich an Ella und hob triumphierend die Hand, was sie automatisch erwiderte. Es war das erste Mal, dass sie so etwas getan hatte, ohne sich total lächerlich vorzukommen. Wie erstaunlich, dachte sie, während er das Ritual mit Eva durchspielte, auf einer grünen Insel zu landen und Kokosnussmilch zum Trinken angeboten zu bekommen!

»Wie viel?«, fragte Eva.

»Zweihundert Jamaika-Dollars.«

»Okay«, antwortete Eva und griff tief in ihre Hosentasche.

Der Rasta sah schockiert aus. »He, Lady, Sie wollen nicht mit mir feilschen?«

»Feilschen, zur Hölle«, gab Eva zurück. »Ich bin eine reiche Frau. Wenn ich eine Möglichkeit habe, etwas von meinem Geld zu verschwenden, tue ich das mit Freuden.«

Der Rasta schüttelte den Kopf und lachte. »Sie sind vielleicht eine Lady«, meinte er. »Sie verdammt schlechter Feilscher. Aber verdammt hübsch.« Er nahm Evas Hand und schüttelte sie. »Respekt«, fügte er hinzu, als sie ihm einen Packen Dollars gab. Dann schenkte er ihr ein letztes anerkennendes Lächeln und schlenderte den Weg davon.

»Au!« Ella und Eva wandten sich wieder Sophie zu, die jetzt aussah wie ein begossener Schneereiher, der vom Weg abgekommen war. »Was ist das? Schnell, komm doch mal jemand. In meinem Nacken! Schnell! Nimm es weg! Nimm es weg!«

Ella nahm ein Blatt von der Stelle, wo es sich in Sophies Nacken im Haar verfangen hatte. »Es ist gut, Sophie«, sagte sie. »Es ist nur ein Blatt.«

»Du hättest deinen Blick sehen sollen, als du unseren Freund entdeckt hast, Sophie«, bemerkte Eva und trank ihre Kokosnuss leer. »Es war göttlich. Ich hätte ein Foto machen müssen.«

»Wie sollte ich denn wissen, dass er nur Kokosnüsse pflücken wollte?«, erwiderte Sophie empört. »Er sah aus, als käme er geradewegs aus dem verdammten *Blair Witch Project*, wie er da mit seiner Machete und seinem Prügel stand. O Scheiße!« Das kam mit großer Emphase heraus.

»Was ist denn nun los?«

»Ich habe mir einen Fingernagel abgebrochen, als ich versucht habe mich an Ästen am Rand festzuhalten.«

»Na, Gott sei Dank gibt es in der Anlage einen Schönheitssalon!«

»Allerdings«, stimmte Sophie ernsthaft zu. Himmel noch mal! Diese Frau litt unter dem schlimmsten Fall von Ironiemangel, dem Ella jemals begegnet war.

Es wäre ein vollkommener Tag gewesen, wäre Sophie nicht gewesen. Sie rümpfte die Nase über das Bier, das auf sie wartete, als sie zum Strand kamen, sie weigerte sich zu schwimmen, und sie weigerte sich auch, mit den

Rastas zu reden, die dort herumhingen, überzeugt, dass ihre Freundlichkeit nur verborgene düstere Motive verbarg. Stattdessen hörte sie mit Kopfhörer Andrew Lloyd Webber auf dem CD-Player.
Ein paar Stunden später, als sie darauf warteten, dass Raphael im Restaurant im Hotel am Wasser zu ihnen stieß, verkündete Sophie, dass dies das letzte Mal gewesen sei, dass sie die luxuriösen Grenzen von Salamander Cove verlassen habe. »Tut mir Leid«, sagte sie, »mir gefällt es einfach nicht, durch Sümpfe zu waten und von Sandfliegen und Moskitos angegriffen zu werden. Ich bin in den Urlaub gefahren, um mich mit Genuss ein wenig verwöhnen zu lassen, und das wird es von nun an auch sein.«
»Was werde ich tun?«, fragte Ella düster, als Sophie auf Toilette war. »Ich habe niemanden, mit dem ich Jamaika erforschen kann. Obwohl, wenn ich darüber nachdenke, ist Sophie so völlig zickig, dass sie tatsächlich schlimmer ist als niemand.«
»Mm. Dieser Kokosnüsse fällende Rasta hatte wirklich Recht. Es gibt nicht genug Vertrauen auf der Welt. Wenn Sophie den Leuten mehr vertrauen würde, könnte sie vielleicht lernen, sich ein bisschen zu entspannen.« Eva streckte sich. »Au. Nach diesem Ausflug werde ich sehr steife Muskeln haben.«
»Vielleicht war es doch keine so gute Idee, an dem Tag eine Wanderung durch den Regenwald zu unternehmen, an dem du abfliegst.«
»Was meinst du damit?«
»Nun ja, es sich in diesen sardinengleichen Sitzen bequem zu machen wird nicht leicht sein.«
»Oh – ich werde wie ein Stein schlafen, meine Liebe. Das ist das Beste daran, wenn man sich das Reisen erster Klasse leisten kann.«

Ella lachte. »Natürlich reist du erster Klasse! Wie blöd von mir, mir dich auch nur in der Economy vorzustellen! O Eva, ich werde dich wirklich vermissen. Es war lustig heute. Ich wünschte, ich hätte dich früher im Urlaub getroffen. Wir hätten eine Menge unternehmen können.«

»Was ist mit deiner Großmutter? Könntest du sie nicht dazu bringen, mit dir irgendwohin zu fahren? Sie klingt doch ziemlich locker.«

»Seit sie Dieter und seine Villa entdeckt hat, ist sie auch nicht so begierig, die Anlage zu verlassen. Ich kann nicht sagen, dass ich ihr Vorwürfe mache. Sie sind so aufeinander fixiert, dass ich mir allmählich wie ein Mauerblümchen vorkomme.«

Der Kellner kam mit ihren Bieren, und sie begaben sich zu einem Tisch auf dem Balkon, der zum Steg hinausging. »O schau«, sagte Eva, »da ist Raphael.«

Sie zeigte dorthin, wo Raphael auf dem langen, schmalen Steg saß, der in die Bucht hineinragte. Er saß mit verschränkten Beinen da, sehr gerade und sehr still, und blickte hinaus aufs Meer.

»Wie schön er ist und wie völlig gelassen«, bemerkte Eva bewundernd. »Ich muss ein Foto machen.« Sie wühlte in ihrer Tasche und stülpte sie dann um. Eine Menge Kram fiel heraus, darunter ein *Rough Guide to Jamaica* mit Eselsohren, aber keine Kamera war zu sehen. »Scheiße«, sagte Eva. »Ich muss sie am Strand gelassen haben. Leih mir deine, Ella, ja? Und schick mir bloß einen Abzug.«

Während Eva munter knipste, kam Sophie von der Toilette zurück. »Warum benutzt Eva deine Kamera?«, fragte sie.

»Sie hat ihre am Strand gelassen«, antwortete Ella. »Wir müssen sie noch mal holen.«

Sophie sah sie ungläubig an. »Es hat keinen Sinn, das zu

tun, Ella. Einer der Rastas wird sie inzwischen geklaut haben.«

Auf dem Steg war einer der Jugendlichen vom Strand zu Raphael getreten. Sie wechselten ein paar Worte, und dann drehte sich Raphael um und sah hinauf zum Hotel; dabei schützte er seine Augen vor der Sonne. Er entdeckte Eva auf dem Balkon und zeigte auf sie. Die beiden Männer hoben triumphierend die Daumen, und dann drehte sich der Neuankömmling um und machte sich auf in Richtung Hotel. Evas Kameratasche hing ihm über der Schulter.

»He, danke!« Eva beugte sich über den Balkon und rief ihm zu. »Sie haben mir einen weiteren Ausflug zum Strand erspart!«

»Kein Problem!«, gab der Jugendliche zurück.

Sophie setzte sich steif hin und nahm eine Speisekarte.

»Was wollt ihr?«, fragte Eva, die dasselbe tat.

»O Gott«, meinte Sophie, »noch mehr gedörrtes Essen. Mein Herz sinkt jedes Mal, wenn ich das Restaurant in der Anlage betrete und die Spezialitäten sehe, die auf der Tafel angezeigt sind. Gedörrtes Schwein, gedörrtes Huhn, gedörrtes Rind. Ich kann es nicht erwarten, nach Hause zu kommen und frischen Fisch zu kriegen.«

»Keine Sorge, Sophie«, beruhigte sie Ella neckend, »vielleicht steht heute Abend im Restaurant ›gedörrte weiße Hintern‹ auf der Tafel.«

»Sehr lustig, Ella«, meinte Sophie und schoss Eva einen wenig amüsierten Blick zu, die sich vor Gelächter wand.

Auf dem Steg unten war Raphael mit seiner Betrachtung des Meeres fertig und schlenderte auf das Hotel zu. Er hob grüßend eine Hand. Es lag etwas Wohlwollendes in der Geste.

»He, Ella!«, rief Eva aus. »Ich weiß, mit wem du Jamaika

erforschen kannst! Wie dumm von mir, nicht früher daran gedacht zu haben!«
»Mit wem?«, fragte Ella.
»Heuer doch Raphael an.«

Und genau das tat sie denn auch. Den Rest des Urlaubs erforschte sie einen Tag mit Raphael die Insel und tauchte am nächsten mit Desirée. Am Ende des Urlaubs war sie sich nicht sicher, was von beidem sie vorzog – die Welt unter den Wellen oder die Welt darüber. Aber sie war sich über eines sicher, sie hatte sich Hals über Kopf in die Insel verliebt.

8

Jedes Mal, wenn Raphael mit ihr wegfuhr, hatte sie ein Wahnsinnserlebnis. Sie machten all das, was sie zu tun gehofft hatte, und noch mehr. Er nahm sie mit in eine Reggae-Bar, er ging mit ihr zum Surfen am Long Beach, und er nahm sie sogar mit zur Geburtstagsparty seiner Cousine. Seine Tante und sein Onkel lebten in einer Vorstadthütte an einer unbefestigten Straße hinter den Ghettos von Port Antonio, und obwohl Raphaels Cousine erst zehn war, war es eine der aufregendsten Partys gewesen, auf die sie jemals gegangen war. Sie hatte die ganze Nacht zu hämmernder Reggaemusik getanzt. Sie hatte mit Kindern und mit Frauen und mit alten Männern getanzt, die sich wie Dämonen bewegten. Sie war voll gestopft worden mit Geburtstagstorte, Süßigkeiten und Ganja und hatte heftig mit dem Bruder des Geburtstagskindes geflirtet. Sie war die einzige Weiße dort gewesen.

Am vorletzten Tag ihres Urlaubs holte Raphael sie wie üblich ab.

»Wohin fahren wir heute?«, fragte sie, während sie neben ihn auf den Sitz kletterte.

»Nach Reach Falls«, antwortete er und schob eine Kassette in den Player. Marley dröhnte heraus. »Und dann werde ich dich zu einem Strand bringen, den kein Tourist kennt. Dort gibt es ein gutes Riff.« Er legte den Gang ein, hob die Hand grüßend zum Portier, und sie fuhren die Auffahrt hinunter und ließen dabei die Pfauen auseinander stieben.

Ella suchte in ihrer Tasche. »Scheiße. Ich habe meinen Schnorchel in der Villa gelassen«, sagte sie. »Hast du was dagegen, wenn ich ihn hole?«
»Hast du deine Maske?«
»Ja.«
»Dann ist es in Ordnung. Du kannst meinen Schnorchel ausleihen. Ich benutze ihn selten.«
O Gott. Ella erinnerte sich an das, was ihr Eva erzählt hatte – dass Raphael die Caissonkrankheit bekommen hatte. Sie fragte sich, ob ihn das auch vom Schnorcheln abhielt.
»Ich kann ohne Schnorchel tauchen«, sagte er. »Ich habe Kiemen.«
Ella lachte. »Was?«
»Ich kann den Atem lange anhalten.«
»Wie lange?«, fragte Ella
»Ungefähr drei, vier Minuten.«
Sie riss die Augen auf. »Wow. Dann hast du wirklich Kiemen«, bemerkte sie.
»Ich bin viel frei getaucht.«
»Frei getaucht? Was ist das?«
»Tauchen ohne Gerät.«
Es war das erste Mal, dass er auf seine Karriere als Taucher anspielte. »Du musst es furchtbar vermissen, nicht wahr, Raphael?«
Er wandte ihr seine goldenen Augen zu. »Ich habe gelernt zu akzeptieren, was ich akzeptieren muss. Wenn du eine Gabe hast, bist du dankbar und voller Lob. Jah hat mir meine Gabe geschenkt. Jah schenkte mir Kiemen. Aber Jah hat auch das Recht, mir diese Gabe wieder zu nehmen. Ich werde dieses Recht nicht in Frage stellen.«
Sie fuhren nun durch eine der heruntergekommeneren Vorstädte. Werbung für Craven-A-Zigaretten und Guin-

ness, Red-Stripe-Bier und hochprozentigen Rum klebte auf Läden, deren Namen so uncool waren, dass sie wieder cool wirkten. DR. MUFFYS NATURVITAMINE UND KRÄUTER, SHAGGY'S PLACE, KOOL KAT KORNER und SIR PLUGGY'S DÖRR-SHOP. WILLKOMMEN IN KATHY'S KLEINER BAR UND GEMÜSELADEN, las sie an einer Hütte, an der Girlanden aus exotischen Früchten hingen. Eine Frau in einem pinkfarbenen Taftkleid wie aus den fünfziger Jahren und mit einer dazu passenden Handtasche wartete an einer Bushaltestelle mit zwei ebenso herausgeputzten kleinen Mädchen. Sie waren offenbar auf dem Weg zu etwas Besonderem. Die Frau stand hoch aufgerichtet da und blickte Ella aus feierlichen Augen in einem stolzen Gesicht an, als sie im Beifahrersitz des Lexus vorbeiglitt und sich beschämt und unpassend vorkam. Diese Leute lebten unter dem Existenzminimum und kämpften darum, Essen auf den Tisch zu bekommen. Raphael mit seinem Geschäft gehörte zu den Glücklicheren. Doch selbst angesichts der lähmenden Armut gelang es diesen Menschen besser sich mit mehr Würde zu benehmen als fast irgendeiner anderen Rasse auf der Welt.
Sie flogen an einer blau-weiß gemalten Holzkirche vorbei, die von einem roten Blechdach gekrönt wurde. »The Grace and Truth Temple«, las sie laut vor. »Eure Kirchen haben so schöne Namen, Raphael. Meine Kirche zu Hause heißt Zum heiligen Grab. Kein Wunder, dass ich Heidin bin.«
»Grace and Truth. Gnade und Wahrheit. Darum geht es doch, Mann. Gnade und Wahrheit. Frieden. Einheit. Und Liebe.« Sie bemerkte, dass er sie wieder ansah. »One love«, hörte sie, als ein neuer Marley-Song über die Lautsprecher ertönte. »One Love«, wiederholte er. »Weißt du, was das heißt, Ella?«

Sie lächelte und zuckte mit den Schultern. »Eine Liebe? Ich nehme an, es bedeutet wahre Liebe, oder?«
»Das kann es bedeuten, ja. Aber für Jamaikaner bedeutet es auch ›Einheit‹. Wenn wir uns von jemandem trennen, sagen wir ihm das. Eine Liebe.«

Auf dem Graffito in dem schmuddeligen Café in Reach Falls stand: »Frieden, Liebe, Einheit – macht stark.«
Ella war dort die einzige Weiße. Auf der Party von Raphaels Cousine hatte sie das nicht befangen gemacht, jetzt aber schon, vor allem, als sie sich bis auf den Bikini auszog. Die jamaikanischen Frauen, die auf den Felsen neben dem Wasserfall lagen, beäugten sie misstrauisch, während die Augen der Männer voll von Fleischeslust waren, die sie gar nicht zu verhüllen versuchten. Als sie an einer Gruppe vorbeiging, die Red Stripe in sich hineinkippte, hörte sie einen Chor aus gemurmelten Dialektworten. Raphael erwiderte etwas im selben Dialekt. Sein Ton sagte, dass es nicht angeraten war, ihm in die Quere zu kommen, und die Typen traten ein wenig von einem Fuß auf den anderen und sahen sie verstohlener an.
»Ich bringe dich flussaufwärts«, sagte Raphael, der ihr Unbehagen offenbar spürte. »Dort oben sind weniger Leute.« Er nahm ihren Rucksack, und sie machten sich auf, weg von den neugierigen Augen, die sie ohne Freundlichkeit ansahen und sie vor Unbehagen kochen ließen.
Sie bahnten sich ihren Weg an dem rauschenden Wasserfall vorbei, der über die Felsen hinabstürzte wie ein Brautschleier, und wateten ungefähr eine halbe Meile im kristallklaren Wasser flussaufwärts, das manchmal nur knöcheltief und an anderen Stellen wieder tief genug zum Schwimmen war. Dort, wo das Wasser tief war, trug Raphael ihren Rucksack auf dem Kopf, genau so, wie sie

es bei den Jamaikanern beobachtet hatte, die auf den Straßen Bündel trugen. Niemand sonst war in der Nähe, und Ella entspannte sich allmählich. Es war unglaublich still, abgesehen vom gurgelnden Wasser und vom gelegentlichen Ausbruch eines unvertrauten Liedes von irgendeiner exotischen Vogelart. Der Wald war auf beiden Seiten voll von exotischer Flora und Fauna und sah aus wie aus einem Gemälde von Rousseau. Da gab es fabelhafte Insekten, Drachenfliegen und Käfer und Gebüsche, die so voll von gelben Schmetterlingen waren, dass sie aussahen, als ob flatternde Blüten sie bedecken würden. Sie wanderte durch ein irdisches Paradies. Doch nach ungefähr zwanzig Minuten vollkommener Ruhe nahm Ella allmählich Männerstimmen wahr, die flussabwärts hertrieben. Bald entdeckte sie drei Umrisse in ihrem seitlichen Blickfeld. Es waren eindeutig männliche Umrisse, und sie kamen zielsicher auf sie zu.

In einem Anfall von Furcht erkannte sie, dass es die Männer waren, die vorhin über sie geflüstert und gelacht hatten. Als sie sie und Raphael erreichten, geriet Ella wirklich in Panik. Wenn diese Männer hinter dem her waren, was sie vermutete, vermochte ein Mann allein sie nicht davon abzuhalten. Sie konnte erkennen, dass sich Raphael der böswilligen Vibrationen bewusst war, denn sobald die Männer ihnen zu nahe kamen, blieb er stehen.

»Geh weiter flussaufwärts«, befahl er Ella. »Ich werde mit den Jungs reden. Diese Jungs machen dich nervös, Ella, und wenn du nervös bist, mache ich meinen Job nicht richtig. Geh zu dem ersten tiefen Teich, den du findest, und schwimm ein bisschen darin herum. Entspann dich. Ich folge dir, wenn ich mit diesen Spaßvögeln fertig bin.«

»Bist du sicher?«, fragte Ella ungewiss. Sie wusste, dass man ihr die Angst im Gesicht ablesen konnte.

»Vertrau mir«, meinte Raphael. »Ich werde diesen Jungs Respekt beibringen.«
Ella drehte sich um und ging auf zittrigen Beinen weiter, bemüht, der Versuchung zu widerstehen, sich umzudrehen. Manchmal rutschte sie auf den rosafarbenen und goldenen Steinen aus, die im Flussbett lagen, und einmal watete sie durch eine brusthohe Spalte, wo die Strömung so stark war, dass sie sie kaum bewältigen konnte, doch schließlich erreichte sie einen ruhigen grünen Teich.
Nun gestattete sie sich, sich umzublicken. Raphael stand schenkeltief im Fluss. Die Männer, mit denen er sprach, hatten alle eine nackte Brust, und das Wasser spielte um ihre Mitte. Während Ella zusah, ging einer zum Ufer. Er drehte sich in ihre Richtung und zog dann seinen Penis aus der Badehose und begann zu pinkeln; dabei beobachtete er sie. Sie wandte sich sofort ab. Als sie sich ganz verstohlen wieder umblickte, gingen zwei der Männer den Fluss hinab, und Raphael und der am mächtigsten aussehende der drei hoben ohne zu lächeln die Daumen. Dann drehte sich der stämmige Typ um und folgte seinen Kumpels auf dem Weg, den sie gekommen waren.
Als eine Silhouette vor dem glitzernden Wasser sah Raphael zu, wie sie verschwanden, eine Hand auf die Hüfte gelegt. Sie dachte daran, wie sehr er sie, als sie ihn kennen gelernt hatte, an einen Revolverheld erinnert hatte. Nun hatte seine Haltung noch mehr sorglose Arroganz an sich. Revolverheld, Kriegerfürst, Schutzengel – er war alles. Schließlich drehte er sich um und ging zu der Stelle hinauf, wo Ella in dem klaren Wasser schwamm. Er stand da und sah auf sie herab, und es war schwierig für sie, den Ausdruck in seinem Gesicht zu lesen, da er mit dem Rücken zur Sonne stand. »Bist du in Ordnung?«, fragte er.

»Ja.« Sie schob ihr nasses Haar aus dem Gesicht. »Was hast du zu ihnen gesagt, dass sie abgehauen sind?«
»Ich habe sie zur Vernunft gebracht, Ella. Diese Jungen sind Wölfe, doch ich weiß, wie man mit Wölfen redet. Ich verstehe ihre Sprache. A-b-e-r«, er zog das Worte auseinander und dehnte es zu einem Grollen, »vielleicht ist es ein guter Zeitpunkt, hier wegzukommen. Ich kenne eine Abkürzung, die uns zurück zur Straße führt. Komm mit mir. Ich bringe dich zum schönsten Strand, den du je gesehen hast.« Er streckte die Hand aus und zog sie tropfend aus dem Wasser.

Auf ihrer Fahrt zum Strand kamen sie wieder an derselben Frau vorbei, die immer noch an der Bushaltestelle wartete und immer noch aufrecht in ihrem besten Sonntagsstaat dort stand. Ella wollte um sie weinen, und Raphael riet ihr, es nicht zu tun.
»Was bringen ihr schon deine Tränen?«
Sie wollte schon vorschlagen, stattdessen Geld anzubieten, doch ein weiser Instinkt riet ihr davon ab. Das wäre möglicherweise das endgültige Zeichen der Missachtung, die endgültige Verunglimpfung ihrer Würde – Geld angeboten zu bekommen, das sie nicht verdient hatte.
Es war keine lange Fahrt. Ella saß vorne neben Raphael und half ihm, einen Joint zu rauchen. Als sie den Strand erreichten, hatte sie ein völlig beseligtes Lächeln im Gesicht. Niemand sonst war dort. Dieser Strand gehörte nur ihnen, und es war so perfekt wie in der Werbung. Sie und Raphael blickten über den Talkumpudersand hinaus aufs Meer. Goldener, goldener Sand. Blaues, blaues Meer. Sie erinnerte sich an das Bild mit dem blauen Himmel und dem blauen Meer aus dem Urlaubsprospekt, den sie vor Wochen angeschaut hatte, und wie sie Fantasien darüber

gehabt hatte, mit auf dem Bild zu sein. Die Wirklichkeit war noch fantastischer.

Das Wasser lud sie mit verführerischem platschendem Flüstern ein.

»Lass uns schwimmen«, schlug Raphael vor.

Ella zog ein letztes Mal an dem intensiven Joint, öffnete die Tür und schwebte aus dem Auto. Ganz plötzlich war sie brusttief im Wasser, das in kleinen schmuddeligen Wellen schimmerte, wo es auf die babyblaue Decke des Himmels traf. Sie hatte keine Ahnung, wie sie dorthin gekommen waren.

»Bist du eine Art Pooka?«, fragte sie lachend.

»Ein Pooka? Was meinst du mit Pooka?«

»Ein Pooka ist eine Art irischer Geist. Es würde mich nicht überraschen, wenn du einer wärst. Dieser Ort ist magisch.«

Sie schwammen ungefähr dreißig Meter hinaus, bis sie das flache Riff erreichten. Dann nahm Raphael Ellas Hand, und sie tauchten. Sie konnte nicht glauben, wie schockierend blass ihre Hand war. Die Bräunung, die sie bekommen hatte, seit sie auf Jamaika war, schien weggewaschen zu sein. Sie kam sich vor wie ein Gespenst, federleicht und weißer als weiß. Unter Wasser drehte er sich zu ihr um und schenkte ihr ein seliges Lächeln, und sie lächelte zurück, und Ungläubigkeit stand ihr ins Gesicht geschrieben.

Seine Behauptung, Kiemen zu haben, war keine Anmaßung gewesen. Ella ließ seine Hand jedes Mal los, wenn sie an die Oberfläche musste, um Luft zu schnappen, doch er blieb, wie ihr schien, eine Ewigkeit unter Wasser. Ab und zu verschwand er aus ihrem Blickfeld, und dann schaute sie hinab und entdeckte ihn, wie er um das Riff schwamm wie ein schlankes Wassertier, oder aber sie schaute auf und sah ihn, wie er über ihr schwamm, die Hände locker verschränkt wie ein Schutzengel beim Gebet, und seine Dreadlocks bildeten einen Heiligenschein um sein Gesicht. Einmal nahm er eine Anemone vom Meeresboden und riss sie auf. Myriaden juwelengleicher Fische kamen, um sich von ihrem Fleisch zu nähren, und Ella klatschte in die Hände und lächelte zu breit. Sie fand sich an der Oberfläche wieder und spuckte Wasser aus ihrem Schnorchel.

Raphael tauchte neben ihr auf. »Zeit zu gehen«, sagte er, und der Schalter hinter dem Lächeln ging aus. »Es wird schnell dunkel, erinnerst du dich?«

Widerstrebend schwamm sie zurück zur Küste. Sie wollte nicht gehen. Dies war der vorletzte Abend ihres Urlaubs.

»Warum so traurig, Ella?«, fragte Raphael, als sie an den Strand kamen,

»Ich habe Angst vor dem Zurückfliegen.«

»Du willst unser Land nicht verlassen?«

»Nein, will ich nicht. Es ist einfach so schön.«

»Ja, Mann, das sagen alle Besucher. Die meisten sagen, dass sie eines Tages wiederkommen, und manche tun es auch. Ein holländisches Mädchen ist zurückgekehrt und lebt auf dem Strand, wo ich wohne. Sie ist die einzige Weiße, die dort lebt, aber sie hat die Seele einer Rastafarian. Sie hat das gute Leben in Holland aufgegeben, um bei uns zu sein.«

»Wo wohnst du, Raphael?«

»Ich und Desirée haben ein Haus am Hummingbird Beach, gleich um die Ecke auf der Landspitze von Salamander Cove.«

»Auf der Seite der Blue Lagoon?«

Er lachte. »Was! Du denkst, wir wohnen in einem dieser

weißen Paläste? Auf der anderen Seite, Ella. Auf der Rasta-Seite.«

Im Auto begleitete Bob Marley sie den ganzen Weg zurück zur Anlage. Raphael fuhr unter die *Porte-Cochère* und schaltete den Motor aus.

»Wohin willst du morgen fahren, Ella?«, fragte er. »Oder willst du morgen tauchen?«

»Ich muss auf der Anlage bleiben, Raphael«, sagte Ella und kam sich wie ausgeweidet vor. »Dieter, der Freund meiner Großmutter, fliegt morgen zurück nach Deutschland. Ich kann sie nicht alleine lassen.« Was als ein netter Flirt zwischen zwei Sechzigjährigen begonnen hatte, hatte sich zu etwas viel Bedeutsamerem entwickelt, und Ella nahm an, dass Leonie sich an ihrem letzten Ferientag sehr verlassen fühlen würde.

Sie wühlte in ihrer Tasche nach dem Geld, das sie Raphael schuldete, und dafür reichte er ihr einen schmalen Joint. »Bewahr ihn für später auf«, riet er ihr. »Wenn du auf den Mond in der Bucht schaust. Das mache ich nachts meistens. Ich sitze auf der Landspitze unterhalb von meinem Haus, rauche einen Joint und schaue den Mond an.«

»Danke«, sagte sie und steckte ihn ein.

Als sie ihn wieder ansah, betrachtete er sie mit einem unendlich weisen Ausdruck in seinen schrägen goldenen Augen. »Denk daran, Ella, was ich dir vorhin gesagt habe. Sei dankbar für das, was du hast. Sei dankbar und voll des Lobes.«

Aus irgendeinem Grund ließen ihr diese Worte die Haare im Nacken zu Berge stehen. »Das werde ich«, flüsterte sie. Dann beugte sie sich impulsiv vor und küsste ihn auf die Wange. »Ich werde dich nicht wiedersehen, Raphael. Das ist wirklich ein furchtbarer Gedanke. Du und Desirée haben diesen Urlaub zu etwas unglaublich Besonderem für mich gemacht. Danke euch beiden. Für alles.«

»Warum sagst du, dass du mich nicht wiedersehen wirst? Vielleicht kommst du eines Tages wieder, wie meine holländische Freundin.«

»Vielleicht.« Sie versuchte ein Lächeln, schaffte es aber nicht. Sie würgte nun wirklich an den Tränen und stieg aus dem Auto und drehte sich um, um ihm zuzuwinken. Raphael schenkte ihr sein seliges, beseligtes Lächeln und grüßte sie mit lockerer Hand. »Eine Liebe«, sagte er. Und dann war er fort.

9

Am nächsten Morgen brachten sie Dieter und seine Familie zu dem Bus, der sie zum Flughafen nach Kingston fahren sollte. Dieter war der letzte Passagier, der einstieg.

Leonie setzte ein tapferes Lächeln auf. »Lebe wohl, mein lieber Dieter«, sagte sie. »Es ist so erstaunlich, dass wir uns gefunden haben.«

»Sag nicht lebe wohl, Leonie«, erwiderte Dieter und sah zärtlich auf sie hinab. »Sag auf Wiedersehen. Bis wir uns wiedersehen.«

Ella hatte sich noch nie in ihrem Leben so sehr wie ein Mauerblümchen gefühlt. Sie stand etwas abseits von den vernarrten Liebenden und tat so, als wäre sie fasziniert von einem Bussard, der über ihren Köpfen kreiste. Dieters Familie im Bus war offenbar genauso verlegen. Auch sie bemühten sich, nicht auf ihren Vater zu achten, während die anderen Passagiere schamlos glotzten. Die Liebesgeschichte zwischen den beiden über Sechzigjährigen hatte ein großes Interesse unter den Gästen von Salamander Cove geweckt, so dass sie eine Art immer währende Seifenoper geworden war, und nun wollten alle unbedingt sehen, wie sie enden würde. Ella warf einen verstohlenen Blick auf das Paar. Himmel, wie die sich küssten! O Gott, es war wirklich zu viel. Ihr Onkel hatte Recht gehabt – sie hätte Leonie nie bitten sollen, mit ihr in Urlaub zu fahren. Sie war völlig verantwortlich dafür.

Schließlich hupte der Busfahrer. Dieter befreite sich aus

Leonies Umarmung, stieg ein und warf dabei Koseworte über seine Schulter. »Auf Wiedersehen, mein Schatz, mein schöner Liebling, mein Herz, meine ...« Gott sei Dank schnitten ihm die Türen das Wort ab, bevor ihm noch mehr einfallen konnte.

Ella und Leonie standen da und winkten, während der Bus die Auffahrt hinunterpolterte, und dann drehte sich Ella zu ihrer Großmutter um. »Ehrlich, Leonie«, fing sie an, »glaubst du nicht, dass es ein bisschen ...« Und dann hielt sie endgültig den Mund. Leonie weinte.

»Na, na, Leonie.« Ella reichte ihr ein weiteres Bündel Taschentücher. Sie saßen nebeneinander auf der Couch in ihrer Villa. »Putz dir die Nase, und trink noch einen Schluck Champagner. Das wird dir mehr gut tun als alles andere.«

»O Ella, es tut mir Leid.« Die Tränen ihrer Großmutter waren getrocknet, doch sie schniefte noch immer ein bisschen. »Es ist einfach schrecklich. Wenn ich gewusst hätte, dass ich mich verlieben würde, wäre ich nie mit in diesen Urlaub gefahren.«

»Sag das nicht, Leonie! Ich denke, es ist toll, dass du eine Ferienromanze hattest.«

»Aber in meinem Alter! Das ist doch einfach zu absurd!«

»Nein, ist es nicht. Ich bin wahnsinnig eifersüchtig, weißt du.«

»O Liebes, es ist nicht fair! Du bist jung und schön. Du solltest diejenige sein, die man verwöhnt und die tollen Sex hat.«

Ella fiel der Kiefer herunter. »Tollen Sex?«

»Ja.« Leonie warf ihr einen leicht tadelnden Blick zu. »Nur weil ich neunundfünfzig bin, heißt das nicht, dass ich es nicht mehr genießen kann, Ella.«

Leonie hatte sich ein bisschen jünger gemacht, doch das war es nicht, was Ella überraschte. Sie hatte sich ihre Großmutter einfach nie als sexuell aktiv vorgestellt.
»War es wirklich toll?«, fragte sie vorsichtig.
»Ja. Ich bin mir nicht sicher, ob die Tatsache, dass ich der Lust eine Zeit lang keinen freien Lauf gelassen habe, es toll gemacht hat oder ob es alles wegen Dieter war. Er war etwas schrecklich Besonderes.« Leonie sah aus, als ob sie gleich wieder in Tränen ausbrechen würde, und dann atmete sie tief durch, putzte sich die Nase und schüttelte den Kopf, als ob sie die Düsternis abschütteln wollte, die sie zu überwältigen drohte. »Nun«, sagte sie entschlossen und warf das feuchte zerknüllte Tuch in den Papierkorb, »ich muss jetzt wirklich damit aufhören, herumzukrähen, wie wunderbar mein Sexleben ist, und mich stattdessen auf deins konzentrieren. Wie kommt es, dass dir niemand in der Anlage gefällt, Ella? Du hättest nur den kleinen Finger zu heben brauchen, und eine erkleckliche Anzahl von Männern wäre angelaufen gekommen. Ich habe gesehen, wie sie dich angeschaut haben.«
»Es gab nur einen Mann, den ich attraktiv fand, Leonie. Und der war nicht frei.«
»Lass mich raten. Der Rasta, von dem du mir erzählt hast?«
»Gleich beim ersten Mal richtig geraten.«
»War er dufte?«
»Man nennt gut aussehende Männer wirklich nicht mehr dufte, Leonie.«
»Ach wirklich? Wie nennt man sie dann? Ich halte mich nur höchst ungern für völlig unhip.«
»Nun, man nennt sie Babes. Oder Kerle.«
»Ich ziehe Kerl vor. Dieter ist ein Kerl, nicht wahr?«
Ella lächelte sie an. »Absolut.«

»Dieser Rasta war also ein Kerl?«
»Ja. Aber es war nicht nur das. Wir hatten eine tolle Beziehung. Und er hatte die vertrauenswürdigsten Augen, denen ich je bei einem Mann begegnet bin.«
»Ich kann mir vorstellen, dass das Ganja geholfen hat.«
Ella warf ihrer Großmutter einen Blick zu.
»Leonie! Wie kommst du darauf, dass ich Ganja geraucht habe?«
»Schau nicht so beleidigt, Ella. Es passt nicht zu dir, zu viel zu protestieren. Natürlich hast du Ganja geraucht. Meine Generation hat Sex and Drugs and Rock'n'Roll erfunden, erinnerst du dich? Und keine Enkelin von mir mit einigermaßen Selbstachtung würde die ganze Reise nach Jamaika machen, ohne high zu werden.«
Ella lachte. »Also dann, in Ordnung. Ja, wir haben es getan.«
»Gutes Kraut?«, fragte Leonie mit einer Art kenntnisreicher Sorglosigkeit.
»Ja. hervorragend. He!« Sie erinnerte sich an Raphaels Geschenk an sie. »Ich habe einen Joint, den er mir gegeben hat. Wollen wir ihn später rauchen?«
»Bewahr ihn für dich selbst auf, meine Liebe. Es ist so lang her, seit ich gekifft habe, dass ich völlig ausflippen und dich in arge Verlegenheit bringen würde. Ich bleibe beim Schampus.« Sie kippte den Rest des Champagners in ihrem Glas hinunter und sah auf die Uhr. »Himmel! Ist es schon so spät? Ich kann es nicht glauben, dass ich so viel von meinem letzten Tag im Paradies damit verschwendet habe zu flennen. Und du hast einen Tauchgang gebucht, Ella, oder? Beeil dich besser, wenn du ihn nicht versäumen willst.«
»Oh, das hatte ich schon abgeschrieben. Ich werde doch nicht um Korallenriffe herumsegeln, wenn du dich so

elend fühlst. Ich werde hier bleiben und dich mit Champagner füttern, bis dein gebrochenes Herz wieder ein wenig heil ist.«

»Sei nicht dumm, Liebes. Geh und genieß den letzten Tag deines Urlaubs.«

»Aber was wirst du machen?«

»Lesen.« Leonie griff nach einer Zeitschrift auf dem Couchtisch und blätterte sie durch. »Hier ist ein Preisausschreiben für einen Urlaub in Thailand drin, und es ist eine todsichere Sache. ›Beantworten Sie die folgenden Fragen: Wie ist Ihre Haarfarbe?‹«

»Was?«, fragte Ella.

»Ich mache nur Witze. Aber es ist fast genauso leicht. ›Wie viele Jahre hat ein Millennium? Wie viele Nächte lang hat Scheherazade den Sultan mit Geschichten erfreut? Ein echtes Hollywood-Festessen ist die Nacht der wie vielen Stars?‹«

»Was ist der Tie-Breaker?«

»›Ich verwende Matt Millers Thousand Islands Dressing, weil Pünktchen, Pünktchen, Pünktchen.‹«

»Wie viele Worte?«

»Tausend. Nur ein Scherz, meine Liebe. Ha! Ich breche zusammen. Tatsächlich zwölf. Nun denn. Lauf los und tauche.«

»Bist du sicher, dass es dir gut geht, Leonie?«

»Absolut.« In Leonies Augen lag nur noch ein Hauch von ihrem Elend. »Und dieses blöde Preisausschreiben wird mich von Dieter ablenken.«

Nach ihrem Tauchgang, als Ella ihren Tauchanzug auszog und ihre Ausrüstung abwusch, wurde ihr bewusst, dass dies das letzte Mal in absehbarer Zukunft war, dass sie getaucht war, außer sie gewann im Lotto oder Leonie

gewann ihr Thailand-Preisausschreiben. Sie sagte es Desirée.
»Keine Chance, Süße«, erwiderte sie. »Du bist jetzt süchtig. Nichts wird dich davon abhalten können, wieder zu tauchen. Ich kenne Leute wie dich, die sich beim Arbeiten das ganze Jahr den Arsch aufreißen, nur um das Geld zusammenzukriegen, wieder herzukommen und zwei Wochen lang zu tauchen. Außerdem kannst du ja immer weiter in Irland tauchen.«
Ellas Gedanken kehrten zurück in die Sheep's Head Bay, und sie schauderte.
Desirée registrierte ihre Grimasse. »Komm schon, Jacqueline Cousteau! Wo ist dein Kampfgeist? Dieser Ferdia – er hat mir erzählt, dass dein Land unglaubliche Tauchplätze hat. Ich habe immer damit gedroht, ich würde ihn dort besuchen, nur um es auszuprobieren. Jetzt spül dein Lifejacket aus, Süße«, forderte sie sie auf und reichte Ella den Schlauch, bevor sie wieder im Tauchzentrum verschwand. »Und vergiss nicht, dass ich dir den Drink versprochen habe.«
»Ich sollte *dir* einen Drink spendieren, Desirée, nach allem, was du für mich getan hast.«
»Nein, nein, Ella. Der Cocktail geht aufs Haus. Mir ist sogar schon der perfekte Name dafür eingefallen.«
»Oh? Was für einer?«
»Das wirst du später erfahren. Aber ich gebe dir einen Hinweis. Alle diese besonderen Cocktails sind nach Fischen benannt.«
»Ach ja? Nenn mich bloß nicht eine Wrasse, ja?«
Desirée lachte. »Du bekommst eine süße Wrasse, Süße! Sehe ich dich später in der Bar am Strand? Wie klingt neun Uhr?«
»Ich werde da sein«, versprach Ella.

Später an diesem Abend saßen sie und Leonie zusammen auf der Veranda und teilten sich eine letzte Feierflasche Champagner. Sie hatten geduscht und sich parfümiert und zum Abendessen jene lässig formelle Kleidung angezogen, die im Restaurant Pagoda erforderlich war. Leonie trug etwas Langes und Fließendes aus Seide, und Ella hatte eines von den abgelegten Kleidern ihrer Mutter an – ein langes weißes Kleid von Ghost. Drei Frösche sangen ihnen ein Ständchen, blauer Dunst senkte sich herab, und der sanfte Rhythmus des Mento trieb vom Strand zu ihnen herauf, wo die Hausband spielte. Es hatte vorher geregnet, und der erdige Geruch nach nassem Gras vermischte sich mit dem Duft nach teurem Zigarrenrauch aus der Villa nebenan. Die Stimmung war bittersüß und schmeckte nach Sehnsucht und einer Art Bedauern.
»Nun«, seufzte Leonie und hob ihr Glas, »auf den letzten Abend unseres Traumurlaubs.«
»Und auf unseren nächsten«, ergänzte Ella. »In Thailand. Sind dir Ideen für das Thousand-Islands-Dressing-Preisausschreiben gekommen?«
»Nichts wahnsinnig Inspiriertes, fürchte ich«, erwiderte Leonie. »Ich war hin- und hergerissen zwischen ›Ich verwende Matt Millers Thousand Islands Dressing, weil es *mehr Klasse hat, overdressed als underdressed zu sein*‹, und, pragmatischer, ›Ich verwende Matt Millers Thousand Islands Dressing, weil es *billiger ist als das von Paul Newman.*‹«
»Mmh.« Ella überlegte. »In dem Fall glaube ich ehrlich nicht, dass dies der beste Weg ist. Nicht wenn wir diesen Urlaub gewinnen wollen.«
»Wie wäre es damit?« Eine Männerstimme ertönte von der Veranda nebenan. Eine volle, samtige Stimme mit deutschem Akzent. »Ich verwende Matt Millers Thou-

sand Islands Dressing *nicht*, weil es billig und eklig ist, und wenn ich den Heiratsantrag meines reichen Gefährten annehme, kann ich nach Thailand, wann es mir verdammt noch mal gefällt.«

»Dieter!« Leonie war ganz weiß geworden, und sie schlug die Hände vors Gesicht. »Dieter!«, rief sie wieder aus, während sie aufsprang und die Zweige des Hibiskusbusches teilte, der die beiden Veranden trennte.

Da war er – lag lässig in einem Rattanstuhl mit einer Zigarre zwischen den Fingern und die langen Beine elegant verschränkt. »Haben die Ladys etwas dagegen, wenn ich mich zu Ihnen geselle?«, fragte er höflich, stand auf und legte die Zigarre in einen Aschenbecher.

»Dieter!«, sagte Leonie wieder.

»Ebender.« Seine Stimme klang weltgewandt, als er von seiner Veranda auf ihre trat.

»Dieter!« Nun sprach Ella ihn an. »Was um Himmels willen tun Sie hier?«

»Ich bin hier, um Ihre Großmutter um ihre Hand zu bitten, Fräulein. Glauben Sie, sie will mich haben?«

Einen Moment lang herrschte schockiertes Schweigen. Ella sah von Dieter zu ihrer Großmutter und wieder zurück. Dieters Gesicht war lächelnd und gut aussehend, Leonies kreidebleich. Sie war wieder auf ihren Stuhl zurückgesunken und blickte Dieter mit einem Ausdruck so tiefen Schreckens an, dass Ella plötzlich von Sorge um sie erfüllt war. »Leonie!«, rief sie aus, fiel auf die Knie und nahm die Hand ihrer Großmutter in ihre. »Geht es dir gut?«

Leonie nickte stumm. Eine Träne rollte ihre Wange hinunter. Dieter hockte sich auf der anderen Seite des Stuhls hin und wischte sanft die Träne mit seinem Daumen weg. Dann holte er eine Schachtel aus seiner Jackentasche und

reichte sie seiner Liebsten. »Willst du mich heiraten, Leonie?«, fragte er.
Wieder nickte Leonie. »Ja«, erwiderte sie mit einer Stimme, die so dünn klang, dass sie kaum zu hören war. »Ja, bitte, Dieter. Ich möchte dich heiraten.« Sie beugte sich vor und küsste ihn ganz sanft auf die Lippen.
Ella wusste, dass sie überflüssig war. »Hm«, sagte sie und sah sich auf der Suche nach einem Abgang um. »Champagner!«, rief sie dann. »Lassen Sie mich Ihnen ein Glas holen, Dieter.« Sie floh nach drinnen und hielt sich dort eine Weile auf, um den Liebenden die Möglichkeit zu geben zu tun, was immer Liebende in solchen Situationen taten. O Gott! Patrick würde sie umbringen, wenn sie zurück nach Dublin kam. Er hatte ihr geraten, Leonie streng zu überwachen, und nun ließ sich ihre Großmutter von jemandem einen Heiratsantrag machen, den sie gerade mal vierzehn Tage kannte.
Dieter saß neben Leonie, als Ella mit der Champagnerflöte wieder auftauchte. Ihre Hände waren auf dem Tisch zwischen ihnen ineinander verschränkt, und sie sahen einander mit höchst närrischem Augenausdruck an. Ein auserlesener Diamantring steckte an Leonies Finger.
»Danke, Ella«, sagte Dieter, als sie das Glas auf den Tisch stellte. Er schenkte ein, hob sein Glas und sagte dann feierlich: »Auf die wahre Liebe.«
»Auf die wahre Liebe«, erwiderten Leonie und Ella im Chor und lächelten sich an. Dann fügte Leonie hinzu: »Und auf die Polly Rogers.«
»Die Polly Rogers?«, echote Dieter.
»Ja, das war der Name, den ich für das Preisausschreiben von Toptree Foods erfunden habe. Ohne sie, Dieter, hätten wir uns nie getroffen.«

»Was für ein schrecklicher Gedanke«, sagte Dieter mit bedeutungsvollem Schaudern.
»Wann hast du dich entschieden, umzukehren und zurückzukommen?«, fragte Leonie.
»Am Flughafen«, antwortete er. »Blitzartig wurde mir klar, dass ich einfach nicht ohne dich leben könnte.«
Die nächsten Minuten lauschten sie der Geschichte von seiner *crise de cœur.* Er hatte die Fahrt nach Kingston damit verbracht, sich Sorgen darüber zu machen, wie er Leonie nur wiedersehen könnte. Am Flughafen hatte er seine erstaunte Familie auf dem Rollfeld verlassen, war in ein Taxi gestiegen und hatte dem Fahrer befohlen, ihn wieder nach Salamander Cove zu bringen. In Kingston hatte er Station gemacht, um den Ring und die wichtigsten Kleidungsstücke zu kaufen. Sein ganzes Gepäck war in dem Flugzeug nach Berlin.
»Du verrückter, ungestümer Narr«, sagte Leonie, nahm seinen Kopf in ihre Hände und bedeckte sein Gesicht mit Küssen. »Ich bin deiner nicht wert, du völlig unglaublicher Mann.«
O Gott. Nun redete ihre Großmutter romantischen Stuss. Es war offensichtlich, dass die beiden Turteltauben Zeit für sich brauchten. Ella stand auf und sah auf ihre Uhr. Die Finger ihrer rechten Hand schlossen sich um den Joint, den Raphael ihr geschenkt hatte. Sie hatte ihn vorher aus der Tasche ihres Rucksacks genommen und in die Tasche ihres Kleides getan, da sie vorausgesehen hatte, dass sie an ihrem letzten Abend im größten Ganja produzierenden Land der Welt etwas Gras brauchen würde.
»Ich glaube, ich gehe vor dem Essen ein bisschen spazieren«, verkündete sie. »Ich sehe euch beide in einer halben Stunde oder so im Pagoda?« Das strahlende Paar lächelte

sie an, und dann drehten sie sich um und lächelten einander an.

Ella ging in Richtung Strand und zündete sich auf halbem Weg den Joint an. Die Band spielte jenen sexy, lässigen und rhythmischen Mento, und die Leute tanzten. Sie bog nach links zur Meeresmauer ab, schwang sich hinauf und sah hinaus auf die See; dabei lauschte sie den kleinen Wellen, deren Rhythmus sich dem des Mento anpasste, und sah zu, wie die Dunkelheit herabsank.

Als sie den Joint zu Ende geraucht hatte, waren die Sterne über ihrem Kopf schöner als das schönste Diamantenkollier von Tiffany, der sie umgebende Gesang der drei Frösche war melodischer als Beethovens Siebte, und die leichte Brise in ihrem Nacken war das erotischste Gefühl, das sie jemals gehabt hatte. Die Band am Strand hatte eine Pause eingelegt, doch Ella schnippte immer noch mit den Fingern den Takt, der sich in ihren Kopf geschlichen hatte und dort untergekrochen war. Im Geiste notierte sie sich, Mento zu kaufen, wenn sie wieder in Irland wäre. Dann warf sie die Kippe in das Meer unter ihr und streckte sich ausgiebig, bevor sie sich umdrehte, um zum Restaurant zu gehen.

Plötzlich fiel ihr etwas ein. Sie sah auf die riesige Masse der Landspitze, die sich vor dem dunklen Himmel zu ihrer Rechten abzeichnete, und stand bewegungslos da und wartete. Da! Für den Bruchteil einer Sekunde sah sie einen winzigen roten Punkt vor der Schwärze der felsigen Landzunge aufglühen. Doch als sie genauer hinschaute, war da nichts. Ihre Augen spielten ihr einen Streich. Sie drückte ihre kühlen Finger kurz auf ihre geschlossenen Lider, machte die Augen auf und sah erneut hin. Und dann entdeckte sie den Stecknadelkopf aus rotem Licht ganz kurz wieder, und sie wusste sofort, was es war. Es war das glühende Ende von Raphaels Ganja-Joint.

Sie erinnerte sich daran, wie er mit gekreuzten Beinen auf dem Steg von Navy Island gesessen, wie Eva ihn fotografiert, wie er mit heiterem Blick aufs Meer hinausgeschaut hatte. Nun stellte sie ihn sich vor, wie er lässig und entspannt auf der steinigen Landspitze saß und die Karibik betrachtete. Ihr Pooka. Ihr Schutzengel, Raphael. Sie blies einen Kuss in die Luft und hoffte, der Wind würde ihn zu ihm tragen; mit geschlossenen Augen stand sie da, die warme Brise hob ihr Haar an, und sie wartete darauf, dass ihr Kuss erwidert wurde. Der Hauch, der ihre Wange kurz darauf berührte, war so spürbar, dass sie überrascht war, niemanden zu sehen, als sie die Augen öffnete.

Ella ging mit einem verträumten Lächeln im Gesicht durch das Gras zu dem Weg, der am Pagoda vorbeiführte. Dieter und Leonie saßen an einem Tisch auf der langen Veranda, zwischen ihnen stand in einem Kühler eine Flasche Champagner. Sie schwebte die Stufen hinauf, und Dieter stand auf und zog einen Stuhl für sie zurecht.

»Was steht heute Abend auf der Karte, Leonie?«, fragte Ella, während sie sich setzte und beide engelsgleich anlächelte. Sie nahm das bedruckte Blatt und schielte darauf. Die Worte verwandelten sich in die hübschesten Hieroglyphen, die sie jemals gesehen hatte.

»Die gedörrten Garnelen sind hervorragend«, sagte Dieter. »Hier, probieren Sie mal.« Er schälte eine Garnele, spießte sie mit seiner Gabel auf und reichte sie ihr.

»Mh. O mein Gott, Sie haben Recht«, stimmte Ella zu. Sie dachte, sie hätte noch nie etwas so Köstliches gegessen. »Auf jeden Fall Garnelen für mich.«

»Und Champagner.« Dieter nahm die gereichte Flöte vom Kellner entgegen und füllte sie. Ella trank einen Schluck und nieste, als das Blubbern ihr in die Nase stieg. Das Niesen war so toll, dass sie lachen musste. Daraufhin sah sie sich im Raum mit Weichzeichnerblick um, nahm die exotische Umgebung wahr, das kunstvolle Gitterwerk der Veranda, den Hintergrund aus mitternachtsblauem Samt jenseits der offenen Fenster, die Blumen und Kerzen auf jedem Tisch, das Flüstern der anderen Gäste, die Ventilatoren, die sirrend Luftströme erzeugten, das volle Vibrato der Sologeige, die gerade spielte …

»Oh!« Ella wurde von Sehnsucht überwältigt. »Mein Lieblings-Brahms!«

»Wusstest du, Dieter«, fragte Leonie, »dass meine Enkelin eine außergewöhnlich talentierte Geigerin ist?«

»Nein, das wusste ich nicht«, erwiderte Dieter und wandte sich interessiert an Ella. »Haben Sie sich ausbilden lassen?«

»Jahrelang«, seufzte Ella und blickte sehnsüchtig zu der eleganten dunklen Frau, die auf der anderen Seite des Raums Geige spielte. »Und jahrelang habe ich es geliebt. Aber ich konnte keine Arbeit finden. Also verzichtete ich auf meine allererste wahre Liebe.« Noch mal seufzte sie tief auf und wandte ihre Aufmerksamkeit dann abrupt wieder dem Tisch zu, als ihre Garnelen vor sie gestellt wurden. »O Gott, ich bin ausgehungert«, sagte sie und machte sich über ihren Teller her.

Sie war froh, dass sie etwas gewählt hatte, das man mit den Fingern essen konnte. Das hieß, dass sie sich keine großen Sorgen um ihre Manieren machen musste. Als sie mit ihren Garnelen fertig war, tauchte sie die Finger in die kleine Schüssel und wischte dann jeden Zeigefinger ausgiebig ab, um jegliche Spur von Öl loszuwerden. Es funktionierte nicht. Tatsächlich fühlten sich ihre Finger jedes Mal öliger an, nachdem sie sie in das parfümier-

te Wasser getaucht hatte, und der Garnelengeruch wurde immer intensiver. »Entschuldigt mich bitte«, sagte sie und stand vom Tisch auf. »Ich glaube, ich brauche etwas Stärkeres, um diesen Garnelengeruch von meinen Fingern zu kriegen.«
Auf der Toilette hielt sie ihre Hände mindestens fünf Minuten lang unter den Hahn. Was um Himmels willen hatte die Seife, die sie da benutzte, für einen Duft? Es war das wunderbarste Parfum, das sie jemals gerochen hatte. Moschusartig. Leicht männlich mit einer Note nach … Vanille. Sie wollte es als Souvenir. Jedes Mal, wenn sie daran roch, würde es sie an Jamaika erinnern, genauso wie Prousts Madeleine ihn an … woran auch immer sie ihn erinnert hatte. Sie stopfte ein Seifenstück in ihre Tasche, trocknete die Hände an einem schwanendaunenweichen Handtuch ab und ging zum Tisch zurück.
Die dunkle Geigerin stand neben Dieter, sprach mit ihm und lächelte.
»Ah, hier ist sie!«, verkündete Dieter zufrieden, als Ella zu ihnen trat. »Ella, das ist Diandra. Sie hat sich freundlicherweise bereit erklärt, nun Ihnen die Geige zu überlassen. Würden Sie uns bitte damit erfreuen, etwas für uns zu spielen?«
»Was?« Ellas Augen waren vor Erstaunen riesig. »Ich kann nicht. Ich … es ist eine Ewigkeit her, dass ich gespielt habe. Ich bin völlig aus der Übung und … Nein, nein, nein.« Sie schüttelte heftig den Kopf.
»Oh, spiel doch bitte, Liebes. Bitte?«, lockte Leonie. »Ich möchte dich so gerne hören. Es muss drei Jahre her sein, seit ich dich zuletzt eine Note habe spielen hören.«
Diandra hielt Ella Geige und Bogen mit einem ermutigenden Gesichtsausdruck hin. Um sie herum sahen die anderen Gäste sie alle erwartungsvoll an. »Bitte«, echote Dian-

dra. »Der Gentleman hat mir eine großzügige Leihgebühr für mein Instrument geboten.«

O Gott. Jetzt würde sie nicht mehr entkommen können. Was hatte Eva Lavery an jenem Tag auf Navy Island gesagt? »Wenn ich eine Möglichkeit habe, etwas von meinem Geld zu verschwenden, tue ich das mit Freuden …« Das Bild der Frau, die mit ihren zwei Kindern auf den Bus wartete, kam ihr wieder in den Sinn, ihre Würde angesichts der Armut, Ellas fehlgeschlagener Impuls, ihr Geld zu geben. Sie konnte dieser Frau nicht die Möglichkeit verweigern, ein bisschen mehr zu verdienen.

Ella biss sich auf die Lippe. »Danke, Diandra«, sagte sie. »Ich würde es als eine Ehre ansehen.«

Sie nahm die Geige und klemmte sie sich unters Kinn; sie richtete den Winkel, bis sie sich wohl fühlte. Dann hob sie den Bogen und fuhr versuchsweise über die Saiten. Obwohl es minderwertiger war als ihr eigenes, hatte das Instrument keinen schlechten Ton. Als Nächstes kam ein kleiner Wirbel aus Tonleitern. Eine Regelung der Spannung mit einem »Darf ich?« zu Diandra, bevor sie einen der Stifte einen Bruchteil fester anzog.

Dann atmete Ella tief durch, konzentrierte sich auf sich selbst und stürzte sich in »Erin Shore«. Die ersten Noten waren sanft, fast tastend, während sie sich mit dem Instrument vertraut machte. Dann, als ihr Selbstvertrauen wuchs und sie den Bogen kraftvoller über die Saiten zog, schwollen die klagenden Weisen an, erfüllten den Raum und ihr Herz. Ella schloss die Augen, lächelte und gab sich ganz der Musik hin.

Als sie fertig war, wurde sie vom Applaus überrascht. Es war lange, lange her, dass sie in der Öffentlichkeit gespielt hatte. Sie öffnete die Augen und nahm die lächelnden, anerkennenden Gesichter um sich herum wahr; sie spürte, wie Farbe in ihr Gesicht schoss, während sie sich dankend verbeugte. Diandra klatschte auch und schloss sich den Rufen nach einer Zugabe an. Wow! Ella war hingerissen. Sie lachte laut auf. Sie hatte schon vorher mal bekifft gespielt, aber noch nie vor einem Publikum.

Einen oder zwei Takte hielt sie inne, ehe sie den Bogen wieder hob, und sie überlegte, was sie als Nächstes spielen sollte. Etwas Lebhafteres wäre gut. Sie würde ihnen zeigen, dass irische Musik sexy sein konnte – weniger lässig als Mento oder Reggae, aber ein ernsthafter Konkurrent, wenn es um Schlampigkeit ging. Doch welches Stück? »The Hag's Purse«? »Pull the Knife and Stick it Again«? Nein. Die hatte sie schon ewig nicht mehr gespielt, sie würde zu viele Fehler machen.

»Toss the Feathers«! Das war es! Sie klopfte mit dem Fuß – eins, zwei –, bevor sie sich schwungvoll in die Musik stürzte. Ja! Die Noten stiegen in einem Strom aus unbeschreiblich schönen Farben aus der Geige empor. Smaragdgrün, grellrosa, lapislazuliblau ... Wie exotische Insekten hingen sie zitternd in der Luft. Als sie sich umschaute, konnte sie an der Art, wie die Leute sich auf ihren Stühlen bewegten – sich wiegten, mit den Fingern auf die Tische trommelten, ihre Füße im Takt mit ihrem Spiel wippten –, erkennen, dass es sie drängte zu tanzen. Das war das größte Kompliment, das sie hätte bekommen können – abgesehen von den Jubelrufen, die erklangen, als sie fertig war. Das Publikum pfiff und klatschte mit hoch erhobenen Händen und trampelte mit den Füßen. Der Beifall ebbte erst ab, als sie endlich Diandra ihre Geige zurückgab und sich atemlos wieder setzte. »Vielen Dank«, sagte sie zu ihr. »Ich bin wirklich froh, dass Dieter mit Ihnen geredet hat. Ich habe schon lange nicht mehr in

der Öffentlichkeit gespielt, und es ist irgendwie beruhigend zu wissen, dass ich es immer noch kann.«
Das dunkle Mädchen lächelte sie an und nickte auf jene wunderbar langsame jamaikanische Weise mit dem Kopf. »Sie können es wirklich noch«, bestätigte sie. »Kein Problem.« Dann ging Diandra anmutig wieder durch den Raum und nahm ihre Position auf dem kleinen Podium ein, wo die Hausmusiker spielten. »Ich weiß nicht, wie ich es damit aufnehmen kann!«, bemerkte sie lachend. Doch die süßen Weisen von Debussy schwebten bald durch den Raum, und einmal mehr wurde Ella von Sehnsucht überwältigt.
»O Ella«, sagte ihre Großmutter mit einem kläglichen Lächeln, »du solltest wirklich als Broterwerb keine Töne aufnehmen.«
»Oh?«, machte Ella verblüfft. »Was sollte ich denn dann tun?«
»Du solltest sie natürlich selber machen, Liebes.«

Nach dem Abendessen erinnerte sich Ella daran, dass sie sich mit Desirée an der Strandbar verabredet hatte. Ihre Lehrerin war schon dort und sprach mit dem Barkeeper.
»Desirée! Hi!« Ella tanzte zur Bar und hockte sich auf den Barhocker neben sie.
»He, wie geht es meiner Siamesischen Kämpferin?«
»Siamesische Kämpferin?«
»Das ist ein schöner kleiner Fisch. Ein munterer kleiner Fisch. Und es ist der Name des Cocktails, den Otis für dich gemacht hat. Ich fand ihn richtig für mein kämpfendes Mädchen. Sag Ella, was drin ist, Otis.«
Der Barkeeper jonglierte erfahren mit den Zutaten. »Ich mische Bombay-Gin mit rosa Grapefruitsaft. Dann drücke ich den Saft einer Blutorange aus und fülle bis zum

Rand mit Wodka auf.« Er lächelte sie breit an und reichte ihr schwungvoll das bunte Gemisch. »Hier. Meinen Glückwunsch dazu, dass Sie einen neuen Cocktail für die Liste hinzugefügt haben, Miss Siamesische Kämpferin.« Die Gläser wurden feierlich auf die Theke vor ihnen gestellt.

»Wow! Ich fühle mich so froh«, sagte Ella, »dass ein Cocktail nach mir benannt wurde. Es ist, als ob man einen Stern nach einem benannt hätte, nicht wahr? Oder eine Rose.« Sie hob ihr Glas. »Prost.«

»Auf dich, Siamesische Kämpferin«, sagte Desirée. »Und auf eine lange und glückliche Taucherlaufbahn.«

Ella nahm einen Schluck. »Wow«, sagte sie. »Der hat es in sich!« Sie sollte es besser langsam angehen lassen. Sie war schon vom Champagner und vom Wein benommen und von Raphaels hervorragendem Stoff. Sie überflog die ausufernde Cocktailkarte. »Wird er jemals hier aufgelistet werden?«

»Sicher. Otis lässt jede Saison eine neue Karte drucken.« Desirée zeigte auf einen Namen in der Mitte der Karte. »Schau, da ist dein Freund Ferdia.«

»Leopardenhai«, las Ella. »Warum hast du ihn so genannt?«

»Weil er windschnittig und sexy ist.«

»Und gefährlich?«

»Zum Teufel, nein. Diese Leopardenhaie sind im Herzen wie große Kätzchen. Wenn man nahe an einen herankommt, kann man ihn streicheln.«

Das glaube ich nicht, dachte Ella. »Mmh. Wer ist das unter ihm? Rock Beauty – Felsenschönheit?«

»Das war damals sein Mädchen. Miss Jamaica.«

»Oh.« Ferdia und Miss Jamaica? »Und … äh … bist du auch hier irgendwo, Desirée?«

»Sicher, Süße. Das da bin ich.« Sie zeigte auf Seestern. »Ferdia hat den Namen für mich ausgesucht.«

Ella lächelte. »Er hat gut gewählt«, befand sie.

»Entschuldigen Sie?« Ein amerikanischer Akzent ertönte hinter ihnen. »Ich möchte Ihnen zu Ihrem Spiel von vorhin gratulieren. Das war eine virtuose Leistung.«

»Was? Ach, Sie meinen meine Fiedelei? Nun ja, vielen herzlichen Dank.« Ella hob ihr Glas zu dem Typen mittleren Alters, der an der Bar aufgetaucht war.

»Sind Sie Profi?«, wollte er wissen.

»Nein. Ich spiele wirklich nur zum Spaß.«

»Nun ja. Ich war ernsthaft beeindruckt. Ich habe eine Bar – eine irische Bar – in Manhattan. Wenn Sie jemals nach New York kommen, rufen Sie mich an. Wir haben jeden Abend dort Sessions. Sie wären mehr als willkommen, und ich würde Sie mit Freuden als feste Spielerin arbeiten lassen.« Er holte seine Brieftasche hervor und reichte ihr seine Karte.

»Oh, danke.« Ella blickte darauf, las den Namen Bob O'Mahony und steckte sie dann ein. »Ich fühle mich wirklich sehr geschmeichelt, Bob.«

»Bitte, bitte«, gab Bob O'Mahony zurück. »Sie sind eine sehr talentierte junge Lady.« Und dann schüttelte er ihr die Hand, bevor er hinunter zum Strand ging.

»Was sollte denn das?«, fragte Desirée.

»Oh, ich habe vorhin im Restaurant ein paar Melodien gespielt. Diandra hat mir ihre Fiedel geliehen.«

»Ja? Du musst gut sein, Süße! Es ist etwas echt Irisches, nicht wahr? Die Fiedel? Spielt nicht jeder dort drüben sie?«

»Na ja, heutzutage nicht mehr so. Aber früher hatte jeder Haushalt im Lande eine Fiedel – genauso wie hier jede Gemeinde diese riesigen Lautsprecher hat, aus denen Reggae dröhnt. Die Jamaikaner und die Iren haben viel gemeinsam, wenn man an der Oberfläche kratzt. Musik, schlechte Straßen, grüne Landschaft … «

»Desirée!«, rief eine vorbeigehende Frau ihr zu. »Ich werde es morgen zu dem Tauchgang doch nicht schaffen. Können wir es übermorgen machen?«

»Kein Problem, Süße!«

»Danke!«

Desirée wandte sich wieder an Ella. »Ferdia versuchte es Miss Jamaica beizubringen, doch sie packte es nicht.«

Was! Warum kam Desirée denn wieder auf Miss Jamaica zurück? Aus irgendeinem Grund wollte Ella nichts über Ferdia und Miss Jamaica hören. Sie beschloss das Thema zu wechseln.

»Steht Raphael auf der Cocktailkarte, Desirée?«, fragte sie, während sie sie wieder aufschlug.

»Aber sicher, Süße. Er steht ganz oben. Schau, dort.« Sie zeigte mit einem verhornten Zeigefinger auf den ersten Namen in der Karte Er lautete Meeresengel.

Ella nickte. »Das passt perfekt!«, stimmte sie zu.

»Ich weiß«, erwiderte Desirée. »Ich bin eine sehr glückliche Frau.«

10

Ella war leicht überrascht, als sie am nächsten Morgen Dieter beim Rasieren im Bad ihrer Villa antraf, und musste sich ins Gedächtnis rufen, dass er nun zur Familie gehören würde. Seit gestern Abend duzte sie sich auch mit ihm. Die drei frühstückten zusammen, packten und warteten dann in der Halle auf den Flughafenbus.

Sophie war schon da, saß inmitten einer hügeligen Landschaft, die von Louis Vuitton entworfen worden war, und trug das rosafarbene Leinenkostüm, das sie schon auf dem Hinflug angehabt hatte. Gott sei Dank war der Bus, der sie nach Kingston fahren sollte, dann so klassisch, dass nicht mal Sophie etwas daran auszusetzen fand. Zum Teufel auch! Man stelle sich nur mal vor, so ein trauriges Wesen zu sein, für das Jammern das einzige Hobby ist, dachte Ella, während sie die Schauspielerin beobachtete, wie sie sich umsah und versuchte, irgendwo etwas zu bemängeln zu finden. Und dann erinnerte sie sich daran, wie deprimiert sie selber gewesen war, bevor sie in ihre jamaikanische Idylle geflogen war, und sie fragte sich, ob sie wieder so deprimiert sein würde, sobald sie zurück nach Dublin käme.

Dieter und Leonie spielten die Abschiedsszene aus ihrer lebensechten Seifenoper am Flughafen von Kingston noch einmal, obwohl es dieses Mal keine Tränen bei Leonie gab. Nachdem Dieters Flug nach Berlin aufgerufen war und die Turteltauben die letzten Küsse ausgetauscht hatten, wanderten Ella und ihre Großmutter in den Duty-free-Shops herum, um Zeit totzuschlagen und Sophie zu entkommen; Leonie summte zu der Hintergrundmusik mit. »Leise rieselt der Schnee«, ertönte aus den Lautsprechern im Flughafen, während die Sonne von Jamaika auf die Rollbahn draußen niederbrannte. Es ist genauso verrückt, dachte Ella, wie dass ihre Großmutter mit so einer unglaublich romantischen Geschichte nach Hause reist, während sie, Ella, keine ebenso romantische Anekdote parat hat.

Sie verabschiedeten sich in Heathrow von Sophie. Das Erste, was die Schauspielerin nach der Ankunft tat, war, dass sie ihr Handy einschaltete. »Gott sei Dank, ich bin wieder erreichbar«, sagte sie, und ihre Finger flogen schneller über die Tasten als die eines Konzertpianisten. »Mist. Besetzt.« Sie zog eine kleine Grimasse und wandte sich dann an Ella. »Gib mir doch deine Telefonnummer. Wenn ich das nächste Mal in Dublin bin, rufe ich dich an, und wir können uns irgendwo, wo es hip ist, auf einen Kaffee treffen.«

Ella hoffte, dass sie nicht zu sichtbar erbleichte, doch Sophie war darin vertieft, das elektronische Notizbuch aufzustöbern, das sie in ihrer Handtasche aufbewahrte.

»Also?«, sagte sie, den Finger über dem Gerät. Ella wollte ihr schon gehorchen, als jemand in der Ankunftshalle Sophies Namen rief. Die Schauspielerin ließ das Notizbuch wieder in ihre Tasche fallen, als ob es ihr einen Schlag versetzt hätte. »Ben!«, kreischte sie und schmiss sich samt Gepäckwagen in seine Arme. »Oh, Gott sei Dank! Ich habe eine schreckliche Zeit hinter mir! Du würdest es nicht glauben …«

Leonie und Ella warfen sich einen heimlichen Blick zu und schlichen sich in Richtung Anschlussflüge davon. Sie hätten nicht zu schleichen brauchen. Was Sophie Burke anging, gehörten Ella und ihre Großmutter nicht mehr zu ihrem Universum.

Als sie am Flughafen von Dublin ankamen, ertönten überall festliche Lieder. »Leise rieselt der Schnee!«, trällerte Leonie, während sie sich nach Patrick umschauten, der sie abholen wollte.

Der Flughafen wimmelte von Auswanderern, die zu Weihnachten nach Hause kamen, die alle ihre Familie und ihre Freunde umarmten und küssten und hocherfreut plapperten. Bah! Humbug!, dachte Ella und hasste sich, weil sie verstimmt war. Sie konnte sich nicht daran erinnern, jemals ein Weihnachtsfest erlebt zu haben, an dem alle Mitglieder ihrer Familie anwesend gewesen waren. Bei jedem Weihnachtsfest sagte mindestens ein Familienmitglied ab, entweder weil es die eisige Atmosphäre zwischen ihrer Mutter und ihrem Vater nicht ertragen konnte oder weil es ihm anderswo besser ging. Wenn sie nicht wegflog, um eines ihrer Elternteile zu besuchen, feierte Ella im Allgemeinen Weihnachten mit ihrem Onkel, Claudia und ihren Cousins; doch die letzten Weihnachtsfeste hatte sie mit ihren Musikerfreunden in Wicklow verbracht. Sie hatte keine Ahnung, was sie dieses Jahr tun würde. Bevor sie wieder Bah! und Humbug! denken konnte, klebte sie ein breites Lächeln auf ihr Gesicht, entschlossen, sich zu bemühen. »Da ist Patrick!«, sagte sie munter zu ihrer Großmutter.

Leonie schoss in seine Richtung. »O Liebling«, hauchte sie, als sie bei ihm angelangt war, »du wirst nie erraten, was passiert ist!«

Patrick nahm Ellas abgewandten Blick wahr. »Ich habe das Gefühl, dass ich es nicht mal gerne erraten möchte«, gab er zurück und warf seiner Nichte einen finsteren Blick zu, während er den Gepäckwagen unter seine Fittiche nahm. »Aber ich werde es versuchen. Warte mal. Du hast den Mann deiner Träume kennen gelernt und wirst heiraten?«

»Gleich beim ersten Mal richtig, du Schlauberger!« Leonie lachte selig. »Oh, ich mag das!«, sagte sie dann mit ziemlich erschreckender Begeisterung. Und sie sang weiter mit vergnügtem Elan zu »Leise rieselt der Schnee« mit.

Ella sah verstohlen in das Gesicht ihres Onkels. »Fröhliche Weihnachten, Patrick«, wünschte sie schließlich.

Das Thema von Leonies bevorstehender Eheschließung wurde auf der Fahrt zurück nach Dublin geschickt umschifft. Ella konnte erkennen, dass Patrick sich zurückhielt, irgendeinen Kommentar abzugeben, bis er alles aus ihr herausgequetscht hätte. Er ließ sie zuerst bei ihrer Bleibe heraus und sagte mit unheilverkündender Stimme, dass er später mit ihr reden werde, und dann fuhren er und Leonie los, um Kater Ronan in dem schicken Zwinger abzuholen, in dem er die letzten vierzehn Tage verbracht hatte.

Gegen sechs goss sich Ella ein tüchtiges Glas Rotwein ein und wappnete sich für den Anruf von ihrem Onkel.

»Was um alles in der Welt hat Leonie dazu gebracht, heiraten zu wollen?«, fiel er gleich mit der Tür ins Haus.

»O Patrick, sei nicht wütend. Dieter ist himmlisch, wirklich. Er ist ein absoluter Gentleman. Du brauchst dir keine Sorgen nicht um ihn und Leonie zu machen.«

Die doppelte Verneinung war ihr einfach rausgerutscht. Sie betete, dass sie nicht auch plötzlich mit einem jamaikanischen Akzent reden würde.

Das Dumme daran, ein Musikerohr zu haben, war, dass sie am Ende immer mit dem Akzent der Region redete, in der sie zuletzt gewesen war. Sie war sich sicher, dass alle dachten, sie sei wahnsinnig angeberisch, als sie in New York gewesen war, denn ständig verfiel sie in den typischen Dialekt, als sie wieder zurück war.

»Natürlich mache ich mir Sorgen – sie ist meine Mutter. Du machst dir doch auch Sorgen um deine Mutter, oder?«

Ella überlegte. »Ähm … nein«, sagte sie ganz nüchtern. »Francesca ist wirklich glücklich. Sie hat ihre tolle Villa und ihren Lover und ihre Gemäldesammlung. Warum sollte ich mir Sorgen machen?«

»Ich kann die Vorliebe dieser Familie, sich mit glamourösen Ausländern einzulassen, nicht begreifen«, sagte Patrick, und seine Stimme stöhnte vor Unverständnis. »Deine Mutter haut mit einem Italiener ab, dein Vater tut sich mit einer Inuit aus Alaska zusammen, und nun brennt deine Großmutter mit einem Deutschen durch. Ich nehme an, du wirst mir erzählen, dass du dich in einen Jamaikaner verliebt hast.«

»Ich wünschte, es wäre so«, erwiderte Ella. »Mein Liebesleben ist leider immer noch ein Niemandsland. Egal, Patrick, du hast ein glamouröses Schweizer Model geheiratet, also kannst du gar nichts sagen.«

»Nun, zumindest hat Claudia irische Verbindungen.« Patrick klang defensiv. »Wir wissen nichts über diesen Mann, der Leonie umgehauen hat.«

»Du musst sie lassen, Patrick. Sie will es mehr als alles andere. Ich glaube, es ist wundervoll, dass sie in diesem Stadium ihres Leben noch die Liebe findet. Sie musste nicht einmal eine Anzeige aufgeben oder zu *Blind Date* gehen, um es zu schaffen.«

Patrick atmete tief ein. »O Gott. Ich nehme an, du hast Recht. Ich hätte es ihr durchaus zugetraut, sich freiwillig als Versuchskaninchen bei Cilla zu melden.« Ella konnte erkennen, dass er ein bisschen auftaute. Leonies unerwartete *affaire de cœur* war zumindest dem Gedanken vorzuziehen, dass sie in einer Fernsehsendung eine Ferienliebe vorlebte. »Wie bleiben die beiden übrigens in Kontakt?«, schloss er, als ob er versuchte, so viele Löcher wie möglich in dieses seltsame Szenario zu reißen. »Ihre Telefonrechnung wird in astronomische Höhen schnellen.«

»Sie werden es per E-Mail tun.«

»Sei nicht blöd, Ella! Leonie hat eine totale Technophobie! Sie hat nicht mal Zugang zu einem Computer!«

»Dieter hat sich erboten, ihr einen zu kaufen und ihr Unterricht zu beschaffen.«

Es entstand eine winzige Pause, in der Patrick diese Information verdaute. Seine Stimme klang resigniert, als er antwortete. »So. Wann werden wir denn diesen großzügigen Dieter kennen lernen?«

»Nicht so bald. Er kann sich vor Sommer nicht mehr freimachen, also wird Leonie regelmäßig nach Berlin fliegen. Ehe du dich's versiehst, wird sie Vielfliegerstatus erreicht haben. Dieter kommt im Juli. Es wird seine erste Reise nach Irland sein.«

»Und dann wird die Hochzeit sein? Im Juli?«

»Nein. Das schieben sie bis November auf, wenn die Regenzeit vorbei ist.«

»Was für eine Regenzeit? In Irland regnet es doch, verdammt noch mal, immer.«

Ella nahm schnell einen Schluck Wein, bevor sie antwortete. »Sie werden nicht in Irland heiraten, Patrick. Sie werden im Grace and Truth Temple heiraten.«

»Im Grace and Truth Temple? Wo in Teufelsnamen ist denn der?«

»Auf Jamaika. In der Nähe von Port Antonio. Zumindest wollen sie das tun. Sie werden aber auch glücklich sein, wenn sie die Hochzeit am Strand feiern können, falls

es ihnen nicht gelingt, eine kirchliche Feier zu organisieren.«
»Heiliger Scheiß«, stöhnte Patrick auf.

Als Weihnachten dann da war, hatte sich jeder an die Tatsache gewöhnt und akzeptiert, dass es Leonie und Dieter vollkommen ernst mit dem Heiraten war. Patrick und Claudia beschlossen, Weihnachten zu »machen«, und Declan, Ellas Vater, flog aus den Staaten ein, um ein paar Tage bei ihnen zu sein. Er hatte seine hinreißende Freundin aus Alaska zu Hause gelassen, weil sie zu hochschwanger war, um zu fliegen. Ellas Mutter hatte kurz vor Weihnachten angerufen, um mitzuteilen, es tue ihr Leid, dass sie nicht dabei sein könne, aber eine lang verlorene Tochter ihres Lovers sei aus heiterem Himmel plötzlich aufgetaucht, und sie habe das Gefühl, es sei nur fair, als Art Ersatzmutter für das Kind zu bleiben. »Das Kind« war, wie durchschimmerte, älter als Ella. Ella hatte diese neuesten Nachrichten mit unbewegter Gleichmut empfangen. Nichts, was ihre Familie tun konnte, hatte mehr die Macht, sie zu überraschen.
Es war eine hektische, geschäftige Woche. Am Weihnachtsabend stahlen sich Declan und Ella von der Cocktailparty weg, die Claudia und Patrick gaben, um Zeit für sich selbst zu finden. Ella erwartete, dass der Pub in der Nähe voll sein würde, doch tatsächlich war es erstaunlich ruhig, und es gelang ihnen sogar, die gemütlichste Ecke für sich zu bekommen.
Sie hatte ihre Urlaubsfotos mitgebracht, um sie ihrem Vater zu zeigen. Es gab eine Menge lächelnder Aufnahmen von Dieter und Desirée darunter, doch aus irgendeinem Grund war kaum eines ihrer Bilder von Raphael etwas geworden. Nur zwei waren halbwegs anständig, und sie

waren beide von jemand anderem aufgenommen worden. Eines war das Bild, das Eva von ihm in der Pose gemacht hatte, die sie immer mit ihm in Verbindung bringen würde – wie er auf dem Steg auf Navy Island saß, so absolut eins mit allem um ihn herum; das andere war am Abend der Geburtstagsparty seiner kleinen Cousine aufgenommen worden. Sie und Raphael sahen mit seligem, leicht bekifftem Lächeln in die Kamera.

»Das Lächeln erkenne ich«, bemerkte ihr Vater nachsichtig. »Gutes Grass?«

»Sehr gutes Grass.«

»Aha. Jamaikanisch?«

»Jamaikanisch.« Ella warf ihm einen schrägen Blick zu. »Weißt du, dass ich dort eine alte Freundin von dir getroffen habe?«

»Tatata!« Sie holte ein Fotos von Eva an Bord der Fähre nach Navy Island heraus. Ihr Haar peitschte um ihr Gesicht, sie lachte, und obwohl man ihren Augenausdruck hinter den schwarzen Gläsern ihrer Sonnenbrille nicht lesen konnte, wusste man doch, dass er boshaft war.

»Eva Lavery?« Declan lächelte ungläubig. »Wow. Das ist ein echtes Signal aus der Vergangenheit. Wie geht es ihr?«

»Sie war toll. Wenn sie nicht gewesen wäre, hätte ich niemals einen Fuß außerhalb der Anlage gesetzt. Ich wäre mit all den anderen verwöhnten Gefangenen drinnen hocken geblieben.«

Das Lächeln ihres Vaters hatte sich von ungläubig in nostalgisch verwandelt. »Sie hatte schon immer Abenteuergeist. Und einen Charme, der unwiderstehlich war.«

»Das hat sie über dich auch gesagt.« Ella lächelte ihn an. »Sie hat gesagt, *du* wärst unwiderstehlich gewesen.«

Declan hob skeptisch eine Augenbraue. »Das ist lange her, meine Süße.«

»Ich weiß nicht. Du bist immer noch ziemlich charmant.« Sie lachte. »Eva erinnert sich daran, dass du langes blondes Haar wie ein Wikinger hattest.«
»Ha! Sie würde einen Schock bekommen, wenn sie mich jetzt sähe, oder? Ein kahl werdender Typ mittleren Alters.« Er gab ihr das Foto zurück. »Sie hat sich kaum verändert.«
»Du bist kein kahlköpfig werdender Typ mittleren Alters, Declan. Du bist ein charmanter kahlköpfig werdender Typ mittleren Alters.« Sie trank ihr Pint aus und stellte das leere Glas auf den Tisch. »Deine Runde, Vater.«
Declan ging zur Bar und kam mit zwei Pints Guinness und zwei Päckchen Erdnüssen zurück. In einträchtigem Schweigen saßen sie eine Zeit lang da, und dann kam die Frage, die Ella erwartet hatte, die Frage, die er ihr immer stellte, wenn er zu Besuch da war. »Wie bist du zur Zeit in Form?«, fragte er.
Sie sah ein wenig wachsam aus. »Meinst du meine musikalische oder meine geistige Form?«
»Beides. Versuch zuerst, mir die musikalische Sache zu erklären.«
Ella schüttete sich einen kleinen Haufen Erdnüsse in die Hand und begann sie nacheinander zu essen. »Nun ja, leider nicht so toll.« Sie war realistisch genug, um zu wissen, dass die Euphorie, die sie an dem Abend in Jamaika erlebt hatte, dem hervorragenden Ganja in dem Joint zu verdanken war, den Raphael für sie gedreht hatte. Ihre Interpretation von »Erin Shore« und von »Toss the Feathers« war im besten Fall mittelmäßig, und die hingerissene Reaktion der Gäste im Pagoda war nur höflich gewesen. Es war erstaunlich, wie leicht man sich vormachen konnte, man sei eine Konkurrenz für Sharon Corr, wenn man high war.
»Ich möchte dich wirklich spielen hören, Ella«, fuhr ihr

Vater fort. »Es ist eine Ewigkeit her, seit ich das zuletzt getan habe.«
Nein, das möchtest du nicht, dachte sie. Ich klinge beschissen. Aber das wollte sie nicht zugeben. Er war so stolz darauf, dass sie sein Talent geerbt hatte. Stattdessen sagte sie nur: »Ich bin ein bisschen eingerostet, Dad. Ich habe nicht viel Zeit zum Üben.«
»Du *musst* üben, Ella.« Ihr Vater sah sie untypisch feierlich an. »Du besitzt eine von Gott gegebene Gabe. Du kannst sie nicht fallen lassen.«
Sie sah hinab auf das Foto von Raphael, das immer noch auf dem Tisch lag, und dachte an das, was er an dem letzten Tag, den sie mit ihm verbracht hatte, zu ihr gesagt hatte. »Wenn du eine Gabe hast, bist du dankbar und voller Lob. Jah hat mir meine Gabe geschenkt. Aber Jah hat auch das Recht, mir diese Gabe wieder zu nehmen … Sei dankbar für das, was du hast, Ella. Sei dankbar und voller Lob …«
Ella fiel auf ihrem Platz in sich zusammen. Sie wollte dieses Gespräch nicht führen. »Ich werde niemals ein Profi wie du sein. Das weißt du doch.«
»Aber du träumst trotzdem noch davon, oder?«
»Natürlich, Dad. Doch solche Träume werden nicht wahr.«
»Im Gegenteil, Ella. Träume können wahr werden, wenn du sie stark genug verfolgst und sie stark genug willst.« Er schenkte ihr einen durchdringenden Blick. »Aber das ist nicht das Thema. Denk an die Freude, die du erfährst, wenn du spielst. Denk an die Freude, die du deinen Freunden und deiner Familie schenken kannst. Sakatook liebt es, wenn ich spiele. Sie sagt, das ist das beste Aphrodisiakum, das es gibt. Weißt du, dass sie mich für einen ziemlich unauffälligen Typen gehalten hat, als wir uns in

einer Bar in Chicago kennen gelernt haben? Erst als ich sie zu einem Gig eingeladen habe, wurde sie richtig scharf auf mich. Ein Instrument zu beherrschen ist sehr sexy, Ella.«

Ella lachte. »Ich kann mir gerade vorstellen, dass ich meine Fiedel heraushole, wenn ich mir das nächste Mal jemanden einbilde, und ihm verführerische Blicke zuwerfe, während ich ihn mit Weber umwerbe.«

Ihr Vater sah sie mitleidig an. »Nicht Weber, Ella. Du weißt selbst, wer die sexy Typen sind.«

»Die irischen Typen?«

»Genau, ja. Aber klassisch auch. Ich kam immer richtig in Stimmung, wenn ich zugesehen habe, wie deine Mutter gespielt hat. Diese Jungs wussten wirklich, was sie taten. Denk an Bach. Denk an Bruch. Denk an Beethoven.«

Sie nickte. »Lass mich raten. Die Siebte?«

»Ganz sicher die Siebte. Die verdammten Kritiker haben sich darin überschlagen, seit sie geschrieben wurde, etwas in sie hineinzulesen. Zum Teufel mit all dieser Theoretisiererei.« Declan warf sich eine Hand voll Erdnüsse in den Mund und kaute heftig. Dann sah er Ella abschätzend an. »Was glaubst du hatte er im Kopf, als er sie geschrieben hat?«

»Das ist leicht«, antwortete sie. »Es geht nur um Sex.«

»Stimmt! Es geht nur um Sex! Es ist ein musikalischer Tribut an den besten Fick, den Beethoven jemals gehabt hat.«

Ella lächelte ihren Vater an. »Gefällt sie Sakatook?«

»Sie liebt sie«, entgegnete Declan und erwiderte ihr Lächeln. Er nahm einen ordentlichen Schluck von seinem Pint und lehnte sich dann auf seinem Stuhl zurück. »Also, erzähl mir von *deinem* Liebesleben, Liebes.«

»Tu ich nicht«, erwiderte Ella und warf ihm einen herablassenden Blick zu.

»Warum nicht? Du warst doch sonst nicht besonders zurückhaltend deswegen.«
»Nicht weil ich zurückhaltend bin, Dad. Ich habe nur verdammt gar nichts zu erzählen.«
Declan zuckte zusammen. »O Baby«, meinte er, »das tut mir Leid.«
»Es muss dir nicht Leid tun, Dad. Ich fände es schlimm, wenn ich eine von den traurigen Alleinstehenden wäre, deren ganze Daseinsberechtigung darin besteht, ob sie nun einen Partner haben oder nicht. Ich bin einfach nicht an One-Night-Stands interessiert, und ich halte mich gerne für zu wählerisch darin, mit was ich mich abgebe. Mir steht es bis hierher mit Scheißkerlen.« Sie sah nachdenklich drein. »Und aus irgendeinem Grund stellten sich alle Männer, an denen ich wirklich interessiert war, am Ende als gebunden heraus. Vielleicht versucht mir mein Unterbewusstsein etwas zu sagen.«
»Zum Beispiel?«
»Dass ich noch nicht bereit zu einer Beziehung bin.«
»Das würde mich nicht überraschen. Du entstammst einer langen Linie kaputter Beziehungen, Ella. Du musst sicher sein, dass der, mit dem du dich schließlich einlässt, wirklich der Richtige ist.«
Sie erinnerte sich daran, dass sie genau das zu Jack gesagt hatte, bevor er sich mit Angie eingelassen hatte. Manchmal fragte sie sich, ob sie nicht stärker hätte kämpfen sollen, was Jack anging, doch dann dachte sie daran, was ihr Onkel zu ihr an jenem Abend der schicksalhaften Geburtstagsparty gesagt hatte, und sie wusste, dass er Recht gehabt hatte, als er ihr abriet. Sie seufzte und trank noch einen Schluck.
»Tut mir Leid«, meinte Declan.
»Was?«

»Dass wir so schlechte Eltern sind. Francesca und ich haben es wirklich verdorben, oder?«
Ella lachte. »Mach dir darüber keine Gewissensbisse, Dad. Ich habe mich so an das Feuerwerk gewöhnt, dass ich nach einer Weile dachte, dass konventionelle Familien komisch waren. Weißt du, Väter, die von neun bis fünf arbeiteten und am Wochenende Golf spielten; Mütter, die auf ihre Kinder aufpassten und morgens mit ihren Freundinnen Kaffee tranken. Ich meine – *das* ist seltsam. Und glaube nicht, dass ich nicht ein paar gute Dinge von dir geerbt habe.«
»Nun, zumindest hast du dein Aussehen von deiner Mutter. Was hast du von mir?«
Sie hob die Augenbrauen. »Natürlich eine Vorliebe für Guinness.«

Ihr Vater verschwand ein paar Tage nach Weihnachten wieder in Richtung USA. Er musste in Boston irgendeinen großen irisch-amerikanischen Gig vorbereiten – ein Ceilidh, um das neue Jahr zu feiern. Er hatte ihr nicht nur zu Weihnachten Geschenke gemacht – teure Einkäufe von Designermarken in letzter Minute, die er offenbar auf dem Hinweg im Duty-free-Shop gekauft hatte –, er hatte auch ein Päckchen dagelassen, das einige CDs enthielt. Die meisten waren Aufnahmen des traditionellen irischen Krams seiner eigenen Band, aber er hatte auch eine Hand voll klassischer CDs beigelegt. »Hör zu, um dein Gedächtnis aufzufrischen«, las sie auf der beiliegenden Karte. »Und viel Spaß dabei zu entscheiden, welche am meisten Sex hat. Dann übe sie für dich selbst. Mit Liebe von deinem verlorenen Dad. XXX.« Der vorletzte Satz war unterstrichen. Zweimal.

Ella verbrachte Silvester auf einer Party, die der Creative Director von Reflex Advertising gab. Als Mitternacht da war, war sie ziemlich verblüfft, als sie von zahlreichen Männern überschwemmt wurde – und einigen Frauen –, die versuchten sie abzuknutschen. Ein wenig zu ihrem eigenen Kummer widerstand sie allen ohne Mühe. Es hätte ihr gefallen, wenn wenigstens einer der Knutscher es wert gewesen wäre, sich für ihn anzustrengen.

Auf der anderen Seite des Zimmers standen Angie und Jack eng umschlungen in einer Umarmung, die einem Bond-Film angemessen gewesen wäre. Zur Hölle, dachte Ella, die sich ein Glas Wein von einem vorübergehenden Kellner nahm und ihnen den Rücken zuwandte, nur um sich dem Weihnachtsbaum gegenüberzufinden, der mit kleinen Pappmachécupidos bedeckt war. Cupido! Pah! Er war ein totaler Schuft, und Aphrodite war die größte Zicke, die jemals auf dem Planeten gewandelt war. Sie sah die Cupidos eine Zeit lang finster an und seufzte dann resigniert auf. Sie wünschte, dass sie Angie nicht so gern mochte. Sie hatte nicht mal den Drang verspürt, sich den Sabotagefantasien hinzugeben, die sie um diese Zeit in Bezug auf Jacks Freundinnen hegte. Sie war nicht sehr stolz darauf, es sich gegenüber zuzugeben, aber manchmal hatten diese Fantasien wirklich geholfen. Es hatte etwas ungeheuer Befriedigendes darin gelegen, sich einen Film vor den Augen abspielen zu lassen, in dem sie und Jack Reizwäsche einkauften, während Tamara/Saskia/Magda zuschauten. *Oh, hi, Tamara/Saskia/Magda! Toll, ausgerechnet hier in der Wäscheabteilung auf dich zu stoßen! Sag mir, was hältst du von diesem Teddy? Ehrlich, ich finde die Druckknöpfe im Schritt immer etwas unbequem, aber sie aufzureißen macht Jack einfach wild …*

Die Lautstärke von diesem furchtbaren Song von Slade

war aufgedreht worden, in dem er sich wünschte, es sollte jeden Tag Weihnachten sein, und ein Haufen Betrunkener hatte angefangen, auf und ab zu hüpfen und in die Luft zu schlagen. Ella hatte sich gerade dazu entschlossen wegzulaufen, als sie ihren Namen hörte. Es war Rebecca, ein Mädchen, mit dem sie während ihrer Zeit am Musik-College befreundet gewesen war. Sie bahnte sich ihren Weg durch die Pogo tanzenden Feierer.

»Ella! Wie geht's?«, schrie sie, als sie bei ihr war. »Ich habe dich seit einer Ewigkeit nicht gesehen!«

»Rebecca! Hi!«, schrie Ella zurück.

Rebecca küsste sie auf die Wange. »Wie *murmel, murmel*?«, fragte sie. »Ich wollte schon vor einer Ewigkeit *murmel, murmel*, aber ich bin *murmel, murmel, murmel* …«

Ella sah sie schräg an und versuchte von ihren Lippen abzulesen, doch dann gab sie es auf und legte ihr eine Hand auf den Arm. »Lass uns in ein anderes Zimmer gehen«, schlug sie brüllend vor.

»Was?«, fragte Rebecca mit ratlosem Gesichtsausdruck.

Ella zeigte auf eine Tür zu ihrer Rechten. »Es – ist – ruhiger – da – drinnen. Wir – werden – uns – dort – hören – können.«

Sie quetschten sich durch das volle Wohnzimmer in das daneben liegende Arbeitszimmer und setzten sich auf den Boden in eine Ecke, wo niemand über sie stolpern konnte.

»Na, Beck! Wie läuft's?«, fragte Ella, froh, endlich wieder normal sprechen zu können.

»Gut, gut«, antwortete Rebecca, holte einen Joint aus ihrer Brusttasche und zündete ihn an. »Zumindest was die gesellschaftliche Seite angeht.« Eine Rauchwolke schlängelte sich in einem perfekten O aus ihrem Mund. »Wenn du dagegen vom Beruflichen redest, ist es eher *comme ci, comme ça.*« Sie machte eine Wellenbewegung mit ihren Fingern.

»Oh? Was machst du so? Irgendwas Interessantes?«

Rebecca zog ein entschuldigendes Gesicht. »Ich arbeite für eine Computerfirma.«

»Eine *Computer*firma? *Du*?« Rebecca war eine der am höchsten geachteten Studentinnen am College gewesen. »Wow. Das ist ja wirklich ein Ding!«

»Ja.« Rebecca zuckte mit den Schultern und zog wieder an ihrem Joint. »Verdammt, es geht ums Geld, Ella. Ich konnte mir eine Laufbahn als Geigerin nicht leisten. Es gelang mir eine Zeit lang, mir Arbeit bei einem Kammerorchester in London zu beschaffen, aber das Geld war ein Witz. Als ich in dem Stadium angelangt war, in dem ich so arm war, dass ich mir ernsthaft überlegt habe, meine Fiedel zu verkaufen, wusste ich, dass es Zeit war für einen richtigen Job. Mit Computern kann man verrückt viel Geld machen.«

Ella nickte. Das konnte sie verstehen. Wie viele andere Gestrandete aus ihrem Jahrgang gab es noch? Sie hatte ein Bild von einer Legion verwundeter Musiker vor Augen, die alle wie Fliegen ihre Laufbahn aufgaben. »Gefällt es dir?«, fragte sie neugierig.

»Nicht sehr. Aber ich behalte meine geistige Gesundheit, indem ich ein paar Abende in der Woche bei Gigs mitspiele.«

»Oh? Wo?«

»Im O'Brien's.«

Ella kannte das O'Brien's. Es war ein kleiner Pub in Rathmines, in dem es regelmäßig Sessions gab. Man hörte einiges Gutes darüber, doch Ella war schon seit Jahren nicht mehr in der Nähe gewesen. Es war bequemer, im Daly's herumzuhängen.

»Du solltest mal vorbeikommen«, schlug Rebecca vor.
»Das tue ich vielleicht.«
»Und bring deine Fiedel mit. Mach doch bei der Session mit.«
»Ich habe schon seit einer Ewigkeit nicht mehr gespielt, Becky. Ich bin ganz außer Übung.«
Becky reichte ihr den Joint. »Na und? Fang mit dem Üben an.«

Und das tat sie. Sie verbrachte die nächsten beiden Monate mit Üben, Üben, Üben – bis sie damit zufrieden war, dass ihr Selbstvertrauen ohne den Schatten eines Zweifels wiederhergestellt war. Und dann eines Abends Anfang März kam sie mit ihrer Fiedel im O'Brien's vorbei und spielte auf Hochtouren. Die Band spielte bis weit nach der offiziellen Öffnungszeit, und sie erlebte eine so gute Beziehung zu den anderen Musikern, dass sie ihr das größte Kompliment für einen Geiger machten. Sie luden sie ein zweites Mal ein.
Der Januar war schnell vergangen, der Februar noch schneller. Doch der März flog nur so dahin. Ella war nie beschäftigter gewesen. Zwischen ihrer Tagesarbeit und den Abendauftritten rannte sie hin und her, getragen von Endorphinen.
Im April gab es eine unerwartete Pause. Die Buchungen bei Nesbit & Noonan gingen zurück, und das O'Brien's wechselte den Besitzer. Es wurde von einem Londoner Konsortium gekauft, das verkündete, es wolle es in einen Themenpub verwandeln. Die Musiker verließen das Lokal wie die Ratten ein sinkendes Schiff. Sie gaben unzusammenhängende Geräusche darüber zum Besten, sich anderswo eine Möglichkeit zum Musikmachen zu suchen, aber nichts wurde konkret, und plötzlich waren

Ellas Abende wieder frei. Es war das erste Mal seit langem, dass sie keine Ahnung hatte, was sie mit sich anfangen sollte.
»Lös Preisausschreiben«, schlug Leonie vor, als Ella sie anrief, um das Neueste von der Dieter-Saga zu hören.
»In letzter Zeit irgendwas gewonnen?«, fragte Ella und hoffte dabei müßig, dass Leonie noch einen Urlaub in exotischen Gefilden eingesackt hatte.
»Leider nicht«, gestand Leonie. »Ich verbringe all meine Zeit damit, Dieter zu mailen. Es ist erstaunlich. Auf meinem 56-kps-Modem kann ich jetzt Text- und Grafikdateien innerhalb weniger Sekunden verschicken und genauso schnell eine Antwort bekommen.«
Himmel noch mal, Leonie klang wie eine schlechte Hintergrundstimme für eine IT-Werbung. »Kommt er immer noch im Juli her?«, wollte Ella wissen, nachdem sie fünf Minuten lang Leonies Technokauderwelsch gelauscht hatte.
»O ja. Wir werden uns so amüsieren, Ella! Ich werde ihn für all die wunderbaren Orte entschädigen können, die er mir bei meinen Besuchen in Berlin gezeigt hat. Wir werden im Shelbourne und im Merrion und im Clarence zu Abend essen ...«
»Leonie, ich möchte dich ja ungern erschrecken, aber ich glaube, das Clarence hat sich sehr verändert, seit du das letzte Mal dort warst.«
»Nun, natürlich hat es das, Liebling. Es ist jetzt das Hotel von U2, nicht mehr die Anlaufstelle von ein paar Priestern mit Schuppen aus der Provinz, die nach unerlaubtem Sex Ausschau halten. Ich sterbe dafür zu sehen, wie Bono und seine Jungs es aufgemotzt haben. Und ich werde ihn mit zum Rennen nehmen. Das heißt, Dieter – nicht Bono. Du kommst natürlich auch, oder? Ich werde einen Tisch im

Leopardstown reservieren, damit wir den ganzen Nachmittag Champagner trinken und Erdbeeren essen können – und natürlich auch, um eine kleine Wette zu riskieren. Oh, tut mir Leid, Liebes, muss aufhören. Ein Anruf wartet auf mich. Es ist vielleicht er.«

»Tschüss, Leonie.«

»Oh, übrigens – schau doch mal in den *Evening Herald* von heute. Da ist ein großes Preisausschreiben drin, bei dem du vielleicht mitmachen willst. Der Preis ist eine romantische Reise für zwei nach Paris. Tschüss, Liebes.«

Ella legte auf und empfand Düsternis. Sie hatte nicht die Absicht mitzumachen. Selbst wenn sie gewinnen sollte, wen sollte sie auf eine romantische Reise nach Paris mitnehmen? Verdammt noch mal keinen.

Sie seufzte tief und wandte ihre Aufmerksamkeit wieder der Aufgabe zu, die sie verrichtet hatte, bevor sie ihre Großmutter angerufen hatte. Es war eine Aufgabe, die sie seit Monaten aufgeschoben hatte – ihren Schreibtisch aufzuräumen. Ihr Schreibtisch war ein Aufbewahrungsort für alles und jedes – Broschüren, Rechnungen, Post, die sie vor einer Ewigkeit schon hätte beantworten sollen, Gebrauchsanweisungen für alles, von ihrem Handy bis zur Kaffeemaschine. Als sie ein Anforderungsformular für eine Lebensversicherung in eine Mülltüte stopfte, fiel ihr Blick auf eine weitere Broschüre, die unter einer unbezahlten Verwarnung für Falschparken mit Patricks Mercedes hervorlugte. Scheiße, die sollte sie besser bezahlen, dachte sie, während sie sie auf ihren Stapel mit Dingen, die sie behalten wollte, legte.

Auf der Broschüre, die sie entdeckt hatte, war das Bild eines Tauchers zu sehen, der sich vor einem Unterwasserhintergrund in Meerblau abzeichnete. Ein blau-gelb gesprenkelter Fisch schwebte im Vordergrund, und ein ganzer Schwall aus kleinen gestreiften war über einem Riff darunter zu sehen. Ein Strom aus silbrigen Blasen blubberte aus dem Mund des Tauchers, der sich um etwas schloss, was sie damals, als sie das Foto zum ersten Mal gesehen hatte, Gummischlauch genannt hätte. Nun wusste sie, dass es der Lungenautomat war. Sie schlug die Broschüre auf und überflog den Text. »Spaß, Abenteuer, Aufregung …«, las sie. »Neue Freunde, Wochenenden woanders …« Bla, bla, bla …

Sie wollte sie gerade wegwerfen, als vor ihrem geistigen Auge ein Bild aufstieg von dem ersten Mal, als sie sich rückwärts von Desirées Tauchboot in der Blue Lagoon hatte fallen lassen. Der meerblaue Sprudel, als sie durchs Wasser trudelte, der Adrenalinstoß, die ersten langen Atemzüge von kühler, komprimierter Luft … Und dann erinnerte sie sich an die Endorphine, die es beim nächsten Mal, als sie getaucht war, in ihr hervorgerufen hatte, und an das übernächste und überübernächste Mal, und plötzlich hatte sie den überwältigenden Drang, es wieder zu tun.

Sie griff nach dem Telefon und wählte die Nummer, die auf der Broschüre abgedruckt war. »Hallo?«, sagte sie, als der Hörer am anderen Ende abgenommen wurde. »Hier ist Ella Nesbit. Ich möchte einen Tauchgang buchen.«

Am nächsten Donnerstag fuhr sie abends in dem kleinen Renault aus vierter Hand, den sie vor kurzem gekauft hatte, hinaus nach Portdelvin. Er war natürlich bei weitem nicht so toll zu handhaben wie Patricks eleganter Mercedes, doch es war schön, endlich ihren eigenen fahrbaren Untersatz zu haben.

Es war so ein wunderbarer Frühlingsabend, dass sie die Fenster öffnete. Während sie die Küstenstraße entlangfuhr, tauchte eine kleine Jachtflotte wie ein paar papierweiße Schmetterlinge um die Landspitze auf. Eine leichte Brise wehte, Wellen tanzten – das Sonnenlicht prallte an ihnen ab –, duftige Wolken trieben in dem hellen Blau über ihrem Kopf dahin, und sie hörte Mozarts Zwölfte auf dem Kassettenrecorder. Alles in allem war es einer jener besonderen Aprilabende, die einen daran erinnern, dass der Winter zu Ende geht und das Leben verdammt kostbar sein kann.

Sie beglückwünschte sich zu einem hübschen kleinen Parkplatz am Meer und holte ihre Ausrüstung aus dem Kofferraum. Als sie diesen zuknallte, hörte sie, wie eine vertraute Stimme ihren Namen rief. Sie drehte sich um, und der Wind peitschte ihr Haarsträhnen ins Gesicht.

»Richie! Hi!« Sie hüpfte zu dem Tauchgeschäft, vor dem er herumlungerte, stellte sich auf die Zehenspitzen und küsste ihn auf die Wange. Sie bemerkte, dass er ein wenig rot geworden war.

»Wie geht's meiner kleinen Tauchpartnerin und Gefährtin?«, fragte er und knuffte sie verlegen in die Schulter. »Es kommt mir eine Ewigkeit vor, dass ich dich zuletzt gesehen habe. Wie war Jamaika?«

»Super. Ich bin jetzt zertifiziert!«

»Gut gemacht, Ella.« Er beglückwünschte sie. »Ich kann schon sehen, wie du unweigerlich zu Dive-Master-Ehren aufsteigst.«

Sie zog ein Gesicht. »Pah! Wohl kaum. Was ist mit dir? Ich nehme an, du bist jetzt ein fortgeschrittener Taucher mit allen möglichen Spezialisierungen an deinem Bleigürtel?«

»Leider nicht.« Er setzte sich auf die niedrige Mauer vor der Tauchschule und streckte seine langen Beine aus.

»Ach ja?« Ella hockte sich neben ihn. »Ich dachte, du würdest gleich die Fortgeschrittenenausbildung angehen, sobald du mit dem ersten Kurs fertig warst?«

»Habe ich auch. Ich musste sie abbrechen.«

»Aber warum denn, Richie? Du warst doch so scharf drauf.«

»Ich habe mir den Fuß gebrochen, kurz nachdem ich zertifiziert war.«

»Au. Wie denn das?«

Er sah dümmlich drein. »Ich bin auf einem Exemplar von *Penthouse* ausgerutscht und die Treppe runtergefallen.«

»Was?« Sie musste einfach loslachen. »Ich glaube dir nicht!«

»Seltsam, aber wahr. Dies wird mein erster Tauchgang seitdem sein.«

»Und für mich ist es der erste seit Jamaika. Witzig, dass wir uns denselben Abend ausgesucht haben.«

»Nicht wirklich. Ferdia hat mir erzählt, dass du dich angemeldet hast, und ich dachte, es wäre cool, wenn wir wieder Partner sein könnten.«

»Wenn Ferdia uns lässt«, erinnerte sie ihn.

»Er wird nicht hier sein. PJ leitet heute Abend den Tauchgang.«

»Oh? Nun denn, dann werden wir wirklich Partner sein.« Sie fragte sich, wo Ferdia war, wollte aber nicht weiterbohren.

»Ferdia leitet einen Rettungstaucherkurs in Lissamore.«

»Oh.«

»Auf jeden Fall hielt ich es für eine gute Idee, einen Tauchgang einzulegen, bevor ich meine Fortgeschrittenensache mache. Ich fange nächste Woche mit dem Kurs an. Warum meldest du dich nicht auch an?«

»Ich? Ha! Was soll das denn?«

»Du lernst mit einem Trockenanzug zu tauchen. Ich bin

mir verdammt sicher, dass ich, wenn ich das nächste Mal in irischen Gewässern tauche, einen Trockenanzug tragen will. Und du wärst zertifiziert für tiefere Tauchgänge. Je tiefer du tauchst, desto mehr siehst du.«

Sie erinnerte sich an das Riff in Jamaika mit seinen geheimnisvollen Schluchten und wie sie sich danach gesehnt hatte, sie weiter zu erforschen.

»Und natürlich ist da noch der Spaß an der Sache«, erinnerte sie Richie. »Und das Abenteuer und die Aufregung und all diese neuen Freunde. Und das hinreißende Lesematerial.« Mit theatralischem Schwung zog er ein Buch aus seiner Sporttasche. Auf seinem Umschlag stand *Fortgeschrittenen-Ausbildung für Open-Water-Taucher.*

Ella kreuzte die Finger, als wollte sie einen Vampir abwehren. »Muss man das ganze Handbuch durcharbeiten?«

»Nein, nur die wichtigen Kapitel.«

Sie nahm ihm das Buch ab und blätterte es durch. »O schau! Da ist ein Kapitel über unheimliches Nachttauchen! Igitt! Ne Menge Illustrationen.« Sie zeigte auf das Bild von einigen Tauchern mit großen runden erschrockenen Augen.

Der Tauchwagen bog um die Ecke. Er fuhr neben sie, und PJ stieg aus. Er sah ekelerregend fit und sportlich aus, und Ella kam sich unfähig vor. »He, ihr beiden«, begrüßte er sie. »Taucht ihr beide heute Abend?«

Ella bemerkte, dass eine Elster auf einem Zaun auf der anderen Straßenseite gelandet war. »Wenn ich es schaffe«, antwortete sie und warf dem Vogel einen Kuss zu. »Ich bekomme vielleicht wieder Panik. Wie gut sieht man?«

»Nicht schlecht. Vier, fünf Meter.«

Eine weitere Elster gesellte sich zu derjenigen auf dem Zaun, und Ella atmete ein wenig leichter. »Vier, fünf Meter«, wiederholte sie. »Ich probiere es.« Sie erinnerte sich an das, was ihr Desirée auf ihre Unterwassertafel geschrieben hatte, als sie ihren Prüfungstauchgang in Jamaika absolviert hatte. »Ich sehe, dass du eine Kämpferin bist!« Ich *werde* es tun.

PJ blickte auf seine Uhr. »Wir packen es dann besser«, sagte er. »Wir wollen doch nicht, dass es dunkel wird, während wir draußen sind.«

Richie und Ella standen auf und folgten ihm in die Schule. An der Wand hinter dem Tresen war eine Auswahl von T-Shirts ausgestellt. Eines davon hatte ein Bild von einem gefährlich aussehenden Aal vorne drauf, und darunter stand: GEH DORTHIN, WO SICH ANDERE NICHT TRAUEN. Vielen Dank, dachte Ella. Wie beruhigend.

»Ihr seid also alle zertifiziert?«, bemerkte PJ über die Schulter hinweg, während er auf den Verleihbereich zusteuerte, in dem die Ausrüstung aufbewahrt wurde. Er wühlte die Tauchanzüge durch, die auf einem Ständer hingen, und reichte einen herüber. »Du hast Größe 36, oder, Ella?«

»Ja. Und Größe drei für die Füßlinge, bitte.«

PJ lachte. »Das ist, als ob ich eine Puppe von meiner kleinen Nichte ausstatte«, sagte er und fuhr mit der Hand über das Regal, in dem die hässlichen Neoprenfüßlinge aufgereiht standen. »Hier.« Er gab ihr die Füßlinge und sah sie abschätzend an. »Wusstest du, dass nächste Woche ein Fortgeschrittenenkurs anfängt, Ella? Warum schaust du nicht, wie es heute Abend läuft, und entscheidest dich dann, ob du auch daran interessiert bist? Vielleicht wirst du ja von dir selbst überrascht?«

Sie war von sich selbst überrascht. Die Sicht war in Ordnung, und sie bekam keine Angst. Natürlich war es kein

Vergleich mit karibischen Gewässern, doch sie stieg mit anderen Erwartungen hinab. Es hatte keinen Sinn, enttäuscht darüber zu sein, dass es keine juwelengleiche Fische zu füttern gab oder wunderbare Riffe zu besichtigen oder farbenfrohe Anblicke, an denen sich das Auge weiden konnte – dieses Unterwassergebiet war auf seine ganz eigene Weise bemerkenswert mit seiner zurückhaltenden sepiafarbenen, ziemlich körnigen Schönheit. Von den Anblicken einmal abgesehen, war es das Gefühl absoluter Ruhe, das sie in dieser stillen Zeitlupenumgebung faszinierte. Das wahre Leben mit seinen eintönigen Details konnte sie hier nicht berühren. Sie hatte den endgültigen Fluchtweg aus der Banalität gefunden.

Einmal bemerkte sie, wie sie über einem anderen Partnerteam hinwegschwamm. Ihre Luftblasen trieben durch das Wasser zu ihr herauf wie Silberkugeln, und Ella fragte sich, wie es wohl wäre, bekifft zu tauchen. Während sie beobachtete, wie die großen, leuchtenden Luftkugeln an ihr vorbei an die Oberfläche stiegen, entdeckte sie, dass sie sie wie ein Wunder anstarrte, und erkannte, dass das, was sie gerade erlebte, wirklich keine Verstärkung durch Drogen brauchte. Sie war von Natur aus high.

Alle anderen Taucher an diesem Abend waren Männer. Manche benahmen sich wie üblich wie Machos und räusperten sich und spuckten, ohne sich zu entschuldigen, sobald sie wieder auf dem Tauchboot waren; tauschten Geschichten über die Wracks und die Tiefen aus, in die sie getaucht waren, oder gaben sich anderen angeberischen Machogesten hin. Aber das eher Nette war, wie Ella dachte, dass, während Tauchen zum größten Teil noch eine männliche Domäne war, die Motivation dahinter doch einen merkwürdig weiblichen Aspekt enthüllte. Andere traditionell männliche Sportarten waren vom

Nervenkitzel beherrscht, wie Rallyefahren oder Motorradfahren, oder aber sie waren langweilig wie Kricket oder Golf. Diese Männer durchliefen ein im Grunde vom Machismo dominiertes Ritual – sich fertig zu machen, mit tonnenschwerer Ausrüstung offenbar sorglos umzugehen, Angst machende Messer und riesige Lampen, Kompasse, Tauchcomputer und Hightech-Kameras mit sich tragen – und all das, damit sie eine Stunde unter Wasser verbringen, Krebse necken, Seeanemonen und Seesterne kitzeln und Seetang erforschen konnten, und das alles in verzaubernder Zeitlupe. All diese unbarmherzige *Männlichkeit* war in Wirklichkeit Tarnung für etwas, was eigentlich ein ziemlicher Frauensport war.

Auf dem Rückweg zum Hafen merkte Ella, dass sie nicht aufhören konnte zu lächeln. Im Westen ging die Sonne unter und färbte das Wasser unwirklich kaugummirosa. Im Osten stieg der Vollmond wie ein Himmelskürbis auf. Der Himmel war nun dunstig und mit blassen Wolken bedeckt, und sie konnte keine Trennlinie zwischen Himmel und Meer ausmachen. Das Boot holperte schnell über das Wasser, und ihr Haar wehte hinter ihr im Wind. Sie sah Richie strahlend an. »Ich werde es machen«, verkündete sie.

»Was machen?«

»Den Fortgeschrittenenkurs.«

Richie grinste sie an. »Braves Mädchen«, sagte er.

Ihr erster Theorieunterricht ging über Unterwassernavigation. Ups, dachte Ella, deren Orientierungssinn echt vertrackt war. PJ erzählte ihnen, dass sie mit Hilfe eines Kompasses und ihrer eigenen natürlichen Fähigkeit bald allein navigieren könnten. Was, wenn ich keine natürliche Navigationsfähigkeit habe?, wollte Ella fragen, ließ es dann aber. Nun, da sie Fortgeschrittene war, nahm sie

an, dass sie besser versuchen sollte, ihren jugendlichen Sinn für Humor zu zügeln.
Doch es war nicht leicht. Die Klasse musste das Navigieren auf der Promenade üben, bevor sie ins Wasser ging, und alle sahen aus wie ziemliche Blödmänner, als sie die geforderte Position fürs Kompasslesen einnahmen, einen Arm nach vorne ausgestreckt und mit dem anderen den entgegengesetzten Ellbogen umklammernd. »Ich – bin – ein – Dalek«, tönte Richie, während er Richtung Norden trudelte. »Suche – und – vernichte.«
»Es heißt ›Suche und hole zurück‹, Rich«, ermahnte Ella ihn.
»Oh, also dann in Ordnung.« Richie setzte wieder seine Dalek-Stimme ein. »Suche – und – hole zurück. Suche – und – hole zurück. Wonach suchst du, Süße?«
»Natürlich nach Dublonen, Liebling. Und du?«
»Hm. Ich hatte gar nicht darüber nachgedacht. Wie wär's mit meiner Daseinsberechtigung?«
»Oh.« Ella überlegte. »Ich bin mir nicht wirklich sicher, dass ich nach meiner Daseinsberechtigung suchen will. Was, wenn es sich herausstellt, dass es keine gibt, wie in einem Stück von Beckett? O Scheiße – ich soll jetzt nach Westen gehen, oder? Eins, zwei, drei, vier Schritte. Und – umdrehen.«
»Sechs Schritte, Ella. Wir weiten die Quadrate jetzt aus.«
»Ach zum Teufel«, meinte sie. »Warum habe ich mich nur jemals von dir dazu überreden lassen, Richie?«
»Weil ich ein gefährlicher, redegewandter Schuft bin, natürlich«, antwortete er und warf ihr ein Lächeln zu. »Und weil du mir nicht widerstehen kannst.«
»Ach ja«, gab Ella zurück, »das habe ich vergessen.«
Nach dem Navigationstauchen kam das Tieftauchen. (»Es wird dunkel sein. Wenn ihr die Orientierung verliert,

umarmt euch einfach selbst, um sicherzugehen, dass ihr noch lebt«, sagte PJ beruhigend, »und passt auf, dass eure Luftblasen immer noch nach oben steigen.« Danke, PJ, dachte Ella.) Dann gab es den Tauchgang mit Trockenanzug, einen Tauchgang mit Suchen und Bergen und schließlich ein Bootstauchgang. Ella verbrachte ein ganzes Wochenende damit, im County Wexford in und aus einem Steinbruch zu steigen, der als Blackpits bekannt war. Das Wetter war nicht toll, die Wassertemperatur betrug nur zehn Grad, doch ihr war es egal, nun, da sie einen Trockenanzug anhatte. Als sie das erste Mal aus dem latexversiegelten Kleidungsstück stieg, stellte sie verblüfft fest, dass sie tatsächlich knochentrocken war – genauso wie James Bond, wenn er einen Trockenanzug aufmachte und darunter ein Smoking zum Vorschein kam. Okay, sie trug nichts so Glamouröses wie einen Smoking – nur einen bequemen, weichen Anzug namens »Wollbär« –, aber sie fühlte sich darin kuschelweich. Das war für sie der größte Vorteil am Fortgeschrittenenkurs. Nun, da sie wusste, dass sie sich nie mehr aus einem Nassanzug schälen musste, hatte sie einen echten Anreiz, das Tauchen im kalten Atlantik zu erforschen. Sie und Richie hatten sich für ein Tauchwochenende im Westen angemeldet. Dort war Ferdia nun, wie Richie ihr erzählt hatte, und leitete die Ausbildung für Open-Water-Taucher.

Der Tauchgang, der Ella am meisten Spaß machte, war der, in dem man suchen und bergen musste. Man musste dabei einen Gegenstand unter Wasser auffinden, eine Leine daran binden und ihn an die Oberfläche schicken, indem man einen Luftbeutel mit komprimierter Luft füllte. Sie hatte endlich die Kunst des Navigierens unter Wasser gemeistert und war einfach sehr froh über sich selbst, als ihre neu erworbenen Kompassfähigkeiten sie geradewegs zu dem Bleigewicht führten, das PJ auf dem Grund abgelegt hatte und das sie finden sollte. Es ist wirklich wie bei den Pfadfindern, dachte sie, als sie das Nylonseil geschickt zu zwei halben Knoten drehte.

Nur dass Pfadfinder nach ihren Powhows oder wie immer sie hießen nicht trinken durften. Sobald diese Gruppe aus zehn Schülern und fünf Lehrern ihre Aufgabe erfüllt und ihre Ausrüstung für den Tag verstaut hatte, steuerte sie geradewegs den örtlichen Pub an. Die meisten Schüler waren kaputt und erschlagen und hatten Muskelkater nach all den körperlichen Übungen, doch sobald sie durch die Pubtür waren, setzte unweigerlich das Syndrom des Nachwindes ein. Ella entdeckte, dass das, was das Handbuch vorausgesagt hatte, Wahrheit wurde. Sie amüsierte sich, wurde von Abenteuerlust getragen und fand neue Freunde.

11

An einem sonnigen Montagmorgen zogen Bauarbeiter in das Gebäude neben Nesbit & Noonan ein. Es war vor kurzem an eine Steuerkanzlei verkauft worden. Oh, oh, dachte Ella, als sie einen Förderkorb draußen vor der Tür sah. Patrick sagte nichts dazu, als er eintraf, doch sein Gesichtsausdruck sprach Bände. Dies würde Probleme verursachen, und wahrscheinlich große.

Als die erste Aufnahme des Tages zur Hälfte fertig war, begann die Hämmerei. Sie arbeitete an einer Fernsehwerbung für ein Kosmetikunternehmen, das eine neue Serie von Body Lotions lancieren wollte. Die Bilder waren verblüffend, das Hintergrundband seidig, die Stimme, die sie aufnahm, sexy und überzeugend. »Für samtweiche Haut«, las die Sprecherin (Bäng! Ein gewaltiges Krachen von nebenan), »weich wie vom Regen geküsste Blütenblätter« (Bäng! Noch eins – noch höher auf der Richter-Skala), »süßer duftend als ein Sommer in der Provence …« (Bäng!) Die Sprecherin zögerte ganz kurz und fuhr dann fort. Man konnte die Unsicherheit in ihrer Stimme hören. »Es wirkt von dem Moment am Morgen, wenn Sie sie einreiben …« (Wieder Bäng!)

Es brachte nichts. Es hatte keinen Sinn mehr weiterzumachen.

»Okay«, stellte Ella fest. »Tut mir Leid, dass ich Sie stoppen muss, Lauren. Wir werden einfach warten müssen, bis der Krach aufhört.«

»Was um Himmels willen geht nebenan vor?«, fragte die

Texterin der Agentur, die bei der Aufnahme des Werbespots dabei war.
»Sie renovieren das Gebäude.«
»Oh.« Die Texterin runzelte die Stirn. »Das wird das Leben für Sie alle aber ziemlich schwierig machen, oder?«
Ella wusste, dass dies Kopfschmerzen bereiten könnte, doch sie durfte nicht zulassen, dass ein Gerücht bei den Werbeagenturen in Umlauf geriet, wonach zukünftige Tonaufnahmen bei Nesbit & Noonan problematisch werden könnten. Sie versuchte sorglos zu klingen. »Nö. Sollte kein Problem sein. Ich kenne andere Studios, denen das passiert ist. Im Allgemeinen sind die Bauunternehmer sehr verständnisvoll und hören mit der Arbeit auf, wenn man sie wissen lässt, dass man aufnehmen will. Ich bin sicher, Patrick wird ein nettes Wort mit ihnen reden. Und wenn sie nicht mitspielen wollen, können wir immer noch mit rechtlichen Maßnahmen drohen.« Ella wusste, dass sie bluffte. Rechtliche Maßnahmen waren so etwas wie eine leere Drohung. Es konnte ein Jahr dauern, bis der Fall zur Anhörung kam, und dann wäre die Renovierung beendet, und die Unternehmer hätten sich dünne gemacht. Sie hielt inne und lauschte. Es herrschte beruhigende Stille. »Gut. Scheint so, dass sie fertig sind. Okay, Lauren? Bereit für noch einen Versuch?«
»Sicher.« Die warme Stimme der Schauspielerin ertönte über die Lautsprecher.
»Dann also los. Wenn du so weit bist.«
Sie hörten, wie Lauren sich räusperte und tief durchatmete. »Für samtweiche Haut«, fing sie wieder an (Bäng!), »die sich weich wie vom Regen geküsste Blütenblätter anfühlt …« (Bäng! Bäng! Bäng!) »Ach, verdammt!« Die Schauspielerin lachte verzweifelt auf. »Es hat doch keinen Sinn, dass ich weitermache, oder?«

»Fünf Minuten Pause, Lauren. Ich rufe Patrick oben an und bitte ihn, die Situation nebenan zu klären. Er wird die Sache in null Komma nichts geregelt haben.«
Zehn Minuten später war der Krach so erbarmungslos wie eh und je, und die Texterin zischte zornig. Sie wandte sich an Ella. »Ehrlich – das ist zum Wahnsinnigwerden!«, rief sie aus. »Ihr werdet etwas unternehmen müssen, Ella, und je schneller, desto besser. Ich bin nicht bereit, noch eine Stunde Studiozeit mehr in Kauf zu nehmen. Ich muss um elf woanders sein.« Sie warf einen kurzen Blick auf ihre Uhr.
Oh, oh, dachte Ella zum zweiten Mal an diesem Tag. Das sah nicht gut aus.

Und es wurde noch schlimmer. Das ganze Innere des Nachbargebäudes wurde mit quälender Langsamkeit entkernt und sein Inhalt ohne Umstände in den Container draußen geworfen. Viele Container wurden im Laufe der nächsten Wochen gefüllt. Die Bauarbeiter waren so laut und so lästig, so störend und so lässig in ihrem Verhalten, dass man schließlich mit rechtlichen Maßnahmen drohen musste. Patrick wandte sich an seinen Anwalt, und der sagte ihm, er könne wegen Einkommensverlust klagen, wenn Stammkunden in andere Studios gegangen waren – wie sie es in Scharen getan hatten. Die Drohung mit rechtlichen Maßnahmen hatte zur Folge, dass die Bauarbeiter etwas williger wurden, doch es gab unausweichlich immer noch Situationen, in denen eine Aufnahme durch das schrille Jaulen einer Schleifmaschine oder das dumpfe Beben eines Bohrers gestört wurde. Ella hatte nun ständig Kopfschmerzen und gewöhnte sich an, Paracetamol zu nehmen. Jeden Tag fühlte sie sich nach der Arbeit zerschlagen und ging manchmal direkt ins Bett, wenn sie nach Hause kam. Der Gipfel war, als der Typ im Haus neben ihrem damit begann, seine Wohnung zu renovieren. Das Geräusch von Bohrern durchdrang ihr ganzes Leben. Sie war wütend genug, an ihren politischen Vertreter im Ort zu schreiben – der lächelnde Jim Moran –, um zu fragen, was er an dem Geräuschpegel in Dublin zu ändern gedachte, doch da im Moment keine Wahlen anstanden, für die Wählerstimmen eingefangen werden mussten, erhielt sie niemals eine Antwort auf ihren Brief. Genauso wenig wie Leonie, was nicht überraschte.

An einem Donnerstag stolperte sie aus dem Studio heraus und begab sich direkt in den Schutz ihres kleinen Handwerkerhauses in den Liberties; sie betete, dass der Do-it-yourself-Typ nicht an diesem Abend seinen Bohrer betätigen möge. Das Display auf ihrem Anrufbeantworter zeigte an, dass sie vier Nachrichten hatte. Ella goss sich ein großes Glas Rotwein ein, griff nach einer Tüte Kettle-Chips, rollte sich auf dem Sofa zusammen und drückte auf Play. Nein, sie wollte nicht mit ihrem Freund Tom, dem Posaunisten, sprechen, der sie darüber informierte, dass er wahnsinnig verliebt sei und endlich sein Coming-out habe. Nein, sie wollte nicht mit ihrer Freundin Iseult sprechen, die wissen wollte, ob sie mit ihr am Wochenende um die Häuser zog. Nein, sie wollte keine Einzelheiten über eine neue Versicherung wissen. Die vierte Nachricht war von Richie. »Hallo, meine kleine Tauchpartnerin. Wie geht's? Ruf mich an, wenn du dies hörst. Und vergiss nie – Begin With Review And Friend.«

Das war die lächerliche Gedächtnishilfe, die Taucher benutzen, um sicherzugehen, dass ihr Partner sicher angezogen ist. Zum ersten Mal in dieser Woche musste Ella lachen. Sie dachte eine Minute lang nach, griff dann nach ihrem Filofax und tippte Richies Nummer ein. »Be-

gin With Review And Friend selber«, sagte sie, als er abhob.
»Ella! Bist du bereit?«
»Bereit wofür?«
»Natürlich für unser Tauchwochenende. Erzähl mir nicht, dass du es vergessen hast. Wir wollten doch nach Lissamore.«
Ella biss sich auf die Lippe. »Oh, zur Hölle, Richie. Das hatte ich vollkommen vergessen.«
»Aber du kommst doch trotzdem?«
O Gott. Sie wollte dieses Wochenende eigentlich nichts tun. Der Gedanke, sich tauchmäßig anzuziehen und mit Gewichten von vielen Pfund Ausrüstung rumzuwatscheln, bot so gut wie keinen Anreiz für sie.
»O Richie, ich habe eine höllische Woche hinter mir. Ich habe unter den scheußlichsten Bedingungen arbeiten müssen. Ich glaube wirklich nicht, dass ich es schaffen kann. Es tut mir Leid.« Sie seufzte tief auf.
Der Seufzer klang offenbar wie von Herzen kommend, denn er warf eifrig ein: »Schau, Ella, das ist doch nicht wichtig. Überhaupt kein Problem.« Doch sie erkannte, dass er sich sehr bemühte, nicht enttäuscht zu klingen. »Ich werde sehen, dass ich einen anderen Partner finde. Ich rufe Ferdia an und frage ihn, wer noch kommt. Er organisiert dieses Wochenende.«
Ella dachte gründlich nach. Sie wusste, es war höchst unwahrscheinlich, dass Richie so spät noch einen anderen Partner finden würde. Es war Donnerstagabend – sie sollten in weniger als vierundzwanzig Stunden gen Westen aufbrechen. Und aus irgendeinem Grund wurde sie angestachelt von dem Gedanken, dass Ferdia höchstwahrscheinlich denken würde, sie hätte wieder den Schwanz eingezogen, wenn sie nicht auftauchte.

»Nein, nein, Richie«, sagte sie entschieden, »es ist okay. Ich komme mit.«
»Schau, Ella, du musst es nicht nur wegen mir machen. Wenn du dich nicht danach fühlst …«
»Im Moment gerade fühle ich mich nicht danach, aber morgen wird es mit gut gehen. Ich habe einen ziemlich lockeren Tag.« Es waren nur sehr wenige Gigs gebucht. Das Geschäft blühte nicht gerade bei Nesbit & Noonan.
»Bist du dir sicher?«
»Absolut.« Sie legte so viel Begeisterung in ihre Stimme, wie sie konnte. »Tatsächlich fällt mir keine bessere Art ein, mich von der Woche in der Hölle zu erholen, als auf fünfundzwanzig Meter Tiefe zu entfliehen.«
»Also dann ist das geregelt!«
Er klang so erleichtert, dass sie froh darüber war, ihre Meinung geändert zu haben. »Wo treffen wir uns?«, fragte sie.
»Wo es dir passt.«
»Hm. Lass mich nachdenken. Warum kommst du nicht gegen fünf im Studio vorbei? Ich sollte schon vorher fertig sein. Meine letzte Aufnahme ist um vier, und das ist eine lockere Sache.« Solange die verdammten Bohrer nicht wieder anfangen, dachte sie grimmig.
»Was ist eine lockere Sache in der Welt der Tonaufnahmen?«
»Ein Produzent, der nach einer stressigen Woche so schnell wie möglich weg will. Die Verlockung des Pubs an einem Freitag ist der größte Anreiz, den ich kenne, um einen Job schnell hinter mich zu bringen.«
»Okay. Ich hol dich also spätestens um fünf Uhr ab.«
»Wunderbar. Wir könnten gegen neun Uhr in Lissamore sein, wenn der Verkehr nicht zu teuflisch ist.«
Es entstand eine kleine Pause am anderen Ende der Lei-

tung. »Warte noch eine Sekunde, Ella. Ich weiß, du bist ganz wild auf diesen kleinen Renault, aber wird er uns den ganzen Weg bis nach Lissamore bringen? Es ist eine lange Fahrt, und die Straßen hinter Galway sind beschissen.«

»Ah, du hast Recht.« Sie würde Patrick bitten, ihr sein Auto zu leihen, falls er es nicht selbst brauchte. Er schuldete ihr einen Gefallen für die Anwürfe, die sie sich wegen der Bauarbeiten in den letzten Wochen von Werbekunden und Textern hatte anhören müssen. »Mach dir keine Sorgen, Rich. Ich bin mir ziemlich sicher, dass ich den Mercedes kriegen kann.«

»Nicht schlecht! Wir werden dieses Wochenende stilvoll verbringen, Ella!«

Er klang so erfreut, dass sie unwillkürlich lächeln musste, als sie den Hörer auflegte. Sie trank ihren Wein aus, stand dann vom Sofa auf und ging in ihr Schlafzimmer; dort suchte sie die Sachen zusammen, die sie fürs Wochenende packen musste. Sie fand ihre Maske und ihren Schnorchel sowie ihr Tauchhandbuch für den Fall, dass sie irgendetwas nachschlagen musste. Sie stopfte Unterwäsche in eine Tasche, zusammen mit Trainingsanzughose, T-Shirts und Timberlands. Ihre Wildlederjacke. Es war eine Ralph-Lauren-Jacke, die sie vor vier Jahren ein Vermögen gekostet hatte, selbst zu ihrem reduzierten Ausverkaufspreis, doch sie hatte eine der Taschen aufgerissen und sie in die schmuddligere Abteilung ihres Schranks bugsiert. Sie legte die wichtigsten Dinge in ihren Kulturbeutel und fügte dann noch eine Tube mit getönter Feuchtigkeitscreme hinzu, ihr Chanel Nr.19 sowie Abdeckungscreme für den schrecklichen Pickel auf ihrem Kinn. Das ist die Schuld der verdammten Bauarbeiter, dachte sie erbittert und schaute in den Spiegel. Sie bekam wirklich nur Pickel, wenn sie fertig war, und in den letzten Wochen war sie fix und fertig gewesen. Sie zupfte mit einer Pinzette ein oder zwei Härchen aus ihren Augenbrauen und dachte daran, noch ihre Augenbrauenbürste und eine Tube Vaseline mitzunehmen. Dann prüfte sie ihr Spiegelbild genauer. Die Säcke und dunklen Ringe unter ihren Augen, die Blässe und die Flecken auf ihrer Haut ließen sie flugs ins Bett sinken. Sie brauchte dringend ihren Schönheitsschlaf.

Patrick lieh ihr das Auto. »Mach das Beste draus«, sagte er zu ihr. »Es ist wahrscheinlich das letzte Mal, dass du ihn fahren wirst.«
»Oh? Wieso?«
»Er ist verdammt zu teuer im Unterhalt. Ich suche auf dem Markt nach einem neuen Auto, das eine Meile mit nur einem Tropfen Benzin schafft.«
»Schade«, erwiderte Ella. »Aber rein finanzielle Zwänge haben dich doch noch nie davon abgehalten, tolle Autos zu kaufen, Patrick.«
»Ich hatte auch noch nie *echte* finanzielle Zwänge, Süße.«
Ella warf ihm einen fragenden Blick zu, doch er legte nur den Finger auf seine Lippen. »Ich will nicht drüber reden, okay?«
»Okay.« Sie zügelte ihre Neugierde. Sie wusste, es war besser, ihrem Onkel keine Fragen zu stellen, die er nicht bereit war zu beantworten. Doch irgendwo in ihrem Unterbewusstsein begann eine winzige Warnglocke zu läuten. Sie wusste, etwas war los.
Als sie mit der letzten Aufnahme des Tages fertig war, ging sie hinunter zum Empfang und fand dort Richie vor, der mit Julian plauderte.
»Du hast mir nie erzählt, dass du mit jemandem zusammenarbeitest, der auch taucht«, sagte Richie.

»Oh. Hi.« Ella sah Julian und dann wieder Richie an. »Ihr beide habt euch doch schon bekannt gemacht, oder?«, fragte sie ohne Begeisterung.
»Ja. Wir reden übers Tauchen, seit ich den Schnorchel entdeckt habe, der aus Richies Tasche guckt«, erwiderte Julian.
»Julian macht den Tiefseetauchkurs am selben Wochenende wie ich, Ella. Wir dachten, wir könnten Tauchpartner sein.«
Ella versuchte, nicht zu entsetzt über den Gedanken zu wirken, dass Julian ihr ihren Tauchpartner klaute. Sie versuchte das Thema zu wechseln. »Wie kannst du es dir leisten, auf so ein Spezialisierungswochenende zu gehen, so kurz nach diesem hier?«, fragte sie.
»Ich habe einen Teilzeitjob im Televerkauf gefunden. Ich habe entdeckt, ich bin ziemlich gut darin«, fügte er hinzu und klang ziemlich verblüfft darüber.
Ella war nicht überrascht. Richie besaß die Gabe, sich schnell Freunde zu machen. Er hatte es bei ihr geschafft, und nun hatte er es zu ihrem Kummer offenbar auch bei Julian geschafft. Sie wünschte, sie hätte genug Grips gehabt, ihn vorzuwarnen, und dann verwies sie sich selbst. Was ging es denn sie an, mit wem sich Richie anfreunden wollte? Schließlich war es nicht so, dass sie Exklusivrechte an ihm hatte. Doch ein Teil von ihr fühlte sich einfach äußerst verstimmt darüber, dass Julian jetzt anfing ihr ihre Freunde wegzuschnappen. Es war schlimm genug, mit ihm arbeiten zu müssen.
»Warum hast du mir nicht erzählt, dass du dieses Wochenende zum Tauchen gehst, Ella?«, fragte er nun betrübt, setzte sich auf die Empfangstheke und ließ die Beine baumeln. »Du hättest es tun sollen. Wir hätten alle drei zusammen in meinem Auto fahren können.«

»Was meinst du damit?«
»Ich fahre auch nach Lissamore. Ich habe seit Monaten kein Tauchwochenende mehr gemacht, deshalb habe ich gestern ganz spontan bei ActivMarine angerufen. Ich hatte Glück und habe noch einen Platz bekommen. Sie waren ausgebucht, doch jemand hat im letzten Moment abgesagt.«
O nein! Ihr Wochenende war ruiniert!
»Warum fahren wir denn dann nicht zusammen hin?«, schlug Richie vor. »Dadurch würden wir Benzingeld sparen.«
»Nein!«
Zwei Augenpaare richteten sich auf Ella. »Warum nicht?«, fragte Richie vernünftig. »Für mich macht das Sinn.«
»Ich … äh … ich möchte lieber mein eigenes Auto dabeihaben. Ich werde kribblig, wenn ich irgendwo bin und mich auf andere Leute zum Mitfahren verlassen muss.«
»Nun, vielleicht sollte ich dann mit dir hinfahren«, meinte Julian.
»Nein!«
»Warum nicht?«
»Weil ich Patricks Auto nehme und nicht den Renault. Der Mercedes ist nur ein Zweisitzer.«
Julian zuckte mit den Schultern. »Ach so. Eine verpasste Gelegenheit. Wenn du das nächste Mal zum Tauchen fährst, Rich« – Rich! Wie konnte er es wagen! –, »ruf mich einfach an. Ich nehme dich gerne mit und bin dein Tauchpartner.«
Ella sah auf die Uhr. »Los, komm, Richie. Wir machen uns besser auf, wenn wir versuchen wollen, den schlimmsten Verkehr zu vermeiden. Wie schade, dass du noch eine Aufnahme hast, Julian.«

»Keine Sorge. Es ist ein schöner Gig. Irgendein ISDN mit Gabriel Byrne. Der Typ ist ein echter Gentleman.«

»Gabriel Byrne?«, rief Richie aus. »Zum Teufel aber auch! Vielleicht könnten wir noch ein bisschen bleiben, Ella? Meine Schwester würde wahnsinnig gerne ein Autogramm von ihm haben.«

»Ich hole mir ein anderes Mal eins für dich«, versprach Ella, während sie Richie Richtung Tür scheuchte.

»Ich kann es dir heute Nachmittag besorgen, wenn du magst«, bot Julian an. »Kein Problem.«

»He, danke, Julian. Ich werde dann meine Schwester dazu verlocken können, mich dafür all ihren heißesten Freundinnen vorzustellen. Tolle Sache! Bis später.«

»Ja. Ich treff dich dann im Sweeney's.«

»Sweeney's?«

»Der Pub neben dem Haus, in dem wir wohnen. Dorthin gehen alle Jungs nach einem Tauchtag.«

Die Jungs! »Und was ist mit den Mädels?«, fragte Ella süß.

»Oh, sie dürfen auch kommen«, erwiderte Julian lachend. »Aber ich glaube, du wirst merken, dass sie in der Minderzahl sind. Vielleicht wirst du ja entdecken, dass du ganz plötzlich sehr beliebt bist, Ella.« Er zwinkerte ihr zu. »Sogar Hunde sind beliebt an Tauchwochenenden.« Himmel! »Das soll nicht heißen, dass du ein Hund bist, Ella, oder so«, fügte er eilig hinzu, als er den Blick sah, der in ihre Augen trat.

Ella schwang sich die Tasche über die Schulter und schleppte sie durch die Tür. Scheiße, Scheiße, Scheiße, dachte sie, als sie die Schlösser des Mercedes aufklickte, der vor der Tür parkte. Julian Bollard wurde zum Fluch ihres Lebens.

»Er scheint ein netter Typ zu sein«, bemerkte Richie, während er auf den Beifahrersitz glitt.

Ella gab ein unverbindliches Geräusch von sich, während sie den Gang einlegte. Sie hätte Richie liebend gerne die Wahrheit gesagt, doch sie wusste, dass es nicht fair wäre, seinen Geist gegen Julian zu vergiften, nur weil *sie* ein Problem mit ihm hatte. Tatsächlich, so nahm sie an, wenn sie sich gestattete, darüber nachzudenken, war sie der einzige Mensch, der ein Problem mit Julian zu haben schien.
Sie hatte sich einfach nie erlaubt, die Rivalität zu überwinden, die vom ersten Tag, an dem sie sich begegnet waren, zwischen ihnen aufgeflammt war.

Um halb neun an diesem Abend fuhren sie vor Sweeney's vor. Es war ein typischer Landpub ohne irgendwelche Ansprüche. Die Ausstattung war gediegen, auf dem Boden lag abgetretenes Linoleum, und das Lokal sah aus, als ob es seit den sechziger Jahren keine Erneuerung mehr erfahren hatte. Ein Feuer brannte, obwohl der Abend mild war, und Posters, die traditionelle Musiksessions ankündigten, hingen an der Wand.
Wie für einen Freitagabend typisch, war das Lokal überfüllt, vor allem mit Ortsansässigen. Als sie sich umblickte, erkannte Ella ein paar Gesichter von ihrem Kurs bei ActivMarine und war froh, unter ihnen die sportliche Jan zu entdecken. Zumindest gab es an diesem Tauchwochenende noch ein Mädel. Sie setzte sich neben Jan ans Ende der Vinylbank und machte Small Talk, bis Richie mit ihrem Bier kam. Sie erfuhr, dass Jan ihren Fortgeschrittenenkurs kurz nach Weihnachten absolviert und eine beeindruckende Zahl von Tauchgängen hinter sich hatte. Sie erfuhr auch, dass Trottel Dan in höchste Sphären aufgestiegen war und nun auf seinen Status als Meister hinarbeitete. Wie furchtbar irreführend erste Eindrücke doch

sind, dachte sie. Sie hätte niemals geglaubt, dass Trottel Dan auch nur den ersten Kurs schaffen würde.
Im Laufe des Abends trafen noch mehr Taucher ein, und allmählich entwickelte sich alles ernsthaft in Richtung Party. Ella stand an der Bar und versuchte die Aufmerksamkeit des Barkeepers auf sich zu lenken, als sie jenes seltsame Gefühl verspürte, das man hat, wenn man instinktiv weiß, dass einen jemand beobachtet. »Wie geht's, Ella?«, ertönte eine Stimme hinter ihr. Sie drehte sich um und entdeckte Ferdia MacDiarmada, der dort stand. »Ich habe dein Auto draußen gesehen«, sagte er. »Bist du für das Wochenende hier?«
Sie nickte. »Ja. Ich bin süchtig geworden.« Sie hatte ihn sechs Monate nicht gesehen. Er war größer, als sie ihn in Erinnerung hatte, seine Dreadlocks waren blonder, die gezackte silbrige Narbenlinie auf seinem Wangenknochen war im Vergleich zu seiner gebräunten Haut ausgeprägter. Er war offensichtlich irgendwo in der Sonne gewesen.
»Du hast dich also in Jamaika zertifiziert?«, fragte er.
»Ja.«
»Ich wusste, die Karibik würde zu dir passen.«
Es gab eine Pause, während deren Ella verzweifelt danach suchte, etwas zu erwidern. »Desirée lässt dich übrigens grüßen.«
Ferdia lächelte. »Sie ist Klasse, nicht wahr? Ist sie mit runtergegangen?«
»Ja. Als ich erzählt habe, dass ich bei dir in Ausbildung war, sagte sie, sie würde die Sache für dich zu Ende bringen.«
Sein Lächeln wurde breiter. »Ich ruf sie besser an, um ihr zu danken. Du bist ganz schön privilegiert, Ella Nesbit. Desirée hat normalerweise nicht viel mit Schülern am Hut. Sie hat zu viel damit zu tun, das Geschäft zu leiten.«

Es entstand eine weitere verlegene Pause, und dann sagte Ferdia: »Ist es das erste Mal, dass du in irischen Gewässern tauchst?«
»Nein. Ich war in den Blackpits.«
»Im Ernst.« Er sah sie interessiert an, was sie verunsicherte. »Du hast den Fortgeschrittenenkurs gemacht? Wann?«
»Ähem ... oh, wann war das? Ungefähr vor drei Wochen.«
»Ich bin beeindruckt. Wie war die Sichtweite?«
»Zwei Meter.«
»Nun ja. Sheep's Head Bay wird jetzt ein Kinderspiel für dich sein. Herzlichen Glückwunsch.«
»Danke.« Sie merkte, wie sie ein bisschen errötete. Es war Zeit, das Gesprächsvakuum weiter zu füllen, das sich ungemütlich zwischen ihnen ausbreitete. »Wie geht es Perdita?«, fiel ihr als Frage ein.
»Gut. Sie hat ihren ersten Wurf bekommen.«
»Oh! Wie alt sind die Welpen?«
»Vier Wochen. Willst du einen?«
Sie schüttelte den Kopf. »Das geht nicht. Ich habe keinen Garten. Das ist schade. Ich habe keinen Hund mehr gehabt, seit ich klein war.«
»Was für einen hattest du?«
»Einen Shi-Tzu.« Ella hatte den Hund eigentlich nicht besonders gemocht. Er war überzüchtet und höchst nervig gewesen. Sie hatte immer den Köter von nebenan vorgezogen, der aussah wie ein ganz normaler Hund. Sie wollte gerade ansetzen zu erklären, wie ihnen der Shi-Tzu von einem Nachbarn aufgedrängt worden war, der nach Australien ausgewandert war, als sie hörte, wie ihr Name gerufen wurde.
»Ella! Hi! Ich bin gerade angekommen.« Julian drängelte sich durch die Menge zu ihr. »Gott, das war vielleicht eine

höllische Fahrt. Ich habe einen Platten kurz hinter Galway gehabt – kannst du das glauben? Junge, bin ich froh, endlich hier zu sein! Ich brauche dringend was zu trinken. Egal, wie geht es dir, Süße? Entschuldigung, Entschuldigung, ich weiß, du hasst es, wenn man dich Süße nennt. Vielleicht sollte ich dich stattdessen Partnerin nennen.« Er beugte sich vor und küsste sie auf die Wange.

Ella war zu überrumpelt, um irgendetwas zu sagen.

»Lass mich dir etwas zu trinken holen«, bot Julian an. Dann: »He, Ferdia! Ich habe dich lange nicht gesehen. Wie geht's denn, Mann?« Julian sah aus, als ob er Ferdia gegenüber den Daumen heben wollte, besann sich dann aber offensichtlich eines Besseren.

»Gut. Und dir?«

»Cool. Ja, ja. Ella kann das bestätigen, nicht wahr, Ella?«

Ella sah ausdruckslos drein. Was war mit Julian passiert? Er hatte sich plötzlich in eine Art Möchtegern-Tauchkumpan verwandelt.

»In letzter Zeit ein paar gute Tauchgänge gehabt, Ferdia?«

»Ja. Das Rote Meer.« Ella bemerkte, dass Ferdias Augen begannen die Menge abzusuchen, als ob er nach einem Fluchtweg Ausschau halten würde.

»He, das Wrack der *Thistlegorm*! Wow. Das ist schon was, oder?« Er machte mit seiner Zunge ein schnalzendes Geräusch gegen die Wange. »Und hast du es geschafft, am Riff bei Gebr El Bint zu tauchen?«

Ferdia nickte vage.

»Cool, oder? Ja, ich habe meine besten Tauchgänge, die ich jemals gemacht habe, dort gehabt. Ich werde nie vergessen …«

»Entschuldigung, tut mir Leid, Julian, aber PJ ist gerade gekommen. Ich muss die Anweisungen für morgen mit ihm durchgehen. Ich rede später mit dir.«

Und Ferdia verschwand in der Menge.
»Und weiterhin viele Blasen, Mann!« Julian nickte seinem verschwindenden Rücken zu und machte mit seinem Kinn die Bewegung, die Ella so hasste. »Toller Typ«, sagte er. Er drehte sich zu Ella um und blinzelte. »Hoffe, du kommst dir nicht zu sehr in der Minderzahl vor, Ella. Ich habe dir ja gesagt, dass an diesem Wochenende viel mehr Männer als Frauen da sein würden, oder? Du musst froh sein, dass du mich hast, um auf dich aufzupassen. He, Barkeeper! Eine Flasche Coors Light! Bis oben voll!«
Ella blickte zu der Stelle, an der sich Richie über irgendeinen Scherz von Trottel Dan fast totlachte. Jan hatte eine lebhafte Unterhaltung mit einem sehr sexy ausschauenden Dive Master. Ferdia war nirgends zu sehen. Und dann entdeckte sie ihn drüben neben der Tür. Eine fantastisch aussehende Frau war gerade hereingekommen und begrüßte Ferdia wie jemanden, den sie verloren geglaubt hatte.
»Lass uns zu der Bande gehen, Ella«, schlug Julian vor. »Wir können uns doch da in die Ecke neben dem Feuer quetschen, wenn Dan zur Seite rutscht. Kennst du Dan? Lass mich dir was über ihn erzählen. Er hat erst letzten Oktober mit Tauchen angefangen und schon über vierzig Tauchgänge hinter sich. Dieser Mann steuert geradewegs auf den Dive Master zu, ohne Probleme. Er macht nächste Woche den Rettungstaucherkurs, und danach will er …«
Julian hatte sie am Arm gepackt und steuerte sie in die Ecke des Raums. Sie hörte nichts mehr von dem, was er sagte, weil sie zu sehr damit beschäftigt war, sich einen Fluchtplan auszudenken.

Es klappte nicht. Sie verbrachte den restlichen Abend wie ein Häuflein Elend zusammengequetscht zwischen Julian und der Wand. Die Wand war ein wenig interessanter, doch noch interessanter als die Wand war die Frau, die Ferdia gekapert hatte. Sie war mindestens zehn Jahre älter als er und elegant auf jene sehr *rustikale* Weise. Ihre Jacke war aus butterfarbenem Kaschmir, sie trug weiche Wildlederjeans, die »teuer« herausschrien, und ihr glänzender Haarknoten hätte von Nicky Clarke gestylt worden sein können. Sie sah ein bisschen aus wie eine jüngere Sophia Loren, rauchte Sobranie-Zigaretten und berührte Ferdia oft am Arm.

Als der Pub sich noch mehr füllte, konnte Ella das Paar immer weniger beobachten. Zwei äußerst übergewichtige Farmer hatten sich direkt vor sie gestellt, und sie konnte sich ihren voyeuristischen Neigungen nicht mehr hingeben, außer sie hätte den Hals völlig uncool nach einer Seite gestreckt. Als Julian schon wieder jemandem mit seinen Tauchgängen am Great Barrier Reef die Ohren voll zu labbern begann, wandte sie ihre Aufmerksamkeit erneut der Wand zu. Schließlich verkündete sie, dass sie ins Bett gehe, und benutzte die lange Fahrt als eine Ausrede dafür, dass sie ein Spielverderber war.

»Bis zum Frühstück um halb neun, Ella«, sagte Julian. »Iss bloß ordentlich. Es ist keine gute Idee, mit leerem Magen zu tauchen.«

Oh, halt die Schnauze, Julian, dachte sie, während sie zu Richie ging, um Gute Nacht zu sagen.

»Ella! Wie geht es Euch, meine liebste Tauchpartnerin!«, sagte Richie, als er sie erblickte. Er stand etwas schwankend auf und schlang die Arme um sie. »Warum verlässt du mich so bald? Bleib doch noch.«

»Nein. Ich bin fertig, Richie. Wenn ich nicht anständig schlafe, werde ich vielleicht morgen beim Tauchen nicht mitmachen können. Erinnere dich daran, was damals in der Sheep's Head Bay passiert ist.«

»Aber das war ein Kater und nicht nur Müdigkeit.«
»Das war ein Wahnsinnskater, und wenn ich weiter hier bleibe und trinke, riskiere ich, wieder einen zu bekommen. Gute Nacht, Rich.«
»Ich kann dich doch nicht allein in dein Hotel gehen lassen. Lass mich dich begleiten.«
»Richie, ich werde keine Probleme haben. Es ist gleich auf der anderen Straßenseite.«
Er sah skeptisch drein, wurde aber von Trottel Dan abgelenkt, der gerade kam. »Hier, Richie«, sagte Dan und stellte ein Pint vor ihm ab.
»Danke, Dan.« Er wandte sich wieder an Ella. »Bist du dir sicher, Ella?«
»Natürlich bin ich mir sicher, du Dummkopf. Bis morgen früh.«
»Na dann gute Nacht, du Schöne.« Richie beugte sich herunter und gab ihr einen dicken Kuss auf die Wange.
Sie verabschiedete sich von Jan, Dan und PJ und verließ den Pub. Als sie zur Tür ging, bemerkte sie, dass die beiden fetten Farmer, die ihr vorher den Blick versperrt hatten, nun auf dem Platz saßen, der von Ferdia und seiner Freundin besetzt gewesen war.

12

Das Hotel war altmodisch, gemütlich, aber nicht im Geringsten luxuriös. Ellas Zimmer hatte zwei Einzelbetten, kein Bad und ein Regal mit einigen Büchern. Ihr Blick wanderte über die Buchrücken. Es gab einen Band über Fliegenfischen, eine Auswahl von Schriften von Myles na Gopaleen, das allgegenwärtige *Männer sind anders – Frauen auch*. Ein paar Taschenbücher. Sie wählte willkürlich eines aus. *Passion's Monument* las sie auf dem Umschlag. *Eine Geschichte von Liebe, Lust und Begierde.* Das Bild auf dem Umschlag zeigte einen bis zur Taille nackten Mann mit großen, schwellenden Muskeln, der an seine nackte Brust ein zerbrechlich aussehendes Hühnchen mit langem, wehendem Haar drückte. Das Buch öffnete sich auf einer Seite, die offenbar viel gelesen worden war.

»Ha!«, lachte er und zeigte seine weißen Zähne. »Du kleiner Hitzkopf! Du willst es mir nicht zu leicht machen, nicht wahr?« Er drückte seinen bronzefarbenen Schenkel zwischen ihre Beine und zwängte sie auseinander. Sie spürte, wie die mächtigen Muskeln sich an ihrem Lustkern rieben, und gegen ihren Willen fühlte sie, wie an ihrer geheimsten Stelle eine beschämende Erregung wach wurde. »Nein«, flüsterte sie und zog den zart bestickten Träger ihres Gewandes wieder über ihre Schulter. »Bitte – nein.« Er hob eine Hand, und bevor sie ihn davon abhalten konnte, hatte er den dünnen Stoff entzweigerissen. Er schob den Satin ihres Mieders zur

Seite und legte seinen Mund an die cremefarbene Haut ihrer Brust. Sie spürte, wie ihre Brustwarzen unter seiner Zunge zu winzigen Rosenblüten erblühten, und dann …

»Du Schuft.«
Es war eine im Zorn erhobene Frauenstimme, und sie kam aus dem Nachbarzimmer. Sie hörte die Antwort eines Mannes, doch die war so leise, dass schwer zu verstehen war, was er sagte. Das ging eine ziemlich lange Zeit so weiter. Ab und zu konnte Ella Satzfetzen verstehen – »weggehen«, »kannst dich nicht binden«, »bitte hör auf, dir Vorwürfe zu machen, Philippa …«
Die Frauenstimme war wieder zu hören, die diesmal tränenerstickt klang. »Dies ist das letzte Mal, dass ich dir erlaube, mich zu lieben. Ich meine es so. Ich kann mit dem ganzen Betrug einfach nicht mehr umgehen.« Während sie sprach, wurde ihre Stimme ruhiger und vernünftiger, und es wurde immer schwieriger zu hören, was sie sagte. Als Ella bewusst wurde, dass sie sich tatsächlich anstrengte mitzuhören, schalt sie sich sofort selber.
Eine Weile herrschte Schweigen, und dann kam ein langes lustvolles Seufzen.
Einen Streit zu belauschen war eine Sache, doch Ella war sich verdammt sicher, dass sie nicht das Liebesspiel ihrer Nachbarn belauschen würde. Sie würde ins Bad fliehen und sie allein lassen. Schnell zog sie sich aus und ihren Bademantel an. Es war eine ziemlich tolle Kreation, die ihr Vater ihr von einer Tournee durch Japan mitgebracht hatte – ein Kimono aus edler pinkfarbener Seide, handgemalt mit Lotusblüten. Er war viel zu besonders, um ihn auf einem Tauchwochenende in einem nicht sehr schicken Provinzhotel zu tragen, doch sie hatte an diesem Morgen

den Inhalt einer ganzen Kaffeekanne ausgegossen, und der Frotteebademantel, den sie sonst immer trug, lag nun in ihrer Badewanne zu Hause im Wasser. Sie packte ihren Kulturbeutel, ein paar Hotelhandtücher und einen Apfel und klemmte sich das Tauchhandbuch unter den Arm. Plötzlich bekam sie Zweifel.

Sie steckte das Handbuch zurück in ihre Reisetasche und klemmte sich stattdessen das schwüle Taschenbuch unter den Arm; dann ging sie den Flur entlang zum Bad. Als sie die Tür hinter sich zustieß, fiel das Buch zu Boden. Sie hob es auf und war sofort gebannt von dem, was sie da las. *Du Schuft! Dies ist das letzte Mal, dass ich dir erlaube, mich zu lieben. Ich meine es so, Dashiel.* He! Genau diese Worte hatte sie doch gerade im Nachbarzimmer gehört! Die Wahrheit war wirklich seltsamer als jede Fiktion!

Ella drehte die Hähne auf und setzte sich auf den Rand der Badewanne. Dabei überflogen ihre Augen die Seiten. Das Wort »Lustkern« kam oft vor, und als sie schnell zum Ende des Buchs vorblätterte, entdeckte sie, dass es nicht das letzte Mal gewesen war, dass die Heldin Dashiel erlaubt hatte, sie zu lieben. Tatsächlich »nahm« er sie noch öfter und an zahlreichen Orten – in einer Opernloge, im Treibhaus seines Herrenhauses, auf einer soliden Ledercouch in seinem Herrenclub (sie hatte sich als Diener verkleidet). O Gott! Waren Frauen wirklich so einseitig, wenn es um Sex ging? Sie konnte sich nicht erinnern.

Sie drehte die Hähne zu und stieg ins Bad. Diesmal hatte sie Badedas mitgebracht – nach dem letzten Tauchwochenende, auf dem sie gewesen war, war sie tagelang steif gewesen –, und sie ließ sich lange einweichen und suchte in dem Taschenbuch nach weiteren Sexszenen. Es war lächerlicher Kram, aber zweifellos schwül – voll von Stößen, Beben und »feuchter Weichheit«. »Feucht« ist so ein

unattraktives Wort, dachte sie und suchte nach Alternativen. Nass? Igitt, nein! Das war genauso schlimm. Glucksend? Oh, ekelhaft! Alle Synonyme, die ihr für weibliche Erregung einfielen, waren furchtbar.
Sie blätterte weiter durch die Seiten. Die Adjektive, die auf die Männer angewendet wurden, grenzten an Aggressivität. Sie waren alle hart, hager und schroff. Die Frauen waren alle weich, nachgiebig und entgegenkommend. Aus Neugierde sah sie desinteressiert an ihrem nackten Körper hinab. Er war... Nun ja. Sie nahm an, er war weich. Und irgendwie nachgiebig. Und ihre Brüste waren ... cremeweiß. Das Romänchen ist also doch ziemlich genau, dachte sie, während sie nach der Seife griff und mit ihr über die Brüste fuhr; dabei bemerkte sie, dass ihre Brustwarzen tatsächlich ein bisschen aussahen wie winzige pinkfarbene Rosenblüten.
Plötzlich ging die Tür auf, und Ferdia MacDiarmada trat mit nichts als einem Handtuch um die Taille ein. Ellas Mund stand vor Schreck offen, und sie glitt unter den Badedas-Schaum wie ein elektrischer Aal. Wasser drang in ihren Mund, und sie kam wieder an die Oberfläche und japste wie eine Ertrinkende. Ferdia drehte sich sofort um, und seine Augen wanderten automatisch zu ihren winzigen pinkfarbenen Rosenblüten, bevor er den Blick ruckartig nach oben richtete. Ella verschränkte die Arme über den Brüsten, gab einen undeutlichen Laut der Empörung von sich und versuchte ihr Gesicht hinter dem Buch zu verbergen.
»Ella. O Gott, es tut mir Leid. Ich hätte anklopfen sollen.« Er breitete entschuldigend die Hände aus und verließ rückwärts das Bad, bevor sie ein Wort zu sagen vermochte.
Durch den Raum konnte sie sich in dem beschlagenen

Spiegel sehen. Ihr Gesicht war knallrot, ihr Mund ein großes rundes O, und der Titel des Buches schrie sie im Spiegel in schwungvollen Neonbuchstaben an, die so rot waren wie ihre Wangen. *Passion's Monument,* las sie wieder. *Eine Geschichte von Liebe, Lust und Begierde ...* Genauso gut hätte es heißen können: *Passion's Monument. Eine Geschichte, erzählt von einer Idiotin.* Oder: *Passion's Monument. Eine Geschichte für traurige Singles mit dem IQ niedriger Lebewesen ...* Ach Scheiße. Wie total, wie schrecklich demütigend.

Ella schleuderte das Buch quer durch den Raum. Wären die Seiten radioaktiv verseucht gewesen, hätte sie es nicht heftiger schleudern können. Dann wickelte sie sich in ihren Bademantel, schleppte sich aus dem Bad und ging auf Zehenspitzen zurück in ihr Zimmer. Im Nachbarzimmer liebte sich das Paar immer noch. Es war kein lautes, schnaubendes und prustendes, stöhnendes und seufzendes Liebesspiel, doch sie konnte an der Art sanften Säuselns, wie es aus dem Zimmer strömte, erkennen, dass sie immer noch dabei waren.

Wütend blickte sie auf ihren Wecker. Gott im Himmel, sie war fast eine Stunde im Bad gewesen. Man hätte meinen können, dass ihnen inzwischen die Puste ausgegangen war. Ella ging ins Bett, stellte den Wecker auf acht Uhr, schaltete das Licht aus und schloss die Augen. Es brachte nichts. So kaputt sie war, sie konnte einfach nicht einschlafen. Das leise Murmeln, die Seufzer und das ganz leise Lachen aus dem Nebenzimmer schärften die Messerschneide ihres Bewusstseins und hielten den ersehnten Schlaf auf Distanz. Die Minuten zogen sich hin. Was sollte sie tun? Wenn sie nicht bald einschlief, würde sie am nächsten Morgen ein Häufchen Elend sein.

Plötzlich erhöhte sich der Grad der Aktivität nebenan.

Ella konnte an der Schnelligkeit des Atmens erkennen, dass die weibliche Hälfte des Paares sich dem Orgasmus näherte. Es gab ein Crescendo leiser Stöhner, dann ein lauter bebender Seufzer und dann ein Schrei reiner Lust, der ewig zu dauern schien, gefolgt von einem begeisterten: »O Gott, das war gut!«

Wow. Die Glückliche, dachte Ella. Sie drehte sich im Bett um, machte es sich wieder bequem und dankte Gott, dass das bumsende Paar endlich fertig war. Die Stille war eine segensreiche Erleichterung. Sie stieg hinab bis an den Rand der Vergessenheit, als etwas sie wieder zurückholte. Da war eine Bewegung nebenan, gefolgt von einem Flüstern. Gefolgt von einem ganz leisen Lachen.

Wie bitte?, wollte sie sagen. Sie haben doch vorhin erklärt, dass es das letzte Mal sei, dass Sie ihm erlauben würden, Sie zu lieben? Das war nicht lustig. Entweder die Frau war unersättlich, oder sie hatte einen unermüdlichen Liebhaber, oder beides. Ella war jetzt nicht nur sauer, sie war auch sehr eifersüchtig. Während die Seufzer nebenan lauter wurden, packte sie die Wut. Sie schlug ihre Bettdecke zurück, kniete sich aufs Bett und hämmerte zornig mit der Faust an die Wand. Die Geräusche hörten auf. Es war noch ein leises, kehliges Lachen zu vernehmen, und dann wurde es endlich still.

Gott sei Dank, dachte Ella, fiel auf die Matratze und dann in den Schlaf.

Der Wecker nebenan ging zur selben Zeit los wie ihrer. Sie schlüpfte aus dem Bett, warf sich ihren Seidenkimono über und taumelte zur Tür. Als sie auf den Flur trat, kam jemand aus dem Nebenzimmer. Es war Ferdia. Wieder war er nackt bis auf das Handtuch um seine Taille. Es war

zu spät für sie, in ihrem Zimmer zu verschwinden. Sie sahen sich beide ziemlich entsetzt an. Dann wandte Ella den Blick ab, und Ferdia sagte: »Guten Morgen, Madame Butterfly. Auf dem Weg zur Oper?«
Sie versuchte einen sengenden Blick, hielt aber die Augen immer noch abgewandt.
»Tut mir Leid, das war ein billiger Gag. Ich lass dich zuerst ins Bad. Bis zum Frühstück.«
Ella nickte anmutig in seine Richtung und ging mit, wie sie hoffte, eleganter Lässigkeit den Gang entlang. Tatsächlich glich ihr Fortkommen eher einem gezügelten Hüpfen.
»Übrigens«, rief er ihr nach, als sie die Tür erreicht hatte, »das Schloss funktioniert. Du musst nur darauf achten, dass du es ganz zumachst.«

Unten im Frühstücksraum saßen PJ, Ferdia und die anderen Lehrer um einen Tisch und stellten Teams zusammen. Es war nichts von der Nymphomanin Philippa zu sehen. Ella schlich an ihnen vorbei, setzte sich neben die sportliche Jan und bediente sich an Cornflakes. Es schien noch ein beträchtlicher Mangel an Tauchern zu bestehen. Einer nach dem anderen schlichen sie herein, und manche sahen ziemlich schlecht aus. »Du hast gestern Abend eine tolle Session verpasst«, sagte Jan.
»Ja? Bis wann ist es denn noch gegangen?«
»Weiß ich nicht. Ich bin eher weg, so gegen halb eins. Dein Partner war noch da und hatte eine Reihe Pints vor sich stehen.«
»Richie?«
»Ja. Vielleicht willst du ihn wecken.«
»Das werde ich.« Ella bestellte Rühreier, Würstchen und Frühstücksspeck, trank dann ihren Kaffee aus und lief

hinauf zu Richies Zimmer. PJ hatte ihr gesagt, dass er in Zimmer 27 sei, das auf der anderen Seite des Zimmers lag, aus dem sie Ferdia vorher hatte kommen sehen. Während sie an seine Tür klopfte, fragte sie sich, ob Richie auch durch die ganzen nächtlichen Aktivitäten wach gehalten worden war.

»Rich? Richie!« Sie klopfte fester. »He, Rich«, rief sie durchs Schlüsselloch. »Zeit zum Aufstehen.«

»Uh.«

»Zeit zum Aufstehen, Richie!«

»Was? Oh. O Scheiße.« Sie hörte Stolpergeräusche, und dann war Richie an der Tür. Er trug immer noch die Sachen, die er gestern angehabt hatte.

Ella sah ihn entsetzt an. Sein Haar stand ab wie eine Bürste, seine Augen waren blutunterlaufen wie die eines Bassets, und sein Gesicht war totenbleich. Er hätte genauso gut ein Schild um den Hals hängen haben können, auf dem stand: »Dieser Junge wird heute nicht tauchen gehen.«

»Richie.«

»Ella. Hi.«

»Geh wieder ins Bett.«

»Nein, nein. Nein. Wie spät ist es? Gehen wir schon zum Tauchen? Hm. O Gott.«

»Geh wieder ins Bett, Richie.«

»Was? Nein, nein. Mir geht es gut. Wirklich. Ich bin nur ein bisschen, du weißt schon …«

»Verkatert?«

»Mmh. Ja. Ein bisschen.« Er hatte Mühe, seinen Blick gerade auf etwas zu richten.

»O Richie, du bist nicht nur ein bisschen verkatert, du bist immer noch blau. Auf keinen Fall kannst du heute tauchen.«

»Aber, Ella, ich kann dich nicht im Stich lassen. Gib mir nur fünf Minuten. Etwas Frühstück, und ich werde …« Seine Hand flog an seinen Mund, er bekam eine Gesichtsfarbe, die Ella nicht bestimmen konnte. Sie lag irgendwo zwischen Gelb und Giftgrün. »O Scheiße«, sagte er. »Ich glaube, ich muss …« Plötzlich schlug er Ella die Tür vor der Nase zu, und sie konnte hören, wie er wieder durchs Zimmer stolperte.

»… kotzen«, beendete sie seinen Satz.

Es ertönte das Geräusch heftigen Würgens, und dann hörte Ella ihn mit ganz leiser Stimme sagen. »Es ist okay – ich habe es zum Waschbecken geschafft.«

»Gut, Richie. Bleib im Bett und erhol dich. Ich finde einen anderen Partner, kein Problem.«

Sie ging wieder die Treppe hinunter und in den Frühstücksraum und stieß fast mit Ferdia zusammen. O Gott, o Gott, wie würde sie es jemals schaffen, ihm wieder ins Gesicht zu sehen? Sie sah ihm ins Gesicht. Es war das Tapferste, was sie jemals getan hatte. »Richie geht es nicht gut«, berichtete sie.

»Du meinst, Richie hat einen Kater«, korrigierte er sie.

Sie nickte. »Was ist mit einem Partner für mich?«, fragte sie.

»Das geht in Ordnung. Es hat gestern Abend einige Verluste gegeben. Richie war nicht der Einzige. Wir können die Partner neu zusammenstellen und aufpassen, dass keiner ausgelassen wird. Ich mach das schon.«

Ella wanderte quer durch den Raum zu ihrem Platz neben Jan. Die Kellnerin hatte gerade ihr Frühstück vor sie gestellt. »Tut mir Leid, das ist nicht meins«, sagte Jan. »Ich habe gekochte Eier bestellt, keine Spiegeleier.«

»Oh, das muss das für den Herrn sein.« Die Kellnerin wandte sich zu dem Tisch hinter Ellas Stuhl um.

»Ja, das ist meins«, erklärte Julian. »Morgen, Ella. Wie hast du geschlafen?«

Ferdia kam am Tisch vorbei. Ihre Blicke trafen sich, und die Luft zwischen ihnen knisterte plötzlich vor … vor was? Was sie anging, war der Augenblick geladen mit reinster Verlegenheit. *Wie hatte sie geschlafen?* Er wusste sehr gut, wie sie geschlafen hatte – oder vielmehr, nicht geschlafen hatte. Sie erkannte, dass auch er eindeutig wieder daran dachte, wie sie vergangene Nacht auf so entschiedene Weise an die Wand gehämmert hatte, um seinen Koitus zu unterbrechen. Doch sie war gar nicht überzeugt davon, dass er auch deshalb verlegen war. Sie war sich sicher, dass sich sein Mund zu einem kaum wahrnehmbaren Lächeln verzog, nachdem sie beide weggeschaut hatten.

»Hm. Ich habe gut geschlafen«, brachte sie hervor, goss sich noch mehr Kaffee ein und wappnete sich gegen ein weiteres Bombardement taucherischer Weisheit von hinten.

Glücklicherweise hatte Julian jemand Neuen gefunden, den er langweilen konnte. »Reststickstoff«, hörte sie ihn sagen. »Narkose … Dekompressionsgrenzen …« Bla, bla, bla …

Ellas Frühstück kam, und sie aß so viel sie konnte, obwohl sie gar nicht so großen Appetit hatte. Julian verdrückte alles, genau wie die sportliche Jan. Bevor sie aufstanden, erhob sich Ferdia.

»Ich will nur die neuen Partnerteams mit euch durchgehen. Einige in der Gruppe sind heute Morgen etwas unpässlich …«

»Unpässlich? Verkatert meinst du wohl, Ferdia! Hahaha!«, lachte Julian los.

Ferdia lächelte ihn ausdruckslos an. »Du und Ella seid

nun Partner, Julian. Dan, du und Frank seid ein Team. Jan, du tauchst mit …«

Ella hörte nichts mehr. Sie fühlte sich wie Roy Scheider, wie die Kamera sich auf ihn richtet, als er das erste Mal den Hai in *Der weiße Hai* entdeckt. Wie ein Automat wandte sie sich an ihren neuen Tauchpartner, und ihr Gesicht war eine erstarrte Maske.

»Nun, Ella«, sagte Julian und hob scherzhaft seine Teetasse. »Auf den Beginn einer wunderbaren Partnerschaft.«

Er war ein Partner direkt aus der Hölle. Unter Wasser war er ein völliger Hammer, kommandierte sie herum und weigerte sich, ihr jegliche Initiative zu überlassen. Anstatt es ruhig anzugehen und sich Zeit zu nehmen, die Umgebung auf ruhige, lässige Art zu erforschen, bestand er darauf, wie ein NATO-U-Boot loszuschwimmen, durch Wälder von Seetang zu pflügen, ohne auch nur einmal innezuhalten, um nachzusehen, was für faszinierende Wesen diese Seelandschaft bewohnen mochten. Er navigierte mit rücksichtsloser Effizienz, steuerte nach Nord, Süd, Ost und West wie die männliche rasende Ausgabe von Lara Croft. Jedes Mal, wenn Ella versuchte, das Ganze zu verlangsamen, schwebte er direkt in ihren Sichtwinkel, die Arme verschränkt und unter der Maske mit einem Ausdruck tödlicher Langeweile im Gesicht.

Auch machte er ständig abschätzige Bemerkungen in Zeichensprache über ihre Beherrschung des Auftriebs. Sie beherrschte immer noch nicht ganz den Auftrieb in einem Trockenanzug, und jedes Mal, wenn er ihre Technik kritisierte oder ihr zeigte, wie genau sie Luft ablassen sollte, stieg sie unkontrolliert und in völliger Verwirrung auf. Ich bin hier oben, du Idiot, wollte sie ihm zurufen, als sie das dritte Mal verschwand, während er ohne Sinn unten nach ihr suchte. Als er sie schließlich fand, besaß er doch tatsächlich die Kühnheit, sie mit Gewalt wieder hinunter zum Boden zu zwingen.

Als sie schließlich auftauchten, spottete Julian. »Nun, Ella«, sagte er, als sie ihre Lifejackets aufbliesen, »du musst noch eine Menge über Auftriebbeherrschung lernen, nicht wahr? Vielleicht solltest du den Teil im Handbuch noch mal lesen. Siehst du, was du falsch machst, ist …«

Ella wollte nichts mehr hören. Sie steckte den Schnorchel in den Mund, tauchte den Kopf unter Wasser und schwamm zurück zur Küste. Sobald sie dort war, nahm sie ihre Ausrüstung ab.

»Du solltest auf mich warten«, rief Julian. Er zappelte im Seichten herum und versuchte seine Flossen abzunehmen. »Wir sollen uns gegenseitig dabei helfen, unsere Ausrüstung abzunehmen, so sagt es das Partnersystem.«

»Ach verdammte Scheiße, Julian. Du bist mir vielleicht ein Partner.« Ella ließ ihren Bleigürtel auf die Helling fallen und zog an den Haken an ihrem Jacket.

»O Verzeihung, Miss Nesbit. Ich habe nur versucht zu helfen.« Sie sah mit Freuden, dass er weiter ohne Sinn herumzappelte.

»Ich helfe dir raus.« Ferdia kam die Helling entlang auf sie zu. »Wie war dein Tauchgang?«

»Verdammt scheußlich«, antwortete sie, und der Zorn verlieh ihr Aufrichtigkeit. »Meine Auftriebskontrolle war nicht vorhanden – und da ist noch etwas.« Sie senkte die Stimme. »Bitte, bitte, Ferdia, lass mich heute Nachmittag einen anderen Partner haben. Ich kann Julian nicht ausstehen.«

»Ich dachte, ihr passt gut zusammen.« Ferdia hievte die

Flasche von ihrem Rücken und setzte sie neben ihrem Bleigürtel ab. Nun, da sie all diese zusätzlichen Pfunde los war, fühlte sie sich, als ob sie schweben würde. Da er weiter oben auf der Helling war als sie, wirkte er größer denn je.

»Wie um Himmels willen bist du denn darauf gekommen?«, fragte sie.

»Ihr seid doch gute Freunde.«

»Was?«

»Nun, das ist der Eindruck, den ich gestern Abend im Pub gewonnen habe.«

»Wir sind nur Kollegen.« Wie konnte er bloß denken, dass sie und Julian irgendetwas gemeinsam hatten? Offensichtlich hatte er sie völlig falsch eingeschätzt. »Wir arbeiten im selben Studio.«

»Du arbeitest also auch in der Elitewelt der Tonaufnahmen?«

Etwas an seinem belustigten Ton ließ sie ärgerlich werden. Da ist verdammt noch mal nichts Elitemäßiges dran, du Macho, wollte sie sagen, tat es aber nicht. Sie brauchte ihn weiter auf ihrer Seite. »Ja«, antwortete sie. »Weißt du, das ist einer der Gründe, weshalb ich nicht glaube, dass es eine gute Idee ist, wenn Julian und ich Partner sind. Wir arbeiten so eng zusammen, dass wir uns zu gut kennen. Ich denke, es ist wahrscheinlich besser, wenn wir dieses Wochenende eine Pause voneinander machen.«

Ferdia überlegte. »Okay. Überlass das mir.«

Julian stolperte die Helling hinauf. »He, Mann!« Er versuchte Ferdia mit triumphierend erhobenem Daumen zu begrüßen, überlegte es sich jedoch anders, als ihm klar wurde, dass dies nicht erwidert werden würde. »Toller Tauchgang.«

»Aber nur von deiner Seite«, murmelte Ella. Unter der

eng sitzenden Neoprenhaube sah Julians Gesicht aus wie ein zermatschtes Brötchen. Als ihr bewusst wurde, dass ihres wahrscheinlich auch so aussah, zog sie hastig die Haube ab.

»Ich habe gehört, dass Ella ein paar Probleme mit dem Auftrieb hatte«, bemerkte Ferdia.

»Ja. Sie war überall gleichzeitig, Mann!« Julian lachte und fing an vorzumachen, wie sie unter Wasser mit Armen und Beinen wedelte. Ella war nicht im Geringsten amüsiert. Sie wünschte auch, er würde nicht mehr »Mann« sagen. Was sie anging, waren die einzigen Menschen, die triumphierend die Daumen heben und »Mann« sagen durften, Schwarze.

»Ich werde einen Wechsel der Partner vorschlagen«, meinte Ferdia. »Ella könnte offenbar mehr Anleitung gebrauchen, deshalb gehe ich heute Nachmittag mit ihr runter. Du kannst den Partner für Alex machen, Julian.«

»Alex? He! Wann ist er gekommen?«

»Heute Morgen. Er war zu spät für den ersten Tauchgang.«

»Okay«, erwiderte Julian. »Das ist in Ordnung. Zumindest muss ich mir dann nicht ständig alle fünf Minuten darüber Sorgen machen, wo Ella abgeblieben ist.« Und er fing wieder mit seinem Wedeln an.

»Hahaha, Julian.« Ella stampfte die Helling hoch und machte sich auf die Suche nach ihren Sandwiches.

Sie verbrachte die Pause zwischen den Tauchgängen damit, dass sie im Auto noch einmal das Kapitel über Trockenanzüge durchging. Innerhalb weniger Minuten war sie darüber eingeschlafen, und sie glitt in einen Traum, der ganz harmlos anfing, dann jedoch immer erotischer wurde. Nun wurde sie gegen den muskulösen Oberkörper eines Mannes gepresst, und ihr Haar wehte hinter ihr im Wind. Sie spürte, wie sich ihre Brustwarzen an seiner nackten Brust rieben, doch sie hatte keine Ahnung, wer er war, und sie hatte nicht den Mut, hinauf in sein Gesicht zu blicken. Plötzlich fiel ihr ein Name ein. »Dashiel?«, fragte sie vorsichtig, doch als sie schließlich den Mut aufgebracht hatte, ihn anzusehen, entdeckte sie, dass es nicht Dashiel war, der Held aus *Passion's Monument*, sondern …

Jemand klopfte ans Fahrerfenster.

»Ferdia?«, erkundigte sie sich, während sie betäubt aus ihrem Traum auftauchte.

»Ja. Bereit, nass zu werden?«

»Was?« Das Tauchhandbuch fiel zu Boden.

»Wir tauchen heute Nachmittag zusammen, erinnerst du dich?«

»Oh. O ja, richtig.« Sie stieg aus dem Mercedes aus und kam sich in ihrem Frotteeanzug ein bisschen lächerlich vor. Ferdia hatte seinen Trockenanzug nur halb angezogen, damit es ihm nicht zu heiß wurde, und die Ärmel hatte er locker um seine Hüften geknotet. Er sah aus wie aus einem Mantel-und-Degen-Stück. Ein dicker, schwerer Reißverschluss verlief über seinen Unterleib von einer Hüfte zur anderen. Sie hatte noch nie so einen Anzug gesehen.

»Ich habe eine Ewigkeit nach einem Anzug mit Reißverschluss gesucht«, sagte er, als er sah, wie sie hinschaute. »Sie sind schwer zu finden und nicht gerade billig, aber es ist eine echte Erleichterung, wenn man mehrmals hintereinander taucht und nicht jedes Mal den Anzug aus- und wieder anzuziehen braucht, wenn man mal pinkeln muss.«

»Und was ist mit uns Mädels?«, fragte Ella, während sie in die Beine ihrer viel weniger glamourösen Membranbekleidung stieg.

»Noch ein Designfehler«, erwiderte er und lachte auf sie herab.

Dieser Tauchgang war eine Offenbarung. Sie hätte sich nie träumen lassen, dass irische Gewässer so wundervolle Dinge bargen. Sobald ihr Ferdia erfolgreich beigebracht hatte, wie sie mit der Auftriebskraft umzugehen hatte, konnte sie sich müßig umschauen und selber all die exotischen Dinge entdecken, die sie während ihres katastrophalen Tauchgangs mit Julian vermisst hatte. Das Meeresleben war nicht so überbordend wie auf Jamaika, aber was sie sah, war genauso Ehrfurcht gebietend. Sie erinnerte sich daran, wie sie die Riffe von Jamaika mit etwas von Lainey Keogh verglichen hatte. Das war ihre Frühlingskollektion gewesen. Dies war ihre Herbstkollektion. Der Boden sah aus, als wäre er mit Goldstaub bestreut. Es gab tätowierte Krebse, es gab Seesterne, deren Größe von einem Essensteller bis zu ihrem kleinsten Fingernagel reichte, die alle mit Strängen aus Seide behangen waren, es gab Quallen, die durchsichtig und ätherisch wirkten – und deren Berührung so sinnlich war. Er führte sie durch rosafarbene Algen, die aussahen wie riesige Puffs aus Schwanendaunen, und Ella musste an ihre karibischen Meerjungfrauen denken. Wenn die Riffe, die sie auf jener weit entfernten tropischen Insel erforscht hatte, der Bankettsaal der Meereskönigin gewesen waren, dann war dies hier ihr Boudoir.
Sie hatte Julian verspottet, als er auf Röhrenwürmer Adjektive wie »erstaunlich« und »unglaublich« angewendet hatte. Nun musste sie zugeben, dass er Recht gehabt hatte. Das Wort »Röhrenwurm« allein war schon eine völlige Fehlbezeichnung. Man sollte sie Seejuwelen nennen, dachte sie, See-Elfen – etwas, was ihrer blendenden

Schönheit gerecht wurde. Jedes einzelne Haus war eine Miniengelstrompete, während ihre Kolonien die Art von Schöpfungen darstellten, die man im Schaufenster eines preisgekrönten Floristen finden konnte. Einige der Würmer hatten einen alten Gummireifen für sich in Beschlag genommen und ihn in einen wunderbar glitzernden Kranz verwandelt. Ella lachte laut auf, als ein Schnippen von Ferdias Fingern die behaarten Würmer zurück in ihre Schalen tauchen ließ, und sie lachte noch mehr, als sie es selbst versuchte. Es ist, als wenn man die Lichter an einem Weihnachtsbaum an- und ausgehen sähe, dachte sie, während sie umherschwamm und mit den Fingern schnippte wie eine verrückte Hexe, die einen Bann verhängte.

Doch was sie mehr als alles andere zum Lachen brachte, waren die Kammmuscheln. Wenn sie von Ferdia angestoßen wurden, starteten sie ins Wasser und ließen ihre Schalen wieder und wieder auf- und zuschnappen wie zornige belebte falsche Zähne, bis sie sich endlich auf dem Meeresboden niederließen.

Als sie schließlich aufhören konnte zu lachen, bemerkte sie, dass Ferdia sie leicht am Arm berührte. Sie drehte sich zu ihm um, und er zeigte über ein Meerestal. Auf der anderen Seite, ungefähr zehn Meter weit weg von ihnen, konnte sie gerade noch ungefähr ein Dutzend großer, stromlinienförmiger Umrisse ausmachen. Als sie sich wieder zu ihm umdrehte, stand ihr der Schreck ins Gesicht geschrieben. An ihrem Ausdruck konnte er erkennen, dass sie fragte, ob diese Wesen Haie seien. Er schüttelte den Kopf. Dann zeichnete er mit seinem linken Zeigefinger ein Lächeln auf sein Gesicht und bewegte seine rechte Hand auf wellenartige, rhythmische Weise, so wie Delphine durchs Wasser schwimmen.

Delphine! O Himmel! *Delphine!* Ella wollte vor Glück weinen. Sie hatte noch nie in ihrem Leben so eine Euphorie empfunden wie jetzt, während sie zusah, wie die Delphinschule anmutig in die blaue Weite zog. An ihren unterschiedlichen Größen konnte man abschätzen, dass es ungefähr acht Erwachsene und drei Kälber waren. Kommt zurück! Kommt zurück!, jammerte sie innerlich. Sie konnten doch sicher diese Sehnsucht spüren, die von ihr ausging wie Ektoplasma? Doch die schlanken Gestalten verschwanden langsam in der Ferne wie ein verblassender Traum.

Sie drehte sich wieder mit Staunen in den Augen zu Ferdia um. Er lächelte und breitete bedauernd die Hände aus, und dann zeigte er an, dass sie ihm folgen sollte.

Während sie in das Tal hinabstiegen, das mit Milliarden und Abermilliarden von winzigen Wesen bedeckt war – Seesterne, deren zarte Glieder wie Wedel um sie schwebten –, erkannte Ella, dass sie ziemlich tief getaucht waren. Ihr Druckmesser zeigte siebenundzwanzig Meter an. Sie sah auch, dass sie schon ziemlich viel Luft durch all das Lachen und Staunen verbraucht hatte. Sie zeigte Ferdia den Stand auf ihrem Druckmesser und warf ihm einen fragenden Blick zu. Er antwortete durch Zeichensprache. *Es ist in Ordnung, entspann dich. Alles ist gut* mit der rechten Hand und dann: *Lass uns uns bereitmachen zum Aufstieg* mit der linken.

Warte, sagte sie ihm. Die Beine ihres Anzugs hatten sich mit überflüssiger Luft gefüllt, und sie musste den Trick anwenden, der ihr helfen würde, sie loszuwerden, sonst würde sie mit den Füßen zuerst und völlig würdelos und gefährlich aufsteigen. Sie rollte sich zu einem Ball zusammen und spürte, wie die Luft zu dem Abluftventil an ihrem Arm strömte. Ihre Beine fielen zurück auf eine Stufe mit dem Rest ihres Körpers, und sie fühlte sich höchst zufrieden, weil sie dieses Manöver so geschickt ausgeführt hatte.

Okay, bedeutete sie ihm und machte sich bereit, nach oben zu schwimmen. Nichts passierte. Vielleicht trug sie zu viel Gewicht mit sich? Sie drückte mehrmals auf das Aufblasventil vorne an ihrem Anzug, um ihre Auftriebskraft zu verstärken; sie versuchte es noch mal und konzentrierte sich darauf, ihre Oberschenkelmuskeln zu benutzen, um nach oben zu kommen. Es hatte keinen Sinn. Etwas hielt sie zurück. Sie ging ein wenig nach unten, stieß sich vom Boden ab und bemühte sich erneut aufzusteigen – wieder ohne Erfolg.

Ella war nicht mehr zufrieden. Klaustrophobie drohte, und allmählich bekam sie jetzt Angst. Sie gab Ferdia zu verstehen, dass sie ein Problem hatte. Sobald er ihren Gesichtsausdruck sah, bedeutete er ihr, sich nicht mehr zu bewegen. *Bleib ruhig, alles ist gut. Atme langsam.* Sie versuchte seinen Rat zu befolgen, doch sie konnte hören, wie ihr Atem hastig und sehr bebend ging. Ferdia untersuchte wieder den Luftstand auf ihrem Druckmesser, und sie sah, wie er unter seiner Maske ein wenig die Stirn runzelte. Als er sie jedoch das nächste Mal anschaute, lag nichts als Beruhigung in seinem Verhalten, nichts, was auch nur andeutete, dass er sich Sorgen machte. *Vertrau mir,* sagten seine Augen.

Er bewegte sich hinter sie, und am Rande ihres Gesichtsfeldes konnte sie sehen, wie er sein Messer aus der Scheide an seinem Schenkel zog. Für den Bruchteil einer Sekunde spürte sie reine, blinde Panik aufsteigen. Was zum Teufel war da los? O Gott, o Gott – sie befand sich in einem grotesken Albtraum, und sie wollte nur da raus! Ella griff mit der linken Hand nach ihrem Aufblasventil und mit der rechten nach dem Verschluss an ihrem Bleigürtel. Wie der Blitz war Ferdia ihr zuvorgekommen, packte ihre beiden Hände mit seiner freien, bevor sie ihr Gewicht abwerfen konnte. *Nein!*, bedeutete er ihr ohne jeden Zweifel. *Vertrau mir!* Er schwebte dort, hielt ihre Handgelenke fest, sah ihr direkt in die Augen, zwang sie zu denken. Sie erinnerte sich an die Regeln, die auf jeder Seite des Tauchhandbuchs wiederholt wurden, auf der es um potenzielle Notfälle ging. Bleib ruhig. *Bleib ruhig.* Was sie gerade hatte tun wollen, war Wahnsinn gewesen. Wenn sie ihren Bleigürtel abgeworfen hätte, wäre sie in rasender Geschwindigkeit direkt an die Oberfläche gestiegen, hätte sich dabei wahrscheinlich die Lungen verletzt und wäre Gefahr gelaufen, sich die Caissonkrankheit zuzuziehen.

Ferdia wartete, bis er sich sicher war, dass sie ruhiger war, und zeigte dann auf einige feine Nylonfäden, die in Wellenlinien nach oben führten. Mit eindeutiger Handbewegung tat er so, als ob er etwas durchschnitt, betrachtete genau ihren Gesichtsausdruck, um sicherzugehen, dass sie begriff, was er tun würde. Er deutete auf ihre Flasche und zeigte ihr dann wieder das Messer.

O Gott! Sie hatte sich in einer Angel verfangen. Das musste passiert sein, als sie ihre Rolle rückwärts gemacht hatte. O Gott! Hier waren sie nun, tief unten, verbrauchten viermal schneller Luft, als sie es an der Oberfläche täten, und Ferdia würde kostbare Minuten verschwenden müssen, um sie von dem Nylon zu befreien, das sich heimtückisch um ihr lebenserhaltendes System gewickelt hatte. Sie zeigte ihm wieder ihren Druckmesser. Der Druck war nun gefährlich niedrig. Als Antwort zeigte er ihr seinen eigenen und ließ sie wissen, dass er, wenn sie sich Luft teilen müssten, genug übrig hätte. Er hatte min-

destens zweimal so viel übrig wie sie. Wie konnte das sein? Und dann erinnerte sie sich, dass er, da er der erfahrenere Taucher war, automatisch Luft bewahrte, indem er immer, immer langsam atmete.
Okay. Sie würde dasselbe tun. Sie bemühte sich sehr darum, ihre Atmung zu kontrollieren. Bleib ruhig, sagte sie sich. Atme leicht und bleib ruhig. Ferdia war wieder hinter sie geschwommen und arbeitete methodisch daran, die Angelleine wegzuschneiden. Sie kämpfte heftig gegen den Impuls, ihm zu helfen, indem sie versuchte sich von dem hartnäckigen Ding loszuzappeln. Sie wusste, dass sie, wenn sie das täte, Gefahr liefe, das Gewirr nur noch schlimmer zu machen. Also hing sie einfach wie eine Marionette im Wasser und bemühte sich, gleichmäßig zu atmen.
Ferdias Hände bewegten sich auf ihre Schultern zu. Er drehte sie um, so dass sie ihn anschaute, und sah ihr gebannt in die Augen. War sie okay? Ja, gab sie ihm zu verstehen. Sie war okay. Er zeigte ihr wieder das Messer, formte mit Daumen und Zeigefinger ein beredtes O und steckte die Klinge zurück in die Scheide. Sie war frei!
Die Erleichterung, die sie empfand, durchdrang sie, und sie atmete tief und zitternd durch, wobei sie erkannte, dass das Atmen immer schwieriger wurde. Wieder konnte Ferdia an ihrem Gesicht erkennen, dass etwas nicht stimmte. *Was ist das Problem?*, fragten seine Augen. Sie antwortete mit einem »Keine Luft mehr«-Zeichen, und Ferdia griff nach ihrem Druckmesser. Dann nahm er seinen übrigen Lungenautomaten und zeigte an, sie solle ihren eigenen loslassen und den einstecken, den er ihr reichte. *Vertraust du mir?*, fragten seine Augen, und Ella antwortete wieder mit einem Okay-Zeichen. O Gott,

sie war sich nicht sicher, ob sie okay war. Sie hatte diese Übung des Luftteilens seit ihren Trainingstauchgängen auf Jamaika nicht mehr gemacht. Ihre Hand zitterte, als sie ihren Lungenautomaten aus dem Mund nahm, ihn fallen ließ und dann nach Ferdias griff. Für den Bruchteil einer Sekunde kam sie sich schrecklich verletzlich vor. Hier war sie nun, siebenundzwanzig Meter unter Wasser, und streckte die Hand nach dem einzigen Menschen auf dem ganzen Planeten aus, der ihr helfen konnte. Sie griff nach dem Lungenautomaten, steckte ihn sich in den Mund, bemerkte den Geschmack nach Salzwasser, reinigte ihn, hustete ein wenig hinein und begann dann tief und schlingend zu atmen. Nach ein paar wackligen Sekunden wurde sie ruhiger.

Okay?, fragten sie seine Finger.

Okay, antworteten Ellas.

Sollen wir raufgehen? Diesmal machte er das Zeichen mit seinem Daumen.

Sie merkte, dass sie nickte. »Ja, bitte«, sagte sie mit ganz leiser Stimme in ihren Lungenautomaten hinein.

Ferdia streckte den Unterarm nach ihr aus, und eine Sekunde lang fragte sich Ella, was er da tat, ihr seinen Arm darzubieten, als ob er sie zum Essen ausführte ... Natürlich! Sie würden im Tandem aufsteigen, Körperkontakt halten müssen, bis sie an die Oberflüche kamen.

Es schien ihr eine Ewigkeit zu dauern. Sie hielt ihren Blick auf Ferdias gerichtet; er wand seinen Blick nur von ihr ab, wenn es notwendig war, um seinen Druckmesser wegen ihrer Aufstiegsgeschwindigkeit zu befragen. Fünf Meter vor der Oberfläche zeigte er an, dass sie drei Minuten lang den erforderlichen Sicherheitshalt machen müssten. Hatte sie genug Selbstvertrauen dafür? War sie ruhig? Würde sie lieber gleich nach oben steigen? Ella wuss-

te, wie wichtig der Sicherheitshalt nach Tieftauchgängen war, und sie merkte, wie sie automatisch das Okay-Zeichen machte, bevor sie erkannte, dass sie tatsächlich jetzt ganz ruhig war. Ihr Atem ging nicht mehr hastig, er war langsam und gleichmäßig. Sie konnte ihn in ihrem Kopf hören – das rhythmische Ein- und Ausatmen. Ferdia hielt sie ganz fest, und seine Augen versprachen Sicherheit. Er sah auf seine Uhr und dann wieder sie an. Zwei Minuten, bedeutete er ihr. O Gott! Eine Minute. Sie begann ihre Atemzüge zu zählen. Dies waren wohl die längsten sechzig Sekunden ihres Lebens.
Dann kam endlich das lang erwartete Zeichen, an die Oberfläche zu gehen. Sie schwammen im Tandem hoch durch die gefilterten Strahlen des quälenden Sonnenlichts, das auf der Oberfläche schimmerte. Sobald sie durch das Wasser stießen, blies Ferdia sofort sein Lifejacket auf, und dann ging er mit dem Mund an das Ventil ihres Jackets und blies hinein, gleichmäßig und rhythmisch. Es dauerte nur drei Atemzüge, bis sie den richtigen Auftrieb hatte. »Okay?«, fragte er und betrachtete sie genau. Seine Augen hatte er gegen die Sonne zugekniffen. Sie wurden umrahmt von stachligen Wimpern, und zwei Wassertropfen glitzerten wie Diamanten an seinen Ohrläppchen.
»Okay«, murmelte sie. Sie wollte ihn küssen. Dieser Mann hatte ihr das Leben gerettet. Sie nahm den Ersatzlungenautomaten aus ihrem Mund. »Du hast mir das Leben gerettet«, sagte sie.
»Spar dir deinen Atem«, gab er zurück – ein klein bisschen ungnädig, wie sie fand. »Wir haben noch eine gute Strecke zu schwimmen. Steck den Schnorchel in deinen Mund, und wir schwimmen zur Küste zurück.«
Als sie an der Küste ankamen, war sie erschöpft. Ferdia

half ihr, Flossen, Pressluftflasche und Bleigürtel abzunehmen, und sie ließ sich auf der Helling auf den Rücken fallen.
»Danke«, sagte sie, als sie wieder atmen konnte.
»Keine Ursache«, antwortete er, schüttelte sein Jacket ab und legte es mit der Flasche nach oben auf den steinigen Boden. Dann begann er seine schwarzen Neoprenhandschuhe auszuziehen und sah sie fragend an. »Nun, heute Nachmittag hast du zwei neue wichtige Dinge fürs Leben gelernt, Ella, mein Mädchen.«
»Ja? Was habe ich gelernt?«
»Du hast gelernt, unter Druck ruhig zu bleiben. Und du hast gelernt, dass nichts den Appetit so anregt wie eine Nah-Todes-Erfahrung. Ich kann dir sagen, ich bin nach dieser verdammt hungrig. Ich werde heute Abend meinen Schinken und meinen Kohl runterschlingen.«
Ella gab ein zittriges Lachen von sich. »Was das Ruhigbleiben unter Druck angeht, weiß ich nicht so recht. Mir ist es da unten echt unheimlich geworden. Ich wette, du warst in Versuchung, mir einfach das Messer reinzurammen und abzuhauen.«
Er lächelte. »Und dich den Haien zu überlassen? Dafür bin ich zu gut erzogen.« Er strich seine feuchten Dreadlocks aus dem Gesicht und streckte sich. Die Art, wie er das tat, war locker so sexy wie die von Jack, wenn er sich streckte. Tatsächlich, kam sie zu dem Schluss, war es noch sexyer. »Es ist ein echter Pluspunkt für dich, Ella, dass du den Sicherheitshalt geschafft hast. Es ist, als ob du eine psychische Hürde überwunden hättest. Du wirst merken, dass das bei deinem Selbstvertrauen Wunder wirken wird.«
»Nun ja«, sagte sie, zog ihre Haube ab und schüttelte ihr Haar aus, »ich nehme an, das Handbuch hat ziemlich

Recht, wenn es von dem Abenteuer Tauchen spricht. Was den Spaß angeht, bin ich mir nicht ganz so sicher.«
Er hob eine Augenbraue. »Komm, du hast dich doch köstlich amüsiert da unten. Du warst wie ein kleines Mädchen, das einen ganzen Spielwarenladen für sich hatte.«
Sie dachte eine Minute darüber nach. Dann gab sie zu: »Ja, ich glaube, so war ich.« Plötzlich setzte sie sich auf, und ein Lächeln ließ ihr Gesicht erstrahlen. »Diese Delphine! O Mann! Ich war hin und weg!« Sie bemerkte, dass sie ein bisschen wie Julian redete, wenn er seine »Ich bin ein supercooler Tauchgott«-Manie bekam, und befahl sich, den Mund zu halten. »Bist du jemals mit Delphinen getaucht, Ferdia?«
»O ja. Und auch mit Seehunden. Sie haben einen erstaunlichen Sinn für Humor. Sie lieben es zu spielen.«
»Oh!« Das wollte sie auch machen! Sie wollte unter Wasser mit Delphinen und Seehunden spielen. Delphine waren die besten Endorphine, die sie jemals gehabt hatte. »Vielleicht werden wir sie morgen wiedersehen?«
»Mit etwas Glück sehe ich sie schon heute Nacht wieder.«
»Wieso?«
»Ich habe einen Nachttauchgang geplant.«
Aus irgendeinem absurden Grund war sie enttäuscht. »Heißt das, dass du nicht mit in den Pub kommst?«
Er schenkte ihr einen vernichtenden Blick. »Und ob ich in den Pub gehe. Ich komme einfach ein bisschen später als ihr, das ist alles. Glaubst du wirklich, ich könnte wegbleiben nach alldem, was du mir heute Nachmittag zugemutet hast?«
Als er auf sie herablächelte, wurde ihr klar, dass er sich auf ihren Mund konzentrierte, und sie merkte, wie sie automatisch die Lippen öffnete.
Doch er küsste sie nicht. Er streckte nur einen Finger aus

und zeigte leicht auf den Bereich zwischen ihrer Nase und ihrem Mund. »Vielleicht solltest du etwas daran tun«, bemerkte er.

»Was?«

»Du hast ein Tauchergesicht.« Und dann drehte er sich um und stieg den Helling hinauf und ließ seine Pressluftflasche am Ventil baumeln.

13

Als sie zurück zum Hotel kamen, okkupierte Ella das Bad. Sie duschte schnell, wusch sich die Haare und putzte sich die Zähne. Zurück in ihrem Zimmer, trug sie Body Lotion auf und untersuchte ihr Gesicht im Spiegel. Gott sei Dank war ihre Haut nicht so fleckig wie vorher, doch der Fleck auf ihrem Kinn war noch deutlich zu sehen. Sie cremte ihn mit einem Abdeckstift ein und legte dann etwas Maskara auf; dabei sagte sie sich, dass es, wenn sie regelmäßig tauchen würde, angeraten wäre, von Zeit zu Zeit Geld in eine Wimpernfärbung zu investieren. Sie kämmte ihre Augenbrauen mit Vaseline und besprühte sich mit Chanel 19.

Auf dem Weg in den Speisesaal kam sie an Ferdia vorbei, der mit dem allgegenwärtigen Handtuch um die Taille aus dem Bad trat. Sein Haar war nass, und Ella fragte sich, wie oft Dreadlocks gewaschen werden mussten. Er roch wunderbar sauber. Moschusartig, männlich mit einer Kopfnote nach … Vanille. Ella musste an die Seife denken, die sie in Jamaika geklaut hatte.

»Oh, hi!«, grüßte sie und versuchte ganz beiläufig zu klingen. Es war nicht leicht.

»Hi«, erwiderte er. »Ich wollte gerade an deine Tür klopfen.«

»Oh?« O Gott! Warum? »Warum?« Sie hoffte, dass sie nicht zu unaufrichtig klang.

»Ich habe das hier im Bad gefunden.« Er hielt ein Buch hoch. Es war das verdammte, elende *Passion's Monument*.

O nein! »Das ist doch deins, oder?«, fragte er. »Ich musste einfach mitkriegen, dass du es gestern Abend im Bad gelesen hast.«
»Oh … ja. Nun, es ist eigentlich nicht meines. Es gehört … äh … dem Hotel. Ich habe es in meinem Zimmer gefunden.«
»Ich habe bemerkt, dass du heute Nachmittag unter deinem Tauchhandbuch gedöst hast.« Er lächelte und fing an zu blättern. »Wenn du das hier gelesen hättest, wärst du sicher nicht eingedämmert. Dieser Kram ist heiß genug, um Tote aufzuwecken.« Er überflog eine der Seiten bis unten und schüttelte den Kopf. »Seite neunundsechzig öffnet einem wirklich die Augen. Muss ich auch mal probieren.« Er reichte ihr das Buch, hob eine Augenbraue, lächelte und schlenderte den Flur entlang. »Bis zum Abendessen, Weib«, warf er ihr über die Schulter zu.
Weib? Was meinte er damit? Ella stakste zurück in ihr Zimmer, um das verhasste Buch loszuwerden. Bevor sie es wieder ins Regal stellte, beschloss sie jedoch, dass sie noch genug Zeit vorm Abendessen hatte, um einen schnellen Blick auf Seite neunundsechzig zu werfen. Dashiel und Victoria waren schon wieder dabei, diesmal pudelnackt in einem See.

»Oh«, keuchte sie, während seine Hände zu ihren beiden festen, wohlgeteilten Brüsten wanderten. Sie hob ihm ihre Lenden entgegen, unfähig, dem überwältigenden Drang zu widerstehen, ihren Lustkern an seinen muskulösen Schenkeln zu reiben.
»Ha!«, spuckte er aus. »Diesmal tun wir's auf meine Weise!«
Sie keuchte. »Welche Weise ist das?«, fragte sie. »Du würdest mir doch nicht wehtun wollen, Dashiel?«

»Ich dir wehtun wollen, Weib? Nein. Mein Ziel ist es nur, dir Lust zu bereiten.« Er drehte sie um, und bevor sie wieder keuchen konnte, stieß er …

Ella merkte plötzlich, dass jemand an die Wand klopfte.
»Ella?« Es war Ferdias Stimme. »Bist du schon an der Stelle, wo er sie umdreht?«
Ella spürte, wie ihr Gesicht zu glühen begann. »Weißt du was, Ferdia?«, sagte sie. »Ich bin mir nicht ganz sicher, was dich das angeht.«
»Das ist okay, Weib. Da bist du nicht die Einzige.« Sie hörte ihn im Nebenzimmer lachen, und er fing an etwas zu summen. Ein plötzliches Bild von ihm blitzte in ihrem Kopf auf, wie er nackt nur ein paar Meter von ihr entfernt auf der anderen Seite der Wand stand und sich seine Dreadlocks abtrocknete. Sie hatte vorhin versucht, nicht zu sehr auf seinen Körper zu achten, doch das war schwierig gewesen. Er hatte einen wunderbar geformten, muskulösen Körper, aber er war nicht auf abstoßende Art bemuskelt, wie es manche Typen waren. Diese Typen hielten sich in Form, indem sie Fitness betrieben. Ihr Studio war voll von narzisstischen Kerlen, die sie überhaupt nicht beeindruckten mit ihrem armseligen Posieren und der Art, wie sie demonstrativ mit den Gewichten klapperten.
Sie bezweifelte, dass Ferdia auch nur ahnte, wie das Innere eines Fitness-Studios aussah. Sie nahm an, es war reine körperliche Arbeit, die ihn in Topform hielt, so wie es oft bei Bauarbeitern war. Es war etwas unglaublich Sexyes an einem Typen, der so gut aussehen konnte, ohne daran arbeiten zu müssen, wie es den meisten anderen Leute nicht erspart blieb. Sie wusste, sie würde schwammig werden, wenn sie nicht regelmäßig trainierte. He,

vielleicht würde sie, wenn sie weiter tauchte, nicht mehr in die Folterkammer gehen müssen, die ihr Studio war. Noch ein Anreiz, mit ihrem neuen Hobby weiterzumachen.

Es war nicht der einzige Anreiz. Sie wusste nun mit niederschmetternder Klarheit, dass sie wie wahnsinnig in Ferdia verknallt war und jede Möglichkeit, ihn wieder zu sehen, willkommen heißen und ergreifen würde – selbst wenn das hieß, dass sie in diesem ekligen Steinbruch tauchen müsste. Wann war das passiert?, fragte sie sich. Es hatte sicher keinen *coup de foudre* gegeben, der es angekündigt hätte. War es heute passiert, vielleicht als er ihr das Leben gerettet hatte? Oder war die erste Saat heute Nacht im Bett gesät worden, als sie dem unmissverständlichen Beweis für sein Talent, Frauen »Lust zu bereiten«, ausgesetzt gewesen war? Oder war es jenes Mal in der Sheep's Head Bay gewesen, als er ihr erzählt hatte, dass er ihre Strümpfe liebte und dann, Beethovens Siebte pfeifend, von dannen gegangen war? Nein, etwas sagte ihr, dass es noch früher zurückreichte. Etwas sagte ihr, dass sie tatsächlich in ihn verknallt war seit jenem ersten Abend im Klassenzimmer, als er ihr erklärt hatte, dass er die Art liebte, wie sie ihre Is schwungvoll malte, und dass ihre Verliebtheit unumkehrbar eingesetzt hatte, als sie Zeugin geworden war, wie er mit der armen heimatlosen Hündin umging, die er adoptiert hatte. Etwas sagte ihr, dass sie und Perdita gleichzeitig hingerissen gewesen waren. Doch während Perdita kein Geheimnis daraus gemacht hatte, hatte Ella es monatelang geleugnet.

Was sollte sie tun? Sie setzte sich aufs Bett und kaute auf ihrer Lippe, stand dann wieder auf und untersuchte ihre Augenbrauen, zupfte ein paar Härchen aus, damit sie schräger aussahen. Sie begann taktisch zu denken. Im

Spiegel wurden ihre Augen schmal vor Konzentration. Im Nebenzimmer summte Ferdia immer noch.
Geistesabwesend begann Ella ein Haarbüschel zu flechten. Sie war sich einigermaßen sicher, dass die toll aussehende Frau, die den Master gestern Abend im Pub gekapert hatte, Philippa war, diejenige, die all die Lust empfangen hatte, die später vonstatten gegangen war. Ha! Wenn das der Fall war, dann war sie, Ella, nicht mal eine Konkurrentin. Diese Frau war unglaublich sexy gewesen. Und elegant. Viel zu hohe Klasse für einen Land-Pub. Verdammt noch mal! Das Leben war so schrecklich unfair! Erst war da Jack gewesen mit seiner Reihe von raffinierten Frauen, und nun hatte Ferdia offensichtlich dieselbe Vorliebe. Was war das nur mit den Klassefrauen? Wie wurde man klasse?
Wart mal. Sie begann mit den Fingern leicht auf den Rand der Frisierkommode zu trommeln. Das war interessant. Hatte sie nicht schließlich auch ein bisschen klasse Drum und Dran? Ferdia konnte nicht wissen, dass Patricks schicker kleiner Mercedes ihr nicht gehörte. Er stellte sich vor – wie die meisten Leute –, dass das Aufnahmegeschäft glamourös war. Er nahm an, sie hatte die Art Lebensstil, der ihr erlaubte, zu einem Tauchurlaub nach Jamaika zu jetten. Er dachte sogar, sie sei die Art Dame, die in Seidenkimonos umherschwebte und nicht in gewöhnlicheren Bademänteln aus den Läden der Hauptstraßen. Und Richie hatte ihr beim ersten Mal, als er sie getroffen hatte, gesagt, sie sei ein klasse Hühnchen.
Vielleicht konnte sie es schaffen. Vielleicht konnte sie klasse werden ... Sie sah sich im Spiegel an und nahm den gelangweilten Ausdruck an, den Models so gerne zur Schau trugen. Es schaute dumm aus. Dann drehte sie ihren Zopf zu einem Knoten hoch wie die schicke Philippa.

Nöh … Netter Versuch, aber nichts Besonderes. Sie fuhr mit den Fingern durch ihr Haar und schüttelte es aus. Es gab nicht viel, was sie an der Art, wie sie aussah, ändern konnte, beschloss sie, oder sogar an der Art, wie sie sich benahm. Sie war keine Schauspielerin. Doch man hatte ihr ein paar sehr passende Zutaten auf dem Silbertablett serviert. Das schicke Auto, der teure Urlaub, der »groovy« Job mochten sie vielleicht in seinem Kopf irgendwo ein bisschen als ein Mädchen mit Stil und Geschmack etabliert haben. Sie blickte ein letztes Mal in den Spiegel. Ihre Augenbrauen sahen hübsch aus. Zur Hölle, es war ein kühner Versuch. Aber es war ein Versuch, der es wert war.

Plötzlich bemerkte sie das billige Taschenbuch, das offen auf der Kommode lag, und eine Welle der Verzweiflung überkam sie. Welches Mädchen mit Stil und Geschmack würde Bücher wie *Passion's Monument* lesen? Ha! Was tat sie da nur – zu behaupten, sie sei jemand, der sie nicht war? Sie war mies im Bluffen; das war immer ihre Achillesferse beim Poker gewesen. Und dieses Spiel beinhaltete eine ganze Menge neuer Regeln. Dieses Spiel war gefährlich, weil es bedeutete, dass sie mit dem Feuer spielen musste. Ella argwöhnte, dass sie sich ziemlich schlimm verbrennen könnte. Und dann erinnerte sie sich daran, wie sie sich gefühlt hatte, als sie Ferdia dabei beobachtete, wie er sich vorhin auf der Helling gestreckt hatte, nachdem er ihr das Leben gerettet hatte, als sie gewollt hatte – wirklich, wirklich gewollt hatte –, dass er sie küsste …

Sie atmete tief durch, öffnete die Tür und ging die Treppe hinunter in den Speisesaal, bereit, den Zünder zu zünden.

Beim Abendessen nahm sie die Sitzordnung in sich auf. Ein langer Tisch war für ungefähr ein Dutzend Leute gedeckt worden. Sie war nicht die Erste dort, doch sie war früh genug dran, um wählen zu können. Ein Platz hatte noch auf beiden Seiten freie Stühle, also setzte sie sich dorthin.

Sie bestellte als Vorspeise Meeresfrüchtesuppe und ein Glas Wein und wollte gerade fragen, was der Fang des Tages war, als Julian in den Speisesaal kam, gefolgt von Ferdia, dem *wirklichen* Fang des Tages. Sie erstarrte, versuchte mit ihrem Willen Julian zu zwingen, sich ans andere Ende des Tisches zu setzen, und Ferdia, neben ihr Platz zu nehmen. Sie schenkte ihm ein Lächeln, von dem sie hoffte, dass es einladend wäre. Gut. Er hatte sie gesehen. Oh, wow – erstaunlich! Er kam in ihre Richtung.

»Der Fang des Tages ist Seehecht«, sagte die Kellnerin.

»Klingt gut«, meinte Julian und zog den Stuhl neben ihr vor. Er setzte sich und rieb sich die Hände. »Ich habe einen verdammten Appetit. Habe ich immer nach einem Tag, den ich dreißig Meter unter Wasser verbracht habe. Wie ist es bei dir gelaufen, Ella? Hast du deinen Auftrieb nun unter Kontrolle?« Und zum dritten Mal an diesem Tag ahmte er sie auf diese blöde, dümmliche Weise nach.

Auf der anderen Seite des Raums konnte sie Ferdia sehen, der Julian neben ihr zur Kenntnis genommen hatte. Er blieb den Bruchteil einer Sekunde stehen, in der er offensichtlich seinen geplanten Sitzplatz überdachte, dann drehte er sich um und gesellte sich zu PJ. Ella war von mörderischer Wut erfüllt. Sie wollte ein Messer auf dem Tisch packen und es Julian ins Herz rammen.

Stattdessen sagte sie zu der Kellnerin: »Seehecht wäre schön. Und vielleicht könnten Sie mir auch noch eine Banane für den Affen bringen, der sich gerade neben mich gesetzt hat.«

»He! Sei locker, Ella«, meinte Julian mit einem ärgerlichen

Lachen. »Alle anderen halten meine Imitation von dir für super. Vorhin haben sich die Leute deshalb vor Lachen gekugelt. Jemand hat es sogar für die Nachwelt aufgenommen. Es wird bei der Weihnachtsfeier von ActivMarine wie eine Bombe einschlagen.«

»Wo du, Julian, zweifellos der Lebensnerv und die Seele sein wirst«, gab Ella eisig zurück.

»Mein Gott, was ist denn in dich gefahren? Ich dachte, da du die Neue bist, wärst du dankbar, dass ich mich zu dir gesellt und dich nicht allein dort habe sitzen lassen wie ein Mauerblümchen.«

Richie betrat den Speisesaal. Er sah noch ein wenig grün um die Nase aus, doch auf keinen Fall so zerschlagen wie heute Morgen. »Hallo, Expartnerin«, begrüßte er sie und setzte sich auf den Stuhl zu ihrer Linken. »Wie ist es heute für dich gelaufen?«

»Gut«, antwortete sie und beachtete Julians spöttisches Gesicht nicht. »Es ist schade, dass du es verpasst hast. Da unten gibt es Erstaunliches zu sehen.«

»Ich werde es morgen probieren.«

»Wie fühlst du dich jetzt, Rich?«

»Hm. Besser. Nun ja, auf jeden Fall besser genug, um etwas zu essen.« Er warf einen Blick auf die Karte. »Meeresfrüchteeintopf. O Gott, nein.«

»Leider habe ich das bestellt.«

»Ist schon gut, wenn es dir nichts ausmacht, dass ich dich nicht angucke, während du isst. Ich nehme die Consommé, glaube ich. Und das Grillhuhn.«

»Willst du dir einen Wein mit mir teilen, Richie?«, fragte Julian. »Es ist keine tolle Weinkarte, aber es gibt einen einigermaßen anständigen Chablis.«

»O Gott, nein. Danke, Julian, aber nein. Ich werde keinen Alkohol mehr anrühren, solange ich lebe.«

»Nachher wird es im Sweeney's eine Session geben«, verkündete Julian. »Das kannst du doch nicht versäumen.«
»Sicher gehe ich hin, aber ich bleibe bei Ballygowan.«
»Eine Session?«, fragte Ella. »Eine Musiksession?«
»Ja.«
»Wer spielt?«
»Niemand Besonderer«, antwortete Julian. »Nur ein paar Lokalgrößen. Sie versammeln sich jeden Samstagabend mit Fiedeln, Blechpfeifen und Dudelsäcken.«
»O Gott, Dudelsäcke! Ich bin mir nicht sicher, dass mein Kopf all das Dröhnen aushalten wird«, bemerkte Richie.
»Traditionelle Musik wäre ohne Dudelsäcke nicht dieselbe, Richie«, informierte ihn Ella.
»Ich weiß, ich weiß. Wenn du willst, kannst du mich spießig nennen.«
»Habe ich dich schon einmal spießig genannt?«
»Ja, damals, als ich dir erzählt habe, dass ich die Nase voll hätte von all dem klassischen Kram, den du in deinem Auto spielst.«
Sie warf ihm einen mitleidigen Blick zu. »Ich nehme an, du hörst nur House?«
»He! So eine traurige Figur bin ich nun auch nicht. Nein, ich mag traditionelle Musik, und ich habe auch nichts gegen Dudelsäcke, wenn sie ein Begleitinstrument sind, aber Dudelsäcke solo! Ich begreife nicht, wie jemand das genießen kann.«
»Wie kannst du das sagen, Rich! Du solltest dir mal Paddy Moloney oder Liam O'Flynn anhören. Oder auch Davy Spillane. Sie sind erstaunliche Spieler!«
»Woher weißt du das alles, Ella?«, fragte er neugierig. »Du bist mir wirklich nie als der Typ Mädel aufgefallen, der sich für Volksmusik interessiert.«

»Ella versteht alle Arten von Musik«, meinte Julian. »Sie spielt sogar selbst. Oder hat gespielt. Oder, Ella?«
»Ja. An mir ist eine Musikerin verloren gegangen«, sagte Ella und schoss ihrem Kollegen einen zornigen Blick zu. Sie mochte es nicht, daran erinnert zu werden.
»Kein Scheiß. Welches Instrument?«
»Geige.«
In dem Moment wurde Ellas Meeresfrüchtegericht vor sie gestellt. Richie sah es einmal an, wurde grün und schlug sich die Hand vor den Mund. »O verdammt«, sagte er und stand rasch auf. »Entschuldigt mich. Ich muss hier raus …« Er drehte sich um und stolperte aus dem Raum. Ferdia sah auf, als sein Cousin an ihm vorbeistürmte, dann erhob er sich und ging dorthin, wo Ella saß.
»Hast du oft so eine emetische Wirkung auf die Leute?«, fragte er.
»Emetisch?« Das klang gut. Wie eine Mischung zwischen »kinetisch« und »elektrisch«. Sie sah ihn mit Grübchen in den Wangen an.
Julian spottete. »Weißt du nicht, was das heißt? Emetisch heißt, jemanden zum Kotzen bringen.«
»Natürlich weiß ich, was es heißt«, log sie. »Und zu deiner Information, Ferdia, nicht ich habe in Richie Übelkeit erregt. Es war das unglückselige Auftauchen der Meeresfrüchte. Die …«, sie kostete vorsichtig, »… tatsächlich sehr gut sind.«
Ferdia setzte sich auf den Platz, auf dem Richie gesessen hatte. »Wie geht es ihm?«, erkundigte er sich.
»Viel besser als heute Morgen«, antwortete Ella. »Aber offenbar noch etwas wacklig auf den Beinen.«
»Wird er morgen tauchen können, was meinst du?«
»Wenn er zu seinem Wort steht und heute Abend keinen Alkohol anrührt«, sagte Julian.

»Gut. Dann sind die Partner für morgen geregelt. Julian, du wirst wieder mit Alex tauchen.«
Danke, Ferdia, danke!, wollte Ella ausrufen. Stattdessen sagte sie: »Und ich werde wieder mit dir tauchen, oder?«
»Nein, Jetzt, da Richie okay ist, wirst du mit ihm tauchen.«
»Oh!« Sie hoffte, dass er die Enttäuschung in ihrer Stimme nicht hören konnte. »Musst du morgen eine Trainingsgruppe überwachen?«
»Nein. Ich werde morgen nicht da sein. Etwas hat sich ergeben, und ich muss zurück nach Dublin.«
Nein! O nein! Er konnte nicht fahren! Nicht, nachdem sie gerade erkannt hatte, dass sie ihn so verzweifelt wollte! Verdammt noch mal! Was sollte sie nur tun?
»Fährst du heute Abend zurück?«, fragte Julian.
»Nein. Ich habe einen Nachttauchgang und will nicht im Dunklen fahren. Ich werde zu der Session im Sweeney's sein und in der ersten Dämmerung losfahren.«
Zumindest würde er später dabei sein. Nichts auf der Welt konnte sie heute Abend von dieser Session fern halten.
»Ich beneide dich nicht um das frühe Wegfahren nach einer Session«, bemerkte Julian. »Muss was Dringendes sein.«
»Das ist es. Ich habe einen Anruf bekommen, dass Perdita krank ist. Sie kann ihre Welpen nicht säugen, und es geht ihr sehr schlecht.«
Ellas Augenbrauen zogen sich zusammen. »O nein! Wie furchtbar!«
»Ja. Sie hasst es, wenn ich wegfahre. Ich weiß nicht, wie sie zurechtkommen soll, wenn ich für immer verschwinde.«
»Wohin denn, Mann?« Sie hörte Julians Frage kaum. Sie

war zu sehr damit beschäftigt, mitzubekommen, was Ferdia gerade gesagt hatte. *Wenn ich für immer verschwinde …*
»Ich mache eine Reise um die Welt. Zuerst nach Jamaika.«
»He, in den Tauchbasen arbeiten?«
»Wenn sie mich haben wollen.«
»Du weißt, dass sie dich haben wollen, Ferdia. Bei deinen Zeugnissen? Du könntest überall auf der Welt arbeiten, wo du willst.«
Die Kellnerin stellte eine offene Flasche Chablis vor Julian hin. »Es ist üblich, sie am Tisch zu öffnen«, sagte er.
»Tut mir Leid, Sir.« Die Kellnerin zuckte mit den Schultern und zog von dannen.
Julian seufzte schwer auf. »Ich nehme an, so ist es eben in der Provinz«, meinte er. »Voll von Bauern. Kipp den Fusel runter, Ella, und trink von dem hier.« Er goss sich ein Glas ein. »Ferdia? Willst du ein Glas mit uns trinken?«
»Nein, danke. Ich muss noch tauchen.« Er stand auf. »Ich komme dann später zu euch.«
»Ja«, antwortete Ella mechanisch. »Wir sehen dich im Sweeney's.«
Er blieb stehen. »Du weißt, dass es dort heute Abend eine Session gibt?«
»Ja.« Etwas an seinem Ton verwirrte sie. »Warum fragst du?«
»Ich hätte nur nicht gedacht, dass das deine Szene ist. Viel Spaß mit deinem Chablis.« Und er ging zurück zu seinem Platz, an den die Kellnerin gerade einen Teller mit einem Berg Speck und Kohl stellte.
»Super Typ«, bemerkte Julian nach einer Weile.
»Ja.«
»Bist du in ihn verknallt?«
Sie sah Julian direkt ins Gesicht. »Nein«, antwortete sie betont. »Als ob dich das irgendetwas anginge.«

»Irgendwie finde ich das erstaunlich. Alle Weiber scheinen ihn anzuhimmeln. Vor allem die gelangweilten verheirateten mit einem reichen Ehemann. Unterschätze nie den Reiz von etwas Ungehobeltem, Ella.« Demonstrativ streckte er sich auf seinem Stuhl.
Aagh! Deshalb also lief Julian rum und redete cooles Zeug und benahm sich wie ein super Typ. Er versuchte Eindruck zu schinden. Aber *wen* versuchte er zu beeindrucken? Sie und Jan waren die einzigen Frauen, die an diesem Wochenende tauchten. Vielleicht war er scharf auf Jan? Irgendwie bezweifelte sie das. Sie glaubte nicht, dass sie die beiden mehr als zwei Worte hatte wechseln sehen. O Gott! Konnte es sein – war es möglich, dass Julian auf *sie* scharf war? Nein, nein, so grotesk konnte das Leben doch nicht sein.
Neben ihr palaverte er weiter. Wenn Richie dachte, die Dudelsäcke seien schlimm, dann musste er nur Julian in Hochform mitkriegen. »Ja, ich habe wirklich ein paar klasse Weiber gesehen, die sich wegen Ferdia zum Narren gemacht haben. Hast du die gesehen, die gestern Abend im Pub war? Sie ist mit einem Adligen aus der Gegend verheiratet und fast jeden Monat auf der Gesellschaftsseite von *Individual*. Aber jedes Mal, wenn ein Tauchwochenende hier in Lissamore angesetzt ist, erscheint sie und treibt sich im Sweeney's rum, damit sie Ferdia nachher ins Bett abschleppen kann.«
Also hatte sie Recht! Ferdia hatte ein Faible für klasse Ärsche.
»Ich nehme an, es ist ein bisschen wie bei Rockstars, die die ganze Zeit von Groupies umlagert sind.« Julian konnte die Abneigung in seiner Stimme plötzlich nicht mehr verbergen. Er kochte so offensichtlich vor Eifersucht, dass Ella ahnte, dass der einzige Grund, warum er

sich so sehr bemühte, so kumpelhaft zu Ferdia zu sein, darin lag, seine eigene Glaubwürdigkeit zu erhöhen. Vielleicht dachte er, dass etwas von dem Sex-Appeal des Lehrers auf ihn abfärben würde, wenn er ihn nur oft genug mit erhobenem Daumen begrüßte.
Sie sah dorthin, wo Ferdia mit PJ saß und lachte, und begann weiter strategisch zu denken. Also, er würde am Morgen fort sein. Er hatte heute Nacht einen Tauchgang. Das ließ ihr nur sehr wenig Zeit, um ihren Feldzug umzusetzen. Sie würde einfach sicherstellen müssen, dass er im Sweeney's auf sie traf. Das würde schwer sein, wenn dort eine Session lief. Sie wusste aus Erfahrung, dass Männer dazu neigten, sich so sehr von der sexy Musik und den Schwingungen der ganzen Session einwickeln zu lassen, dass Liebe paradoxerweise manchmal das Letzte war, was ihnen in den Sinn kam. Verdammt noch mal. Wenn sie heute Abend in Ferdia MacDiarmadas Bett enden wollte, würde sie sehr, sehr schlau sein müssen. Als sie sich vorstellte, was für sie in petto sein könnte, wenn sie ihre Karten richtig ausspielte, rief das in ihr ein halb genussvolles, halb verwirrendes Gefühl hervor, das die Vorfreude auf guten Sex immer in ihr erzeugte – jenes Gefühl, als ob ein kleines Tier irgendwo in ihrer Magengrube sich zu einem Ball zusammenrollte.
»Du siehst sehr nachdenklich aus, Ella«, bemerkte Julian. »Woran denkst du?«
»An Stickstoffnarkose«, antwortete sie.

Ella hielt sich die Daumen, dass die schicke Philippa nicht im Pub sein würde. Sie überflog mit einem Blick das Lokal, sobald sie durch die Tür war, und war froh, dass sie keine Spur von ihr entdecken konnte. Vielleicht war sie irgendwo auf einem Jagdball oder bei einem vornehmen

Abendessen. Ella stellte sie sich vor, wie sie Sherry nippte, mit einem kinnlosen Typen plauderte und dabei die ganze Zeit um ihr bisschen Ungehobeltes litt. Sie blickte sich um, um zu sehen, ob es noch andere mögliche Hasen gäbe, die mit ihr um Ferdias Aufmerksamkeit wetteiferten, doch sie konnte keine Konkurrentinnen entdecken. An der Bar saß ein demonstrativ fuchsrotes Mädchen mit bauchfreiem Top, doch sie war zu vulgär für seinen Geschmack.
Ella versuchte es mit dem Guinness locker anzugehen, doch das war schwer, denn Richie stellte ständig neue Pints vor sie hin. Er versuchte beim Wasser zu bleiben, langweilte sich aber sehr früh damit und begann mit Säften zu experimentieren. Er probierte sogar einen Pirate's Punch. »Süßer Jesus!«, rief er aus und schob das Glas auf die andere Seite der Bar. »Dieser Stoff ist unverdünnte Scheiße! Beinahe musste ich davon wieder kotzen!«
»Ich will nichts Böses über Pirate's Punch hören«, mahnte Ella. »Sie haben mir den besten Urlaub meines Lebens bezahlt.«
Über der Menge lag ein spürbares Gefühl der Vorfreude, wie immer in Pubs an Session-Abenden. Das Lokal war noch voller als am Vorabend, und Ella wurde es viel zu heiß in ihrer Wildlederjacke von Ralph Lauren. Sie warf sie über die Rückenlehne ihres Stuhls und war ziemlich froh, dass sie nun mit ihrem kleinen sexy T-Shirt angeben konnte, das sie darunter trug.
Sie fing Richies Blick auf. Sie hatte keinen BH an und wusste, dass ihre winzigen rosafarbenen Rosenknospen ziemlich deutlich zu sehen sein mussten. Sie hatte sich so an die lockere Freundschaft mit Richie gewöhnt, dass sie fast vergessen hatte, dass er so empfänglich wie jeder andere Mann war für das heißblütige Weibliche, und sie

erinnerte sich, dass sie irgendwo gelesen hatte, dass es keine hundertprozentige platonische Beziehung zwischen einem Mann und einer Frau geben könne.
»Wirst du … äh … wieder hinfahren, was meinst du?«, fragte er. »Nach … äh … Jamaika?« Ella hatte den Eindruck, dass er sich bemühte, Small Talk zu betreiben.
»Ich hoffe es. Meine Großmutter heiratet im Herbst dort, und ihr Verlobter hat angeboten, die Familie zur Hochzeit hinüberfliegen zu lassen.«
Die Musiker wärmten sich jetzt auf, und die Atmosphäre war angespannt vor gezügelter Erregung.
»Jamaika ist Ferdias erste Station.«
Natürlich! Vielleicht würde er doch nicht für immer aus ihrem Leben verschwinden. Vielleicht gäbe es eine Chance, dort auf ihn zu stoßen. Sie wusste, dass sie sich an einen Strohhalm klammerte, doch wenigstens hatte sie *etwas*, das sie optimistisch sein lassen konnte. »Ach ja«, sagte sie und versuchte beiläufig zu klingen. »Er hat etwas von einer Weltreise erwähnt. Wann fliegt er los?«
»Ende Juli.«
Die Menge beruhigte sich, und Ruhe senkte sich herab, als eine einzelne Pfeife die ersten Noten des Abends anpfiff. Ella erkannte die Melodie sofort. Es war »Wallop the Spot«, ein zündender Jig.
»Wie lange ist er weg?« Ella senkte die Stimme. Es wurde als sehr uninformiert betrachtet, während einer Session lange oder laut zu plaudern.
»Ziemlich unbestimmt.« Richie war ebenfalls leiser geworden.
»Und er bekommt garantiert Arbeit in jeder Tauchbasis auf der Welt?« Das Bodhran schloss sich der Dudelsackpfeife an und trommelte den Takt der Melodie.
»Nun ja, Arbeit ist nirgendwo garantiert. Aber Ferdia

sollte keine großen Probleme haben. Er ist ein verdammter Profi. Und er gehört zu den glücklicheren Kerlen, die es sich leisten können, es locker zu nehmen, bis der nächste Job auftaucht.«
»Oh?« Ella war verblüfft. »Warum sagst du das?«
»Er ist ein Mann mit Vermögen. Er verkauft sein Pferd.«
Eine Fiedel – nein, zwei Fiedeln nahmen die Melodie auf. Der Dezibelpegel der Musik schwoll an.
»Seinen Herd?«
»Nein, sein Pferd.«
»Was?«
»Er hat ein *murmel, murmel, murmel* «
»Ein *was?*«
»*Murmel* schönes Vollblut. Er ist *murmel,* um es zu verkaufen. *Murmel* sehr viel Geld. *Murmel, murmel,* tausende. *Murmel* überrascht, dass du es nicht gehört hast. Alle in *murmel* reden doch über die Mega *murmel* Abschiedsparty, die er *murmel* schmeißen wird.«
Richie hatte sich zu ihr gebeugt und sprach ihr direkt ins Ohr, doch das änderte nichts. Die Dudelsackpfeifen hatten losgeschmettert. Es hatte keinen Sinn mehr, zu reden zu versuchen.
»*Murmel* schlauer Kerl«, hörte sie undeutlich. »Ein *murmel, murmel.*« Oder war es *»gewonnen murmel, murmel«*?
»Wie heißt das Pferd?« Sie machte einen allerletzten Versuch, ihm wertvolle Informationen aus der Nase zu ziehen, und wunderte sich, warum sie so eine unwichtige Frage stellte, wo es doch Millionen von wichtigeren gab, die sie stellen wollte.
Er blinzelte sie an, und in seinen Augen lag Neugierde. Er hatte sie offenbar nicht verstanden. Es hatte keinen Sinn, die Frage zu wiederholen. Es war sowieso eine dumme. Doch Richie musste ihre Worte richtig geraten haben,

denn seine Antwort fiel mit einer Pause in der Musik zusammen. »Black Jack«, sagte er laut und zog dann ein zerknirschtes Gesicht, als die Leute um sie herum ihm saure Blicke zuwarfen. Er drehte sich wieder zu ihr, fuhr sich mit dem Zeigefinger über den Mund, um anzuzeigen, dass er wohl besser seine Lippen versiegelte, und wandte seine Aufmerksamkeit den verbleibenden Takten von »Wallop the Spot« zu.

Sie war so aus der Fassung gebracht durch das, was sie gerade gehört hatte, dass sie sich kaum noch auf die Session konzentrieren konnte. Sie lächelte vage und klopfte automatisch mit dem Fuß den Takt, doch ihre Gedanken wirbelten herum, während sie versuchte Sinn in das zu bringen, was Richie gesagt hatte. Ferdia besaß ein Vollblutpferd. Es war tausende von Pfund wert. Er war ein wohlhabender Mann. Offenbar wohlhabend genug, um es sich leisten zu können, sich auf eine Reise um die Welt zu begeben, ohne sich zu sehr darum sorgen zu müssen, wie er sich am Leben halten sollte.

Jetzt wurden die Dinge allmählich klar. Ferdia war also wirklich Teil des Jetsets! Jetzt ergab seine Affäre mit der schicken Philippa einen Sinn. Eine Frau wie sie würde es nicht mit »jemand Ungehobeltem« treiben, wie Julian es so charmant ausgedrückt hatte.

Verdammt noch mal! Das war vielleicht eine Enthüllung! Ella fühlte sich ein wenig, wie Jane es getan haben musste, als sie entdeckt hatte, dass Tarzan, König des Dschungels, in Wahrheit der Earl of Greystoke war, oder wie Cathy in *Sturmhöhe*, als Heathcliff sich als Mann mit Vermögen und Geschmack herausstellte, oder wie die Heldin aus *Passion's Monument*, als sie entdeckte, dass Dashiel (den sie anfangs für einen niederen Stallknecht gehalten hatte) tatsächlich der Erbe eines Schiffsimperiums war.

Ella erkannte, dass sie nun die Tür mehr beobachtete als die Musiker. Obwohl ihre Musik Spitzenklasse war, war dies die schlimmste Session, die sie jemals hatte überstehen müssen. Sie saß nur da und schmorte und wartete darauf, dass sich die Tür des Pubs öffnete und Ferdia hereinkam.
Die Band machte die erste Pause des Abends. Ein respektvoller Weg wurde in der Menge für die durstigen Musiker freigemacht, und gerade als der Barkeeper ein Pint Guinness dem Geiger überreichte, tauchte Ferdia wie durch Zauberhand neben ihm auf. Sie bemerkte, dass das Mädchen an der Bar sichtbar aufblühte. Ella blickte ihren Tauchgott mit halb geöffneten Lippen und feuchten Augen an und merkte nicht, dass Richie sie von der Seite her ansah.
»O Gott«, sagte er, »nicht du auch noch.«
»Was meinst du damit?«, fragte sie und wurde leicht rot.
»Man nennt das Tauchgottsyndrom. Und du hast es wegen meines Cousins.«
»Nein, habe ich nicht«, gab sie zurück und klang dabei schnippischer, als sie wollte; sie bereute es sofort. Sie hätte einfach die Wahrheit gestehen und dann Richie all die Fragen über seinen faszinierenden Cousin stellen sollen, auf die sie Antworten haben wollte.
Richie sah sie skeptisch an, und sie schaute weg. »Nun ja, wenn du nicht am Tauchgottsyndrom leidest«, sagte er und klang resigniert, »dann leidest du inzwischen sicher an Dehydrierung. Du bist schon seit einer Ewigkeit mit diesem Pint fertig. Lass mich dir ein neues holen.«
Der gesunde Menschenverstand sagte ihr, dass sie genug Guinness intus hatte und dass sie Richies Beispiel folgen und für den Rest des Abends abstinent bleiben sollte, doch nun, da Ferdia endlich hier war, empfand sie das Be-

dürfnis nach etwas mehr Mut, den sie sich antrinken musste. »Danke, Richie«, sagte sie, als er aufstand und sich seinen Weg bis zur Bar zu bahnen begann.

Sobald er fort war, wandte sie ihre Aufmerksamkeit erneut Ferdia zu. Der Geiger hatte ihn mit großem Hallo begrüßt und ihm mit breitem Lächeln auf den Rücken geschlagen. Ella nahm an, dass alle ActivMarine-Lehrer vertraute Gesichter im Sweeney's waren. Wie Richie erzählt hatte, kamen sie seit Jahren hierher. Sie saß steif da, hatte die Hände im Schoß verschränkt und bereitete sich darauf vor, ihm ihr bestes Lächeln zu schenken, wenn er sich endlich umdrehte, doch er redete einfach weiter mit seinem Freund, dem Geiger, und hielt ihr den Rücken zugewandt. Dann nahmen beide ihre Gläser und steuerten auf die andere Seite des Raums zu, wo sich die Musiker erholten.

Hör sofort auf, ermahnte sie sich scharf, als ekelhafte Enttäuschung sie zu überwältigen drohte. Du wirst doch nicht vor Liebe ganz verrückt und bedauernswert werden, Ella Nesbit. Du bist eine Kämpferin. Desirée hat dir das gesagt. Du wirst jetzt dein Allerbestes tun, um Ferdia heute Abend zu angeln, und wenn dein Allerbestes nicht funktioniert, wirst du es einfach noch besser tun müssen.

Sie versuchte vernünftig zu denken. Er hatte sie schließlich nicht gesehen. Wenn er sie gesehen hätte, wäre er vielleicht zu ihr herübergekommen, vor allem, da der abstoßende Julian nicht mehr wie ein Miasma um sie herumhing. Richie kam jetzt auf sie zu, ein Pint Guinness in der einen Hand und eine Cola in der anderen. Er hatte gerade das Pint abgesetzt, als etwas Außergewöhnliches passierte. Der Geiger, der Ferdia begrüßt hatte, reichte ihm mit beiläufiger Kameradschaft eine Geige und einen Bogen. Ferdia nahm das Instrument von ihm entgegen, stand auf, fuhr versuchsweise mit dem Bogen über die Saiten und begann geschickt zu stimmen. Dann stürzte er sich mit einer langsamen, sexy Einführung in »Tom Ward's Downfall«.

Ella saß da, und der Mund stand ihr offen. Sie konnte einfach nicht glauben, was sie da sah. Ferdia MacDiarmada war *gut!*

Die anfängliche lange, neckende Weise, mit der er mit seinem Bogen das Instrument streichelte, beschleunigte sich jetzt zu einem konventionelleren Jig-Takt. Die Finger seiner linken Hand flogen den Instrumentenkörper rauf und runter so schnell wie die Flügel der Kolibris, die sie in Salamander Cove gesehen hatte. Seine rechte Hand ging sicher mit dem Bogen um, die kurzen leichten Striche entlockten dem Bauch der Geige einen Wirbel aus Noten. Das Bodhran schloss sich ihm nun an, so dass Füße unwillkürlich mitzuklopfen begannen, dann die Pfeife, noch eine Fiedel, der Dudelsack – und los ging's!

Die Menge war in ausgelassener Stimmung, unterbrach den Rhythmus des Jigs mit Rufen und Schreien der Begeisterung und der Anfeuerung. Körper schwankten im Takt zur Musik, Hände klatschten, Köpfe nickten, Finger klopften den Takt auf Tischen. Gesichter – die meisten rot vor Guinness, Hitze und Erregung – lächelten, Stirnen schwitzten, kameradschaftliche Atmosphäre vermischte sich mit dem Mief in der Luft. Die Musik gewann an Schnelligkeit und raste auf das Finale zu. Und nun waren die Löffel dabei, die wie wild das wahnsinnige Crescendo aufrührten, das die letzten Takte ankündigte.

Nachdem Ferdias Bogen über die Saite geglitten war und die letzte lange Note hervorgebracht hatte, herrschte kurz Stille. Dann jauchzte die Menge wieder und zeigte ihre Anerkennung durch Klatschen, Jubeln und Pfeifen. Der

Applaus war verdient. Und schwer verdient, dachte Ella, die den Schweiß auf Ferdias Stirn und die Flecken bemerkte, die sich unter seinen Armen ausbreiteten.
Das Publikum beruhigte sich schließlich, und Ella wandte sich an Richie, um ihr Erstaunen darüber auszudrücken, dass dieser Mann ein Meisterfiedler und nicht nur ein Meistertaucher war. Als was für ein stilles Wasser entpuppte er sich da! Doch Richie war nicht mehr da. Sie durchsuchte den Raum mit ihren Blicken, bis sie ihn in der entgegengesetzten Ecke mit seinem Cousin reden sah.
Sie spürte, wie eine Art atemloser Schmerz sie überspülte, als Ferdia sich umdrehte und sie direkt mit interessiertem Blick ansah und ihr dann bedeutete, zu ihm zu kommen.
Ella stand auf und bahnte sich ihren Weg zwischen den Tischen; sie wurde durch den Raum gezogen, als ob in ihrem Herzen ein Kompass und Ferdia der Norden wäre.
»Richie hat mir erzähl, dass du spielst«, sagte er, als sie auf gleicher Höhe mit ihm war.
»Tue ich.«
»Volksmusik oder klassisch?«, fragte Ferdia.
»Ein bisschen von beidem.«
»Dann spiel doch eine Melodie mit uns.« Ferdia zeigte auf den Geigenkasten auf der schäbigen Vinylbank, die für vorbeikommende Spieler reserviert war.
»Was werdet ihr als Nächstes spielen?«
Ferdia beriet sich mit dem Typen, der ihm vorhin die Fiedel gegeben hatte. »›Toss the Feathers‹«, antwortete er. »Kennst du das?«
Das war perfekt!
»Ja.«
»Gut«, meinte Ferdia. »Lass uns sehen, wie du diese Pinte auseinander nimmst, Ella.« Als er ihr das Instrument reichte, besaßen seine Augen wieder jenes unglaublich

schmeichelhafte Interesse, doch es lag auch eine Herausforderung darin. Sie fühlte, wie sich jenes kleine Tier in ihrem Magen wieder zusammenrollte. Doch diesmal rollte es sich noch fester zusammen.

Ella nahm die Geige. Es war eine alte – das konnte sie an den Narben auf dem Rosenholz erkennen –, doch eine kleine Schönheit mit winzigen Perlmutterblumen, die in den Saitenhalter eingearbeitet waren. Sie warf einen erfahrenen Blick auf das Bord und hob dann den Körper der Geige zu ihrem Gesicht, drückte das Holz voller Patina einen Augenblick an ihre Wange, untersuchte es wie eine Katze, bevor sie es unter ihren linken Arm klemmte. Dann trat sie ein paar Schritte zurück und löste sich ein wenig vom Rest der Gruppe. Sie wollte sich die ersten Takte zurückhalten, bis sie sich mit der Art der anderen Musiker sicher fühlte.

Eins. Zwei. Drei. Ferdias Bogen fegte über die Saiten, und die Musik brandete empor. Pfeife und Bodhran waren im Nu dabei, und dann war der Dudelsack dran, die Melodie anzugeben. *Eins,* zwei, drei, *vier,* fünf, sechs; *eins,* zwei, drei, *vier,* fünf, sechs …

Ella begann sich zu bewegen. Es war unmöglich, das nicht zu tun. Sie begann fast unmerklich sich zu wiegen, doch als die Melodie lebhafter und der Rhythmus immer drängender wurde, merkte sie, wie sie sich hingebungsvoller wiegte. Dann steckte sie die Fiedel unter ihr Kinn, ihre linke Hand trug das Fingerbrett, und ihre rechte Hand stand in einem eleganten Winkel, bereit, den Bogen die Saiten treffen zu lassen. Doch sie wartete noch. Als sich die nächste Gelegenheit bot mitzumachen – zwischen den Takten –, ergriff sie sie mit beiden Händen.

Ferdia drehte sich um. Für den Bruchteil einer Sekunde schien er ein wenig verblüfft darüber, sie dort zu sehen, und dann breitete sich ein Lächeln über sein Gesicht aus, als er sah, wie sie sich dem Schwung anpasste. Sie erwiderte sein Lächeln. Es war ein Lächeln reinen Entzückens, doch es lag auch Komplizenschaft darin. Sie hatten beide die Art Lächeln im Gesicht, das zwei Fremde miteinander teilen, die plötzlich entdeckt haben, dass sie dieselbe Sprache sprechen.

Ihr Kopf war stolz erhoben, als sie den Bogen hin und her strich, vor und zurück über die Saiten, und sie fühlte sich von einem wunderbaren Gefühl der Macht erfüllt. Dies war die Macht der Musik, dies war die Macht, die die Tradition ausübte, die von Generationen von Iren weitergegeben worden war. Früher einmal hatte jeder Haushalt im Land eine Fiedel besessen, Hausmusikabende waren die Regel gewesen, und das Volk hatte bis in den frühen Morgen gespielt und getanzt – Jigs und Reels und Hornpipes. Das hier war die schönste, schnellste und sexyste Musik der Welt.

Ella schloss die Augen und spürte die Noten, die sie schuf, wie sie aus ihr flossen, unter der geschnitzten Holzbrücke in den Bauch des Instruments tauchten, in einer Welle absprangen und durch die geschnitzten Arabesken hinausströmten. Sie lächelte bei sich, während die Musik sie packte und sie mühelos in das Reich der Schönheit trug. Hier war das Reich, wo man stolz sein Zeug herzeigte und seine Virtuosität bewies. Hier improvisierte man und schlug mit geschickten Fingern Noten an und gab mit Triolen an. An den Schwingungen, die von den anderen Musikern ausgingen, konnte sie erkennen, dass es ihnen allen höllisch gut ging; ihr Lächeln wurde breiter, und hinter ihren geschlossenen Lidern wurden ihre Augen verträumter, als sie sich im magischen Labyrinth der Musik verlor.

Und als sie Minuten später zurückkehrte, beobachtete Ferdia sie immer noch, und in seinen Augen lag etwas Neues, was sie noch nie dort gesehen hatte. Es lag Respekt darin, der Respekt, den ein Ebenbürtiger für den anderen empfindet. Doch da war noch mehr. Da war auch ein Leuchten, das unmissverständlich war, und es war das Leuchten einer sehr, sehr starken sexuellen Anziehungskraft. O Gott! Ja! Sie hatte ihn am Haken! Und sie hatte es ohne Zuhilfenahme irgendwelcher Tricks geschafft, ohne So-tun-als-ob, ohne Spielchen. Sie hatte es ganz allein geschafft? Sie biss sich auf die Lippe, um zu verhindern, dass ihr Lächeln noch breiter wurde, und sah Ferdia herausfordernd an, während sie ihn mit einer Ansammlung von Verzierungen beschenkte, die mühelos klangen, tatsächlich aber atemberaubend raffiniert waren. Er antwortete, indem er näher rückte und ein Echo der Noten gab, die sie gerade gespielt hatte, um ihr zu beweisen, dass er ihr gewachsen war. Sie versuchte etwas anderes. Eine ganze sexy Galaxie aus Sternennoten flatterte aus ihrem Instrument heraus. Wieder antwortete er ihr mit einem zusätzlichen Sahnehäubchen aus Schnörkeln obendrauf auf dem musikalischen Kuchen.
Doch die nächsten Phrasierungen, die dem Höhepunkt vorangingen, gehörten ganz ihr. Sie spielte ihn an die Wand, spielte ohne nachzudenken. Nun war sie es, die das Zepter in der Hand hielt. Das Lachen und die nackte Bewunderung in Ferdias Augen sagten ihr das, und er trat zurück und übergab ihr die Mitte der Bühne. Ella wiegte sich, jede Faser ihres Körpers reagierte auf jede Note, die sie dem Instrument entlockte, das sie in den Armen hielt wie einen Geliebten; sie spürte jeden Puls des Bodhran-Taktes, sah ihn immer noch an und lächelte immer noch. Sie fühlte sich, als ob das Tier in ihr – dasjenige,

das sich so streng zusammengerollt hatte wie die G-Saite auf ihrer Geige – sich entfaltet, wie ein Panther gestreckt und endlich seine Stimme gefunden hatte. Die letzte jubelnde Phrase kam. Und dann die letzte lang gezogene, bebende Note, als Ella den Bogen über die singenden Saiten zog und den rechten Arm herunterfallen ließ.

Wieder war da der elektrisch geladene Moment der Stille, bevor sich die Menge erhob und vor Begeisterung brüllte. Ella stand da und atmete schwer, ihr Gesicht war nass von Schweiß, ihr Haar klebte an ihrer Stirn. Feuchte Flecken waren auf ihrem engen Baumwoll-T-Shirt, und sie zeigte immer noch jenes beseligte Lächeln. Sie sah wirklich aus wie nach dem Koitus. Als sie den Kiefer von dem harten Rand der Kinnlage hob und das Haar über den Schultern ausschüttelte, bemerkte sie, dass Ferdia auf sie zukam. Er stand einen Augenblick da, sah auf sie herab, neigte dann den Kopf, bis er auf gleicher Höhe mit ihrem war. Die Menge wurde noch wilder, dachte, er würde sie küssen. Doch sein Mund ging zu ihrem Ohr, nicht zu ihren Lippen. Eine Sekunde lang war sie verwirrt von dem warmen Klang seiner Stimme in ihrem Ohr. Auch sie hatte sich auf einen Kuss von ihm vorbereitet – ein Kuss, der einfach das unvermeidbare Finale zu dem war, was gerade auf dieser behelfsmäßigen Bühne in dem schäbigen Pub vor sich gegangen war. Und dann wurde ihr klar, was er sagte.

Seine Stimme tropfte in ihr Ohr wie der süßeste Honig. Akazienblütenhonig. Oder tropfnasser Klee. »Ich werde dich dazu bringen, dass du kommst«, sagte er. »Und kommst. Und wieder kommst. Ich werde dich dazu bringen, dass du kommst, wie du noch nie in deinem Leben gekommen bist. Hol deinen Mantel.«

Ella dachte, sie müsste in Ohnmacht fallen. In einem Nebel bahnte sie sich einen Weg durch die Menge, zu verwirrt vor sexueller Erregung, um die Komplimente entgegenzunehmen, die ihr dabei gemacht wurden. Sie erreichte den Stuhl, wo sie ihre Wildlederjacke gelassen hatte, und warf sie sich über die Schultern, machte sich keine Mühe mit den Ärmeln.

Gerade als sie und Ferdia die Tür des Pubs erreichten, wurde diese heftig aufgestoßen. Ein bleichgesichtiger Polizist schob sich herein. »Jesus, Ferdia – Gott sei Dank bist du und die Jungs hier. Könntest du dich so schnell wie möglich fertig machen? Ein Auto ist von der Straße abgekommen und in den Salt Lake gestürzt. Wir brauchen jetzt Taucher dort unten.«

14

Ella kehrte allein in ihr Hotelzimmer zurück. Eine Weile saß sie niedergeschlagen auf ihrem Bett und tat nichts, zwirbelte nicht einmal ihr Haar herum. Sie konnte an nichts anderes denken außer an Ferdia. Ihr war, als ob man aus ihrem Geist alles andere und alle anderen herausgesaugt hätte. Verdammt noch mal, wie konnte es auch anders sein, nach allem, was zwischen ihnen geschehen war? Wie konnte sie beschreiben, was zwischen ihnen geschehen war? Es war ganz einfach die Mutter und der Vater einer Liebe auf den ersten Blick gewesen.

Sie saß und saß, warf immer wieder verstohlene Blicke auf ihre Uhr und fragte sich, wie lange es wohl dauern mochte, ein Auto zu finden, das in den See gestürzt war – sowie die unglücklichen Menschen, die mit hineingestürzt waren. Sie hoffte, sie waren in Ordnung, und diese Hoffnung erfüllte sie mit Selbstverachtung, denn sie wusste, dass der Hauptgrund, weshalb sie wünschte, dass sie in Ordnung waren, ein höchst egoistischer war. Sie stellte sich vor, dass wahrscheinlich Ferdia schneller dort wegkommen würde, wenn niemand verletzt wäre, und je schneller er wegkäme, desto schneller würde er zu ihr kommen.

O Gott, als was für eine Enttäuschung sich dieser Abend erwiesen hatte! Was für eine völlige, totale Pleite! Wenn jemand ein Rezept für Enttäuschung geschrieben hätte, hätte das nicht mehr *Haute Cuisine* sein können als das hier. Wieder sah sie auf die Uhr. Es war erst eine Minute und fünfunddreißig Sekunden her, seit sie zuletzt draufgeschaut hatte. Das erinnerte sie daran, wie sie sich im Fitness-Studio fühlte, wenn sie den Stepper benutzte. Sie programmierte das Gerät für zwanzig Minuten, und nachdem sie, was ihr wie mindestens achtzehn Minuten vorgekommen war, gelaufen war, befragte sie den Timer. Der sagte ihr dann, dass sie seit neun Minuten lief und dass sie noch elf weitere anstrengende Minuten vor sich hatte. Sie hasste diesen Timer, und nun hasste sie ihre Uhr sogar noch mehr.

Sie hörte etwas im Flur draußen und spannte sich an, plötzlich wachsam wie ein Indianerscout. Doch die Schritte gingen vorbei, und sie ließ die Schultern wieder fallen. Dann vernahm sie plötzlich laute Geräusche vom Parkplatz. Sie lief zum Fenster und spähte durch die Vorhänge – ein Haufen Taucher, die aus dem Pub zurückkamen.

Sie fragte sich, wie viele Taucher wohl für die Suche angefordert worden waren und wie lange es wahrscheinlich dauern würde. Es war sinnlos. Sie wusste nichts über die Bedingungen, die den Tauchgang beeinflussen und seine Dauer bestimmen könnten. Sie konnten in seichtem oder tiefem Wasser tauchen. Sie konnten Ersatzflaschen dabeihaben oder auch nicht und Geräte, um sie aufzufüllen.

Das Einzige, was ihre Gedanken von Ferdia ablenken könnte, wäre Schlaf, und sie wusste, schlafen war unmöglich, da ihr Kopf voll von ihm war. Es war wie Catch 22.

Aber hallo!, dachte sie. Wenn er heute Nacht zu ihr kommen würde, musste sie bereit sein! Sofort trat sie in Aktion, zog sich ganz aus und besprühte sich sehr, sehr sparsam mit Chanel 19. Sie wollte nicht all diese Sexduftstoffe überlagern, die ihr Körper vorhin mit so viel Mühe fabri-

ziert hatte. Dann ging sie ins Bett, schaltete das Licht aus und starrte auf die Schatten an der Decke.
Sie konzentrierte sich auf einen besonders interessanten Schatten. Er sah ein bisschen aus wie die Umrisse von Ferdias Schenkel, an dem sein Tauchmesser befestigt war. O Gott, was war sie nur für eine blöde Zicke! Versuch an etwas anderes zu denken, Ella, ermahnte sie sich. Etwas unendlich Langweiliges, von dem du weißt, dass du dich wirklich darauf konzentrieren musst, und von dem du schließlich einschlafen musst, ob du es willst oder nicht. Wie ihr Tauchhandbuch. Vielleicht sollte sie das Licht wieder einschalten und noch mal ein Kapitel lesen? Nein. Sie war heute Nacht schon genug Bestrafung unterzogen worden. Dann also etwas Wissenschaftliches. Das wäre gut und langweilig. Duftstoffe? Wie lautete zum Beispiel die wissenschaftliche Theorie dahinter? Die Duftstoffe in unserem Schweiß aktivieren unseren grundlegenden animalischen Instinkt für … Nein. Duftstoffe waren das Synonym für Sex, und sie hatte doch gerade damit aufgehört, sich das unverschämt sexy Video von ihr und Ferdia im Geiste vorzuführen, in dem sie zusammen »Toss the Feathers« gespielt hatten, und darüber zu fantasieren, was hätte sein können.
O Gott, war das furchtbar! Was hatte sie getan, um so eine Folter zu verdienen? Wann würde er kommen? Und wie sollte sie sich verhalten, wenn er kam? Sollte sie schamlos sein? Spröde? Cool? Flirtend?
Auf dem Flur vor ihrem Zimmer war ein knarzendes Geräusch zu hören, und sie erstarrte erneut – doch es war nur der alte Baustoff des Hotels, der sich in seinem Schlaf bewegte. Dann erinnerte sie sich daran, dass ihr jemand mal erzählt hatte, dass das Gehör, wenn man die Augen zumachte, schärfer würde. Vielleicht sollte sie es

probieren? Dann könnte sie ihn hören, sobald er zurückkam.
Sobald Ella die Augen schloss, zeigte all die physische Aktivität, die an diesem Tag ihren Körper beherrscht hatte, ihre Wirkung. Innerhalb von Sekunden schlief sie tief und fest.

Sie wurde vom Klopfen an der Tür geweckt. Sofort setzte sie sich in ihrem Bett auf, ihre Haare fielen in Wellen über ihre Schultern, und sie versuchte, nicht auf ihr pochendes Herz zu achten. Dann zog sie das Laken über ihre Brüste, strich sich das Haar aus dem Gesicht und fuhr schnell mit einem Zeigefinger glättend über die Augenbrauen. »Herein«, sagte sie atemlos.
»Ella. Hi.«
Richie trat durch die Tür, und ihr wurde schlecht vor Enttäuschung. »Richie! Hi!«, sagte sie und versuchte, nicht zu niedergeschlagen auszusehen. »Wie spät ist es?«
»Neun Uhr. Ich dachte, es wäre allmählich Zeit, dich zu wecken. Wir sollten in einer halben Stunde abmarschbereit sein, und du wirst doch noch frühstücken wollen.«
»Oh. O sicher. Ich bin in zehn Minuten unten.«
Sobald sich die Tür hinter ihm schloss, raste sie ins Bad, duschte sich höchst oberflächlich und zog sich in Windeseile an. Warum hatte sie nicht den Wecker gestellt? Sie war so blöd! Was war nur in sie gefahren, dass sie gedacht hatte, Ferdia würde sich irgendwann vor dem Morgengrauen in ihr Zimmer stehlen, um sie mit einem Kuss zu wecken? Er war sicher zu kaputt gewesen, nachdem er sich die halbe Nacht unter Wasser herumgetrieben und gesucht und geborgen hatte, um auch nur an Sex zu denken. Sie sprühte sich rasch mit Chanel 19 ein und stürzte dann die Treppe zum Speisesaal hinunter.

Sie überflog den Raum mit Augen, die noch nicht ganz wach waren. Es war nichts von Ferdia zu sehen. Ella begab sich dorthin, wo Richie vor einem Teller mit Schinken und Eier saß. Sie war froh, dass niemand anderer am Tisch war.
»He, Miss Nesbit, du bist vielleicht eine irre Fiedlerin. Das war ein glänzender Beweis von Virtuosität gestern Abend.«
»Danke«, sagte sie kurz. Sie wollte nicht undankbar klingen, doch ihr Geigenspiel vom Vorabend war das Letzte, was ihr im Kopf herumging. In ihrem Kopf ging ihr der Aufenthaltsort von Richies Cousin herum. »Ähm … was war mit dem Unfall?«
»Was für ein Unfall?«
»Du weißt schon, das Auto, das in den See gestürzt ist.«
»Oh, das war eine totale Katastrophe.«
»O Gott, wirklich?« Ella schlug sich die Hand vor den Mund, und Reue und Schuldgefühle überfluteten sie. Sie hatte die Frage nur als Vorspiel zu der Detektivarbeit gestellt, die sie erledigen musste. »Jemand … jemand tot?« Ich werde mich für den Rest meines Lebens hassen, wenn es so ist, dachte sie.
»Nein, niemand tot, niemand verletzt.« Gott sei Dank. »Tatsächlich war die ganze Übung eine völlige Zeitverschwendung.«
Ella dachte, dass sie das nicht hören wollte. »Was meinst du damit, eine Zeitverschwendung?«
»Das Auto gehörte einem Mann aus dem Ort. Er war stockbetrunken. So betrunken, dass er über jede Panik hinaus war und auch noch das Glück hatte, dass sein Fenster heruntergedreht war. Als er ins Wasser fiel, hat er einfach die Autotür geöffnet, es zur Oberfläche geschafft und ist den Rest des Weges zu Fuß nach Hause gelaufen.«

»Was?« Ella war entsetzt. »Warum hat das denn keiner der Polizei gesagt?«

»Derjenige, der Zeuge war, wie das Auto ins Wasser stürzte, wusste nicht, dass der Fahrer rausgekommen ist. Er telefonierte offenbar schon mit der Polizei, als der Betrunkene seelenruhig und ohne einen Kratzer aus dem See auftauchte. Das ist eine Geschichte, was?«

Ella hätte beinahe nach der Adresse des Trunkenboldes gefragt. Sie wollte zu ihm rennen und ihn ordentlich in den Hintern treten. »Also haben alle ihre Ausrüstung geholt und viel Zeit mit Suchen und Bergen verbracht für nichts und wieder nichts?«

»Ja. Ferdia und PJ waren eine Ewigkeit unten. Die Bergungstaucher von der Polizei waren schon auf halbem Weg von Dublin, bevor sie die Nachricht bekamen, dass sie umdrehen und nach Hause fahren konnten.«

»Möchten Sie etwas Warmes zum Frühstück?« Die Kellnerin stand neben ihr und hielt den Stift über ihren Block.

Ellas Appetit hatte sich in nichts aufgelöst. »Hm, nein, danke. Nur Toast und Kaffee, bitte.« Sie wandte sich wieder an Richie. »Wann haben sie erfahren, dass der Fahrer in Ordnung ist?«

»Als er schließlich durchnässt bis auf die Haut durch die Tür seines Hauses stolperte. Seine Frau hat zwei und zwei zusammengezählt und die Polizei angerufen. Offenbar hat sie sich entsetzlich geschämt. Es ist das zweite Mal, dass er in den See gefallen ist.«

Die Ehefrau mochte sich entsetzlich geschämt haben, doch das konnte nichts sein, verglichen mit dem, was sie durchgemacht hatte. Sie, Ella Nesbit, hatte die ganze Nacht an sexueller Frustration gelitten nur wegen des mangelnden IQ eines verdammten betrunkenen Fahrers.

»Was für ein verdammtes Fiasko!«, tönte sie.

Richie sah sie neugierig an, und ihr wurde klar, dass ihre Reaktion dem Gegenstand völlig unangemessen gewesen war. Sie versuchte auszusehen, als ob es nur ihren Bürgersinn verletzt hätte.

»Ich meine, stell dir doch nur vor, die Bergungsmannschaft aus Dublin herzuschleifen. Wie verantwortungslos!«

»Ja. Es hat auch unseren Tauchplan ganz schön durcheinander gebracht.«

»Wie meinst du das?«

»Nun, weder PJ noch Ferdia können heute tauchen. Zu viel Reststickstoff, der sich aufgebaut hat. Ich weiß, Ferdia wollte sowieso abhauen, aber PJ sollte die Schüler überwachen. Er stellt jetzt gerade die Partner neu zusammen.«

»Oh.« Es gab noch eine letzte Frage, die Ella loswerden musste, bevor ihre ganze Welt um sie zusammenbrach. »Ist Ferdia noch da?« Sie ließ ihre Stimme so sorglos klingen wie möglich.

»Nein. Er musste zurück nach Dublin und zu seinem Köter. Perdita hat ihn um ihre kleine Klaue gewickelt. Hast du gehört, dass es ihr nicht gut geht?«

»Ja.«

»Er hatte geplant, heute Morgen gleich loszufahren, doch er blieb noch hier, bis er einen Anruf bekam und erfuhr, dass es dem Hund noch schlechter geht. Ich denke, er wäre gerne hier geblieben und hätte sich eine Weile ausgeruht. Dieser Tauchgang letzte Nacht muss ziemlich scheußlich gewesen sein.«

»Wann ist er gefahren?«

»Kurz bevor du runtergekommen bist. Wir haben zusammen gefrühstückt.«

Sie sah über den Tisch auf Ferdias unbeendetes Frühstück. Die Kellnerin war mit ihrem Kaffee gekommen. Sie stellte ihn vor Ella hin und begann die benutzten Teller abzuräumen. Ella half ihr, indem sie der Frau mechanisch Ferdias Teller und Kaffeetasse reichte. Die Tasse war noch warm! O Gott! Sie wollte wegen ihrer eigenen Dummheit weinen. Warum, o warum hatte sie nicht den Wecker gestellt?

»Hi.« PJ setzte sich auf den Stuhl, den erst vor kurzem Ferdia freigemacht hatte. Ella fragte sich, ob der Stuhl, genau wie die Tasse, noch warm war, und wünschte sich, dass sie sich auf diesen gesetzt hätte. »Ich nehme an, du hast gehört, dass wir die Partner noch mal neu ordnen mussten, Ella?«

Sie nickte, und dann schrillte eine Alarmglocke in ihrem Kopf. Das war ein *Déjà-vu* von gestern. Was hatte Ferdia da gesagt? »Wir können die Partner neu zusammenstellen und sichergehen, dass keiner ausgelassen wird …« Und sie war bei Julian gelandet. »Ich tauche doch noch immer mit Richie, oder?«, fragte sie schnell.

»Ja.«

Danke, lieber Gott.

»Aber ihr werdet zu dritt tauchen.« Er schaute auf eine Liste. »Lass mal sehen – wen habe ich da mit euch? Ach ja, Julian Bollard.«

Julian wählte genau diesen Augenblick, um an ihrem Tisch vorbeizugehen.

»He, Julian, du tauchst heute mit uns«, verkündete Richie.

Ella fühlte sich wie die Dame auf dem Bild *Der Schrei* von Edvard Munch. Sie wusste nicht, was sie machen sollte, doch sie würde alles Mögliche tun, um zu vermeiden, mit Julian Bollard zu tauchen. Sie wusste, dass sie weiß geworden war. Und dann hatte sie einen Geistesblitz. Langsam erhob sie sich, stand ein wenig schwankend da und hielt sich an ihrem Stuhl fest.

»Geht es dir gut, Ella?«, fragte Richie neugierig. »Du siehst ein bisschen komisch aus.«
»Nein, mir geht es nicht gut«, sagte sie mit flüsternder Stimme. »Ich fühle mich ganz seltsam, ich glaube ... ich ... ich glaube, ich werde gleich ...«
Und dann fiel sie zu Boden.
»O Gott, sie ist ohnmächtig!«
Sie hörte das Geräusch von Stühlen, die von Tischen zurückgeschoben wurden, und von leisem, aufgeregtem Flüstern im Raum.
»Okay – bleibt zurück, ja?« Das war PJs Stimme. Ella hörte Schritte auf sich zukommen, jemand streckte ihre Beine aus. Sie fühlte, wie sie angehoben und auf den Rücken gelegt wurde. »Okay« – wieder PJ, der die Kontrolle übernahm. »Geht ihr alle jetzt runter zum Tauchzentrum. Ihr könnt mit eurer Ausrüstung anfangen.«
»Wird es ihr wirklich gut gehen?«
»Sicher. Sie wird in einer Minute zu sich kommen.«
Ella kam sich wie eine totale Betrügerin vor, wie sie dalag und all den besorgten Leuten lauschte, die aus dem Raum schlurften. Doch sie hatte sich zwischen Pest und Cholera befunden, und es hatte keinen Ausweg gegeben. Die Aussicht, mit Julian tauchen zu müssen – vor allem nach dem schmerzhaften Schlag, der sie gerade getroffen hatte –, war einfach unerträglich.
»Ella? Ella?«
PJs Stimme war leise und nun an ihrem Ohr.
»Wach auf. Komm, Ella, wach auf.«
Sie war sich nicht sicher, wie lang sie die Maskerade aufrechterhalten sollte. Eine Minute? Zwei? Sie war noch nie in Ohnmacht gefallen. Sie versuchte an einen Film zu denken, in dem jemand in Ohnmacht gefallen war, damit ihr Timing richtig wäre, doch ihr fiel nichts ein.

Dann hörte sie Julians Stimme. »Sollten wir nicht ihre Kleidung lockern?«
Das war ihr Stichwort. Sie schlug die Augen auf und flatterte kurz mit den Lidern, dann sah sie zu PJ auf. »Was ist los?«, sagte sie und versuchte verwirrt zu schauen.
»Du bist ohnmächtig geworden«, erklärte PJ,
»Oh. O Gott, wie seltsam. Wie ist das passiert?«
»Keine Ahnung«, erwiderte PJ. »Der Einzige, der mir jemals vorher in Ohnmacht gefallen ist, war Ferdia. Ich muss ihm jedes Mal Händchen halten, wenn er zum Arzt geht und eine Spritze bekommt. Hattest du vielleicht eine Art emotionalen Schock?«
»Nein«, log sie. Sie setzte sich auf. »Vielleicht ist es nur irgendeine physiologische Frauensache.«
»Wie fühlst du dich jetzt?«, erkundigte sich Richie.
»Ein bisschen wacklig.«
»Wirst du tauchen können?«, fragte er skeptisch.
»Ich glaube nicht, dass das eine gute Idee ist«, meinte PJ.
Ella versuchte enttäuscht dreinzuschauen.
»Tut mir Leid, Ella, aber es wäre verantwortungslos von mir, dich gehen zu lassen. Ich denke, du solltest dich erholen.« Er half ihr auf die Beine.
»Hier. Trink ein Glas Wasser«, bot ihr Richie hilfsbereit an. Er goss Wasser für sie ein und hielt ihr einen Stuhl hin. »Setz dich.«
Sie sah Julian auf seine Uhr schauen, und sie wusste, er wurde nervös, weil er vielleicht zu spät zu seinem Tauchgang käme.
»Bitte lasst euch von mir nicht aufhalten«, sagte sie. Sie wollte ihn so schnell wie möglich loswerden. Sie wollte sie alle loswerden. Sie wollte nur noch alleine sein.
»Bist du sicher?« Richie sah sie zweifelnd an. »Ich komme mir schrecklich vor, wenn ich dich so im Stich lasse.«

»Nein, nein, bitte mach dir keine Sorgen. Mir geht es gut, ganz ehrlich. Ich möchte nur zurück nach Dublin.«
»Kannst du denn fahren?«, fragte PJ.
»Ja, ja, wirklich.« Ihr kam ein Gedanke. »Aber was ist mit dir, Richie? *Ich* bin doch diejenige, die dich im Stich lässt! Wie kommst du zurück?«
»Ich nehme ihn mit. Kein Problem.« Eine männliche Bewegung mit dem Kinn von Julian. »Wir können auf dem ganzen Heimweg übers Tauchen quatschen.«
Oh, armer Richie! Ihr Herz blutete seinetwegen, und sie hatte schreckliche Schuldgefühle, doch sie musste einfach die eigene Haut retten.
»Ich sehe dich dann – wann?« Richie beugte sich herunter und küsste sie auf die Wange.
»Ich rufe dich an.«
»Und ich sehe dich morgen in der Arbeit, Ella.« Ugh! O Gott! Julian machte tatsächlich mit Daumen und Zeigefinger das Okay-Zeichen. Beide zogen sich zurück, drehten sich dann um und verließen den Speisesaal.
»He«, konnte sie Julian hören, während ihre Stimmen verebbten, »habe ich dir jemals die Geschichte erzählt über damals, als ich auf Ko Phi Phi getaucht habe? Ich hatte ein doppeltes Lifejacket benutzt, du weißt schon …« Und dann verstand sie Gott sei Dank nichts mehr.
»Kann ich dir was bringen?«, fragte PJ.
»Nein, danke.« Sie sah ihn traurig an, was er falsch deutete.
»Mach dir keine Sorgen, weil du einen Tauchgang versäumst, Ella«, beruhigte er sie. »Wir können dir entweder die, die du versäumst, ersetzen oder es mit einem anderen Tauchwochenende verrechnen. Was ist dir lieber?«
»Ein anderes Tauchwochenende bitte«, antwortete sie automatisch. Sie wollte Ferdia wiedersehen.

PJ überflog die Liste der ActivMarine-Aktivitäten auf seinem Klemmbrett. »Okay. Lass mal sehen. Wo sind wir jetzt? Ende Mai, Juni, Juli … Das nächste ist für das erste Augustwochenende geplant.«
»Aber das ist ja noch eine Ewigkeit! Ich dachte, sie sollten jeden Monat stattfinden!«
»Jemand hat die Buchungen durcheinander gebracht. Wir mussten flexibel sein, und das ist der früheste Zeitpunkt, an dem das Hotel uns aufnehmen kann. He, ich merke gerade, das ist das Wochenende nach Ferdias Abschiedsparty. Er wird dann auf dem Weg in die Karibik sein, der Glückspilz.« PJ kritzelte etwas auf ein DIN-A4-Blatt, und Eva fühlte sich noch mehr wie die Dame auf dem Gemälde von Munch. »Du stehst dick und fett drin, Ella, und dein Timing ist super. Du hast den letzten Platz bekommen.«
Nein, nein, nein, PJ. Ihr Timing war nicht super. Es war total, unglaublich, enorm furchtbar.

Als sie am nächsten Tag in die Arbeit kam, entdeckte sie, dass für sie gar keine Sessions gebucht waren. Alle, die Studiozeit gebucht hatten, hatten die neuen Möglichkeiten hinten nutzen wollen. Sie saß brütend über dem Bildschirmschoner aus tropischen Fischen auf ihrem Computer und versuchte sich Ausreden auszudenken, um bei ActivMarine anzurufen. Vielleicht konnte sie so tun, als ob sie etwas in ihrem Zimmer in Lissamore gelassen hätte und sich fragte, ob man es jemandem vom ActivMarine-Personal gegeben hatte. Was konnte sie vergessen haben? Ein Buch. Spontan nahm sie den Hörer ab und gab die Nummer ein. Ein Anrufbeantworter schaltete sich ein. Zur Hölle, zur Hölle, verdammt. »Hm. Hi. Hier ist Nesbit«, sagte sie nach dem Ton. »Ich habe mich nur gefragt, ob jemand von euch ein Buch bekommen hat, das ich in meinem Zimmer in Lissamore vergessen habe.« Plötzlich überschwemmte sie entsetzliche Verwirrung. »Es ist … ähm … es ist übrigens nicht *Passion's Monument*«, hörte sie sich zu ihrem eigenen ungläubigen Entsetzen sagen. »Es ist … äh … es ist …« Während sie sich verzweifelt umsah, fiel ihr Blick auf eine CD-Rom, die Jack in den Mußestunden des Tages auf dem Computer spielte. Sie hieß *Monster Truck Madness.* »Es heißt *Monster Truck Madness.* Vielen Dank, bis bald, tschüss.«

Sie legte den Hörer auf und schlug mit der Stirn gegen die Konsole. O Gott! Was hatte sie da gerade getan? Was würden sie denken, wenn sie diese Nachricht bekamen? Als ob sie sich nicht schon genug in Lissamore zum Narren gemacht hatte, als sie vergessen hatte, Türen zu verschließen, mitten in der Nacht an Wände gehämmert hatte, so getan hatte, als ob sie ohnmächtig würde. Sie war sich verdammt sicher, dass man Ferdia darüber informiert hatte. »Ella Nesbit ist *ohnmächtig* geworden? Was für ein Weichei …«

O Gott, o Gott. Sie wünschte, jemand würde »Schnitt« bei diesem Katastrophenfilm rufen, der ihr Leben war. Konnte noch irgendetwas Schlimmeres passieren?

Es konnte, und es tat. Die Tür ging auf, und Julian marschierte herein.

»Hi!«, grüßte er und warf eine Broschüre auf die Konsole. Sie war aufgeschlagen auf einer Seite mit einem Hotel unter blauem Himmel auf Belize. Glücklich ausschauende Taucher sah man, die auf einem Tauchboot Spaß hatten. »Ich buche das hier heute. Willst du mitkommen?«, fragte er.

Ella hob den Kopf von der Konsole. Sie sah auf die Hochglanzbilder und hätte beinahe Ja gesagt. Stattdessen ver-

suchte sie unbeeindruckt zu wirken. »Haha, Julian«, sagte sie. Dann sah sie genauer hin und fügte hinzu: »Das ist doch keines der ActivMarine-Packages, oder?«
»Nein, Kuoni. Ich werde eine Menge Geld dafür hinblättern müssen.«
Kuoni mit einem Gehalt von Nesbit & Noonan? Unwahrscheinlich. Ella argwöhnte, dass Julians Daddy wohl eher diese Vergnügungsreise finanzierte.
»Also? Bist du interessiert?«
»Was? Sei realistisch, Julian. Selbst wenn ich das Geld hätte, würde ich keinen Urlaub bekommen. Ich hatte meinen Urlaub schon, erinnerst du dich?«
»Wir haben nicht viel zu tun. Und es schaut nicht so aus, als ob wir viel zu tun haben werden, wenn man die Planung von Nesbit & Noonan ansieht. Ich bin sicher, Patrick könnte seine Lieblingsnichte zehn Tage im Tauchhimmel mit seinem Lieblingstoningenieur verbringen lassen.«
Er machte Witze. Was Julian doch für ein witziger kleiner Scherzkeks war! Was er nur für einen tödlichen Sinn für Humor hatte!
Sie sah zu ihm auf und hob unbeeindruckt eine Augenbraue, doch es lag nichts Lustiges in seinem Augenausdruck. O mein Gott, dachte Ella, das war Wirklichkeit. Julian Bollard bat sie, mit ihm in Urlaub zu fahren! In einem Versuch, ihren Blick völliger Ungläubigkeit zu verbergen, der ihrer Meinung nach ihre Gesichtszüge verzerren musste, sah Ella wieder auf die Broschüre hinab und blätterte um.
»Ich weiß, es ist teuer«, hörte sie Julians schleppende Stimme.
Sie erkannte plötzlich, dass sie auf die Preisliste schaute, und in Panik blätterte sie zurück auf die vorige Seite. O zur Hölle, sie sendete andauernd die falschen Signale aus.

Sie musste so aussehen, als ob sie sich ernsthaft überlegen würde mitzukommen. Das war so schrecklich, dass es ihr nicht wirklich passieren konnte.
»Ich wäre bereit, dich zu unterstützen, Ella«, fuhr er fort. Entsetzt blickte sie auf. Julian lächelte sie an. Er streckte eine Hand aus und hielt ihr einen Finger unters Kinn. »Ich war schon immer in dich verknallt, Süße. Das weißt du doch. Ich genieße unsere kleinen Kämpfe genauso, wie du es tust, da bin ich sicher. Und als ich den Verdacht hatte, dass Ferdia MacDiarmada versucht hat, sich vorzudrängen, beschloss ich, ihm zuvorzukommen.« Er nahm die Broschüre und blickte auf die Hochglanzfotos des Luxushotels. »Stell dir nur vor, du und ich im Himmel der Tauchferien. Was sagst du, Süße? Entschuldigung«, er warf ihr ein komplizenhaftes Lächeln zu, »ich meine, Partner.«
Ella wusste nicht, ob sie lachen oder weinen sollte. Stattdessen schüttelte sie wie betäubt den Kopf. »Nein, Julian«, sagte sie. »Es würde mir nicht im Traum einfallen, mit dir zu fahren. Ich kann mir nicht eine Minute vorstellen, wie du darauf gekommen bist, ich könnte jemals Ja sagen.«
Er sah verblüfft aus, als ob sie eine Sprache spräche, die er nicht verstand. »Aber warum nicht?«, fragte er. »Wo liegt das Problem?«
Sie merkte, dass sie brutal sein musste. »Weil ich dich nicht genug *mag*, um mit dir in Urlaub zu fahren, Julian. Darum.«
Julian sah einen weiteren Moment verblüfft drein, und dann verengten sich seine Augen, und sein Mund wurde schmal. »Ah. Okay, Ella«, sagte er mit gezwungener Lässigkeit. »Das ist dein Problem. Ab-so-lut. Ich bin froh, dass wir nun wissen, wo wir stehen.« Er rollte den Ur-

laubsprospekt zu einer Art Knüppel zusammen und schlug damit zweimal gegen seine Handfläche. Dann sah er hinab auf die Konsole. »Ist dir klar, dass dein Einsatz sehr hoch ist?« Er warf ihr einen rätselhaften Blick zu, bevor er sich umdrehte und aus dem Zimmer ging.

Ella wusste, sie hätte lachen sollen, doch sie tat es nicht. Sie fühlte sich schrecklich, und das war alles die Schuld des verdammten Julian. Seinetwegen fühlte sie sich schrecklich. O Gott! Als ob ihre Beziehung nicht schon schlecht genug wäre, ohne noch eine neue groteske Dimension hinzuzufügen. Und seinetwegen fühlte sie sich nicht nur schrecklich, erkannte sie, als sie ihre Aufmerksamkeit wieder den exotischen Fischen zuwandte, die über ihren Bildschirm schwammen, seinetwegen fühlte sie sich nun auch noch unbehaglich.

Im Lauf des Tages hatte sie noch mehr Anlässe, sich unbehaglich zu fühlen. Ihr Onkel war wegen irgendetwas nervös, wie sie erkennen konnte, und selbst der lockere Jack sah grimmig aus.

»Was ist los mit euch?«, fragte sie nach der Arbeit im Pub. »Ihr wart die letzte Zeit beide wirklich angespannt.«

»Geschäftliche Sorgen, Ella«, antwortete Patrick und zog heftig an seiner Marlboro Light. »Sei froh, dass du keine hast.«

»Was ist das Problem?«, fragte Julian. »Oder ist das vertraulich?«

»Es hat keinen Sinn, es weiter vertraulich zu halten«, gab Jack zu und klang ungewöhnlich fatalistisch. »In diesem Stadium starrt es uns allen ins Gesicht. Wir haben uns übernommen.«

»Was meinst du damit?« Ella beugte sich auf ihrem Stuhl nach vorne.

»Das neue Studio. Es bringt nicht schnell genug Geld ein. Du musst doch bemerkt haben, dass es in letzter Zeit weniger Buchungen gab. Und die Bauarbeiten nebenan haben uns ziemlich in die Bredouille gebracht.«
Oh, oh, dachte Ella und ließ die Gedanken über die letzten Wochen wandern. Jeder im Geschäft wusste, dass Aufnahmestudios oft magere Zeiten hatten, wenn Buchungen nicht so schnell und häufig kamen. Das wurde meistens als Saisonsache abgetan. Doch diese Pause hatte länger gedauert als normal. Die Dinge hätten sich um diese Jahreszeit eigentlich ein bisschen beleben müssen. Die Agenturen mussten Studiozeiten erhaschen, bevor alle in die Sommerferien verschwanden.
»Aber warum sollte es einen Rückgang geben?«, fragte sie. »Das neue Studio ist so sexy! Jeder, der es benutzt, sagt, wie hi-tech und super es ist.«
»Es ist leider nicht hi-tech genug«, gab Patrick düster zurück. »Wir haben den Anschluss gerade verpasst. On Line Studios haben ein topheißes digitales Pult installieren lassen. Das ist die Einrichtung, auf die alle scharf sind. Unsere Stammkunden bröckeln langsam ab, und ich befürchte, dass sie vielleicht nicht wiederkommen, selbst wenn die Bauarbeiten nebenan endlich vorbei sind.«
»Oh.« Ella runzelte die Stirn, während sie versuchte eine Lösung für das Problem zu finden. »Könnten wir nicht selbst ein digitales Pult installieren lassen? Und die Bauarbeiten sollen doch bald fertig sein. Die Agenturen sollten dann zu uns zurückkommen.«
Ihr Onkel sah sie mitleidig an. »Ach Ella, wir haben es schon mit dem neuen Audiofile übertrieben. Wir sind nicht in der Lage, zur Bank zu kriechen und um zusätzliches Geld für noch mehr Einrichtungen zu betteln. Wir

werden sowieso früh genug zu ihnen kriechen müssen. Und zwar heftig kriechen«, fügte er düster hinzu.

Sie fühlte einen plötzlichen Schreck.

»Oh, mein Gott, Patrick, stehen die Dinge denn wirklich so schlecht?«

»Leider. Wir brauchen jemanden, der uns schnell da raushilft, wenn wir nicht untergehen wollen. Es tut mir Leid, dass ich dir das sagen muss, Liebes, aber dein Job ist gefährdet. Und deiner auch, Julian.« Patrick drückte seinen Zigarettenstummel aus und zündete sich sofort eine neue an. Die Dinge müssen wirklich schlecht stehen, dachte Ella. Ihr Onkel rauchte normalerweise höchstens zehn Zigaretten am Tag. »Aber«, fuhr er fort – und Ella wusste, dass er versuchte seiner Stimme eine beruhigende Note zu verleihen –, »ihr seid beide so gut in dem, was ihr tut, dass ich mir nicht vorstellen kann, dass ihr Probleme haben werdet, anderswo Arbeit zu finden. Ihr beiden Babys werdet auf euren Füßen landen.«

Ella fühlte sich schrecklich. »Himmel, Patrick«, sagte sie, »ich werde vielleicht anderswo Arbeit finden, aber was ist mit dir? Es ist dein *Geschäft*!«

Er zuckte mit den Schultern. »Ich wollte immer kürzer treten, das weißt du ja. Und die Kinder sind jetzt fast erwachsen, so dass ich mir bald keine Sorgen mehr um sie machen muss. Für Jack wird es härter werden.«

»Oh? Warum das?« Ella drehte sich zu ihrem anderen Boss um und bemerkte zum ersten Mal, wie erschöpft er aussah. Um Mund und Augen waren Falten eingegraben, die sie vorher nicht gesehen hatte. Sie fühlte sich umso elender, als sie die Lage nicht schon vor einer Ewigkeit erkannt hatte. »Ich will wirklich nicht herzlos klingen, Jack, glaube mir, doch wenigstens hast du keine Familie, die von dir abhängig ist.«

»Die werde ich aber bald haben«, erwiderte er und schenkte ihr ein müdes Lächeln. »Angie ist schwanger.«
»Was?« Ella war für den Bruchteil einer Sekunde entsetzt, bevor sie sich zusammenriss. »Ich meine – das ist ja wundervoll! Gratuliere, du Schlauberger!« Sie warf die Arme um ihn, und während sie das tat, wurde ihr klar, dass sie früher einmal nicht in der Lage gewesen wäre, auch nur den leisesten körperlichen Kontakt mit ihm zu haben, ohne einen sexuellen Schauer zu verspüren. Und hier war sie nun, gefangen in seiner Umarmung, und fühlte sich – nun, glücklich für ihn. Wenn er diese Ankündigung letzte Woche gemacht hätte, wäre sie völlig ausgebrannt gewesen durch die Eröffnung, dass er nun für immer für sie verloren war.
»Schlauheit ist da nicht viel mit im Spiel gewesen, Süße«, gab er mit einem schrägen Lächeln zurück.
»Oh, du weißt schon, was ich meine«, sagte sie, küsste ihn auf die Wange und setzte sich wieder hin. »Erzähl mal, wie fühlt sich Angie? Geht es ihr gut?«
»Sie kotzt jeden Morgen wie ein Reiher, freut sich aber wie ein Schneekönig. Und voller Parrot Punch.«
»Parrot Punch«, meinte sie nachdenklich . »Da klingelt irgendwo was.«
»Es ist eigentlich Pirate's Punch«, sagte Patrick. »Sie haben dir deine Reise in die Karibik bezahlt, erinnerst du dich?«
»Und du wirst mit Vergnügen erfahren, dass Angie süchtig danach ist, seit sie schwanger ist.« Jack lächelte wieder müde. »Nach diesem Punch giert sie nach Marshmallows am meisten.«
»Pirate's Punch! Oh, ekelhaft! Sie hat doch dieses Zeug sonst nie runtergekriegt.«
»Seltsam, aber wahr. Ich verbringe meine Samstage

damit, mich in Supermärkten herumzutreiben und einen Einkaufswagen vor mich herzuschieben, in dem hohe Stapel mit Pirate's-Punch-Kisten und riesige Pakete mit Marshmallows liegen.«

»Wann müsst ihr die Bank informieren?«

Das war Julians typischer Dun-Laoghaire-Akzent, und es war das erste Mal seit einer Ewigkeit, dass er gesprochen hatte. Alle drehten sich um und sahen ihn an. Er hatte sich auf seinem Stuhl zurückgelehnt, nach außen ganz entspannt, doch in seinen Augen war ein merkwürdig intensives, wachsames Glitzern zu erkennen.

»Du meinst über unsere finanziellen Probleme?«, erkundigte sich Patrick.

»Ja.«

»Ich habe den Verdacht, dass sie bereits wissen, dass nicht alles im Nesbit & Noonan-Garten rosig ist.« Patrick seufzte schwer und griff nach seiner Zigarettenpackung. »Scheiße, ich hab keine mehr. Sei so lieb und lauf zur Bar, um Geld für den Automaten zu wechseln, Ella. Und bestelle dann auch gleich noch eine Runde. Ich will mich heute Abend sinnlos besaufen.« Er reichte ihr einen zerknitterten Zwanziger.

Ella stand auf und wollte sich gerade Richtung Theke begeben, doch bevor sie auch nur zwei Schritte gemacht hatte, ließ sie etwas erstarren.

»Wie wär's, wenn man den Namen des Gartens änderte?« Julian stellte die Frage. Ella drehte sich um. Es lag etwas selbstgefällig Suggestives in seinem Ton, das ihr nicht gefiel.

»Wie meinst du das?« Patrick rieb sich mit dem Zeigefinger sein müdes Auge.

»Was, wenn der Garten, den man als Nesbit & Noonan kennt, als Nesbit, Noonan & Bollard bekannt würde? Das

würde der Bank vielleicht rosigere Aussichten verschaffen.«
Schweigen entstand. Patricks Finger erstarrte mitten im Reiben. Dann beugte er sich vor und griff automatisch nach einer Zigarette, vergaß völlig, dass er keine mehr hatte. »Ich versteh dich nicht ganz, Julian«, sagte er. »Du schlägst vor, oder, dass … äh … dass wir dich als Geschäftspartner mit an Bord nehmen?«
»Nun, genau genommen nicht mich. Ich meine meinen Vater. Er sucht im Moment nach einem neuen Unternehmen, in das er Geld investieren kann. Und er weiß, dass ich eines Tages unbedingt selbst eines gründen will. Wie kann ich besser Erfahrungen sammeln, als wenn ich direkter in das Tagesgeschäft eines Aufnahmestudios einbezogen bin?«
O Gott. Ella starrte Julian mit einem Ausdruck angeekelten Missfallens an. Sie richtete ihren Blick auf das Gesicht ihres Onkels und begann ihm via Gedankenübertragung dringende Botschaften zuzusenden. Nein, Patrick. Bitte sag Nein. O Gott – sag Nein! Die Dinge können nicht so schlecht stehen, dass du in Erwägung ziehst, Julian Bollard als Geschäftspartner aufzunehmen! Nein, nein, nein, nein, nein …
Patrick klopfte mit seiner leeren Zigarettenpackung auf den Tisch. Er sah unheilverkündend nachdenklich aus. »Nun, Julian, das ist ein sehr interessanter Vorschlag.« Er hörte mit dem Klopfen auf und blickte über den Tisch direkt seinen zukünftigen neuen Partner an. »Wann, glaubst du, könntest du deinen Vater aushorchen, ob er interessiert wäre?«
»Heute Abend«, antwortete Julian ohne Zögern. »Und wenn euch morgen ein interessantes Angebot für ihn einfällt, möchte ich wetten, dass er euch Ende der Woche eine

endgültige Antwort geben könnte.« Er beugte sich vor und legte die Ellbogen auf den Tisch. »Ich helfe dir so sehr ich kann, Patrick, ihm das zu verkaufen. Es ist in meinem Interesse. Ich unterstütze dich voll und ganz.«

Patrick atmete tief ein. »Zur Hölle«, sagte er. Dann atmete er laut aus und meinte mit offensichtlicher Erleichterung: »Schieß los und sag es ihm. Wenn er zustimmt, sind wir vom Haken.« Patrick lächelte das erste Mal an diesem Abend. »Ich weiß das wirklich zu schätzen, Julian. Ich schulde dir was.«

Julians Gesichtsausdruck war schrecklich selbstgefällig, als er zustimmend nickte. Ja, Patrick schuldete ihm etwas. Dann sah er zu Ella auf und tat etwas noch Schrecklicheres. Er blinzelte sie tatsächlich an und grinste.

Ella drehte sich um, taumelte zur Bar und heulte dabei innerlich immer noch *Neiiiin!* O Gott, wie verdammt, verdammt furchtbar. Ihr Leben war nicht mehr lebenswert, wenn Julian Bollards Name mit auf dem Nesbit & Noonan-Schild über der Studiotür stand. Und auf dem Logo auf dem Briefkopf. Und auf den Karten, die sie jeden Tag in diese kleinen, netten Kassettenschachteln steckte. Er würde ihr das Leben unerträglich machen. Er würde sie »Süße« nennen, und sie würde ihm nicht mal sagen können, er solle abhauen, denn er wäre ja in jeder Hinsicht ihr Boss. Sie legte die Ellbogen auf die Bar und stützte das Kinn auf ihre Hände; ihr war zum Heulen zu Mute.

»Abend, Ella«, grüßte der Barkeeper freundlich. »Noch eine Runde für den Ecktisch?« Er sah sie ein bisschen genauer an. »He, was ist los mit dir? Du bist ja kreideweiß.«

»Oh, ich brauche nur einen Drink. Dringend.« Sie erhaschte einen Blick von sich im Spiegel hinter der Bar. Sie sah völlig geschockt aus. »Bitte drei Pints Guinness und

ein Coors Light. Oh, und Kleingeld für den Zigarettenautomaten.«
Der Barkeeper sah verwirrt aus, als er ihr das Kleingeld gab. »Wusste nicht, dass du rauchst, Ella«, bemerkte er.
»Tu ich auch nicht«, erwiderte sie. »Aber ich denke daran, damit anzufangen.«

Als sie nach Hause kam, waren zwei Nachrichten auf ihrem Anrufbeantworter. Eine bestand nur aus unheimlichem schwerem Atmen. Konnte das Julian sein? Der unangenehme Gedanke schoss ihr durch den Kopf, und sie löschte die Nachricht sofort. Die zweite war in Ferdias Galway-Akzent gesprochen. Er klang belustigt. »Hallo, Ella Nesbit. Tut mir Leid, dich zu enttäuschen, aber ein Buch mit dem Titel *Monster Truck Madness* wurde hier keinem übergeben. Ich schlage vor, du rufst im Hotel an und bittest sie, es dir zu schicken. Man weiß ja nie – wenn du nett bittest, legen sie vielleicht ja sogar *Passion's Monument* dazu. Ich hoffe, dich ab und zu beim Tauchen zu sehen.«
O Gott, o Gott, o Gott. Sie würde jetzt niemals den Nerv haben, einen Tauchgang zu buchen, nicht nachdem sie sich so unbeschreiblich zum Narren gemacht hatte. Sie wollte laut auflachen – tatsächlich ein sehr hohles Lachen –, wenn sie daran dachte, wie sie geplant hatte, Ferdia hinters Licht zu führen und sich als hochklassige Dame darzustellen. *Passion's Monument* war schon schlimm genug gewesen, aber *Monster Truck Madness*? Au! Ella verfluchte sich, dass sie nicht stattdessen auf etwas von Proust gekommen war. Sie wollte gerade die Nachricht löschen, als etwas sie dazu brachte, wieder auf »Press« zu drücken, nur für den Fall, dass sie etwas verpasst hatte.
»Ich hoffe, dich ab und zu beim Tauchen zu sehen.« Nein,

das war eindeutig das Ende der Nachricht. Es gab nichts über das musikalische Vorspiel, dem sie sich Samstagabend hingegeben hatte, keine Andeutung, dass sie vielleicht weitermachen könnten, wo sie aufgehört hatten, keine Wiederholung seines Versprechens, sie kommen zu lassen, wie sie noch nie zuvor gekommen war.
Sie drückte auf den »Aus«-Knopf und warf sich aufs Sofa. Verdammt noch mal, was sollte sie nur mit ihrem Leben anfangen? Sie und Ferdia würden nie zusammenkommen, bevor er im Juli auf Weltreise ging. Und wenn Julians Vater zu Hilfe kam und Nesbit & Noonan aus ihrem finanziellen Desaster hievte, konnte sie genauso gut kündigen. Sie würde es nicht ertragen können, Julian Bollard als Vorgesetzten zu haben.
Sie ging ins Bett mit dem Gedanken, dass ihr Leben beschissen war.

Julians Vater kam zu Hilfe. Er tat es sehr schnell und sehr wirkungsvoll. Das Schild über der Studiotür wurde in Nesbit, Noonan & Bollard geändert. Dem Alphabet nach hätte es Bollard, Nesbit & Noonan heißen müssen, doch Julian achtete darauf, Rücksicht auf die größere Erfahrung seiner Partner zu nehmen. Er brauchte Patrick und Jack noch genügend, um ihnen zu schmeicheln. Seine Haltung Ella gegenüber jedoch veränderte sich zu völliger Herablassung, wann immer die beiden anderen nicht dabei waren. Er machte abwertende Kommentare über ihre Arbeit und stichelte ständig. Er jagte ihr einige ihrer Lieblingskunden ab, indem er sie in Restaurants ausführte, die sie sich in einer Million von Jahren nicht würde leisten können, und stellte sicher, dass er bei jeder Tonaufnahme mitgebucht war, bei denen Filmstars mit im Spiel waren. Er riss das neue Studio an sich und sorgte dafür,

dass sich das meiste von Ellas Arbeit auf das alte Studio im Keller beschränkte, das eindeutig sein Verfallsdatum erreicht hatte, verglichen mit dem glänzenden neuen Studio im Rückgebäude.
Das Geschäft blühte neu auf, sobald die Bauarbeiten im Nebengebäude fertig waren, und Ella hatte viel zu tun. Eine Serie halbstündiger Fernsehdokumentarfilme war gebucht worden, die synchronisiert werden mussten, und Ella verbrachte eine Juliwoche damit, Toneffekte, Hintergrundstimmen und Musik zu mischen. Am Ende war sie richtig kaputt. Aus irgendeinem Grund hatte sie nicht gut geschlafen, und ihre Konzentration ließ nach. Gegen neun Uhr am Abend beendete sie ihre Arbeit an der Serie, und danach wollte sie nur noch in den Pub. Sie hatte sich mit jemandem aus einem Studio in der Nähe dort verabredet. Ihre Empfangsdame wollte heiraten, und ein echter Junggesellinnenabschied war organisiert worden, der um acht Uhr im Daly's anfangen sollte. Ella hatte ihr Partykleid mit in die Arbeit gebracht – dasselbe kleine leichte Kleid, das sie auf Jacks Vierzigstem angehabt hatte. Während sie sich auf der Toilette von Nesbit & Noonan hineinzwängte (oh, oh, natürlich meinte sie auf der Toilette von Nesbit, Noonan & *Bollard*, wie jeder es zurzeit mit Bedacht nannte), erinnerte sie sich plötzlich, dass sie in ihrer Eile, aus dem Studio zu kommen, vergessen hatte, das Projekt auf dem Audiofile zu speichern. Scheiße, dachte sie und schlug sich mit der Faust gegen die Stirn. Sie würde zu dem Junggesellinnenabschied ernstlich zu spät kommen. Schnell schnürte sie die Bänder ihrer Sandalen zu und rannte in den Empfangsbereich, um die Schlüssel zu ihrem Studio zu holen. Julian war dort und kritzelte etwas in den Kalender.
»Sehr hübsch«, sagte er, als er mitbekam, was sie anhatte.

Sie hasste es, wie er die Augen über ihren Körper wandern ließ. »Auf dem Weg zum Clubbing, was?«
»Ja«, antwortete sie. »Aber ich muss zuerst noch das Band speichern. Ich hab's verdammt noch mal vergessen.«
»Ich mache das für dich«, bot er an. Ella stutzte fast über seine untypische Hilfsbereitschaft. »Ich muss noch eine Weile hier bleiben. Ich bin mit jemandem um halb zehn im Pub verabredet, also habe ich noch eine halbe Stunde übrig.«
»Oh, wirklich, Julian? Da wäre ich dir sehr dankbar. Ich komme zu spät.«
»Das ist kein Problem.«
»Du bist ein Schatz!« Die Verzweiflung machte sie redselig. »Ich spendiere dir später einen Drink.« Sie schenkte ihm ihr bestes Lächeln, das sie aufbringen konnte, und stürzte zur Tür hinaus.
Zwei Stunden später fühlte sie keinen Schmerz mehr. Ihre Müdigkeit war vergessen, als sie fröhlich noch ein Pint Guinness im Pub kippte. Es sollte ihr letzter Drink sein, bevor sie ins Kitchen aufbrachen. Als sie die Arme in ihren Umhang steckte, entdeckte sie Julian, der gerade zur Bar ging. »Hi!«, rief sie und tanzte auf ihn zu. »Hast du es für mich gespeichert?«
»Ja. Alles in Ordnung.«
»Wunderbar. Danke, Julian.« Sie gab dem Barkeeper ein Zeichen. »Ein Coors Light für diesen Herrn, bitte.« Sie hüpfte auf den Barhocker, den jemand gerade freigemacht hatte, und wühlte in ihrer Tasche nach Geld. Als sie schließlich ihre Geldbörse gefunden hatte und wieder aufsah, war Julians Blick auf die Haut ihres Schenkels gerichtet, die enthüllt worden war, als sie auf den Hocker geklettert war. Sie zog den Saum ihres Kleides wieder hinunter über ihren Spitzenstrumpfhalter.

Julian lächelte sie unangenehm an und fuhr mit der Zunge über die Lippen. »Ich liebe die Strümpfe«, sagte er.

Ugh! Ella reichte das Geld schnell dem Barkeeper. Sie wollte nicht mehr auf das wenige Wechselgeld warten, das sie noch bekam – sie wollte nur hier raus.

»Bis Montag dann, Ella«, warf Julian ihrem fliehenden Rücken hinterher. Das klang wie eine Drohung, und Ellas Hochstimmung war plötzlich getrübt. Zur Hölle mit ihm, dachte sie und fühlte sich wieder müde. Ja, sie würde ihn am Montag sehen. Und am Dienstag und am Mittwoch, Donnerstag und Freitag. Sie würde ihn jeden verdammten Tag ihres Arbeitslebens sehen, bis er abhaute und sich irgendwo selbstständig machte und sie endlich den verhassten Namen Bollard von ihrem Schild herunternehmen konnten. Sie kämpfte sich durch den vollen Pub zu der Stelle, wo ihre Traube Freundinnen sich bereitmachte zu gehen.

»Ella! Hi!« Das war Angie, die strahlend und gerade erst sichtbar schwanger aussah. Jack hatte ihr schützend den Arm um die Schulter gelegt. »Weg zum Clubbing?«

»Ja«, antwortete Ella.

»Du klingst nicht gerade begeistert.« Jack hob fragend eine Augenbraue.

»Ich war es noch bis vor fünf Minuten. Da war ich noch voller Endorphine.«

»Was ist mit ihnen passiert?«, fragte Angie.

»Er«, Ella nickte mit dem Kopf in Richtung der Bar, an der Julian sich lümmelte und einen anderen Toningenieur langweilte, »hat sie gekidnappt.«

»Das ist nicht fair. Du solltest niemandem gestatten, deine Endorphine zu kidnappen, Ella«, tadelte Jack sie. »Das ist eine der ersten Regeln des Spaßhabens.«

»Das macht er immer«, erwiderte Ella düster.

Angie lächelte sie an. »Ich kenne einen tollen Weg, sie zurückzuholen«, sagte sie.
»Ach ja? Wie?«
»Jemandem zuhören, der dich mit Komplimenten überschüttet.«
Ella sah sie skeptisch an. »Überzeuge mich mal, warum tust du es dann nicht?«
»Okay. Jetzt geht's los.« Angie atmete tief ein und stürzte sich in Lobgesänge. »Wow, Ella! Du siehst unglaublich aus! Schau nur dein Haar an, das ganz glänzend und toll ist wie aus einer Shampoo-Werbung! Und woher hast du diesen Lippenstift? Die Farbe steht dir wirklich!« Angie beugte sich vor und atmete ein. »Lass mich raten. Chanel 19? Wie ging noch mal die Werbung dafür? Witzig, selbstbewusst, *umwerfend* weiblich … Komm, Jack, mach mit!«
»Witzig, selbstbewusst, umwerfend weiblich«, echote er. »Das bist du vom Scheitel bis zur Sohle, Ella Nesbit.«
Er griff nach ihrer Hand und küsste sie, und Ella musste lächeln.
»Siehst du? Es funktioniert! Mehr, Jack!«, stachelte Angie ihn an.
»Wow! Dieses Kleid! Es ist unglaublich sexy, Ella.« Jack ließ seine Augen ihren Körper hinunterwandern, doch diesmal fühlte sie sich nicht angeekelt. »Mh, diese hohen Hacken – sie lassen deine Beine so elegant aussehen! Und he, etwas sagt mir, dass du Strumpfhalter trägst! Zeig sie mir.«
Lachend zog Ella den Saum ihres Kleides hoch und schenkte ihm einen herausfordernden Blick auf ihren Strumpfhalter. Sie wurde mit einem anerkennenden lüsternen Blick belohnt, und die Endorphine meldeten sich wieder. Das Leben ist wirklich komisch, dachte sie. Wie kam es, dass ein Mann wie Jack sie sich gut fühlen ließ, in-

dem er ihre Beine beäugte, und ein Mann wie Julian ihr nur das Gefühl gab, billig und eklig zu sein?
»Oh, Ella!« Jack war lyrisch. »Ich liebe diese Strümpfe!«
Der Satz, den auch Julian vorhin gesagt hatte. Aber noch jemand hatte diesen Satz ausgesprochen, erinnerte sie sich. *Ich liebe diese Strümpfe* ... Es war Ferdia gewesen.
Vor einiger Zeit zählte sie im Geiste die Wochen bis zu seiner Abreise. Nun zählte sie die Tage.

Am Montagmorgen setzte sie sich mit einem großen Becher Kaffee und einem Doughnut vor ihren Computer und loggte sich ein. Die Arbeit von Freitag würde auf Tape Nummer 247 gespeichert werden, wurde ihr mitgeteilt. Sie verschaffte sich Zugriff auf das Exabyte. Es brauchte zehn Minuten, um die Suche zu vollenden. Es war nichts auf dem Band. Sie biss sich auf die Lippe. Okay. So was war schon vorgekommen. Der Kram musste auf *einem* der Exabytes sein, die am Freitag gespeichert worden waren. Es musste auf 246 sein. Sie griff auf 246 zu. Zehn Minuten später fand sie einen Werbespot für Esat Digifone. 245. Es musste auf 245 sein. Sie geriet jetzt in Panik. Ihr Kaffee war kalt geworden; ihr Doughnut war nur halb gegessen. Sie fühlte, wie ihr der Schweiß unter den Achseln ausbrach. Da war ein Text für ein multinationales Unternehmen auf Band 245. O Scheiße. Sie begann noch weiteren Kram von Freitag zu durchsuchen, und da klingelte das Telefon.
Es war Georgia, die Empfangsdame. »Hier ist ein Kurier von den Dokumentarfilmen für irische Flora und Fauna«, sagte sie fröhlich. »Kannst du das Band bringen?«
Ella räusperte sich, doch die Stimme, die erklang, krächzte immer noch. »Tut mir Leid, aber es hat ein Problem gegeben. Ich kann das Band nicht finden, auf dem die

Sachen von Freitag drauf sein sollen. Könntest du Patrick bitten runterzukommen?«

Er kam mit einem Gewittergesicht herunter. »Was zum Teufel ist passiert?«, fragte er.

»Es ist nichts auf dem Exabyte«, antwortete sie mitleiderregend. »Julian muss die falsche Nummer eingegeben haben.«

»Was meinst du damit, *Julian* hat die falsche Nummer eingegeben?«

»Ich hatte es am Freitagabend eilig, hier rauszukommen. Julian hat sich angeboten, meine Sachen für mich zu speichern. Er hat es offenbar vermasselt.«

Patrick verschränkte die Arme und sah auf sie herab. Sie kam sich so klein wie ein Floh vor. »Julian hat nichts vermasselt«, stellte er fest. »*Du* hast es vermasselt, Ella. Du kannst die Schuld nicht abwälzen. Es war deine Verantwortung, das Band zu speichern, und die von niemand anderem. Du hast mich in die Scheiße geritten. Sag mir, was du tun willst.«

»Alle Bänder durchgehen?«

»Ella, wenn Julian, wie du behauptet hast, eine falsche Zahl eingegeben hat, müsstest du noch mal 247 Bänder durchgehen. Bei zehn Minuten Minimum pro Band würde das wie lange dauern? Rechne das doch mal schnell für mich im Geist aus.«

»Zweitausendvierhundertsiebzig Minuten«, antwortete sie kleinlaut.

»Okay. Wie viele Stunden sind das?«

»Ungefähr vierzig?«, meinte sie noch kleinlauter.

»Vierzig mindestens«, bestätigte Patrick. Sie hatte ihren Onkel noch nie so wütend gesehen. »Ich schlage vor, dass es schneller geht, wenn du die Arbeit noch mal von vorne anfängst.« Er blickte auf seine Uhr. »Du kannst nicht sofort anfangen, da du um zehn einen Kunden hast. Du wirst über Mittag arbeiten müssen, und du wirst heute Abend hier bleiben müssen, bis du umfällst. Und du wirst diese Woche jeden Mittag und jeden Abend arbeiten müssen, bis das Zeug wiederhergestellt ist.« Patrick drehte sich um und ging fort. An der Tür blieb er noch mal stehen. »Es ist ja wohl selbstverständlich, dass du keine Überstunden bezahlt bekommst.«

Ella barg den Kopf in den Händen. Sie wollte weinen. Sie wollte schreien. Wenn sie dachte, dass die letzte Woche hart gewesen war, dann würde diese Woche mörderisch werden. Und das war alles die Schuld des verdammten Julian. Sie war von blinder Wut erfüllt. Sie griff nach dem Telefonhörer und tippte zornig seine Nebenstellennummer ein. »Julian?«, fragte sie, als er abnahm. »Weißt du, was du bist? Du bist ein verdammter Scheißkerl.«

»Oh, hallo, Ella«, erklang die glatte Antwort. »Was für eine angenehme Begrüßung, um die Woche zu beginnen.«

»Sag mir, welche Exabyte-Nummer du am Freitag für meine Datei eingegeben hast.«

»Mmm. Warte mal. 247, oder nicht?«

»Nein, Julian. Es ist nicht die 247. Und es ist auch nicht die 246 oder 245 oder 244.«

»O lieber Gott«, meinte Julian.

»Du hast es absichtlich getan, oder?«

»Was absichtlich getan?« Seine Stimme war voll süßer Unschuld.

»Du hast absichtlich die falsche Exabyte-Nummer eingegeben, oder?«

»Ella, vielleicht erinnerst du dich, dass du am Freitagabend erschöpft aus dem Studio getaumelt bist und mich deine Arbeit zu Ende hast machen lassen. Hast du jemals auch nur einen Augenblick daran gedacht, dass ich viel-

leicht genauso kaputt war wie du? Es ist sehr leicht, am Ende einer vollen Woche einen Fehler zu machen.«
»Du legst mich nicht rein, Julian. Ich weiß, dass du es absichtlich getan hast.«
»El-la«, zog er die Silben ihres Namens auseinander. »Warum sollte ich so unprofessionell sein?«
»Um es mir heimzuzahlen.«
»Was heimzuzahlen?«
»Dass ich dir gesagt habe, dass ich dich nicht genug mag, um mit dir in Urlaub zu fahren.«
Er lachte unangenehm ins Telefon. »Schmeichel dir nicht, Ella Nesbit. Es gibt hunderte Mädchen, die besser aussehen und charmanter sind als du, die mit Freuden mit mir in Urlaub fahren würden. Ich habe dich nur gefragt, weil ich einen Tauchpartner brauchte.«
»Weißt du was, Julian? Du bist ein Scheißkerl. Du hast mich in die tiefste Scheiße geritten, in der ich jemals gesessen habe.«
»Wenn ich ein Scheißkerl bin, Ella«, zischte er, »bist du eine Scheißzicke. Und ich sage dir noch was. Es zahlt sich niemals aus, mit dem Boss zu reden wie ein Fischweib.«
Sie legte mit weißem Gesicht und vor Zorn bebend den Hörer auf. Dieser Mann machte ihr Leben unerträglich.
»Ella? Geht es dir gut?«
Sie drehte sich um und erblickte Angie in der Tür.
»O Angie! Was soll ich tun? Alles in meinem Leben geht schief! Ich hasse Julian Bollard!«
Angie schloss die Tür und bewegte sich rasch zu einem neben ihr stehenden Stuhl. »Was ist los?«
Vor Wut fast ohne Worte, informierte Ella sie über das, was gerade passiert war.
»O Ella«, sagte Angie, als der Strom aus Schimpfwörtern versiegt war. » Du darfst ihm nicht erlauben, dir das anzu-

tun. Du darfst ihm nicht erlauben, dich zu übertrumpfen. Du weißt, dass du am Ende eine unendlich begabtere Toningenieurin bist als er. Deshalb buche ich meine Sessions immer bei dir. Du bist eine Kreative, Ella. Julian ist ein reiner Techniker.« Sie verlieh dem Wort »Techniker« einen äußerst verächtlichen Beiklang.
Ella gelang ein schwaches Lächeln. »Danke, Angie. Du bist ein Schatz. Tut mir Leid, dass ich so wild geworden bin. Es ist nur, dass der Kerl mir diesmal wirklich an die Nieren gegangen ist.«
»Lass das nicht zu.« Angie schenkte ihr ein katzenhaftes Lächeln. »Soll ich dir die beste Möglichkeit verraten, es ihm heimzuzahlen?«
»O ja! Bitte!«
»Sei glücklich.«
»Sei *glücklich*?«
»Ja. Tu so, als ob er dich nicht im Geringsten durcheinander gebracht hätte. Tu so, als ob es dich überhaupt nicht scherte. Damit wird er nicht umgehen können. Doch wenn du die ganze Zeit mit düsterem Gesicht rumläufst, Ella, wird er wissen, dass er gewonnen hat.«
Ella dachte über diese Taktik nach. »O Gott, Angie, das wird hart sein.«
»Es wird es wert sein, glaube mir.«

Es war es wert. Je mehr sie sich benahm wie eine sonnige Heldin in einem alten Disney-Film, desto weniger gefiel das Julian und desto düsterer wurde seine Laune. Doch wie sie vorhergesehen hatte, war es hart. Julian Bollard anzulächeln war das Schwierigste, was sie jemals hatte tun müssen. Damit verglichen, sah der abgebrochene Tauchgang in der Sheep's Head Bay aus wie ein Festtag.

15

Eines Abends gegen neun später in der Woche klingelte ihr Telefon. Sie ließ den Anrufbeantworter sich einschalten. Das machte sie in letzter Zeit oft, weil sie immer häufiger diese beunruhigenden Nachrichten erhielt, bei denen nur Atmen zu hören war. Sie war überzeugt, dass Julian dahinter steckte.

»Begin With Review And Friend«, hörte sie und nahm sofort ab.

»Hi, Rich!«

»Ella! Wie geht es dir? Hast du dich von deiner Ohnmacht erholt?«, fragte er.

Verständnislos blickte sie den Hörer an. »Welche Ohnmacht?«

»Als ich dich das letzte Mal gesehen habe, bist du mitten in O'Neills Hotel in Ohnmacht gefallen.«

Sie hatte den Ohnmachtsanfall ganz vergessen, den sie inszeniert hatte, um nicht mit Julian tauchen zu müssen.

»Ach ja. Ja, mir geht es jetzt wieder gut.«

»Du hast versprochen anzurufen«, sagte er in gespielt anklagendem Ton.

»O Gott, es tut mir Leid, Richie. Ich habe bis zum Hals in Arbeit gesteckt.«

»Kein Problem.« Es entstand eine Pause, und dann atmete er tief durch und sagte völlig überstürzt: »Ich habe mich nur gefragt, ob du an diesem Wochenende etwas vorhast.«

»Oh, dieses Wochenende ist schlecht, Rich. Ich bin Samstag und Sonntag beschäftigt.« Dieter sollte kommen, und Leonie hatte spezielle Tickets für das Rennen in Leopardstown am Samstag und ein Abendessen im Merrion Hotel am Sonntag gebucht.

»Wie wär's dann mit Montag? Da ist Ferdias Abschiedsfete im Trident in Howth.«

Abschied! O Gott, wie das Wort wehtat! »Ich bin nicht eingeladen«, sagte sie und widerstand dem Drang, ihn um Nachrichten über ihren Tauchgott anzubetteln. Zum Beispiel: Hat er sein Pferd schon verkauft? Ist Black Jack ein Rennpferd? Und wenn ja, wird es am Samstag in Leopardstown laufen?

»Du brauchst keine Einladung. Ein Haufen von ActivMarine kommt.«

Zur Hölle. Was sollte es? Er würde sie nur anschauen, als ob sie aus einem Teich käme. »Kann ich nachgucken, Rich? Vielleicht könnten wir am folgenden Wochenende ins Kino gehen oder so? Ich könnte wahrscheinlich etwas Aufheiterung gebrauchen. Und du bist genau der Richtige dafür.«

»Warum brauchst du Aufheiterung?«

Sie wollte nicht sagen: Weil ich wegen deines Cousins ganz verrückt bin und ihn nach nächster Woche niemals wiedersehen werde. Stattdessen sagte sie: »Oh, ich mache nur gerade in der Arbeit eine harte Phase durch.«

»Ich auch.«

»Was ist los?«

»Einer der Leute, denen ich am Telefon Versicherungen verkauft habe, hat mich beschimpft.«

»Ich nehme an, so was passiert dir bei Telefonverkauf ziemlich oft. Was hat er gesagt?«

»Er dachte, ich sei dieser eklige Radioansager, der den Leuten am Telefon einen Bären aufbindet.«

»Der eine aus der Frühstückssendung?«
»Ja. Ständig sagte er Sachen wie: ›Aaah, Sie sind vielleicht einer. Was sind Sie nur für ein toller Hecht.‹ Schließlich bin ich ihn höflich losgeworden, indem ich ihm sagte, ich würde gerne einen Song für ihn spielen.«
»Was wollte er hören?«
»Mr. Blobby's Song!«
Als Ella endlich auflegte, krümmte sie sich vor Lachen.

Am Samstag schmiss sie sich in eine brandneue enge rote Lederjacke, einen bestickten weißen Petticoat, weiße Spitzenstrumpfhalter und ein Paar rote Lederstiefel. Leonie hatte nicht nur Karten für den Ring gebucht, sondern auch eine Limousine, die sie alle dorthin bringen sollte, sowie einen Tisch fürs Mittagessen. Es war die ganze Woche bewölkt gewesen und hatte ab und zu genieselt – scheußliches Wetter für Juli und scheußliches Wetter fürs Rennen, doch Ella freute sich darauf. Sie war ganz heiß darauf, Dieter und Leonie das erste Mal seit Jamaika wieder zusammen zu sehen.
Das erste Rennen fand um zwei Uhr statt. Um zehn vor saßen sie an der Bar des Restaurants, nippten Champagner und sahen sich das Rennheft an. Ella blätterte und suchte nach Ferdias Pferd, doch in keinem der angegebenen Rennen lief ein Black Jack.
Dieter hatte vorgeschlagen, sie sollten die Dienste eines Buchmachers in Anspruch nehmen, doch Leonie fand, es mache mehr Spaß, die Pferde nach ihren Namen auszusuchen. Ihre Großmutter trug einen Seidenrock, der einen diskreten – aber unleugbar provokativen – Schlitz an der Seite aufwies. Sie strahlte reines Glück aus und sah mindestens zehn Jahre jünger aus als ihre zweiundsechzig Lenze. Diese Wirkung hat die Liebe also auf die Frauen,

dachte Ella. Endorphine waren einfach etwas Außergewöhnliches.

»Rotes Leder und Spitze? Ein bisschen anormal, oder, Liebes?«, meinte Leonie, während sie Ellas Outfit betrachtete.

»Das sollte auch so sein. Ich finde, Leder setzt die Mädchenhaftigkeit des Petticoats außer Gefecht.«

»Oh, ich verstehe«, erwiderte Leonie und nickte verständig. »Meint man das mit ›Attitüde‹?«

Ella lächelte sie an und zuckte mit den Schultern. »Wenn du so willst«, gab sie zurück. »Obwohl ich mir nicht ganz sicher bin, wie meine Attitüde im Moment eigentlich aussieht.«

»Wie immer sie ist, sie steht dir, Liebes. Es ist tatsächlich eine sehr sexy Kombination. Ich glaube nicht, dass ich dich jemals vorher mit einem Dekolleté gesehen habe – das ganze zugeknöpfte Leder hebt zweifellos deine Moral. Nun«, sagte sie und wandte ihre Aufmerksamkeit wieder dem Heft zu, in dem sie einen Namen unterstrich, »das ist ganz offensichtlich meine Wahl. Hier ist ein junges Pferd namens Fleeter.«

Ella sah verwirrt drein. »Warum ist das eine offensichtliche Wahl?«, fragte sie.

»Natürlich weil es sich auf Dieter reimt.« Leonie strahlte über den Tisch ihren Verlobten an.

»Sie ist dumm wie Bohnenheu, nicht wahr?«, bemerkte Dieter mit einem liebevollen Lächeln zu Patrick.

»Du meinst dumm wie Bohnenstroh«, erwiderte Patrick. »Aber zumindest weißt du, worauf du dich einlässt.«

»Sie kommen super miteinander aus, nicht wahr?«, flüsterte Leonie Ella ins Ohr. »Ich wusste immer, dass Patrick einen guten Schwiegersohn abgeben würde. Oder sagt man Stiefsohn?« Sie trank einen Schluck Champagner.

»Wie schade, dass die Chancen für Fleeter so schockierend schlecht stehen. Wen nimmst du, Liebes?«
»Hm«, antwortete Ella und überflog die Seiten. Es gab ein Pferd namens Darling Julian, das im ersten Rennen lief. »Nun, auf keinen Fall das hier. Ich glaube, ich nehme Big Blue.«
»Warum?«
»Erinnert mich ans Tauchen.«
»Oh, natürlich, deine neue Leidenschaft.« Leonie blätterte um. »Camptown Racer!«, brummte sie triumphierend. »Den nehme ich fürs zweite Rennen.«
»Erklärung?«, fragte Patrick.
»Weil Camptown die Hauptstadt von Jamaika ist natürlich.«
»Nein, Leonie, die heißt Kingston.«
»Oh. Nun, dann nehme ich Mister Punch, weil dieser ekelhafte Punch uns unseren Urlaub in der Karibik gewonnen hat. Das muss Glück bringen. Wen nimmst du im zweiten Rennen, Liebes?«
Es starrte ihr nahezu ins Gesicht. »One Love«, sagte Ella.
One Love kam als Letzter ins Ziel.

Da das Wetter so trübe war, verbrachten sie den größten Teil des Nachmittags im Restaurant und sahen sich die Rennen auf dem Monitor an. Als das sechste und siebte Rennen angekündigt wurde, stand Dieter auf. »Kommt jetzt«, sagte er. »Es ist Zeit, Wind und Kälte entgegenzutreten. Ich kann doch schließlich nicht in Irland zum Rennen gehen und jedes einzelne nur auf dem Bildschirm verfolgen. Wir müssen für das letzte raus auf die Terrasse gehen.«
»Für wen bist du in diesem Rennen, Ella?«, fragte sie Leonie.

»Ein Pferd namens Dark Horse – Geheimnisvoller«, antwortete sie. Sie hatte einen Fünfer darauf gesetzt.
»Warum das?«
»Weil ich vor kurzem einen getroffen habe.«
»Einen echten Geheimnisvollen?«
»Einen echten.«
»Erzähl mir sofort alles über ihn.«
»Woher weißt du, dass es sich um einen Mann handelt, Leonie?«, fragte Ella.
»Sei nicht dumm. Alle Geheimnisvollen sind Männer. Hast du jemals von einer geheimnisvollen Stute gehört?«
»Nachtmähren, also Albträume, sind dunkel und geheimnisvoll. Ich habe vor kurzem in der Arbeit einen erlebt.«
»Pscht, pscht.« Leonie verengte die Augen warnend in Ellas Richtung, nahm dann ihren Arm und zog sie weg von Patrick. »Vergiss die Arbeit. Ich merke, dass Patrick auch nicht gerade wahnsinnig glücklich mit der momentanen Lage ist. Wir sind heute hier, um uns zu amüsieren. Nun also, erzähl mir mehr über diesen Geheimnisvollen.«
Ella musste nicht überredet werden. »Es ist dieser erstaunliche Typ, den ich beim Tauchen kennen gelernt habe, Granny. Er ist ein Dive Master, aber er ist auch ein Teufelsgeiger, und er ist schwerreich. Das war das wirkliche Geheimnis an ihm.«
»Liebe Güte! Was für eine erstaunliche Kombination. Er klingt wie ein Gott auf Erden.«
»Das ist er«, sagte Ella düster.
Leonie bemerkte Ellas Ton. »Wo ist also der Haken?«
»Ich werde ihn nie wiedersehen. Er geht auf Weltreise.«
»Wann?«
»Nächste Woche. Er schmeißt demnächst eine riesige Abschiedsfete.«
»Dann wirst du ihn da sehen, oder?«

»Nein. Ich bin nicht eingeladen.«
»Pah.« Leonie war der einzige Mensch, den Ella kannte, der ungestraft »Pah« sagen durfte. »Geh uneingeladen hin, Liebes, um Himmels willen. Das habe ich die ganze Zeit getan, als ich in deinem Alter war.«
»O nein, Leonie. Das würde ich nicht wagen.«
Leonie sah überrascht aus. »Was ist mit dieser unerschrockenen Ader passiert, die du von mir geerbt haben sollst?«
»Nun, nicht, dass ich mich nicht trauen würde, uneingeladen auf eine Party zu gehen. Es ist nur so, dass ich nicht glaube, ich könnte ihm wieder in die Augen sehen. Er hält mich für eine völlig traurige Gestalt.«
»Warum denn das?«
»Er denkt, ich lese Bücher wie *Passion's Monument* und *Monster Truck Madness.*«
»Was ist denn falsch daran? *Monster Truck Madness* klingt sehr aufregend, wenn du mich fragst.« Leonie senkte die Stimme. »Weißt du, ich könnte wirklich etwas leicht Lesbares vertragen. Dieter hat mir eine Menge Kafka geschickt, und ich finde es ziemlich hart, mich durch diesen ganzen Weltschmerz durchzubeißen. Vielleicht könntest du mir dieses *Monster Truck Madness* als leichte Abwechslung ja mal leihen, Liebes?«
Ella lachte. »O Leonie! Es ist schwer zu erklären, aber ich lese tatsächlich *keine* Bücher mit so doofen Titeln.«
Über die Lautsprecher hörte man Ankündigungen, und die Leute drängten zu den Türen. Sie sah auf ihre Uhr. »Komm, wir beeilen uns besser. Sie können jede Minute starten.«
Dieter, Leonie, Patrick und Ella schlossen sich der Menge der Rennbahnbesucher an, die auf der Terrasse herumwuselte. Es lag ein angespanntes Gefühl der Erwartung in

der Luft – nicht unähnlich der Erwartung, die der Session im Sweeney's an dem Abend vorausgegangen war, an dem sie schließlich Geige gespielt hatte. Die Menge bewegte sich zum äußersten linken Ende der Terrasse, die sich an den Balkon anschloss, der den Besitzern und Trainern vorbehalten war. Diese höheren Wesen verließen gerade die Mitgliederbar, bewaffnet mit Ferngläsern; alle schwenkten ihre Ringtickets und sahen stahlhart drein.

»Ich habe Menuhin dieses Stück in der Albert Hall wirklich spielen sehen«, ertönte eine durchdringende, hochnäsige Stimme, bei der man sich winden musste, vom angrenzenden Balkon. »Es war ein außergewöhnliches Erlebnis. Ich würde so weit gehen, es als eine Offenbarung zu bezeichnen, weißt du.«

»Mm?« Eine männliche Stimme.

»Absolut. Eine persönliche Offenbarung für mich.« Die Frau seufzte tief auf, und in diesen Seufzer gelang es ihr eine Art nostalgisches Beben zu legen. »Ah! Das unerschrockene Vibrato des Maestro! Und das herrliche, raunende Timbre der Stradivari! Der reinste Himmel! Die Melodien schweben noch in meinem Kopf, nach all diesen Jahren.«

Diese Bemerkung rief ein lakonisches »Wirklich?« von der Person hervor, an die sie gerichtet war. Ella spürte, dass der Zuhörer versuchte, ein Gähnen zu unterdrücken. Das konnte sie ihm nicht verübeln. Diese Frau war furchtbar.

»Wir haben ihn danach hinter der Bühne getroffen. Eine charmante, *charmante* Persönlichkeit. An seiner Aura konnte man erkennen, dass er einfach vom Genie gesättigt war. *Gesättigt* davon. So glühend wie … wie … ein Feuerwerk!«

»Klingt für mich ein bisschen wie ein feuchter Feuer-

werkskörper«, kam die Antwort in einem lässigen Galway-Akzent.
Ella legte die Ohren an wie eine Katze, die plötzlich das Lied eines Vogels hört. Das war doch Ferdias Stimme!
»Ferdia!« Die Stimme der Frau klang gespielt empört. »Du bist so respektlos!«
Zur Hölle! Das war Ferdia! Ella schluckte schwer und widerstand mit wahnsinniger Mühe der Versuchung, herumzufahren und ihm gegenüberzustehen. Was um Himmels willen tat er hier? Ihre Gedanken wirbelten ein oder zwei Sekunden herum wie ein Tauchneuling, bevor er wieder neutrale Auftriebskraft hat. Sein Pferd – natürlich. Das war es. Sein Pferd musste heute Abend laufen. Aber sie hatte die Rennliste von vorne bis hinten durchgelesen und keinen Black Jack entdeckt. Vielleicht hatte sie es falsch verstanden? Vielleicht hieß das Pferd gar nicht Black Jack? Es war am Abend der Session so schwer gewesen, Richie zu verstehen, als er sie über Ferdias Turfaktivitäten aufgeklärt hatte. Vielleicht war Black Jack der berühmte Deckhengst, oder? Richie hätte auch Blutlinien oder Zucht oder wie immer man diese Pferdestammbäume nannte meinen können. Das dunkle Pferd konnte sich leicht auf ein Pferd namens Black Jack beziehen. Tat es das? O mein Gott, o mein Gott, keine dieser Gedankenführungen war jetzt mehr wichtig. Was wirklich wichtig war, war – was sollte sie tun?
»Nun ja, der Maestro selbst hat mir an jenem Abend erzählt, dass diese spezielle Stradivari …«, fuhr Madame Hochnäsig in ihrer eintönigen Stimme fort und rief dann plötzlich aus: »Oh! Ich erzähle die Geschichte später zu Ende, Liebling! Sie gehen an den Start. Hallo! Ist das nicht herrlich!« Die Startboxen öffneten sich, und Pferde brachen heraus und begannen ihren donnernden Lauf auf

der Bahn. »Los, los, Dark Horse!«, ermahnte Madame Hochnäsig mit noch durchdringenderer Stimme. »Nun ja! Kein schlechter Start, Ferdia! Vielleicht wird sich ja deine Wette doch noch auszahlen.«
So unauffällig wie sie konnte, schlich sich Ella näher an das Geländer, das die Terrasse von dem Balkon der Besitzer und Trainer trennte. Der Kurs führte die Pferde von rechts nach links, und während das Rennen fortschritt, konnte sie den Blick zur Seite richten. Sie nahm zuerst eine elegante Frau mit Hut in den Vierzigern wahr, und dann trat Ferdia in ihr Blickfeld. Er trug etwas, was verdächtig nach Paul Smith aussah, seine Dreadlocks waren zu einem Pferdeschwanz zurückgebunden, und er beobachtete den Rennkurs durch einen Feldstecher. Er war der wunderbarste Anblick, den Ella in ihrem Leben je zu Gesicht bekommen hatte.
Eine Symphonie aus Keuchen und Stöhnen entrang sich der Menge, und Ella riss ihren Blick weg von Ferdia. Am vierten Hindernis hatte es ein Gedränge gegeben. »Du bist in Ordnung«, bemerkte Patrick. »Dein Pferd läuft noch. Aber der Favorit ist gestürzt.«
»Dark Horse!«, schrie Ferdias hochnäsige Begleiterin, und Ellas Aufmerksamkeit wandte sich wieder dem Balkon der Besitzer und Trainer zu. Sie sah, wie sich seine Kiefermuskeln anspannten und seine Lippen sich in einem kaum hörbaren, geflüsterten Echo bewegten. So, es war also sein Pferd. Um sie herum kochten die Menschen vor steigender Erregung, winkten mit den Armen und feuerten an, während die schwitzenden Tiere die Kurve auf der Bahn nahmen und auf das Finish zurasten. Über die Lautsprecher klang die Stimme des Kommentators so erregt, dass man unmöglich hören konnte, was er sagte. Plötzlich brach ein Rappe aus der Hauptgruppe von

sechs Pferden an der Spitze aus, die auf die Ziellinie zuschossen. Es war, als ob es plötzlich wie ein dunkler Pegasus Flügel bekommen hätte.
»Dark Horse! Ja!«, kreischte Madame Hochnäsig. »Er schafft es! Wie wunderbar! Er hat gewonnen, Ferdia! Er hat gewonnen, gewonnen, gewonnen!« Ella wandte ihre Aufmerksamkeit erneut den Aktivitäten auf dem Nachbarbalkon zu, wo die strahlende Frau nun ihre Arme um Ferdias Hals warf. Irgendwo in der Ferne vernahm sie Leonies Stimme, die ihrer Enkelin aufgeregt dazu gratulierte, den Sieger unterstützt zu haben, doch sie hörte nicht zu. Über Madame Hochnäsigs Schulter sah sie plötzlich direkt in Ferdias meergrüne Augen. Er lächelte sie an – ein gefährlich sexy Lächeln –, und löste sich dann höflich wieder von seiner Gefährtin, die sich sofort auf den nächsten verfügbaren Mann stürzte und ohne Pause mit ihrem Luftkussritual fortfuhr. Ellas Herz setzte mindestens ein halbes Dutzend Mal aus, als Ferdia zu dem Geländer wanderte, das sie trennte.
»Hallo, Ella Nesbit«, sagte er und sah auf eine Weise auf sie herab, die in ihr den Wunsch weckte, zu seinen Füßen in Ohnmacht zu sinken. Sie sahen sich lange Zeit schweigend an. Keiner von ihnen konnte die sexuellen Schwingungen leugnen, die zwischen ihnen aufblitzten. Ihre Augen wanderten zu seinem Mund, und Lust flackerte auf. Sie hatte noch nie in ihrem Leben so sehr den Mund eines Mannes küssen wollen – nicht mal Jacks. Und dann sprach Ferdia. Er sagte: »Ich hoffe, du hast nichts dagegen, wenn ich gleich zum Thema komme? Ich habe eine Frage an dich. Erinnerst du dich daran, was das Letzte war, das ich jemals zu dir gesagt habe?«
»Du hast gesagt, dass *Monster Truck Madness* nicht im Hotel abgegeben worden sei«, stammelte sie. *Neiiin!*, schrie

ihre innere Stimme sie an. *Ella, du Holzklotz! Mach es ausnahmsweise mal richtig, ja?*
Der belustigte Blick in seinen Augen vertiefte sich »Nein«, verbesserte er sie. »Ich meine das, was ich dir persönlich zuletzt gesagt habe. Ich habe ein Versprechen gegeben, wenn ich mich richtig erinnere. Ein Versprechen, das durch äußerste reuelose Geilheit motiviert war. Soll ich dich dran erinnern?«
Sie nickte. Sie traute ihrer Stimme nicht.
Er beugte sich zu ihr, und das Gefühl von seiner Stimme in ihrem Ohr war warm und feucht. Das seidige Wasser in der Blue Lagoon fiel ihr ein. »Ich habe dir gesagt, dass ich dich kommen lassen würde. Tatsächlich, wenn mein Gedächtnis mich nicht täuscht, habe ich dir gesagt, dass ich dich kommen lassen würde, wie du noch nie in deinem Leben gekommen bist. Ich hoffe nur, dass ich nicht voreilig war«, fügte er in einem Ton hinzu, in dem eine Art amüsierter Hintergedanke lag. »Ich hasse Übertreibungen.« Ferdia streckte sich und sah ihr wieder direkt in die Augen. »Willst du jetzt gleich hier mit mir gehen und mich dich irgendwo hinbringen lassen, wo es atemberaubend romantisch ist?«
Sie nickte wieder.
»Dann hol deinen Mantel«, sagte er zu ihr zum zweiten Mal. »Und treff mich in fünf Minuten vor der Bar für Besitzer und Trainer. Weißt du, wo das ist?«
Das wusste sie. Sie war auf ihrem Weg herein daran vorbeigekommen.
»Reichen dir fünf Minuten, um dich zu entschuldigen?«
Wieder nickte sie. Es gelang ihr nicht, sich zu einem Lächeln zu zwingen, ganz zu schweigen davon, einen Satz herauszubringen. Die Muskeln um ihren Mund fühlten sich wie gelähmt an.

Ferdia wandte sich ohne ein weiteres Wort ab und bahnte sich lächelnd seinen Weg um die Ladys in übergroßen Hüten herum, die auf den Balkon flatterten, bevor er durch die Tür verschwand, die in die Mitgliederbar führte. Leonie war wie ein Blitz an ihrer Seite. »Wer war das?«, wollte sie wissen.

Ella hatte einen völlig benebelten Gesichtsausdruck. »Das«, sagte sie, »war der geheimnisvolle Mann, von dem ich dir erzählt habe.«

»*Der* Geheimnisvolle? Der tauchende Geheimnisvolle?«

»Ja.«

»Wow.« Leonies Kinnlade fiel herunter. »Was für ein Kerl.«

»Er hat mich gebeten, mit ihm irgendwohin zu gehen.« Sie sprach die Worte ohne Überzeugung, wie eine schlechte Schauspielerin, immer noch unfähig zu glauben, was gerade passiert war.

»Was? Wo?«

»Das hat er nicht gesagt. Er hat nur gesagt, irgendwo, wo es atemberaubend romantisch ist.«

»O Ella! Geh! Geh sofort!«

Ella sah ihre Großmutter flehend an, suchte verzweifelt ihren Rat. »Soll ich? Aber was soll ich tun, wenn er herausfindet, dass ich eine Hochstaplerin bin, Leonie?«

»Was meinst du damit, Liebes?«

»Er denkt, ich bin so eine Art klasse Gesellschaftsweibchen.«

»Aber du hast doch vorhin gesagt, er denkt, du seist eine traurige Gestalt, die Pulp-Fiction liest.«

»Das denkt er auch von mir.«

»Nun, dann los. Er findet dich offenbar rätselhaft. Wie ein Rätsel, das in ein Mysterium verpackt ist, das sich wiederum in einem Geheimnis findet. Wer hat das gesagt?«

»Winston Churchill.«
»Genau, siehst du. Du bist keine Zicke. Du bist ein intelligentes Mädchen, das solche Dinge weiß, und du bist auch eine höchst begabte Musikerin und eine geachtete Toningenieurin von Beruf.«
»Oh.« Ella dachte nach und wickelte sich eine Strähne ihres kupferfarbenen Haares um den Zeigefinger. »Ich nehme an, wenn man es so ausdrückt, bekommt es einige Glaubwürdigkeit …«
»Es ist nichts als die Wahrheit. Schau dich an, Ella. Du bist toll!«
»Das habe ich von dir. Danke, Leonie.«
»Lass deine Mutter nicht unberücksichtigt. Ganze Orchester waren in sie verliebt. Jetzt lauf los, während du noch von Selbstachtung getragen wirst. Es ist erstaunlich, was das bei einem Mädchen bewirken kann.«
Das stimmte. Angie hatte Recht gehabt, was Komplimente anging. Sie gaben einem wirklich ein besseres Gefühl. Doch trotzdem war Ella immer noch nicht überzeugt, dass sie den Superkerl wert war, der versprochen hatte, sie in die bisher unerreichten Reiche sexueller Verzückung zu tragen. Was erwartete er wohl im Gegenzug von ihr? Was, wenn sie Mist machte? Sie war zum einen völlig aus der Übung. Und da war zum anderen etwas an Ferdia, etwas an der Art, wie er sie ansah, das bewirkte, dass sich ihr Selbstvertrauen in Luft auflöste und sie zu einer stammelnden Idiotin machte.
Dieter kam auf sie zu und schwenkte eine Flasche Champagner. Ella schwankte noch ein wenig und machte dann einen allerletzten Versuch, sich dem bevorstehenden nervenzerfetzenden Stelldichein mit Ferdia zu entziehen. »Oh, ich kann das wirklich nicht, Leonie. Ich kann doch nicht einfach von deiner Feier weggehen …«

»Pscht und pah. Lauf! Ich entschuldige dich bei Dieter. Er wird es verstehen. Und wenn alles klappt, mach dir keine Sorgen wegen des Abendessens morgen im Merrion. Wir trinken dann einfach auf deinen Erfolg, wenn du nicht auftauchst.«

Ella sagte kein Wort mehr. Sie umarmte ihre Großmutter fest und küsste sie auf die Wange, und dann drehte sie sich um und rannte zurück durch das Restaurant und die Treppe hinunter.

Draußen kamen gerade die Pferde zur Siegerparade in den Ring. Sie fragte sich, welches Ferdia gehörte. Sie hatte keine Möglichkeit gehabt, es sich richtig anzuschauen, während es lief, und außerdem sahen alle dunklen Pferde für sie gleich aus. Ella erreichte die Bar der Besitzer und Trainer und spähte durchs Fenster. Am anderen Ende des Raums konnte sie ihn sehen. Er lehnte mit einer Hand an der Wand und sprach in sein Handy. Die eine Hälfte seines Gesichts lag im Schatten, die andere war beleuchtet von dem wässrigen Sonnenschein, der durch das Milchglas hineindrang. Es lag etwas Geschäftsmäßiges um ihn, was nicht zu seiner entspannten körperlichen Haltung passen wollte – etwas Autoritäres. Sie hatte den Film *Tango* vor kurzem auf Video gesehen und den dominanten männlichen Kram schrecklich sexy gefunden. Ihre politisch korrekte Persönlichkeit hatte den Mund zu einem kurzen momentanen Oh! der Empörung geöffnet, und dann hatte sie zu ihrer geheimen Erleichterung das Gesicht zur Wand gedreht und stillschweigend und durch und durch die Erregung geduldet, die verbotene Lust in ihr geweckt hatte.

Auf der anderen Seite des Raums veränderte Ferdia seine Haltung und verlagerte seinen Körper so, dass seine breiten Schultern nun von der Wand gestützt wurden; er

streckte ein langes, lässiges Bein aus und legte es auf die Lehne eines Barhockers. Er war zu drei Viertel im Profil von ihr zu erkennen. Die Umrisse seines Gesichts waren mehr als sonst zugänglich, unverhüllt durch die Dreadlocks, die sein Markenzeichen waren, und nicht versteckt unter seiner Tauchmaske. Tatsächlich sah sein Gesicht so unanständig nackt aus, dass Ella sich verpflichtet fühlte, es in jeder Einzelheit zu studieren. Es war kein klassisches Profil oder ein schönes. Es gab wirklich sehr wenig daran, was symmetrisch war … aber … Aber genau das machte es sexy! Okay, seine Nase war gebrochen – tatsächlich war sie wahrscheinlich mehr als einmal gebrochen, wenn man genauer hinsah –, aber die anderen Knochen in seinem Gesicht sahen so unzerstörbar aus wie die von Achilles. Seine Augen waren gesenkt unter schweren Lidern, sein Mund geschwungen und so sinnlich, dass es fast wehtat, und seine Haut hatte die dunkle Bronzefarbe eines wettergegerbten Adonis. Nun, natürlich hat sie das, Ella Nesbit, du Blödmann! Er trug schließlich nicht umsonst den Beinamen »Tauchgott«.
Sie sah zu, wie seine rechte Hand in seine Hosentasche griff, dort einen quälenden Moment lang grub und dann mit einer Hand voll Kleingeld wieder auftauchte. Mit dem Daumen fuhr er über die Münzen und prüfte offenbar ihren Wert. Dann drehte er sich um und verschwand mit dem Handy immer noch am Ohr in Richtung Herrentoilette. Ella stellte sich vor, wie er die Münzen in den Schlitz des Automaten steckte (wofür würde er sich entscheiden?, fragte sie sich. Gerippt für besondere Lust, mit Satin für besondere Empfindsamkeit oder extradick für zusätzlichen Schutz?), und dann die kleine Schublade herauszog und das Päckchen herausnahm. Oder die Päckchen.

Plötzlich war er wieder in der Bar, kam auf sie zu und blickte sie dabei durch das Fenster direkt an, während er immer noch am Handy sprach. Ella wandte sich sofort ab und betete zu Gott, dass ihr Gesicht durch ihren Haarvorhang verdeckt sein möge. Sie wusste, der Ausdruck nackter Begierde, der dort geschrieben stand, ließ sie viel zu verletzlich ausschauen, und sie argwöhnte, dass sie all ihren Verstand zu ihrer Verteidigung brauchen würde. Sei cool, ermahnte sie sich. Sei erwachsen. Sei weltgewandt.

Als sie wieder aufzublicken wagte, sah sie, dass er seinen Anruf beendet hatte. Madame Hochnäsig hatte sich zu ihm gesellt. Er sprach eine oder zwei Minuten mit ihr und reichte ihr dann das Handy. Während sie es in die niedliche kleine Vuitton-Tasche steckte, die an ihrem Handgelenk baumelte, beugte er sich zu ihr und verschwand dabei für einen Moment unter ihrer mit Straußenfedern besetzten Pagode von einem Hut. Madame Hochnäsig warf lachend den Kopf zurück und legte eine offenbar abwehrende Hand auf seinen Arm. Ferdia zuckte mit den Schultern, entfernte mit einem Lächeln ihre Hand, küsste sie leicht auf beide Wangen und wandte sich von ihr ab. Dann kam er wieder auf Ella zu.

Er trat durch die Tür, erreichte sie, packte mit seiner linken ihre rechte Hand und begann sie durch die Menge zu zerren. Für Ella war es, als ob sie sich in einer Zeitlupenwiederholung der Nacht bei Sweeney's befände. Sie fühlte sich schwach wie Wasser.

»Wo ist dein Auto?«, fragte er.

»Ich habe es nicht dabei.«

»In dem Fall werden wir ein Taxi rufen müssen. Ich fahre heute auch nicht.«

»Wie bist du hergekommen?« Ihr war es egal, wie er hergekommen war. Wahrscheinlich war er vom Himmel he-

runtergeschwebt. Aber sie sehnte sich nach einem konventionellen Small Talk, wie ein Süchtiger seine Droge herbeisehnt.
»Hubschrauber.« Natürlich! »Du?«
»Limo.«
»Natürlich.« Er warf ihr einen belustigten Blick zu.
»Wohin gehen wir?« Sie musste praktisch traben, um mit ihm Schritt zu halten.
»Ich habe ein Hotelzimmer gebucht.« Sie spürte einen Anfall purer Lust. Er begann in ihren Lenden, schoss durch ihren Magen nach oben, ergoss sich in ihr Hirn und brach aus mit der Macht eines Geysirs. Sie war durchtränkt davon.
»Oh? Wo?«
Was? Wer hatte das gesagt? O Gott, sie war es gewesen. Sie sprach jetzt wie auf Autopilot.
»Im Clarence Hotel.«
Himmel noch mal! »Ah. War das Penthouse frei?« Ein kleiner Scherz. O Gott, ihr Autopilot versagte, was Humor anging, offenbar völlig.
»Tut mir Leid, wir haben kein Glück. Es müssen wohl heute Abend Rockstars in der Stadt sein. Aber man hat mir versichert, dass das Zimmer, das sie für uns gebucht haben, das zweitbeste ist.«
Wow! Dachte sie. Hipp, hipp, hurra! Au weia! Ja, ja, ja!
»Cool«, sagte ihr Autopilot.
»Ella! Hi!«, sagte jemand anders. Sie hatten den privaten Pavillon erreicht und mussten zurückbleiben, als eine Horde Rennbahnbesucher auftauchte. O Gott, dachte Ella und klebte ein widerstrebendes Lächeln auf ihr Gesicht, bevor sie in Zeitlupe überging und dabei folgende Gedanken dachte: Ich will jetzt niemandem begegnen. Ich will nur geradewegs in ein Zimmer im Clarence Hotel

entführt werden. Ich will nur Ferdia MacDiarmada besinnungslos vögeln. Ich will nur von Ferdia MacDiarmada besinnungslos gevögelt werden. Das ist die Hölle. Und während sie sich wappnete, um ihrem Gesprächspartner gegenüberzutreten, war der letzte Gedanke, der ihr durch den Kopf ging: Nun, zumindest war es eine Frauenstimme, die mich begrüßt hat, also ist es nicht Julian. Zumindest wurde mir das schlimmste Albtraumszenario erspart, das jemals im Leben von Ella Nesbit aufgeführt wurde. Wenn es Julian gewesen wäre, wäre ich wegen Mord schließlich im Gefängnis von Montjoy gelandet (nein, ändere das in Totschlag. Kein Richter, der bei Verstand ist, würde nicht mit mir sympathisieren), und ich wäre niemals auch nur der Möglichkeit nahe gekommen, Ferdia im hippsten Hotel der Welt besinnungslos zu vögeln.

»Hi …«, sagte Ellas Autopilotenstimme. Ihr fehlte es sogar noch mehr an Überzeugungskraft als ihrer schlechten Schauspielerstimme. »Nett, dich wiederzusehen, Sophie.«

Sophie Burke stand dort und sah aus wie in der Shampoowerbung, in der sie zurzeit auftrat. Ihr zurückgebundenes blondes Haar war ein Strang aus silberner Seide, ihr Teint war makellos, ihr Lächeln perlenähnlich, ihre Lippen durch Kollagen hübsch geschwollen. Sie trug einen Rock, der zu eng für sie war, und eine Nuttenbluse, die praktisch ihren ganzen Busen sehen ließ, bemerkte Ella. (Tatsächlich trug Sophie einen schön geschnittenen, diskret sexy Rock und ein teures kleines Schneiderhemd, das einen einladenden Zentimeter von ihrem Dekolleté offenbarte.)

»Ganz meinerseits«, flötete Sophie und küsste erfahren die Luft. Hinter der dunklen Brille sah Ella, wie die

Schauspielerin Ferdia einen abschätzenden Blick zuwarf. Er musste den Test bestanden haben, denn sie trillerte: »Kommt doch und trinkt mit uns ein Pimm's, ja?«, und zeigte auf die Gruppe aus nicht lächelnden, coolen, Calvin-Klein-Sonnenbrillen tragenden Wesen, die sie wie Leibwächter flankierten. Ella konnte Ben nicht unter ihnen entdecken. »Es ist mein letzter Tag in Irland – ich habe eine ganze Woche bei meiner Familie verbracht –, und wir haben gefeiert.«

Ella fragte nicht nach. Sophie mochte einen Geburtstag oder einen Filmvertrag oder das erfolgreiche Abrichten eines Pudels gefeiert haben, ihr war es egal. Tatsächlich feierte Sophie ihren letzten Tag in Irland. Sie konnte es nicht erwarten, zurück in ihr *pied-à-terre* in South Kensington zu kommen und die peinlicheren ihrer irischen Beziehungen hinter sich zu lassen. Der Pulk aus North Mayo war über sie in Dublin hergefallen, als sie gehört hatten, dass ihre Filmstar-Verwandtschaft Mummy und Daddy Burke einen Blitzbesuch gewährte, und Sophie hatte viel Zeit in ihrem Kinderzimmer verbracht, ihre Plüschtiere an sich gedrückt und tapfer gegen eine Migräne angekämpft.

»Oh, danke für das Angebot, Sophie, aber leider können wir nicht. Wir sind gerade auf dem Weg nach draußen.«

»Schade!« Sophie nahm ihre Sonnenbrille ab und sah mit erschreckend blauen Augen zu Ferdia auf. Warte mal, dachte Ella. *Blaue* Augen? Als sie sie das letzte Mal gesehen hatte, waren sie grün gewesen. Farbige Kontaktlinsen. Natürlich. »Hi«, grüßte Sophie Ferdia mit ihrer besten heiseren Kleinmädchenstimme. »Ich bin Sophie Burke«, fügte sie hinzu und biss sich dabei ein wenig schüchtern auf ihre kollagengefüllte Unterlippe, als ob sie wüsste, dass die Vorstellung nur eine Formalität war, die man über sich ergehen lassen musste. Schließlich wusste er – natürlich wusste es jeder –, wer sie war.

»Sie haben mir auf dem Umschlag von *GQ* gut gefallen.«

»Danke«, hauchte Sophie.

»Sehr geschmack...voll.« Ella schoss Ferdia einen Blick zu. Für den Bruchteil einer Sekunde hatte sie sich gefragt, ob er geschmacklos sagen würde, doch es lag nichts Lüsternes in dem weltgewandten Lächeln, mit dem er den Filmstar beschenkte.

»Das fand ich auch. Sie haben mich schließlich überzeugt, dass die Nacktaufnahmen eine gute Idee wären, und ich muss sagen, ich bin ziemlich zufrieden damit. Ich war mir jedoch wegen des Interviews nicht sicher. Ich hatte mich gerade von Ben – meinem Mann – getrennt und fühlte mich noch sehr verletzbar. Sie meinen nicht, dass ich als jemand rüberkam, der zu irreparabel verwundet wurde, oder?«

»Ich habe das Interview nicht gelesen«, antwortete Ferdia. »Ich habe nur das Foto angeschaut.«

»Oh.« Sophie bemühte sich sehr, nicht beleidigt auszusehen, doch das gelang ihr nicht besonders gut.

»Es tut mir Leid zu hören, dass du dich von Ben getrennt hast«, warf Ella rasch ein. »Wann ist das passiert?«

»Schon bald, nachdem ich aus Jamaika zurückkam. Tatsächlich bin ich überrascht, dass unsere Beziehung so lange gehalten hat.« Ella war das auch. »Jahrelang habe ich versucht, dass es funktioniert, doch ich hätte auf meinen Vater hören sollen, als ich ihm das erste Mal gesagt habe, dass wir heiraten wollten.«

Das war ganz offensichtlich als Stichwort für Ella gedacht zu fragen: »Oh? Was hat denn dein Vater gesagt?«, so dass sie es schließlich auch aussprach.

»Er hat gesagt, Ben sei nicht gut genug für mich.«
»Das war er auch nicht, Soph«, meinte einer der Calvin-Klein-Klone treu ergeben.
»Danke, Tarquin.« Sophie lächelte den Klon an, doch es lag ein geziemender Hauch von Kummer in ihren schönen blauen Augen. Sie wandte sich wieder an Ferdia, schätzte ihn kurz und erfahren ab und dachte offensichtlich, dass er einen weiteren Versuch wert sei. »Seid ihr sicher, dass ich euch nicht dazu überreden kann, mit uns ein Pimm's zu trinken?« Welcher Mann bei Verstand konnte die Einladung ablehnen, die in diesen Worten eingeschlossen war? Sophie fragte Ferdia nicht, ob er sich ihr nicht zu einem ekelhaften Getränk aus Limonade mit Alkohol anschließen wolle. Sie fragte ihn, ob er einen brandheißen Filmstar vögeln wolle, bis er um Gnade bettelte.
Ella war sofort zur Stelle. »Wir sind uns sicher, danke, Sophie«, sagte sie fest. Was sie wirklich sagte, war: *Hau ab, du Zicke. Heute Abend vögelt er* mich, *klar?*
»Schade«, meinte Sophie wieder. »Wir hätten uns gemeinsam an Jamaika erinnern können. Erinnerst du dich noch an den Tag, an dem wir mit dem Rasta nach Navy Island gefahren sind? Es war ziemlich außergewöhnlich – tut mir Leid – ich kenne Ihren Namen nicht.«
»Ferdia.«
»Ferdia. Auf jeden Fall hat dieser Rastafari Ella, meine Freundin Eva – Sie kennen doch Eva Lavery, den Filmstar? – und mich mit auf eine Insel namens Navy Island vor der Nordostküste von Jamaika genommen. Es war eine zutiefst spirituelle Erfahrung, durch den Regenwald zu laufen und eins mit der Natur zu sein. Keine Fans abwehren zu müssen – das heißt, ich und Eva natürlich. Es ist nicht so, als ob Ella ihre eigene Website hätte!« Und Sophie brach in ein bezauberndes perlendes Lachen aus.

Wenn Ella nicht sofort von hier wegkam, würde sie ernsthaft Gefahr laufen, wegen Totschlags einkassiert zu werden. Aber was sollte sie tun? Wenn sie vorschlug, sich aufzumachen, würde das nur so aussehen, als ob sie wild entschlossen wäre, Ferdia ins Bett zu kriegen. Was sie natürlich auch war. Aber sie wollte nicht, dass *er* es wusste …

»O schaut nur«, sagte Ferdia. »Echte VIPs, die gerade fotografiert werden.«

»Was? Wo?« Sophie fuhr um 360 Grad herum, um die VIPs und, wichtiger noch, den Fotografen zu entdecken.

Ferdia zeigte mit einer lässigen Handbewegung auf den Paradering, wo ein triumphierender Besitzer – ein prominenter Exminister – mit seiner Frau posierte. »Warum strengen sich eigentlich die meisten Frauen hier so an, sich als riesige Pilze zu verkleiden?«, fragte er niemanden im Besonderen. »Diese Hüte sind der Wahnsinn.«

»Oh, das muss für die Gesellschaftsseite von *Individual* sein«, erklärte Sophie. »Da ist Oliver – er macht immer die Fotos für sie. Olly! Hi! Lange nicht gesehen!« Und zum zweiten Mal in Ella Nesbits Leben wandte sich Sophie Burke ab und stürzte zu dem Hauptereignis und verließ sie ohne einen einzigen Blick zurück.

Ferdia sah ihr nach, während die Speichellecker in ihrem Gefolge sich überschlugen in ihrem Bemühen, mit ihr Schritt zu halten.

»So machen es die Mädels«, sagte er.

»Wirklich?«, gab Ella zurück.

»Nun, Liebling, du solltest es wissen.« Er nahm wieder ihre Hand, hob sie zu seinen Lippen, küsste die Handfläche und machte sie sprachlos. Dann wanderte er durchs Tor und die lange sich windende Auffahrt auf ein Taxi zu, aus dem weitere Damen mit Hüten hervorquollen. »Ich hoffe, er war so schlau, ihnen das Doppelte zu berechnen«, sagte er. »Einer dieser Hüte nimmt so viel Platz ein wie ein zahlender Gast. Komm, schnappen wir es uns.« Er beschleunigte seinen Schritt und stürmte auf das Taxi zu; Ellas Herz schlug im selben schnelleren Takt, wie ihre Füße liefen. Er hielt die Hintertür für sie auf und glitt neben sie.

»Wohin, mein Herr?«, fragte der Fahrer, und Ellas Herz beruhigte sich augenblicklich. Sie konnte an der Selbstironie, mit der er das Wort »mein Herr« aussprach, sofort erkennen, dass der Fahrer in Plauderstimmung war.

»Wir fahren ins Clarence«, sagte Ferdia.

»Bonos Absteige! Hahaha! Es gibt keinen Besseren. Nein, ich meine es wirklich so. Hab ihn mal gefahren. Er war spät dran für ein Interview mit RTE. Ich glaube, es war damals, als sie die Zoo-Tournee machten. Darüber gibt es auch eine lustige Geschichte. Meine Schwester hatte Karten für einen ihrer Auftritte – ich glaube, es war im Lansdowne-Stadion. Egal, aus irgendeinem Grund war sie am Tag des Konzerts wirklich nervös, und die Freundin, mit der sie gehen wollte, tauchte nicht auf, und deshalb hat meine Schwester mich angerufen und gesagt …«

Lieber Himmel, dachte Ella.

»Ah – du Scheißkerl!« Der Taxifahrer hupte einen BMW an, der vor ihm ohne zu blinken eingeschert war. »Verdammte BMW-Fahrer, denken, ihnen gehört die Straße.« Er kurvte wütend um den Scheiß-BMWler herum, und Ella wurde gegen Ferdia geschleudert. Er sah auf sie herab und lächelte, und Ella musste einfach auf seinen Mund starren und sich fragen, wann er sie küssen und wie es genau sein würde, wenn er es tat. Seine Augen glitten weg von ihren nach unten. Sie wanderten zu ihrem Mund und verweilten dort, und dann wanderten sie zu

ihren Brüsten und verweilten noch länger. Schließlich gingen sie weiter zu ihren Schenkeln. Wenn er sie dort berührt hätte, hätte sie sich nicht sexyer fühlen können. Und dann berührte er sie dort, und es fühlte sich tatsächlich verdammt noch mal sexyer an. Die Berührung war so leicht, dass sie kaum wahrnehmbar war. Ein Zeigefinger strich über ihr Knie, und dann hob er langsam ihren Rock – quälend langsam. Millimeter um Millimeter, bis ihr Strumpfhalter zu sehen war. Sie merkte, dass ihre Schenkel sich automatisch öffneten, und eine umsichtige Stimme Meilen weit weg in einem langen Gang in ihrem Kopf sagte ihr, sie solle ihre Beine wieder zusammenstellen, weil brave Mädchen so etwas nicht täten, aber sie sagte der Stimme einfach, sie solle den Mund halten. Dann wappnete sie sich, um zu ihm aufzusehen, zu diesem Mann, der in ihr den Wunsch weckte, das leichtfertigste, zügelloseste Wesen auf der Welt zu sein. Er fuhr mit seinem Daumen am Spitzenbesatz ihres Strumpfhalters entlang, und seine vollen Lippen bogen sich, und seine Lider wirkten schwerer denn je. Dann wanderten seine Augen wieder ihren Körper hoch und begegneten ihren. »Was du für ein schlaues Mädchen bist«, sagte er ganz leise. »Strümpfe angezogen zu haben.«
»Nun ja«, fuhr der Taxifahrer fort, der wieder in Form war, nachdem er es dem verdammten BMWler gezeigt hatte. »Meine Schwester ruft mich gegen sieben ganz aufgelöst an und sagt zu mir: ›Kevin‹, sagt sie, ›ich kann die Karten nicht finden! Und Dolores ist verschwunden‹ – Dolores war die Freundin. Und ich habe zu ihr gesagt … Jesus! Sind BMW-Fahrer nicht das Letzte? Haben Sie schon jemals gesehen, dass einer einen so geschnitten hat? Na, haben Sie? Sie können nicht leugnen, dass in zehn Jahren noch nie jemand so schlimm gefahren ist! Oder?«

»Wenn Sie mich fragen«, antwortete Ferdia und riss sich von Ellas Strumpfhaltern los und zog den Rocksaum darüber, »habe ich noch nie in meinem Leben jemand so schlimm fahren sehen. Sie haben wirklich einen harten Job, Kumpel.«

»Das kann man wohl sagen.«

O nein!, dachte Ella. Warum musstest du ihn auch noch »Kumpel« nennen, Ferdia! Sie konnte sehen, dass das Wort ohne den Schatten eines Zweifels Kameradschaft im Geist des Fahrers hergestellt hatte. »Sie würden nicht glauben, was ich schon alles gesehen habe, Kumpel! Lassen Sie mich von dem Mal erzählen, als …«

Es gab keinen Ausweg. Ferdia und Ella lehnten sich zurück und ließen ihn über »das Mal« erzählen. In allen geisttötenden, deutlichen Einzelheiten.

16

Im Clarence saß Ella in dem Büro gleich neben der Hauptlobby, während Ferdia den ganzen bürokratischen Kram an der Rezeption erledigte. Sie saß mit verschränkten Beinen, einen Arm »entspannt« über die Lederlehne einer Chaiselongue gelegt, und tat so, als ob sie die *Irish Times* läse; dabei fühlte sie sich wie eine Figur aus einem Stück von Terence Rattigan. Hinter dem Panzer aus Sorglosigkeit war sie schlaff, weich wie Butter und bebte weiter vor Lust. Ferdia hatte keinen körperlichen Kontakt mehr mit ihr aufgenommen, seit er im Taxi ihren Rock wieder über die Strumpfhalter gezogen hatte, und sie sehnte sich so sehr nach seiner Berührung, dass sie hätte schreien können. Zur Hölle! Alles schien so lange zu dauern! Der Taxifahrer hatte nicht auf die Fünfzigpfundnote herausgeben können, was der kleinste Wert gewesen war, den Ferdia bei sich trug, und dann hatte Ferdia schließlich die Geduld mit seinem aufgeregten Kumpel verloren und ihm gesagt, er solle das Wechselgeld behalten. Und jetzt mussten Computer befragt und Formulare ausgefüllt und Plastikkarten durchgezogen werden.

Ella warf über den Zeitungsrand einen verstohlenen Blick auf ihren Tauchgott, während er das Anmeldeformular ausfüllte, unterschrieb – »einfach da, Sir« – und mit dem Mädchen hinter am Empfang flirtete. Gott, war er cool! Er sah so beherrscht aus, als ob er jeden Tag der Woche schicke Hotelzimmer buchte! Und dann traf sie ein abscheulicher kleiner quälender Gedanke. Er hatte das schon mal gemacht. Sehr oft schon. Er war ein glatter Typ, und sie überreichte sich ihm selbst auf einem Silbertablett … Sie dachte plötzlich über all die Gelegenheiten nach, die Ferdia gehabt haben musste, die Art von Frauen zu vögeln, für die der Preis eines Tauchurlaubs nur Kleingeld bedeutete. Er hatte wahrscheinlich einen echten Verführungsrekord aufzuweisen. Zur Hölle – wahrscheinlich führte er ein Logbuch für Freizeitsex genauso wie fürs Freizeittauchen. Wollte Ella wirklich, dass ihr Name auch in diesem Logbuch stand? Wie würde er sie bezeichnen, wenn sie es tat? *Ella Nesbit. Ein echter Spaziergang, aber nicht schlecht zu vögeln.*

Plötzlich war sie total sauer, wie ein verwöhntes Gör, das gerade herausgefunden hat, dass alle anderen in der Klasse auch zu Weihnachten die neueste, begehrenswerteste Barbie-Puppe bekommen haben. O Gott. Hatte er das auch mit Philippa gemacht, der Frau in dem Hotel in Lissamore? Oder mit der Dame mit dem pagodengroßen Hut, die ihn nur widerstrebend vorhin auf der Rennbahn hatte ziehen lassen?

Ihr war es egal. Es ging sie nichts an, und als sie ihn ansah, erkannte sie, dass das nie so sein würde. Er würde in einer Woche fort sein, und sie würde ihn vielleicht nie, nie wiedersehen.

Was tat sie denn dann hier? Wollte sie das wirklich? War sie dazu bestimmt, den Rest ihres Lebens damit zu verbringen, den Falschen zu treffen? Sie sollte jetzt damit aufhören. Sie geriet zu tief hinein, und wenn sie mit diesem Mann ins Bett ginge, würde sie sich vielleicht nie mehr aus dem Morast aus Gefühlen befreien, die um sie anschwollen. Und dann drehte sich Ferdia um und lächelte sie an (o Gott! Dieses Lächeln!) und streckte die Hand

aus … und sie merkte, wie sie aufstand und zu ihm hinübertrabte wie ein Welpe zu seinem Herrchen.
Die Geschäftsführerin, die professionelle Freundlichkeit an den Tag legte (eine Erleichterung nach der erbarmungslosen Kumpelhaftigkeit des Taxifahrers), zeigte ihnen ihr Zimmer; sie war völlig ungerührt davon, dass sie kein Gepäck bei sich hatten. Sie führte sie herum – der Balkon, die Stereoanlage, der Champagner, der in einem Kühler bereitstand – und glitt dann zur Tür hinaus und schloss sie leise hinter sich.
Ferdia und Ella standen zu beiden Seiten der kastanienbraunen Chaiselongue und sahen sich an. Es kam ihr vor, als ob er sie ohne ein Lächeln abschätzen würde. Er kniff die Augen zusammen und zeigte mit einem kurzen Kopfnicken auf ihre Jacke. »Zieh das aus«, sagte er.
Sie zögerte, hob dann eine Hand und begann mit zitternden Fingern die Knöpfe aufzumachen. Da das Leder so neu war, war das keine leichte Aufgabe. Es schien ewig zu dauern. Ferdia sah zu, während sie herumfummelte, doch er machte keine Anstalten, ihr zu helfen. Er stand nur da, die rechte Hand in der Hüfte, den Daumen durch seine Gürtelschlaufe gesteckt. Ellas Herumfummelei wurde immer sinnloser, und sie wusste, dass sie errötete. Gott, wie uncool sie war! Taten andere Frauen das für ihn? Führten seine anderen Frauen ihm ausgeklügelten Striptease vor wie Demi Moore in diesem furchtbaren Film? Machten sie diesen ganzen Kram, auf den angeblich alle Männer so abfuhren – schüttelten sie glänzende Haarmähnen in den Nacken, ließen Spitzenträger von vollkommenen Schultern gleiten, fuhren mit der Zungenspitze provokativ über halb geöffnete Lippen? Sie kam sich vor wie eine blutige Amateurin.
Sie war beim letzten Knopf angelangt. Das rote Leder

stand offen und entblößte ihre kleinen Brüste in ihrem bestickten BH. Ella widerstand dem Drang, sich mit den Armen zu bedecken. Sie war sich noch nie so verletzlich vorgekommen. Mit einer ausdrucksstarken Handbewegung zeigte Ferdia ihr an, dass sie das Mieder loswerden sollte. Sie schüttelte es von den Schultern und ließ es zerknüllt zu Boden fallen.

»Dein Rock.«

Das war leichter. Zwei Knöpfe und ein Reißverschluss. Einen blendend schrecklichen Augenblick lang dachte sie, der Reißverschluss könnte sich in einem Stück losen Fadens verfangen, doch mit einem nicht zu auffälligen Zerren löste er sich wieder. Ella biss sich auf die Lippe, als die weiße Baumwolle ihres Petticoats sich ihrer Jacke auf dem indigoblauen Teppich anschloss, und dann stieg sie mit der zarten Präzision eines Zirkusponys aus dem Spitzenkreis, den er um ihre Stiefel gebildet hatte.

Immer noch stand Ferdia da und sah sie ohne Regung an. Sie war sich nicht sicher, was sie als Nächstes tun sollte. Wenn er ihr befähle, zu diesem Zeitpunkt sich noch mehr von ihrer Kleidung zu entledigen, würde sie sich – nun ja, nackt fühlen. Auf unbehagliche Weise nackt. Doch er sagte nichts. Schließlich atmete er tief ein und ließ den Atem mit einem Seufzer wieder heraus. »Jesus«, sagte er. Und dann kam er auf sie zu.

Sie wusste, ihre Brust hob und senkte sich sichtbar, sie wusste, er konnte ihren Atem hören, sie wusste, bevor sie den Blick senkte, dass er den Schimmer der Erregung in ihren Augen gesehen hatte. Als er zu ihr kam, hob er die linke Hand, und sie stand reglos da, während er ihren Hinterkopf fest mit der Handfläche packte und seine Finger die Umrisse ihres Schädels erkunden ließ. Dann fuhr er mit den Fingern in ihr Haar und zog seine Hand hindurch, hinunter an der Seite ihres Kopfes, hinunter über ihr Schlüsselbein, bis er den Spitzenrand ihres BH berührte. Er rieb die englische Stickerei zwischen Daumen und Zeigefinger, und sie spürte, wie sich sein Knöchel in das weiche Fleisch über ihrer Brustwarze grub. Sie konnte den Blick nicht heben. Seine andere Hand lag nun auf ihrem Hintern, und er übte ein wenig Druck aus, zog sie näher zu sich, so dass sein Schenkel zwischen ihren war.

Ein Bild blitzte in ihrem Kopf auf und erinnerte sie an jenes Mal im Pool, als sie den überwältigenden Drang verspürt hatte, sich an ihn zu pressen, und nun wurde sie wieder von diesem Drang getrieben, nur tausendmal heftiger. Sie schloss die Augen, und als sie sie eine Minute später wieder öffnete, beugte sich sein Kopf über ihre Brust. Sie spürte seinen warmen Atem auf ihrer Haut, und dann fühlte sie seine Zunge – und seine Hand. Oh! Seine Hand war jetzt zwischen ihren Schenkeln und tat etwas so Überzeugendes mit den Fingern, dass Ella den Drang verspürte, sich gegen seine Handfläche zu drücken. Sie schlang einen Arm um seinen Hals, zog sich an ihn heran und gab dabei einen langen, bebenden Seufzer von sich … Und plötzlich kam sie. O Gott! Sie kam so heftig, dass sie dachte, sie könne nie wieder aufhören. Sie konnte seine Finger spüren, die sich in ihr bewegten, sein Rhythmus passte sich ihrem Drängen an, und sie spannte sich an, die Augen geschlossen, der Atem flach, und für einen unendlichen, ekstatischen Augenblick war sie erstarrt, schlang beide Arme um seinen Hals und klammerte sich so verzweifelt an ihn, dass ihre Beine unter ihr nachgaben und sie beide zu Boden fielen.

Sie lag reglos da, die Augen immer noch geschlossen, die Lippen geöffnet, und ihre Brust hob und senkte sich vor Anstrengung. Sie konnte fühlen, wie er sich neben ihr bewegte, während er seine Glieder unter ihren herauswand. Sie wusste, ihre Brust, ihr Hals, ihr Gesicht waren vor Schweiß ganz glitschig und scharlachrot von ihrem Orgasmus. Sie spürte, wie seine Hand herausglitt, und dann war sein Mund dort. Ella sog den Atem ein und zuckte zusammen. Sie war so empfindlich, dass sie es kaum ertragen konnte. Doch seine Zunge war so sanft. Sie war so sanft, dass sie sich beruhigte, und so genießerisch in ihrer uneiligen Erforschung all der Falten, Windungen und komplizierten, samtigen Schichten ihres Fleisches und – o Gott, mach das nicht!, dachte sie, während sie die Hand ausstreckte und seinen Kopf umklammerte … Oh! Jesus, das ist zu viel (während sie ihn fester an sich drückte) … O Gott, hör auf! Und dann kam sie wieder. Und wieder. Und wieder. Ella Nesbit kam, wie sie noch nie zuvor in ihrem Leben gekommen war.

Als Ferdia schließlich seinen Kopf hob, merkte sie, dass sie sich nicht rühren konnte. Sie öffnete halb die Augen, doch als sie sah, wie er auf sie herabschaute, konnte sie seinem Blick nicht begegnen und schloss sie deshalb gleich wieder. Sie versuchte etwas zu sagen (Was? »Danke, Ferdia?« Wie ungeheuer unangemessen!), doch sie brachte nur eine Art unartikuliertes Krächzen heraus. Dann räusperte sie sich und versuchte es wieder. »Nun«, sagte sie mit der Art von Stimme, wie sie vielleicht ein Außerirdischer benutzte, »du hältst aber wirklich deine Versprechen.«

»Heißt?«

»Du hast mich kommen lassen. Und kommen. Du hast mich kommen lassen, wie ich noch nie in meinem Leben gekommen bin.«

»Es war mir ein Vergnügen, Madame.«

Ella öffnete schließlich die Augen und sah ihn an.

»Glaubst du, ich sollte versuchen, dir diesen Gefallen zu erwidern?«
»Ich finde, das ist eine erstaunlich gute Idee, Ella Nesbit.«
Ella blinzelte und räusperte sich wieder. Dann probierte sie Arme und Beine in eine Sitzposition zu bringen, bevor sie entdeckte, dass ihre Glieder nicht besonders gut mitarbeiteten.
»Hm, ich glaube nicht, dass meine Muskeln richtig funktionieren. Ich scheine nicht …«
»Erlaube mir.« Ferdia beugte sich zu ihr herüber, und plötzlich wurde sie aufs Bett gehoben, und ihr BH und ihr Höschen lösten sich in Luft auf.
»Du hast noch all deine Kleider an«, bemerkte sie unnötigerweise.
»Nicht mehr lange«, erwiderte er, während er Schuhe, Socken, Jacke und Hemd loswurde.
»Paul Smith?«, fragte sie.
»All dieses Kommen hat offenbar dein Hirn beeinträchtigt, Ella Nesbit. Ich bin Ferdia MacDiarmada, erinnerst du dich?«
»Nein, ich meine dein Stöffchen. Stammt es von Paul Smith?«
»Keine Ahnung. Wer ist das?«
»Ein Modeschöpfer.«
»Nun, wenn er diese Hosen entworfen hat, dann hat er sich mit Sicherheit nie darum geschert, herauszufinden, wie sie sich anfühlen, wenn der Träger ein Weib vor sich auf dem Boden liegen hat mit nichts als roten Lederstiefeln und winziger Spitzenunterwäsche an. Jesus! Endlich Erleichterung!« Er machte den Reißverschluss seiner Hose auf, nahm ein Päckchen Kondome aus der Hüfttasche, bevor er die Hose auf den Boden trat, und zog seine Unterhose aus.

Ellas Mund stand sperrangelweit offen. »Oh«, sagte sie flüsternd. Sie hob ihren Blick. »Wie darf ich dir zu Diensten sein?«, fragte sie und warf ihm ein hinterhältiges Lächeln zu.
»Ich bin sicher, dir wird etwas einfallen«, gab er zurück, während er geschickt ein Kondom überzog.
Ella legte sich gegen die Bank aus Kissen und machte die Beine breit.
»Das sieht gut aus«, stimmte er zu. »Für den Anfang.«
Und dann machte Ferdia MacDiarmada ihre Beine noch breiter, nahm seinen Schwanz in die Hand und versank ganz, ganz langsam in ihr.

An diesem Abend verließen sie das Bett zweimal. Einmal, um den Zimmerservice hereinzulassen, denn all dieser Sex hatte ihnen einen Bärenhunger beschert, und einmal, um zusammen zu duschen.
»Warum hast du ›The Birdie Song‹ auf deinem Schulterblatt eintätowiert?«, fragte Ferdia, während er ihr Duschgel über den Rücken rieb.
»Das soll nicht ›The Birdie Song‹ sein«, erwiderte Ella, die sich blöd vorkam. »Es sollte der erste Takt vom langsamen Satz von Beethovens Siebter sein. Der Tätowierer hat es falsch hingekriegt.«
»Was für ein unerträgliches Kreuz du da tragen musst – durchs Leben zu gehen und den doofsten Song, der jemals komponiert worden ist, unauslöschlich in dein Fleisch gebrannt zu haben.«
»Du bist der Erste, der nahe genug hingeschaut hat, um es herauszufinden. Ich neige dazu, es unter Verschluss zu halten, wenn ich mit Leuten zusammen bin, die sich auskennen.« Sie lehnte sich zurück und rieb ihren Wangenknochen an seiner Brust. »Warum hast du kein Tattoo,

Ferdia? Ich dachte, sie wären für euch Tauchtypen obligatorisch.«

»Ich glaube, ich habe es dir einmal erzählt, ich hasse Nadeln. Ich falle dann in Ohnmacht. Ich anästhesiere mich mit Jack Daniel's, bevor ich mir Spritzen geben lasse. Wenn ich nicht unter so überwältigender Wanderlust litte, würde ich nie irgendwohin reisen, wo Impfungen nötig sind.«

»Das führt doch irgendwie diese ganze Tauch-tief-tauch-stark-fürchte-nichts-Ethik ad absurdum, oder?

»Stimmt«, sagte er und drückte noch mehr Duschgel zwischen ihre Schulterblätter und ließ es ihr Rückgrat hinuntertropfen. »Aber es macht sich alles bezahlt, wenn man vom Tiefenrausch gepackt wird, meinst du nicht?«

»Tiefenrausch?«, wiederholte sie. »Du meinst Stickstoffrausch? Ich habe das noch nie gehabt. Wie tief muss man gehen, um berauscht zu werden?«

»Du hast offensichtlich schon lange nicht mehr dein Handbuch studiert.«

»Erinnere mich dran.«

»Nun gut. Damit ich einen Rausch bekomme, hängt es tatsächlich davon ab, wie tief du von mir willst, dass ich gehe.« Er saugte an ihrem Ohrläppchen, und sie lächelte. »Zum Ersten kannst du deine Dekompressionsgrenzen vergessen.«

»Aber denk dran, je tiefer ich tauche, desto deutlicher ist der Rauscheffekt.«

»Auf dich? Oder auf mich?«

»Auf uns beide.« Seine Zunge glitt von ihrem Ohrläppchen zu ihrem Schlüsselbein, und seine Hände wanderten über ihren Bauch. Ella seufzte lang und bebend. »In Ordnung, Miss Nesbit«, sagte Ferdia entschlossen. »Du bist offenbar nicht in der Stimmung, dich auf die akademische

Seite der Dinge zu konzentrieren, also lass uns zum Praktischen übergehen. Weißt du was? Du hast den aufregendsten Bauchnabel, den ich jemals gesehen habe. Oder gefühlt habe.«
Er steckte einen Finger hinein, und sie schlang sich um ihn und badete in dem Gefühl seiner Erektion, die gegen ihr Rückgrat pochte.
»Au! Das kitzelt!«, sagte sie und wollte nicht, dass er aufhörte. Er probierte es ein wenig tiefer, und sie gab den Druck zurück, drückte ihre Hüften gegen ihn und fühlte, wie er entsprechend härter wurde. *Tauch tief, tauch stark …* In ihrem Kopf klang das nun wie ein Refrain. *Fürchte nichts …* »Oh! Wovor hast du noch Angst, Ferdia? Abgesehen von Nadeln? Haie?«
»Nein. Ich bin schon oft nach Haien getaucht. Ich habe aber ernsthafte Probleme mit Borstenwürmern.«
»Borstenwürmer? Sie klingen doch ziemlich gutartig.«
»Nicht wenn sie dich in die Eier stechen, dann nicht. Einer ist mal aus einer Muschelschale gekrochen, die ich in meine Badehose gesteckt hatte, als ich in St.Lucia geschnorchelt habe. Ich war erst zwölf, und ich lebe seitdem in ständiger Angst vor diesen kleinen Viechern. Ich befürchte, diese Erfahrung hat meine Antipathie Nadeln gegenüber ausgelöst. Hände hoch, Süße.« Er begann ihre Achselhöhlen mit Gel einzureiben.
»Das hat niemand mehr zu mir gesagt, seit ich ein kleines Mädchen war und meine Mutter mich gebadet hat«, erwiderte Ella. Das Gefühl seiner Fingerspitzen, wie sie die Umrisse ihrer Achselhöhle umkreisten, war unglaublich erotisch. Sie streckte wohlig ihre Arme aus und gönnte ihm so einen noch besseren Zugriff.
»Du bist immer noch ein kleines Mädchen«, gab er zurück und ließ seine Hände zu ihren Brüsten wandern. »Du hast

die herrlichsten kleinen Brüste, mit denen ich zu spielen jemals das Privileg hatte.«

»*Herrlichste* kleine? Ich dachte, die meisten Männer mögen große Titten? Ich habe mich oft schon gefragt, ob ich mich nach Implantaten erkundigen sollte.«

»Untersteh dich! Ich habe in meinem Leben mit vielen implantierten Brüsten herumgespielt. Es ist, als ob man an einer lebensgroßen Barbie-Puppe herumspielen würde. Wie auch immer, ich habe die Theorie, dass kleine Brüste empfindlicher sind.« Er umkreiste die Warze ihrer linken Brust mit seinem Ringfinger, so leicht, dass die Berührung kaum zu spüren war. Sofort reagierte ihre Brustwarze. »Siehst du, was ich meine?«, fragte er mit einem müßigen Lachen.

Sie lehnte sich an ihn. Ihr war bewusst, dass sein Schwanz steifer war denn je, als er sich an ihrem verlängerten Rücken rieb. Er nahm ihre linke Brust in seine Hand und fuhr mit der anderen wieder über ihre Schulter und wandte seine Aufmerksamkeit erneut ihrem Tattoo zu. Sie spürte, wie er mit einem Finger den Notenschlüssel entlang- und dann die Notenlinie hinunterfuhr, während er den Noten folgte. »Er hat es wirklich falsch hingekriegt. Das hat überhaupt keine Ähnlichkeit mit dem Stück von Beethoven«, meinte Ferdia.

»Es war mein Fehler. Ich war sauer, als ich es machen ließ, und ich habe ganz offenbar keine Anweisungen gegeben, die genau genug waren.«

Ferdia pfiff die ersten Takte des Allegrettos ganz leise durch die Zähne.

»Du kennst es?« Sie wusste, dass er es kannte. Sie hatte ihn es schon einmal pfeifen hören.

»Ich habe es mit dem College-Orchester gespielt.«

»Oh? Wo hast du studiert?«

»Am Trinity. Und du?«
»Musik-College.«
»Wolltest du Berufsmusikerin werden?« Er schob die feuchte Haarmasse auf eine Seite und küsste sie in den Nacken.
»Ja. Mehr als alles andere. Aber ich bekam keine Arbeit. Ich habe immer noch Fantasien darüber.« Sie presste ihre Pobacken fester an ihn und forderte ihn so auf, wieder in sie einzudringen. Der Druck seiner Hand auf ihrer Brust wurde stärker. O Gott! In Zukunft würde der Traum, Berufsgeigerin zu sein, nicht ihre einzige Fantasie bleiben. »Was ist mit dir?«, fuhr sie fort und versuchte normal zu klingen.
»Ich habe nie meinen Abschluss gemacht. Ich wurde vom Tauchvirus angesteckt und verließ das College nach der Hälfte des ersten Jahres. Ich hätte es als Profi sowieso nie geschafft. Mir fehlte es an Eifer, wenn ich meinen Dozenten glauben soll.«
»Aber offenbar spielst du immer noch.«
»Nur ab und zu bei einer Session. Ich habe mich immer mehr für Folklore als für Klassik interessiert. Was ist mit dir?«
»Ein bisschen von beidem. Es liegt beides in meinen Genen.« Sie fühlte sich so klebrig an wie Honig und süßer als Sirup. Diese Dusche erfrischte sie wirklich in keiner Weise.
»Und was das für wunderschöne Gene sind«, flüsterte er ihr ins Ohr, während seine Hände ihren Bauch hinunterglitten. Der Honig in ihr begann zu tropfen. »Sind deine Eltern Musiker?«
»Meine Mutter war ein paar Jahre lang erste Geigerin im … äh … National Symphony Orchestra. Und mein Vater ist in … in einer … Band …« Sie bekam nur noch mit

Mühe die Worte heraus. Und als sie schließlich herauskamen, waren sie so gehaucht, dass sie sie kaum selbst hören konnte.
»Welche?«
»Celtic … oh! … Celtic Note.«
Ferdia pfiff leise und drehte sie zu sich um. »Dein Alter ist Declan Nesbit?«
Sie nickte.
»Oh, ich bin beeindruckt. Kein Wunder, dass du an dem Abend im Sweeney's deinen Kram mit so viel Chuzpe angebracht hat, Miss Nesbit.« Er zog sie näher an sich. »Komm her. Ich wollte schon immer eine echte Prinzessin vögeln.«
»Was meinst du damit?« Es war die leiseste Stimme auf der Welt, und sie kam von irgendwo ganz weit weg.
»Du stammst direkt vom König der irischen Fiedler ab, oder?« Seine Hand lag nun zwischen ihren Beinen.
»Aber im Herzen bin ich eine Klassikerin«, brachte sie tapfer hervor.
»Das ist auch cool«, antwortete er. »Du könntest mir vielleicht helfen, mein Vibrato aufzumöbeln. Ich bin sicher, ich habe die Fähigkeit dazu verloren, seit ich nicht mehr am College bin.« Mit sanften, beharrlichen Fingern rieb er über ihre Klitoris.
»O nein, hast du nicht«, sagte Ella, nahm seinen Kopf in ihre Hände und lächelte hinauf in sein Gesicht. »Du bist einfach ein *Maestro*, Ferdia MacDiarmada. Dein Fingerspiel ist perfekt.«
Das waren ihre letzten deutlichen Worte für sehr lange Zeit.

Viel später, als sie wieder im Bett waren, lag Ella auf ihrem Bauch und verspeiste das restliche Räucherlachssandwich, das sie sich hatten hochschicken lassen.

»Mmh. Ausgezeichnet, ausgezeichnetes Futter«, bemerkte sie. Ferdia schenkte ihr Champagner nach. »Das ist wohl das willkommenste Abendessen, das ich jemals gegessen habe.«

»Es ist mehr ein Frühstück«, gab Ferdia zurück.

»Oh? Wie spät ist es?«, fragte sie und verfluchte sich in dem Moment, als die Worte heraus waren. Sie wollte nicht wissen, wie spät es war. Sie wollte, dass dieses hinreißende Idyll für immer dauerte.

»Keine Ahnung«, antwortete er, reichte ihr die Champagnerflöte und trat durch die Glastür auf den Balkon. »Aber die Sonne geht bald auf. Schau, dort drüben.«

Sie ging zu ihm ans Geländer des breiten Privatbalkons. Der Horizont der unordentlichen Stadtlandschaft, die um sie herum ausgebreitet lag, war mit dem rosigen Leuchten der bevorstehenden Morgendämmerung bekleckst. Zu ihrer Rechten waren die Dächer von Temple Bar, zu ihrer Linken, fünf Stockwerke tiefer, schlängelte sich der Liffey auf seinem Weg in die Irische See durch die Stadt. Ferdia schlang den Arm um Ellas Schultern, und sie lehnte sich an ihn. Es war ein wunderbar befreiendes Gefühl, pudelnackt auf dem Balkon eines der schönsten Hotels zu stehen, die je gebaut worden waren, und zuzusehen, wie die Sonne langsam über Dublin aufging. Wie Recht er vorhin gehabt hatte, als er ihr gesagt hatte, er würde sie zu einem atemberaubend romantischen Ort mitnehmen. Sie konnte sich nicht vorstellen, dass es in diesem Moment auf dem ganzen Planeten eine romantischere Kulisse gab. Es war, als ob sie die beiden einzigen Liebenden wären, die auf der Welt wach waren. Sie nippte an ihrem Champagner und streckte ihm dann ihr Gesicht entgegen, um sich von ihm küssen zu lassen. Sie tauschten den Wein zwischen ihren Mündern aus und verschütteten einiges davon, als der Kuss leidenschaftlicher wurde. Schließlich löste sich Ferdia von ihrem Mund und leckte den kleinen Teich auf, der sich in der Vertiefung ihres Schlüsselbeins angesammelt hatte.

»Ich will ihn nicht verschwenden«, behauptete er, während er sie sauber leckte. »Das ist der letzte Tropfen erstklassigen Stoffs, den ich für lange Zeit genießen werde.«

»Es ist noch eine halbe Flasche Veuve Cliquot in der Minibar«, sagte Ella. »Die könnten wir aufmachen.«

»Nein, nein, meine sexy kleine Prinzessin. Ich tauche heute. Ich brauche meinen klaren Verstand.«

»Du tauchst heute?«, wiederholte Ella dümmlich.

»Es ist jetzt Sonntag. Ich muss um halb neun in Portdelvin sein, um mich auszurüsten.«

»Oh.« Das wollte Ella nicht hören. Sie dachte, sie würde in Tränen ausbrechen. Geh weg, wirkliches Leben! Du nervst!

»Aber ich glaube, ich möchte dich noch mal kommen sehen, bevor ich gehe.« Plötzlich hob Ferdia sie wieder auf seinen Armen hoch. Lieber Gott, war er stark! Er gab ihr das Gefühl, so winzig und klein zu sein wie die Frau auf dem Umschlag von *Passion's Monument* … Er trug sie zurück ins Zimmer, legte sie aufs Bett und sah mit boshaftem Lächeln auf sie herab. »Vor der Dämmerung nahm er sie wieder«, sagte er mit einer Stimme wie ein Schauspieler.

»Was?«

»Dashiel warf sie grob aufs Bett. ›Ich sehe, dass ich unfähig bin, dein wildes Wesen mit Gewalt zu zähmen, Weib‹, sagte er. ›Lass mich sehen, ob dies dir helfen wird, sich mir aus freiem Willen

zu unterwerfen …‹ Er leckte seinen Finger.« – Ferdia tat genau das – *»Und bevor ihr klar wurde, was er tat, berührte er ihren Lustkern.«*
Er glitt mit der Hand zwischen seine Beine. Ella brach in Gelächter aus.
»›Du wagst es zu lachen, Weib?‹«, sagte Ferdia. *»›Deine Frechheit sei verdammt! Ich werde dich dazu bringen, dass du bald vor Begierde schluchzt und um mehr bettelst!« Grob riss Dashiel ihre Schenkel mit der anderen Hand auseinander.«*
Ja! dachte Ella. Sie lachte wieder und keuchte dann ein wenig theatralisch. *»Victoria keuchte«*, sagte sie. *»›Hör auf!‹, flehte sie ihn an, als sie spürte, wie sein Finger ihre feuchte, geheimste Stelle erforschte. Gegen ihren Willen spürte sie, wie ihr Lustkern vor beschämender Lust anschwoll.«*
»›Ha! Willst du, dass ich aufhöre?‹«, bellte Ferdia.
»›Ja, ja‹, keuchte sie. ›Bitte hör auf!‹«
Ferdia nahm seine Hand weg. *»Er nahm seine Hand weg. ›Na gut, wenn du unbedingt darauf bestehst, lasse ich von dir ab.‹«*
Ella konnte fast nicht mehr sprechen, so sehr lachte sie.
»›Ja! Nein! Ich meine …‹«
»›Was meinst du, du unentschiedener Dummkopf? Meinst du, du willst, dass ich dich berühre, oder was?‹«
»›Ja‹, sagte sie und senkte beschämt den Blick.« Ella senkte den Blick und sah entzückt, dass Ferdia ganz eindeutig wieder erregt war.
»›Wo willst du, dass ich dich berühre? Sag es mir‹, fragte er grob und warf sie herum.«
»›An meinem … meinem L-lustkern‹, stammelte sie.«
Das war zu viel. Ella bog sich vor Lachen, als Ferdia, der nun auch lachte, sie umdrehte und von hinten in sie eindrang.

»Grob?«, fragte er.
»Ja, bitte«, antwortete Ella. Dann sagte sie: »Au!« Und dann sagte sie: »Oh, Gott …« Und schließlich: »Danke …«

Etwas später erwachte sie aus einem Dämmerschlaf und entdeckte ihn, wie er neben dem Bett stand und auf sie herabsah. Sie blinzelte und lächelte zu ihm auf.
»Schau dich nur an«, sagte er. »So schön und schlummernd.«
O Gott, dachte sie, er benutzt sogar Worte wie »schlummernd«! Wie göttlich! Ich hab von diesem Mann doch nicht nur geträumt, oder? Ella streckte sich genüsslich und zuckte dann zusammen. »Autsch«, sagte sie.
»Was ist los?«
»Ich bin steif. Ich habe gestern Abend Muskeln benutzt, die ich eine Zeit lang nicht mehr benutzt hatte.«
»Und außerdem sind das sehr fesselnde Muskeln«, meinte er, beugte sich über sie und küsste sie auf die nackte Schulter.
»Und wer sagt das?« Ferdia hatte die Muskeln eines grazilen Tieres. Sie streckte die Hand aus und fuhr damit über seine Brust und die gebräunte Haut seines Bauchs. »Trainierst du?«
»Würde mir nicht im Traum einfallen«, gab er zurück. »Das ist für Typen, die den ganzen Tag auf ihrem Hintern sitzen. Ich bekomme bei meiner Arbeit genug Training.«
Mit dem Zeigefinger fuhr sie die Narbe auf seiner Brust nach. »Wie ist das passiert?«, fragte sie.
»Ich hatte eine unheimliche Begegnung mit einem Moray-Aal.«
»Oh!«
»Diese Kerle lassen einen nicht so schnell wieder los«, erzählte er. »Ich hatte einige Mühe, mich von ihm loszurei-

ßen. Im wahrsten Sinne des Wortes.« Er warf ihr ein gequältes Lächeln zu und griff dann nach seiner Unterhose.
»Wohin gehst du?«, fragte sie und setzte sich in plötzlicher Panik auf.
»Ich gehe zur Arbeit«, antwortete er.
»O Gott. Ist es denn schon Zeit? Das kann nicht sein.« Sie sah auf ihre angelegte Uhr. »Nein, Ferdia, es ist viel zu früh. Schau, es ist erst halb sieben. Wir müssen in frühestens einer halben Stunde ein Taxi bestellen.« Sie fühlte sich wie Julia, als Romeo aufsteht, um sie nach ihrer ersten gemeinsamen Nacht zu verlassen. »Und du wirst Frühstück brauchen. Mit leerem Magen kannst du nicht tauchen.«
»Bring einem alten Gaul nicht das Rennen bei, du Neuling. Ich habe mit weit weniger im Magen getaucht als mit Räucherlachs und Jahrgangschampagner. Außerdem kann ich auf meinem Weg zum DART ein Sandwich kaufen.«
»Der DART? Nimmst du kein Taxi?«
»Was? Nachdem ich gestern fünfzig Mäuse für das Taxi bezahlt habe? Bist du verrückt geworden?«
Sie hatte gedacht, Geld sei kein Thema. Er knöpfte jetzt sein Hemd zu. Ella sprang aus dem Bett.
»Steh nicht auf, Prinzessin«, sagte er. »Bleib noch liegen. Ruf unten an wegen Frühstück und der Zeitungen und nimm ein Bad. Verwöhne dich. Und vergiss nicht, die Gratissachen aus dem Bad einzustecken. Ich begleiche die Rechnung, wenn ich gehe.«
»Nein.« Ella stand nackt und verunsichert mitten im Zimmer. Der Ballon ihres Idylls war plötzlich angepiekst worden, und ganz langsam ging die Luft raus. Sie wollte ohne Ferdia nicht mehr bleiben. Es war ihr egal, ob das Hotel der Gipfel des Genusses war – sie würde es nicht mehr

genießen können. Es wäre so, als ob sie auf einem verstimmten Instrument spielen würde. Sie begann im Zimmer herumzuwandern und hob dabei Teile ihrer Kleidung auf.
Eine furchtbare Stille hatte sich herabgesenkt, und eine Atmosphäre grimmiger Unvermeidbarkeit hatte eingesetzt.
»Wann fährst du?« Ella hatte sich, ihre Kleider im Arm, auf die Chaiselongue gesetzt. Ihre Stimme war wieder nur ein Krächzen.
»Nach Jamaika?«
Sie nickte.
»Nächste Woche.« Wieder herrschte Schweigen, und ihre Welt verlor alle Farbe. Sie fühlte sich, als ob sie sich auf dem gemalten Bild eines kleinen Kindes befände, dem jedoch niemand Farbstifte gegeben hatte. Ferdia bemühte sich um einen Konversationston. »Habe ich dir gesagt, dass man mir einen Job in Salamander Cove angeboten hat? Diese Desirée ist schon ein hartnäckiges Mädchen.«
Er hatte es ihr nicht erzählt, und es war ihr auch egal. »Das ist also nun deine letzte Woche bei ActivMarine?«
»Ja.«
O Gott. »Werde ich dich wiedersehen? Bevor du fährst?« Sie konnte nicht anders. Sie fühlte sich elend vor Liebe. In einem vergeblichen Versuch, ihren plötzlichen schmerzlichen Mangel an Selbstachtung zu verbergen, begann sie langsam ihre Strumpfhalter hochzuziehen. Nach einer Weile, in der Ferdia nicht geantwortet hatte, sah sie auf. Es lag etwas Merkwürdiges in dem Blick, mit dem er sie ansah.
»Meinst du … werden wir uns wieder lieben, bevor ich fahre?«, fragte er.
»Ja«, antwortete sie. Es hatte keinen Sinn, schüchtern zu

sein. Sie hatten einfach nicht genug Zeit, um sich in Spielchen zu ergehen.
Es entstand wieder eine lange Pause, bevor er antwortete. »Das könnte schwierig werden.«
Sie hatte gewusst, dass er das sagen würde. Warum war sie so blöd gewesen zu fragen? Aber das hielt sie nicht davon ab weiterzumachen. »Warum?«, fragte sie und wollte sich selbst dafür ohrfeigen. Während sie satinweiches weißes Lycra über ihre Waden nach oben rollte, merkte sie, wie sie mit dem Nagel eine Laufmasche verursachte, und es war ihr egal.
»Meine Wohnung ist vermietet. Ich musste ausziehen. Ich wohne bei Richie, bis ich fahre. Bei ihm und zwei anderen. Ich schlafe auf der Couch.«
Sie machte den Mund auf, um zu sagen: Du könntest bei mir wohnen, und schloss ihn dann wieder. Ferdia würde einen Blick auf ihr *pied-à-terre* werfen und es dann fluchtartig wieder verlassen. Sie liebte die nette kleine Künstlerbehausung, die sie gemietet hatte, doch sie war nicht gerade das, was man als *des res* bezeichnen würde, und da sie gestern in Eile aus dem Haus gegangen war, um rechtzeitig zum Rennen zu kommen, hatte sie ein heilloses Durcheinander hinterlassen.
O Gott – na und? Na und, wenn sie als Hochstaplerin entlarvt würde? Vielleicht sollte sie alle Vorsicht in den Wind schlagen und ihm sagen, wer sie wirklich war. Ein normales Mädchen mit einem normalen Job und einem normalen Lebensstil. Wenn er damit nicht leben konnte, dann – nun ja, dann war er es auch nicht wert, dass sie Tränen auf ihn verschwendete, oder? Sie wusste, das machte Sinn. Doch dann schlich sich ein anderer Gedanke in ihren Kopf. Er würde in einer Woche fort sein. Sie würde ihn nie wiedersehen. War es nicht besser – falls er jemals wie-

der an sie denken sollte –, wenn sie in seinen Gedanken einen Platz einnähme, wo er sich an sie als eine Konkurrentin, eine Ebenbürtige erinnern würde? Jemand mit einem Hauch von Klasse …
»Wirst du zu meiner Abschiedsparty kommen?«
Sie befreite ihren Geist von den Gedanken, die sie beschäftigt hatten. »Morgen Abend?«
»Ja. Sie ist im Trident Hotel. Kennst du das??
»Ja.« Das Trident Hotel war eine leicht heruntergekommene Lokalität, nicht weit entfernt von ActivMarine in Portdelvin. Ein ganz schöner Abstieg nach dem Clarence, dachte sie. Und dann dachte sie: Ich kann nicht auf Ferdias Party gehen. Ich würde mich nur betrinken und heulen und eine vollkommene Närrin aus mir machen, und das wäre dann seine andauernde Erinnerung an mich. Nein. Soll er sich an mich erinnern als das Mädchen mit dem Mercedes, das Mädchen, das zum Rennen chauffiert wird, das Mädchen, das gut Freund mit Filmstars ist, das Mädchen mit den Designeretiketten, das Mädchen, das alte Seidenkimonos trägt. Soll er an mich als eine Prinzessin denken – nicht als einen armseligen liebeskranken Trottel. Sie sah auf zu ihm und schüttelte den Kopf. »Ich kann nicht kommen«, sagte sie.
Er ging zum Fenster und stand eine Weile reglos da und schaute hinab auf den Fluss. »Ich werde nie vergessen, wie du an jenem Morgen warst, als ich dir auf dem Flur vom O'Neill's Hotel in Lissamore begegnet bin«, sagte er aus heiterem Himmel. »Du warst ganz verschlafen und zerzaust und schmollend, und du hast etwas Schönes aus Seide angehabt. Du warst so sexy, wie ich noch nie jemanden gesehen hatte.«
Damit war es entschieden. So sollte er sie für immer in Erinnerung behalten.

»Bis jetzt.« Ferdia drehte sich um und sah sie an; sie saß auf der Lederchaiselongue mit nichts als ihren spitzenbesetzten Strumpfhaltern und ihren Strümpfen an. Lange blickten sie einander in die Augen, und Ella widerstand übermenschlich dem Impuls, die Hand auszustrecken und ihn zu sich herabzuziehen. Irgendwo schlug eine Kirchenglocke die Zeit an. Ferdia schüttelte den Kopf und knöpfte sich das Hemd fertig zu. »Ich muss los«, sagte er.

17

Nachdem sie und Ferdia sich vor dem Clarence verabschiedet hatten, stolperte sie zurück in ihr kleines Haus und fühlte sich wie die Kröte, die den schönen Prinzen geküsst und einen Tag lang das Leben einer Prinzessin geführt hatte. Den Rest des Tages verbrachte sie vor allem im Bett, hörte immer wieder Portishead, weinte viel, kippte eine Flasche ziemlich scheußlichen Weins und sagte immer wieder wie ein Mantra *Das Leben nervt!* zu sich selbst. Das waren tatsächlich die letzten Worte, die sie ausstieß, bevor sie in einen Schlaf fiel, der überflutet war von Träumen von Ferdia. Ferdia, der über einem Riff schwebte, Ferdia zu Pferde (wo kam das denn her?), Ferdia auf dem Balkon ihres Hotelzimmers, splitternackt …

Am Montagmorgen erwachte sie vom Geräusch des klingelnden Telefons. Sie nahm ab und hörte Julian Bollards schrecklichen Dun-Laoghaire-Akzent in seiner empörtesten Variante.

»Ella? Schlepp sofort deinen verdammten Arsch her. Ist dir klar, wie spät es ist? Es ist verdammt noch mal zehn Uhr, und du hattest um halb zehn eine Aufnahme mit AL&D gebucht.«

Plötzlich fühlte sich Ella so schwach, dass sie sterben wollte. »Ach, hau ab, Julian«, sagte sie.

»Was?«

Ella dachte eine Sekunde lang nach, bevor sie antwortete »Eigentlich – mach daraus ›Hau nicht ab‹«, sagte sie.

»Bleib einfach da, Julian. Bleib da und mach die verdammte Aufnahme doch selber.«
»Was?« Er klang, als wäre er dem Schlaganfall nahe. Sie hätte gelacht, wenn sie die Energie dazu gehabt hätte. »Was hast du gesagt?«
»Du hast mich gehört.«
Ein beleidigtes Luftholen war zu vernehmen, und dann sagte er: »Ist dir klar, dass ich dich dafür feuern lassen könnte, du Zicke?«
»Du kannst mich nicht feuern, Julian.«
»Warum? Nur weil dein Onkel es nicht zulassen würde?«
»Mein Onkel hat nichts damit zu tun, Julian. Du kannst mich nicht feuern, weil ich eine Schraube locker habe und mich selbst feuere.« Sie hatte jemanden das schon mal in einem Film sagen hören, und sie hatte gedacht *Ja!*, als die Schauspielerin, die den Satz sprach, auf dem Absatz kehrtgemacht hatte und mit hoch erhobenem Kopf zur Tür hinausgerauscht war. Doch jetzt, als sie den Hörer aufgelegt hatte, verspürte sie nichts Berauschendes. Auf ihrer Zunge lag nicht der süße Beigeschmack der Rache, und keine leise Stimme zischte: Ha! Da hast du's, du Scheißkerl! in ihrem Kopf. Keine Endorphine.
Das Telefon klingelte fast sofort erneut. »Ich dachte, ich habe dir gesagt, du sollst abhauen, Julian?«
Doch es war nicht Julians Stimme, die ihr antwortete, es war Patricks.
»Wo liegt das Problem, Ella?«
»Ich hasse ihn, Patrick. Ich kann ihn nicht mehr ertragen. Es tut mir Leid. Wirst du zurechtkommen?«
»Wir werden zurechtkommen. Gerade so.« Sie konnte sein schweres Seufzen in der Leitung hören. »Treffen wir uns nach der Arbeit, ja? Im Daly's um sieben. Wir müssen darüber reden.«

»Okay. Es tut mir wirklich Leid, Patrick. Aber wenn ich heute hinginge, würde ich etwas Spitzes in ihn rammen, da bin ich mir ganz sicher.«

»Ich weiß, ich weiß. Ich habe es kommen sehen. Doch du musst ernsthaft nachdenken, Ella. Im Daly's. Um sieben.«

»Julian wird doch wohl nicht da sein?«

»Auf keinen Fall. Ich werde ihn Überstunden an einem heißen Audiofile machen lassen.«

»Ich werde da sein.«

Sie legte den Hörer auf, warf sich ihren alten Bademantel über, trottete in die Küche und öffnete das Fenster, um frische Luft hereinzulassen. Dann setzte sie sich an den Küchentisch, den Kopf in den Händen vergraben, und tat, was Patrick ihr geraten hatte. Sie dachte nach. Und dachte nach. Sie dachte über ihre Vergangenheit nach und über ihre Zukunft. Sie dachte so vernünftig, wie sie konnte, wog Pros und Kontras gegeneinander ab. Sie hatte keinen Job und kein Einkommen, aber sie hatte Aussichten. Einen Job zu finden würde kein Problem sein, das wusste sie. Sie war eine zu gute Toningenieurin, und in ihrer Branche gab es dauernd eine Menge Headhunting. Sie konnte sofort so gut wie jedes Studio in der Stadt anrufen, und man würde ihr Arbeit anbieten.

Aber eine andere Stimme in ihrem Kopf forderte die Vernünftige heraus. Komm, Ella!, sagte sie. Denk weiter. Willst du das wirklich? Also dachte sie weiter nach. Sie richtete ihre Gedanken wieder auf das, was der mürrisch aussehende Berufsberater in ihrem letzten Schuljahr zu ihr gesagt hatte. »Profimusikerin zu sein wird hart sein. Sie sollten eine Ausbildung machen, auf die Sie zurückgreifen können.« Es war ein guter Rat gewesen, und sie hatte ihn schließlich angenommen. Doch dann erinnerte sie sich an das, was ihr ihre Geigenlehrerin an einem

Abend gesagt hatte, als sie Anne-Sophie Mutter in der National Concert Hall gehört hatten. »Was für eine Möglichkeit, seinen Lebensunterhalt zu verdienen, Ella – das zu tun, was man am meisten auf der Welt liebt! Um das zu tun, würde man doch töten!« Ella kannte eine Hand voll Leute, die das Glück hatten, ebendas zu tun – die ein anständiges Einkommen hatten, indem sie etwas taten, für das sie Leidenschaft empfanden. Ihr Vater gehörte dazu. Ferdia auch. Und genauso …

Etwas ließ sie aufblicken. Eine Brise, die durch das offene Fenster kam, hatte etwas von ihrer Pinnwand geweht. Sie bückte sich und nahm es vom Boden auf. Es war das Foto von Raphael, das Eva Lavery an dem Tag aufgenommen hatte, als sie Navy Island besucht hatten. Sie hatte es an ihre Pinnwand geheftet zusammen mit einer Hand voll von ihren anderen Lieblingsfotos – darunter eines von Ferdia, das sie an dem Tauchwochenende in Lissamore gemacht hatte.

Während sie es ansah, erinnerte sie sich an die Geschichte, die Eva ihr erzählt hatte – wie Raphael sein Leben umkrempeln musste, nachdem ihn die Caissonkrankheit niedergestreckt hatte. »Wenn du eine Gabe hast, bist du dankbar und voller Lob. Jah hat mir meine Gabe geschenkt. Aber Jah hat auch das Recht, mir diese Gabe wieder zu nehmen. Sei dankbar für das, was du hast, Ella. Sei dankbar und voller Lob.« Und dann dachte sie an das, was Desirée auf ihre Unterwassertafel geschrieben hatte, als sie ihren Trainingstauchgang absolviert hatten. »Ich sehe, dass du eine Kämpferin bist!« Und dann dachte sie an das, was ihr Dad ihr Weihnachten gesagt hatte. »Träume können wahr werden, wenn du sie hartnäckig genug verfolgst und sie stark genug willst.«

Sie wusste, was sie wollte. Sie wollte Ferdia MacDiarmada. Sie wollte ihn mehr, als sie jemals jemanden gewollt hatte – mehr, als sie jemals Jack Noonan gewollt hatte. Sie wollte ihn so sehr, dass es wie ein körperlicher Schmerz tief in ihr drin war. Und wenn sie nicht sofort etwas daran änderte, würde sie den Rest ihres Lebens damit verbringen, eine verpasste Gelegenheit zu bereuen.

Sie stand auf und heftete Raphaels Foto wieder an die Pinnwand neben das von Ferdia. Er sah sie herausfordernd an. Ella kniff die Augen zusammen und sauste dann zurück ins Bad und stöberte dort die Chanel-19-Seife und die Körperlotion auf, die sie für besondere Gelegenheiten aufbewahrte. Sie hatte genug nachgedacht. Sie hatte heftig genug nachgedacht, um eine wirklich schwierige Entscheidung zu treffen, und nun war die Zeit zum Handeln gekommen.

Sie würde heute Abend zu seiner Party gehen. Sie würde gestehen, dass sie eine Hochstaplerin und eine Betrügerin war und nicht das heiße Gesellschaftstier, das anzunehmen sie ihn verleitet hatte. Sie würde ihm sagen, dass sie das Gefühl habe, sie müsse alles zwischen ihnen gerade rücken, bevor er nach Jamaika abhaute, und sie würde ganz aufrichtig sein und zugeben, dass sie wahnsinnig in ihn verknallt war; schließlich, so ging es ihr durch den Kopf, wenn man alle Karten auf den Tisch legte, hatte es sehr wenig Sinn, schüchtern deswegen zu sein.

O Gott, was, wenn er sie auslachte? Was, wenn er spottete? Ella stellte die Dusche an und tauchte unter den Strahl, schäumte ihr Haar heftig ein, als ob sie die erschreckenden Gedanken aus ihrem Kopf scheuern wollte. Sie würde nicht über den Ausgang nachdenken. Sie konnte nicht zulassen, dass sie es in diesem Stadium ihres Feldzugs mit der Angst bekam. Alles mochte den Bach runtergehen, natürlich, aber Ferdia war es wert, dass man um ihn kämpfte, und kämpfen konnte sie sehr gut. Positive Gedanken – genau das brauchte sie. *Spüre die Angst* und diesen ganzen Scheiß. Sie hatte schwer gekämpft, um eine positive Schwingung heraufzubeschwören. He, vielleicht könnten sie sich in ein paar Monaten wiedertreffen! Sie würde im Herbst zu Leonies Hochzeit hinfliegen … und … und … Sie könnten es dann von dort angehen. Weiter in die Zukunft wagte sie mit ihrem Plan nicht zu denken.

Gegen sechs Uhr verließ sie das Haus. Sie wollte in Stephen's Green spazieren gehen, bevor sie ihren Onkel traf. Ein Spaziergang würde helfen, den Kopf frei zu bekommen, würde ihr vielleicht helfen, einen übergangsweisen *modus operandi* mit Patrick auszuarbeiten. Sie kam sich total beschissen vor, weil sie ihn im Stich ließ. Vielleicht konnte er sie und Julian in verschiedenen Schichten arbeiten lassen oder so, bis er einen neuen Ingenieur gefunden hätte? Vielleicht könnten sie strenge Demarkationslinien zwischen den Studios haben, sodass sie und Julian einander nie wieder begegneten? Eines war sicher – sie hatte das Richtige getan. Sie hatte es vorhin so gemeint, als sie gesagt hatte, dass sie etwas Spitzes in Julian, den Schleimer Bollard, rammen würde, wenn sie ihn jemals wiedersehen müsste.

Sie stand am Fußgängerübergang an der Ecke des Green, als sie spürte, wie jemand sie am Ellbogen berührte.

»Ella?« Es war Richie. Er küsste sie auf die Wange. »Hi!«, grüßte er sie. »Du siehst toll aus.«

»Danke!« Ella hatte mit dem Gedanken gespielt, ein Partykleid zu der Fete im Trident zu tragen, und sich dann dagegen entschieden und stattdessen ein Paar Jeans und ein einfaches weißes Hemd angezogen. Sie dachte eigentlich nicht, dass sie toll ausschaute, aber – zur Hölle. Was du siehst, ist, was du bekommst. Ihre neue Philosophie. Es würde keine Spielchen mehr geben, keine Fälle von missverstandener Identität mehr.

»Hast du Zeit für einen Kaffee?«, fragte Richie.

Sie sah auf ihre Uhr. »Sicher.« Das würde heißen, dass sie auf ihren Spaziergang verzichten müsste, doch plötzlich war das nicht mehr wichtig. Wenn sie mit Richie einen Kaffee trank, konnte sie ihn nach Ferdia ausfragen. Herausfinden, wie ihre Chancen bei ihm standen, nun, da sie bald damit herausrücken wollte, wer sie wirklich war. Der Gedanke an ihre armselige Maskerade als ein »It«-Mädchen konnte sie immer noch dazu bringen, dass sich ihr der Magen umdrehte. Es war so dumm von ihr gewesen, so zu tun, als wäre sie jemand, der sie nicht war. Sie hätte eigentlich wissen sollen, dass das nur mit Tränen enden konnte. Und davon hatte es letzte Nacht eine Menge gegeben, und sie dachte zurück an die verrückte Kuh, die, begleitet von Portishead, unter dem Federbett geweint und gejammert hatte. Es war an der Zeit, dass sie wieder anfing zu lachen. »Du hast es immer geschafft, mich zum Lachen zu bringen, Richie«, stellte sie fest und verschränkte ihren Arm mit seinem. »Lass mal sehen, ob du es auch heute schaffst.«

»Dich zum Lachen zu bringen?«

»Mmh.«

»Oje. Steht es so schlimm?«

Sie lachte. »Niemand sagt jemals oje außer in Comics.«

Er zuckte mit den Schultern und schenkte ihr sein schiefes Lächeln. »Nun ja, zumindest hat es ein Lächeln hervorgezaubert. Komm, lass uns hier reingehen.«

Er zeigte auf ein unauffälliges Café. Sie setzten sich auf Plastikstühle an einen Plastiktisch und wechselten Blicke,

als eine hübsche, zu stark geschminkte Kellnerin, die Gleichgültigkeit ausstrahlte, auf sie zugetrottet kam. »Keine Chance, glaub ich, einen großen entkoffeinierten Mandel-Latte hier zu kriegen«, bemerkte Richie. »Cappuccino für dich, Ella?«
»Cappuccino ist gut, danke.«
»Bella Donna!«, sprach Richie theatralisch. »Ich würde meine Augen noch ein wenig länger an Ihrer Schönheit weiden lassen, aber – nun ja! – es soll nicht sein, denn wir haben einen langen und beschwerlichen Weg hinter uns und erbitten aufs Schmerzlichste eine Erfrischung. Was für Getränke haben Sie zu unserem Ergötzen heute zu bieten?«
Das Mädchen sah ihn misstrauisch an. »Waaas?«, fragte sie.
»Haben Sie vielleicht zum Beispiel einiges an Arabica, an denen wir teilhaben dürfen? Oder sind die Bohnen, von denen ich sicher bin, dass Sie sie mit ihren eigenen feinen Händen mahlen, von weniger exotischer Herkunft?«
»Ein Scherzkeks, oder?«, stellte das Mädchen brüsk und mit großer Verachtung fest. »Sagen Sie in einfachem Englisch, was sie wollen.«
»Zwei Cappuccino bitte.«
»Die Cappuccino-Maschine ist kaputt.«
»In dem Fall dann bitte zwei normale Kaffee.«
Der Mädchen trottete mit einem giftigen Blick davon, und Richie wandte sich Ella zu. »Du kannst heutzutage einfach kein Personal mehr kriegen«, sagte er.
O doch, kannst du, dachte Ella, und ihr Geist beschwor jüngste Bilder von gestärkten Leinenservietten, Champagnerflöten und Tellern mit Räucherlachssandwiches auf einem Tablett herauf, das von einem diskreten Portier abgestellt wurde. Wenn man es sich leisten kann.

»Also, was gibt's Neues?«
»Eine Menge.« Sie schenkte ihm ein breites Lächeln. »Ich gebe meinen Job auf.«
»Nun, da brat mir doch einer 'nen Storch. Wann?«
»Heute.«
»Was? Warum?«
»Wegen Julian Bollard, dem Abschaum.«
»Nun ja, ich kann nicht sagen, dass ich dich deshalb tadle. Er ist ein bisschen ein Tatar, dieser Julian, oder?«
»Woher weißt du das?«
Er sah sie von der Seite an. »Ich hatte das Vergnügen, mit ihm zu tauchen, erinnerst du dich?«
»O Gott, ja! Damals in Lissamore! Wie ist es gelaufen?«
»Es war verdammt scheußlich. Er sauste unter Wasser herum wie jemand in einem James-Bond-Film. Und ich wünschte, ich hätte sein Angebot, mich mitzunehmen, nicht angenommen. Er redete ohne Pause nur von sich. Als wir wieder in Dublin waren, wollte ich bei der ersten Ampel, an die wir kamen, sofort rausspringen.«
»O Richie, ich bin so froh, dass du das allein rausgefunden hast. Er ist ein totales Arschloch, und ich hasse ihn zutiefst.« Eine Woge reiner Erleichterung überschwemmte sie plötzlich. »Halleluja und gepriesen sei der Herr! Ich werde nie mehr mit Julian Bollard arbeiten müssen. Oh, danke.« Dies galt der Kellnerin, die zwei Tassen mit wässrig aussehender und kaffeefarbener Flüssigkeit vor sie gestellt hatte.
»Auf dich also, tapferes Mädchen. Das Leben ist zu kurz, um für so ein Arschloch zu arbeiten.« Richie hob seine Tasse und prostete ihr zu. »Aber was wirst du denn nun tun, wenn das wirkliche Leben an die Tür klopft? Wird es denn leicht für dich sein, einen anderen Job zu finden?«
»Ich habe keine Ahnung. Ich will im Moment noch nicht

über das wirkliche Leben nachdenken.« Sie rührte in ihrem Kaffee und lachte dann. »O Gott, ich wünschte, ich hätte sein Gesicht sehen können. Ich hätte es persönlich machen sollen und nicht am Telefon.«
»Na ja«, meinte Richie, »zumindest lachst du.« Er nippte an seinem Kaffee und verzog das Gesicht. »Himmel, dieser Kaffee ist Scheiße. Gehen wir und trinken stattdessen irgendwo ein Pint. Ich mache das.« Er legte die Hand auf ihre, um sie vom Zahlen abzuhalten, und rief die säuerliche Kellnerin herbei, die so tat, als sähe sie nichts.
»Ich kann nicht«, erwiderte Ella und blickte auf ihre Uhr. »Ich muss gehen und mich mit meinem Onkel auseinander setzen. Er wird nicht gerade entzückt darüber sein, dass ich ihn im Stich gelassen habe. Aber ich sehe dich dann später.«
»Später? Wo?«
»Auf Ferdias Abschiedsparty.«
»Ich dachte, du kommst nicht.«
Sie schenkte ihm ein rätselhaftes Lächeln. »Ich habe meine Meinung geändert.«
»Cool! Obwohl es keine richtige Party werden wird, wenn der verdammte Ferdia weiter so ein Blödmann ist.«
Ella stellte sofort die Ohren auf. »Was meinst du damit?«
»Er hat neulich einen Haufen Geld beim Rennen gewonnen, aber das hat ihn auch nicht glücklich gemacht. Er lungert herum, betrinkt sich und jammert ständig über eine Tussi rum, die er kennen gelernt hat.«
»Was für eine Tussi?« Ella war blitzschnell dabei. Richie sah sie an, da er ihr plötzliches Interesse bemerkte. Sie hüstelte ein wenig und änderte geschickt ihre Herangehensweise. »Ich meine, das passt doch irgendwie gar nicht zu ihm, oder? Normalerweise ist er doch so ein cooler Typ.«

»Nun, ich habe ihn ganz sicher noch nie vorher sich so benehmen sehen. Man könnte meinen, er wäre in irgendeinem blöden romantischen Film mit Meg Ryan. Er flucht und saust sinnlos rum und sagt Sachen wie: ›Warum ist es mir nicht früher klar geworden? Warum habe ich so lange gebraucht? Ich hätte es an diesem Wochenende in Lissamore wissen sollen …‹« Richie nahm einen kummervollen Galway-Akzent an. Dann sagte er mit seiner normalen Stimme: »Warum beachtet diese arrogante Bedienungszicke mich nicht?«, und sah hinüber zur Theke.

Ella antwortete nicht. Sie hoffte, die Bedienungszicke würde Richie so lange nicht beachten, wie sie brauchte, um ihn wegen der Information anzuzapfen, die sie haben wollte.

»Und wer ist die Tussi?«, fragte sie so beiläufig wie möglich.

»Keine Ahnung«, antwortete er. »Ich weiß nur, dass er gestern Spätnachmittag betrunken nach Hause kam und den ganzen Abend eine Nervensäge war. Es macht keinen Spaß, in einer Wohnung mit drei anderen Männern zu wohnen, von denen einer wegen irgendeiner Tussi in düsterer Stimmung ist. Ups. Tut mir Leid, dass ich politisch unkorrekt war.«

»Ist schon okay«, meinte Ella. Langsam füllte sie sich mit Endorphinen an wie ein aufgeblasener Ballon. »Ferdia wohnt also bei dir?«, fragte sie dümmlich. Sie kannte die Antwort schon, doch sie versuchte verzweifelt das Gespräch zu verlängern, selbst wenn das hieß, dass Patrick im Daly's auf sie warten musste.

»Ja. Sein Mietvertrag war abgelaufen.«

»Ist wohl ein bisschen voll. Vier Typen in einer Wohnung. Igitt!«

»Wir sind nicht alle stinkende Neandertaler-Affen. Ferdia duscht sogar gelegentlich.«
Sie erinnerte sich an den Duft seiner Seife. Sehnsucht überschwemmte sie.
»Ich nicht«, bemerkte Richie.
»Du duschst nicht?« Sie befreite sich von der Erinnerung an den Duft der Haut seines Cousins an ihrer. »Ich habe dich nie für ein Schwein gehalten, Richie.«
»Ich bade lieber. Das heißt, wenn ich ins verdammte Badezimmer komme. Es scheint immer jemand auf dem Klo zu sitzen, wenn ich baden will.«
»Danke, dass du die Klogewohnheiten deiner Mitbewohner mit mir teilst, Richie.« Dann fiel ihr etwas ein. »Warum ist Ferdia nicht einfach in ein Hotel gezogen?«, fragte sie.
»Ein Hotel?«
»Ja.«
»Er konnte es sich nicht leisten, in einem Hotel zu wohnen.«
»Aber … aber du hast doch gesagt, er hat einen Haufen Geld gewonnen.«
»Ja. Er ist ein verrückter Kerl. Er hat all das Geld genommen, das er aus dem Verkauf seines Anteils an dem Rennpferd bekommen hat, und es gleich wieder auf ihn gesetzt. Und du wirst es nicht glauben, das Pferd hat es geschafft, und Ferdia hat ein Vermögen gewonnen.«
»Dark Horse?«
»Ja. Woher weißt du das?«
Sie wollte sich nicht näher darüber auslassen. Stattdessen meinte sie: »Ich dachte, du hättest gesagt, sein Pferd heiße Black Jack?«
»Was? Nein. Er hat es in einem Blackjack-Spiel gewonnen.«

Alles ging jetzt zu schnell für sie. Sie brauchte Zeit, um diese Information zu verdauen. »Warte mal, Richie«, sagte sie nach einer langen Pause. »Du hast mir erzählt, Ferdia habe ein Pferd verkauft ...«

Richie lachte los. »Ferdia im Handel mit Zuchtpferden! Himmel, Ella, halt mal die Luft an. Ich habe dir erzählt, dass er einen Anteil an dem Pferd in einem Pokerspiel von jemandem gewonnen hat, der mehr Geld als Verstand hat, und dann hat er ihn verkauft. Er hat ungefähr zehn Riesen dafür bekommen – kannst du das glauben?«

»Himmel! Um was haben sie denn gespielt?«

»Daran haben sie nicht gedacht. Es macht Sinn, jemanden zu bluffen, wenn man ein Royal Flush in der Hand hat. Wirklich wahnsinnig war es, so viel Geld auf die Nase eines riskanten Rennpferdes zu setzen.«

»Ich dachte, Buchmacher akzeptieren nicht so große Einsätze?«

»Tun sie auch nicht. Er hat das Geld ein wenig verteilt. *He's a rambler, he's a gambler ...*« Richie kippte etwas Kaffee hinunter und ließ die Tasse dann über den Tisch schlittern. »Scheiße!«, spuckte er aus.

Ella stellte schnell einige Berechnungen an. »Er muss ungefähr neunzigtausend eingesackt haben«, sagte sie.

»Ja, neunzigtausend stimmen einigermaßen. Er war verständlicherweise etwas zurückhaltend, was die genaue Summe angeht – er will nicht von Millionen von Leuten angepumpt werden –, aber er sagt, es ist genug, um sich in sein eigenes Tauchzentrum einzukaufen.«

Ihr Herz machte einen Satz. »Er hat beschlossen, in Dublin zu bleiben?«

»Nein, nein. Er hat zugestimmt, für mindestens sechs Monate in dem Zentrum auf Jamaika zu arbeiten, und er steht zu seinem Wort. Er würde sie nicht hängen lassen.

Aber sobald er dort fertig ist, will er versuchen in eine eigene Sache zu investieren.«

»Auf Jamaika?«

»Er ist sich nicht sicher. Er ist scharf auf Australien, aber das Visum könnte ein Problem werden. In der Karibik haben sie offenbar Mittel, die offiziellen Stellen zu umgehen, wenn du genug Einfluss hast. Und Geld bedeutet Einfluss.« Er hob eine Hand, um die Kellnerin zu rufen, und wurde betont ignoriert. »Wenn diese Zicke mir nicht bald die Rechnung bringt, haue ich ab. Du siehst plötzlich so nachdenklich aus.«

»Tue ich das?« Sie nippte an dem ekelhaften Kaffee. Und noch mal. Und noch mal. Und schließlich sagte sie: »Also ist Ferdia nicht reich.«

Richie spottete. »Und ob er das ist.«

»Nein, nein, ich meine …«, sie nippte noch am Kaffee, »… er war bis jetzt nicht reich.«

»Nein. Himmel, Ella! Wie kannst du dieses Zeug nur anrühren! Ja, er war sogar noch ärmer als ich.«

»Aber du bist wirklich arm, Richie.« Sie hoffte, dass sie nicht unhöflich klang. Sie hatte nur erhebliche Schwierigkeiten, all diese neuen Informationen einzuordnen.

»Du vergisst, dass ich mich in ein Genie in Televerkauf verwandelt habe.«

»Ach ja.« Sie hatte es tatsächlich vergessen.

Schweigen entstand. Es lag etwas Komisches in der Art, wie Richie sie anschaute. »Vielleicht würdest du mich jetzt als einen passenden Bewerber ansehen, nun, da mein Tauchgottcousin nicht mehr als Konkurrent um deine Zuneigung herumhängt?«, platzte er heraus.

Ella wurde purpurrot. »Was? Wie hast du das mit uns herausgefunden? Hat er es dir erzählt?«, platzte sie zurück.

»Was?«

O Gott, was hatte sie gesagt? Rückzug, Ella, Rückzug.

»Was soll er mir erzählt haben?«, drängte Richie.

»Hm.« Ella versuchte wie verrückt sich auszudenken, wie sie sich zurückziehen konnte, doch es hatte keinen Sinn. Sie wurde immer röter, und dann dämmerte es Richie ganz offensichtlich. »O Scheiße! Du warst das! Du hast ihn so durcheinander gebracht und so emotional gemacht!«

Sie sagte nichts.

Richie schüttelte verblüfft den Kopf. »Himmel, Ella, ich wusste, du warst in ihn verknallt, und ich habe angenommen, dass es auf Gegenseitigkeit beruht, aber ich wusste nicht, dass was draus geworden ist. Wie ist das passiert? Wann ist es passiert?«

Sie gab nach. »Ich habe ihn am Samstag beim Rennen getroffen.«

»Und hast ihn mit nach Hause genommen?«

Ella zierte sich.

»Ach komm, Mädchen! Jetzt spiel doch nicht die Schüchterne! Nicht jetzt, nachdem ich entdeckt habe, dass du Ferdias Nemesis bist. Scheiße. Da kommt mein Tauchgottcousin und raubt mir meine eine und einzige wahre Liebe.« Er hatte das in scherzhaftem Ton gesagt, doch Ella spürte, dass irgendwo unter seiner Clownsmaske echtes Bedauern lag. Sie empfand einen leichten Anflug von Schuldgefühlen, schüttelte ihn dann ab und antwortete ihm.

»Nein, wir sind nicht zu mir gegangen. Er hat mich in ein Hotel mitgenommen …«

»Jesus Christus! Nicht ins Trident!«

»Nein.« Sie erlaubte sich ein kleines Lächeln. »Nicht ins Trident. Und nicht in meine Bude …«

Sie erinnerte sich daran, wie sie ihn nicht eingeladen hatte, in ihrer Bude zu wohnen, weil sie nicht wollte, dass er sah, wie sie wirklich lebte. Was für ein Witz! Was für ein totaler Trottel sie gewesen war! Wie hatte sie jemals denken können, dass es einem Mann wie ihm etwas hätte ausmachen können? Ferdia MacDiarmada würde niemals auf dummes, oberflächliches Drum und Dran wie schicke Autos, Designer-Klamotten und einen »It«-Girl-Lebensstil und all den materialistischen Scheiß hereinfallen. Er gehörte nicht zu irgendeiner Pferdebesitzerclique, die bei Rennen auf exklusiven Balkons saß und über den verdammten Yehudi Menuhin sprach. Das erkannte sie jetzt, und es ergab absolut einen Sinn. Plötzlich offenbarte er sich ihr in einem neuen Licht, und ihr gefiel, was sie sah. Es gefiel ihr wirklich. Er hatte sie nicht ins Clarence gebracht, um ihr seinen Reichtum und seinen Geschmack vorzuführen – er hatte sie dorthin gebracht, weil er die Tatsache feierte, dass sein Wahnsinnseinsatz von vorher sich ausgezahlt hatte. Wer wäre nicht versucht, in einem schicken Hotel ein bisschen anzugeben, wenn er gerade ein Vermögen gewonnen hatte?

Dieses neue Wissen hatte eine seltsame Wirkung auf sie. Nun, da sie wusste, dass er nicht reich war, war er noch begehrenswerter. Sie war tatsächlich erleichtert, dass er nicht reich war. Sie wollte sich wieder und wieder verfluchen. Warum, o warum war sie so dämlich gewesen, sich als jemand auszugeben, der sie nicht war? Warum hatte sie nicht schon vor Wochen zum Hörer gegriffen und ihn angerufen? Warum hatte er nicht zum Hörer gegriffen? Doch dafür gab es keinen Grund, nahm sie an. Beziehungen zwischen Ausbildern und Schülern wurden bei ActivMarine wohl nicht gerade ermutigt.

»Nun, Ella?« Richie wartete immer noch darauf, dass sie weitersprach. »Spuck's aus. Ich will wissen, wie ich das nächste Mädchen beeindrucken kann, in das ich mich verliebe. Nach dem ekelhaft schwärmerischen Ausdruck in deinem Gesicht zu urteilen, hat er dich wohl an einen besonderen Ort gebracht.«

»Er ist mit mir ins Clarence gegangen.«

»Ins Clarence! Kein Scheiß. Seid ihr über Nacht geblieben?«

Sie biss sich auf die Lippe und nickte. Sie wusste, sie war immer noch ein bisschen rosa im Gesicht. »Zimmer 508. Es ist das beste nach dem Penthouse.«

»Wow! Mein Cousin ist so ein raffinierter Typ! Hat er das mit dem Champagner gemacht?«

»Ja.« Sie lächelte wieder verträumt. Sie konnte einfach nicht anders. Dann riss es sie aus ihrer Träumerei heraus. »Warum? Macht er das mit allen Mädchen?«

Richie schüttelte den Kopf. »Nicht, dass ich wüsste. Aber das sollte man doch irgendwie erwarten, wenn man in einem so Klassekasten wohnt wie dem Clarence, oder?« Er sank mit einem verwirrten Lächeln im Gesicht auf seinem Stuhl zusammen. »Nun, Ferdia ist wirklich ein stilles Wasser, oder?«

Ella erwiderte sein Lächeln. »Du nimmst mir die Worte aus dem Mund«, antwortete sie.

Patrick sah ziemlich sauer aus, als Ella schließlich im Daly's auftauchte.

»Bitte sei nicht böse auf mich, Patrick!«, flehte sie ihn an und schlang die Arme um ihn. »Es tut mir Leid, dass ich so spät komme.«

Ihr Onkel hielt sie auf Armeslänge von sich weg und sah sie neugierig an. »Wie könnte ich jemandem böse sein, der so strahlend aussieht?«, fragte er. »Was ist in deinem Leben passiert, das es plötzlich wieder lebenswert macht? Ich dachte, du würdest dich hier hereinschleppen

und aussehen wie das Mädchen mit den Schwefelhölzern.«
»Wer?«
»Hat deine Mutter dir nie Märchen vorgelesen, als du klein warst?«
»Hm. Nein, eigentlich nicht.«
»Stell eine dumme Frage …«
Sie setzte sich neben ihn und bedeutete dem Barkeeper durch Zeichensprache, zwei Pints zu bringen. Dann wandte sie sich zu ihrem Onkel. »Nun«, sagte sie in einem geschäftsmäßigen Ton, hör mir zu, Patrick. Ich habe getan, was du mir gesagt hast. Ich habe heute viel nachgedacht, und ich habe viele Entscheidungen über mein Leben getroffen. Aber das Erste, was ich dir sagen will, ist, das es mir wirklich Leid tut, dass ich gekündigt habe. Ich war am Ende meiner Geduld mit Julian, und ich konnte einfach nicht mehr …«
Patrick hob die Hand, um sie zum Schweigen zu bringen. »Bleib cool, Ella. Es ist alles in Ordnung. Ich habe ein bisschen unter der Hand geforscht.«
»Was meinst du damit?«
»Ich habe Dave Leary von On Line abgeworben«, sagte er.
»Dave? Wow.« Ella war beeindruckt. Dave Leary war ein Toptoningenieur. »Wie um Himmels willen ist dir das gelungen?«
»Ich bin schon vor einer Ewigkeit an ihn herangetreten, bevor Julian an Bord gekommen ist. Er hat gesagt, er würde darüber nachdenken, und dann hat er Nein gesagt, aber auch dass mich nichts davon abhalten sollte, ihn in einem Jahr noch mal zu fragen. Genau das habe ich getan. Und he presto – das Timing war perfekt. Er ist bereit, sich zu verändern.«
»Jetzt sofort?«

»Nein. Er hat einen Monat Kündigungsfrist, und in der Zwischenzeit nehmen wir jemand Freiberuflichen an Bord.«
Ella zog ein reumütiges Gesicht. »Mist, Patrick. Das wird dich Geld kosten, und es ist alles meine Schuld.«
»Sicher. Freiberufler, Gehaltserhöhungen … ja …« Das als Reaktion auf ihren leicht empörten Blick. »Dave Leary will mehr, als du je bekommen hast, aber er wird's wert sein.« Er zündete sich eine Zigarette an und lehnte sich auf seinem Platz zurück. »Mit mir ist also alles in Ordnung. Und wie ist es mit dir? Was wirst du mit deinem unverhofften Glück anfangen?«
»Unverhofftes Glück?«
»Hast du die E-Mail nicht bekommen, die ich dir am Samstag geschickt habe?«
Ihre E-Mails zu checken war das Letzte gewesen, was ihr gestern eingefallen wäre, als sie Wein gekippt hatte und sich von Portishead hatte zudröhnen lassen. »Nein.«
»Nun, dann kommt jetzt eine Überraschung für dich, Süße. Zur Melodie von neunhundert Pfund.«
»Was?«
»Das Pferd, auf das du gesetzt hast, hat dir eine hübsche Summe eingebracht.«
Ella war verblüfft. »Aber ich hab doch nur einen Fünfer darauf gesetzt.«
»Das weiß ich. Dieter hat aber noch fünfundneunzig mehr darauf gesetzt.«
»Was meinst du damit?«
»Er hat es offenbar den ganzen Nachmittag gemacht. Hat hinter unser aller Rücken überall noch was darauf gesetzt. Er muss ein Vermögen verloren haben, aber du hast wenigstens eins gewonnen.«
Ellas Gesicht leuchtete auf. »He, cool! Das wird es mir

leichter machen, eine Weile keine Arbeit zu haben. Guter alter Dieter.« Sie strahlte Patrick an, genauso wie den Barkeeper, der gerade die Pints brachte.

»Hallo, Ella«, grüßte der Barkeeper. »Du siehst heute Abend sehr zufrieden aus. Warum bist du so gut in Form?«

»Ich bin verliebt«, antwortete sie so aufrichtig, dass der Barkeeper entwaffnet war.

»Nun, das ist ja etwas zu feiern. Die gehen also aufs Haus«, sagte er. Er achtete nicht auf ihren Zehner, den sie ihm hinhielt, und kehrte auf seinen Platz hinter der Theke zurück.

»Verliebt?«, wollte Patrick wissen. »Hat das etwas mit deinem hastigen Aufbruch von der Rennbahn am Samstagabend zu tun?«

»Ja.«

»Das habe ich mir gedacht. Leonie hat mir gegenüber angedeutet, dass ein Mann im Spiel sei. Beruht es auf Gegenseitigkeit?«

Wieder strahlte sie ihn an. »Absolut.«

»Dann erzähl mir von ihm.«

Und Ella machte sich daran, ihren Onkel über die Ereignisse der letzten Tage aufzuklären. »Aber das Tollste von allem, Patrick«, sagte sie atemlos, als sie zum Ende ihrer Geschichte kam, »ist, dass er nicht der ist, von dem ich glaubte, dass er sei.«

»Das heißt?«

»Er ist nicht reich.«

»Und das ist *gut*?«

»Ja, ja! Oh, es ist zu kompliziert, um es zu erklären« – sie warf einen schnellen Blick auf ihre Uhr – »und ich habe es wahnsinnig eilig. Er gibt heute Abend draußen in Portdelvin eine Abschiedsparty, und ich muss da

rauskommen. Er muss wissen, dass ich auch nicht reich bin.«
»Du bist ja auch nicht reich.«
»Ich weiß, ich weiß! Ich habe dir doch gesagt, dass es kompliziert ist. Doch es hat alles viel damit zu tun, was Dad Weihnachten zu mir gesagt hat. Er hat gesagt, dass Träume wahr werden können, wenn man sie nur hartnäckig genug verfolgt.«
Patrick sah skeptisch drein. »Liebes, du sprichst von deinem Dad, nicht vom Dalai Lama.«
»Sei nicht zynisch, Patrick, bitte. Ich muss es versuchen – kannst du das nicht verstehen?«
Es entstand eine lange Pause. Dann sagte Patrick: »Also, was passiert, wenn dieser Tauchgott weggeht?«
»Darüber habe ich auch nachgedacht.« Ella runzelte vor Konzentration ein wenig die Stirn. »Ich könnte ihn auf Jamaika besuchen. Ich fahre im November ja sowieso hin. Und dann, wenn er sein Tauchzentrum in der Karibik anfängt, könnte ich für ihn arbeiten. Im Laden aushelfen oder so.«
»Er gründet sein eigenes Tauchzentrum?«
»Ja, und …«
»Ich dachte, du hättest gesagt, er sei arm. Wie kann er sich das leisten?«
»Nun, er ist eigentlich ziemlich wohlhabend, aber das ist viel zu kompliziert, um jetzt darauf einzugehen …«
»Ella, Ella.« Ihr Onkel sah sie besorgt an. »Ich weiß, dein Dad hat dich ermutigt, einem Traum nachzujagen, aber ist es das? Du bist eine begabte Musikerin. Du bist eine hoch angesehene Toningenieurin. Du ziehst ernsthaft in Erwägung, alles aufzugeben, um in irgendeinem Tauchzentrum in der Karibik zu arbeiten?«
»Nun – es könnte auch Australien sein. Das hängt von der

Visumlage ab.« Sie griff nach seiner Hand und beugte sich zu ihm. »Schau, ich habe mich so lange festgehalten gefühlt, Patrick. Weißt du, was ich meine? Ich muss fliegen. Ich muss ein paar Risiken in meinem Leben auf mich nehmen.« Sie dachte an das außerordentliche Risiko, das Ferdia auf sich genommen hatte. Jene bedingungslose Wette, die er auf Dark Horse gesetzt hatte. Wenn er nicht Erster geworden wäre, hätte er alles verloren. »Ich kann nicht ständig auf der weichen Seite laufen.«
»Die weiche Seite?«
»Du weißt schon. Wie in Watte gepackt. Als Gegensatz zur wilden Seite. Ich bin zu lange auf Nummer Sicher gegangen.«
Patrick sah immer noch zweifelnd drein. »Meine Güte, Ella, erst schmeißt du deinen Job hin, und jetzt haust du in die Karibik ab mit irgendeinem Typen, den du kaum kennst. Meinst du nicht, du solltest alles etwas langsamer angehen?«
»Nein.«
Patrick blickte sie noch einen Moment nachdenklich an, dann lachte er und zuckte resigniert mit den Schultern. »Gegen dieses Nein kommt man nicht an. Das erkenne ich an der störrischen Art, in der du das Kinn hebst.«
Ella lachte. »Danke. Ich liebe dich, Patrick«, sagte sie. Gerade als sie sich vorbeugte, um ihren Onkel auf die Wange zu küssen, ging die Tür des Pubs auf, und Julian Bollard glitt herein wie Schleim. »Aaagh, ich bin schon weg! Da kommt Julian gerade. Ich dachte, du hast gesagt, er würde sich mit einem heißen Audiofile abplagen?«
»Offenbar ist er fertig. Hast du eine Ahnung, wie spät es ist?« Patrick streckte seinen Arm aus und zeigte auf seine Armbanduhr.
Ellas Hand fuhr zu ihrem Mund. »O nein! Meine Uhr geht

nach! Verdammt noch mal – die Party wird jetzt in vollem Gang sein! Ich muss rennen, Patrick!« Sie drückte einen Kuss auf die andere Wange ihres Onkels, sprang dann auf und warf sich ihren Rucksack über die Schulter.

»Ella?«

Sie drehte sich um. Ihr Gesicht war vor Aufregung gerötet und ihre Augen hell vor Liebe.

»Pass auf dich auf. Ich will dich nicht von der Decke kratzen müssen, wenn sich die Dinge nicht so entwickeln, wie du es möchtest.«

»Sie werden sich so entwickeln, Patrick! Ich muss mich nur an das halten, was Dad gesagt hat. Erinnerst du dich? Träume können wahr werden, wenn man sie nur hartnäckig genug verfolgt. Ich rede morgen mit dir.«

Dann bahnte sie sich ihren Weg durch den überfüllten Pub – kam zu spät zu ihrem Rendezvous mit dem Schicksal.

18

Der DART brachte sie nach Portdelvin. Es war später, als ihr lieb war, als sie endlich im Trident Hotel ankam. Der Portier am Empfang sagte ihr, dass sich die Bankettträume im ersten Stock befänden. Ella lief mit klopfendem Herzen und einem Mund, der trockener war als 007s Martini, die Treppe hinauf und nahm nur abwesend ein schreckliches Ölgemälde von Neptun auf dem Treppenabsatz wahr. Der Meeresgott stand auf einem Karren und schwenkte seinen Dreizack, und er hatte einen so wilden Gesichtsausdruck, dass er mehr wie ein Teufel denn wie ein Gott aussah.

Die Musik, die aus der offenen Tür eines der Räume herausdröhnte, sagte ihr, wo die Party stattfand. Der Raum war gerammelt voll. Ferdia war offenbar beliebt. Ella blieb auf der Schwelle stehen und suchte in der Menge nach ihm. Was würde sie sagen, wenn sie ihn sah? Was ihn anging, so hatte sie sich gestern Morgen endgültig von ihm verabschiedet. Sie hatte ihm ziemlich dogmatisch zu verstehen gegeben, dass sie es nicht zu seiner Party schaffen würde – wie sollte sie ihre plötzliche Meinungsänderung erklären? Doch immerhin waren sie Liebende gewesen! Liebende brauchten keine Worte, um sich miteinander zu verständigen. Vielleicht würden sie sich nur ansehen und *wissen*.

»He, da bist du ja!« Richie schwankte durch die Menge auf sie zu.

»Noch mal hallo«, sagte Ella, froh darüber, ihren unmöglichen Cupido zu sehen. Er hatte – als es ihm endlich gelungen war, die Rechnung für den ekelhaften Kaffee zu begleichen – eine Bemerkung über die Ironie der Situation gemacht.

Wie verdammt unfair war es, dass er als Vermittler zwischen seinem Cousin und dem Objekt seiner eigenen Begierde fungieren sollte.

Er küsste sie auf die Wange.

»Ich habe dich reinkommen sehen. Du schaust aus wie eine verschreckte Taube.«

»O Gott, wirklich? Ich habe mich so bemüht, cool auszusehen.« Sie warf einen heimlichen Blick über die Schulter, doch er war nicht heimlich genug, denn Richie reagierte sofort.

»Keine Sorge, er ist hier«, sagte er. »Als ich ihn das letzte Mal sah, war er auf dem Balkon, kippte einen Jack Daniel's weg und sah auf ekelhaft seelenvolle Weise den Mond an. Beruhigt dich das?«

Sie spürte, wie etwas in ihr anstieg. Ob es Adrenalin oder Endorphine waren, wusste sie nicht genau. »Hast du ihm erzählt, dass du mich getroffen hast?«

»Nein. Ich will seinen Gesichtsausdruck sehen, wenn er dich erblickt. Du schaust toll aus.«

»Du bist süß. Das ist das zweite Mal heute, dass du das zu mir sagst.«

»Ich werde es noch mal sagen, wenn du willst. Zur Hölle, Ella, du würdest in meinen Augen sogar toll aussehen, wenn du Fergies abgelegte Klamotten trügst. Mein Cousin ist ein Glückspilz, und ich hasse ihn zutiefst.« Er nahm sie bei der Hand und bahnte sich einen Weg durch die Menge. »Ich sollte ihm eine Gebühr dafür berechnen. Vielleicht sollte ich eine Partnervermittlung aufmachen. Ich könnte sie Richie's Rides nennen.«

Sie stieß ihn mit dem Ellbogen in die Seite. »Himmel, Richie, du bist unverbesserlich.«
Er lächelte auf sie herab. » Obwohl, auch wenn ich das gesagt habe, ich hätte nicht gedacht, dass du so offensichtlich zu Ferdia passt.«
»Danke.«
»Nicht bös gemeint. Normalweise hat er nur eine Schwäche für ältere Frauen.«
Aus irgendeinem Grund rief dies ein unangenehmes Flattern in ihrer Magengrube hervor.
»Ich nehme an, du bist die Ausnahme, die die Regel bestätigt«, fügte er hinzu.
Die Glastüren, die auf den Balkon führten, waren offen. Ella starb für etwas frische Luft. Es war heiß und stickig in dem Partysaal, und ihr Gesicht glühte, und ihre Handflächen waren vor nervösem Schweiß ganz glitschig.
»Ich lass dich erst gehen«, flüsterte Richie ihr ins Ohr. Sie konnte an seiner Stimme erkennen, dass er lächelte. »Himmel, das wird eine Überraschung für ihn sein!«
Ella atmete tief ein und trat dann hinaus auf den Balkon.
Ferdia lehnte an der Wand zu ihrer Rechten. Nur war er nicht allein. Er hatte eine Frau im Arm, und sie gaben sich gerade einem richtig sexy Kuss hin. Ella erstarrte für den Bruchteil einer Sekunde, und dann fuhr sie herum und stieß direkt in Richie, der einen Schrei losließ, da sie auf seinem Zeh stand. Am Rande ihres Blickfeldes sah sie, wie Ferdia aufschaute und die Frau in seinen Armen sich umdrehte. Sie war schlank, italienisch aussehend und um die vierzig. Es war die Frau, die er die ganze Nacht an jenem Wochenende in Lissamore gevögelt hatte. Es war die schicke Philippa.
Ella gab ein unartikuliertes Geräusch von sich und drängte sich durch die Menge zurück auf die Party; ihr war

bewusst, dass ihr Richie auf den Fersen war. Sich drehende Körper und unvertraute Gesichter schwammen in ihren Blickwinkel und wichen wieder zurück. Sie musste von dieser *danse macabre* wegkommen, sie brauchte Luft. Sie bahnte sich ihren Weg so langsam über den Boden, als ob sie in Wasser waten würde. Sie war eine ertrinkende Frau, ein Taucher, der zu tief getaucht war und dessen Anzeiger leer anzeigte. Schließlich erreichte sie die Tür. Sie schoss hindurch und klapperte die Stufen hinunter, war praktisch am Hyperventilieren, und Richie war immer noch hinter ihr. Satan schwenkte seinen Dreizack von der Wand und verbannte sie in die Hölle.

Richie holte sie auf den Stufen vor dem Hotel ein. »Bleib stehen, Ella! Bleib stehen!« Er streckte die Hand aus und packte sie am Ärmel, doch sie schüttelte ihn ab. »Bitte bleib stehen.« Diesmal griff er mit beiden Händen nach ihrem Arm und schaffte es, sie mit Gewalt zurückzuhalten. »Bleib stehen.« Sie waren beide außer Atem. Ellas Gesicht war krebsrot, und sie weinte Tränen der Demütigung, die so heiß waren, dass sie ihre Wangen verbrannten. »O Gott, Ella, es tut mir so Leid. Es tut mir so, so Leid. Ich hatte keine Ahnung.« Richies Stimme war heiser vor Schmerz um sie. Sie versuchte sich wieder loszureißen, doch er nahm sie in die Arme und drückte sie an seine Brust, bis sie wie eine Stoffpuppe nachgab und sich halten ließ. Sie schluchzte und schluchzte und atmete abgerissen ein. O Gott! Er roch wie Ferdia! Derselbe saubere, seifige Geruch … Ella schluchzte noch hemmungsloser. »Na, na«, murmelte Richie, lass es alles raus. Es ist okay. Sch, sch.«

Er führte sie zu den Stufen des Hotels, und sie setzten sich hin. Ella lehnte den Kopf an Richies Schulter. Sie weinte wie ein Kind, während er sie wiegte und beruhigte. »Na,

na«, sang er immer wieder in ihr Ohr. »Sch. Na, na. Braves Mädchen. Es ist okay. Alles wird wieder gut.«
Die Wirkung, die die klischeehaften Trostworte auf sie hatten, war erstaunlich. Allmählich, ganz allmählich beruhigte sie sich, bis ihre Tränenflut zu einem Bach aus Schlucken und Schluckaufs versiegte. Sie fühlte sich wie einst, als sie ein kleines Mädchen war und ihr Onkel sie nach einem schlimmen Sturz getröstet hatte.
Als er erkennen konnte, dass sie sich ausgeweint hatte, zog Richie ein ziemlich schmuddliges Tuch aus seiner Hosentasche und wischte ihr die Wangen, dann hielt er es ihr an die Nase und befahl ihr hineinzuschnäuzen. »Auweia«, sagte er, »wie kann so eine hübsche kleine Nase so viel Rotz hervorbringen?«
Ella gelang das ausdrucksloseste Lächeln ihres Lebens, und dann stand sie auf.
»Danke, Rich. Du bist ein Schatz. Ich meine das so.« Es gab nicht mehr zu sagen. »Bis bald.« Sie wandte sich ab und begann den Weg hinunterzugehen.
Richie stand da und beobachtete sie. »Gehst du nach Hause?«, fragte er
»Nein«, antwortete sie und wandte sich wieder zu ihm um. Er sah ganz verlassen aus. »Ich werde tun, was dumme Mädchen immer tun, wenn sie sich zum Narren machen.«
»Und was ist das?«, wollte er wissen.
»Ich mache einen langen Spaziergang. Und werde meine Wunden lecken.«
Sie ging auf die Pier zu.
»Ella?« Er klang unsicher. »Ella, du wirst doch nicht irgendetwas … nun … Dummes tun, oder?«
Sie lachte hohl. »›Männer sind von Zeit zu Zeit gestorben‹, Rich«, warf sie ihm über die Schulter zu, »›und Wür-

mer haben sie gefressen, aber nicht aus Liebe.‹ Shakespeare.« Sie ging weiter.
Die Leute, an denen sie auf der Promenade vorbeikam, waren alle schlecht gelaunt und sahen rattenhaft aus, und plötzlich wurde Ella von Menschenhass und Nihilismus überflutet und überschwemmt mit Selbsthass. Sie erinnerte sich an etwas, was ihre Mutter immer gesungen hatte, damals, bevor sie in die Toskana in die Arme ihres Geliebten geflohen war: »Oh, wie ich das Menschengeschlecht hasse. Oh, wie ich sein hässliches Gesicht hasse.«
Sie hörte laufende Schritte hinter sich. In einem Film wäre dies Ferdia, der kam, um sie vor der grässlichen Wirklichkeit zu retten. Doch ihr Leben war kein Film, und natürlich war es nicht Ferdia. Es war Richie. »He, Ella, willst du, dass ich mit dir komme?«, fragte er.
»Nein, nein, Richie. Danke für das Angebot. Ich muss nur eine Weile allein sein. Muss versuchen diese schwarzen Hunde abzuschütteln.«
»Okay. Ich verstehe.« Er blieb zurück und machte ein paar Schritte vorwärts. Dann fragte er: »Kann ich dir in einem anständigen Abstand folgen? Ich schulde dir einen Drink nach dem, was da passiert ist. Und du brauchst wahrscheinlich einen.«
Wieder blieb sie stehen. Er hob sich vor dem marineblauen Scheinwerferlicht ab, das eine Hotelfassade anstrahlte, und sah sehr groß und sehr ehrfurchtgebietend und sehr beruhigend aus. Sie lächelte ihn an. »Du bist so ein netter Mann, Rich«, sagte sie. »Du bist der netteste Mann, den ich kenne, und … ja, ich möchte wirklich einen Drink.« Sie seufzte tief und bebend. »Gibst du mir aber eine halbe Stunde, um meine Dämonen auszutreiben?«
»Sicher.« Er stand da und sah sie gehen, und dann drehte er sich um und stieg die Stufen zum Trident Hotel hinauf.

Ella ging schnell zum Ende der langen Pier, den Kopf gesenkt und die Hände in den Taschen ihrer Jeans. Es war ein heißer Tag gewesen, doch nun war es stickig, und der sich verdunkelnde Himmel war noch dunkler dort, wo sich Sturmwolken am Horizont ballten.

Ihre innere Stimme brüllte, als sie sie ausschimpfte. »Du blöde, blöde Kuh«, sagte sie. »Du Blödmann erster Klasse. Was hast du dir nur gedacht? Was ist dir nur ins Hirn gedrungen und hat dich davon überzeugt, dass Ferdia MacDiarmada an einem Mädchen wie dir interessiert sei? Du hast doch selber mit angesehen, auf welche Art Frauen er abfährt. Warum hast du denn nicht den Beweis dessen, was du mit deinen eigenen kurzsichtigen Augen erblickt hast, einsehen können?« Selbst Julian hatte es ihr erklärt! »Ich habe einige sehr klassenmäßige Blondinen gesehen, die sich wegen Ferdia zum Idioten gemacht haben …« – »Warum hast du nicht erkennen können, dass das Einzige, was ihr gemeinsam habt, gewöhnlicher Sex war? Und gewöhnlich ist hier das entscheidende Wort. Schließlich ist es doch ziemlich *gewöhnlich*, sich mit schönen Worten zu einem One-Night-Stand überreden zu lassen, oder? Kein Mädchen mit nur einer Unze an Selbstachtung wäre der leichte Sieg gewesen, der du gewesen bist.« Was für eine Verachtung Ferdia MacDiarmada ihr gegenüber empfunden haben musste, als er am Sonntagmorgen in den DART stieg – eine willige brünstige Kuh gegen ein Klasseweib wie die schicke Philippa einzutauschen, ein Dämchen, das so verknallt in ihn war, dass es den ganzen Weg durch Irland zu seiner Abschiedsparty gereist war.

O Gott! Sie fügte sich selbst solchen Schmerz zu, dass sie wieder anfing zu weinen, erfüllt von Selbsthass und Verzweiflung. Sie ließ sich gegen die Piermauer sinken und

verstopfte ihre Ohren mit den Fäusten, aber ihre Stimme war gnadenlos.
»Ich könnte ihn auf Jamaika besuchen!!«, verspottete sie sie. »Und dann, wenn er sein Tauchzentrum in der Karibik aufmacht, könnte ich für ihn arbeiten! In seinem Laden aushelfen, oder so!« O Gott, wie hatte sie nur so naiv sein können? »Ich sehe, dass du eine Kämpferin bist!«, fuhr die Stimme in ihrer erbarmungslosen Nachäffung fort. Sie klang wie die einer Bauchrednerpuppe. »Du kannst einen Traum wahr werden lassen, wenn du ihn nur hartnäckig genug verfolgst!«
O Gott! Wo hatte sie in den letzten Stunden nur gelebt? Sie hatte ein Erste-Klasse-Flug-Ticket ins Wolkenkuckucksheim genommen. Und jetzt war es ein Rückflugticket. Sie, Ella Nesbit, war ohne große Umstände ins wirkliche Leben zurückkutschiert worden, in einer Crashlandung ohne Überlebende.
Und nun leuchtete das Bild von Ferdia auf dem Balkon vor ihrem geistigen Auge, verheerend in seiner Klarheit. In seinen Armen die schicke Philippa. Alles, was sie niemals sein konnte. Sie war es, die Ferdia auf die emotionale Achterbahn gelockt hatte, von der ihr Richie erzählt hatte. Das starrte ihr nun direkt ins Gesicht. Ferdia hatte sie gemeint, als er das Tauchwochenende in Lissamore gegenüber seinem Cousin erwähnt hatte. Er hatte Philippa gemeint. Ferdia MacDiarmada war ganz offensichtlich nur ein Schuft, der mit seinem Schwanz dachte.
Sie saß da und blickte ohne zu sehen aufs Meer hinaus. Waren alle Männer so? Nein. Natürlich nicht. Sie erinnerte sich – sie erinnerte sich – an Raphael. Blickte er jetzt auch gerade hinaus aufs Meer, auf jener grünen Insel auf der anderen Seite der Welt? Ihr schöner, schöner, sanfter Rastafari. Der seelenvollste, schönste Mann, dem sie je be-

gegnet war. Sie erinnerte sich an die Menschenliebe, die aus seinen Augen gestrahlt hatte mit einem Glanz, den sie vorher oder seitdem nie in den Augen eines Mannes wahrgenommen hatte … bis … bis … heute Abend. Dieser Blick, der in Richies Augen heute Abend gestanden hatte. Wie besorgt er um sie gewesen war, als er das Ausmaß ihres Kummers erkannte. Wie gut er gerochen hatte, als er sie festgehalten hatte und ihre Tränen den Stoff seines Hemdes durchnässt hatten. Er hatte sogar ein Taschentuch gehabt. Wie beruhigend er gewesen war, wie *da* für sie, wie liebevoll..

Sie hörte selbst, wie sie bebend einatmete. War der Richtige für sie die ganze Zeit vor ihrer Nase gewesen? Sie hatte Richie immer für einen Kumpel gehalten, einen Kumpan, mit dem man herumhängen konnte. Sie hatte an ihn nie in sexueller Weise gedacht. Er war nur ein Freund. Aber er war kein Junge mehr, er war ein attraktiver Mann.

Sie blickte über die Schulter und entdeckte ihn nun – ein dunkler Schatten, der an der Wand am anderen Ende der Pier lehnte und sie beobachtete. Wieder sah sie hinaus aufs Meer, und als sie zurückschaute, merkte sie, dass er begonnen hatte über die Pier auf sie zuzugehen; er beeilte sich nicht, ließ sich Zeit, wollte ihr offenbar all den Vorsprung geben, den sie brauchte. Ella drehte sich um und konzentrierte sich auf den Horizont. Eine Brise kräuselte das Wasser, und der salzige Tanggeruch des Meeres trieb zu ihr und trocknete die Salztränen auf ihrem Gesicht. Und dann wurde sie sich eines anderen Geruchs bewusst, der sich mit dem Geruch der See vermischte. Sauber, moschusartig, männlich, mit einer Note nach Vanille …

»Hi, Rich«, sagte sie mit einer ganz leisen, gedämpften Stimme. »Danke, dass du auf mich aufpasst.« Sie stand

auf und drehte sich zu ihm um. Doch es war nicht Richie, der dort stand. Es war Ferdia.
Zum zweiten Mal an diesem Abend erstarrte sie. Er stand auch ganz still und sah auf sie herab. O Gott! Hatte er Mitleid mit ihr bekommen? Hatte Richie ihm erzählt, dass sie zumindest eine Erklärung verdiente, nach dem, was er ihr zugemutet hatte? Hatte Richie den Funken Schuldgefühle entzündet, der ihn dazu gebracht hatte, auf die Pier zu kommen und sanft und genau zu erklären, warum er nicht an mehr interessiert war als an einer beiläufigen Affäre? Männer hatten ihr das früher schon angetan, und sie hatte immer den leisen Verdacht gehabt, dass in ihren Geständnissen ein Element der Schadenfreude gelegen hatte. Sie hatten ihre Pfeile in Sirup getaucht, bevor sie sie abgeschossen hatten, hatten mit einem leicht sadistischen Vergnügen zugesehen, wie sie zur Erde taumelte. Wollte Ferdia es so machen? Lächeln, während er das Messer umdrehte?
»Was willst du?«, fragte sie und fürchtete die Antwort.
»Dich«, sagte er. Und er nahm ihr Gesicht in seine Hände und küsste sie und küsste sie und küsste sie.

Sie gingen zurück ins Trident Hotel, doch nicht wieder auf die Party.
Es war wie ein erneutes Durchspielen des Abends im Clarence: Ella hielt sich an der Rezeption auf, während Ferdia ein Zimmer für sie beide buchte. Und obwohl das Trident dem Hotel von U2 weit unterlegen war, war es für Ella der schönste Ort auf Erden. Sie schenkte dem gleichgültigen Portier ein strahlendes Lächeln, sie fand die Stoffblumen in der Lobby schöner als die echten, und ihr Zimmer – als der Schlüssel endlich gefunden war – war wie etwas aus einem Märchen mit einem Gauguin-Gemälde

an der Wand, einer zauberhaften altmodischen blauen Bettdecke und einem Blick aufs Meer. Sie war im Himmel, und es gab einen Gott. Ihren eigenen schönen Tauchgott. Sie gingen sofort ins Bett. Und nachdem sie sich das erste Mal geliebt hatten, sagten sie gleichzeitig: »Wir müssen reden.« Und sie fielen übereinander her und vögelten sich noch einmal besinnungslos.

Schließlich, gegen Mitternacht, lagen sie erschöpft auf dem Bett, berührten sich nicht, sahen einander nur in die Augen. Von der Straße unten kamen die betrunkenen Geräusche, wie sie nach Partys üblich waren.

»Du hast deine Abschiedsparty versäumt«, bemerkte Ella.

»Ich habe sie gar nicht versäumt. Ich hatte eine schreckliche Zeit auf der Party erlebt. Mit dir hier habe ich mich viel mehr amüsiert. Vielen Dank.«

Sie blickte ihn skeptisch an. »Du sahst nicht aus, als ob du eine schreckliche Zeit erlebtest, als ich dich überrascht habe.«

»Es war echt schrecklich für mich, als ich versucht habe, mich aus Philippas Umarmung zu winden. Das kann ich dir sagen. Da war einige Diplomatie nötig.«

Ella erinnerte sich an den tränenreichen Streit, der in dem Zimmer neben ihrem in Lissamore stattgefunden hatte. »War sie sehr erregt?«

»Das könnte man sagen. Sobald ich wegkam, habe ich Richie an der Bar gekrallt und ihn gefragt, wo du seist. Ich musste die Dinge mit dir klären, bevor ich nach Jamaika gehe.« Sie wünschte, er hätte das Thema Jamaika nicht angesprochen. Sie konnte die Frage nicht stellen, die ihr auf der Zunge lag. Wirst du mich vermissen? Sie lag lange Zeit unausgesprochen auf ihren Lippen, bevor Ferdia sagte: »Ich werde dich vermissen, weißt du.«

O Gott. »Wirklich?« Sie zuckte zu beiläufig mit den Schul-

ten. Ein kleines wegwerfendes Lachen, das sogar in ihren eigenen Ohren wenig überzeugend klang. »Aber du kennst mich doch kaum.«
Er lächelte. »Ich habe so eine Ahnung, dass ich dich besser kenne, als du glaubst.«
»Was meinst du damit?«
»Ich habe es genossen, dich zu beobachten. Du hast eine Ewigkeit so getan, als ob, oder? Als ob du jemand wärst, der du nicht bist.«
Sie errötete. »Was meinst du damit?«, fragte sie wieder. Sie wusste, dass sie auf Zeit spielte. Der Ausdruck in seinen Augen sagte ihr, dass er sie so leicht durchschaut hatte, dass sie genauso gut aus Milchglas hätte sein können.
»Du schienst zu spielen. Nicht die ganze Zeit. Aber manchmal hatte ich den Eindruck, dass du dich sehr bemühtest – wie heißt das Wort, nach dem ich suche?«
Es hatte keinen Sinn, es zu verbergen. Er hatte sie genau erwischt. »Sophisticated?«
»Das ist fast richtig, aber es gibt ein besseres Wort. *Weltgewandt*. Das ist es. Es kam mir vor, als ob du eine Art raffinierten Verteidigungsmechanismus aufbauen würdest. Der hat mich sehr lange abgehalten.« O Gott! Was für ein schlechter Scherz doch ihr Leben war! »Ich habe das immer witzig gefunden«, fügte er hinzu.
»Witzig? Witzig wie in faszinierend?« Sie erinnerte sich an das, was Leonie ihr gesagt hatte, dass sie wie ein Rätsel sei, das in ein Mysterium verpackt sei, das sich wiederum in einem Geheimnis befinde.
»Nein. Witzig wie in amüsant. Vor allem wenn der weltgewandte Panzer ins Rutschen kam und ich dich dabei erwischte, wie du auf die Nase fielst. Wie das eine Mal, als du verkatert zu deinem ersten Tauchgang erschienen bist

und mir deinen Strumpfhalter unter die Nase gehalten hast. Das war nicht gerade besonders weltgewandt, aber es war wahnsinnig sexy.«

Okay, ihre Versuche, weltgewandt zu sein, waren also armselig gewesen. Doch allmählich gefiel ihr, was sie da hörte. »Du warst damals in mich verknallt?«

»Und wie, ja.« Er stützte sich auf seinen Ellbogen und sah ernst auf sie herab. »Du hattest angefangen dich wie eine Diebin in meine Gedanken einzuschleichen, Ella Nesbit. Zuerst versuchte ich dich zu ignorieren, aber dann musste ich immer öfter an dich denken. Vor allem nachts. Du warst für einige der süßesten Träume verantwortlich, die ich jemals hatte.« Sein Kopf fiel zurück auf das Kissen. Sie griff nach einer seiner Dreadlocks, die sich darauf ergossen, und wickelte sie sich um den Finger. »Himmel, erinnerst du dich an das Mal, als du in Lissamore deinen Sicherheitsstopp gemacht hast? Ich konnte fast keinen Augenkontakt halten, da meine Erektion mich so störte.«

»Oh!« Der Endorphinrausch, den sie erlebte, als sie das hörte, war so intensiv, dass es sie kitzelte.

»Und dann das Mal, als du aus dem Zimmer neben meinem kamst …«

»Ich habe euch die ganze Nacht vögeln hören. Ich habe damals kaum ein Auge zugekriegt!«

»Tut mir Leid. Als mir klar wurde, dass du zuhörtest, hat mich das richtig angeturnt.«

»Perverser.«

»Absolut.« Er lächelte sie an, und sie hätte dahinschmelzen können. »Aber der apokalyptischste Moment kam, als du mir mit der Geige vorgespielt hast. Das war das beste Vorspiel, das ich jemals gehabt habe.« Sie beugte sich hinüber und küsste ihn. »Doch eine kleine Stimme der Vernunft hat mich gleichzeitig gewarnt.«

»Oh? Warum?«
»Ich glaubte, mein Leben brauchte keine weiteren Komplikationen, bevor ich nach Jamaika ging. Und nun schau, was du angerichtet hast.«
»Die Dinge kompliziert?«
»Du meine witzige sexy kleine Geige spielende Prinzessin hast die Dinge wirkungsvoller kompliziert als ein Kätzchen mit einem Garnknäuel.« Sie wechselten reuevolle Blicke. Dann verebbte gleichzeitig ihrer beider Lächeln, als die Lust wieder aufflackerte. Doch diesmal wurde Ella ihr Orgasmus, so ekstatisch er auch war, verdorben durch einen winzig kleinen störenden Gedanken, der wie ein Miniterrier in ihrem Hinterkopf nagte. Wir müssen wirklich reden, dachte sie.
Und schließlich, irgendwann in den frühen Morgenstunden, redeten sie dann. Sie redeten lange, lange Zeit. Er erzählte ihr von seinen Plänen, ein eigenes Tauchzentrum aufzuziehen, und Ella erzählte ihm, dass sie ihren Job aufgegeben hatte. Er erzählte ihr, dass seine Mitanteilshaber an Dark Horse verantwortlich für die Privatsuite und den Hubschrauber gewesen waren, der ihn nach Leopardstown gebracht hatte, und sie erzählte ihm, dass Dieter verantwortlich für den Champagner und die Limousine gewesen war, der sie dorthin gebracht hatte. Sie redeten über viele Dinge. Sie berichteten einander über ihre Kindheit, und Ella erzählte ihm, wie sie den größten Teil der ihren steif vor Beschämung über die Mätzchen ihrer Familie verbracht hatte. Sie erzählte ihm sogar, wie sie versucht hatte ihren Geigenkasten zu verbergen, indem sie ihn unter ihrem Mantel versteckte und quer vor ihrer Brust trug, da sie es satt hatte, ständig deshalb in der Schule gehänselt zu werden.
»Geige war damals nicht sexy«, erklärte sie. »Ich hasste es

wirklich zu üben. Ich wollte immer die Drummerin in einer coolen Band sein. Wie bist du damit zurechtgekommen?«
»Es hat mich nie gestört. Die Leute machten ihre Bemerkungen darüber, dass es sentimentales Zeug sei, aber mir war es egal. Ich tat es, weil ich es wollte.« Er drehte sein Gesicht zu ihrem auf dem Kissen und lächelte. »Körperlich groß zu sein half. Die Leute machten solche Bemerkungen nie mehr als einmal. Dein Exkollege Julian versuchte ein paarmal darüber Witze zu reißen, aber als ich ihm zu verstehen gab, er solle das lassen, hat er sich damit begnügt, die Jüngeren zu nerven.«
»Er hat erwähnt, dass er mit dir zur Schule gegangen ist.«
»Er war schon damals ein Scheißkerl.« Er lachte. »Du hättest den entsetzten Ausdruck in seinem Gesicht sehen sollen, als er das erste Mal bei ActivMarine auftauchte und erkannte, dass sein sentimentaler Geige spielender alter Klassenkamerad nicht nur der Dive Master war, sondern dass er auch noch das Pech hatte, meiner Trainingsgruppe zugeordnet zu sein. Seit damals hat er nicht damit aufgehört, mir in den Arsch zu kriechen.«
»Und du hast gedacht, er sei mein Freund? Wie konntest du nur, Ferdia?«
»Nun, er hat sich sehr kumpelhaft dir gegenüber benommen. Da konnte man leicht diesem Irrtum aufsitzen. Ich muss sagen, du warst ein bisschen in meiner Wertschätzung gesunken, als ich glaubte, ihr wärt Freunde.«
»Himmel, er ist der Grund, weshalb ich jetzt arbeitslos bin.«
»Arme Ella.« Er sprach die Worte leichthin, doch sie las Sorge in seinen Augen. »Irgendeine Ahnung, was du tun könntest?«
»Vielleicht könnte ich für dich arbeiten, wenn du deinen

eigenen Laden in der Karibik hast«, antwortete sie in scherzhaftem Ton und hoffte, er würde sagen: He, was für eine tolle Idee!
Doch natürlich tat er das nicht. Er lachte nur. »Ich hätte dich gerne den ganzen Tag um mich, wie du Sauerstoffflaschen herumschleppst, Prinzessin.« Dann sah er nachdenklich drein. »Wirst du in einem anderen Studio nach Arbeit suchen, oder träumst du immer noch davon, Berufsmusikerin zu sein?«
»Ich träume immer noch«, erwiderte sie. »Aber die Wirklichkeit ist anders, nehme ich an. Ich werde rumtelefonieren müssen, sehen, ob jemand einen Toningenieur sucht.«
»Aber wenn dir jemand eine Arbeit als Berufsmusikerin anböte, würdest du sie annehmen?«
»Aber sofort.«
»Irgendwo auf der Welt?«
»Außer in Jury's Cabaret«, gab sie zurück.
»Okay.« Er sah sie sehr seltsam an. »Ich habe da eine Idee. Schau dir das mal an.« Er griff nach seiner Jacke, die auf dem Boden lag, und zog ein Fax aus der Tasche.
»Was ist das?«
»Lies es.«
Sie überflog die Seite und merkte, wie ihr Mund sich zu einem langsamen Lächeln verzog. »Meint sie das ernst?«, fragte sie.
»Es ist einen Versuch wert. Ruf sie an.«
»Um diese Nachtzeit?«
Er sah auf die Uhr. »Es ist erst zehn Uhr abends dort drüben.«
Ella nahm den Hörer ab und tippte die Neun für eine Außenleitung ein. Dann sah sie auf das Fax und gab eine Menge Ziffern ein. »Ist das hier völlig irre?«, fragte sie, während sie auf die Verbindung wartete.

»Sie mochte dich doch, oder?«
»Ja. Ich glaube.«
Seine Augen wurden schmal, als er sie abschätzte. »Ist nach dir ein Cocktail benannt worden?«
»Ja.«
»Dann mochte sie dich. Wie hat sie ihn genannt?«
»Den Cocktail?« Sie schenkte ihm ein selbstgefälliges Lächeln, war sehr zufrieden mit sich, weil sie so einen groovy Spitznamen verdient hatte. »Sie nannte ihn Siamesische Kämpferin.«
»Wirklich?«, meinte er und lehnte sich wieder gegen die Kissen. »Ich für mein Teil hätte gedacht, Seepferdchen wäre angemessener gewesen.«
Sie sah verwirrt aus. »Warum?«
»Weil man auf dir so verblüffend gut reiten kann, natürlich.« Ferdia grinste sie an, doch bevor sie nach ihm treten konnte, hörte sie das Telefon am anderen Ende klingeln.
In Jamaika nahm Desirée ab.
Ella wappnete sich. Sie konnte kaum glauben, dass sie das hier tat. »Desirée?«, fragte sie so munter, wie sie es zu Stande brachte. »Wahrscheinlich erinnerst du dich nicht mehr an mich. Hier ist Ella Nesbit, ich rufe aus Irland an. Ich bin bei dir zertifiziert worden letzten …«
»Ella! Meine Siamesische Kämpferin! Natürlich erinnere ich mich an dich! He, was ist los? Warum rufst du mich vom anderen Ende der Welt an?«
»Du hast heute ein Fax geschickt, Desirée – an Ferdia MacDiarmada?«
»Das stimmt, Süße! Wie geht es dem schlimmen Jungen?«
Ella blickte hinüber zu Ferdia, der wie ein nackter Pascha an einer Bank aus Kissen lehnte, ausgiebig gähnte und sexyer aussah, als ein Mann eigentlich durfte. Der Anflug

von Lust, der sie befiel, brachte sie zum Lächeln. »Er ist wirklich ein Schlimmer. Und tatsächlich ist er gerade bei mir. Wir sind in einem Hotel an einem Ort namens Portdelvin.«

Desirée lachte ins Telefon. »Raphael hat also wie immer Recht gehabt. Er hat gesagt, ihr beide solltet zusammenkommen. Gib dem Ferdia einen dicken Kuss von mir!«

Ella war plötzlich schüchtern. Sie war fast zu verlegen, um die Frage zu stellen, die sie stellen wollte. Es war so ein kühner Versuch ... Sie atmete tief durch. »Die Sache ist die, Desirée ... du hast dieses irgendwie lustige PS unter dein Fax gesetzt. Vorgeschlagen, dass Ferdia seine Geige mitbringen soll?«

Wieder Lachen von Desirée. »Es war nur halb lustig gemeint, Süße. Diese Diandra ist mit einem reichen Mexikaner durchgebrannt, und es gibt niemanden in Salamander Cove, der den Gästen abends etwas vorspielen kann.«

»Desirée?« Noch ein tiefer Atemzug. »Würdet ihr auch mit mir vorlieb nehmen?«

Es gab einen Pulsschlag und dann noch einen, während deren Ellas Herz sank. Was für ein Trottel sie war, dass sie diesen Anruf getätigt hatte!

»Ob man mit dir vorlieb nehmen würde!« Desirées Stimme erklang wieder in der Leitung und war nun fast eine Oktave höher. »Um Ständchen zu bringen? Süße, meinst du das ernst?«

»Ja. Ich weiß, es ist nicht deine Baustelle, aber du bist der einzige Mensch dort, der sich an mich erinnern wird. Ich bin gut ...«

»Das weiß ich, Süße. Ich erinnere mich. Ein Gentleman aus New York hat dir doch einen Job angeboten. Und du bist nicht nur gut, du bist auch verdammt gut anzuschauen. Die Touristen sehen beim Essen gerne einem

hübschen Mädchen zu.« Desirées Stimme nahm einen vertraulicheren Ton an. »Du und Ferdia, ihr seid richtig verrückt nacheinander, hä?«
»Nun ... ja. Wir sind ... ähm ...« Sie wollte nicht zu ausführlich werden, während er dort herumlungerte und zuhörte. »Wir sind ...«
»Bist du glücklich, Süße?«, sang Desirée.
»O Gott – ja, das bin ich!«
»Dann kann ich es doch nicht zulassen, dass mein Leopardenhai ohne dich unglücklich ist, oder? Ich kann ihn doch nicht in meinem Laden arbeiten lassen, während er die ganze Zeit um seine Frau im fernen Irland weint. Ich weiß, wie schlimm sich mein Mann Raphael fühlen würde, wenn seine Desirée ihn nicht nachts warm hielte.«
»Also?« O Gott. Ella erlaubte sich allmählich so etwas wie Hoffnung. »Meinst du, du könntest es für mich bei der Direktion durchsetzen?«
»Nun, Süße, das kommt mir alles wie so ein großer Zufall vor, dass wir einfach dafür sorgen müssen, dass es passiert! Gib mir mal den schlimmen Jungen.«
»Okay.« Vor Vorfreude war sie ganz schwach. »Desirée, wenn das hier klappt, schulde ich dir was. Und zwar richtig.«
»Wenn du etwas stark genug in diesem Leben willst, Süße, kannst du es auch kriegen. Das sage ich immer.«
»Das ist komisch.« Ella lächelte in den Hörer. »Das sagt mein Dad auch. Hier ist dein Leopardenhai.« Sie reichte Ferdia den Hörer und setzte sich aufs Bett.
»Desirée! Liebling! Wie geht es dir?«
Ella vernahm ein undeutliches Plappern aus dem Hörer.
»Ja, ja«, sagte Ferdia mit einem breiten Lächeln im Gesicht. »Ja, ich freue mich auch darauf.«
Noch mehr Geplapper.

Dann: »Sie fiedelt wirklich wahnsinnig, Desirée. Viel wahnsinniger als ich. Es wäre irgendwie nett, wenn du es so hindrehen könntest, dass wir am selben Ort arbeiten. Ich mag sie irgendwie, ja.«
Ella starrte ihn an, und ihr Mund bildete ein kleines freudiges O. Er lächelte auf sie herab und steckte seinen Daumen hinein.
»Ja. Tust du mir den Gefallen? Du bist ein Engel. Sie? Sie ist eine Prinzessin. Aber das weißt du ja schon. Ich höre später von dir? Wunderbar. Wenn das funktioniert, wird sie schnell damit anfangen müssen, ihre Sachen zu packen. Ach, du kennst mich doch. Ich reise immer mit leichtem Gepäck. Ja. Nur meine Tauchtasche und mein Rucksack. Und eine Flasche zollfreien Jack Daniel's für meine Lieblings-Dive-Masterin. Für dich natürlich.«
Ein Lachen im Hörer und dann ein lakonisches Plappern.
»Pass auf dich auf, Süße. Bis nächste Woche.« Und Ferdia legte auf.
»Es sieht so aus, als ob du einen Job hast«, sagte er und nahm seinen Daumen aus Ellas Mund.
Ihre Hände flogen in ihr Gesicht. »O Gott! Was hat sie gesagt?«
»Sie hat Ja gesagt. Sie hat gesagt, sie hätte kein Problem, sie zu überreden. Offenbar spricht das Personal immer noch von dem Abend, an dem du im Pagoda gespielt hast.«
»O Gott!« Endorphine stiegen auf und platzten aus ihr hervor und explodierten um sie beide herum wie glitzernder Engelsstaub. »O mein Gott! Meinst du das ernst? Meinst du das wirklich, wirklich ernst, Ferdia?« Sie kniete sich auf das Bett und schlang die Arme um ihn. »Ich kann das nicht glauben! Das ist wie ein Traum, der wahr geworden ist!« Sie setzte sich plötzlich auf ihre Hacken, die Au-

gen weit aufgerissen, die Hände auf dem Mund. »Träume ich?«, fragte sie.
Ferdia griff nach ihr und zwickte sie in die Brustwarze. »Hast du das gespürt?«, fragte er zurück.
»Ja.« Sie sah zu ihm auf, ganz verträumt vor Liebe. »Es hat sich wunderbar angefühlt.«
»Dann träumst du auch nicht«, sagte er.

Sie packte all ihre Habseligkeiten in Kisten, die Ferdia im Tauchwagen in der Garage ihres Onkels ablieferte. Sie brauchte nur ihren Geigenkasten, einen Rucksack und ein Flugticket – was mehr als angemessen gedeckt wurde durch die neunhundert Pfund, die Dark Horse für sie gewonnen hatte. Sie brauchte sich nicht mal impfen zu lassen. Das hatte sie beim letzten Mal getan, als sie in Salamander Cove gewesen war. Ferdia wurde ganz weiß, als sie ihm erzählte, wie die Nadel ausgerutscht war, und sie speicherte diese kleine Beobachtung ab unter: »Dinge, die ich über Ferdia weiß«; dabei beschloss sie, es sich zu merken und ihn das nächste Mal damit zu quälen, wenn er sie ärgerte. Sie schickte dem Direktor der Ferienanlage eine Mail und rief noch mal bei Desirée an, um ihr ein Loblied dafür zu singen, weil sie alles für sie erledigt hatte.
Leonie rief Ella am Abend ihrer Ankunft in Salamander Cove an, um ihr alles Gute zum Geburtstag zu wünschen. Am Tag ihres Geburtstags in der Ferienanlage anzukommen war das beste Geschenk, das man ihr machen konnte. Abgesehen von dem natürlich, was Ferdia ihr geschenkt hatte.
»Wie geht es?«, fragte Leonie. »Ist es so wunderschön wie immer?«
»Oh, es ist noch besser«, erwiderte Ella selig und rollte

sich auf dem Bett zusammen. Sie trug ihren Lieblingssarong und eine Hibiskusblüte im Haar und sonst gar nichts. »Weißt du, wie das ist, wenn immer eine Art rosa Schimmer in der Luft zu liegen scheint?«

»Ja.«

»Nun, heute war er sogar noch rosafarbener.«

»Das stellt die Liebe mit Orten an«, bemerkte Leonie weise. »Außer deine Sonnenbrille hat rosa getönte Gläser. Wie ist dein Zimmer?«

»Kleiner als unseres damals, aber mit demselben fantastischen Ausblick.« Draußen wurde es dunkel. Der Himmel war wie tintenblauer Samt. An der Landspitze, die in die Bucht ragte, konnte sie gerade noch die Umrisse eines Mannes ausmachen, der dort saß und das Meer betrachtete. Ein winziger roter Stecknadelkopf flackerte auf, und sie wusste, es war ein Joint. Raphael? Die Gestalt stand plötzlich auf und hob eine Hand hoch in die Luft wie in einer Geste der Segnung. Ihr Engel! Sie zwinkerte, und er war fort.

Leonie seufzte. »Ich kann es nicht erwarten, es wiederzusehen. Je schneller Dieter mit seinem ganzen Gemache fertig ist und das Geschäft abschließt, desto besser.«

»Habt ihr endlich ein Datum festgelegt?«

»Die letzte Novemberwoche. Ungefähr um die gleiche Zeit, um die wir letztes Jahr hingefahren sind. Himmel noch mal, ich fress einen Besen! Ein ganzes Jahr wird dann rum sein!«

»Ja. Wie in *Eine Geschichte aus zwei Städten.*«

»Was, um Himmels willen, brabbelst du da, Ella? Ich nehme an, du hast nichts anderes getan als Ganja zu rauchen, seit du angekommen bist.«

»*Eine Geschichte aus zwei Städten.* ›Es war die beste aller Zeiten. Es war die schlimmste aller Zeiten.‹ Erinnerst du dich? Berühmte Anfangssätze. Wie auch immer, genauso war das letzte Jahr.«

»Ronan!« Leonie sprach streng mit ihrer Katze. »Huch! Er hat gerade einen ganzen Fellball auf meinen türkischen Teppich gespuckt. Der Schuft. Nun – was wollte ich dich fragen? O ja, wirst du jedes Mal für mich und Dieter spielen, wenn wir im Restaurant essen? Wie hieß es noch mal? The Pavilion?«

»Guter Versuch, Leonie. Es war das Pagoda.«

»Oh, stimmt. Wann fängst du an zu arbeiten?«

»Übermorgen. Sie haben uns etwas Zeit gelassen, um über den Jetlag wegzukommen.«

»Wie wirst du sie verbringen?«

Ella sah auf den Balkon, auf dem Ferdia, nackt bis auf ein weißes Handtuch, das er sich um die Hüften geschlungen hatte, hinaus auf die tiefblaue Karibik blickte. Er drehte sich zu ihr um und lächelte. Er war eingehüllt in blauen Rauch, und seine blonden Dreadlocks standen wie ein Heiligenschein um seinen Kopf ab, und sie dachte, sie müsste vor Liebe zu ihm in Ohnmacht fallen. Ihr Tauchgott!

»Was glaubst du, Leonie?«

»Mit Tauchen?«

»Nur dass wir Taucher es nicht so nennen.«

»Nein? Wie nennt ihr es dann?«

»Wir nennen es Hinuntergehen«, antwortete Ella, während Ferdia MacDiarmada einen letzten Zug nahm, den Joint wegwarf und zum Bett kam. »Ich muss jetzt los, Leonie«, sagte sie. »Ich schicke dir bald eine E-Mail, ja? Auf Wiedersehen.«

»Du meinst nicht ›Auf Wiedersehen‹, Ella. Du meinst ›Eine Liebe‹.«

»Ja«, antwortete Ella. »Ja, das stimmt. Eine Liebe.«

Kate Thompson

Die Lichter von Dublin

Das prickelnd-freche Debüt
der jungen irischen Bestsellerautorin!

Deirdre ist außer sich vor Freude: Der Star-Regisseur David Lawless hat ihr eine Rolle in seiner nächsten Shakespeare-Aufführung angeboten. Kein Wunder, dass sie sich prompt in ihn verliebt. Aber im Leben ist es wie beim Theater: Man muss erst üben und Fehler machen, bevor man die Rolle beherrscht …

»Hier sind genug Farbe und erzählerisches Talent,
um den trübsten Regentag zu erhellen.«
Irish Independent

Knaur